U0640585

鲁迅全集

中华传世藏书

【图文珍藏版】

鲁迅⊙原著

姜涛⊙整理

第二册

线装书局

四十

终日在家里坐,至多也不过看见窗外四角形惨黄色的天,还有什么感?只有几封信,说道,“久违芝宇,时切葭思;”有几个客,说道,“今天天气很好”:都是祖传老店的文字语言。写的说的,既然有口无心,看的听的,也便毫无所感了。

有一首诗,从一位不相识的少年寄来,却对于我有意义。——

爱情

我是一个可怜的预感中国人。爱情!我不知道你是什么。

我有父母,教我育我,待我很好;我待他们,也还不差。我有兄弟姊妹,幼时共我玩耍,长来同我切磋,待我很好;我待他们,也还不差。但是没有人曾经“爱”过我,我也不曾“爱”过他。

我年十九,父母给我讨老婆。于今数年,我们两个,也还和睦。可是这婚姻,是全凭别人主张,别人撮合:把他们一日戏言,当我们百年的盟约。仿佛两个牲口听着主人的命令:“咄,你们好好的住在一块儿走吧!”

爱情!可怜我不知道你是什么!

诗的好歹,意思的深浅,姑且勿论;但我说,这是血的蒸气,醒过来的人的真声音。

爱情是什么东西?我也不知道。中国的男女大抵一对或一群——一男多女——的住着,不知道有谁知道。

但从前没有听到苦闷的叫声。即使苦闷,一叫便错;少的老的,一齐摇头,一齐痛骂。

然而无爱情结婚的恶结果,却连续不断地进行。形式上的夫妇,既然都全不相关,少的另去姘人宿娼,老的再来买妾:麻痹了良心,各有妙法。所以直到现在,不成问题。但也曾造出一个“妒”字,略表他们曾经苦心经营的痕迹。

可是东方发白,人类向各民族所要的是“人”,——自然也是“人之子”——我们所有的是单是人之子,是儿媳妇与儿媳之夫,不能献出于人类之前。

可是魔鬼手上,终有漏光的处所,掩不住光明:人之子醒了;他知道了人类间应有爱情;知道了从前一班少的老的所犯的罪恶;于是起了苦闷,张口发出这叫声。

但在女性一方面,本来也没有罪,现在是做了旧习惯的牺牲。我们既然自觉着人类的道德,良心上不肯犯他们少的老的罪,又不能责备异性,也只好陪着做一世牺牲,完结了四千年的旧账。

做一世牺牲,是万分可怕的事;但血液究竟干净,声音究竟醒而且真。

我们能够大叫,是黄莺便黄莺般叫;是鸱鸮便鸱鸮般叫。我们不必学那才从私窝子里跨出脚,便说"中国道德第一"的人的声音。

我们还要叫出没有爱的悲哀,叫出无所可爱的悲哀。……我们要叫到旧账勾销的时候。

旧账如何勾销?我说,"完全解放了我们的孩子!"

四十一

从一封匿名信里看见一句话,是"数麻石片"(原注江苏方言),大约是没有本领便不必提倡改革,不如去数石片的好的意思。因此又记起了本志通信栏内所载四川方言的"洗煤炭"。想来别省方言中,相类的话还多;守着这专劝人自暴自弃的格言的人,也怕并不少。

凡中国人说一句话,做一件事,倘与传来的积习有若干抵触,需一个跟头便告成功,才有立足的处所;而且被恭维得烙铁一般热。否则免不了标新立异的罪名,不许说话;或者竟成了大逆不道,为天地所不容。这一种人,从前本可以夷到九族,连累邻居;现在却不过是几封匿名信罢了。但意志略略薄弱的人便不免因此萎缩,不知不觉地也入了"数麻石片"党。

所以现在的中国,社会上毫无改革,学术上没有发明,美术上也没有创作;至于多人继续的研究,前仆后继的探险,那更不必提了。国人的事业,大抵是专谋时式的成功的经营,以及对于一切的冷笑。

但冷笑的人,虽然反对改革,却又未必有保守的能力:即如文字一面,白话固然看不上眼,古文也不甚提得起笔。照他的学说,本该去"数麻石片"了;他却又不然,只是莫名其妙的冷笑。

中国的人,大抵在如此空气里成功,在如此空气里萎缩腐败,以至老死。

我想,人猿同源的学说,大约可以毫无疑义了。但我不懂,何以从前的古猴子,不都努力变人,却到现在还留着子孙,变把戏给人看。还是那时竟没有一匹想站起来学说人话呢?还是虽然有了几匹,却终被猴子社会攻击他标新立异,都咬死了;所以终于不能进化呢?

尼采式的超人,虽然太觉渺茫,但就世界现有人种的事实看来,却可以确信将来总有尤为高尚尤近圆满的人类出现。到那时候,类人猿上面,怕要添出"类猿人"这一个名词。

所以我时常害怕,愿中国青年都摆脱冷气,只是向上走,不必听自暴自弃者流的话。能做事的做事,能发声的发声。有一分热,发一分光,就令萤火一般,也可以在黑暗里发一点光,不必等候炬火。

此后如竟没有炬火:我便是唯一的光。倘若有了炬火,出了太阳,我们自然心悦诚服的消失,不但毫无不平,而且还要随喜赞美这炬火或太阳;因为他照了人类,连我都在内。

我又愿中国青年都只是向上走,不必理会这冷笑和暗箭。尼采说:

"真的,人是一个浊流。应该是海了,能容这浊流使他干净。"

"咄,我教你们超人:这便是海,在他这里,能容下你们的大侮蔑。"(《柏拉图如是说》的《序言》第三节)

纵令不过一洼浅水,也可以学学大海;横竖都是水,可以相通。几粒石子,任他们暗地里掷来;几滴秽水,任他们从背后泼来就是了。

这还算不到"大侮蔑"——因为大侮蔑也须有胆力。

四十二

听得朋友说,杭州英国教会里的一个医生,在一本医书上做一篇序,称中国人为土人;我当初颇不舒服,仔细再想,现在也只好忍受了。土人一字,本来只说生在本地的人,没有什么恶意。后来因其所指,多系野蛮民族,所以加添了一种新意义,仿佛成了野蛮人的代名词。他们以此称中国人,原不免有侮辱的意思;但我们现在,却除承受这个名号以外,实是别无方法。因为这类是非,都凭事实,并非单用口舌可以争得的。试看中国的社会里,吃人,劫掠,残杀,人身买卖,生殖器崇拜,灵学,一夫多妻,凡有所谓国粹,没一件不与蛮人的文化恰合。拖大辫,吸鸦片,也正与土人的奇形怪状的编发及吃印度麻一样。至于缠足,更要算在土人的装饰法中,第一等的新发明了。他们也喜欢在肉体上做出种种装饰:剜空了耳朵嵌上木塞;下唇剜开一个大孔,插上一支兽骨,像鸟嘴一般;面上雕出兰花;背上刺出燕子;女人胸前做成许多圆的长的疙瘩。可是他们还能走路,还能做事;他们终是未达一间,想不到缠足这好法子。……世上有如此不知肉体上的苦痛的女人,以及如此以残酷为乐,丑恶为美的男子,真是奇事怪事。

自大与好古,也是土人的一个特性。英国人乔治葛来任新西兰总督的时候,做了一部《多岛海神话》,序里说他著书的目的,并非全为学术,大半是政治上的手段。他说,新西兰土人是不能同他说理的。只要从他们的神话的历史里,抽出一条相类的事来做一个例,讲给酋长祭师们听,一说便成了。譬如要造一条铁路,倘若对他们说这事如何有益,他们决不肯听;我们如果根据神话,说从前某某大仙,曾推着独轮车在虹霓上走,现在要仿他造一条路,那便无所不可了。(原文已经忘却,以上所说只是大意)中国十三经二十五史,正是酋长祭师们一心崇奉的治国平天下的谱,此后凡与土人有交涉的"西哲",倘能人手一编,便助成了我们的"东学西渐",很使土人高兴;但不知那译本的序上写些什么呢?

四十三

进步的美术家,——这是我对于中国美术界的要求。

美术家固然须有精熟的技工,但尤须有进步的思想与高尚的人格。他的制作,表面上是一张画或一个雕像,其实是他的思想与人格的表现。令我们看了,不但欢喜赏玩,尤能发生感动,造成精神上的影响。

我们所要求的美术家,是能引路的先觉,不是"公民团"的首领。我们所要求的美术品,是表记中国民族知能最高点的标本,不是水平线以下的思想的平均分数。

近来看见上海什么报的增刊《泼克》上,有几张讽刺画。他的画法,倒也模仿西洋;可是我很疑惑,何以思想如此顽固,人格如此卑劣,竟同没有教育的孩子只会在好好的白粉墙上写几个"某某是我儿子"一样。可怜外国事物,一到中国,便如落在黑色染缸里似的,无不失了颜色。美术也是其一:学了体格还未匀称的裸体画,便画猥亵画;学了明暗还未分明的静物画,只能画招牌。皮毛改新,心思仍旧,结果便是如此。至于讽刺画之变为人身攻击的器具,更是无足深怪了。

说起讽刺画,不禁想到美国画家勃拉特来(L.D.Bradley 1853—1917)了。他专画讽刺画,关于欧战的画,尤为有名;只可惜前年死掉了。我见过他一张《秋收时之月》(《The Harvest Moon》)的画。上面是一个形如骷髅的月亮,照着荒田;田里一排一排的都是兵的死尸。唉唉,这才算得真的进步的美术家的讽刺画。我希望将来中国也能有一日,出这样一个进步的讽刺画家。

四十六

民国八年正月间，我在朋友家里见到上海一种什么报的星期增刊讽刺画，正是开宗明义第一回；画着几方小图，大意是骂主张废汉文的人的；说是给外国医生换上外国狗的心了，所以读罗马字时，全是外国狗叫。但在小图的上面，又有两个双钩大字“泼克”，似乎便是这增刊的名目；可是全不像中国话。我因此很觉这美术家可怜：他——对于个人的人身攻击姑且不论——学了外国画，来骂外国话，然而所用的名目又仍然是外国话。讽刺画本可以针砭社会的痼疾；现在施针砭的人的眼光，在一方尺大的纸片上，尚且看不分明，怎能指出确当的方向，引导社会呢？

这几天又见到一张所谓《泼克》，是骂提倡新文艺的人了。大旨是说凡所崇拜的，都是外国的偶像。我因此愈觉这美术家可怜：他学了画，而且画了“泼克”，竟还未知道外国画也是文艺之一。他对于自己的本业，尚且罩在黑坛子里，摸不清楚，怎能有优美的创作，贡献于社会呢？

但“外国偶像”四个字，却亏他想了出来。

不论中外，诚然都有偶像。但外国是破坏偶像的人多；那影响所及，便成功了宗教改革，法国革命。旧像愈摧破，人类便愈进步；所以现在才有比利时的义战，与人道的光明。那达尔文易卜生托尔斯泰尼采诸人，便都是近来偶像破坏的大人物。

在这一流偶像破坏者，《泼克》却完全无用；因为他们都有确固不拔的自信，所以决不理会偶像保护者的嘲骂。易卜生说：

“我告诉你们，是这个——世界上最强壮有力的人，就是那孤立的人。”（见《国民之敌》）

但也不理会偶像保护者的恭维。尼采说：

“他们又拿着称赞，围住你嗡嗡的叫：他们的称赞是厚脸皮。他们要接近你的皮肤和你的血。”（《柏拉图如是说》第二卷《市场之蝇》）

这样，才是创作者。——我辈即使才力不及，不能创作，也该当学习；即使所崇拜的仍然是新偶像，也总比中国陈旧的好。与其崇拜孔丘关羽，还不如崇拜达尔文易卜生；与其牺牲于瘟将军五道神，还不如牺牲于 Apollo。

四十七

有人做了一块象牙片，半寸方，看去也没有什么；用显微镜一照，却看见刻着一篇行书的《兰亭序》。我想：显微镜的所以制造，本为看那些极细微的自然物的；现在既用人工，何妨便刻在一块半尺方的象牙板上，一目了然，省却用显微镜的工夫呢？

张三李四是同时人。张三记了古典来做古文；李四又记了古典，去读张三做的古文。我想：古典是古人的时事，要晓得那时的事，所以免不了翻着古典；现在两位既然同时，何妨老实说出，一目了然，省却你也记古典，我也记古典的工夫呢？

内行的人说：什么话！这是本领，是学问！

我想，幸而中国人中，有这一类本领学问的人还不多。倘若谁也弄这玄虚：农夫送来了一粒粉，用显微镜照了，却是一碗饭；水夫挑来用水湿过的土，想喝茶的又须挤出湿土里的水：那可真要支撑不住了。

四十八

中国人对于异族，历来只有两样称呼：一样是禽兽，一样是圣上。从没有称他朋友，说他也同我们一样的。

古书里的弱水，竟是骗了我们：闻所未闻的外国人到了；交手几回，渐知道"子曰诗云"似乎无用，于是乎要维新。

维新以后，中国富强了，用这学来的新，打出外来的新，关上大门，再来守旧。

可惜维新单是皮毛，关门也不过一梦。外国的新事理，却愈来愈多，愈优胜，"子曰诗云"也愈挤愈苦，愈看愈无用。于是从那两样旧称呼以外，别想了一样新号："西哲"，或曰"西儒"。

他们的称号虽然新了，我们的意见却照旧。因为"西哲"的本领虽然要学，"子曰诗云"也更要昌明。换几句话，便是学了外国本领，保存中国旧习。本领要新，思想要旧。要新本领旧思想的新人物，驼了旧本领旧思想的旧人物，请他发挥多年经验的老本领。一言以蔽之：前几年谓之"中学为体，西学为用"，这几年谓之"因时制宜，折衷至当"。

其实世界上绝没有这样如意的事。即使一头牛，连生命都牺牲了，尚且祀了孔便不能耕田，吃了肉便不能捧乳。何况一个人先须自己活着，又要驼了前辈先生活着；活着的时候，又须恭听前辈先生的折中：早上打拱，晚上握手；上午“声光化电”，下午“子曰诗云”呢？

社会上最迷信鬼神的人，尚且只能在赛会这一日抬一回神舆。不知那些学“声光化电”的“新进英贤”，能否驼着山野隐逸，海滨遗老，折中一世？

“西哲”易卜生盖以为不能，以为不可。所以借了 Bmnd 的嘴说：“All or nothing!”

四十九

凡有高等动物，倘没有遇着意外的变故，总是从幼到壮，从壮到老，从老到死。

我们从幼到壮，既然毫不为奇地过去了；自此以后，自然也该毫不为奇的过去。

可惜有一种人，从幼到壮，居然也毫不为奇地过去了；从壮到老，便有点古怪；从老到死，却更奇想天开，要占尽了少年的道路，吸尽了少年的空气。

少年在这时候，只能先行萎黄，且待将来老了，神经血管一切变质以后，再来活动。所以社会上的状态，先是“少年老成”；直待弯腰曲背时期，才更加“逸兴遄飞”，似乎从此以后，才上了做人的路。

可是究竟也不能自忘其老；所以想求神仙。大约别的都可以老，只有自己不肯老的人物，总该推中国老先生算一甲一名。

万一当真成了神仙，那便永远请他主持，不必再有后进，原也是极好的事。可惜他又究竟不成，终于个个死去，只留下造成的老天地，教少年驼着吃苦。

这真是生物界的怪现象！

我想种族的延长，——便是生命的连续，——的确是生物界事业里的一大部分。何以要延长呢？不消说是想进化了。但进化的途中总须新陈代谢。所以新的应该欢天喜地的向前走去，这便是壮，旧的也应该欢天喜地的向前走去，这便是死；各各如此走去，便是进化的路。

老的让开道，催促着，奖励着，让他们走去。路上有深渊，便用那个死填平了，让他们走去。

少的感谢他们填了深渊，给自己走去；老的也感谢他们从我填平的深渊上走去。——远了远了。

明白这事，便从幼到壮到老到死，都欢欢喜喜的过去；而且一步一步，多是超过祖先的新人。

这是生物界正当开阔的路！人类的祖先，都已这样做了。

五十三

上海盛德坛扶乩，由“孟圣”主坛；在北京便有城隍白知降坛，说他是“邪鬼”。盛德坛后来却又有什么真人下降，谕别人不得擅自扶乩。

北京议员王讷提议推行新武术，以“强国强种”；中华武士会便率领了一班天罡拳阴截腿之流，大分冤单，说他“抑制暴弃祖性相传之国粹”。

绿帜社提倡“爱世语”，专门崇拜“柴圣”，说别种国际语（如：Ido 等）是冒牌的。

上海有一种单行的《泼克》，又有一种报上增刊的《泼克》；后来增刊《泼克》登广告声明要将送错的单行《泼克》的信件撕破。

上海有许多“美术家”；其中的一个美术家，不知如何散了伙，便在《泼克》上大骂别的美术家“盲目盲心”，不知道新艺术真艺术。

以上五种同业的内讧，究竟是什么原因，局外人本来不得而知。但总觉现在时势不很太平，无论新的旧的，都个个起哄：扶乩打拳那些鬼画符的东西，倒也罢了；学几句世界语，画几笔花，也是高雅的事，难道也要同行嫉妒，必须声明鱼目混珠，雷击火焚吗？我对于那“美术家”的内讧又格外失望。我于美术虽然全是门外汉，但很希望中国有新兴美术出现。现在上海那班美术家所做的，是否算得美术，原是难说；但他们既然自称美术家，即使幼稚，也可以希望长成：所以我期望有个美术家的幼虫，不要是似是而非的木叶蝶。如今见了他们两方面的成绩，不免令我对于中国美术前途发生一种怀疑。

画《泼克》的美术家说他们盲目盲心，所研究的只是十九世纪的美术，不晓得有新艺术真艺术。我看这些美术家的作品，不是剥制的鹿，便是畸形的美人，的确不甚高明，恐怕连十“八”世纪，也未必有这类绘画：说到底，只好算是中国的所谓美术罢了。但那一位画《泼克》的美术家的批评，却又不甚可解：研究十九世纪的美术，何以便是盲目盲心？十九世纪以后的新艺术真艺术，又是怎样？我听人说：后期印象派（Postimpressionism）的绘画，在今日总还不算十分陈旧；其中的大人物如 Cézanne 与 VanGogh 等，也是十九世纪后半的人，最迟的到一九〇六年也故去了。二十世纪才是十九年初头，好像还没有新派兴起。立方派（Cubism）未来派（Futurism）的主张，虽然新奇，却尚未能确立基础；而且在中国，又怕未必能够理解。在那《泼克》上面，也未见有这一派的绘画；不知那《泼克》美术家的所谓新艺术真艺术，究竟是指着什么？现在的中国美术家诚然心盲目盲，但其弊却不在单研究十九世纪的美术,——因为据我看来,他们并不研究什么世纪的美术,——所以那《泼克》美术家的话,实在令人难解。

《泼克》美术家满口说新艺术真艺术,想必自己懂得这新艺术真艺术的了。但我看他所画的讽刺画,多是攻击新文艺新思想的。——这是二十世纪的美术吗?这是新艺术真艺术吗?

五十四

中国社会上的状态,简直是将几十世纪缩在一时:自油松片以至电灯,自独轮车以至飞机,自镖枪以至机关炮,自不许"妄谈法理"以至护法,自"食肉寝皮"的吃人思想以至人道主义,自迎尸拜蛇以至美育代宗教,都摩肩挨背的存在。

这许多事物挤在一处,正如我辈约了燧人氏以前的古人,拼开饭店一般,即使竭力调和,也只能煮个半熟;伙计们既不会同心,生意也自然不能兴旺,——店铺总要倒闭。

黄郛氏做的《欧战之教训与中国之将来》中,有一段话,说得很透彻:

"七年以来,朝野有识之士,每腐心于政教之改良,不注意于习俗之转移;庸讵知旧染不去,新运不生:事理如此,无可勉强者也。外人之评我者,谓中国人有一种先天的保守性,即或迫于时势,各种制度有改革之必要时,而彼之所谓改革者,决不将旧日制度完全废止,乃在旧制度之上,更添加一层新制度。试览前清之兵制变迁史,可以知吾言之不谬焉。最初命八旗兵驻防各地,以充守备之任;及年月既久,旗兵已腐败不堪用,洪秀全起,不得已,征募湘淮两军以应急:从此旗兵绿营,并肩存在,遂变成二重兵制。甲午战后,知绿营兵力又不可恃,乃复编练新式军队:于是并前二者而变成三重兵制矣。今旗兵虽已消灭,而变面换形之绿营,依然存在,总是二重兵制也。从可知吾国人之无彻底改革能力,实属不可掩之事实。他若贺阳历新年者,复贺阴历新年;奉民国正朔者,仍存宣统年号。一察社会各方面,盖无往而非二重制。即今日政局之所以不宁,是非之所以无定者,简括言之,实亦不过一种'二重思想'在其间作祟而已。"

此外如既许信仰自由,却又特别尊孔;既自命"胜朝遗老",却又在民国拿钱;既说是应该革新,却又主张复古:四面八方几乎都是二三重以至多重的事物,每重又个个自相矛盾。一切人便都在这矛盾中间,互相抱怨着过活,谁也没有好处。

要想进步,要想太平,总得连根的拔去了"二重思想"。因为世界虽然不小,但彷徨的人种,是终竟寻不出位置的。

五十六 “来了”

近来时常听得人说,“过激主义来了”;报纸上也时常写着,“过激主义来了”。

于是有几文钱的人,很不高兴。官员也着忙,要防华工,要留心俄国人;连警察厅也向所属发出了严查“有无过激党设立机关”的公事。

着忙是无怪的,严查也无怪的;但先要问:什么是过激主义呢?

这是他们没有说明,我也无从知道,我虽然不知道,却敢说一句话:“过激主义”不会来,不必怕他;只有“来了”是要来的,应该怕的。

我们中国人,决不能被洋货的什么主义引动,有抹杀他扑灭他的力量。军国主义吗,我们何尝会同别人打仗;无抵抗主义么,我们却是主战参战的;自由主义么,我们连发表思想都要犯罪,讲几句话也为难;人道主义么,我们人身还可以买卖呢。

所以无论什么主义,全扰乱不了中国;从古到今的扰乱,也不听说因为什么主义。试举目前的例,便如陕西学界的布告,湖南灾民的布告,何等可怕,与比利时公布的德兵苛酷情形,俄国别党宣布的列宁政府残暴情形,比较起来,他们简直是太平天下了。德国还说是军国主义,列宁不消说还是过激主义哩!

这便是“来了”来了。来的如果是主义,主义达了还会罢;倘若单是“来了”,他便来不完,来不尽,来得怎样也不可知。

民国成立的时候,我住在一个小县城里,早已挂过白旗。有一日,忽然见许多男女,纷纷乱逃:城里的逃到乡下,乡下的逃进城里。问他们什么事,他们答道,“他们说要来了。”

可见大家都单怕“来了”,同我一样。那时还只有“多数主义”,没有“过激主义”哩。

五十七 现在的屠杀者

高雅的人说,“白话鄙俚浅陋,不值识者一哂之者也。”

中国不识字的人,单会讲话,“鄙俚浅陋”,不必说了。“因为自己不通,所以提倡白话,以自文其陋”如我辈的人,正是“鄙俚浅陋”,也不在话下了。最可叹的是几位雅人,也还不能如《镜花缘》里说的君子国的酒保一般,满口“酒要一壶乎,两壶乎,菜要一碟乎,两碟乎”的终日高雅,却只能在呻吟古文时,显出高古品格;一到讲话,便依然是“鄙俚浅陋”

的白话了。四万万中国人嘴里发出来的声音,竟至总共“不值一哂”,真是可怜煞人。

做了人类想成仙;生在地上要上天;明明是现代人,吸着现在的空气,却偏要勒派朽腐的名教,僵死的语言,侮蔑尽现在,这都是“现在的屠杀者”。杀了“现在”,也便杀了“将来”。——将来是子孙的时代。

五十八 人心很古

慷慨激昂的人说,“世道浇漓,人心不古,国粹将亡,此吾所为仰天扼腕切齿三叹息者也!”

我初听这话,也曾大吃一惊;后来翻翻旧书,偶然看见《史记》《赵世家》里面记着公子成反对主父改胡服的一段话:

“臣闻中国者,盖聪明徇智之所居也,万物财用之所聚也,贤圣之所教也,仁义之所施也,《诗》《书》礼乐之所用也,异敏技能之所试也,远方之所观赴也,蛮夷之所义行也;今王舍此而袭远方之服,变古之教,易古之道,逆人之心,而怫学者,离中国,故臣愿王图之也。”

这不是与现在阻抑革新的人的话,丝毫无异吗?后来又在《北史》里看见记周静帝的司马后的话:

“后性尤妒忌,后宫莫敢进御。尉迟迥女孙有美色,先在宫中,帝于仁寿宫见而悦之,因得幸。后伺帝听朝,阴杀之。上大怒,单骑从苑中出,不由径路,入山谷间三十余里;高颎杨素等追及,扣马谏,帝太息曰,‘吾贵为天子,不得自由。’”

这又不是与现在信口主张自由和反对自由的人,对于自由所下的解释,丝毫无异吗?别的例证,想必还多,我见闻狭隘,不能多举了。但即此看来,已可见虽然经过了这许多年,意见还是一样。现在的人心,实在古得很呢。

中国人倘能努力再古一点,也未必不能有古到三皇五帝以前的希望,可惜时时遇着新潮流新空气激荡着,没有工夫了。

在现存的旧民族中,最合中国式理想的,总要推锡兰岛的 Vedda 族。他们和外界毫无交涉,也不受别民族的影响,还是原始的状态,真不愧所谓“羲皇上人”。

但听说他们人口年年减少,现在快要没有了:这实在是一件万分可惜的事。

五十九 “圣武”

我前回已经说过“什么主义都与中国无干”的话了;今天忽然又有些意见,便再写在下面:

我想,我们中国本不是发生新主义的地方,也没有容纳新主义的处所,即使偶然有些外来思想,也立刻变了颜色,而且许多论者反要以此自豪。我们只要留心译本上的序跋,以及各样对于外国事情的批评议论,便能发现我们和别人的思想中间,的确还隔着几重铁壁。他们是说家庭问题的,我们却以为他鼓吹打仗;他们是写社会缺点的,我们却说他讲笑话;他们以为好的,我们说来却是坏的。若再留心看看别国的国民性格,国民文学,再翻一本文人的评传,便更能明白别国著作里写出的性情,作者的思想,几乎全不是中国所有。所以不会了解,不会同情,不会感应;甚至彼我间的是非爱憎,也免不了得到一个相反的结果。

新主义宣传者是放火人吗,也须别人有精神的燃料,才会着火;是弹琴人吗,别人的心上也须有弦索,才会出声;是发声器么,别人也必须是发声器,才会共鸣。中国人都有些不很像,所以不会相干。

几位读者怕要生气,说,“中国时常有将性命去殉他主义的人,中华民国以来,也因为主义上死了多少烈士,你何以一笔抹杀?吓!”这话也是真的。我们从旧的外来思想说罢,六朝的确有许多焚身的和尚,唐朝也有过砍下臂膊布施无赖的和尚;从新的说罢,自然也有过几个人的。然而与中国历史,仍不相干。因为历史结账,不能像数学一般精密,写下许多小数,却只能学粗人算账的四舍五入法门,记一笔整数。

中国历史的整数里面,实在没有什么思想主义在内。这整数只是两种物质,——是刀与火,“来了”便是他的总名。

火从北来便逃向南,刀从前来便退向后,一大堆流水账簿,只有这一个模型。倘嫌“来了”的名称不很庄严,“刀与火”也触目,我们也可以别想花样,奉献一个谥法,称作“圣武”,便好看了。

古时候,秦始皇帝很阔气,刘邦和项羽都看见了;邦说,“嗟乎!大丈夫当如此也!”羽说,“彼可取而代也!”羽要“取”什么呢?便是取邦所说的“如此”。“如此”的程度,虽有不同,可是谁也想取;被取的是“彼”,取的是“丈夫”。所有“彼”与“丈夫”的心中,便都是这“圣武”的产生所,受纳所。

何谓“如此”？说起来话长；简单地说，便只是纯粹兽性方面的欲望的满足——威福，子女，玉帛，——罢了。然而在一切大小丈夫，却要算最高理想了。我怕现在的人，还被这理想支配着。

大丈夫“如此”之后，欲望没有衰，身体却疲敝了；而且觉得暗中有一个黑影——死——到了身边了。于是无法，只好求神仙。这在中国，也要算最高理想了。我怕现在的人，也还被这理想支配着。

求了一通神仙，终于没有见，忽然有些疑惑了。于是要造坟，来保存死尸，想用自己的尸体，永远占据着一块地面。这在中国，也要算一种没奈何的最高理想了。我怕现在的人，也还被这理想支配着。

现在的外来思想，无论如何，总不免有些自由平等的气息，互助共存的气息，在我们这单有“我”，单想“取彼”，单要由我喝尽了一切空间时间的酒的思想界上，实没有插足的余地。

因此，只需防那“来了”便够了。看看别国，抗拒这“来了”的便是有主义的人民。他们因为所信的主义，牺牲了别的一切，用骨肉碰钝了锋刃，血液浇灭了烟焰。在刀光火色衰微中，看出一种薄明的天色，便是新世纪的曙光。

曙光在头上，不抬起头，便永远只能看见物质的闪光。

六十一　不满

欧战才了的时候，中国很抱着许多希望，因此现在也发出许多悲观绝望的声音，说“世界上没有人道”，“人道这句话是骗人的”。有几位评论家，还引用了他们外国论者自己责备自己的文字，来证明所谓文明人者，比野蛮尤其野蛮。

这诚然是痛快淋漓的话，但要问：照我们的意见，怎样才算有人道呢？那答话，想来大约是“收回治外法权，收回租界，退还庚子赔款……”现在都很渺茫，实在不合人道。

但又要问：我们中国的人道怎么样？那答话，想来只能“……”。对于人道只能“……”的人的头上，决不会掉下人道来。因为人道是要各人竭力挣来，培植，保养的，不是别人布施，捐助的。

其实近于真正的人道，说的人还不很多，并且说了还要犯罪。若论皮毛，却总算略有进步了。这回虽然是一场恶战，也居然没有“食肉寝皮”，没有“夷其社稷”，而且新兴了十八个小国。就是德国对待比国，都说残暴绝伦，但看比国的公布，也只是囚徒不给饮

食，村长挨了打骂，平民送上战线之类。这些事情，在我们中国自己对自己也常有，算得什么稀奇？

人类尚未长成，人道自然也尚未长成，但总在那里发荣滋长。我们如果问问良心，觉得一样滋长，便什么都不必忧愁；将来总要走同一的路。看罢，他们是战胜军国主义的，他们的评论家还是自己责备自己，有许多不满。不满是向上的车轮，能够载着不自满的人类，向人道前进。

多有不自满的人的种族，永远前进，永远有希望。

多有只知责人不知反省的人的种族，祸哉祸哉！

六十二　恨恨而死

古来很有几位恨恨而死的人物。他们一面说些“怀才不遇”“天道宁论”的话，一面有钱的便狂嫖滥赌，没钱的便喝几十碗酒，——因为不平的缘故，于是后来就恨恨而死了。

我们应该趁他们活着的时候问他：诸公！您知道北京离昆仑山几里，弱水去黄河几丈吗？火药除了做鞭炮，罗盘除了看风水，还有什么用处吗？棉花是红的还是白的？谷子是长在树上，还是长在草上？桑间濮上如何情形，自由恋爱怎样态度？您在半夜里可忽然觉得有些羞，清早上可居然有点悔吗？四斤的担，您能挑吗？三里的道，您能跑吗？

他们如果细细地想，慢慢地悔了，这便很有些希望。万一越发不平，越发愤怒，那便“爱莫能助”。——于是他们终于恨恨而死了。

中国现在的人心中，不平和愤恨的分子太多了。不平还是改造的引线，但必须先改造了自己，再改造社会，改造世界；万不可单是不平。至于愤恨，却几乎全无用处。

愤恨只是恨恨而死的根苗，古人有过许多，我们不要蹈他们的覆辙。

我们更不要借了“天下无公理，无人道”这些话，遮盖自暴自弃的行为，自称“恨人”，一副恨恨而死的脸孔，其实并不恨恨而死。

六十三　“与幼者”

做了《我们现在怎样做父亲》的后两日，在有岛武郎《著作集》里看到《与幼者》这一篇小说，觉得很有许多好的话。

"时间不住的移过去。你们的父亲的我,到那时候,怎样映在你们(眼)里,那是不能想象的了。大约像我在现在,嗤笑可怜那过去的时代一般,你们也要嗤笑可怜我的古老的心思,也未可知的。我为你们计,但愿这样子。你们若不是毫不客气的拿我做一个踏脚,超越了我,向着高的远的地方进去,那便是错的。"

"人间很寂寞。我单能这样说了就算吗?你们和我,像尝过血的兽一样,尝过爱了。去吧,为要将我的周围从寂寞中救出,竭力做事罢。我爱过你们,而且永远爱着。这并不是说,要从你们受父亲的报酬,我对于'教我学会了爱你们的你们'的要求,只是受取我的感谢罢了……像吃尽了亲的死尸,贮着力量的小狮子一样,刚强勇猛,舍了我,踏到人生上去就是了。"

"我的一生就令怎样失败,怎样胜不了诱惑;但无论如何,使你们从我的足迹上寻不出不纯的东西的事,是要做的,是一定做的。你们该从我的倒毙的所在,跨出新的脚步去。但那里走,怎么走的事,你们也可以从我的足迹上探索出来。"

"幼者呵!将又不幸又幸福的你们的父母的祝福,浸在胸中,上人生的旅路罢。前途很远,也很暗。然而不要怕。不怕的人的面前才有路。"

"走罢!勇猛着!幼者呵!"

有岛氏是白桦派,是一个觉醒的,所以有这等话;但里面也免不了带些眷恋凄怆的气息。

这也是时代的关系。将来便不特没有解放的话,并且不起解放的心,更没有什么眷恋和凄怆;只有爱依然存在。——但是对于一切幼者的爱。

六十四　有无相通

南北的官僚虽然打仗,南北的人民却很要好,一心一意的在那里"有无相通"。

北方人可怜南方人太文弱,便教给他们许多拳脚:什么"八卦拳""太极拳",什么"洪家""侠家",什么"阴截腿""抱桩腿""谭腿""戳脚",什么"新武术""旧武术",什么"实为尽美尽善之体育","强国保种尽在于斯"。

南方人也可怜北方人太简单了,便送上许多文章:什么"……梦""……魂""……痕""……影""……泪",什么"外史""趣史""秽史""秘史",什么"黑幕""现形",什么"淌牌""吊膀""拆白",什么"噫嘻卿卿我我""呜呼燕燕莺莺""吁嗟风风雨雨","耐阿是勒浪勦面孔哉!"

直隶山东的侠客们，勇士们呵！诸公有这许多筋力，大可以做一点神圣的劳作；江苏浙江湖南的才子们，名士们呵！诸公有这许多文才，大可以译几页有用的新书。我们改良点自己，保全些别人；想些互助的方法，收了互害的局面罢！

六十五　暴君的臣民

从前看见清朝几件重案的记载，“臣工”拟罪很严重，“圣上”常常减轻，便心里想：大约因为要博仁厚的美名，所以玩这些花样罢了。后来细想，殊不尽然。

暴君治下的臣民，大抵比暴君更暴；暴君的暴政，时常还不能餍足暴君治下的臣民的欲望。

中国不要提了罢。在外国举一个例：小事件则如 Gogol 的剧本《按察使》，众人都禁止他，俄皇却准开演；大事件则如巡抚想放耶稣，众人却要求将他钉上十字架。

暴君的臣民，只愿暴政暴在他人的头上，他却看着高兴，拿“残酷”做娱乐，拿“他人的苦”做赏玩，做慰安。

自己的本领只是“幸免”。

从“幸免”里又选出牺牲，供给暴君治下的臣民的喝血的欲望，但谁也不明白。死的说“阿呀”，活得高兴着。

六十六　生命的路

想到人类的灭亡是一件大寂寞大悲哀的事；然而若干人们的灭亡，却并非寂寞悲哀的事。

生命的路是进步的，总是沿着无限的精神三角形的斜面向上走，什么都阻止他不得。

自然赋予人们的不调和还很多，人们自己萎缩堕落退步的也还很多，然而生命决不因此回头。无论什么黑暗来防范思潮，什么悲惨来袭击社会，什么罪恶来亵渎人道，人类的渴仰完全的潜力，总是踏了这些铁蒺藜向前进。

生命不怕死，在死的面前笑着跳着，跨过了灭亡的人们向前进。

什么是路？就是从没路的地方践踏出来的，从只有荆棘的地方开辟出来的。

以前早有路了，以后也该永远有路。

人类总不会寂寞，因为生命是进步的，是乐天的。

昨天，我对我的朋友L说，“一个人死了，在死者自身和他的眷属是悲惨的事，但在一村一镇的人看起来不算什么；就是一省一国一种……”

L很不高兴，说，“这是Natur(自然)的话，不是人们的话。你应该小心些。”

我想，他的话也不错。

一九二一年

智识即罪恶

我本来是一个四平八稳，给小酒馆打杂，混一口安稳饭吃的人，不幸认得几个字，受了新文化运动的影响，想求起智识来了。

那时我在乡下，很为猪羊不平；心里想，虽然苦，倘也如牛马一样，可以有一件别的用，那就免得专以卖肉见长了。然而猪羊满脸呆气，终生糊涂，实在除了保持现状之外，没有别的法。所以，诚然，智识是要紧的！

于是我跑到北京，拜老师，求智识。地球是圆的。元质有七十多种。x+y=z。闻所未闻，虽然难，却也以为是人所应该知道的事。

有一天，看见一种日报，却又将我的确信打破了。报上有一位虚无哲学家说：智识是罪恶，赃物……。虚无哲学，多大的权威呵，而说道智识是罪恶。我的智识虽然少，而确实是智识，这倒反而坑了我了。我于是请教老师去。

鲁迅塑像

老师道：“呸，你懒得用功，便胡说，走！”

我想：“老师贪图束脩罢。智识倒也还不如没有的稳当，可惜粘在我脑里，立刻抛不去，我赶快忘了他罢。”

然而迟了。因为这一夜里，我已经死了。

半夜，我躺在公寓的床上，忽而走进两个东西来，一个“活无常”，一个“死有分”。但我却并不诧异，因为他们正如城隍庙里塑着的一般。然而跟在后面的两个怪物，却使我吓得失声，因为并非牛头马面，而却是羊面猪头！我便悟到，牛马还太聪明，犯了罪，换上这猪公了，这可见智识是罪恶……。我没有想完，猪头便用嘴将我一拱，我于是立刻跌入阴府里，用不着久等烧车马。

到过阴间的前辈先生多说，阴府的大门是有匾额和对联的，我留心看时，却没有，只见大堂上坐着一位阎罗王。稀奇，他便是我的隔壁的大富豪朱朗翁。大约钱是身外之物，带不到阴间的，所以一死便成为清白鬼了，只是不知道怎么又做了大官。他只穿一件极俭朴的爱国布的龙袍，但那龙颜却比活的时候胖得多了。

"你有智识吗？"朗翁脸上毫无表情地问。

"没……"我是记得虚无哲学家的话的，所以这样答。

"说没有便是有——带去！"

我刚想：阴府里的道理真奇怪……却又被羊角一叉，跌出阎罗殿去了。

其时跌在一坐城池里，其中都是青砖绿门的房屋，门顶上大抵是洋灰做的两个所谓狮子，门外面都挂一块招牌。倘在阳间，每一所机关外总挂五六块牌，这里却只一块，足见地皮的宽裕了。这瞬息间，我又被一位手执钢叉的猪头夜叉用鼻子拱进一间屋子里去，外面有牌额是：

"油豆滑跌小地狱"

进得里面，却是一望无边的平地，满铺了白豆拌着桐油。只见无数的人在这上面跌倒又起来，起来又跌倒。我也接连地摔了十二交，头上长出许多疙瘩来。但也有竟在门口坐着躺着，不想爬起，虽然浸得油汪汪的，却毫无一个疙瘩的人，可惜我去问他，他们都瞠着眼不说话。我不知道他们是不听见呢还是不懂，不愿意说呢还是无话可谈。

我于是跌上前去，去问那些正在乱跌的人们。其中的一个道：

"这就是罚智识的，因为智识是罪恶，赃物……。我们还算是轻的呢。你在阳间的时候，怎么不昏一点？……"他气喘吁吁的断续地说。

"现在昏起来吧。"

"迟了。"

"我听得人说，西医有使人昏睡的药，去请他注射去，好吗？"

"不成，我正因为知道医药，所以在这里跌，连针也没有了。"

"那么……有专给人打吗啡针的，听说多是没知识的人……我寻他们去。"

在这谈话时，我们本已滑跌了几百交了。我一失望，便更不留神，忽然将头撞在白豆稀薄的地面上。地面很硬，跌势又重，我于是糊里糊涂的发了昏……

阿！自由！我忽而在平野上了，后面是那城，前面望得见公寓。我仍然糊里糊涂地走，一面想：我的妻和儿子，一定已经上京了，他们正围着我的死尸哭呢。我于是扑向我的躯壳去，便直坐起来，他们吓跑了，后来竭力说明，他们才了然，都高兴得大叫道：你还阳了，呵呀，我的老天爷哪……

我这样糊里糊涂地想时，忽然活过来了……

没有我的妻和儿子在身边，只有一个灯在桌上，我觉得自己睡在公寓里。间壁的一位学生已经从戏园回来，正哼着"先帝爷唉唉唉"哩，可见时候是不早了。

这还阳还得太冷静，简直不像还阳，我想，莫非先前也并没有死吗？倘若并没死，那么，朱朗翁也就并没有做阎罗王。

解决这问题，用智识究竟还怕是罪恶，我们还是用感情来决一决罢。

十月二十三日。

事实胜于雄辩

西哲说：事实胜于雄辩。我当初很以为然，现在才知道在我们中国，是不适用的。

去年我在青云阁的一个铺子里买过一双鞋，今年破了，又到原铺子去照样的买一双。

一个胖伙计，拿出一双鞋来，那鞋头又尖又浅了。

我将一只旧式的和一只新式的都排在柜上，说道：

"这不一样……"

"一样，没有错。"

"这……"

"一样，您瞧！"

我于是买了尖头鞋走了。

我顺便有一句话奉告我们中国的某爱国大家，您说，攻击本国的缺点，是拾某国人的唾余的，试在中国上，加上我们二字，看看通不通。

现在我敬谨加上了，看过了，然而通的。

您瞧！

十一月四日。

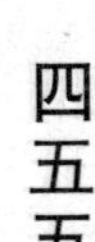

一九二二年

估《学衡》

我在二月四日的《晨报副刊》上看见式芬先生的杂感，很诧异天下竟有这样拘迂的老先生，竟不知世故到这地步，还来同《学衡》诸公谈学理。夫所谓《学衡》者，据我看来，实不过聚在“聚宝之门”左近的几个假古董所放的假毫光；虽然自称为“衡”，而本身的称星尚且未曾钉好，更何论于他所衡的轻重的是非。所以，决用不着较准，只要估一估就明白了。

《弁言》说，“籀绎之作必趋雅音以崇文”，“籀绎”如此，述作可知。夫文者，即使不能“载道”，却也应该“达意”，而不幸诸公虽然张皇国学，笔下却未免欠亨，不能自了，何以“衡”人。这实在是一个大缺点。看罢，诸公怎么说：

《弁言》云，“杂志迩例弁以宣言”，按宣言即布告，而弁者，周人戴在头上的瓜皮小帽一般的帽子，明明是顶上的东西，所以“弁言”就是序，异于“杂志迩例”的宣言，并为一谈，太汗漫了。《评提倡新文化者》文中说，“或操笔以待。每一新书出版。必为之序。以尽其领袖后进之责。顾亭林曰。人之患在好为人序。其此之谓乎。故语彼等以学问之标准与良知。犹语商贾以道德。娼妓以贞操也。”原来做一篇序“以尽其领袖后进之责”，便有这样的大罪案。然而诸公又何以也“突而弁兮”的“言”了起来呢？照前文推论，那便是我的质问，却正是“语商贾以道德。娼妓以贞操也”了。

《中国提倡社会主义之商榷》中说，“凡理想学说之发生。皆有其历史上之背影。绝非悬空虚构。造乌托之邦。作无病之呻者也。”在“英吉之利”的摩耳，并未做 Pia ofUto，虽曰之乎者也，欲罢不能，但别寻古典，也非难事，又何必当中加楦呢。于古未闻“睹史之陀”，在今不云“宁古之塔”，奇句如此，真可谓“有病之呻”了。

《国学摭谭》中说，“虽三皇寥廓而无极。五帝搢绅先生难言之。”人而能“寥廓”，已属奇闻，而第二句尤为费解，不知是三皇之事，五帝和搢绅先生皆难言之，抑是五帝之事，搢绅先生也难言之呢？推度情理，当从后说，然而太史公所谓“搢绅先生难言之”者，乃指“百家言黄帝”而并不指五帝，所以翻开《史记》，便是赫然的一篇《五帝本纪》，又何尝“难言之”。难道太史公在汉朝，竟应该算是下等社会中人吗？

《记白鹿洞谈虎》中说,“诸父老能健谈。谈多称虎。当其摹示扑噬之状。闻者鲜不色变。退而记之。亦资诙噱之类也。”姑不论其“能”“健”“谈”“称”,床上安床,“扑噬之状”,终于未记,而“变色”的事,但“资诙噱”,也可谓太远于事情,倘使但“资诙噱”,则先前的闻而色变者,简直是呆子了。记又云,“伥者。新鬼而膏虎牙者也。”刚做新鬼,便“膏虎牙”,实在可悯。那么,虎不但食人,而且也食鬼了。这是古来未知的新发现。

《渔丈人行》的起首道:“楚王无道杀伍奢。覆巢之下无完家。”这“无完家”虽比“无完卵”新奇,但未免颇有语病。假如“家”就是鸟巢,那便犯了复,而且“之下”二字没有着落,倘说是人家,则掉下来的鸟巢未免太沉重了。除了大鹏金翅鸟(出《说岳全传》),断没有这样的大巢,能够压破彼等的房子。倘说是因为押韵,不得不然,那我敢说:这是“挂脚韵”。押韵至于如此,则翻开《诗韵合璧》的“六麻”来,写道“无完蛇”“无完瓜”“无完叉”,都无所不可的。

还有《浙江采集植物游记》,连题目都不通了。采集有所务,并非漫游,所以古人作记,务与游不并举,地与游才相连。匡庐峨眉,山也,则曰纪游,采硫访碑,务也,则曰日记。虽说采集时候,也兼游览,但这应该包举在主要的事务里,一列举便不“古”了。例如这记中也说起吃饭睡觉的事,而题目不可作《浙江采集植物游食眠记》。

以上不过随手拾来的事,毛举起来,更要费笔费墨费时费力,犯不上,中止了。因此诸公的说理,便没有指正的必要,文且未亨,理将安托,穷乡僻壤的中学生的成绩,恐怕也不至于此的了。

总之,诸公掊击新文化而张皇旧学问,倘不自相矛盾,倒也不失其为一种主张。可惜的是于旧学并无门径,并主张也还不配。倘使字句未通的人也算是国粹的知己,则国粹更要惭惶煞人!“衡”了一顿,仅仅“衡”出了自己的铢两来,于新文化无伤,于国粹也差得远。

我所佩服诸公的只有一点,是这种东西也居然会有发表的勇气。

为“俄国歌剧团”

我不知道,——其实是可以算知道的,然而我偏要这样说,——俄国歌剧团何以要离开他的故乡,却以这美妙的艺术到中国来博一点茶水喝。你们还是回去罢!

我到第一舞台看俄国的歌剧,是四日的夜间,是开演的第二日。

一入门,便使我发生异样的心情了:中央三十多人,旁边一大群兵,但楼上四五等中

还有三百多的看客。

有人初到北京的，不久便说：我似乎住在沙漠里了。

是的，沙漠在这里。

没有花，没有诗，没有光，没有热。没有艺术，而且没有趣味，而且至于没有好奇心。

沉重的沙……

我是怎么一个怯弱的人呵。这时我想：倘使我是一个歌人，我的声音怕要消沉了吧。

沙漠在这里。

然而他们舞蹈了，歌唱了，美妙而且诚实的，而且勇猛的。

流动而且歌吟的云……

兵们拍手了，在接吻的时候。兵们又拍手了，又在接吻的时候。

非兵们也有几个拍手了，也在接吻的时候，而一个最响，超出于兵们的。

我是怎么一个褊狭的人呵。这时我想：倘使我是一个歌人，我怕要收藏了我的竖琴，沉默了我的歌声罢。倘不然，我就要唱我的反抗之歌。

而且真的，我唱了我的反抗之歌了！

沙漠在这里，恐怖的……

然而他们舞蹈了，歌唱了，美妙而且诚实的，而且勇猛的。

你们漂流转徙的艺术者，在寂寞里歌舞，怕已经有了归心了罢。你们大约没有复仇的意思，然而一回去，我们也就被复仇了。

比沙漠更可怕的人世在这里。

呜呼！这便是我对于沙漠的反抗之歌，是对于相识以及不相识的同感的朋友的劝诱，也就是为流转在寂寞中间的歌人们的广告。

四月九日。

无题

私立学校游艺大会的第二日，我也和几个朋友到中央公园去走一回。

我站在门口贴着“昆曲”两字的房外面，前面是墙壁，而一个人用了全力要从我的背后挤上去，挤得我喘不出气。他似乎以为我是一个没有实质的灵魂了，这不能不说他有一点错。

回去要分点心给孩子们，我于是乎到一个制糖公司里去买东西。买的是“黄枚朱古律三文治”。

这是盒子上写着的名字，很有些神秘气味了。然而不的，用英文，不过是 Chocolate apricot sandwich。

我买定了八盒这“黄枚朱古律三文治”，付过钱，将他们装入衣袋里。不幸而我的眼光忽然横溢了，于是看见那公司的伙计正揸开了五个指头，罩住了我所未买的别的一切“黄枚朱古律三文治”。

这明明是给我的一个侮辱！然而，其实，我可不应该以为这是一个侮辱，因为我不能保证他如不罩住，也可以在纷乱中永远不被偷。也不能证明我绝不是一个偷儿，也不能自己保证我在过去现在以至未来绝没有偷窃的事。

但我在那时不高兴了，装出虚伪的笑容，拍着这伙计的肩头说：

“不必的，我绝不至于多拿一个……”

他说：“那里那里……”赶紧掣回手去，于是惭愧了。这很出我意外，——我预料他一定要强辩，——于是我也惭愧了。

这种惭愧，往往成为我的怀疑人类的头上的一滴冷水，这于我是有损的。

夜间独坐在一间屋子里，离开人们至少也有一丈多远了。吃着分剩的“黄枚朱古律三文治”；看几叶托尔斯泰的书，渐渐觉得我的周围，又远远地包着人类的希望。

四月十二日。

“以震其艰深”

上海租界上的“国学家”，以为做白话文的大抵是青年，总该没有看过古董书的，于是乎用了所谓“国学”来吓唬他们。

《时报》上载着一篇署名“涵秋”的《文字感想》，其中有一段说：

“新学家薄国学为不足道故为钩辀格磔之文以震其艰深也一读之欲呕再读之昏昏睡去矣”

领教。我先前只以为“钩辀格磔”是古人用他来形容鹧鸪的啼声，并无别的深意思；亏得这《文字感想》，才明白这是怪鹧鸪啼得“艰深”了，以此责备他的。但无论如何，“艰深”却不能令人“欲呕”，闻鹧鸪啼而呕者，世固无之，即以文章论，“粤若稽古”，注释纷纭，“绛即东雍”，圈点不断，这总该可以算是艰深的了，可是也从未听说，有人因此反胃。呕吐的原因决不在乎别人文章的“艰深”，是在乎自己的身体里的，大约因为“国学”积蓄得太多，笔不及写，所以涌出来了罢。

"以震其艰深也"的"震"字，从国学的门外汉看来也不通，但也许是为手民所误的，因为排字印报也是新学，或者也不免要"以震其艰深"。

否则，如此"国学"，虽不艰深，却是恶作，真是"一读之欲呕"，再读之必呕矣。

国学国学，新学家既"薄为不足道"，国学家又道而不能亨，你真要道尽途穷了！

九月二十日。

所谓"国学"

现在暴发的"国学家"之所谓"国学"是什么？

一是商人遗老们翻印了几十部旧书赚钱，二是洋场上的文豪又做了几篇鸳鸯蝴蝶体小说出版。

商人遗老们的印书是书籍的古董化，其置重不在书籍而在古董。遗老有钱，或者也不过聊以自娱罢了，而商人便大吹大擂的借此获利。还有茶商盐贩，本来是不齿于"士类"的，现在也趁着新旧纷扰的时候，借刻书为名，想挨近遗老遗少的"士林"里去。他们所刻的书都无民国年月，辨不出是元版是清版，都是古董性质，至少每本两三元，绵连，锦帙，古色古香，学生们是买不起的。这就是他们之所谓"国学"。

然而巧妙的商人可也决不肯放过学生们的钱的，便用坏纸恶墨别印什么"菁华"什么"大全"之类来搜括。定价并不大，但和纸墨一比较却是大价了。至于这些"国学"书的校勘，新学家不行，当然是出于上海的所谓"国学家"的了，然而错字迭出，破句连篇（用的并不是新式圈点），简直是拿少年来开玩笑。这是他们之所谓"国学"。

洋场上的往古所谓文豪，"卿卿我我""蝴蝶鸳鸯"诚然做过一小堆，可是自有洋场以来，从没有人称这些文章（？）为国学，他们自己也并不以"国学家"自命的。现在不知何以，忽而奇想天开，也学了盐贩茶商，要凭空挨近"国学家"队里去了。然而事实很可惨，他们之所谓国学，是"拆白之事各处皆有而以上海一隅为最甚（中略）余于课余之暇不惜浪费笔墨编纂事实作一篇小说以饷阅者想亦阅者所乐闻也。"（原本每句都密圈，今从略，以省排工，阅者谅之。）

"国学"乃如此而已乎？

试去翻一翻历史里的儒林和文苑传罢，可有一个将旧书当古董的鸿儒，可有一个以拆白饷阅者的文士？

倘说,从今年起,这些就是“国学”,那又是“新”例了。你们不是讲“国学”的吗?

儿歌的“反动”

一　儿歌

胡怀琛

“月亮!月亮!
还有半个那里去了?”
“被人家偷去了。”
“偷去做什么?”
“当镜子照。”

二　反动歌

小孩子

天上半个月亮,
我倒是“破镜飞上天”,
原来却是被人偷下地了。
有趣呀,有趣呀,成了镜子了!
可是我见过圆的方的长方的八角六角
的菱花式的宝相花式的镜子矣,
没有见过半月形的镜子也。
我于是乎很不有趣也!

谨案小孩子略受新潮,辄敢妄行诘难,人心不古,良足慨然!然拜读原诗,亦存小失,倘能改第二句为“两半个都哪里去了”,即成全璧矣。胡先生夙擅改削,当不以鄙言为河汉也。夏历中秋前五日,某生者谨注。

十月九日。

“一是之学说”

我从《学灯》上看见驳吴宓君《新文化运动之反应》这一篇文章之后,才去寻《中华新

报》来看他的原文。

那是一篇浩浩洋洋的长文,该有一万多字罢,——而且还有作者吴宓君的照相。记者又在论前介绍说,“泾阳吴宓君美国哈佛大学硕士现为国立东南大学西洋文学教授君既精通西方文学得其神髓而国学复涵养甚深近主撰学衡杂志以提倡实学为任时论崇之”。

但这篇大文的内容是很简单的。说大意,就是新文化本也可以提倡的,但提倡者“当思以博大之眼光。宽宏之态度。肆力学术。深窥精研。观其全体。而贯通彻悟。然后平情衡理。执中驭物。造成一是之学说。融合中西之精华。以为一国一时之用。”而可恨“近年有所谓新文化运动者。本其偏激之主张。佐以宣传之良法。……加之喜新盲从者之多。”便忽而声势浩大起来。殊不知“物极必反。理有固然。”于是“近顷于新文化运动怀疑而批评之书报渐多”了。这就谓之“新文化运动之反应”。然而“又所谓反应者非反抗之谓……读者幸勿因吾论列于此。而遂疑其为不赞成新文化者”云。

反应的书报一共举了七种,大体上都是“执中驭物”,宣传“正轨”的新文化的。现在我也来绍介一回:一《民心周报》,二《经世报》,三《亚洲学术杂志》,四《史地学报》,五《文哲学报》,六《学衡》,七《湘君》。

此外便是吴君对于这七种书报的“平情衡理”的批评(?)了。例如《民心周报》,“自发刊以至停版。除小说及一二来稿外。全用文言。不用所谓新式标点。即此一端。在新潮方盛之时。亦可谓砥柱中流矣。”至于《湘君》之用白话及标点,却又别有道理,那是“《学衡》本事理之真。故拒斥粗劣白话及英文标点。《湘君》求文艺之美。故兼用通妥白话及新式标点”的。总而言之,主张偏激,连标点也就偏激,那白话自然更不“通妥”了。即如我的白话,离通妥就很远;而我的标点则是“英文标点”。

但最“贯通彻悟”的是拉《经世报》来做“反应”,当《经世报》出版的时候,还没有“万恶孝为先”的谣言,而他们却早已发过许多崇圣的高论,可惜现在从日报变了月刊,实在有些萎缩现象了。至于“其于君臣之伦。另下新解”,“《亚洲学术杂志》议其牵强附会。必以君为帝王”,实在并不错,这才可以算得“新文化之反应”,而吴君又以为“则过矣”,那可是自己“则过矣”了。因为时代的关系,那时的君,当然是帝王而不是大总统。又如民国以前的议论,也因为时代的关系,自然多含革命的精神,《国粹学报》便是其一,而吴君却怪他谈学术而兼涉革命,也就是过于“融合”了时间的先后的原因。

此外还有一个太没见识处,就是遗漏了《长青》,《红》,《快活》,《礼拜六》等近顷风起云涌的书报,这些实在都是“新文化运动的反应”,而且说“通妥白话”的。

十一月三日。

不懂的音译

一

凡有一件事,总是永远缠夹不清的,大约莫过于在我们中国了。

翻外国人的姓名用音译,原是一件极正当,极平常的事,倘不是毫无常识的人们,似乎绝不至于还会说废话。然而在上海报(我记不清楚什么报了,总之不是《新申报》便是《时报》)上,却又有伏在暗地里掷石子的人来嘲笑了。他说,做新文学家的秘诀,其一是要用些"屠介纳夫""郭歌里"之类使人不懂的字样的。

凡有旧来音译的名目:靴,狮子,葡萄,萝卜,佛,伊犁等……都毫不为奇的使用,而独独对于几个新译字来作怪;若是明知的,便可笑;倘不,更可怜。

其实是,现在的许多翻译者,比起往古的翻译家来,已经含有加倍的顽固性的了。例如南北朝人译印度的人名:阿难陀,实义难陀,鸠摩罗什婆……决不肯附会成中国的人名模样,所以我们到了现在,还可以依了他们的译例推出原音来。不料直到光绪末年,在留学生的书报上,说是外国出了一个"柯伯坚",倘使粗粗一看,大约总不免要疑心他是柯府上的老爷柯仲软的令兄的罢,但幸而还有照相在,可知道并不如此,其实是俄国的kropotkin。那书上又有一个"陶斯道",我已经记不清是Dostoievski呢,还是Tolstoi了。

这"屠介纳夫"和"郭歌里",虽然古雅赶不上"柯伯坚",但于外国人的氏姓上定要加一个《百家姓》里所有的字,却几乎成了现在译界的常习,比起六朝和尚来,已可谓很"安本分"的了。然而竟还有人从暗中来掷石子,装鬼脸,难道真所谓"人心不古"吗?我想,现在的翻译家倒大可以学学"古之和尚",凡有人名地名,什么音便怎么译,不但用不着白费心思去嵌镶,而且还须去改正。即如"柯伯坚",现在虽然改译"苦鲁巴金"了,但第一音既然是K不是Ku,我们便该将"苦"改作"克",因为K和Ku的分别,在中国字音上是办得到的。

而中国却是更没有注意到,所以去年Kropotkin死去的消息传来的时候,上海《时报》便用日俄战争时旅顺败将Kuropatkin的照相,把这位无治主义老英雄的面目来顶替了。

十一月四日。

二

自命为"国学家"的对于译音也加以嘲笑,确可以算得一种古今的奇闻;但这不特显示他的昏愚，实在也足以看出他的悲惨。

倘如他的尊意，则怎么办呢？我想，这只有三条计。上策是凡有外国的事物都不谈；中策是凡有外国人都称之为洋鬼子，例如屠介纳夫的《猎人日记》，郭歌里的《巡按使》，都题为“洋鬼子著”；下策是，只好将外国人名改为王羲之唐伯虎黄三太之类，例如进化论是唐伯虎提倡的，相对论是王羲之发明的，而发现美洲的则为黄三太。

倘不能，则为自命为国学家所不懂的新的音译语，可是要侵入真的国学的地域里来了。

中国有一部《流沙坠简》，印了将有十年了。要谈国学，那才可以算一种研究国学的书。开首有一篇长序，是王国维先生做的，要谈国学，他才可以算一个研究国学的人物。而他的序文中有一段说，“案古简所出为地凡三（中略）其三则和阗东北之尼雅城及马咱托拉拔拉滑史德三地也”。

这些译音，并不比“屠介纳夫”之类更古雅，更易懂。然而何以非用不可呢？就因为有三处地方，是这样的称呼；即使上海的国学家怎样冷笑，他们也仍然还是这样的称呼。当假的国学家正在打牌喝酒，真的国学家正在稳坐高斋读古书的时候，莎士比亚的同乡斯坦因博士却已经在甘肃新疆这些地方的沙碛里，将汉晋简牍掘去了；不但掘去，而且做出书来了。所以真要研究国学，便不能不翻回来；因为真要研究，所以也就不能行我的三策：或绝口不提，或但云“得于华夏”，或改为“获之于春申浦畔”了。

而且不特这一事。此外如真要研究元朝的历史，便不能不懂“屠介纳夫”的国文，因为单用些“鸳鸯”“蝴蝶”这些字样，实在是不够敷衍的。所以中国的国学不发达则已，万一发达起来，则敢请恕我直言，可是断不是洋场上的自命为国学家“所能厕足其间者也”的了。

但我于序文里所谓三处中的“马咱托拉拔拉滑史德”，起初却实在不知道怎样断句，读下去才明白二是“马咱托拉”，三是“拔拉滑史德”。

所以要清清楚楚地讲国学，也仍然须嵌外国字，须用新式的标点的。

十一月六日。

对于批评家的希望

前两三年的书报上，关于文艺的大抵只有几篇创作（姑且这样说）和翻译，于是读者颇有批评家出现的要求，现在批评家已经出现了，而且日见其多了。

以文艺如此幼稚的时候，而批评家还要发掘美点，想扇起文艺的火焰来，那好意实在很可感。即不然，或则叹息现代作品的浅薄，那是望着作家更其深，或则叹息现代作品之没有血泪，那是怕著作界复归于轻佻。虽然似乎微辞过多，其实却是对于文艺的热烈的好意，那也实在是很可感谢的。

独有靠了一两本“西方”的旧批评论，或则捞一点头脑板滞的先生们的唾余，或则仗着中国固有的什么天经地义之类的，也到文坛上来践踏，则我以为委实太滥用了批评的权威。试将粗浅的事来比罢：譬如厨子做菜，有人品评他坏，他固不应该将厨刀铁釜交给批评者，说道你试来做一碗好的看；但他却可以有几条希望，就是望吃菜的没有“嗜痂之癖”，没有喝醉了酒，没有害着热病，舌苔厚到二三分。

我对于文艺批评家的希望却还要小。我不敢望他们于解剖裁判别人的作品之前，先将自己的精神来解剖裁判一回，看本身有无浅薄卑劣荒谬之处，因为这事情是颇不容易的。我所希望的不过愿其有一点常识，例如知道裸体画和春画的区别，接吻和性交的区别，尸体解剖和戮尸的区别，出洋留学和“放诸四夷”的区别，笋和竹的区别，猫和老虎的区别，老虎和番菜馆的区别……。更进一步，则批评以英美的老先生学说为主，自然是悉听尊便的，但尤希望知道世界上不止英美两国；看不起托尔斯泰，自然也自由的，但尤希望先调查一点他的行实，真看过几本他所做的书。

还有几位批评家，当批评译本的时候，往往诋为不足齿数的劳力，而怪他何不去创作。创作之可尊，想来翻译家该是知道的，然而他竟止于翻译者，一定因为他只能翻译，或者偏爱翻译的缘故。所以批评家若不就事论事，而说些应当去如此如彼，是溢出于事权以外的事，因为这类言语，是商量教训而不是批评。现在还将厨子来比，则吃菜的只要说出品味如何就足够，若于此之外，又怪他何以不去做裁缝或造房子，那是无论怎样的呆厨子，也难免要说这位客官是痰迷心窍的了。

十一月九日。

反对“含泪”的批评家

现在对于文艺的批评日见其多了，是好现象；然而批评日见其怪了，是坏现象，愈多反而愈坏。

我看了很觉得不以为然的是胡梦华君对于汪静之君《蕙的风》的批评，尤其觉得非常不以为然的是胡君答复章鸿熙君的信。

一，胡君因为《蕙的风》里有一句“一步一回头瞟我意中人”，便科以和《金瓶梅》一样的罪：这是锻炼周纳的。《金瓶梅》卷首诚然有“意中人”三个字，但不能因为有三个字相同，便说这书和那书是一模样。例如胡君要青年去忏悔，而《金瓶梅》也明明说是一部“改过的书”，若因为这一点意思偶合，而说胡君的主张也等于《金瓶梅》，我实在没有这样的粗心和大胆。我以为中国之所谓道德家的神经，自古以来，未免过敏而又过敏了，看见一句“意中人”，便即想到《金瓶梅》，看见一个“瞟”字，便即穿凿到别的事情上去。然而一切青年的心，却未必都如此不净；倘竟如此不净，则即使“授受不亲”，后来也就会“瞟”，以至于瞟以上的等等事，那时便是一部《礼记》，也即等于《金瓶梅》了，又何有于《蕙的风》？

二，胡君因为诗里有“一个和尚悔出家”的话，便说是诬蔑了普天下和尚，而且大呼释迦牟尼佛：这是近于宗教家而且援引多数来恫吓，失了批评的态度的。其实一个和尚悔出家，并不是怪事，若普天下的和尚没有一个悔出家的，那倒是大怪事。中国岂不是常有酒肉和尚，还俗和尚吗？非“悔出家”而何？倘说那些是坏和尚，则那诗里的便是坏和尚之一，又何至诬蔑了普天下的和尚呢？这正如胡君说一本诗集是不道德，并不算诬蔑了普天下的诗人。至于释迦牟尼，可更与文艺界“风马牛”了，据他老先生的教训，则作诗便犯了“绮语戒”，无论道德或不道德，都不免受些孽报，可怕得很的！

三，胡君说汪君的诗比不上歌德和雪利，我以为是对的。但后来又说，“论到人格，歌德一生而十九娶，为世诟病，正无可讳。然而歌德所以垂世不朽者，乃五十岁以后忏悔的歌德，我们也知道吗？”这可奇特了。雪利我不知道，若歌德即 Goethe，则我敢替他呼几句冤，就是他并没有“一生而十九娶”，并没有“为世诟病”，并没有“五十岁以后忏悔”。而且对于胡君所说的“自‘耳食’之风盛，歌德，雪利之真人格遂不为国人所知，无识者流，更妄相援引，可悲亦复可笑！”这一段话，也要请收回一些去。

我不知道汪君可曾过了五十岁，倘没有，则即使用了胡君的论调来裁判，似乎也还不妨做“一步一回头瞟我意中人”的诗，因为以歌德为例，也还没有到“忏悔”的时候。

临末，则我对于胡君的“悲哀的青年，我对于他们只有不可思议的眼泪！”“我还想多写几句，我对于悲哀的青年的不可思议的泪已盈眶了。”这一类话，实在不明白“其意何居”。批评文艺，万不能以眼泪的多少来定是非。文艺界可以收到创作家的眼泪，而沾了批评家的眼泪却是污点。胡君的眼泪的确洒得非其地，非其时，未免万分可惜了。

起稿已完，才看见《青光》上的一段文章，说近人用先生和君，含有尊敬和小觑的差别意见。我在这文章里正用君，但初意却不过贪图少写一个字，并非有什么《春秋》笔法。

现在声明于此，却反而多写了许多字了。

十一月十七日。

即小见大

北京大学的反对讲义收费风潮，芒硝火焰似的起来，又芒硝火焰似的消灭了，其间就是开除了一个学生冯省三。

这事很奇特，一回风潮的起灭，竟只关于一个人。倘使诚然如此，则一个人的魄力何其太大，而许多人的魄力又何其太无呢。

现在讲义费已经取消，学生是得胜了，然而并没有听得有谁为那做了这次的牺牲者祝福。

即小见大，我于是竟悟出一件长久不解的事来，就是：三贝子花园里面，有谋刺良弼和袁世凯而死的四烈士坟，其中有三块墓碑，何以直到民国十一年还没有人去刻一个字。

凡有牺牲在祭坛前沥血之后，所留给大家的，实在只有“散胙”这一件事了。

十一月十八日。

一九二四年

望勿“纠正”

汪原放君已经成了古人了，他的标点和校正小说，虽然不免小谬误，但大体是有功于作者和读者的。谁料流弊却无穷，一班效颦的便随手拉一部书，你也标点，我也标点，你也作序，我也作序，他也校改，这也校改，又不肯好好地做，结果只是糟蹋了书。

《花月痕》本不必当作宝贝书，但有人要标点付印，自然是各随各便。这书最初是木刻的，后有排印本；最后是石印，错字很多，现在通行的多是这一种。至于新标点本，则陶乐勤君序云，“本书所取的原本，虽属佳品，可是错误尚多。余虽都加以纠正，然失检之处，势必难免。……”我只有错字很多的石印本，偶然对比了第二十五回中的三四叶，便觉得还是石印本好，因为陶君于石印本的错字多未纠正，而石印本的不错字儿却多纠歪了。

“钗黛直是个子虚乌有，算不得什么。……”

这“直是个”就是“简直是一个”之意，而纠正本却改作“真是个”，便和原意很不相同了。

“秋痕头上包着绉帕……突见痴珠，便含笑低声说道，‘我料得你挨不上十天，其实何苦呢？’

“……痴珠笑道，‘往后再商量罢。’……”

他们俩虽然都沦落，但其时却没有什么大悲哀，所以还都笑。而纠正本却将两个“笑”字都改成“哭”字了。教他们一见就哭，看眼泪似乎太不值钱，况且“含哭”也不成话。

我因此想到一种要求，就是印书本是美事，但若自己于意义不甚了然时，不可便以为是错的，而奋然“加以纠正”，不如“过而存之”，或者倒是并不错。

我因此又起了一个疑问，就是有些人攻击译本小说“看不懂”，但他们看中国人自作的旧小说，当真看得懂吗？

一月二十八日。

这一篇短文发表之后，曾记得有一回遇见胡适之先生，谈到汪先生的事，知道他很康健。胡先生还以为我那“成了古人”云云，是说他做过许多工作，已足以表见于世的意思。这实在使我“诚惶诚恐”，因为我本意实不如此，直白地说，就是说已经“死掉了”。可是直到那时候，我才知这先前所听到的竟是一种毫无根据的谣言。现在我在此谨向汪先生谢我的粗疏之罪，并且将旧文的第一句订正，改为：“汪原放君未经成了古人了。”一九二五年九月二十四日，身热头痛之际，书。

华盖集

题记

在一年的尽头的深夜中，整理了这一年所写的杂感，竟比收在《热风》里的整四年中所写的还要多。意见大部分还是那样，而态度却没有那么质直了，措辞也时常弯弯曲曲，议论又往往执滞在几件小事情上，很足以贻笑于大方之家。然而那又有什么法子呢。我今年偏遇到这些小事情，而偏有执滞于小事情的脾气。

我知道伟大的人物能洞见三世，观照一切，历大苦恼，尝大欢喜，发大慈悲。但我又知道这必须深入山林，坐古树下，静观默想，得天眼通，离人间愈远遥，而知人间也愈深，愈广；于是凡有言说，也愈高，愈大；于是而为天人师。我幼时虽曾梦想飞空，但至今还在地上，救小创伤尚且来不及，那有余暇使心开意豁，立论都公允妥洽，平正通达，像"正人君子"一般；正如沾水小蜂，只在泥土上爬来爬去，万不敢比附洋楼中的通人，但也自有悲苦愤激，绝非洋楼中的通人所能领会。

这病痛的根柢就在我活在人间，又是一个常人，能够交着"华盖运"。

我平生没有学过算命，不过听老年人说，人是有时要交"华盖运"的。这"华盖"在他们口头上大概已经讹诈"镬盖"了，现在加以订正。所以，这运，在和尚是好运：顶有华盖，自然是成佛作祖之兆。但俗人可不行，华盖在上，就要给罩住了，只好碰钉子。我今年开手作杂感时，就碰了两个大钉子：一是为了《咬文嚼字》，一是为了《青年必读书》。署名和匿名的豪杰之士的骂信，收了一大捆，至今还塞在书架下。此后又突然遇见了一些所谓学者，文士，正人，君子等等，据说都是讲公话，谈公理，而且深不以"党同伐异"为然的。可惜我和他们太不同了，所以也就被他们伐了几下，——但这自然是为"公理"之故，和我的"党同伐异"不同。这样，一直到现下还没有完结，只好"以待来年"。

也有人劝我不要做这样的短评。那好意，我是很感激的，而且也并非不知道创作之可贵。然而要做这样的东西的时候，恐怕也还要做这样的东西，我以为如果艺术之宫里有这么麻烦的禁令，倒不如不进去；还是站在沙漠上，看看飞沙走石，乐则大笑，悲则大叫，愤则大骂，即使被沙砾打得遍身粗糙，头破血流，而时时抚摩自己的凝血，觉得若有花纹,也未必不及跟着中国的文士们去陪莎士比亚吃黄油面包之有趣。

然而只恨我的眼界小,单是中国,这一年的大事件也可以算是很多的了,我竟往往没有论及,似乎无所感触。我早就很希望中国的青年站出来,对于中国的社会,文明,都毫无忌惮地加以批评,因此曾编印《莽原周刊》,作为发言之地,可惜来说话的竟很少。在别的刊物上,倒大抵是对于反抗者的打击,这实在是使我怕敢想下去的。

现在是一年的尽头的深夜,深得这夜将尽了,我的生命,至少是一部分的生命,已经耗费在写这些无聊的东西中,而我所获得的,乃是我自己的灵魂的荒凉和粗糙。但是我并不惧惮这些,也不想遮盖这些,而且实在有些爱他们了,因为这是我转辗而生活于风沙中的瘢痕。凡有自己也觉得在风沙中转辗而生活着的,会知道这意思。

我编《热风》时,除遗漏的之外,又删去了好几篇。这一回却小有不同了,一时的杂感一类的东西,几乎都在这里面。

一九二五年十二月三十一日之夜,记于绿林书屋东壁下。

一九二五年

咬文嚼字

一

以摆脱传统思想的束缚而来主张男女平等的男人,却偏喜欢用轻靓艳丽字样来译外国女人的姓氏:加些草头,女旁,丝旁。不是"思黛儿",就是"雪琳娜"。西洋和我们虽然远哉遥遥,但姓氏并无男女之别,却和中国一样的,——除掉斯拉夫民族在语尾上略有区别之外。所以如果我们周家的姑娘不另姓绸,陈府上的太太也不另姓蔯,则欧文的小姐正无须改作妪纹,对于托尔斯泰夫人也不必格外费心,特别写成妥孄丝苔也。

以摆脱传统思想的束缚而来介绍世界文学的文人,却偏喜欢使外国人姓中国姓:Gogol 姓郭;Wilde 姓王;D' Annunzio 姓段,一姓唐;Holz 姓何;Corky 姓高;Galsworthy 也姓高,假使他谈到 Corky,大概是称他"吾家 rky"的了。我真万料不到一本《百家姓》,到现在还有这般伟力。

一月八日。

二

古时候，咱们学化学，在书上很看见许多“金”旁和非“金”旁的古怪字，据说是原质名目，偏旁是表明“金属”或“非金属”的，那一边大概是译音。但是，鍚，鎴，锡，错，矽，连化学先生也讲得很费力，总须附加道：“这回是熟悉的悉。这回是休息的息了。这回是常见的锡。”而学生们为要记得符号，仍须另外记住拉丁字。现在渐渐译起有机化学来，因此这类怪字就更多了，也更难了，几个字拼合起来，像贴在商人帐桌面前的将“黄金萬两”拼成一个的怪字一样。中国的化学家多能兼做新仓颉。我想，倘若就用原文，省下造字的功夫来，一定于本职的化学上更其大有成绩，因为中国人的聪明是决不在白种人之下的。

在北京常看见各样好地名：辟才胡同，乃兹府，丞相胡同，协资庙，高义伯胡同，贵人关。但探起底细来，据说原是劈柴胡同，奶子府，绳匠胡同，蝎子庙，狗尾巴胡同，鬼门关。字面虽然改了，含义还依旧。这很使我失望；否则，我将鼓吹改奴隶二字为“弩理”，或是“努礼”，使大家可以永远放心打盹儿，不必再愁什么了。但好在似乎也并没有什么人愁着，爆竹毕毕剥剥地都祀过财神了。

二月十日。

青年必读书

——应《京报副刊》的征求

青年必读书	从来没有留心过， 所以现在说不出。
附注	但我要趁这机会，略说自己的经验，以供若干读者的参考—— 我看中国书时，总觉得就沉静下去，与实人生离开；读外国书——但除了印度——时，往往就与人生接触，想做点事。 中国书虽有劝人入世的话，也多是僵尸的乐观；外国书即使是颓唐和厌世的，但却是活人的颓唐和厌世。 我以为要少——或者竟不——看中国书，多看外国书。 少看中国书，其结果不过不能作文而已。但现在的青年最要紧的是“行”，不是“言”。只要是活人，不能作文算什么大不了的事。 （二月十日。）

忽然想到

一

做《内经》的不知道究竟是谁。对于人的肌肉，他确是看过，但似乎单是剥了皮略略一观，没有细考校，所以乱成一片，说是凡有肌肉都发源于手指和足趾。宋的《洗冤录》说人骨，竟至于谓男女骨数不同；老仵作之谈，也有不少胡说。然而直到现在，前者还是医家的宝典，后者还是检验的指南针：这可以算得天下奇事之一。

牙痛在中国不知发端于何人？相传古人壮健，尧舜时代盖未必有；现在假定为起于二千年前罢。我幼时曾经牙痛，历试诸方，只有用细辛者稍有效，但也不过麻痹片刻，不是对症药。至于拔牙的所谓"离骨散"，乃是理想之谈，实际上并没有。西法的牙医一到，这才根本解决了；但在中国人手里一再传，又每每只学得镶补而忘了去腐杀菌，仍复渐渐地靠不住起来。牙痛了二千年，敷敷衍衍的不想一个好方法，别人想出来了，却又不肯好好地学：这大约也可以算得天下奇事之二罢。

康圣人主张跪拜，以为"否则要此膝何用"。走时的腿的动作，固然不易于看得分明，但忘记了坐在椅上时候的膝的曲直，则不可谓非圣人之疏于格物也。身中间脖颈最细，古人则于此斫之，臀肉最肥，古人则于此打之，其格物都比康圣人精到，后人之爱不忍释，实非无因。所以僻县尚打小板子，去年北京戒严时亦尝恢复杀头，虽延国粹于一脉乎，而亦不可谓非天下奇事之三也！

一月十五日。

二

校着《苦闷的象征》的排印样本时，想到一些琐事——

我于书的形式上有一种偏见，就是在书的开头和每个题目前后，总喜欢留些空白，所以付印的时候，一定明白地注明。但待排出寄来，却大抵一篇一篇挤得很紧，并不依所注的办。查看别的书，也一样，多是行行挤得极紧的。

较好的中国书和西洋书，每本前后总有一两张空白的副页，上下的天地头也很宽。而近来中国的排印的新书则大抵没有副页，天地头又都很短，想要写上一点意见或别的什么，也无地可容，翻开书来，满本是密密层层的黑字；加以油臭扑鼻，使人发生一种压迫和窘促之感，不特很少"读书之乐"，且觉得仿佛人生已没有"余裕"，"不留余地"了。

或者也许以这样的为质朴罢。但质朴是开始的"陋"，精力弥满，不惜物力的。现在的却是复归于陋，而质朴的精神已失，所以只能算窳败，算堕落，也就是常谈之所谓"因陋就简"。在这样"不留余地"空气的围绕里，人们的精神大抵要被挤小的。

外国的平易地讲述学术文艺的书，往往夹杂些闲话或笑谈，使文章增添活力，读者感到格外的兴趣，不易于疲倦。但中国的有些译本，却将这些删去，单留下艰难的讲学语，使他复近于教科书。这正如折花者，除尽枝叶，单留花朵，折花固然是折花，然而花枝的活气却灭尽了。人们到了失去余裕心，或不自觉地满抱了不留余地心时，这民族的将来恐怕就可虑。上述的那两样，固然是比牛毛还细小的事，但究竟是时代精神表现之一端，所以也可以类推到别样。例如现在器具之轻薄草率（世间误以为灵便），建筑之偷工减料，办事之敷衍一时，不要"好看"，不想"持久"，就都是出于同一病源的。即再用这来类推更大的事，我以为也行。

一月十七日。

三

我想，我的神经也许有些凌乱了。否则，那就可怕。

我觉得仿佛久没有所谓中华民国。

我觉得革命以前，我是做奴隶；革命以后不多久，就受了奴隶的骗，变成他们的奴隶了。

我觉得有许多民国国民而是民国的敌人。

我觉得有许多民国国民很像住在德法等国里的犹太人，他们的意中别有一个国度。

我觉得许多烈士的血都被人们踏灭了，然而又不是故意的。

我觉得什么都要重新做过。

退一万步说罢，我希望有人好好地做一部民国的建国史给少年看，因为我觉得民国的来源，实在已经失传了，虽然还只有十四年

二月十二日。

四

先前，听到二十四史不过是"相斫书"，是"独夫的家谱"一类的话，便以为诚然。后来自己看起来，明白了：何尝如此。

历史上都写着中国的灵魂，指示着将来的命运，只因为涂饰太厚，废话太多，所以很不容易察出底细来。正如通过密叶投射在莓苔上面的月光，只看见点点的碎影。但如看野史和杂记，可更容易了然了，因为他们究竟不必太摆史官的架子。

秦汉远了，和现在的情形相差已多，且不道。元人著作寥寥。至于唐宋明的杂史之类，则现在多有。试将记五代，南宋，明末的事情的，和现今的状况一比较，就当惊心动魄于何其相似之甚，仿佛时间的流逝，独与我们中国无关。现在的中华民国也还是五代，是宋末，是明季。

以明末到现在，则中国的情形还可以更腐败，更破烂，更凶酷，更残虐，现在还不算达到极点。但明末的腐败破烂也还未达到极点，因为李自成，张献忠闹起来了。而张李的凶酷残虐也还未达到极点，因为满洲兵进来了。

难道所谓国民性者，真是这样地难于改变的吗？倘如此，将来的命运便大略可想了，也还是一句烂熟的话：古已有之。

伶俐人实在伶俐，所以，决不攻难古人，摇动古例的。古人做过的事，无论什么，今人也都会做出来。而辩护古人，也就是辩护自己。况且我们是神州华胄，敢不"绳其祖武"吗？幸而谁也不敢十分决定说：国民性是决不会改变的。在这"不可知"中，虽可有破例——即其情形为从来所未有——的灭亡的恐怖，也可以有破例的复生的希望，这或者可作改革者的一点慰藉罢。

但这一点慰藉，也会勾销在许多自诩古文明者流的笔上，淹死在许多诬告新文明者流的嘴上，扑灭在许多假冒新文明者流的言动上，因为相似的老例，也是"古已有之"的。

其实这些人是一类，都是伶俐人，也都明白，中国虽完，自己的精神是不会苦的，——因为都能变出合适的态度来。倘有不信，请看清朝的汉人所做的颂扬武功的文章去，开口"大兵"，闭口"我军"，你能料得到被这"大兵""我军"所败的就是汉人的吗？你将以为汉人带了兵将别的一种什么野蛮腐败民族歼灭了。

然而这一流人是永远胜利的，大约也将永久存在。在中国，惟他们最适于生存，而他们生存着的时候，中国便永远免不掉反复着先前的运命。

"地大物博，人口众多"，用了这许多好材料，难道竟不过老是演一出轮回把戏而已吗？

二月十六日。

通讯

一

旭生先生：

前天收到《猛进》第一期，我想是先生寄来的，或者是玄伯先生寄来的。无论是谁寄的，总之：我谢谢。

那一期里有论市政的话，使我忽然想起一件不相干的事来。我现在住在一条小胡同里，这里有所谓土车者，每月收几吊钱，将煤灰之类搬出去。搬出去怎么办呢？就堆在街道上，这街就每日增高。有几所老房子，只有一半露出在街上的，就正在预告着别的房屋的将来。我不知道什么缘故，见了这些人家，就像看见了中国人的历史。

姓名我忘记了，总之是一个明末的遗民，他曾将自己的书斋题作"活埋庵"。谁料现在的北京的人家，都在建造"活埋庵"，还要自己拿出建造费。看看报章上的论坛，"反改革"的空气浓厚透顶了，满车的"祖传"，"老例"，"国粹"等等，都想来堆在道路上，将所有的人家完全活埋下去。"强聒不舍"，也许是一个药方罢，但据我所见，则有些人——甚至于竟是青年——的论调，简直和"戊戌政变"时候的反对改革者的论调一模一样。你想，二十七年了，还是这样，岂不可怕。大约国民如此，是绝不会有好的政府的；好的政府，或者反而容易倒。也不会有好议员的；现在常有人骂议员，说他们收贿，无特操，趋炎附势，自私自利，但大多数的国民，岂非正是如此的吗？这类的议员，其实确是国民的代表。

我想，现在的办法，首先还得用那几年以前《新青年》上已经说过的"思想革命"。还是这一句话，虽然未免可悲，但我以为除此没有别的法。而且还是准备"思想革命"的战士，和目下的社会无关。待到战士养成了，于是再决胜负。我这种迂远而且渺茫的意见，自己也觉得是可叹的，但我希望于《猛进》的，也终于还是"思想革命"。

鲁迅。三月十二日。

鲁迅先生：

你所说的"二十七年了，还是这样，"诚哉是一件极"可怕"的事情。人类思想里面，本来有一种惰性的东西，我们中国人的惰性更深。惰性表现的形式不一，而最普通的，第一就是听天任命，第二就是中庸。听天任命和中庸的空气打不破，我国人的思想，永远没有进步的希望。

你所说的“讲话和写文章，似乎都是失败者的征象。正在和命运恶战的人，顾不到这些。”实在是最痛心的话。但是我觉得从另外一方面看，还有许多人讲话和写文章，还可以证明人心的没有全死。可是这里需要有分别，必须是一种不平的呼声，不管是冷嘲或热骂，才是人心未全死的证验。如果不是这样，换句话说，如果他的文章里面，不用很多的“！”，不管他说的写的怎么样好听，那人心已经全死，亡国不亡国，倒是第二个问题。

“思想革命”，诚哉是现在最重要不过的事情，但是我总觉得《语丝》，《现代评论》和我们的《猛进》，就是合起来，还负不起这样的使命。我有两种希望：第一希望大家集合起来，办一个专讲文学思想的月刊。里面的内容，水平线并毋庸过高，破坏者居其六七，介绍新者居其三四。这样一来，大学或中学的学生有一种消闲的良友，与思想的进步上，总有徂大的禅益。我今天给适之先生略谈几句，他说现在我们办月刊很难，大约每月出八万字，还属可能，如若想出十一二万字，就几乎不可能。我说你又何必拘定十一二万字才出，有七八万就出七八万，即使再少一点，也未尝不可，要之有它总比没有它好得多。这是我第一个希望。第二我希望有一种通俗的小日报。现在的《第一小报》，似乎就是这一类的。这个报我只看见三两期，当然无从批评起，但是我们的印象：第一，是篇幅太小，至少总要再加一半才敷用；第二，这种小报总要记清是为民众和小学校的学生看的。所以思想虽需要极新，话却要写得极浅显。所有专门术语和新名词，能躲避到什么步田地躲到什么步田地。《第一小报》对于这一点，似还不很注意。这样良好的通俗小日报，是我第二种的希望。拉拉杂杂写来，漫无论叙。你的意思以为何如？

徐炳昶。三月十六日。

二

旭生先生：

给我的信早看见了，但因为琐碎的事情太多，所以到现在才能作答。

有一个专讲文学思想的月刊，确是极好的事，字数的多少，倒不算什么问题。第一为难的却是撰人，假使还是这几个人，结果即还是一种增大的某周刊或合订的各周刊之类。况且撰人一多，则因为希图保持内容的较为一致起见，即不免有互相迁就之处，很容易变为和平中正，吞吞吐吐的东西，而无聊之状于是乎可掬。现在的各种小周刊，虽然量少力微，却是小集团或单身的短兵战，在黑暗中，时见匕首的闪光，使同类者知道也还有谁还在袭击古老坚固的堡垒，较之看见浩大而灰色的军容，或者反可以会心一笑。在现在，我倒只希望这类的小刊物增加，只要所向的目标小异大同，将来就自然而然地成了联合战线，效力或者也不见得小。但目下倘有我所未知的新的作家起来，那当然又作别论。

通俗的小日报，自然也紧要的；但此事看去似易，做起来却很难。我们只要将《第一小报》与《群强报》之类一比，即知道实与民意相去太远，要收获失败无疑。民众要看皇帝何在，太妃安否，而《第一小报》却向他们去讲“常识”，岂非悖谬。教书一久，即与一般社会睽离，无论怎样热心，做起事来总要失败。假如一定要做，就得存学者的良心，有市侩的手段，但这类人才，怕教员中间是未必会有的。我想，现在没奈何，也只好从知识阶级——其实中国并没有俄国之所谓知识阶级，此事说起来话太长，姑且从众这样说——一面先行设法，民众俟将来再谈。而且他们也不是区区文字所能改革的，历史通知过我们，清兵入关，禁缠足，要垂辫，前一事只用文告，到现在还是放不掉，后一事用了别的法，到现在还在拖下来。

单为在校的青年计，可看的书报实在太缺乏了，我觉得至少还该有一种通俗的科学杂志，要浅显而且有趣的。可惜中国现在的科学家不大做文章，有做的，也过于高深，于是就很枯燥。现在要 Brehm 的讲动物生活，Fabre 的讲昆虫故事似的有趣，并且插许多图画的；但这非有一个大书店担任即不能印。至于作文者，我以为只要科学家肯放低手眼，再看看文艺书，就够了。

前三四年有一派思潮，毁了事情颇不少。学者多劝人踱进研究室，文人说最好是搬入艺术之宫，直到现在都还不大出来，不知道他们在那里面情形怎样。这虽然是自己愿意，但一大半也因新思想而仍中了“老法子”的计。我新近才看出这圈套，就是从“青年必读书”事件以来，很收些赞同和嘲骂的信，凡赞同者，都很坦白，并无什么恭维。如果开首称我为什么“学者”“文学家”的，则下面一定是谩骂。我才明白这等称号，乃是他们所公设的巧计，是精神的枷锁，故意将你定为“与众不同”，又借此来束缚你的言动，使你于他们的老生活上失去危险性的。不料有许多人，却自囚在什么室什么宫里，岂不可惜。只要掷去了这种尊号，摇身一变，化为泼皮，相骂相打（舆论是以为学者只应该拱手讲讲义的），则世风就会日上，而月刊也办成了。

先生的信上说：惰性表现的形式不一，而最普通的，第一就是听天任命，第二就是中庸。我以为这两种态度的根柢，怕不可仅以惰性了之，其实乃是卑怯。遇见强者，不敢反抗，便以“中庸”这些话来粉饰，聊以自慰。所以中国人倘有权力，看见别人奈何他不得，或者有“多数”作他护符的时候，多是凶残横恣，宛然一个暴君，做事并不中庸；待到满口“中庸”时，乃是势力已失，早非“中庸”不可的时候了。一到全败，则又有“命运”来做话柄，纵为奴隶，也处之泰然，但又无往而不合于圣道。这些现象，实在可以使中国人败亡，无论有没有外敌。要纠正这些,也只好先行发露各样的劣点,撕下那好看的假面具来。

鲁迅。三月二十九日。

鲁迅先生:

你看出什么“踱进研究室”,什么“搬入艺术之宫”,全是“一种圈套”,真是一件重要的发现。我实在告诉你说:我近来看见自命 gentleman 的人就怕极了。看见玄同先生挖苦 gentleman 的话(见《语丝》第二十期),好像大热时候,吃一盘冰激凌,不晓得有多么痛快。总之这些字全是一种圈套,大家总要相戒,不要上他们的当才好。

我好像觉得通俗的科学杂志并不是那样容易的,但是我对于这个问题完全没有想,所以对于它觉暂且无论什么全不能说。

我对于通俗的小日报有许多的话要说,但因为限于篇幅,只好暂且不说。等到下一期,我要作一篇小东西,专论这件事,到那时候,还要请你指教才好。

徐炳昶。三月三十一日。

论辩的魂灵

二十年前到黑市,买得一张符,名叫“鬼画符”。虽然不过一团糟,但贴在壁上看起来,却随时显出各样的文字,是处世的宝训,立身的金箴。今年又到黑市去,又买得一张符,也是“鬼画符”。但贴了起来看,也还是那一张,并不见什么增补和修改。今夜看出来的大题目是“论辩的魂灵”;细注道:“祖传老年中年青年‘逻辑’扶乩灭洋必胜妙法太上老君急急如律令敕”。今谨摘录数条,以公同好——

“洋奴会说洋话。你主张读洋书,就是洋奴,人格破产了!受人格破产的洋奴崇拜的洋书,其价值从可知矣!但我读洋文是学校的课程,是政府的功令,反对者,即反对政府也。无父无君之无政府党,人人得而诛之。”

“你说中国不好。你是外国人吗?为什么不到外国去?可惜外国人看你不起……。”

“你说甲生疮。甲是中国人,你就是说中国人生疮了。既然中国人生疮,你是中国人,就是你也生疮了。你既然也生疮,你就和甲一样。而你只说甲生疮,则竟无自知之明,你的话还有什么价值?倘你没有生疮,是说诳也。卖国贼是说诳的,所以你是卖国贼。我骂卖国贼,所以我是爱国者。爱国者的话是最有价值的,所以我的话是不错的,我的话既然不错,你就是卖国贼无疑了!”

“自由结婚未免太过激了。其实,我也并非老顽固,中国提倡女学的还是我第一个。

但他们却太趋极端了，太趋极端，即有亡国之祸，所以气得我偏要说‘男女授受不亲’。况且，凡事不可过激；过激派都主张共妻主义的。乙赞成自由结婚，不就是主张共妻主义吗？他既然主张共妻主义，就应该先将他的妻拿出来给我们‘共’。”

“丙讲革命是为的要图利：不为图利，为什么要讲革命？我亲眼看见他三千七百九十一箱半的现金抬进门。你说不然，反对我吗？那么，你就是他的同党。呜呼，党同伐异之风，于今为烈，提倡欧化者不得辞其咎矣！”

“丁牺牲了性命，乃是闹得一塌糊涂，活不下去了的缘故。现在妄称志士，诸君切勿为其所愚。况且，中国不是更坏了吗？”

“戊能算什么英雄呢？听说，一声爆竹，他也会吃惊。还怕爆竹，能听枪炮声吗？怕听枪炮声，打起仗来不要逃跑吗？打起仗来就逃跑的反称英雄，所以中国糟透了。”

“你自以为是‘人’，我却以为非也。我是畜类，现在我就叫你爹爹。你既然是畜类的爹爹，当然也就是畜类了。”

“勿用惊叹符号，这是足以亡国的。但我所用的几个在例外。

中庸太太提起笔来，取精神文明精髓，作明哲保身大吉大利格言二句云：

中学为体西学用，

不薄今人爱古人。”

牺牲谟

——“鬼画符”失敬失敬章第十三

“啊呀啊呀，失敬失敬！原来我们还是同志。我开初疑心你是一个乞丐，心里想：好好的一个汉子，又不衰老，又非残疾，为什么不去做工，读书的？所以就不免露出‘责备贤者’的神色来，请你不要见气，我们的心实在太坦白了，什么也藏不住，哈哈！可是，同志，你也似乎太……。

“哦哦！你什么都牺牲了？可敬可敬！我最佩服的就是什么都牺牲，为同胞，为国家。我向来一心要做的也就是这件事。你不要看得我外观阔绰，我为的是要到各处去宣传。社会还太势利，如果像你似的只剩一条破裤，谁肯来相信你呢？所以我只得打扮起来，宁可人们说闲话，我自己总是问心无愧。正如‘禹入裸国亦裸而游’一样，要改良社会，不得不然，别人那里会懂得我们的苦心孤诣。但是，朋友，你怎么竟奄奄一息到这地步了？

“哦哦！已经九天没有吃饭?！这真是清高得很哪！我只好五体投地。看你虽然怕要支持不下去,但是——你在历史上一定成名,可贺之至哪！现在什么‘欧化’‘美化’的邪说横行,人们的眼睛只看见物质,所缺的就是你老兄似的模范人物。你瞧,最高学府的教员们,也居然一面教书,一面要起钱来,他们只知道物质,中了物质的毒了。难得你老兄以身作则,给他们一个好榜样看,这于世道人心,一定大有裨益的。你想,现在不是还嚷着什么教育普及吗？教育普及起来,要有多少教员;如果都像他们似的定要吃饭,在这四郊多垒时候,那里来这许多饭？像你这样清高,真是浊世中独一无二的中流砥柱:可敬可敬！你读过书没有？如果读过书,我正要创办一个大学,就请你当教务长去。其实你只要读过‘四书’就好,加以这样品格,已经很够做‘莘莘学子’的表率了。

“不行？没有力气？可惜可惜！足见一面为社会做牺牲,一面也该自己讲讲卫生。你于卫生可惜太不讲究了。你不要以为我的胖头胖脸是因为享用好,我其实是专靠卫生,尤其得益的是精神修养,‘君子忧道不忧贫’呀！但是,我的同志,你什么都牺牲完了,究竟也大可佩服,可惜你还剩一条裤,将来在历史上也许要留下一点白璧微瑕……。

“哦哦,是的。我知道,你不说也明白:你自然连这裤子也不要,你何至于这样地不彻底;那自然,你不过还没有牺牲的机会罢了。敝人向来最赞成一切牺牲,也最乐于‘成人之美’,况且我们是同志,我当然应该给你想一个完全办法,因为一个人最紧要的是‘晚节’,一不小心,可就前功尽弃了！

“机会凑得真好:舍间一个小丫头,正缺一条裤……。朋友,你不要这么看我,我是最反对人身买卖的,这是最不人道的事。但是,那女人是在大旱灾时候留下的,那时我不要,她的父母就会把她卖到妓院里去。你想,这何等可怜。我留下她,正为的讲人道。况且那也不算什么人身买卖,不过我给了她父母几文,她的父母就把自己的女儿留在我家里就是了。我当初原想将她当作自己的女儿看,不,简直当作姊妹,同胞看;可恨我的贱内是旧式,说不通。你要知道旧式的女人顽固起来,真是无法可想的,我现在正在另外想点法子……。

“但是,那娃儿已经多天没有裤子了,她是灾民的女儿。我料你一定肯帮助的。我们都是‘贫民之友’呵。况且你做完了这一件事情之后,就是全始全终;我保你将来铜像巍巍,高入云表,呵,一切贫民都鞠躬致敬……。

“对了,我知道你一定肯,你不说我也明白。但你此刻且不要脱下来。我不能拿了走,我这副打扮,如果手上拿一条破裤子,别人见了就要诧异,于我们的牺牲主义的宣传会有妨碍的。现在的社会还太糊涂,——你想,教员还要吃饭,—那里能懂得我们这纯洁的精神呢，一定要误解的。一经误解，社会恐怕要更加自私自利起来，你的工作也就‘非徒无益而又害之’了，朋友。

“你还能勉强走几步罢？不能？这可叫人有点为难了，——那么，你该还能爬？好极了！那么，你就爬过去。你趁你还能爬的时候赶紧爬去，万不要‘功亏一篑’。但你须用趾尖爬，膝髁不要太用力；裤子擦着沙石，就要更破烂，不但可怜的灾民的女儿受不着实惠，并且连你的精神都白扔了。先行脱下了也不妥当，一则太不雅观，二则恐怕巡警要干涉，还是穿着爬的好。我的朋友，我们不是外人，肯给你上当的吗？舍间离这里也并不远，你向东，转北，向南，看路北有两株大槐树的红漆门就是。你一爬到，就脱下来，对号房说：这是老爷叫我送来的，交给太太收下。你一见号房，应该赶快说，否则也许将你当作一个讨饭的，会打你。唉唉，近来讨饭的太多了，他们不去做工，不去读书，单知道要饭。所以我的号房就借痛打这方法，给他们一个教训，使他们知道做乞丐是要给人痛打的，还不如去做工读书好……。

“你就去吗？好好！但千万不要忘记：交代清楚了就爬开，不要停在我的屋界内。你已经九天没有吃东西了，万一出了什么事故，免不了要给我许多麻烦，我就要减少许多宝贵的光阴，不能为社会服务。我想，我们不是外人，你也决不愿意给自己的同志许多麻烦的，我这话也不过姑且说说。

“你就去吧！好，就去！本来我也可以叫一辆人力车送你去，但我知道用人代牛马来拉人，你一定不赞成的，这事多么不人道！我去了。你就动身罢。你不要这么萎靡不振，爬呀！朋友！我的同志，你快爬呀，向东呀！……”

战士和苍蝇

Schopenhauer 说过这样的话：要估定人的伟大，则精神上的大和体格上的大，那法则完全相反。后者距离愈远即愈小，前者却见得愈大。

正因为近则愈小，而且愈看见缺点和创伤，所以他就和我们一样，不是神道，不是妖怪，不是异兽。他仍然是人，不过如此。但也唯其如此，所以他是伟大的人。

战士战死了的时候，苍蝇们所首先发现的是他的缺点和伤痕，嘬着，营营地叫着，以为得意，以为比死了的战士更英雄。但是战士已经战死了，不再来挥去他们。于是乎苍蝇们即更其营营地叫，自以为倒是不朽的声音，因为它们的完全，远在战士之上。

的确的，谁也没有发现过苍蝇们的缺点和创伤。

然而,有缺点的战士终竟是战士,完美的苍蝇也终究不过是苍蝇。

去吧,苍蝇们!虽然生着翅子,还能营营,总不会超过战士的。你们这些虫豸们!

三月二十一日。

夏三虫

夏天近了,将有三虫:蚤,蚊,蝇。

假如有谁提出一个问题,问我三者之中,最爱什么,而且非爱一个不可,又不准像“青年必读书”那样的交白卷的。我便只得回答道:跳蚤。

跳蚤的来吮血,虽然可恶,而一声不响地就是一口,何等直截爽快。蚊子便不然了,一针叮进皮肤,自然还可以算得有点彻底的,但当未叮之前,要哼哼地发一篇大议论,却使人觉得讨厌。如果所哼的是在说明人血应该给它充饥的理由,那可更讨厌了,幸而我不懂。

野雀野鹿,一落在人手中,总时时刻刻想要逃走。其实,在山林间,上有鹰鹯,下有虎狼,何尝比在人手里安全。为什么当初不逃到人类中来,现在却要逃到鹰鹯虎狼间去?或者,鹰鹯虎狼之于它们,正如跳蚤之于我们罢。肚子饿了,抓着就是一口,决不谈道理,弄玄虚。被吃者也无须在被吃之前,先承认自己之理应被吃,心悦诚服,誓死不二。人类,可是也颇擅长于哼哼的了,害中取小,它们的避之唯恐不速,正是绝顶聪明。

苍蝇嗡嗡地闹了大半天,停下来也不过舐一点油汗,倘有伤痕或疮疖,自然更占一些便宜;无论怎么好的,美的,干净的东西,又总喜欢一律拉上一点蝇矢。但因为只舐一点油汗,只添一点腌臜,在麻木的人们还没有切肤之痛,所以也就将它放过了。中国人还不很知道它能够传播病菌,捕蝇运动大概不见得兴盛。它们的命运是长久的;还要更繁殖。

但它在好的,美的,干净的东西上拉了蝇矢之后,似乎还不至于欣欣然反过来嘲笑这东西的不洁:总要算还有一点道德的。

古今君子,每以禽兽斥人,殊不知便是昆虫,值得师法的地方也多着哪。

四月四日。

五

我生得太早一点,连康有为们“公车上书”的时候,已经颇有些年纪了。政变之后,有族中的所谓长辈也者教诲我,说:康有为是想篡位,所以他的名字叫有为;有者,“富有天下”，为者，“贵为天子”也。非图谋不轨而何？我想：诚然。可恶得很！

长辈的训诲于我是这样的有力，所以我也很遵从读书人家的家教。屏息低头，毫不敢轻举妄动。两眼下视黄泉，看天就是傲慢，满脸装出死相，说笑就是放肆。我自然以为极应该的，但有时心里也发生一点反抗。心的反抗，那时还不算什么犯罪，似乎诛心之律，倒不及现在之严。

康有为

但这心的反抗，也还是大人们引坏的，因为他们自己就常常随便大说大笑，而单是禁止孩子。黔首们看见秦始皇那么阔气，捣乱的项羽道：“彼可取而代也！”没出息的刘邦却说：“大丈夫不当如是耶？”我是没出息的一流，因为羡慕他们的随意说笑，就很希望赶忙变成大人，——虽然此外也还有别种的原因。

大丈夫不当如是耶，在我，无非只想不再装死而已，欲望也并不甚奢。

现在，可喜我已经大了，这大概是谁也不能否认的罢，无论用了怎样古怪的“逻辑”。

我于是就抛了死相，放心说笑起来，而不意立刻又碰了正经人的钉子：说是使他们“失望”了。我自然是知道的，先前是老人们的世界，现在是少年们的世界了；但竟不料治世的人们虽异，而其禁止说笑也则同。那么，我的死相也还得装下去，装下去，“死而后已”，岂不痛哉！

我于是又恨我生得太迟一点。何不早二十年，赶上那大人还准说笑的时候？真是“我生不辰”，正当可诅咒的时候，活在可诅咒的地方了。

约翰弥耳说：专制使人们变成冷嘲。我们却天下太平，连冷嘲也没有。我想：暴君的专制使人们变成冷嘲，愚民的专制使人们变成死相。大家渐渐死下去，而自己反以为卫道有效，这才渐近于正经的活人。

世上如果还有真要活下去的人们，就先该敢说，敢笑，敢哭，敢怒，敢骂，敢打，在这可诅咒的地方击退了可诅咒的时代！

四月十四日。

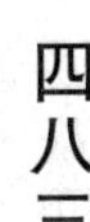

忽然想到

六

外国的考古学者们联翩而至了。

久矣夫,中国的学者们也早已口口声声地叫着"保古！保古！保古！……"

但是不能革新的人种,也不能保古的。

所以,外国的考古学者们便联翩而至了。

长城久成废物,弱水也似乎不过是理想上的东西。老大的国民尽钻在僵硬的传统里,不肯变革,衰朽到毫无精力了,还要自相残杀。于是外面的生力军很容易地进来了,真是"匪今斯今,振古如兹"。至于他们的历史,那自然都没我们的那么古。

可是我们的古也就难保,因为土地先已危险而不安全。土地给了别人,则"国宝"虽多,我觉得实在也无处陈列。

但保古家还在痛骂革新,力保旧物地干:用玻璃板印些宋版书,每部定价几十几百元;"涅槃！涅槃！涅槃！"佛自汉时已入中国,其古色古香为何如哉！买集些旧书和金石,是劬古爱国之士,略做考证,赶印目录,就升为学者或高人。而外国人所得的古董,却每从高人的高尚的袖底里共清风一同流出。即不然,归安陆氏的皕宋,潍县陈氏的十钟,其子孙尚能世守否？

现在,外国的考古学者们便联翩而至了。

他们活有余力,则以考古,但考古尚可,帮同保古就更可怕了。有些外人,很希望中国永是一个大古董以供他们的赏鉴,这虽然可恶,却还不奇,因为他们究竟是外人。而中国竟也有自己还不够,并且要率领了少年,赤子,共成一个大古董以供他们的赏鉴者,则真不知是生着怎样的心肝。

中国废止读经了,教会学校不是还请腐儒做先生,教学生读"四书"吗？民国废去跪拜了,犹太学校不是偏请遗老做先生,要学生磕头拜寿吗？外国人办给中国人看的报纸,不是最反对五四以来的小改革吗？而外国总主笔治下的中国小主笔,则倒是崇拜道学,保存国粹的！

但是,无论如何,不革新,是生存也为难的,而况保古。现状就是铁证,比保古家的万言书有力得多。

我们自下的当务之急，是：一要生存，二要温饱，三要发展。苟有阻碍这前途者，无论是古是今，是人是鬼，是《三坟》《五典》，百宋千元，天球河图，金人玉佛，祖传丸散，秘制膏丹，全都踏倒他。

保古家大概总读过古书，"林回弃千金之璧，负赤子而趋"，该不能说是禽兽行为罢。那么，弃赤子而抱千金之璧的是什么？

四月十八日。

杂感

人们有泪，比动物进化，但即此有泪，也就是不进化，正如已经只有盲肠，比鸟类进化，而究竟还有盲肠，终不能很算进化一样。凡这些，不但是无用的赘物，还要使其人达到无谓的灭亡。

现今的人们还以眼泪赠答，并且以这为最上的赠品，因为他此外一无所有。无泪的人则以血赠答，但又各个拒绝别人的血。

人大抵不愿意爱人下泪。但临死之际，可能也不愿意爱人为你下泪吗？无泪的人无论何时，都不愿意爱人下泪，并且连血也不要：他拒绝一切为他的哭泣和灭亡。

人被杀于万众聚观之中，比被杀在"人不知鬼不觉"的地方快活，因为他可以妄想，博得观众中的或人的眼泪。但是，无泪的人无论被杀在什么所在，于他并无不同。

杀了无泪的人，一定连血也不见。爱人不觉他被杀之惨，仇人也终于得不到杀他之乐：这是他的报恩和复仇。

死于敌手的锋刃，不足悲苦；死于不知何来的暗器，却是悲苦。但最悲苦的是死于慈母或爱人误进的毒药，战友乱发的流弹，病菌的并无恶意的侵入，不是我自己制定的死刑。

仰慕往古的，回往古去吧！想出世的，快出世罢！想上天的，快上天罢！灵魂要离开肉体的，赶快离开罢！现在的地上，应该是执着现在，执着地上的人们居住的。

但厌恶现世的人们还住着。这都是现世的仇仇，他们一日存在，现世即一日不能得救。

先前，也曾有些愿意活在现世而不得的人们，沉默过了，呻吟过了，叹息过了，哭泣过了，哀求过了，但仍然愿意活在现世而不得，因为他们忘却了愤怒。

勇者愤怒，抽刃向更强者；怯者愤怒，却抽刃向更弱者。不可救药的民族中，一定有许多英雄，专向孩子们瞪眼。这些孱头们！

孩子们在瞪眼中长大了，又向别的孩子们瞪眼，并且想：他们一生都过在愤怒中。因为愤怒只是如此，所以他们要愤怒一生，——而且还要愤怒二世，三世，四世，以至末世。

无论爱什么，——饭，异性，国，民族，人类等等，——只有纠缠如毒蛇，执着如怨鬼，二六时中，没有已时者有望。但太觉疲劳时，也无妨休息一会罢；但休息之后，就再来一回罢，而且两回，三回……。血书，章程，请愿，讲学，哭，电报，开会，挽联，演说，神经衰弱，则一切无用。

血书所能挣来的是什么？不过就是你的一张血书，况且并不好看。至于神经衰弱，其实倒是自己生了病，你不要再当作宝贝了，我的可敬爱而讨厌的朋友呀！

我们听到呻吟，叹息，哭泣，哀求，无须吃惊。见了酷烈的沉默，就应该留心了；见有什么像毒蛇似的在尸林中蜿蜒，怨鬼似的在黑暗中奔驰，就更应该留心了：这在预告"真的愤怒"将要到来。那时候，仰慕往古的就要回往古去了，想出世的要出世去了，想上天的要上天了，灵魂要离开肉体的就要离开了！……

五月五日。

北京通信

蕴儒，培良两兄：

昨天收到两份《豫报》，使我非常快活，尤其是见了那《副刊》。因为它那蓬勃的朝气，实在是在我先前的预想以上。你想：从有着很古的历史的中州，传来了青年的声音，仿佛在预告这古国将要复活，这是一件如何可喜的事呢？

倘使我有这力量，我自然极愿意有所贡献于河南的青年。但不幸我竟力不从心，因为我自己也正站在歧路上，——或者，说得较有希望些：站在十字路口。站在歧路上是几乎难于举足，站在十字路口，是可走的道路很多。我自己，是什么也不怕的，生命是我自己的东西，所以我不妨大步走去，向着我自以为可以走去的路；即使前面是深渊，荆棘，狭谷，火坑，都由我自己负责。然而向青年说话可就难了，如果盲人瞎马，引入危途，我就该得谋杀许多人命的罪孽。

所以，我终于还不想劝青年一同走我所走的路；我们的年龄，境遇，都不相同，思想的归宿大概总不能一致的罢。但倘若一定要问我青年应当向怎样的目标，那么，我只可以说出我为别人设计的话，就是：一要生存，二要温饱，三要发展。有敢来阻碍这三事者，无论是谁，我们都反抗他，扑灭他！

可是还得附加几句话以免误解，就是：我之所谓生存，并不是苟活；所谓温饱，并不是奢侈；所谓发展，也不是放纵。

中国古来，一向是最注重于生存的，什么“知命者不立于岩墙之下”咧，什么“千金之子坐不垂堂”咧，什么“身体发肤受之父母不敢毁伤”咧，竟有父母愿意儿子吸鸦片的，一吸，他就不至于到外面去，有倾家荡产之虞了。可是这一派人家，家业也决不能长保，因为这是苟活。苟活就是活不下去的初步，所以到后来，他就活不下去了。意图生存，而太卑怯，结果就得死亡。以中国古训中教人苟活的格言如此之多，而中国人偏多死亡，外族偏多侵入，结果适得其反，可见我们蔑弃古训，是刻不容缓的了。这实在是无可奈何，因为我们要生活，而且不是苟活的缘故。

中国人虽然想了各种苟活的理想乡，可惜终于没有实现。但我却替他们发现了，你们大概知道的罢，就是北京的第一监狱。这监狱在宣武门外的空地里，不怕邻家的火灾；每日两餐，不虑冻馁；起居有定，不会伤生；构造坚固，不会倒塌；禁卒管着，不会再犯罪；强盗是决不会来抢的。住在里面，何等安全，真是“千金之子坐不垂堂”了。但阙少的就有一件事：自由。

古训所教的就是这样的生活法，教人不要动。不动，失错当然就较少了，但不活的岩石泥沙，失错不是更少吗？我以为人类为向上，即发展起见，应该活动，活动而有若干失错，也不要紧。唯独半死半生的苟活，是全盘失错的。因为他挂了生活的招牌，其实却引人到死路上去！

我想，我们总得将青年从牢狱里引出来，路上的危险，当然是有的，但这是求生的偶然的危险，无从逃避。想逃避，就须度那古人所希求的第一监狱式生活了，可是真在第一监狱里的犯人，都想早些释放，虽然外面并不比狱里安全。

北京暖和起来了；我的院子里种了几株丁香，活了；还有两株榆叶梅，至今还未发芽，不知道他是否活着。

昨天闹了一个小乱子，许多学生被打伤了；听说还有死的，我不知道确否。其实，只要听他们开会，结果不过是开会而已，因为加了强力的压迫，遂闹出开会以上的事来。俄国的革命，不就是从这样的路径出发的吗？

夜深了，就此搁笔，后来再谈罢。

鲁迅。五月八日夜。

导师

近来很通行说青年；开口青年，闭口也是青年。但青年又何能一概而论？有醒着的，有睡着的，有昏着的，有躺着的，有玩着的，此外还多。但是，自然也有要前进的。

要前进的青年们大抵想寻求一个导师。然而我敢说：他们将永远寻不到。寻不到倒是运气；自知的谢不敏，自许的果真识路吗？凡自以为识路者，总过了"而立"之年，灰色可掬了，老态可掬了，圆稳而已，自己却误以为识路。假如真识路，自己就早进向他的目标，何至于还在做导师。说佛法的和尚，卖仙药的道士，将来都与白骨是"一丘之貉"，人们现在却向他听生西的大法，求上升的真传，岂不可笑！

但是我并非敢将这些人一切抹杀；和他们随便谈谈，是可以的。说话的也不过能说话，弄笔的也不过能弄笔；别人如果希望他打拳，则是自己错。他如果能打拳，早已打拳了，但那时，别人大概又要希望他翻筋斗。

有些青年似乎也觉悟了，我记得《京报副刊》征求青年必读书时，曾有一位发过牢骚，终于说：只有自己可靠！我现在还想斗胆转一句，虽然有些煞风景，就是：自己也未必可靠的。

我们都不大有记性。这也无怪，人生苦痛的事太多了，尤其是在中国。记性好的，大概都被厚重的苦痛压死了；只有记性坏的，适者生存，还能欣然活着。但我们究竟还有一点记忆，回想起来，怎样的"今是昨非"呵，怎样的"口是心非"呵，怎样的"今日之我与昨日之我战"呵。我们还没有正在饿得要死时于无人处见别人的饭，正在穷得要死时于无人处见别人的钱，正在性欲旺盛时遇见异性，而且很美的。我想，大话不宜讲得太早，否则，倘有记性，将来想到时会脸红。

或者还是知道自己之不甚可靠者，倒较为可靠罢。

青年又何须寻那挂着金字招牌的导师呢？不如寻朋友，联合起来，同向着似乎可以生存的方向走。你们所多的是生力，遇见深林，可以辟成平地的，遇见旷野，可以栽种树木的，遇见沙漠，可以开掘井泉的。问什么荆棘塞途的老路，寻什么乌烟瘴气的鸟导师！

五月十一日。

长城

伟大的长城！

这工程，虽在地图上也还有它的小像，凡是世界上稍有知识的人们，大概都知道的罢。

其实，从来不过徒然役死许多工人而已，胡人何尝挡得住。现在不过一种古迹了，但一时也不会灭尽，或者还要保存它。

我总觉得周围有长城围绕。这长城的构成材料，是旧有的古砖和补添的新砖。两种东西联为一气造成了城壁，将人们包围。

何时才不给长城添新砖呢？

这伟大而可诅咒的长城！

五月十一日。

忽然想到

七

大约是送报人忙不过来了，昨天不见报，今天才给补到，但是奇怪，正张上已经剪去了两小块；幸而副刊是完全的。那上面有一篇武者君的《温良》，又使我记起往事，我记得确曾用了这样一个糖衣的毒刺赠送过我的同学们。现在武者君也在大道上发现了两样东西了：凶兽和羊。但我以为这不过发现了一部分，因为大道上的东西还没有这样简单，还得附加一句，是：凶兽样的羊，羊样的凶兽。

他们是羊，同时也是凶兽；但遇见比他更凶的凶兽时便现羊样，遇见比他更弱的羊时便现凶兽样，因此，武者君误认为两样东西了。

我还记得第一次五四以后，军警们很客气地只用枪托，乱打那手无寸铁的教员和学生，威武到很像一队铁骑在苗田上驰骋；学生们则惊叫奔避，正如遇见虎狼的羊群。但是，当学生们成了大群，袭击他们的敌人时，不是遇见孩子也要推他摔几个觔斗吗？在学校里，不是还唾骂敌人的儿子，使他非逃回家去不可吗？这和古代暴君的灭族的意见，有什么区分！

我还记得中国的女人是怎样被压制，有时简直比羊还不如。现在托了洋鬼子学说的福，似乎有些解放了。但她一得到可以逞威的地位如校长之类，不就雇用了“掠袖擦掌”的打手似的男人，来威吓毫无武力的同性的学生们吗？不是利用了外面正有别的学潮的时候，和一些狐群狗党趁势来开除她私意所不喜的学生们吗？而几个在“男尊女卑”的社

会生长的男人们,此时却在异性的饭碗化身的面前摇尾,简直比羊还不如。羊,诚然是弱的,但还不至于如此,我敢给我所敬爱的羊们保证!

但是,在黄金世界还未到来之前,人们恐怕总不免同时含有这两种性质,只看发现时候的情形怎样,就显出勇敢和卑怯的大区别来。可惜中国人但对于羊显凶兽相,而对于凶兽则显羊相,所以即使显着凶兽相,也还是卑怯的国民。这样下去,一定要完结的。

我想,要中国得救,也不必添什么东西进去,只要青年们将这两种性质的古传用法,反过来一用就够了:对手如凶兽时就如凶兽,对手如羊时就如羊!

那么,无论什么魔鬼,就都只能回到他自己的地狱里去。

五月十日。

八

五月十二日《京报》的"显微镜"下有这样的一条——

"某学究见某报上载教育总长'章士钉'五七呈文,愀然曰:'名字怪僻如此,非圣人之徒也,岂能为吾侪卫古文之道者乎!'"

因此想起中国有几个字,不但在白话文中,就是在文言文中也几乎不用。其一是这误印为"钉"的"钊"字,还有一个是"淦"字,大概只在人名里还有留遗。我手头没有《说文解字》,钊字的解释完全不记得了,淦则仿佛是船底漏水的意思。我们现在要叙述船漏水,无论用怎样古奥的文章,大概总不至于说"淦矣"了罢,所以除了印张国淦,孙嘉淦或新淦县的新闻之外,这一粒铅字简直是废物。

至于"钊",则化而为"钉"还不过一个小笑话;听说竟有人因此受害。曹锟做总统的时代(那时这样写法就要犯罪),要办李大钊先生,国务会议席上一个阁员说:"只要看他的名字,就知道不是一个安分的人。什么名字不好取,他偏要叫李大剑?!"于是乎办定了,因为这位"大剑"先生已经用名字自己证实,是"大刀王五"一流人。

我在N的学堂做学生的时候,也曾经因这"钊"字碰过几个小钉子,但自然因为我自己不"安分"。一个新的职员到校了,势派非常之大,学者似的,很傲然。可惜他不幸遇见了一个同学叫"沈钊"的,就倒了楣,因为他叫他"沈钧",以表白自己的不识字。于是我们一见面就讥笑他,就叫他为"沈钧",并且由讥笑而至于相骂。两天之内,我和十多个同学就迭连记了两小过两大过,再记一小过,就要开除了。但开除在我们那个学校里并不算什么大事件,大堂上还有军令,可以将学生杀头的。做那里的校长这才威风呢,——但那时的名目却叫作"总办"的,资格又须是候补道。

假使那时也像现在似的专用高压手段，我们大概是早经“正法”，我也不会还有什么“忽然想到”的了。我不知怎的近来很有“怀古”的倾向，例如这回因为一个字，就会露出遗老似的“缅怀古昔”的口吻来。

五月十三日。

九

记得有人说过，回忆多的人们是没出息的了，因为他眷念从前，难望再有勇猛的进取；但也有说回忆是最为可喜的。前一说忘却了谁的话，后一说大概是 A.France 罢，——都由他。可是他们的话也都有些道理，整理起来，研究起来，一定可以消费许多功夫；但这都听凭学者们去干去，我不想来加入这一类高尚事业了，怕的是毫无结果之前，已经“寿终正寝”。（是否真是寿终，真在正寝，自然是没有把握的，但此刻不妨写得好看一点。）我能谢绝研究文艺的酒筵，能远避开除学生的饭局，然而阎罗大王的请帖，大概是终于没法“谨谢”的，无论你怎样摆架子。好，现在是并非眷念过去，而是遥想将来了，可是一样的没出息。管他娘的，写下去——

不动笔是为要保持自己的身份，我近来才知道；可是动笔的九成九是为自己来辩护，则早就知道的了，至少，我自己就这样。所以，现在要写出来的，也不过是为自己的一封信——

FD 君：

记得一年或两年之前，蒙你赐书，指摘我在《阿 Q 正传》中写捉拿一个无聊的阿 Q 而用机关枪，是太远于事理。我当时没有答复你，一则你信上不写住址，二则阿 Q 已经捉过，我不能再邀你去看热闹，共同证实了。

但我前几天看报章，便又记起了你。报上有一则新闻，大意是学生要到执政府去请愿，而执政府已于事前得知，东门上添了军队，西门上还摆起两架机关枪，学生不得入，终于无结果而散云。你如果还在北京，何妨远远地——愈远愈好——去望一望呢，倘使真有两架，那么，我就“振振有辞”了。

夫学生的游行和请愿，由来久矣。他们都是“郁郁乎文哉”，不但绝无炸弹和手枪，并且连九节钢鞭，三尖两刃刀也没有，更何况丈八蛇矛和青龙掩月刀乎？至多，“怀中一纸书”而已，所以向来就没有闹过乱子的历史。现在可是已经架起机关枪来了，而且有两架！

但阿 Q 的事件却大得多了，他确曾上城偷过东西，未庄也确已出了抢案。那时又还是民国元年,那些官吏,办事自然比现在更离奇。先生!你想:这是十三年前的事呵。那时的事,我以为即使在《阿Q正传》中再给添上一混成旅和八尊过山炮,也不至于"言过其实"的罢。

请先生不要用普通的眼光看中国。我的一个朋友从印度回来,说,那地方真古怪,每当自己走过恒河边,就觉得还要防被捉去杀掉而祭天。我在中国也时时起这一类的恐惧。普遍认为romantic的,在中国是平常事;机关枪不装在土谷祠外,还装到哪里去呢?

一九二五年五月十四日,鲁迅上。

"碰壁"之后

我平日常常对我的年青的同学们说:古人所谓"穷愁著书"的话,是不大可靠的。穷到透顶,愁得要死的人,那里还有这许多闲情逸致来著书?我们从来没有见过候补的饿殍在沟壑边吟哦;鞭扑底下的囚徒所发出来的不过是直声的叫喊,决不会用一篇妃红俪白的骈体文来诉痛苦的。所以待到磨墨吮笔,说什么"履穿踵决"时,脚上也许早经是丝袜;高吟"饥来驱我去……"的陶征士,其时或者偏已很有些酒意了。正当苦痛,即说不出苦痛来,佛说极苦地狱中的鬼魂,也反而并无叫唤!

华夏大概并非地狱,然而"境由心造",我眼前总充塞着重迭的黑云,其中有故鬼,新鬼,游魂,牛首阿旁,畜生,化生,大叫唤,无叫唤,使我不堪闻见。我装作无所闻见模样,以图欺骗自己,总算已从地狱中出离。

打门声一响,我又回到现实世界了。又是学校的事。我为什么要做教员?!想着走着,出去开门,果然,信封上首先就看见通红的一行字:国立北京女子师范大学。

我本就怕这学校,因为一进门就觉得阴惨惨,不知其所以然,但也常常疑心是自己的错觉。后来看到杨荫榆校长《致全体学生公启》里的"须知学校犹家庭,为尊长者断无不爱家属之理,为幼稚者亦当体贴尊长之心"的话,就恍然了,原来我虽然在学校教书,也等于在杨家坐馆,而这阴惨惨的气味,便是从"冷板凳"里出来的。可是我有一种毛病,自己也疑心是自讨苦吃的根苗,就是偶尔要想想。所以恍然之后,即又有疑问发生:这家族人员——校长和学生——的关系是怎样的,母女,还是婆媳呢?

想而又想,结果毫无。幸而这位校长宣言多,竟在她《对于暴烈学生之感言》里获得正确的解答了。曰,"与此曹子勃豀相向",则其为婆婆无疑也。

现在我可以大胆地用"妇姑勃豀"这句古典了。但婆媳吵架,与西宾又何干呢?因为究竟是学校，所以总还是时常有信来，或是婆婆的，或是媳妇的。我的神经又不强，一闻打门而悔做教员者以此，而且也确有可悔的理由。

这一年她们的家务简直没有完，媳妇儿们不佩服婆婆做校长了，婆婆可是不歇手。这是她的家庭，怎么肯放手呢？无足怪的。而且不但不放，还趁“五七”之际，在什么饭店请人吃饭之后，开除了六个学生自治会的职员，并且发表了那“须知学校犹家庭”的名论。

这回抽出信纸来一看，是媳妇儿们的自治会所发的，略谓：

“旬余以来，校务停顿，百废待兴，若长此迁延，不特虚掷数百青年光阴，校务前途，亦岌岌不可终日。……”

底下是请教员开一个会，出来维持的意思的话，订定的时间是当日下午四点钟。

“去看一看罢。”我想。

这也是我的一种毛病，自己也疑心是自讨苦吃的根苗；明知道无论什么事，在中国是万不可轻易去“看一看”的，然而终于改不掉，所以谓之“病”。但是，究竟也颇熟于世故了，我想后，又立刻决定，四点太早，到了一定没有人，四点半去吧。

四点半进了阴惨惨的校门，又走进教员休息室。出乎意料！除一个打盹似的校役以外，已有两位教员坐着了。一位是见过几面的；一位不认识，似乎说是姓汪，或姓王，我不大听明白，——其实也无须。

我也和他们在一处坐下了。

“先生的意思以为这事情怎样呢？”这不识教员在招呼之后，看住了我的眼睛问。

“这可以由各方面说……。你问的是我个人的意见吗？我个人的意见，是反对杨先生的办法的……。”

糟了！我的话没有说完，他便将他那灵便小巧的头向旁边一摇，表示不屑听完的态度。但这自然是我的主观；在他，或者也许本有将头摇来摇去的毛病的。

“就是开除学生的罚太严了。否则，就很容易解决……。”我还要继续说下去。

“嗡嗡。”他不耐烦似的点头。

我就默然，点起火来吸烟卷。

“最好是给这事情冷一冷……。”不知怎的他又开始发表他的“冷一冷”学说了。

“嗡嗡。瞧着看罢。”这回是我不耐烦似的点头，但终于多说了一句话。

我点头讫，瞥见坐前有一张印刷品，一看之后，毛骨便悚然起来。文略谓：

“……第用学生自治会名义，指挥讲师职员，召集校务维持讨论会，……本校素遵部章，无此学制，亦无此办法，根本上不能成立。……而自闹潮以来……不能不筹正当方

法，又有其他校务进行，亦待大会议决，兹定于（月之二十一日）下午七时，由校特请全体主任专任教员评议会会员在太平湖饭店开校务紧急会议，解决种种重要问题。务恳大驾莅临，无任盼祷！”

署名就是我所视为畏途的“国立北京女子师范大学”，但下面还有一个“启”字。我这时才知道我不该来，也无须“莅临”太平湖饭店，因为我不过是一个“兼任教员”。然而校长为什么不制止学生开会，又不预先否认，却要叫我到了学校来看这“启”的呢？我愤然地要质问了，举目四顾，两个教员，一个校役，四面砖墙带着门和窗门，而并没有半个负有答复的责任的生物。“国立北京女子师范学校”虽然能“启”，然而是不能答的。只有默默地阴森的四周的墙壁将人包围，现出险恶的颜色。

我感到苦痛了，但没有悟出它的原因。

可是两个学生来请开会了；婆婆终于没有露面。我们就走进会场去，这时连我已经有五个人；后来陆续又到了七八人。于是乎开会。

“为幼稚者”仿佛不大能够“体贴尊长之心”似的，很诉了许多苦。然而我们有什么权利来干预“家庭”里的事呢？而况太平湖饭店里又要“解决种种重要问题”了！但是我也说明了几句我所以来校的理由，并要求学校当局今天缩头缩脑办法的解答。然而，举目四顾，只有媳妇儿们和西宾，砖墙带着门和窗门，而并没有半个负有答复的责任的生物！

我感到苦痛了，但没有悟出它的原因。

这时我所不识的教员和学生在谈话了；我也不很细听。但在他的话里听到一句“你们做事不要碰壁”，在学生的话里听到一句“杨先生就是壁”，于我就仿佛见了一道光，立刻知道我的痛苦的原因了。

碰壁，碰壁！我碰了杨家的壁了！

其时看看学生们，就像一群童养媳……。

这一种会议是照例没有结果的，几个自以为大胆的人物对于婆婆稍加微辞之后，即大家走散。我回家坐在自己的窗下的时候，天色已近黄昏，而阴惨惨的颜色却渐渐地退去，回忆到碰壁的学说，居然微笑起来了。

中国各处是壁，然而无形，像“鬼打墙”一般，使你随时能“碰”。能打这墙的，能碰而不感到痛苦的，是胜利者。——但是，此刻太平湖饭店之宴已近阑珊，大家都已经吃到冰激凌，在那里“冷一冷”了罢……。

我于是仿佛看见雪白的桌布已经沾了许多酱油渍，男男女女围着桌子都吃冰激凌，而许多媳妇儿，就如中国历来的大多数媳妇儿在苦节的婆婆脚下似的，都决定了暗淡的运命。

我吸了两支烟，眼前也光明起来，幻出饭店里电灯的光彩，看见教育家在杯酒间谋害学生，看见杀人者于微笑后屠戮百姓，看见死尸在粪土中舞蹈，看见污秽洒满了风籁琴，我想取作画图，竟不能画成一线。我为什么要做教员，连自己也侮蔑自己起来。但是织芳来访我了。

我们闲谈之间，他也忽而发感慨——

"中国什么都黑暗，谁也不行，但没有事的时候是看不出来的。教员咧，学生咧，烘烘烘，烘烘烘，真像一个学校，一有事故，教员也不见了，学生也慢慢躲开了；结局只剩下几个傻子给大家做牺牲，算是收束。多少天之后，又是这样的学校，躲开的也出来了，不见的也露脸了，'地球是圆的'咧，'苍蝇是传染病的媒介'咧，又是学生咧，教员咧，烘烘烘……。"

从不像我似的常常"碰壁"的青年学生的眼睛看来，中国也就如此之黑暗吗？然而他们仅有微弱的呻吟，然而一呻吟就被杀戮了！

五月二十一日夜。

并非闲话

凡事无论大小，只要和自己有些相干，便不免格外警觉。即如这一回女子师范大学的风潮，我因为在那里担任一点钟功课，也就感到震动，而且就发了几句感慨，登在五月十二的《京报副刊》上。自然，自己也明知道违了"和光同尘"的古训了，但我就是这样，并不想以骑墙或阴柔来买人尊敬。三四天之后，忽然接到一本《现代评论》十五期，很觉得有些稀奇。这一期是新印的，第一页上目录已经整齐（初版字有参差处），就证明着至少是再版。我想：为什么这一期特别卖的多，送的多呢，莫非内容改变了吗？翻开初版来，校勘下去，都一样；不过末叶的金城银行的广告已经杳然，所以一篇《女师大的学潮》就赤条条地露出。我不是也发过议论的吗？自然要看一看，原来是赞成杨荫榆校长的，和我的论调正相反。做的人是"一个女读者"。

中国原是玩意儿最多的地方，近来又刚闹过什么"琴心是否女士"问题，我于是心血来潮，忽而想：又捣什么鬼，装什么样了？但我即刻不再想下去，因为接着就起了别一个念头，想到近来有些人，凡是自己善于在暗中播弄鼓动的，一看见别人明白质直的言动，

便往往反噬他是播弄和鼓动,是某党,是某系;正如偷汉的女人的丈夫,总愿意说世人全是王八,和他相同,他心里才觉舒畅。这种思想是卑劣的;我太多心了,人们也何至于一定用裙子来做军旗。我就将我的念头打断了。

此后,风潮还是拖延着,而且展开来,于是有七个教员的宣言发表,也登在五月二十七日的《京报》上,其中的一个是我。

这回的反响快透了,三十日发行(其实是二十九日已经发卖)的《现代评论》上,西滢先生就在《闲话》的第一段中特地评论。但是,据说宣言是"《闲话》正要付印的时候"才在报上见到的,所以前半只论学潮,和宣言无涉。后来又做了三大段,大约是见了宣言之后,这才文思泉涌的罢,可是《闲话》付印的时间,大概总该颇有些耽误了。但后做而移在前面,也未可知。那么,足见这是一段要紧的"闲话"。

《闲话》中说,"以前我们常常听说女师大的风潮,有在北京教育界占最大势力的某籍某系的人在暗中鼓动,可是我们总不敢相信。"所以他只在宣言中摘出"最精彩的几句",加上圈子,评为"未免偏袒一方";而且因为"流言更加传布得厉害",遂觉"可惜",但他说"还是不信我们平素所很尊敬的人会暗中挑剔风潮"。这些话我觉得确有些超妙的识见。例如"流言"本是畜类的武器,鬼蜮的手段,实在应该不信它。又如一查籍贯,则即使装作公平,也容易启人疑窦,总不如"不敢相信"的好,否则同籍的人固然惮于在一张纸上宣言,而别一某籍的人也不便在暗中给同籍的人帮忙了。这些"流言"和"听说",当然都只配当作狗屁!

但是,西滢先生因为"未免偏袒一方"而遂叹为"可惜",仍是引用"流言",我却以为是"可惜"的事。清朝的县官坐堂,往往两造各责小板五百完案,"偏袒"之嫌是没有了,可是终于不免为糊涂虫。假使一个人还有是非之心,倒不如直说的好;否则,虽然吞吞吐吐,明眼人也会看出他暗中"偏袒"那一方,所表白的不过是自己的阴险和卑劣。宣言中所谓"若离若合,殊有混淆黑白之嫌"者,似乎也就是为此辈的手段写照。而且所谓"挑剔风潮"的"流言",说不定就是这些伏在暗中,轻易不大露面的东西所制造的,但我自然也"没有调查详细的事实,不大知道"。可惜的是西滢先生虽说"还是不信",却已为我辈"可惜",足见流言之易于惑人,无怪常有人用作武器。但在我,却直到看见这《闲话》之后,才知道西滢先生们原来"常常"听到这样的流言,并且和我偶尔听到的都不对。可见流言也有种种,某种流言,大抵是奔凑到某种耳朵,写出在某种笔下的。

但在《闲话》的前半,即西滢先生还未在报上看见七个教员的宣言之前,已经比学校为"臭毛厕",主张"人人都有扫除的义务"了。为什么呢?一者报上两个相反的启事已经发现；二者学生把守校门；三者有“校长不能在学校开会，不得不借邻近的饭店招集教员开会的奇闻”。但这所述的“臭毛厕”的情形还得修改些，因为层次有点颠倒。据宣言说，则‘饭店开会”，乃在“把守校门”之前，大约西滢先生觉得不“最精彩”，所以没有摘录，或者已经写好，所以不及摘录的罢。现在我来补摘几句，并且也加些圈子，聊以效颦——

“……迨五月七日校内讲演时，学生劝校长杨荫榆先生退席后，杨先生乃于饭馆召集校员若干燕饮，继即以评议会名义，将学生自治会职员六人揭示开除，由是全校哗然，有坚拒杨先生长校之事变。……”

《闲话》里的和这事实的颠倒，从神经过敏的看起来，或者也可以认为“偏袒”的表现；但我在这里并非举证，不过聊作插话而已。其实，“偏袒”两字，因我适值选得不大堂皇，所以使人厌观，倘用别的字，便会大大的两样。况且，即使是自以为公平的批评家，“偏袒”也在所不免的，譬如和校长同籍贯，或是好朋友，或是换帖兄弟，或是叨过酒饭，每不免于不知不觉间有所“偏袒”。这也算人情之常，不足深怪；但当侃侃而谈之际，那自然也许流露出来。然而也没有什么要紧，局外人那里会知道这许多底细呢，无伤大体的。

但是学校的变成“臭毛厕”，却究竟在“饭店招集教员”之后，酒醉饭饱，毛厕当然合用了。西滢先生希望“教育当局”打扫，我以为在打扫之前，还须先封饭店，否则醉饱之后，总要拉矢，毛厕即永远需用，怎么打扫得干净？而且，还未打扫之前，不是已经有了“流言”了吗？流言之力，是能使粪便增光，蛆虫成圣的，打扫夫又怎么动手？姑无论现在有无打扫夫。

至于“万不可再敷衍下去”，那可实在是斩钉截铁的办法。正应该这样办。但是，世上虽然有斩钉截铁地办法，却很少见有敢负责任的宣言。所多的是自在黑幕中，偏说不知道；替暴君奔走，却以局外人自居；满肚子怀着鬼胎，而装出公允的笑脸；有谁明说出自己所观察的是非来的，他便用了“流言”来做不负责任的武器：这种蛆虫充满的“臭毛厕”，是难于打扫干净的。丢尽“教育界的面目”的丑态，现在和将来还多着哩！

五月三十日。

我的“籍”和“系”

虽然因为我劝过人少——或者竟不——读中国书，曾蒙一位不相识的青年先生赐信要我搬出中国去，但是我终于没有走。而且我究竟是中国人，读过中国书的，因此也颇知

道些处世的妙法。譬如,假使要掉文袋,可以说说“桃红柳绿”,这些事是大家早已公认的,谁也不会说你错。如果论史,就赞几句孔明,骂一通秦桧,这些是非也早经论定,学述一回决没有什么差池;况且秦太师的党羽现已半个无存,也可保毫无危险。至于近事呢,勿谈为佳,否则连你的籍贯也许会使你由可“尊敬”而变为“可惜”的。

我记得宋朝是不许南人做宰相的,那是他们的“祖制”,只可惜终于不能坚持。至于“某籍”人说不得话,却是我近来的新发现。也还是女师大的风潮,我说了几句话。但我先要声明,我既然说过,颇知道些处世的妙法,为什么又去说话呢?那是,因为,我是见过清末捣乱的人,没有生长在太平盛世,所以纵使颇有些涵养工夫,有时也不免要开口,客气地说,就是大不“安分”的。于是乎我说话了,不料陈西滢先生早已常常听到一种“流言”,那大致是“女师大的风潮,有北京教育界占最大势力的某籍某系的人在暗中鼓动”。现在我一说话,恰巧化“暗”为“明”,就使这常常听到流言的西滢先生代为“可惜”,虽然他存心忠厚,“自然还是不信平素所很尊敬的人会暗中挑剔风潮”;无奈“流言”却“更加传布得厉害了”,这怎不使人“怀疑”呢?自然是难怪的。

我确有一个“籍”,也是各人各有一个的籍,不足为奇。但我是什么“系”呢?自己想想,既非“研究系”,也非“交通系”,真不知怎么一回事。只好再精查,细想;终于也明白了,现在写它出来,庶几乎免得又有“流言”,以为我是黑籍的政客。

因为应付某国某君的嘱托,我正写了一点自己的履历,第一句是“我于一八八一年生在浙江省绍兴府城里一家姓周的家里”,这里就说明了我的“籍”。但自从到了“可惜”的地位之后,我便又在末尾添上一句道,“近几年我又兼做北京大学,师范大学,女子师范大学的国文系讲师”,这大概就是我的“系”了。我真不料我竟成了这样的一个“系”。

我常常要“挑剔”文字准确的,至于“挑剔风潮”这一种连字面都不通的阴谋,我至今还不知道是怎样的做法。何以一有流言,我就得沉默,否则立刻犯了嫌疑,至于使和我毫不相干的人如西滢先生者也来代为“可惜”呢?那么,如果流言说我正在钻营,我就得自己锁在房里了;如果流言说我想做皇帝,我就得连忙自称奴才了。然而古人却确是这样做过了,还留下些什么“空穴来风,桐乳来巢”的鬼格言。可惜我总不耐烦敬步后尘;不得已,我只好对于无论是谁,先奉还他无端送给我的“尊敬”。

其实,现今的将“尊敬”来布施和拜领的人们,也就都是上了古人的当。我们的乏的古人想了几千年,得到一个制驭别人的巧法:可压服的将他压服,否则将他抬高。而抬高也就是一种压服的手段,常常微微示意说,你应该这样,倘不,我要将你摔下来了。求人尊敬的可怜虫于是默默地坐着;但偶然也放开喉咙道“有利必有弊呀!”“彼亦一是非,此亦一是非呀!”“猗欤休哉呀!”听众遂亦同声赞叹道,“对呀对呀,可敬极了呀!”这样的互相敷衍下去,自己以为有趣。

从此这一个办法便成为八面锋,杀掉了许多乏人和白痴,但是穿了圣贤的衣冠入殓。可怜他们竟不知道自己将褒贬他的人们的身价估得太大了,反至于连自己的原价也一同失掉。

人类是进化的,现在的人心,当然比古人的高洁;但是“尊敬”的流毒,却还不下于流言,尤其是有谁装腔作势,要来将这撤去时,更促使乏人和白痴惶恐。我本来也无可尊敬;也不愿受人尊敬,免得不如人意的时候,又被人摔下来。更明白地说罢:我所憎恶的太多了,应该自己也得到憎恶,这才还有点像活在人间;如果收得的乃是相反的布施,于我倒是一个冷嘲,使我对于自己也要大加侮蔑;如果收得的是吞吞吐吐的不知道算什么,则使我感到将要呕哕似的恶心。然而无论如何,“流言”总不能吓哑我的嘴……。

六月二日晨。

咬文嚼字

三

自从世界上产生了“须知学校犹家庭”的名论之后,颇使我觉得惊奇,想考查这家庭的组织。后来,幸而在《国立北京女子师范大学校长杨荫榆对于暴烈学生之感言》中,发现了“与此曹子勃谿相向”这一句话,才算得到一点头绪:校长和学生的关系是“犹”之“妇姑”。于是据此推断,以为教员都是杂凑在杨府上的西宾,将这结论在《语丝》上发表。“可惜”!昨天偶然在《晨报》上拜读“该校哲教系教员兼代主任汪懋祖以彼之意见书投寄本报”的话,这才知道我又错了,原来都是弟兄,而且现正“相煎益急”,像曹操的儿子阿丕和阿植似的。

但是,尚希原谅,我于引用的原文上都不加圈了。只因为我不想圈,并非文章坏。

据考据家说,这曹子建的《七步诗》是假的。但也没有什么大相干,姑且利用它来活剥一首,替豆萁申冤:

煮豆燃豆萁,萁在釜下泣——

我烬你熟了,正好办教席!

六月五日。

忽然想到

十

无论是谁，只要站在“辩诬”的地位的，无论辩白与否，都已经是屈辱。更何况受了实际的大损害之后，还得来辩诬。

我们的市民被上海租界的英国巡捕击杀了，我们并不还击，却先来赶紧洗刷牺牲者的罪名。说到我们并非“赤化”，因为没有受别国的煽动；说到我们并非“暴徒”，因为都是空手，没有兵器的。我不解为什么中国人如果真使中国赤化，真在中国暴动，就得听英捕来处死刑？记得新希腊人也曾用兵器对付过国内的土耳其人，却并不被称为暴徒；俄国确已赤化多年了，也没有得到别国开枪的惩罚。而独有中国人，则市民被杀之后，还要惶惶然辩诬，张着含冤的眼睛，向世界搜求公道。

曹子建

其实，这缘由是很容易了然的，就因为我们并非暴徒，并未赤化的缘故。

因此我们就觉得含冤，大叫着伪文明的破产。可是文明是向来如此的，并非到现在才将假面具揭下来。只因为这样的损害，以前是别民族所受，我们不知道，或者是我们原已屡次受过，现在都已忘却罢了。公道和武力合为一体的文明，世界上本未出现，那萌芽或者只在几个先驱者和几群被迫压民族的脑中。但是，当自己有了力量的时候，却往往离而为二了。

但英国究竟有真的文明人存在。今天，我们已经看见各国无党派知识阶级劳动者所组织的国际工人后援会，大表同情于中国的《致中国国民宣言》了。列名的人，英国就有培那特萧(Bernard Shaw)，中国的留心世界文学的人大抵知道他的名字；法国则巴尔布斯(Henri Barbusse)，中国也曾译过他的作品。他的母亲却是英国人；或者说，因此他也富有实行的质素，法国作家所常有的享乐的气息，在他的作品中是丝毫也没有的。现在都出而为中国鸣不平了，所以我觉得英国人的品性，我们可学的地方还多着，——但自然除了捕头，商人，和看见学生的游行而在屋顶拍手嘲笑的娘儿们。

我并非说我们应该做“爱敌若友”的人，不过说我们目下委实并没有认谁做敌。近来的文字中，虽然偶有“认清敌人”这些话，那是行文过火的毛病。倘有敌人，我们就早该抽刃而起，要求“以血偿血”了。而现在我们所要求的是什么呢？辩诬之后，不过想得点轻微的补偿；那办法虽说有十几条，总而言之，单是“不相往来”，成为“路人”而已。虽是对于本来极密的友人，怕也不过如此吧。

然而将实话说出来，就是：因为公道和实力还没有合为一体，而我们只抓得了公道，所以满眼是友人，即使他加了任意的杀戮。

如果我们永远只有公道，就得永远着力于辩诬，终身空忙碌。这几天有些纸贴在墙上，仿佛叫人勿看《顺天时报》似的。我从来就不大看这报，但也并非“排外”，实在因为它的好恶，每每和我的很不同。然而也间有明确，为中国人自己不肯说的话。大概两三年前，正值一种爱国运动的时候罢，偶见一篇它的社论，大意说，一国当衰敝之际，总有两种意见不同的人。一是民气论者，侧重国民的气概，一是民力论者，专重国民的实力。前者多则国家终亦渐弱，后者多则将强。我想，这是很不错的；而且我们应该时时记得的。

可惜中国历来就独多民气论者，到现在还如此。如果长此不改，“再而衰，三而竭”，将来会连辩诬的精力也没有了。所以在不得已而空手鼓舞民气时，尤必须同时设法增长国民的实力，还要永远这样地干下去。

因此，中国青年负担的繁重，就数倍于别国的青年了。因为我们的古人将心力大抵用到玄虚缥缈平稳圆滑上去了，便将艰难切实的事情留下，都待后人来补做，要一人兼做两三人，四五人，十百人的工作，现在可正到了试练的时候了。对手又是坚强的英人，正是他山的好石，大可以借此来磨炼。假定现今觉悟的青年的平均年龄为二十，又假定照中国人易于衰老的计算，至少也还可以共同抗拒，改革，奋斗三十年。不够，就再一代，二代……。这样的数目，从个体看来，仿佛是可怕的，但倘若这一点就怕，便无药可救，只好甘心灭亡。因为在民族的历史上，这不过是一个极短时期，此外实没有更快的捷径。我们更无须迟疑，只是试练自己，自求生存，对谁也不怀恶意地干下去。

但足以破灭这运动的持续的危机，在目下就有三样：一是日夜偏注于表面的宣传，鄙弃他事；二是对同类太操切，稍有不合，便呼之为国贼，为洋奴；三是有许多巧人，反利用机会，来猎取自己目前的利益。

六月十一日。

十一

1　急不择言

“急不择言”的病源，并不在没有想的工夫，而在有工夫的时候没有想。

上海的英国捕头残杀市民之后，我们就大惊愤，大嚷道：伪文明人的真面目显露了！那么，足见以前还以为他们有些真文明。然而中国有枪阶级的焚掠平民，屠杀平民，却向来不很有人抗议。莫非因为动手的是“国货”，所以连残杀也得欢迎；还是我们原是真野蛮，所以自己杀几个自家人就不足为奇呢？

自家相杀和为异族所杀当然有些不同。譬如一个人，自己打自己的嘴巴，心平气和，被别人打了，就非常气愤。但一个人而至于乏到自己打嘴巴，也就很难免为别人所打，如果世界上“打”的事实还没有消除。

我们确有点慌乱了，反基督教的叫喊的尾声还在，而许多人已颇佩服那教士的对于上海事件的公证；并且还有去向罗马教皇诉苦的。一流血，风气就会这样的转变。

2　一致对外

甲：“喂，乙先生！你怎么趁我忙乱的时候，又将我的东西拿走了？现在拿出来，还我吧！”

乙：“我们要一致对外！这样危急时候，你还只记得自己的东西吗？亡国奴！”

3　“同胞同胞！”

我愿意自首我的罪名：这回除硬派的不算外，我也另捐了极少的几个钱，可是本意许不在以此救国，倒是为了看见那些老实的学生们热心奔走得可感，不好意思给他们碰钉子。

学生们在演讲的时候常常说，“同胞，同胞！……”但你们可知道你们所有的是怎样的“同胞”，这些“同胞”是怎样的心吗？不知道的。即如我的心，在自己说出之前，募捐的人们大概就不知道。

我的近邻有几个小学生，常常用几张小纸片，写些幼稚的宣传文，用他们弱小的腕，来贴在电杆或墙壁上。待到第二天，我每见多被撕掉了。虽然不知道撕的是谁，但未必是英国人或日本人罢。

“同胞，同胞！……”学生们说。

我敢于说，中国人中，仇视那真诚的青年的眼光，有的比英国或日本人还凶险。为

“排货”复仇的,倒不一定是外国人!

要中国好起来,还得做别样的工作。

这回在北京的演讲和募捐之后,学生们和社会上各色人物接触的机会已经很不少了,我希望有若干留心各方面的人,将所见,所受,所感的都写出来,无论是好的,坏的,像样的,丢脸的,可耻的,可悲的,全给它发表,给大家看看我们究竟有着怎样的“同胞”。

明白以后,这才可以计划别样的工作。

而且也无须掩饰。即使所发现的并无所谓同胞,也可以从头创造的;即使所发现的不过完全黑暗,也可以和黑暗战斗的。

而且也无须掩饰了,外国人的知道我们,常比我们自己知道得更清楚。试举一个极近便的例,则中国人自编的《北京指南》,还是日本人做的《北京》精确!

4　断指和晕倒

又是砍下指头,又是当场晕倒。

断指是极小部分的自杀,晕倒是极暂时中的死亡。我希望这样的教育不普及;从此以后,不再有这样的现象。

5　文学家有什么用?

因为沪案发生以后,没有一个文学家出来“狂喊”,就有人发了疑问了,曰:“文学家究竟有什么用处?”

今敢敬谨答曰:文学家除了诌几句所谓诗文之外,实在毫无用处。

中国现下的所谓文学家又作别论;即使是真的文学大家,然而却不是“诗文大全”,每一个题目一定有一篇文章,每一回案件一定有一通狂喊。他会在万籁无声时大呼,也会在金鼓喧阗中沉默。Leonardo da Vinci 非常敏感,但为要研究人的临死时的恐怖苦闷的表情,却去看杀头。中国的文学家固然并未狂喊,却还不至于如此冷静。况且有一首《血花缤纷》,不是早经发表了吗?虽然还没有得到是否“狂喊”的定评。

文学家也许应该狂喊了。查老例,做事的总不如作文的有名。所以,即使上海和汉口的牺牲者的姓名早已忘得干干净净,诗文却往往更久地存在,或者还要感动别人,启发后人。

这倒是文学家的用处。血的牺牲者倘要讲用处,或者还不如做文学家。

6 “到民间去”

但是，好许多青年要回去了。

从近时的言论上看来，旧家庭仿佛是一个可怕的吞噬青年的新生命的妖怪，不过在事实上，却似乎还不失为到底可爱的东西，比无论什么都富于摄引力。儿时的钓游之地，当然很使人怀念的，何况在和大都会隔绝的城乡中，更可以暂息大半年来努力向上的疲劳呢。

更何况这也可以算是“到民间去”。

但从此也可以知道：我们的“民间”怎样；青年单独到民间时，自己的力量和心情，较之在北京一同大叫这一个标语时又怎样？

将这经历牢牢记住，倘将来从民间来，在北京再遇到一同大叫这一个标语的时候，回忆起来，就知道自己是在说真还是撒诳。

那么，就许有若干人要沉默，沉默而苦痛，然而新的生命就会在这苦痛的沉默里萌芽。

7 魂灵的断头台

近年以来，每个夏季，大抵是有枪阶级的打架季节，也是青年们的魂灵的断头台。

到暑假，毕业的都走散了，升学的还未进来，其余的也大半回到家乡去。各样同盟于是暂别，喊声于是低微，运动于是消沉，刊物于是中辍。好像炎热的巨刃从天而降，将神经中枢突然斩断，使这首都忽而成为尸骸。但独有狐鬼却仍在死尸上往来，从从容容地竖起它占领一切的大势。

待到秋高气爽时节，青年们又聚集了，但不少是已经新陈代谢。他们在未曾领略过的首善之区的使人健忘的空气中，又开始了新的生活，正如毕业的人们在去年秋天曾经开始过的新的生活一般。

于是一切古董和废物，就都使人觉得永远新鲜；自然也就觉不出周围是进步还是退步，自然也就分不出遇见的是鬼还是人。不幸而又有事变起来，也只得还在这样的世上，这样的人间，仍旧“同胞同胞”的叫喊。

8 还是一无所有

中国的精神文明，早被枪炮打败了，经过了许多经验，已经要证明所有的还是一无所有。

讳言这“一无所有”，自然可以聊以自慰；倘更铺排得好听一点，还可以寒天烘火炉一样，使人舒服得要打盹儿。但那报应是永远无药可医，一切牺牲全都白费，因为在大家打着盹儿的时候，狐鬼反将牺牲吃尽，更加肥胖了。

大概，人必须从此有记性，观四向而听八方，将先前一切自欺欺人的希望之谈全都扫除，将无论是谁的自欺欺人的假面全都撕掉，将无论是谁的自欺欺人的手段全都排斥，总而言之，就是将华夏传统的所有小巧的玩艺儿全都放掉，倒去屈尊学学枪击我们的洋鬼子，这才可望有新的希望的萌芽。

六月十八日。

补白

一

“公理战胜”的牌坊，立在法国巴黎的公园里不知怎样，立在中国北京的中央公园里可实在有些稀奇，——但这是现在的话。当时，市民和学生也曾游行欢呼过。

我们那时的所以入战胜之林者，因为曾经送去过很多的工人；大家也常常自夸工人在欧战的劳绩。现在不大有人提起了，战胜也忘却了，而且实际上是战败了。

现在的强弱之分固然在有无枪炮，但尤其是在拿枪炮的人。假使这国民是卑怯的，即纵有枪炮，也只能杀戮无枪炮者，倘敌手也有，胜败便在不可知之数了。这时候才见真强弱。

我们弓箭是能自己制造的，然而败于金，败于元，败于清。记得宋人的一部杂记里记有市井间的谐谑，将金人和宋人的事物来比较。譬如问金人有箭，宋有什么？则答道，“有锁子甲”。又问金有四太子，宋有何人？则答道，“有岳少保”。临末问，金人有狼牙棒（打人脑袋的武器），宋有什么？却答道，“有天灵盖”！

自宋以来，我们终于只有天灵盖而已，现在又发现了一种“民气”，更加玄虚缥缈了。

但不以实力为根本的民气，结果也只能以固有而不假外求的天灵盖自豪，也就是以自暴自弃当作得胜。我近来也颇觉“心上有杞天之虑”，怕中国更要复古了。瓜皮帽，长衫，双梁鞋，打躬作揖，大红名片，水烟筒，或者都要成为爱国的标征，因为这些部可以不费力气而拿出来，和天灵盖不相上下的。（但大红名片也许不用，以避“赤化”之嫌。）

然而我并不说中国人顽固，因为我相信，鸦片和扑克是不会在排斥之列的。况且爱国之士不是已经说过,麻将牌已在西洋盛行,给我们复了仇吗?爱国之士又说,中国人是爱和平的。但我殊不解既爱和平,何以国内连年打仗?或者这话应该修正:中国人对外国人是爱和平的。

我们仔细查察自己,不再说诳的时候应该到来了,一到不再自欺欺人的时候,也就是到了看见希望的萌芽的时候。

我不以为自承无力,是比自夸爱和平更其耻辱。

六月二十三日。

二

先前以"士人""上等人"自居的,现在大可以改称"平民"了罢;在实际上,也确有许多人已经如此。彼一时,此一时,清朝该去考秀才,捐监生,现在就只得进学校。"平民"这一个徽号现已日见其时式,地位也高起来了,以此自居,大概总可以从别人得到和先前对于"上等人"一样的尊敬,时势虽然变迁,老地位是不会失掉的。倘遇见这样的平民,必须恭维他,至少也得点头拱手赔笑唯诺,像先前下等人的对于贵人一般。否则,你就会得到罪名,曰:"骄傲",或"贵族的"。因为他已经是平民了。见平民而不格外趋奉,非骄傲而何?

清的末年,社会上大抵恶革命党如蛇蝎,南京政府一成立,漂亮的士绅和商人看见似乎革命党的人,便亲密地说道:"我们本来都是'草字头',一路的呵。"

徐锡麟刺杀恩铭之后,大捕党人,陶成章君是其是之一,罪状曰:"著《中国权力史》,学日本催眠术。"(何以学催眠术就有罪,殊觉费解。)于是连他在家的父亲也大受痛苦;待到革命兴旺,这才被尊称为"老太爷";有人给"孙少爷"去说媒。可惜陶君不久就遭人暗杀了,神主入祠的时候,捧香恭送的士绅和商人尚有五六百。直到袁世凯打倒二次革命之后,这才冷落起来。

谁说中国人不善于改变呢?每一新的事物进来,起初虽然排斥,但看见有些可靠,就自然会改变。不过并非将自己变得合于新事物,乃是将新事物变得合于自己而已。

佛教初来时便大被排斥,一到理学先生谈禅,和尚作诗的时候,"三教同源"的机运就成熟了。听说现在悟善社里的神主已经有了五块:孔子,老子,释迦牟尼,耶稣基督,谟哈默德。

中国老例,凡要排斥异己的时候,常给对手起一个诨名,——或谓之"绰号"。这也是明清以来讼师的老手段;假如要控告张三李四,倘只说姓名,本很平常,现在却道"六臂太岁张三"，"白额虎李四"，则先不问事迹，县官只见绰号，就觉得他们是恶棍了。

月球只一面对着太阳，那一面我们永远不得见。歌颂中国文明的也唯以光明的示人，隐匿了黑的一面。譬如说到家族亲旧，书上就有许多好看的形容词：慈呀，爱呀，悌呀，……又有许多好看的古典：五世同堂呀，礼门呀，义宗呀，……至于诨名，却藏在活人的心中，隐僻在书上。最简单的打官司教科书《萧曹遗笔》里就有着不少惯用的恶谥，现在抄一点在这里，省得自己做文章——

亲戚类

孽亲　枭亲　兽亲　鳄亲　虎亲　歪亲

尊长类

鳄伯　虎伯(叔同)　孽兄　毒兄　虎兄

卑幼类

悖男　恶侄　孽侄　悖孙　虎孙　枭甥

孽甥　悖妾　泼媳　枭弟　恶婿　凶奴

其中没有父母，那是例不能控告的，因为历朝大抵"以孝治天下"。

这一种手段也不独讼师有。民国元年章太炎先生在北京，好发议论，而且毫无顾忌地褒贬。常常被贬的一群人于是给他起了一个绰号，曰"章疯子"。其人既是疯子，议论当然是疯话，没有价值的了，但每有言论，也仍在他们的报章上登出来，不过题目特别，道：《章疯子大发其疯》。有一回，他可是骂到他们的反对党头上去了。那怎么办呢？第二天报上登出来的时候，那题目是：《章疯子居然不疯》。

往日看《鬼谷子》，觉得其中的谋略也没有什么出奇，独有《飞箝》中的"可箝而从，可箝而横，……可引而反，可引而覆。虽覆能复，不失其度"这一段里的一句"虽覆能复"很有些可怕。但这一种手段，我们在社会上是时常遇见的。

《鬼谷子》自然是伪书，绝非苏秦，张仪的老师所作；但作者也绝不是"小人"，倒是一个老实人。宋的来鹄已经说，"捭阖飞箝，今之常态，不读鬼谷子书者，皆得自然符契秘诀，可见禀性纯厚，不但手段，便是心里的奸诈也并不多。如果是大富翁，他肯将十元钞票嵌在镜屏里当宝贝吗？鬼谷子所说以究竟不是阴谋家，否则，他还该说得吞吞吐吐些；或者自己不说，而钩也别人来说；或者并不必钩出别人来说，而自己永远阔不可言。这末后的妙法，知者不言，书上也未见，所以我不知道，倘若知道，就不至于老在灯下编《莽原》，做《补白》了。

但各种小纵横，我们总常要身受，或者目睹。夏天的忽而甲乙相打；忽而甲乙相亲，同去打丙;忽而甲丙相合,又同去打乙,忽而甲丙又互打起来,就都是这“覆”“复”作用;化数百元钱,请一回酒,许多人立刻变了色彩,也还是这玩意儿。然而真如来鹄所说,现在的人们是已经“是乃天授,非人力也”的;倘使要看了《鬼谷子》才能,就如拿着文法书去和外国人谈天一样,一定要碰壁。

七月一日。

三

离五卅事件的发生已有四十天,北京的情形就像五月二十九日一样。聪明的批评家大概快要提出照例的“五分钟热度”说来了罢,虽然也有过例外:曾将汤尔和先生的大门“打得擂鼓一般,足有十五分钟之久”。(见六月二十三日《晨报》)有些学生们也常常引这“五分热”说自诫,仿佛早经觉到了似的。

但是,中国的老先生们——连二十岁上下的老先生们都算在内——不知怎的总有一种矛盾的意见,就是将女人孩子看得太低,同时又看得太高。妇孺是上不了场面的;然而一面又拜才女,捧神童,甚至于还想借此结识一个阔亲家,使自己也连类飞黄腾达。什么木兰从军,缇萦救父,更其津津乐道,以显示自己倒是一个死不争气的瘟虫。对于学生也是一样,既要他们“莫谈国事”,又要他们独退番兵,退不了,就冷笑他们无用。

倘在教育普及的国度里,国民十之九是学生;但在中国,自然还是一个特别种类。虽是特别种类,却究竟是“束发小生”,所以当然不会有三头六臂的大神力。他们所能做的,也无非是演讲,游行,宣传之类,正如火花一样,在民众的心头点火,引起他们的光焰来,使国势有一点转机。倘若民众并没有可燃性,则火花只能将自身烧完,正如在马路上焚纸人轿马,暂时引得几个人闲看,而终于毫不相干,那热闹至多也不过如“打门”之久。谁也不动,难道“小生”们真能自己来打枪铸炮,造兵舰,糊飞机,活擒番将,平定番邦吗?所以这“五分热”是地方病,不是学生病。这已不是学生的耻辱,而是全国民的耻辱了;倘在别的有活力,有生气的国度里,现象该不至于如此的。外人不足责,而本国的别的灰冷的民众,有权者,袖手旁观者,也都于事后来嘲笑,实在是无耻而且昏庸!

但是,别有所图的聪明人又作别论,便是真诚的学生们,我以为自身却有一个颇大的错误,就是正如旁观者所希望或冷笑的一样:开首太自以为有非常的神力,有如意的成功。幻想飞得太高,堕在现实上的时候,伤就格外沉重了;力气用得太骤,歇下来的时候,身体就难于动弹了。为一般计,或者不如知道自己所有的不过是“人力”,倒较为切实可靠罢。

现在，从读书以至“寻异性朋友讲情话”，似乎都为有些有志者所诟病了。但我想，责人太严，也正是“五分热”的一个病源。譬如自己要择定一种口号——例如不买英日货——来履行，与其不饮不食的履行七日或痛哭流涕的履行一月，倒不如也看书也履行至五年，或者也看戏也履行至十年，或者也寻异性朋友也履行至五十年，或者也讲情话也履行至一百年。记得韩非子曾经教人以竞马的要妙，其一是“不耻最后”。即使慢，驰而不息，纵令落后，纵令失败，但一定可以达到他所向的目标。

七月八日。

答KS君

KS兄：

我很感谢你的殷勤的慰问，但对于你所愤慨的两点和几句结论，我却并不谓然，现在略说我的意见——

第一，章士钊将我免职，我倒并没有你似的觉得诧异，他那对于学校的手段，我也并没有你似的觉得诧异，因为我本就没有预期章士钊能做出比现在更好的事情来。我们看历史，能够据过去以推知未来，看一个人的已往的经历，也有一样的效用。你先有了一种无端的迷信，将章士钊当作学者或知识阶级的领袖看，于是从他的行为上感到失望，发生不平，其实是作茧自缚；他这人本来就只能这样，有着更好的期望倒是你自己的误谬。使我较为感到有趣的倒是几个向来称为学者或教授的人们，居然也渐次吞吞吐吐地来说微温话了，什么“政潮”咧，“党”咧，仿佛他们都是上帝一样，超然象外，十分公平似的。谁知道人世上并没有这样一道矮墙，骑着而又两脚踏地，左右稳妥，所以即使吞吞吐吐，也还是将自己的魂灵枭首通衢，挂出了原想竭力隐瞒的丑态。丑态，我说，倒还没有什么丢人，丑态而蒙着公正的皮，这才催人呕吐。但终于使我觉得有趣的是蒙着公正的皮的丑态，又自己开出账来发表了。仿佛世界上还有光明，所以即便费尽心机，结果仍然是一个瞒不住。

第二，你这样注意于《甲寅周刊》，也使我莫名其妙。《甲寅》第一次出版时，我想，大约章士钊还不过熟读了几十篇唐宋八大家文，所以模仿吞剥，看去还近于清通。至于这一回，却大大地退步了，关于内容的事且不说，即以文章论，就比先前不通得多，连成语也用不清楚，如“每下愈况”之类。尤其害事的是他似乎后来又念了几篇骈文，没有融化，而急于挦撦，所以弄得文字庞杂，有如泥浆混着沙砾一样。即如他那《停办北京女子师范大学呈文》中有云,“钊念儿女乃家家所有良用痛心为政而人人悦之亦无是理”,旁加密圈,想是得意之笔了。但比起何栻《齐姜醉遣晋公子赋》的“公子固翩翩绝世未免有情少年而碌碌因人安能成事”来,就显得字句和声调都怎样陋弱可哂。何栻比他高明得多,尚且不能入作者之林,章士钊的文章更于何处讨生活呢?况且,前载公文,接着就是通信,精神虽然是自己广告性的半官报,形式却成了公报尺牍合璧了,我中国自有文字以来,实在没有过这样滑稽体式的著作。这种东西,用处只有一种,就是可以借此看看社会的暗角落里,有着怎样灰色的人们,以为现在是攀附显现的时候了,也都吞吞吐吐的来开口。至于别的用处,我委实至今还想不出来。倘说这是复古运动的代表,那可是只见得复古派的可怜,不过以此当作讣闻,公布文言文的气绝罢了。

所以,即使真如你所说,将有文言白话之争,我以为也该是争的终结,而非争的开头,因为《甲寅》不足称为敌手,也无所谓战斗。倘要开头,他们还得有一个更通古学,更长古文的人,才能胜对垒之任,单是现在似的每周印一回公牍和游谈的堆积,纸张虽白,圈点虽多,是毫无用处的。

鲁迅。八月二十日。

“碰壁”之余

女师大事件在北京似乎竟颇算一个问题,号称“大报”如所谓《现代评论》者,居然也“评论”了好几次。据我所记得的,是先有“一个女读者”的一封信,无名小卒,不在话下。此后是两个作者的“评论”了:陈西滢先生在《闲话》之间评为“臭毛厕”,李仲揆先生的《在女师大观剧的经验》里则比做戏场。我很吃惊于同是人,而眼光竟有这么不同;但究竟同是人,所以意见也不无符合之点:都不将学校看作学校。这一点,也可以包括杨荫榆女士的“学校犹家庭”和段祺瑞执政的“先父兄之教”。

陈西滢先生是“久已夫非一日矣”的《闲话》作家,那大名我在报纸的广告上早经看熟了,然而大概还是一位高人,所以遇有不合自意的,便一气呵成屎橛,而世界上蛆虫也委实太多。至于李仲揆先生其人也者,我在《女师风潮纪事》上才识大名,是八月一日拥杨荫榆女士攻入学校的三勇士之一;到现在,却又知道他还是一位达人了,庸人以为学潮的,到他眼睛里就等于“观剧”:这是何等逍遥自在。

据文章上说,这位李仲揆先生是和杨女士“不过见面两次”,但却被用电话邀去看“名震一时的文明新戏”去了,幸而李先生自有脚踏车,否则,还要用汽车来迎接哩。我真自恨福薄，一直活到现在，寿命已不可谓不长，而从没有遇见过一个不大认识的女士来邀“观剧”；对于女师大的事说了几句话，尚且因为不过是教一两点功课的讲师，“碰壁之后”，还很恭听了些高仁山先生在《晨报》上所发表的伟论。真的，世界上实在又有各式各样的运气，各式各样的嘴，各式各样的眼睛。

接着又是西滢先生的《闲话》：“现在一部分报纸的篇幅，几乎全让女师风潮占去了。现在大部分爱国运动的青年的时间，也几乎全让女师风潮占去了。……女师风潮实在是了不得的大事情，实在有了不得的大意义。”临末还有颇为俏皮的结论道：“外国人说，中国人是重男轻女的。我看不见得吧。”

我看也未必一定“见得”。正如人们有各式各样的眼睛一样，也有各式各样的心思，手段。便是外国人的尊重一切女性的事，倘使好讲冷话的人说起来，也许以为意在于一个女性。然而侮蔑若干女性的事，有时也就可以说意在于一个女性。偏执的弗罗特先生宣传了“精神分析”之后，许多正人君子的外套都被撕碎了。但撕下了正人君子的外套的也不一定就是“小人”，只要并非自以为还钻在外套里的不显本相的角色。

我看也未必一定“见得”。中国人是“圣之时者也”教徒，况且活在二十世纪了，有华道理，有洋道理，轻重当然是都随意而无不合于道的：重男轻女也行，重女轻男也行，为了一个女性而重一切女性或轻若干女性也行，为了一个男人而轻若干女性或男性也行……。所可惜的是自从西滢先生看出底细之后，除了哑巴或半阴阳，就都坠入弗罗特先生所掘的陷坑里去了。

自己坠下去的是自作自受，可恨者乃是还要带累超然似的局外人。例如女师大——对不起，又是女师大——风潮，从有些眼睛看来，原是不值得提起的，但因为竟占去了许多可贵的东西，如“报纸的篇幅”“青年的时间”之类，所以，连《现代评论》的“篇幅”和西滢先生的时间也被拖累着占去一点了，而尤其罪大恶极的是触犯了什么“重男轻女”重女轻男这些大秘密。倘不是西滢先生首先想到，提出，大概是要被含糊过去了的。

我看，奥国的学者实在有些偏激，弗罗特就是其一，他的分析精神，竟一律看待，不让谁站在超人间的上帝的地位上。还有那短命的 Otto Weininger，他的痛骂女人，不但不管她是校长，学生，同乡，亲戚，爱人，自己的太太，太太的同乡，简直连自己的妈都骂在内。这实在和弗罗特说一样，都使人难于利用。不知道咱们的教授或学者们，可有方法补救没有？但是，我要先报告一个好消息：Weininger 早用手枪自杀了。这已经有刘百昭率领打手痛打女师大——对不起，又是女师大——的“毛丫头”一般“痛快”，他的话也就大可置之不理了罢。

还有一个好消息。“毛丫头”打出之后，张崧年先生引“罗素之所信”道，“因世人之愚，许多问题或终于不免只有武力可以解决也！”（《京副》二五〇号）又据杨荫榆女士，章士钊总长者流之所说，则捣乱的“毛丫头”是极少数，可见中国的聪明人还多着哩，这是大可以乐观的。

忽而想谈谈我自己的事了。

我今年已经有两次被封为“学者”，而发表之后，也就即刻取消。第一次是我主张中国的青年应当多看外国书，少看，或者竟不看中国书的时候，便有论客以为素称学者的鲁迅不该如此，而现在竟至如此，则不但绝非学者，而且还有洋奴的嫌疑。第二次就是这回佥事免职之后，我在《莽原》上发表了答 KS 君信，论及章士钊的角色和文章的时候，又有论客以为因失了“区区佥事”而反对章士钊，确是气量狭小，没有“学者的态度”；而且，岂但没有“学者的态度”而已哉，还有“人格卑污”的嫌疑云。

其实，没有“学者的态度”，那就不是学者喽，而有些人偏要硬派我做学者。至于何时封赠，何时考定，却连我自己也一点不知道。待到他们在报上说出我是学者，我自己也借此知道了原来我是学者的时候，则已经同时发表了我的罪状，接着就将这体面名称革掉了，虽然总该还要恢复，以便第三次的借口。

据我想来，佥事——文士诗人往往误作签事，今据官书正定——这一个官儿倒也并不算怎样“区区”，只要看我免职之后，就颇有些人在那里钻谋补缺，便是一个老大的证据。至于又有些人以为无足重轻者，大约自己现在还不过做几句“说不出”的诗文，所以不知不觉地就来“慷他人之慨”了罢，因为人的将来是想不到的。然而，惭愧我还不是“臣罪当诛兮天王圣明”式的理想奴才，所以竟不能“尽如人意”，已经在平政院对章士钊提起诉讼了。

提起诉讼之后，我只在答 KS 君信里论及一回章士钊，但听说已经要“人格卑污”了。然而别一论客却道是并不大骂，所以鲁迅究竟不足取。我所经验的事委实有点稀奇，每有“碰壁”一类的事故，平时回护我的大抵愿我设法应付，甚至于暂图苟全。平时憎恶我的却总希望我做一个完人，即使敌手用了卑劣的流言和阴谋，也应该正襟危坐，毫无愤怨，默默地吃苦；或则戟指嚼舌，喷血而亡。为什么呢？自然是专为顾全我的人格起见喽。

够了，我其实又何尝“碰壁”，至多也不过遇见了“鬼打墙”罢了。

九月十五日。

并非闲话(二)

向来听说中国人具有大国民的大度,现在看看,也未必然。但是我们要说得好,那么,就说好清净,有志气罢。所以总愿意自己是第一,是唯一,不爱见别的东西共存。行了几年白话,弄古文的人们讨厌了;做了一点新诗,吟古诗的人们憎恶了;做了几首小诗,做长诗的人们生气了;出了几种定期刊物,连别的出定期刊物的人们也来诅咒了:太多,太坏,只好做将来被淘汰的资料。

中国有些地方还在"溺女",就因为预料她们将来总是没出息的。可惜下手的人们总没有好眼力,否则并以施之男孩,可以减少许多单会消耗食粮的废料。

但是,歌颂"淘汰"别人的人也应该先行自省,看可有怎样不灭的东西在里面,否则,即使不肯自杀,似乎至少也得自己打几个嘴巴。然而人是总是自以为是的,这也许正是逃避被淘汰的一条路。相传曾经有一个人,一向就以"万物不得其所"为宗旨的,平生只有一个大愿,就是愿中国人都死完,但要留下他自己,还有一个女人和一个卖食物的。现在不知道他怎样,久没有听到消息了,那默默无闻的原因,或者就因为中国人还没有死完的缘故罢。

据说,张歆海先生看见两个美国兵打了中国的车夫和巡警,于是三四十个人,后来就有百余人,都跟在他们后面喊"打!打!",美国兵却终于安然地走到东交民巷口了,还回头"笑着嚷道:'来呀!来呀!'说也奇怪,这喊打的百余人不到两分钟便居然没有影踪了!"

西滢先生于是在《闲话》中斥之曰:"打!打!宣战!宣战!这样的中国人,呸!"

这样的中国人真应该受"呸!"他们为什么不打的呢,虽然打了也许又有人来说是"拳匪"。但人们那里顾忌得许多,终于不打,"怯"是无疑的。他们所有的不是拳头吗?但不知道他们可曾等候美国兵走进了东交民巷之后,远远地吐了唾沫?《现代评论》上没有记载,或者虽然"怯",还不至于"卑劣"到那样罢。

然而美国兵终于走进东交民巷口了,毫无损伤,还笑嚷着"来呀来呀"哩!你们还不怕吗?你们还敢说"打!打!宣战!宣战!"么?这百余人,就证明着中国人该被打而不作声!

"这样的中国人,呸!呸!!!"

更可悲观的是现在“造谣者的卑鄙龌龊更远过于章炳麟”，真如《闲话》所说，而且只能“匿名的在报上放一两枝冷箭”。而且如果“你代被群众专制所压迫者说了几句公平话，那么你不是与那人有‘密切的关系’，便是吃了他或她的酒饭。在这样的社会里，一个报不顾利害的专论是非，自然免不了诽谤丛生，谣诼蜂起。”这确是近来的实情，即如女师大风潮，西滢先生就听到关于我们的“流言”，而我竟不知道是怎样的“流言”，是那几个“卑鄙龌龊更远过于章炳麟”者所造。还有女生的罪状，已见于章士钊的呈文，而那些作为根据的“流言”，也不知道是那几个“卑鄙龌龊”且至于远不如畜类者所造。但是学生却都被打出了，其时还有人在酒席上得意。——但这自然也是“谣诼”。

可是我倒也并不很以“流言”为奇，如果要造，就听凭他们去造去。好在中国现在还不到“群众专制”的时候，即使有几十个人，只要“无权势”者叫一大群警察，雇些女流氓，一打，就打散了，正无须乎我来为“被压迫者”说什么“公平话”。即使说，人们也未必尽相信，因为“在这样的社会里”，有些“公平话”总还不免是“他或她的酒饭”填出来的。不过事过境迁，“酒饭”已经消化，吸收，只剩下似乎毫无缘故的“公平话”罢了。倘使连酒饭也失了效力，我想，中国也还要光明些。

但是，这也不足为奇的。不是上帝，那里能够超然世外，真正公平的批评。人自以为“公平”的时候，就已经有些醉意了。世间都以“党同伐异”为非，可是谁也不做“党异伐同”的事。现在，除了疯子，倘使有谁要来接吻，人大约总不至于倒给她一个嘴巴的罢。

九月十九日。

十四年的“读经”

自从章士钊主张读经以来，论坛上又很出现了一些议论，如谓经不必尊，读经乃是开倒车之类。我以为这都是多事的，因为民国十四年的“读经”，也如民国前四年，四年，或将来的二十四年一样，主张者的意思，大抵并不如反对者所想像的那么一回事。

尊孔，崇儒，专经，复古，由来已经很久了。皇帝和大臣们，向来总要取其一端，或者“以孝治天下”，或者“以忠诏天下”，而且又“以贞节励天下”。但是，二十四史不现在吗？其中有多少孝子，忠臣，节妇和烈女？自然，或者是多到历史上装不下去了；那么，去翻专夸本地人物的府县志书去。我可以说，可惜男的孝子和忠臣也不多的，只有节烈的妇女的名册却大抵有一大卷以至几卷。孔子之徒的经，真不知读到那里去了；倒是不识字的妇女们能实践。还有，欧战时候的参战，我们不是常常自负的吗？但可曾用《论语》感化过德国兵，用《易经》咒翻了潜水艇呢？儒者们引为劳绩的，倒是那大抵目不识丁的华工！

章士钊

所以要中国好，或者倒不如不识字罢，一识字，就有近乎读经的病根了。“瞰亡往拜”“出疆载质”的最巧玩艺儿，经上都有，我读熟过的。只有几个糊涂透顶的笨牛，真会诚心诚意地来主张读经。而且这样的角色，也不消和他们讨论。他们虽说什么经，什么古，实在不过是空嚷嚷。问他们经可是要读到像颜回，子思，孟轲，朱熹，秦桧（他是状元），王守仁，徐世昌，曹锟；古可是要复制到像清（即所谓“本朝”），元，金，唐，汉，禹汤文武周公，无怀氏，葛天氏？他们其实都没有定见。他们也知不清颜回以至曹锟为人怎样，“本朝”以至葛天氏情形如何；不过像苍蝇们失掉了垃圾堆，自不免嗡嗡地叫。况且既然是诚心诚意主张读经的笨牛，则绝无钻营，取巧，献媚的手段可知，一定不会阔气；他的主张，自然也绝不会发生什么效力的。

至于现在的能以他的主张，引起若干议论的，则大概是阔人。阔人绝不是笨牛，否则，他早已伏处牖下，老死田间了。现在岂不是正值“人心不古”的时候吗？则其所以得阔之道，居然可知。他们的主张，其实并非那些笨牛一般的真主张，是所谓别有用意；反对者们以为他真相信读经可以救国，真是“谬以千里”了！

我总相信现在的阔人都是聪明人；反过来说，就是倘使老实，必不能阔是也。至于所挂的招牌是佛学，是孔道，那倒没有什么关系。总而言之，是读经已经读过了，很悟到一点玩意儿，这种玩意儿，是孔二先生的先生老聃的大著作里就有的，此后的书本子里还随时可得。所以他们都比不识字的节妇，烈女，华工聪明；甚而至于比真要读经的笨牛还聪明。何也？曰：“学而优则仕”故也。倘若“学”而不“优”，则以笨牛没世，其读经的主张，也不为世间所知。

孔子岂不是“圣之时者也”么，而况“之徒”呢？现在是主张“读经”的时候了。武则天做皇帝，谁敢说“男尊女卑”？多数主义虽然现称过激派，如果在列宁治下，则共产之合于葛天氏，一定可以考据出来的。但幸而现在英国和日本的力量还不弱，所以，主张亲俄者，是被卢布换去了良心。

我看不见读经之徒的良心怎样,但我觉得他们大抵是聪明人,而这聪明,就是从读经和古文得来的。我们这曾经文明过而后来奉迎过蒙古人满洲人大驾了的国度里,古书实在太多,倘不是笨牛,读一点就可以知道,怎样敷衍,偷生,献媚,弄权,自私,然而能够假借大义,窃取美名。再进一步,并可以悟出中国人是健忘的,无论怎样言行不符,名实不副,前后矛盾,撒诳造谣,蝇营狗苟,都不要紧,经过若干时候,自然被忘得干干净净;只要留下一点卫道模样的文字,将来仍不失为"正人君子"。况且即使将来没有"正人君子"之称,于目下的实利又何损哉?

这一类的主张读经者,是明知道读经不足以救国的,也不希望人们都读成他自己那样的;但是,要些把戏,将人们作笨牛看则有之,"读经"不过是这一回要把戏偶尔用到的工具。抗议的诸公倘若不明乎此,还要正经老实地来评道理,谈利害,那我可不再客气,也要将你们归入诚心诚意主张读经的笨牛类里去了。

以这样文不对题的话来解释"俨乎其然"的主张,我自己也知道有不恭之嫌,然而我又自信我的话,因为我也是从"读经"得来的。我几乎读过十三经。

衰老的国度大概就免不了这类现象。这正如人体一样,年事老了,废料愈积愈多,组织间又沉积下矿质,使组织变硬,易就于灭亡。一面,则原是养卫人体的游走细胞(Wanderzelle)渐次变性,只顾自己,只要组织间有小洞,它便钻,蚕食各组织,使组织耗损,易就于灭亡。俄国有名的医学者梅契尼珂夫(Elias Metschnikov)特地给他另立了一个名目:大嚼细胞(Fresserzelle)。据说,必须扑灭了这些,人体才免于老衰;要扑灭这些,则须每日服用一种酸性剂。他自己就实行着。

古国的灭亡,就因为大部分的组织被太多的古习惯教养得硬化了,不再能够转移,来适应新环境。若干分子又被太多的坏经验教养得聪明了,于是变性,知道在硬化的社会里,不妨妄行。单是妄行的是可与议论的,故意妄行的却无须再与谈理。唯一的疗救,是在另开药方:酸性剂,或者简直是强酸剂。

不提防临末又提到了一个俄国人,怕又有人要疑心我收到卢布了罢。我现在郑重声明:我没有收过一张纸卢布。因为俄国还未赤化之前,他已经死掉了,是生了别的急病,和他那正在实验的药的有效与否这问题无干。

十一月十八日。

评心雕龙

甲　A-a-a-ch!

乙　你搬到外国去！并且带了你的家眷！你可是黄帝子孙？中国话里叹声尽多，你为什么要说洋话？敝人是不怕的，敢说：要你搬到外国去！

丙　他是在骂中国，奚落中国人，替某国间接宣传咱们中国的坏处。他的表兄的侄子的太太就是某国人。

丁　中国话里这样的叹声倒也有的，他不过是自然地喊。但这就证明了他是一个死尸！现在应该用表现法；除了表现地喊，一切声音都不算声音。这"A-a-a"倒也有一点成功了，但那"ch"就没有味。——自然，我的话也许是错的；但至少我今天相信我的话并不错。

戊　那么，就须说"嗟"，用这样"引车卖浆者流"的话，是要使自己的身份成为下等的。况且现在正要读经了……。

己　胡说！说"唉"也行。但可恨他竟说过好几回，将"唉"都"垄断"了去，使我们没有来说的余地了。

庚　曰"唉"乎？予蔑闻之。何也？噫嘻吗呢为之障也。

辛　然哉！故予素主张而文言者也。

壬　嗟夫！余曩者之曾为白话，盖痰迷心窍者也，而今悔之矣。

癸　他说"呸"吗？这是人格已经破产了！我本就看不起他，正如他的看不起我。现在因为受了庚先生几句抢白，便"呸"起来；非人格破产是什么？我并非赞成庚先生，我也批评过他的。可是他不配"呸"庚先生。我就是爱说公道话。

子　但他是说"嗳"。

丑　你是他一党！否则，何以替他来辩？我们是青年，我们就有这个脾气，心爱吹毛求疵。他说"呸"或说"嗳"，我固然没有听到；但即使他说的真是"嗳"，又何损于癸君的批评的价值呢。可是你既然是他的一党，那么，你就也人格破产了！

寅　不要破口就骂。满口谩骂，不成其为批评，Gentleman决不如此。至于说批评全不能骂，那也不然。应该估定他的错处，给以相当的骂，像塾师打学生的手心一样，要公平。骂人，自然也许要得到回报的，可是我们也须有这一点不怕事的胆量：批评本来是"精神的冒险"呀！

卯　这确是一条熹微翠朴的硬汉！王九妈妈的崚嶒小提囊，杜鹃叫道"行不得也哥哥"儿。濒然"哀哈"之槛褛的蒺藜，劣马样儿。这口风一滑溜，凡有绯刚的评论都要逼得翘辫儿了。

辰　并不是这么一回事。他是窃取着外国人的声音，翻译着。喂！你为什么不去创作？

巳　那么,他就犯了罪了!研究起来,字典上只有“Ach”,没有什么“A-a-a-ch”。我实在料不到他竟这样杜撰。所以我说:你们都得买一本字典,坐在书房里看看,这才免得为这类角色所欺。

午　他不再往下说,他的话流产了。

未　夫今之青年何其多流产也,岂非因为急于出风头之故吗?所以我奉劝今之青年,安分守己,切莫动弹,庶几可以免于流产,……

申　夫今之青年何其多误译也,还不是因为不买字典之故吗?且夫……

酉　这实在“唉”得不行!中国之所以这样“世风日下”,就是他说了“唉”的缘故。但是诸位在这里,我不妨明说,三十年前,我也曾经“唉”过的,我何尝是木石,我实在是开风气之先。后来我觉得流弊太多了,便绝口不谈此事,并且深恶而痛绝之。并且到了今年,深悟读经之可以救国,并且深信白话文之应该废除。但是我并不说中国应该守旧……。

戌　我也并且到了今年,深信读经之可以救国……。

亥　并且深信白话文之应当废除……。

十一月十八日。

这个与那个

一　读经与读史

一个阔人说要读经,嗡的一阵一群狭人也说要读经。岂但“读”而已矣哉,据说还可以“救国”哩。“学而时习之,不亦乐乎?”那也许是确凿的罢,然而甲午战败了,——为什么独独要说“甲午”呢,是因为其时还在开学校,废读经以前。

我以为伏案还未功深的朋友,现在正不必埋头来哼线装书。倘其咿唔日久,对于旧书有些上瘾了,那么,倒不如去读史,尤其是宋朝明朝史,而且尤须是野史;或者看杂说。

现在中西的学者们,几乎一听到“钦定四库全书”这名目就魂不附体,膝弯总要软下来似的。其实呢,书的原式是改变了,错字是加添了,甚至于连文章都删改了,最便当的是《琳琅秘室丛书》中的两种《茅亭客话》,一是宋本,一是四库本,一比较就知道。“官修”而加以“钦定”的正史也一样,不但本纪咧,列传咧,要摆“史架子”;里面也不敢说什么。据说,字里行间是也含着什么褒贬的,但谁有这么多的心眼儿来猜闷葫芦。至今还道“将平生事迹宣付国史馆立传”，还是算了罢。

野史和杂说自然也免不了有讹传，挟恩怨，但看往事却可以较分明，因为它究竟不像正史那样地装腔作势。看宋事，《三朝北盟汇编》已经变成古董，太贵了，新排印的《宋人说部丛书》却还便宜。明事呢，《野获编》原也好，但也化为古董了，每部数十元；易于入手的是《明季南北略》，《明季稗史汇编》，以及新近集印的《痛史》。

史书本来是过去的陈账簿，和激进的猛士不相干。但先前说过，倘若还不能忘情于咿唔，倒也可以翻翻，知道我们现在的情形，和那时的何其神似，而现在的昏妄举动，糊涂思想，那时也早已有过，并且都闹糟了。

试到中央公园去，大概总可以遇见祖母带着她孙女儿在玩的。这位祖母的模样，就预示着那娃儿的将来。所以倘有谁要须知令夫人后日的丰姿，也只要看丈母。不同是当然要有些不同的，但总归相去不远。我们查账的用处就在此。

但我并不说古来如此，现在遂无可为，劝人们对于“过去”生敬畏心，以为它已经铸定了我们的命运。Le Bon 先生说，死人之力比生人大，诚然也有一理的，然而人类究竟进化着。又据章士钊总长说，则美国的什么地方已在禁讲进化论了，这实在是吓死我也，然而禁只管禁，进却总要进的。

总之：读史，就愈可以觉悟中国改革之不可缓了。虽是国民性，要改革也得改革，否则，杂史杂说上所写的就是前车。一改革，就无须怕孙女儿总要像点祖母那些事，譬如祖母的脚是三角形，步履维艰的，小姑娘的却是天足，能飞跑；丈母老太太出过天花，脸上有些缺点的，令夫人却种的是牛痘，所以细皮白肉：这也就大差其远了。

十二月八日。

二　捧与挖

中国的人们，遇见带有会使自己不安的朕兆的人物，向来就用两样法：将他压下去，或者将他捧起来。

压下去就用旧习惯和旧道德，或者凭官力，所以孤独的精神的战士，虽然为民众战斗，却往往反为这“所为”而灭亡。到这样，他们这才安心了。压不下时，则于是乎捧，以为抬之使高，餍之使足，便可以于已稍稍无害，得以安心。

伶俐的人们，自然也有谋利而捧的，如捧阔佬，捧戏子，捧总长之类；但在一般粗人，——就是未尝“读经”的，则凡有捧的行为的“动机”，大概是不过想免害。即以所奉祀的神道而论，也大抵是凶恶的，火神瘟神不待言，连财神也是蛇呀刺猬呀似的骇人的畜类;观音菩萨倒还可爱,然而那是从印度输入的,并非我们的"国粹"。要而言之:凡有被捧者,十之九不是好东西。

既然十之九不是好东西,则被捧而后,那结果便自然和捧者的希望适得其反了。不但能使不安,还能使他们很不安,因为人心本来不易餍足。然而人们终于至今没有悟,还以捧为苟安之一道。

记得有一部讲笑话的书,名目忘记了,也许是《笑林广记》罢,说,当一个知县的寿辰,因为他是子年生,属鼠的,属员们便集资铸了一个金老鼠去做贺礼。知县收受之后,另寻了机会对大众说道:明年又恰巧是贱内的整寿;她比我小一岁,是属牛的。其实,如果大家先不送金老鼠,他决不敢想金牛。一松开手,可就难于收拾了,无论金牛无力致送,即使送了,怕他的姨太太也会属象。象不在十二生肖之内,似乎不近情理罢,但这是我替他设想的法子罢了,知县当然别有我们所莫测高深的妙法在。

民元革命时候,我在S城,来了一个都督。他虽然也出身绿林大学,未尝"读经"(?),但倒是还算顾大局,听舆论的,可是自绅士以至于庶民,又用了祖传的捧法群起而捧之了。这个拜会,那个恭维,今天送衣料,明天送翅席,捧得他连自己也忘其所以,结果是渐渐变成老官僚一样,动手刮地皮。

最奇怪的是北几省的河道,竟捧得河身比屋顶高得多了。当初自然是防其溃决,所以壅上一点土;殊不料愈壅愈高,一旦溃决,那祸害就更大。于是就"抢堤"咧,"护堤"咧,"严防决堤"咧,花色繁多,大家吃苦。如果当初见河水泛滥,不去增堤,却去挖底,我以为绝不至于这样。

有贪图金牛者,不但金老鼠,便是死老鼠也不给。那么,此辈也就连生日都未必做了。单是省却拜寿,已经是一件大快事。

中国人的自讨苦吃的根苗在于捧,"自求多福"之道却在于挖。其实,劳力之量是差不多的,但从惰性太多的人们看来,却以为还是捧省力。

十二月十日。

三　最先与最后

《韩非子》说赛马的妙法,在于"不为最先,不耻最后"。这虽是从我们这样外行的人看起来,也觉得很有理。因为假若一开首便拼命奔驰,则马力易竭。但那第一句是只适用于赛马的,不幸中国人却奉为人的处世金鍼了。

中国人不但"不为戎首","不为祸始",甚至于"不为福先"。所以凡事都不容易有改革;前驱和闯将,大抵是谁也怕得做。然而人性岂真能如道家所说的那样恬淡;欲得的却多。既然不敢径取,就只好用阴谋和手段。以此,人们也就日见其卑怯了,既是“不为最先”,自然也不敢“不耻最后”,所以虽是一大堆群众,略见危机,便“纷纷作鸟兽散”了。如果偶有几个不肯退转,因而受害的,公论家便异口同声,称之曰傻子。对于“锲而不舍”的人们也一样。

我有时也偶尔去看看学校的运动会。这种竞争,本来不像两敌国的开战,挟有仇隙的,然而也会因了竞争而骂,或者竟打起来。但这些事又作别论。竞走的时候,大抵是最快的三四个人一到决胜点,其余的便松懈了,有几个还至于失了跑完预定的圈数的勇气,中途挤入看客的群集中;或者佯为跌倒,使红十字队用担架将他抬走。假若偶有虽然落后,却尽跑,尽跑的人,大家就嗤笑他。大概是因为他太不聪明,“不耻最后”的缘故罢。

所以中国一向就少有失败的英雄,少有韧性的反抗,少有敢单身鏖战的武人,少有敢抚哭叛徒的吊客;见胜兆则纷纷聚集,见败兆则纷纷逃亡。战具比我们精利的欧美人,战具未必比我们精利的匈奴蒙古满洲人,都如入无人之境。“土崩瓦解”这四个字,真是形容得有自知之明。

多有“不耻最后”的人的民族,无论什么事,怕总不会一下子就“土崩瓦解”的,我每看运动会时,常常这样想:优胜者固然可敬,但那虽然落后而仍非跑至终点不止的竞技者,和见了这样竞技者而肃然不笑的看客,乃正是中国将来的脊梁。

四　流产与断种

近来对于青年的创作,忽然降下一个“流产”的恶谥,哄然应和的就有一大群。我现在相信,发明这话的是没有什么恶意的,不过偶尔说一说;应和的也是情有可原的,因为世事本来大概就这样。

我独不解中国人何以于旧状况那么心平气和,于较新的机运就这么疾首蹙额;于已成之局那么委曲求全,于初兴之事就这么求全责备?

智识高超而眼光远大的先生们开导我们:生下来的倘不是圣贤,豪杰,天才,就不要生;写出来的倘不是不朽之作,就不要写;改革的事倘不是一下子就变成极乐世界,或者,至少能给我(!)有更多的好处,就万万不要动!……

那么,他是保守派吗?据说:并不然的。他正是革命家。唯独他有公平,正当,稳健,圆满,平和,毫无流弊的改革法;现下正在研究室里研究着哩,——只是还没有研究好。

什么时候研究好呢?答曰:没有准儿。

孩子初学步的第一步，在成人看来，的确是幼稚，危险，不成样子，或者简直是可笑的。但无论怎样的愚妇人，却总以恳切的希望的心，看他跨出这第一步去，决不会因为他的走法幼稚，怕要阻碍阔人的路线而"逼死"他；也决不至于将他禁在床上，使他躺着研究到能够飞跑时再下地。因为她知道：假如这么办，即使长到一百岁也还是不会走路的。

古来就这样，所谓读书人，对于后起者却反而专用彰明较著的或改头换面的禁锢。近来自然客气些，有谁出来，大抵会遇见学士文人们挡驾：且住，请坐。接着是谈道理了：调查，研究，推敲，修养，……结果是老死在原地方。否则，便得到"捣乱"的称号。我也曾有如现在的青年一样，向已死和未死的导师们问过应走的路。他们都说：不可向东，或西，或南，或北。但不说应该向东，或西，或南，或北。我终于发现他们心底里的蕴蓄了：不过是一个"不走"而已。

坐着而等待平安，等待前进，倘能，那自然是很好的，但考虑的是老死而所等待的却终于不至；不生育，不流产而等待一个英伟的宁馨儿，那自然也很可喜的，但考虑的是终于什么也没有。

倘以为与其所得的不是出类拔萃的婴儿，不如断种，那就无话可说。但如果我们永远要听见人类的足音，则我以为流产究竟比不生产还有望，因为这已经明明白白地证明着能够生产的了。

十二月二十日。

并非闲话(三)

西滢先生这回是义形于色，在《现代评论》四十八期的《闲话》里很为被书贾擅自选印作品，因而受了物质上损害的作者抱不平。而且贱名也忝列于作者之列：惶恐透了。吃饭之后，写一点自己的所感罢。至于捏笔的"动机"，那可大概是"不纯洁"的。记得幼小时候住在故乡，每看见绅士将一点骗人的自以为所谓恩惠，颁给下等人，而下等人不大感谢时，则斥之曰"不识抬举！"我的父祖是读书的，总该可以算得士流了，但不幸从我起，不知怎的就有了下等脾气，不但恩惠，连吊慰都不很愿意受，老实说罢：我总疑心是假的。这种疑心，大约就是"不识抬举"的根苗，或者还要使写出来的东西"不纯洁"。

我何尝有什么白刃在前，烈火在后，还是钉住书桌，非写不可的"创作冲动"；虽然明知道这种冲动是纯洁，高尚，可贵的，然而其如没有何。前几天早晨，被一个朋友怒视了两眼，倒觉得脸有点热，心有点酸，颇近乎有什么冲动了，但后来被深秋的寒风一吹拂，脸上的温度便复原,——没有创作。至于已经印过的那些,那是被挤出来的。这“挤”字是挤牛乳之“挤”;这“挤牛乳”是专来说明“挤”字的,并非故意将我的作品比作牛乳,希冀装在玻璃瓶里,送进什么“艺术之宫”。倘用现在突然流行起来了的论调,将青年的急于发表未熟的作品称为“流产”,则我的便是“打胎”;或者简直不是胎,是狸猫充太子。所以一写完,便完事,管他妈的,书贾怎么偷,文士怎么说,都不再来提心吊胆。但是,如果有我所相信的人愿意看,称赞好,我终于是欢喜的。后来也集印了,为的是还想卖几文钱,老实说。

那么,我在写的时候没有虔敬的心吗?答曰:有罢。即使没有这种冠冕堂皇的心,也决不故意要些油腔滑调。被挤着,还能嬉皮笑脸,游戏三昧吗?倘能,那简直是神仙了。我并没有在吕纯阳祖师门下投诚过。

但写出以后,却也不很爱惜羽毛,有所谓“敝帚自珍”的意思,因为,已经说过,其时已经是“便完事,管他妈的”了。谁有心肠来管这些无聊的后事呢?所以虽然有什么选家在那里放出他那伟大的眼光,选印我的作品,我也照例给他一个不管。其实,要管也无从管起的。我曾经替人代理过一回收版税的译本,打听得卖完之后,向书店去要钱,回信却道,旧经理人已经辞职回家了,你向他要去吧;我们可是不知道。这书店在上海,我怎能乘了火车去向他坐索,或者打官司?但我对于这等选本,私心却也有“窃以为不然”的几点,一是原本上的错字,虽然一见就明知道是错的,他也照样错下去;二是他们每要发几句伟论,例如什么主义咧,什么意思咧之类,大抵是我自己倒觉得并不这样的事。自然,批评是“精神底冒险”,批评家的精神总比作者会先一步的,但在他们的所谓死尸上,我却分明听到心搏,这真是到死也说不到一块儿。此外,倒也没有什么大怨气了。

这虽然似乎是东方文明式的大度,但其实倒怕是因为我不靠卖文营生。在中国,骈文寿序的定价往往还是每篇一百两,然而白话不值钱;翻译呢,听说是自己不能创作而嫉妒别人去创作的坏心肠人所提倡的,将来文坛一进步,当然更要一文不值。我所写出来的东西,当初虽然很碰过许多大钉子,现在的时价是每千字一至二三元,但是不很有这样好主顾,常常只好尽些不知何自而来的义务。有些人以为我不但用了这些稿费或版税造屋,买米,而且还靠它吸烟卷,吃果糖。殊不知那些款子是另外骗来的;我实在不很擅长于先装鬼脸去吓书坊老板,然后和他接洽。我想,中国最不值钱的是工人的体力了,其次是咱们的所谓文章,只有伶俐最值钱。倘真要直直落落,借文字谋生,则据我的经验,卖来卖去,来回至少一个月,多则一年余,待款子寄到时,作者不但已经饿死,倘在夏天,连筋肉也都烂尽了,那里还有吃饭的肚子。

所以我总用别的道儿谋生；至于所谓文章也者，不挤，便不做。挤了才有，则和什么高超的“烟士披离纯”呀，“创作感兴”呀之类不大有关系，也就可想而知。倘说我假如不必用别的道儿谋生，则心志一专，就会有“烟士披离纯”等类，而产生较伟大的作品，至少，也可以免于献出剥皮的狸猫罢，那可是也未必。三家村的冬烘先生，一年到头，一早到夜教村童，不但毫不“时时想政治活动”，简直并不很“干着种种无聊的事”，但是他们似乎并没有《教育学概论》或“高头讲章”的待定稿，藏之名山。而马克思的《资本论》，陀思妥夫斯奇的《罪与罚》等，都不是啜末加咖啡，吸埃及烟卷之后所写的。除非章士钊总长治下的“有些天才”的编译馆人员，以及讨得官僚津贴或银行广告费的“大报”作者，于谋成事遂，睡足饭饱之余，三月炼字，半年锻句，将来会做出超伦轶群的古奥漂亮作品。总之，在我，是肚子一饱，应酬一少，便要心平气和，关起门来，什么也不写了；即使还写，也许不过是温暾之谈，两可之论，也即所谓执中之说，公允之言，其实等于不写而已。

所以上海的小书贾化作蚊子，吸我的一点血，自然是给我物质上的损害无疑，而我却还没有什么大怨气，因为我知道他们是蚊子，大家也都知道他们是蚊子。我一生中，给我大的损害的并非书贾，并非兵匪，更不是旗帜鲜明的小人：乃是所谓“流言”。即如今年，就有什么“鼓动学潮”呀，“谋做校长”呀，“打落门牙”呀这些话。有一回，竟连现在为我的著作权受损失抱不平的西滢先生也要相信了，也就在《现代评论》（第二十五期）的照例的《闲话》上发表出来；它的效力就可想。譬如一个女学生，与其被若干卑劣阴险的文人学士们暗地里散布些关于品行的谣言，倒不如被土匪抢去一条红围巾——物质。但这种“流言”，造的是一个人还是多数人？姓甚，名谁？我总是查不出；后来，因为没有多工夫，也就不再去查考了，仅为便于述说起见，就总称之曰畜生。

虽然分了类，但不幸这些畜生就杂在人们里，而一样是人头，实际上仍然无从辨别。所以我就多疑，不大要听人们的说话；又因为无话可说，自己也就不大愿意做文章。有时候，甚至于连真的义形于色的公话也会觉得古怪，珍奇，于是乎而下等脾气的“不识抬举”遂告成功，或者会终于不可救药。

平心想起来，所谓“选家”这一流人物，虽然因为容易联想到明季的制艺的选家的缘故，似乎使人厌闻，但现在倒是应该有几个。这两三年来，无名作家何尝没有胜于较有名的作者的作品，只是谁也不去理会他，一任他自生自灭。去年，我曾向DF先生提议过，以为该有人搜罗了各处的各种定期刊行物，仔细评量，选印几本小说集，来绍介于世间；至于已有专集者，则一概不收，“再拜而送之大门之外”。但这话也不过终于是空话，当时既无定局，后来也大家走散了。我又不能做这事业，因为我是偏心的。评是非时我总觉得我的熟人对，读作品是异己者的手腕大概不高明。在我的心里似乎是没有所谓“公平”，在别人里我也没有看见过，然而还疑心什么地方也许有，因此就不敢做那两样东西了：法官，批评家。

现在还没有专门的选家时，这事批评家也做得，因为批评家的职务不但是剪除恶草，还得灌溉佳花，——佳花的苗。譬如菊花如果是佳花，则他的原种不过是黄色的细碎的野菊，俗名“满天星”的就是。但是，或者是文坛上真没有较好的作品之故罢，也许是一个批评家，眼界便极高卓，所以我只见到对于青年作家的迎头痛击，冷笑，抹杀，却很少见诱掖奖劝的意思的批评。有一种所谓“文士”而又似批评家的，则专是一个人的御前侍卫，托尔斯泰呀，托她斯泰呀，指东画西的，就只为一人做屏风。其甚者竟至于一面暗护此人，一面又中伤他人，却又不明明白白地举出姓名和实证来，但用了含沙射影的口气，使那人不知道说着自己，却又另用口头宣传以补笔墨所不及，使别人可以疑心到那人身上去。这不但对于文字，就是女人们的名誉，我今年也看见有用了这畜生道的方法来毁坏的。古人常说“鬼蜮伎俩”，其实世间何尝真有鬼蜮，那所指点的，不过是这类东西罢了。这类东西当然不在话下，就是只做侍卫的，也不配评选一言半语，因为这种工作，做的人自以为不偏而其实是偏的也可以，自以为公平而其实不公平也可以，但总不可“别有用心”于其间的。

书贾也像别的商人一样，唯利是图；他的出版或发议论的“动机”，谁也知道他“不纯洁”，绝不至于和大学教授的来等量齐观的。但他们除唯利是图之外，别的倒未必有什么用意，这就是使我反而放心的地方。自然，倘是向来没有受过更奇特而阴毒的暗箭的福人，那当然即此一点也要感到痛苦。

这也算一篇作品罢，但还是挤出来的，并非围炉煮茗时中的闲话，临了，便回上去填作题目，纪实也。

十一月二十二日。

我观北大

因为北大学生会的紧急征发，我于是总得对于本校的二十七周年纪念来说几句话。

据一位教授的名论，则“教一两点钟的讲师”是不配与闻校事的，而我正是教一点钟的讲师。但这些名论，只好请恕我置之不理；——如其不恕，那么，也就算了，人那里顾得这些事。

我向来也不专以北大教员自居，因为另外还与几个学校有关系。然而不知怎的，——也许是含有神妙的用意的罢，今年忽而颇有些人指我为北大派。我虽然不知道北大可真有特别的派，但也就以此自居了。北大派吗？就是北大派！怎么样呢？

但是，有些流言家幸勿误会我的意思，以为谣我怎样，我便怎样的。我的办法也并不一律。譬如前次的游行，报上谣我被打落了两个门牙，我可决不肯具呈警厅，吁请补派军警，来将我的门牙重新打落。我之照着谣言做去，是以专检自己所愿意者为限的。

我觉得北大也并不坏。如果真有所谓派，那么，被派进这派里去，也还是也就算了。理由在下面：

既然是二十七周年，则本校的萌芽，自然是发于前清的，但我对民国初年的情形也不知道。惟据近七八年的事实看来，第一，北大是常为新的，改进的运动的先锋，要使中国向着好的，往上的道路走。虽然很中了许多暗箭，背了许多谣言；教授和学生也都逐年地有些改换了，而那向上的精神还是始终一贯，不见得弛懈。自然，偶尔也免不了有些很想勒转马头的，可是这也无伤大体，"万众一心"，原不过是书本子上的冠冕话。

第二，北大是常与黑暗势力抗战的，即使只有自己。自从章士钊提了"整顿学风"的招牌来"作之师"，并且分送金款以来，北大却还是给他一个依照彭允彝的待遇。现在章士钊虽然还伏在暗地里做总长，本相却已显露了；而北大的校格也就愈明白。那时固然也曾显出一角灰色，但其无伤大体，也和第一条所说相同。

我不是公论家，有上帝一般决算功过的能力。仅据我所感到地说，则北大究竟还是活的，而且还在生长的。凡活的而且在生长者，总有着希望的前途。

今天所想到的就是这一点。但如果北大到二十八周年而仍不为章士钊者流所谋害，又要出纪念刊，我却要预先声明：不来多话了。一则，命题作文，实在苦不过；二则，说起来大约还是这些话。

十二月十三日。

碎话

如果只有自己，那是都可以的：今日之我与昨日之我战也好，今日这么说明日那么说也好。但最好是在自己的脑里想，在自己的宅子里说；或者和情人谈谈也不妨，横竖她总能以"阿呀"表示其佩服，而没有第三者与闻其事。只是，假使不自珍惜，陆续发表出来，以"领袖""正人君子"自居，而称这些为"思想"或"'公论"之类，却难免有多少老实人遭殃。自然，凡有神妙的变迁，原是反足以见学者文人们进步之神速的；况且文坛上本来就“只许州官放火不准百姓点灯”，既不幸而为庸人，则给天才做一点牺牲，也正是应尽的义务。谁叫你不能研究或创作的呢？亦唯有活该吃苦而已矣！

然而，这是天才，或者是天才的奴才的崇论宏议。从庸人一方面看起来，却不免觉得此说虽合乎理而反乎情；因为“蝼蚁尚且贪生”，也还是古之明训。所以虽然是庸人，总还想活几天，乐一点。无奈爱管闲事是他们吃苦的根苗，坐在家里好好的，却偏要出来寻导师，听公论了。学者文人们正在一日千变地进步，大家跟在他后面；他走的是小弯，你走的是大弯，他在圆心里转，你却必得在圆周上转，汗流浃背而终于不知所以，那自然是不待数计龟卜而后知的。

什么事情都要干，干，干！那当然是名言，但是倘有傻子真去买了手枪，就必要深悔前非，更进而悟到救国必先求学。这当然也是名言，何用多说呢，就遵谕钻进研究室去。待到有一天，你发现了一颗新彗星，或者知道了刘歆并非刘向的儿子之后，跳出来救国时，先觉者可是“杳如黄鹤”了，寻来寻去，也许会在戏园子里发现。你不要再菲薄那“小东人嗯嗯！哪，唉唉唉！”罢：这是艺术。听说“人类不仅是理智的动物”，必须“种种方面有充分发达的人，才可以算完人”呀，学者之在戏园，乃是“在感情方面求种种的美”。“束发小生”变成先生，从研究室里钻出，救国的资格也许有一点了，却不料还是一个精神上种种方面没有充分发达的畸形物，真是可怜可怜。

那么，立刻看夜戏，去求种种的美去，怎么样？谁知道呢。也许学者已经出戏园，学说也跟着长进（俗称改变，非也）了。

叔本华先生以厌世名一时，近来中国的绅士们却独独赏识了他的《妇人论》。的确，他的骂女人虽然还合绅士们的脾胃，但别的话却实在很有些和我们不相宜的。即如《读书和书籍》那一篇里，就说，“我们读着的时候，别人却替我们想。我们不过反复了这人的心的过程。……然而本来底地说起来，则读书时，我们的脑已非自己的活动地。这是别人的思想的战场了。”但是我们的学者文人们却正需要这样的战场——未经老练的青年的脑髓。但也并非在这上面和别的强敌战斗，乃是今日之我打昨日之我，“道义”之手批“公理”之颊——说得俗一点：自己打嘴巴。做了这样的战场者，怎么还能明白是怎么一回事。

这一月来，不知怎的又有几个学者文人或批评家亡魂失魄了，仿佛他们在上月底才从娘胎钻出，毫不知道民国十四年十二月以前的事似的。女师大学生一归她们被占的本校，就有人引以为例，说张胡子或李胡子可以“派兵送一二百学生占据了二三千学生的北大”。如果这样，北大学生确应该群起而将女师大扑灭，以免张胡或李胡援例，确保母校的安全。但我记得北大刚举行过二十七周年纪念，那建立的历史，是并非由章士钊将张胡或李胡将要率领的二百学生拖出，然后改立北大，招生三千，以掩人耳目的。这样的比附，简直是在青年的脑上打滚。夏间，则也可以称为“挑剔风潮”。但也许批评界有时也是“只许州官放火不准百姓点灯”，正如天才之在文坛一样的。

学者文人们最好是有这样的一个特权，月月，时时，自己和自己战，——即自己打嘴巴。免得庸人不知，以常人为例，误以为连一点“闲话”也讲不清楚。

十二月二十二日。

“公理”的把戏

自从去年春间，北京女子师范大学有了反对校长杨荫榆事件以来，于是而有该校长在太平湖饭店请客之后，任意将学生自治会员六人除名的事；有引警察及打手蜂拥入校的事；迨教育总长章士钊复出，遂有非法解散学校的事；有司长刘百昭雇用流氓女丐殴曳学生出校，禁之补习所空屋中的事；有手忙脚乱，急挂女子大学招牌以掩天下耳目的事；有胡敦复之趁火打劫，攫取女大校长饭碗，助章士钊欺罔世人的事。女师大的许多教职员，——我敢特地声明：并不是全体！——本极以章杨的措置为非，复痛学生之无辜受戮，无端失学，而校务维持会之组织，遂愈加严固。我先是该校的一个讲师，于黑暗残虐情形，多曾目睹；后是该会的一个委员，待到女师大在宗帽胡同自赁校舍，而章士钊尚且百端迫压的苦痛，也大抵亲历的。当章氏势焰熏天时，我也曾环顾这首善之区，寻求所谓“公理”“道义”之类而不得；而现在突起之所谓“教育界名流”者，那时则鸦雀无声；甚至捧献肉麻透顶的呈文，以歌颂功德。但这一点，我自然也判不定是因为畏章氏有嗾使兵警痛打之威呢，还是贪图分润金款之利，抑或真以他为“公理”或“道义”等类的具象的化身？但是，从章氏逃走，女师大复校以后，所谓“公理”等件，我却忽而间接地从女子大学在撷英馆宴请“北京教育界名流及女大学生家长”的席上找到了。

杨荫榆

据十二月十六日的《北京晚报》说，则有些“名流”即于十四日晚六时在那个撷英番菜馆开会。请吃饭的，去吃饭的，在中国一天不知道有多多少少，本不与我相干，虽然也令我记起杨荫榆也爱在太平湖饭店请人吃饭的旧事。但使我留心的是，从这饭局里产生了“教育界公理维持会”，从这会又变出“国立女子大学后援会”，从这会又发出“致国立各校教职员联席会议函”，声势浩大，据说是“而于该校附和暴徒，自堕人格之教职员，即不能投畀豺虎，亦宜屏诸席外，勿与为伍”云。他们之所谓“暴徒”，盖即刘百昭之所谓“土匪”，官僚名流，口吻如一，从局外人看来，不过煞是可笑而已。而我是女师大维持会员之一，又是女师大教员，人格所关，当然有抗议的权利。岂但抗议？“投虎”“割席”，“名流”的熏灼之状，竟至于斯，则虽报以恶声，亦不为过。但也无须如此，只要看一看这些“名流”究竟是什么东西，就足够了。报上和函上有名单：

除了万里鸣是太平湖饭店掌柜，以及董子鹤辈为我所不知道的不计外，陶昌善是农大教务长，教长兼农大校长章士钊的替身；石志泉是法大教务长；查良钊是师大教务长；李顺卿，王桐龄是师大教授；萧友梅是前女师大而今女大教员；蹇华芬是前女师大而今女大学生；马寅初是北大讲师，又是中国银行的什么，也许是“总司库”，这些名目我记不清楚了；燕树棠，白鹏飞，陈源即做《闲话》的西滢，丁燮林即做过《一只马蜂》的西林，周鲠生即周览，皮宗石，高一涵，李仲揆即李四光曾有一篇杨荫榆要用汽车迎他“观剧”的作品登在《现代评论》上的，都是北大教授，又大抵原住在东吉祥胡同，又大抵是先前反对北大对章士钊独立的人物，所以当章士钊炙手可热之际，《大同晚报》曾称他们为“东吉祥派的正人君子”，虽然他们那时并没有开什么“公理”会。但他们的住址，今年新印的《北大职员录》上可很有些函胡了，我所依据的是民国十一年的本子。

日本人学了中国人口气的《顺天时报》，即大表同情于女子大学，据说多人的意见，以为女师大教员多系北大兼任，有附属于北大之嫌。亏它征得这么多人的意见。然而从上列的名单看来，那观察是错的。女师大向来少有专任教员，正是杨荫榆的狡计，这样，则校长即可以独揽大权；当我们说话时，高仁山即以讲师不宜与闻校事来钳制我辈之口。况且女师大也决不因为中有北大教员，即精神上附属于北大，便是北大教授，正不乏当学生反对杨荫榆的时候，即协力来歼灭她们的人。即如八月七日的《大同晚报》，就有“某当局……谓北大教授中，如东吉祥派之正人君子，亦主张解散”等语。《顺天时报》的记者倘竟不知，可谓昏瞀，倘使知道而故意淆乱黑白，那就有挑拨对于北大怀着恶感的人物，将那恶感蔓延于女师大之嫌，居心可谓卑劣。但我们国内战争，尚且常有日本浪人从中作祟，使良民愈陷于水深火热之中，更何况一校女生和几个教员之被诬蔑。我们也只得自责国人之不争气，竟任这样的报纸跳梁！

北大教授王世杰在撷英馆席上演说，即云“本人决不主张北大少数人与女师大合作”，就可以证明我前言的不诬。至又谓“照北大校章教职员不得兼他机关主要任务然而现今北大教授在女师大兼充主任者已有五人实属违法应加以否认云云”，则颇有语病。北大教授兼国立京师图书馆副馆长月薪至少五六百元的李四光，不也是正在坐中“维持公理”，而且演说的吗？使之何以为情？李教授兼副馆长的演说辞，报上却不载；但我想，大概是不赞成这个办法的。

北大教授燕树棠谓女大学生极可佩服，而对于“形同土匪破坏女大的人应以道德上之否认加之”，则竟连所谓女大教务长萧纯锦的自辩女大当日所埋伏者是听差而非流氓的启事也没有见，却已一口咬定，嘴上忽然跑出一个“道德”来了。那么，对于形同鬼蜮破坏女师大的人，应以什么上之否认加之呢？

“公理”实在是不容易谈，不但在一个维持会上，就要自相矛盾，有时竟至于会用了“道义”上之手，自批“公理”上之脸的嘴巴。西滢是曾在《现代评论》（三十八）的《闲话》里冷嘲过援助女师大的人们的：“外国人说，中国人是重男轻女的。我看不见得吧。”现在却签名于什么公理会上了，似乎性情或体质有点改变。而且曾经感慨过：“你代被群众专制所压迫者说了几句公平话，那么你不是与那人有‘密切的关系’便是吃了他或她的酒饭。”（《现代》四十）然而现在的公理什么会上的言论和发表的文章上，却口口声声，侧重多数了；似乎主张又颇有些参差，只有“吃饭”的一件事还始终如一。在《现代评论》（五十三）上，自诩是“所有的批评都本于学理和事实，绝不肆口嫚骂”，而忘却了自己曾称女师大为“臭毛厕”，并且署名于要将人“投畀豺虎”的信尾曰：陈源。陈源不就是西滢吗？半年的事，几个的人，就这么矛盾支离，实在可以使人悯笑。但他们究竟是聪明的，大约不独觉得“公理”歪斜，而且连自己们的“公理维持会”也很有些歪斜了罢，所以突然一变而为“女子大学后援会”了，这是的确的，后援，就是站在背后的援助。

但是十八日《晨报》上所载该后援会开会的记事，却连发言的人的名姓也没有了一律叫作“某君”。莫非后来连对于自己的姓名也觉得可羞，真是“内愧于心”了？还是将人“投畀豺虎”之后，预备归过于“某君”，免得自己负责任，受报复呢？虽然报复的事，并为“正人君子”们所反对，但究竟还不如先使人不知道“后援”者为谁的稳当，所以即使为着“道义”，而坦白的态度，也仍为他们所不取罢。因为明白地站出来，就有些“形同土匪”或“暴徒”，怕要失了专在背后，用暗箭的聪明人的人格。

其实，撷英馆里和后援会中所啸聚的一彪人马，也不过是各处流来的杂人，正如我一样，到北京来骗一口饭，岂但“投畀豺虎”，简直是已经“投畀有北”的了。这算得什么呢？以人论，我与王桐龄，李顺卿虽曾在西安点首谈话，却并不当作朋侪；与陈源虽尝在给泰戈尔祝寿的戏台前一握手，而早已视为异类，又何至于会有和他们连席之意？而况于不知什么东西的杂人等辈也哉！以事论，则现在的教育界中实无豺虎，但有些城狐社鼠之流，那是当然不能免的。不幸十余年来，早见得不少了；我之所以对于有些人的口头的鸟“公理”而不敬者，即大抵由于此。

十二月十八日。

这回是“多数”的把戏

《现代评论》五五期《闲话》的末一段是根据了女大学生的宣言，说女师大学生只有二十个，别的都已进了女大，就深悔从前受了“某种报纸的催眠”。幸而见了宣言，这才省悟过来了，于是发问道：“要是二百人（按据云这是未解散前的数目）中有一百九十九人入了女大便怎样？要是二百人都入了女大便怎样？难道女师大校务维持会招了几个新生也去恢复吗？我们不免要奇怪那维持会维持的究竟是谁呢？他们的目的究竟是什么呢？”

这当然要为夏间并不维持女师大而现在则出而维持“公理”的陈源教授所不解的。我虽然是女师大维持会的一个委员，但也知道另一种可解的办法——

二十人都往多的一边跑，维持会早该趋奉章士钊！

我也是“四五十岁的人爱说四五岁的孩子话”，而且爱学奴才话的，所以所说的也许是笑话。但是既经说开，索性再说几句罢：要是二百人中有二百另一人入了女大便怎样？要是维持会员也都入了女大便怎样？要是一百九十九人入了女大，而剩下的一个人偏不要维持便怎样？……

我想这些妙问，大概是无人能答的。这实在问得太离奇，虽是四五岁的孩子也不至于此，——我们不要小觑了孩子。人也许能受“某种报纸的催眠”，但也因人而异，“某君”只限于“某种”；即如我，就决不受《现代评论》或“女大学生某次宣言”的催眠。假如，倘使我看了《闲话》之后，便扪心自问：“要是二百人中有一百九十九人入了女大便怎样？……维持会维持的究竟是谁呢？……”那可真要连自己也奇怪起来，立刻对章士钊的木主肃然起敬了。但幸而连陈源教授所据为典要的《女大学生二次宣言》也还说有二十人，所以我也正不必有什么“杞天之虑”。

记得“公理”时代(可惜这黄金时代竟消失得那么快),不是有人说解散女师大的是章士钊,女大乃另外设立,所以石驸马大街的校址是不该归还的吗？自然,或者也可以这样说。但我却没有被其催眠,反觉得这道理比满洲人所说的“亡明者闯贼也,我大清天下,乃得之于闯贼,非取之于明”的话还可笑。从表面上看起来,满人的话,倒还算顺理成章,不过也只能骗顺民,不能骗移民和逆民,因为他们知道此中的底细。我不聪明,本也很可以相信的,然而竟不被骗者,因为幸而目睹了十四年前的革命,自己又是中国人。

然而“要是”女师大学生竟一百九十九人都入了女大,又怎样呢？其实,“要是”章士钊再做半年总长,或者他的走狗们作起祟来,宗帽胡同的学生纵不至于“都入了女大”,但可以被迫胁到只剩一个或不剩一个,也正是意中事。陈源教授毕竟是“通品”,虽是理想也未始没有实现的可能。那么,怎么办呢？我想,维持。那么,“目的究竟是什么呢？”我想,就用一句《闲话》来答复:“代被群众专制所压迫者说几句公平话”。

可惜正如“公理”的忽隐忽现一样,“少数”的时价也四季不同的。杨荫榆时候多数不该“压迫”少数,现在是少数应该服从多数了。你说多数是不错的么,可是俄国的多数主义现在也还叫作过激党,为大英,大日本和咱们中华民国的绅士们所“深恶而痛绝之”。这真要令我莫名其妙。或者“暴民”是虽然多数,也得算作例外的罢。

“要是”帝国主义者抢去了中国的大部分,只剩了一二省,我们便怎样？别的都归了强国了,少数的土地,还要维持吗？！明亡以后,一点土地也没有了,却还有窜身海外,志在恢复的人。凡这些,从现在的“通品”看来,大约都是谬种,应该派“在德国手格盗匪数人”,立功海外的英雄刘百昭去剿灭他们的吧。

“要是”真如陈源教授所言,女师大学生只有二十了呢？但是究竟还有二十人。这足可使在章士钊门下暗做走狗而脸皮还不十分厚的教授文人学者们愧死！

十二月二十八日。

后记

本书中至少有两处,还得稍加说明——

一,徐旭生先生第一次回信中所引的话,是出于ZM君登在《京报副刊》(十四年三月八日)上的一篇文章的。其时我正因为回答“青年必读书”,说“不能作文算什么大不了的事”,很受着几位青年的攻击。ZM君便发表了我在讲堂上口说的话,大约意在申明我的意思,给我解围。现在就抄一点在下面——

“读了许多名人学者给我们开的必读书目，引起不少的感想；但最打动我的是鲁迅先生的两句附注，……因这几句话，又想起他所讲的一段笑话来。他似乎这样说：

“‘讲话和写文章，似乎都是失败者的征象。正在和命运恶战的人，顾不到这些；真有实力的胜利者也多不作声。譬如鹰攫兔子，叫喊的是兔子不是鹰；猫捕老鼠，啼呼的是老鼠不是猫……。又好像楚霸王……追奔逐北的时候，他并不说什么；等到摆出诗人面孔，饮酒唱歌，那已经是兵败势穷，死日临头了。最近像吴佩孚名士的“登彼西山，赋彼其诗”，齐燮元先生的“放下枪支，拿起笔杆”，更是明显的例子。’”

二，近几年来，常听到人们说学生嚣张，不单是老先生，连刚出学校而做了小官或教员的也往往这么说。但我却并不觉得这样。记得革命以前，社会上自然还不如现在似的憎恶学生，学生也没有目下一般驯顺，单是态度，就显得桀骜，在人丛中一望可知。现在却差远了，大抵长袍大袖，温文尔雅，正如一个古之读书人。我也就在一个大学的讲堂上提起过，临末还说：其实，现在的学生是驯良的，或者竟可以说是太驯良了……。武者君登在《京报副刊》（约十四年五月初）上的一篇《温良》中，所引的就是我那时所说的这几句话。我因此又写了《忽然想到》第七篇，其中所举的例，一是前几年被称为“卖国贼”者的子弟曾大受同学唾骂，二是当时女子师范大学的学生正被同性的校长使男职员威胁。我的对于女师大风潮说话，这是第一回，过了十天，就“碰壁”；又过了十天，陈源教授就在《现代评论》上发表“流言”，过了半年，据《晨报副刊》（十五年一月三十日）所发表的陈源教授给徐志摩“诗哲”的信，则“捏造事实传布流言”的倒是我了。真是世事白云苍狗，不禁感慨系之矣！

又，我在《“公理”的把戏》中说杨荫榆女士“在太平湖饭店请客之后，任意将学生自治会员六人除名”，那地点是错误的，后来知道那时的请客是西长安街的西安饭店。等到五月二十一日即我们“碰壁”的那天，这才换了地方，“由校特请全体主任专任教员评议会会员在太平湖饭店开校务紧急会议，解决种种重要问题。”请客的饭馆是那一个，和紧要关键原没有什么大相干，但从“所有的批评都本于学理和事实”的所谓“文士”学者之流看来，也许又是“捏造事实”，而且因此就证明了凡我所说，无一句真话，甚或至于连杨荫榆女士也本无其人，都是我凭空结撰的了。这于我是很不好的，所以赶紧订正于此，庶几“收之桑榆”云。

一九二六年二月十五日校毕记。仍在绿林书屋之东壁下。

华集续编

小引

还不满一整年,所写的杂感的分量,已有去年一年的那么多了。秋来住在海边,目前只见云水,听到的多是风涛声,几乎和社会隔绝。如果环境没有改变,大概今年不见得再有什么废话了罢。灯下无事,便将旧稿编集起来;还预备付印,以供给要看我的杂感的主顾们。

这里面所讲的仍然并没有宇宙的奥义和人生的真谛。不过是,将我所遇到的,所想到的,所要说的,一任它怎样浅薄,怎样偏激,有时便都用笔写了下来。说得自夸一点,就如悲喜时节的歌哭一般,那时无非借此来释愤抒情,现在更不想和谁去抢夺所谓公理或正义。你要那样,我偏要这样是有的;偏不遵命,偏不磕头是有的;偏要在庄严高尚的假面上拨它一拨也是有的,此外却毫无什么大举。名副其实,"杂感"而已。

从一月以来的,大略都在内了;只删去了一篇。那是因为其中开列着许多人,未曾,也不易遍征同意,所以不好擅自发表。

书名呢?年月是改了,情形却依旧,就还叫《华盖集》。然而年月究竟是改了,因此只得添上两个字:"续编"。

一九二六年十月十四日,鲁迅记于厦门。

一九二六年

杂论管闲事·做学问·灰色等

1

听说从今年起,陈源(即西滢)教授要不管闲事了;这预言就见于《现代评论》五十六期的《闲话》里。惭愧我没有拜读这一期，因此也不知其详。要是确的呢，那么，除了用那照例的客套说声“可惜”之外，真的倒实在很诧异自己之糊涂：年纪这么大了，竟不知道阳历的十二月三十一日和一月一日之交在别人是可以发生这样的大变动。我近来对于年关颇有些神经过钝了，全不觉得怎样。其实，倘要觉得罢，可是也不胜其觉得。大家挂上五色旗，大街上搭起几座彩坊，中间还有四个字道：“普天同庆”，据说这算是过年。大家关了门，贴上门神，爆竹毕剥砰訇地放起来，据说这也是过年。要是言行真跟着过年为转移，怕要转移不迭，势必至于成为转圈子。所以，神经过钝虽然有落伍之虑，但有弊必有利，却也很占一点小小的便宜的。

但是，还有些事我终于想不明白：即如天下有闲事，有人管闲事之类。我现在觉得世上是仿佛没有所谓闲事的，有人来管，便都和自己有点关系；即便是爱人类，也因为自己是人。假使我们知道了火星里张龙和赵虎打架，便即大有作为，请酒开会，维持张龙，或否认赵虎，那自然是颇近于管闲事了。然而火星上事，既然能够“知道”，则至少必须已经可以通信，关系也密切起来，算不得闲事了。因为既能通信，也许将来就能交通，他们终于会在我们的头顶上打架。至于咱们地球之上，即无论那一处，事事都和我们相关，然而竟不管者，或因不知道，或因管不着，非以其“闲”也。譬如英国有刘千昭雇了爱尔兰老妈子在伦敦拉出女生，在我们是闲事似的罢，其实并不，也会影响到我们这里来。留学生不是多多，多多了吗？倘有合宜之处，就要引以为例，正如在文学上的引用什么莎士比亚呀，塞文狄斯呀，芮恩施呀一般。

（不对，错了。芮恩施是美国的驻华公使，不是文学家。我大约因为在讲什么文艺学术的一篇论文上见过他的名字，所以一不小心便带出来了。合即订正于此，尚希读者谅之。）

即使是动物，也怎能和我们不相干？青蝇的脚上有一个霍乱菌，蚊子的唾沫里有两个疟疾菌，就说不定会钻进谁的血里去。管到“邻猫生子”，很有人以为笑谈，其实却正与自己大有相关。譬如我的院子里，现在就有四匹邻猫常常吵架了，倘使这些太太们之一又诞育四匹，则三四月后，我就得常听到八匹猫们常常吵闹，比现在加倍地心烦。

所以我就有了一种偏见，以为天下本无所谓闲事，只因为没有这许多遍管的精神和力量，于是便只好抓一点来管。为什么独抓这一点呢？自然是最和自己相关的，大则因为同是人类，或是同类，同志；小则，因为是同学，亲戚，同乡，——至少，也大概叨光过什么，虽然自己的显在意识上并不了然，或者其实了然，而故意装痴作傻。

但陈源教授据说是去年却管了闲事了，要是我上文所说的并不错，那就确是一个超人。今年不问世事，也委实是可惜之至，真是斯人不管，“如苍生何”了。幸而阴历的过年又快到了，除夕的亥时一过，也许又可望心回意转的罢。

2

昨天下午我从沙滩回家的时候，知道大琦君来访过我了。这使我很高兴，因为我是猜想他进了病院的了，现在知道并没有。而尤其使我高兴的是他还留赠我一本《现代评论增刊》，只要一看见封面上画着的一枝细长的蜡烛，便明白这是光明之象，更何况还有许多名人学者的著作，更何况其中还有陈源教授的一篇《做学问的工具》呢？这是正论，至少可以赛过“闲话”的；至少，是我觉得赛过“闲话”，因为它给了我许多东西。

我现在才知道南池子的“政治学会图书馆”去年“因为时局的关系，借书的成绩长进了三至七倍”了，但他“家翰笙”却还“用‘平时不烧香，临时抱佛脚’十个字形容当今学术界大部分的状况”。这很改正了我许多误解。我先已说过，现在的留学生是多多，多多了，但我总疑心他们大部分是在外国租了房子，关起门来炖牛肉吃的，而且在东京实在也看见过。那时我想：燉牛肉吃，在中国就可以，何必路远迢迢，跑到外国来呢？虽然外国讲究畜牧，或者肉里面的寄生虫可以少些，但炖烂了，即使多也就没有关系。所以，我看见回国的学者，头两年穿洋服，后来穿皮袍，昂头而走的，总疑心他是在外国亲手炖过几年牛肉的人物，而且即使有了什么事，连“佛脚”也未必肯抱的。现在知道并不然，至少是“留学欧美归国的人”并不然。但可惜中国的图书馆里的书太少了，据说北京“三十多个大学，不论国立私立，还不及我们私人的书多”云。这“我们”里面，据说第一要数“溥仪先生的教师庄士敦先生”，第二大概是“孤桐先生”即章士钊，因为在德国柏林时候，陈源教授就亲眼看见他两间屋里“几乎满床满架满桌满地，都是关于社会主义的德文书”。现在呢，想来一定是更多的了。这真叫我欣羡佩服。记得自己留学时候，官费每月三十六元，支付衣食学费之外，简直没有盈余，混了几年，所有的书连一壁也遮不满，而且还是杂书，并非专而又专，如“都是关于社会主义的德文书”之类。

但是很可惜，据说当民众“再毁”这位“孤桐先生”的“寒家”时，“好像他们夫妇两位的藏书都散失了”。想那时一定是拉了几十车，向各处走散，可惜我没有去看，否则倒也是一个壮观。

所以“暴民”之为“正人君子”所深恶痛绝，也实在有理由，即如这回之“散失”了“孤桐先生”夫妇的藏书，其加于中国的损失，就在毁坏了三十多个国立及私立大学的图书馆之上。和这一比较，刘百昭司长的失少了家藏的公款八千元，要算小事件了，但我们所引为遗憾的是偏是章士钊刘百昭有这么多的储藏，而这些储藏偏又全都遭了劫。

在幼小时候曾有一个老于世故的长辈告诫过我：你不要和没出息的担子或摊子为难，他会自己摔了，却诬赖你，说不清，也赔不完。这话于我似乎到现在还有影响，我新年去逛火神庙的庙会时，总不敢挤近玉器摊去，即使它不过摆着寥寥的几件。怕的是一不小心，将它碰倒了，或者摔碎了一两件，就要变成宝贝，一辈子赔不完，那罪孽之重，会在毁坏一坐博物馆之上。而且推而广之，连热闹场中也不大去了，那一回的示威运动时，虽有"打落门牙"的"流言"，其实却躺在家里，托福无恙。但那两屋子"关于社会主义的德文书"以及其他从"孤桐先生"府上陆续散出的壮观，却也因此"交臂失之"了。这实在也就是所谓"有一利必有一弊"，无法两全的。

现在是收藏洋书之富，私人要数庄士敦先生，公团要推"政治学会图书馆"了，只可惜一个是外国人，一个是靠着美国公使芮恩施竭力提倡出来的。"北京国立图书馆"将要扩张，实在是再好没有的事，但听说所依靠的还是美国退还的赔款，常年经费又不过三万元，每月二千余。要用美国的赔款，也是非同小可的事，第一，馆长就必须学贯中西，世界闻名的学者。据说，这自然只有梁启超先生了，但可惜西学不大贯，所以配上一个北大教授李四光先生做副馆长，凑成一个中外兼通的完人。然而两位的薪水每月就要一千多，所以此后也似乎不大能够多买书籍。这也就是所谓"有利必有弊"罢，想到这里，我们就更不能不痛切地感到"孤桐先生"独力购置的几房子好书惨遭散失之可惜了。

总之，在近几年中，是未必能有较好的"做学问的工具"的，学者要用功，只好是自己买书读，但又没有钱。听说"孤桐先生"倒是想到了这一节，曾经发表过文章，然而下台了，很可惜。学者们另外还有什么法子呢，自然"也难怪他们除了说说'闲话'便没有什么可干"，虽然北京三十多个大学还不及他们"私人的书多"。为什么呢？要知道做学问不是容易事，"也许一个小小的题目得参考百十种书"，连"孤桐先生"的藏书也未必够用。陈源教授就举着一个例："就以'四书'来说"罢，"不研究汉宋明清许多儒家的注疏理论，'四书'的真正意义是不易领会的。短短的一部'四书'，如果细细的研究起来，就得用得了几百几千种参考书"。

这就足见"学问之道，浩如烟海"了，那"短短的一部'四书'"，我是读过的，至于汉人的"四书"注疏或理论，却连听也没有听到过。陈源教授所推许为"那样提倡风雅的封藩大臣"之一张之洞先生在做给"束发小生"们看的《书目答问》上曾经说："'四书'，南宋以后之名。"我向来就相信他的话，此后翻翻《汉书艺文志》，《隋书经籍志》之类，也只有"五经"，"六经"，"七经"，"六艺"，却没有"四书"，更何况汉人所做的注疏和理论。但我所参

考的，自然不过是通常书，北京大学的图书馆里就有，见闻寡陋，也未可知，然而也只得这样就算了，因为即使要"抱"，却连"佛脚"都没有。由此想来，那能"抱佛脚"的，肯"抱佛脚"的，的确还是真正的福人，真正的学者了。他"家翰笙"还慨乎言之，大约是"《春秋》责备贤者"之意罢。

完

现在不高兴写下去了，只好就此完结。总之：将《现代评论增刊》略翻一遍，就觉得五光十色，正如看见有一回广告上所开列的作者的名单。例如李仲揆教授的《生命的研究》呀，胡适教授的《译诗三首》呀，徐志摩先生的译诗一首呀，西林氏的《压迫》呀，陶孟和教授的要到二〇二五年才发表而必须我们的玄孙才能全部拜读的大著作的一部分呀……。但是，翻下去时，不知怎的我的眼睛却看见灰色了，于是乎抛开。

现在的小学生就能玩七色板，将七种颜色涂在圆板上，停着的时候，是好看的，一转，便变成灰色，——本该是白色的罢，可是涂得不得法，变成灰色了。收罗许多著名学者的大著作的大报，自然是光怪陆离，但也是转不得，转一周，就不免要显出灰色来，虽然也许这倒正是它的特色。

一月三日。

有趣的消息

虽说北京像一片大沙漠，青年们却还向这里跑；老年们也不大走，即或有到别处去走一趟的，不久就转回来了，仿佛倒是北京还很有什么可以留恋。厌世诗人的怨人生，真是"感慨系之矣"，然而他总活着；连祖述释迦牟尼先生的哲人勗本华尔也不免暗地里吃一种医治什么病症的药，不肯轻易"涅槃"。俗语说："好死不如恶活"，这当然不过是俗人的俗见罢了，可是文人学者之流也何尝不这样。所不同的，只是他总有一面词严义正的军旗，还有一条尤其义正词严的逃路。真的，倘不这样，人生可真要无聊透顶，无话可说了。

北京就是一天一天地百物昂贵起来；自己的"区区佥事"，又因为"妄有主张"，被章士钊先生革掉了。向来所遭遇的呢，借了安特来夫的话来说，是"没有花，没有诗"，就只有百物昂贵。然而也还是"妄有主张"，没法回头；倘使有一个妹子，如《晨报副刊》上所艳称的"闲话先生"的家事似的，叫道："阿哥！"那声音正如"银铃之响于幽谷"，向我求告,“你不要再做文章得罪人家了,好不好?”我也许可以借此拨转马头,躲到别墅里去研究汉朝人所做的“四书”注疏和理论去。然而,惜哉,没有这样的好妹子;“女嬃之婵媛兮,申申其詈予,曰:鲧婞直以亡身兮,终然殀乎羽之野。”连有一个那样凶姊姊的幸福也不及屈灵均。我的终于“妄有主张”,或者也许是无可推托之故罢。然而这关系非同小可,将来怕要遭殃了,因为我知道,得罪人是要得到报应的。

话要回到释迦先生的教训去了,据说:活在人间,还不如下地狱的稳妥。做人有“作”就是动作(=造孽),下地狱却只有“报”(=报应)了;所以生活是下地狱的原因,而下地狱倒是出地狱的起点。这样说来,实在令人有些想做和尚,但这自然也只限于“有根”(据说,这是“一句天津话”)的大人物,我却不大相信这一类鬼画符。活在沙漠似的北京城里,枯燥当然是枯燥的,但偶然看看世态,除了百物昂贵之外,究竟还是五花八门,创造艺术的也有,制造流言的也有,肉麻的也有,有趣的也有……这大概就是北京之所以为北京的缘故,也就是人们总还要奔凑聚集的缘故。可惜的是只有一些小玩意,老实一点的朋友就难于给自己竖起一杆词严义正的军旗来。

我一向以为下地狱的事,待死后再对付,只有目前的生活的枯燥是最可怕的,于是便不免于有时得罪人,有时则寻些小玩意儿来开开笑口,但这也就是得罪人。得罪人当然要受报,那也只好准备着,因为寻些小玩意儿来开开笑口的是更不能竖起词严义正的军旗来的。其实,这里也何尝没有国家大事的消息呢,“关外战事不日将发生”呀,“国军一致拥段”哪,有些报纸上都用了头号字煌煌地排印着,可以刺得人们头昏,但于我却都没有什么鸟趣味。人的眼界之狭是不大有药可救的,我近来觉得有趣的倒要算看见那在德国手格盗匪若干人,在北京率领三河县老妈子一大队的武士刘百昭校长居然做骈文,大有偃武修文之意了;而且“百昭海邦求学,教部备员,多艺之誉愧不如人,审美之情差堪自信”,还是一位文武全才,我先前实在没有料想到。第二,就是去年肯管闲事的“学者”,今年不管闲事了,在年底结清账目的办法,原来不只是掌柜之于流水簿,也可以适用于“正人君子”的行为的。或者,“阿哥!”这一声叫,正在中华民国十四年十二月卅一日的夜间十二点钟罢。

但是,这些趣味,刹那间也即消失了,就是我自己的思想的变动,也诚然是可恨。我想,照着境遇,思想言行当然要迁移,一迁移,当然会有所以迁移的道理。况且世界上的国庆很不少,古今中外名流尤其多,他们的军旗,是全都早经竖定了的。前人之勤,后人之乐,要做事的时候可以援引孔丘墨翟,不做事的时候另外有老聃,要被杀的时候我是关龙逄,要杀人的时候他是少正卯,有些力气的时候看看达尔文赫胥黎的书,要人帮忙就有克鲁巴金的《互助论》,勃朗宁夫妇岂不是讲恋爱的模范么,勗本华尔和尼采又是诅咒女人的名人,……归根结底,如果杨荫榆或章士钊可以比附到犹太人特莱孚斯去,则他的篾片就可以等于左拉等辈了。这个时候,可怜的左拉要被中国人背出来;幸而杨荫榆或章士钊是否等于特莱孚斯,也还是一个大疑问。

然而事情还没有这么简单,中国的坏人(如水平线下的文人和学棍学匪之类),似乎将来要大吃其苦了,虽然也许要在身后,像下地狱一般。但是,深谋远虑的人,总还以从此小心,不要多说为稳妥。你以为"闲话先生"真是不管闲事了吗?并不然的。据说他是要"到那天这班出风头的人们脱尽了锐气的日子,我们这位闲话先生正在从容的从事他那'完工的拂拭'(The finishing touch),笑吟吟地擎着他那枝从铁杠磨成的绣针,讽刺我们情急是多么不经济的一个态度,反面说只有无限的耐心才是天才唯一的凭证"。(《晨报副刊》一四二三)

后出者胜于前者,本是天下的平常事情,但除了堕落的民族。即以衣服而论,也是由裸体而用会阴带或围裙,于是有衣裳,衮冕。我们将来的天才却特异的,别人系了围裙狂跳时,他却躲在绣房里刺绣,——不,磨绣针。待到别人的围裙全数破旧,他却穿了绣花衫子站出来了。大家只好说道"阿!"可怜的性急的野蛮人,竟连围裙也不知道换一条,怪不得锐气终于脱尽;脱尽犹可,还要看那"笑吟吟"的"讽刺"的"天才"脸哩,这实在是对于灵魂的鞭责,虽说还在辽远的将来。

还有更可怕的,是我们风闻二〇二五年一到,陶孟和教授要发表一部著作。内容如何,只有百年后的我们的曾孙或玄孙们知道罢了,但幸而在《现代评论增刊》上提前发表了几节,所以我们竟还能"管中窥豹"似的,略见这一部新书的大概。那是讲"现代教育界的特色"的,连教员的"兼课"之多也说在内。他问:"我的议论太悲观,太刻薄,太荒诞吗?我深愿受这个批评,假使事实可以证明。"这些批评我们且俟之百年之后,虽然那时也许无从知道事实;典籍呢,大概也只有"笑吟吟的"佳作留传。要是当真这样,那大半是"英雄所见略同"的,后人总不至于以为刻薄罢。但我们也难于悬揣,不过就今论今,似乎颇有些"孔子作《春秋》,而乱臣贼子惧"之意了。人们不逢如此盛事者,盖已将二千四百年云。

总之:百年以内,将有陈源教授的许多(?)书,百年以后,将有陶孟和教授的一部书出现。内容虽然不知道怎样,但据目下所走漏的风声看起来,大概总是讽刺"那班出风头的人们",或"驰驱九城"的教授的。

我常常感叹,印度小乘教的方法何等厉害:它立了地狱之说,借着和尚,尼姑,念佛老妪的嘴来宣扬，恐吓异端，使心志不坚定者害怕。那诀窍是在说报应并非眼前，却在将来百年之后，至少也须到锐气脱尽之时。这时候你已经不能动弹了，只好听别人摆布，流下鬼泪，深悔生前之妄出风头；而且这时候，这才认识阎罗大王的尊严和伟大。

陈源

这些信仰，也许是迷信罢，但神道设教，于“挽世道而正人心”的事，或者也还是不无裨益。况且，未能将坏人“投畀豺虎”于生前，当然也只好口诛笔伐之于身后，孔子一车两马，倦游各国以还，抽出钢笔来做《春秋》，盖亦此志也。

但是，时代迁流了，到现在，我以为这些老玩意，也只好骗骗极端老实人。连闹这些玩意儿的人们自己尚且未必信，更何况所谓坏人们。得罪人要受报应，平平常常，并不见得怎样奇特，有时说些婉转的话，是姑且客气客气的，何尝想借此免于下地狱。这是无法可想的，在我们不从容的人们的世界中，实在没有那许多工夫来摆臭绅士的臭架子了，要做就做，与其说明年喝酒，不如立刻喝水；待二十一世纪的剖拨戮尸，倒不如马上就给他一个嘴巴。至于将来，自有后起的人们，绝不是现在人即将来所谓古人的世界，如果还是现在的世界，中国就会完！

一月十四日

学界的三魂

从《京报副刊》上知道有一种叫《国魂》的期刊，曾有一篇文章说章士钊固然不好，然而反对章士钊的“学匪”们也应该打倒。我不知道大意是否真如我所记得？但这也没有什么关系，因为不过引起我想到一个题目，和那原文是不相干的。意思是，中国旧说，本以为人有三魂六魄，或云七魄；国魂也该这样。而这三魂之中，似乎一是“官魂”，一是“匪魂”，还有一个是什么呢？也许是“民魂”罢，我不很能够决定。又因为我的见闻很偏隘，所以未敢悉指中国全社会，只好缩而小之曰“学界”。

中国人的官瘾实在深，汉重孝廉而有埋儿刻木，宋重理学而有高帽破靴，清重帖括而有“且夫”“然则”。总而言之：那魂灵就在做官，——行官势，摆官腔，打官话。顶着一个皇帝做傀儡，得罪了官就是得罪了皇帝，于是那些人就得了雅号曰“匪徒”。学界的打官话是始于去年，凡反对章士钊的都得了“土匪”，“学匪”，“学棍”的称号，但仍然不知道从谁的口中说出，所以还不外乎一种“流言”。

但这也足见去年学界之糟了，竟破天荒的有了学匪。以大点的国事来比罢，太平盛世，是没有匪的；待到群盗如毛时，看旧史，一定是外戚，宦官，奸臣，小人当国，即使大打一通官话，那结果也还是“呜呼哀哉”。当这“呜呼哀哉”之前，小民便大抵相率而为盗，所以我相信源增先生的话：“表面上看只是些土匪与强盗，其实是农民革命军。”（《国民新报副刊》四三）那么，社会不是改进了吗？并不，我虽然也是被谥为“土匪”之一，却并不想为老前辈们饰非掩过。农民是不来夺取政权的，源增先生又道：“任三五热心家将皇帝推倒，自己过皇帝瘾去。”但这时候，匪便被称为帝，除遗老外，文人学者却都来恭维，又称反对他的为匪了。

所以中国的国魂里大概总有这两种魂：官魂和匪魂。这也并非硬要将我辈的魂挤进国魂里去，贪图与教授名流的魂为伍，只因为事实仿佛是这样。社会诸色人等，爱看《双官诰》，也爱看《四杰村》，望偏安巴蜀的刘玄德成功，也愿意打家劫舍的宋公明得法；至少，是受了官的恩惠时候则艳羡官僚，受了官的剥削时候便同情匪类。但这也是人情之常；倘使连这一点反抗心都没有，岂不就成为万劫不复的奴才了？

然而国情不同，国魂也就两样。记得在日本留学时候，有些同学问我在中国最有大利的买卖是什么，我答道：“造反。”他们便大骇怪。在万世一系的国度里，那时听到皇帝可以一脚踢落，就如我们听说父母可以一棒打杀一般。为一部分士女所心悦诚服的李景林先生，可就深知此意了，要是报纸上所传非虚。今天的《京报》即载着他对某外交官的谈话道：“予预计于旧历正月间，当能与君在天津晤谈；若天津攻击竟至失败，则拟俟三四月间卷土重来，若再失败，则暂投土匪，徐养兵力，以待时机”云。但他所希望的不是做皇帝，那大概是因为中华民国之故罢。

所谓学界，是一种发生较新的阶级，本该可以有将旧魂灵略加湔洗之望了，但听到“学官”的官话，和“学匪”的新名，则似乎还走着旧道路。那么，当然也得打倒的。这来打倒他的是“民魂”，是国魂的第三种。先前不很发扬，所以一闹之后，终不自取政权，而只“任三五热心家将皇帝推倒，自己过皇帝瘾去”了。

唯有民魂是值得宝贵的，唯有他发扬起来，中国才有真进步。但是，当此连学界也倒走旧路的时候，怎能轻易地发挥得出来呢？在乌烟瘴气之中，有官之所谓“匪”和民之所谓匪；有官之所谓“民”和民之所谓民；有官以为“匪”而其实是真的国民，有官以为“民”

而其实是衙役和马弁。所以貌似“民魂”的,有时仍不免为“官魂”,这是鉴别魂灵者所应该十分注意的。

话又说远了,回到本题去。去年,自从章士钊提了“整顿学风”的招牌,上了教育总长的大任之后,学界里就官气弥漫,顺我者“通”,逆我者“匪”,官腔官话的余气,至今还没有完。但学界却也幸而因此分清了颜色;只是代表官魂的还不是章士钊,因为上头还有“减膳”执政在,他至多不过做了一个官魄;现在是在天津“徐养兵力,以待时机”了。我不看《甲寅》,不知道说些什么话:官话呢,匪话呢,民话呢,衙役马弁话呢?……

一月二十四日。

古书与白话

记得提倡白话那时,受了许多谣诼诬谤,而白话终于没有跌倒的时候,就有些人改口说:然而不读古书,白话是做不好的。我们自然应该曲谅这些保古家的苦心,但也不能不悯笑他们这祖传的成法。凡有读过一点古书的人都有这一种老手段:新起的思想,就是“异端”,必须歼灭的,待到它奋斗之后,自己站住了,这才寻出它原来与“圣教同源”;外来的事物,都要“用夷变夏”,必须排除的,但待到这“夷”入主中夏,却考订出来了,原来连这“夷”也还是黄帝的子孙。这岂非出人意料之外的事呢?无论什么,在我们的“古”里竟无不包含了!

用老手段的自然不会长进,到现在仍是说非“读破几百卷书者”即做不出好白话文,于是硬拉吴稚晖先生为例。可是竟又会有“肉麻当有趣”,述说得津津有味的,天下事真是千奇百怪。其实吴先生的“用讲话体为文”,即“其貌”也何尝与“黄口小儿所作若同”。不是“纵笔所之,辄万数千言”吗?其中自然有古典,为“黄口小儿”所不知,尤有新典,为“束发小生”所不晓。清光绪末,我初到日本东京时,这位吴稚晖先生已在和公使蔡钧大战了,其战史就有这么长,则见闻之多,自然非现在的“黄口小儿”所能企及。所以他的遣词用典,有许多地方是唯独熟于大小故事的人物才能够了然,从青年看来,第一是惊异于那文辞的滂沛。这或者就是名流学者们所认为长处的罢,但是,那生命却不在于此。甚至于竟和名流学者们所拉拢恭维的相反,而在自己并不故意显出长处,也无法灭去名流学者们的所谓长处;只将所说所写,作为改革道中的桥梁,或者竟并不想到作为改革道中的桥梁。

愈是无聊赖,没出息的角色,愈想长寿,想不朽,愈喜欢多照自己的照相,愈要占据别

人的心,愈善于摆臭架子。但是,似乎“下意识”里,究竟也觉得自己之无聊的罢,便只好将还未朽尽的“古”一口咬住,希图做着肠子里的寄生虫,一同传世;或者在白话文之类里找出一点古气,反过来替古董增加宠荣。如果“不朽之大业”不过这样,那未免太可怜了罢。而且,到了二九二五年,“黄口小儿”们还要看什么《甲寅》之流,也未免过于可惨罢,即使它“自从孤桐先生下台之后,……也渐渐地有了生气了”。

菲薄古书者,唯读过古书者最有力,这是的确的。因为他洞知弊病,能“以子之矛攻子之盾”,正如要说明吸鸦片的弊害,大概惟吸过鸦片者最为深知,最为痛切一般。但即使“束发小生”,也何至于说,要做戒绝鸦片的文章,也得先吸尽几百两鸦片才好呢。

古文已经死掉了;白话文还是改革道上的桥梁,因为人类还在进化。便是文章,也未必独有万古不变的典则。虽然据说美国的某处已经禁讲进化论了,但在实际上,恐怕也终于没有效的。

一月二十五日。

一点比喻

在我的故乡不大通行吃羊肉,阖城里,每天大约不过杀几匹山羊。北京真是人海,情形可大不相同了,单是羊肉铺就触目皆是。雪白的群羊也常常满街走,但都是胡羊,在我们那里称绵羊的。山羊很少见;听说这在北京却颇名贵了,因为比胡羊聪明,能够率领羊群,悉依它的进止,所以畜牧家虽然偶尔养几匹,却只用作胡羊们的领导,并不杀掉它。

这样的山羊我只见过一回,确是走在一群胡羊的前面,脖子上还挂着一个小铃铎,作为知识阶级的徽章。通常,领的赶的却多是牧人,胡羊们便成了一长串,挨挨挤挤,浩浩荡荡,凝着柔顺有余的眼色,跟定他匆匆地竞奔它们的前程。我看见这种认真的忙碌的情形时,心里总想开口向它们发一句愚不可及的疑问——

“往那里去?!”

人群中也很有这样的山羊,能领了群众稳妥平静地走去,直到他们应该走到的所在。袁世凯明白一点这种事,可惜用得不大巧,大概因为他是不很读书的,所以也就难于熟悉运用那些的奥妙。后来的武人可更蠢了,只会自己乱打乱割,乱得哀号之声,洋洋盈耳,结果是除了残虐百姓之外,还加上轻视学问,荒废教育的恶名。然而“经一事,长一智”,二十世纪已过了四分之一,脖子上挂着小铃铎的聪明人是总要交到红运的,虽然现在表面上还不免有些小挫折。

那时候，人们，尤其是青年，就都循规蹈矩，既不嚣张，也不浮动，一心向着“正路”前进了，只要没有人问——

“往那里去?!”

君子若曰：“羊总是羊，不成了一长串顺从地走，还有什么别的法子呢？君不见夫猪乎？拖延着，逃着，喊着，奔突着，终于也还是被捉到非去不可的地方去，那些暴动，不过是空费力气而已矣。”

这是说：虽死也应该如羊，使天下太平，彼此省力。

这计划当然是很妥帖，大可佩服的。然而，君不见夫野猪乎？它以两个牙，使老猎人也不免于退避。这牙，只要猪脱出了牧豕奴所造的猪圈，走入山野，不久就会长出来。

Schopen hauer 先生曾将绅士们比作豪猪，我想，这实在有些失体统。但在他，自然是并没有什么别的恶意的，不过拉扯来作一个比喻。《Parerga und Paralipomena》里有着这样意思的话：有一群豪猪，在冬天想用了大家的体温来御寒冷，紧靠起来了，但它们彼此即刻又觉得刺的疼痛，于是乎又离开。然而温暖的必要，再使它们靠近时，却又吃了照样的苦。但它们在这两种困难中，终于发现了彼此之间的适宜的间隔，以这距离，它们能够过得最平安。人们因为社交的要求，聚在一处，又因为各有可厌的许多性质和难堪的缺陷，再使他们分离。他们最后所发现的距离，——使他们得以聚在一处的中庸的距离，就是“礼让”和“上流的风习”。有不守这距离的，在英国就这样叫，“Keepyour distance!”

但即使这样叫，恐怕也只能在豪猪和豪猪之间才有效力罢，因为它们彼此地守着距离，原因是在于痛而不在于叫的。假使豪猪们中夹着一个别的，并没有刺，则无论怎么叫，它们总还是挤过来。孔子说：礼不下庶人。照现在的情形看，该是并非庶人不得接近豪猪，却是豪猪可以任意刺着庶人而取得温暖。受伤是当然要受伤的，也这也只能怪你自己独独没有刺，不足以让他守定适当的距离。孔子又说：刑不上大夫。这就又难怪人们的要做绅士。

这些豪猪们，自然也可以用牙角或棍棒来抵御的，但至少必须拼出背一条豪猪社会所制定的罪名：“下流”或“无礼”。

一月二十五日。

不是信

一个朋友忽然寄给我一张《晨报副刊》，我就觉得有些特别，因为他是知道我懒得看这种东西的。但既然特别寄来了，姑且看题目罢：《关于下面一束通信告读者们》。署名是：志摩。哈哈，这是寄来和我开玩笑的，我想；赶紧翻转，便是几封信，这寄那，那寄这，看了几行，才知道似乎还是什么"闲话……闲话"问题。这问题我仅知道一点儿，就是曾在新潮社看见陈源教授即西滢先生的信，说及我"捏造的事实，传布的'流言'，本来已经说不胜说"。不禁好笑；人就苦于不能将自己的灵魂砍成酱，因此能有记忆，也因此而有感慨或滑稽。记得首先根据了"流言"，来判决杨荫榆事件即女师大风潮的，正是这位西滢先生，那大文便登在去年五月三十日发行的《现代评论》上。我不该生长"某籍"又在"某系"教书，所以也被归入"暗中挑剔风潮"者之列，虽然他说还不相信，不过觉得可惜。在这里声明一句罢，以免读者的误解："某系"云者，大约是指国文系，不是说研究系。那时我见了"流言"字样，曾经很愤然，立刻加以驳正，虽然也很自愧没有"十年读书十年养气的工夫"。不料过了半年，这些"流言"却变成由我传布的了，自造自己的"流言"，这真是自己掘坑埋自己，不必说聪明人，便是傻子也想不通。倘说这回的所谓"流言"，并非关于"某籍某系"的，乃是关于不信"流言"的陈源教授的了，则我实在不知道陈教授有怎样的被捏造的事实和流言在社会上传布。说起来惭愧煞人，我不赴宴会，很少往来，也不奔走，也不结什么文艺学术的社团，实在最不合式于做捏造事实和传布流言的枢纽。只是弄弄笔墨是在所不免的，但也不肯以流言为根据，故意给它传布开来，虽然偶有些"耳食之言"，又大抵是无关大体的事；要是错了，即使月久年深，也决不惜追加订正，例如对于汪原放先生"已作古人"一案，其间竟隔了几乎有两年。——但这自然是只对于看过《热风》的读者说的。

这几天，我的"捏……言"罪案，仿佛只等于昙花一现了，《一束通信》的主要部分中，似乎也承情没有将我"流"进去，不过在后屁股的《西滢致志摩》是附带的对我的专论，虽然并非一案，却因为亲属关系而灭族，或文字狱的株连一般。灭族呀，株连呀，又有点"刑名师爷"口吻了，其实这是事实，法家不过给他起了一个名，所谓"正人君子"是不肯说的，虽然不妨这样做。此外如甲对乙先用流言，后来却说乙制造流言这一类事，"刑名师爷"的笔下就简括到只有两个字："反噬"。呜呼，这实在形容得痛快淋漓。然而古语说，"察见渊鱼者不祥"，所以"刑名师爷"总没有好结果，这是我早经知道的。

我猜想那位寄给我《晨报副刊》的朋友的意思了：来刺激我，讥讽我，通知我的，还是要我也说几句话呢？终于不得而知。好，好在现在正须还笔债，就有这一点事来搪塞一通罢，说话最方便的题目是《鲁迅致□□》，既非根据学理和事实的论文，也不是"笑吟吟"的天才的讽刺，不过是私人通信而已，自己何尝愿意发表；无论怎么说，粪坑也好，毛厕也好，决定与“人气”无关。即不然，也是因为生气发热，被别人逼成的，正如别的副刊将被《晨报副刊》“逼死”一样。我的镜子真可恨，照出来的总是要使陈源教授呕吐的东西，但若以赵子昂——“是不是他？”——画马为例，自然恐怕正是我自己。自己是没有什么要紧的，不过总得替□□想一想。现在不是要谈到《西滢致志摩》么，那可是极其危险的事，一不小心就要跌入“泥潭中”，遇到“悻悻的狗”，暂时再也看不见“笑吟吟”。至少，一关涉陈源两个字，你总不免要被公理家认为“某籍”，“某系”，“某党”，“喽罗”，“重女轻男”……等；而且还得小心记住，倘有人说过他是文士，是法兰斯，你便万不可再用“文士”或“法兰斯”字样，否则，——自然，当然又有“某籍”……等等的嫌疑了，我何必如此陷害无辜，《鲁迅致□□》决计不用，所以一直写到这里，还没有题目，且待写下去看罢。

我先前不是刚说我没有“捏造事实”吗？那封信里举的却有。说是我说他“同杨荫榆女士有亲戚朋友的关系，并且吃了她许多的酒饭”了，其实都不对。杨荫榆女士的善于请酒，我说过的，或者别人也说过，并且偶见于新闻上。现在的有些公论家，自以为中立，其实却偏，或者和事主倒有亲戚，朋友，同学，同乡，……等等关系，甚至于叨光了酒饭，我也说过的。这不是明明白白的吗？报社收津贴，连同业中也互讦过，但大家仍都自称为公论。至于陈教授和杨女士是亲戚而且吃了酒饭，那是陈教授自己联结起来的，我没有说曾经吃酒饭，也不能保证未曾吃酒饭，没有说他们是亲戚，也不能保证他们不是亲戚，大概不过是同乡罢，但只要不是“某籍”，同乡有什么要紧呢。绍兴有“刑名师爷”，绍兴人便都是“刑名师爷”的例，是只适用于绍兴的人们的。

我有时泛论一般现状，而无意中触着了别人的伤疤，实在是非常抱歉的事。但这也是没法补救，除非我真去读书养气，一共廿年，被人们骗得老死牖下；或者自己甘心倒掉；或者遭了阴谋。即如上文虽然说明了他们是亲戚并不是我说的话，但因为列举的名词太多了，“同乡”两字，也足以招人“生气”，只要看自己愤然于“流言”中的“某籍”两字，就可想而知。照此看来，这一回的说“叭儿狗”（《莽原半月刊》第一期），怕又有人猜想我是指着他自己，在那里“悻悻”了。其实我不过是泛论，说社会上有神似这个东西的人，因此多说些它的主人：阔人，太监，太太，小姐。本以为这足见我是泛论了，名人们现在那里还有肯跟太监的呢，但是有些人怕仍要忽略了这一层，个个认定了其中的主人之一，而以“叭儿狗”自命。时势实在艰难，我似乎只有专讲上帝，才可以免于危险，而这事又非我所长。但是，倘使所有的只是暴戾之气，还是让它尽量发出来罢，“一群悻悻的狗”，在后面也好，在对面也好。我也知道将什么之气都放在心里，脸上笔下却全都“笑吟吟”，是极其好看的；可是掘不得，小小的挖一个洞，便什么之气都出来了。但其实这倒是真面目。

第二种罪案是“近一些的一个例”，陈教授曾“泛论图书馆的重要”，“说孤桐先生在他未下台以前发表的两篇文章里，这一层‘他似乎没看到’。”我却轻轻地改为“听说孤桐先生倒是想到了这一节，曾经发表过文章，然而下台了，很可惜”了。而且还问道：“你看见吗，那刀笔吏的笔尖？”“刀笔吏”是不会有漏洞的，我却与陈教授的原文不合，所以成了罪案，或者也就不成其为“刀笔吏”了罢。《现代评论》早已不见，全文无从查考，现在就据这一回的话，敬谨改正，为“据说孤桐先生在未下台以前发表的文章里竟也没想到；现在又下了台，目前无法补救了，很可惜”罢。这里附带地声明，我的文字中，大概是用别人的原文用引号，举大意用“据说”，述听来的类似“流言”的用“听说”，和《晨报》大将文例不相同。

第三种罪案是关于我说“北大教授兼京师图书馆副馆长月薪至少五六百元的李四光”的事，据说已告了一年的假，假期内不支薪，副馆长的月薪又不过二百五十元。另一张《晨副》上又有本人的声明，话也差不多，不过说月薪确有五百元，只是他“只拿二百五十元”，其余的“捐予图书馆购买某种书籍”了。此外还给我许多忠告，这使我非常感谢，但愿意奉还“文士”的称号，我是不属于这一类的。只是我以为告假和辞职不同，无论支薪与否，教授也仍然是教授，这是不待“刀笔吏”才能知道的。至于图书馆的月薪，我确信李教授（或副馆长）现在每月“只拿二百五十元”的现钱，是美国那面的；中国这面的一半，真说不定要拖欠到什么时候才有。但欠账究竟也是钱，别人的兼差，大抵多是欠账，连一半现钱也没有，可是早成了有些论客的口实了，虽然其缺点是在不肯及早捐出去。我想，如果此后每月必发，而以学校欠薪作比例，中国的一半是明年的正月间会有的，倘以教育部欠俸作比例，则须十七年正月间才有，那时购买书籍来，我一定就更正，只要我还在做“官僚”，因为这容易得知，我也自信还有这样的记性，不至于今年忘了去年事。但是，倘若又被章士钊们革掉，那就莫名其妙，更正的事也只好作罢了。可是我所说的职衔和钱数，在今日却是事实。

第四种的罪案是……。陈源教授说，“好了，不举例了。”为什么呢？大约是因为“本来已经说不胜说”，或者是在矫正“打笔墨官司的时候，谁写得多，骂得下流，捏造得新奇就是谁的理由大”的恶习之故罢，所以就用三个例来概其全般，正如中国戏上用四个兵卒来象征十万大军一样。此后，就可以结束，漫骂——“正人君子”一定另有名称，但我不知道，只好暂用这加于“下流”人等的行为上的话——了。原文很可以做“正人君子”的真相的标本，删之可惜，扯下来粘在后面吧——

“有人同我说，鲁迅先生缺乏的是一面大镜子，所以永远见不到他的尊容。我说他说错了。鲁迅先生的所以这样，正因为他有了一面大镜子。你听见过赵子昂——是不是他？——画马的故事罢？他要画一个姿势，就对镜伏地做出那个姿势来。鲁迅先生的文章也是对了他的大镜子写的，没有一句骂人的话不能应用在他自己的身上。要是你不信，我可以同你打一个赌。”

这一段意思很了然，犹言我写马则自己就是马，写狗自己就是狗，说别人的缺点就是自己的缺点，写法兰斯自己就是法兰斯，说“臭毛厕”自己就是臭毛厕，说别人和杨荫榆女士同乡，就是自己和她同乡。赵子昂也实在可笑，要画马，看看真马就够了，何必定作畜生的姿势；他终于还是人，并不沦入马类，总算是侥幸的。不过赵子昂也是“某籍”，所以这也许还是一种“流言”，或自造，或那时的“正人君子”所造都说不定。这只能看作一种无稽之谈。倘若陈源教授似的信以为真，自己也照样做，则写法兰斯的时候坐下做一个法姿势，讲“孤桐先生”的时候立起做一个孤姿势，倒还堂哉皇哉；可是讲“粪车”也就得伏地变成粪车，说“毛厕”即须翻身充当便所，未免连臭架子也有些失掉罢，虽然肚子里本来满是这样的货色。

“不是有一次一个报馆访员称我们为‘文士’吗？鲁迅先生为了那名字几乎笑掉了牙。可是后来某报天天鼓吹他是‘思想界的权威者’他倒又不笑了。

“他没有一篇文章里不放几枝冷箭，但是他自己常常地说人‘放冷箭’，并且说‘放冷箭’是卑劣的行为。

“他常常‘散布流言’和‘捏造事实’，如上面举出来的几个例，但是他自己又常常的骂人‘散布流言’‘捏造事实’，并且承认那样是‘下流’。

“他常常地无故骂人，要是那人生气，他就说人家没有‘幽默’。可是要是有人侵犯了他一言半语，他就跳到半天空，骂得你体无完肤——还不肯罢休。”

这是根据了三条例和一个赵子昂故事的结论。其实是称别个为“文士”我也笑，称我为“思想界的权威者”我也笑，但牙却并非“笑掉”，据说是“打掉”的，这较可以使他们快意些。至于“思想界的权威者”等等，我连夜梦里也没有想做过，无奈我和“鼓吹”的人不相识，无从劝止他，不像唱双簧的朋友，可以彼此心照；况且自然会有“文士”来骂倒，更无须自己费力。我也不想借这些头衔去发财发福，有了它于实利上是并无什么好处的。我也曾反对过将自己的小说采入教科书，怕的是教错了青年，记得曾在报上发表；不过这本不是对上流人说的，他们当然不知道。冷箭呢，先是不肯的，后来也放过几枝，但总是对于先“放冷箭”用“流言”的如陈源教授之辈，“请君入瓮”，也给他尝尝这滋味。不过虽然对于他们，也还是明说的时候多，例如《语丝》上的《音乐》就说明是指徐志摩先生，《我的籍和系》和《并非闲话》也分明对西滢即陈源教授而发;此后也还要射,并无悔过之心。至于署名,则去年以来只用一个,就是陈教授之所谓“鲁迅,即教育部佥事周树人”就是。但在下半年,应将“教育部佥事”五字删去,因为被“孤桐先生”所革;今年却又变了“暂署佥事”了,还未去做,然而预备去做的,目的是在弄几文俸钱,因为我祖宗没有遗产,老婆没有奁田,文章又不值钱,只好以此暂且糊口。还有一个小目的,是在对于以我去年的免官为“痛快”者,给他一个不舒服,使他恨得扒耳搔腮,忍不住露出本相。至于“流言”,则先已说过,正是陈源教授首先发明的专卖品,独有他听到过许多;在我呢,心术是看不见的东西,且勿说,我的躲在家里的生活即不利于作“捏……言”的枢纽。剩下的只有“幽默”问题了,我又没有说过这些话,也没有主张过“幽默”,也许将这两字连写,今天还算第一回。我对人是“骂人”,人对我是“侵犯了一言半语”,这真使我记起我的同乡“刑名师爷”来,而且还是弄着不正经的“出重出轻”的玩意儿的时候。这样看来,一面镜子确是该有的,无论生在那一县。还有罪状哩——

“他常常挖苦别人家抄袭。有一个学生钞了沫若的几句诗,他老先生骂得刻骨镂心的痛快,可是他自己的《中国小说史略》,却就是根据日本人盐谷温的《支那文学概论讲话》里面的‘小说’一部分。其实拿人家的著述做你自己的蓝本,本可以原谅,只要你在书中有那样的声明,可是鲁迅先生就没有那样的声明。在我们看来,你自己做了不正当的事也就罢了,何苦再去挖苦一个可怜的学生,可是他还尽量地把人家刻薄。‘窃钩者诛,窃国者侯’,本是自古已有的道理。”

这“流言”早听到过了;后来见于《闲话》,说是“整大本的摽窃”,但不直指我,而同时有些人的口头上,却相传是指我的《中国小说史略》。我相信陈源教授是一定会干这样勾当的。但他既不指名,我也就只回敬他一通骂街,这可实在不止“侵犯了他一言半语”。这回说出来了;我的“以小人之心”也没有猜错了“君子之腹”。但那罪名却改为“做你自己的蓝本”了,比先前轻得多,仿佛比自谦为“一言半语”的“冷箭”钝了一点似的。盐谷氏的书,确是我的参考书之一,我的《小说史略》二十八篇的第二篇,是根据它的,还有论《红楼梦》的几点和一张《贾氏系图》,也是根据它的,但不过是大意,次序和意见就很不同。其他二十六篇,我都有我独立的准备,证据是和他的所说还时常相反。例如现有的汉人小说,他以为真,我以为假;唐人小说的分类他据森槐南,我却用我法。六朝小说他据《汉魏丛书》,我据别本及自己的辑本,这工夫曾经费去两年多,稿本有十册在这里;唐人小说他据谬误最多的《唐人说荟》,我是用《太平广记》的,此外还一本一本搜起来……。其余分量,取舍,考证的不同,尤难枚举。自然,大致是不能不同的,例如他说汉后有唐，唐后有宋，我也这样说，因为都以中国史实为“蓝本”。我无法“捏造得新奇”，虽然塞文狄斯的事实和“四书”合成的时代也不妨创造。但我的意见，却以为似乎不可，因为历史和诗歌小说是两样的。诗歌小说虽有人说同是天才即不妨所见略同，所作相像，但我以为究竟也以独创为贵；历史则是纪事，固然不当偷成书，但也不必全两样。说诗歌小说相类不妨，历史有几点近似便是“摽窃”，那是“正人君子”的特别意见，只在以“一言半语”“侵犯”“鲁迅先生”时才适用的。好在盐谷氏的书听说（！）已有人译成（？）中文，两书的异点如何，怎样“整大本的摽窃”，还是做“蓝本”，不久（？）就可以明白了。在这以前，我以为恐怕连陈源教授自己也不知道这些底细，因为不过是听来的“耳食之言”。不知道对不对？（盐谷教授的《支那文学概论讲话》的译本，今年夏天看见了，将五百余页的原书，译成了薄薄的一本，那小说一部分，和我的也无从对比了。广告上却道“选译”。措辞实在聪明得很。十月十四日补记。）

但我还要对于“一个学生钞了沫若的几句诗”这事说几句话；“骂得刻骨镂心的痛快”的，似乎并不是我。因为我于诗向不留心，所以也没有看过“沫若的诗”，因此即更不知道别人的是否抄袭。陈源教授的那些话，说得坏一点，就是“捏造事实”，故意挑拨别人对我的恶感，真可以说发挥着他的真本领。说得客气一点呢，他自说写这信时是在“发热”，那一定是热度太高，发了昏，忘记装腔了，不幸显出本相；并且因为自己爬着，所以觉得我“跳到半天空”，自己抓破了皮肤或者一向就破着，却以为被我“骂”破了。——但是，我在有意或无意中碰破了一角纸糊绅士服，那也许倒是有的；此后也保不定。彼此迎面而来，总不免要挤擦，碰磕，也并非“还不肯罢休”。

绅士的跳梁丑态，实在特别好看，因为历来隐藏蕴蓄着，所以一来就比下等人更浓厚。因这一回的放泄，我才悟到陈源教授大概是以为揭发叔华女士的剽窃小说图画的文章，也是我做的，所以早就将“大盗”两字挂在“冷箭”上，射向“思想界的权威者”。殊不知这也不是我做的，我并不看这些小说。“琵亚词侣”的画，我是爱看的，但是没有书，直到那“剽窃”问题发生后，才刺激我去买了一本 Art of A.Beardsley 来，化钱一元七。可怜教授的心目中所看见的并不是我的影，叫跳竟都白费了。遇见的“粪车”，也是境由心造的，正是自己脑子里的货色，要吐的唾沫，还是静静地咽下去罢。

太费纸张了，虽然我不至于娇贵到会发热，但也得赶紧的收梢。然而还得粘上一段大罪状——

“据他自己的自传，他从民国元年便做了教育部的官，从没脱离过。所以袁世凯称帝，他在教育部，曹锟贿选，他在教育部，‘代表无耻的彭允彝，做总长，他也在教育部，甚而至于‘代表无耻的章士钊’免了他的职后，他还大嚷‘佥事这一个官儿倒也并不算怎样的“区区”’，怎样有人在那里钻谋补他的缺，怎样以为无足轻重的人是‘慷他人之慨’，如是如是，这样这样……这像‘青年叛徒的领袖’吗？

“其实一个人做官也不大要紧，做了官再装出这样的面孔来可叫人有些恶心吧了。

“现在又有人送他‘土匪’的名号了。好一个‘土匪’。”

苦心孤诣给我加了上去的“土匪”的恶名，这一回忽又否认了，可见唾沫还是静静地咽下去好，免得后来自己舐回去。但是，“文士”别有慧心，那里会给我便宜呢，自然即代以自“袁世凯称帝”以来的罪恶，仿佛“称帝”“贿选”那类事，我既在教育部，即等于全由我一手包办似的。这是真的，从那时以来，我确没有带兵独立过，但我也没有冷笑云南起义，也没有希望国民军失败；对于教育部，其实是脱离过两回，一是张勋复辟时，一就是章士钊长部时，前一回以教授的一点才力自然不知道，后一回却忘却得有些离奇。我向来就“装出这样的面孔”，不但毫不顾忌陈源教授可“有些恶心”，对于“孤桐先生”也一样。要在我的面孔上寻出些有趣来，本来是没头脑的妄想，还是去看别的面孔罢。

这类误解似乎不止陈源教授，有些人也往往如此，以为教员清高，官僚是卑下的。真所谓“得意忘形”，“官僚官僚”的骂着。可悲的就在此，现在的骂官僚的人里面，到外国去炸大过一回而且做教员的就很多：所谓“钻谋补他的缺”的也就是这一流，那时我说“佥事这一个官儿倒也并不算怎样的‘区区’”，就为此人的乘机想做官而发，刺他一针，聊且快意，不提防竟又被陈教授“刻骨镂心”地记住了，也许又疑心我向他在“放冷箭”了罢。

我并非因为自己是官僚，定要上侪于清高的教授之列，官僚的高下也因人而异，如所谓“孤桐先生”，做官时办《甲寅》，佩服的人就很多，下台之后，听说更有生气了。而我“下台”时所做的文章，岂不是不但并不更有生气，还招了陈源教授的一顿“教训”，而且罪孽深重，延祸“面孔”了吗？这是以文才和面孔言；至于从另一方面看，则官僚与教授就有“一丘之貉”之叹，这就是说：钱的来源。国家行政机关的事务官所得的所谓俸钱，国立学校的教授所得的所谓薪水，还不是同一来源，出于国库的吗？在曹锟政府下做国立学校的教员，和做官的没有大区别。难道教员的是捐给了学校，所以特别清高了？袁世凯称帝时代，陈源教授或者还在外国的研究室里，是到了曹锟贿选前后才做教授的，比我到北京迟得多，福气也比我好得多。曹锟贿选，他做教授，“代表无耻的彭允彝做总长”，他做教授，“甚而至于‘代表无耻的章士钊’做总长”，他自然做教授，我可是被革掉了，甚而至于待到那“甚而至于‘代表无耻的章士钊’”不做总长了，他自然还做教授，归国以来，一帆风顺，一个小钉子也没有碰。这当然是因为有适宜的面孔，不“叫人有些恶心”之故喽。看他脸上既无我一样的可厌的“八字胡子”，也可以说没有“官僚的神情”，所以对于他的面孔，却连我也并没有什么大“恶心”，而且仿佛还觉得有趣。这一类的面孔，只要再白胖一点，也许在中国就不可多得了。

不免招我说几句费话的不过是他对镜装成的姿势和“爆发”出来的蕴蓄，但又即刻掩了起来，关上大门，据说“大约不再打这样的笔墨官司”了。前面的香车既经杳然，我且不做叫门的事，因为这些时候所遇到的大概不过几个家丁；而且已是往“国立北京女子师范大学复校纪念会”的时候了，就这样的算收束。

二月一日。

我还不能“带住”

一月三十日《晨报副刊》上满载着一些东西，现在有人称它为“攻周专号”，真是些有趣的玩意儿，倒可以看见绅士的本色。不知怎的，今天的《晨副》忽然将这事结束，照例用通信，李四光教授开场白，徐志摩“诗哲”接后段，一唱一和，说道“带住！让我们对着混斗的双方猛喝一声，带住！”了。还“声明一句，本刊此后不登载对人攻击的文字”云。

他们的什么“闲话……闲话”问题，本与我没有什么鸟相干，“带住”也好，放开也好，拉拢也好，自然大可以随便玩把戏。但是，前几天不是因为“令兄”关系，连我的“面孔”都攻击过了吗？我本没有去“混斗”，倒是株连了我。现在我还没有怎样开口呢，怎么忽然又要“带住”了？从绅士们看来，这自然不过是“侵犯”了我“一言半语”，正无须“跳到半天空”，然而我其实也并没有“跳到半天空”，只是还不能这样地谨听指挥，你要“带住”了，我也就“带住”。

对不起，那些文字我无心细看，“诗哲”所说的要点，似乎是这样闹下去，要失了大学教授的体统，丢了“负有指导青年重责的前辈”的丑，使学生不相信，青年不耐烦了。可怜可怜，有臭赶紧遮起来。“负有指导青年重责的前辈”，有这么多的丑可丢，有那么多的丑怕丢吗？用绅士服将“丑”层层包裹，装着好面孔，就是教授，就是青年的导师吗？中国的青年不要高帽皮袍，装腔作势的导师；要并无伪饰，——倘没有，也得少有伪饰的导师。倘有戴着假面，以导师自居的，就得叫他除下来，否则，便将它撕下来，互相撕下来。撕得鲜血淋漓，臭架子打得粉碎，然后可以谈后话。这时候，即使只值半文钱，却是真价值；即使丑得要使人“恶心”，却是真面目。略一揭开，便又赶忙装进缎子盒里去，虽然可以使人疑是钻石，也可以猜作粪土，纵使外面满贴着好招牌，法兰斯呀，萧伯讷呀，……毫不中用的!

李四光教授先劝我"十年读书十年养气"。还一句绅士话罢:盛意可感。书是读过的,不止十年,气也养过的,不到十年,可是读也读不好,养也养不好。我是李教授所早认为应当"投畀豺虎"者之一,此时本已不必温言劝谕,说什么"弄到人家无故受累",难道真以为自己是"公理"的化身,判我以这样巨罚之后,还要我叩谢天恩吗?还有,李教授以为我"东方文学家的风味,似乎格外的充足,……所以总要写到露骨到底,才尽他的兴会。"我自己的意见却绝不同。我正因为生在东方,而且生在中国,所以"中庸""稳妥"的余毒,还沦肌浃髓,比起法国的勃罗亚——他简直称大报的记者为"蛆虫"——来,真是"小巫见大巫",使我自惭究竟不及白人之毒辣勇猛。即以李教授的事为例罢:一,因为我知道李教授是科学家,不很"打笔墨官司"的,所以只要可以不提,便不提;只因为要回敬贵会友一杯酒,这才说出"兼差"的事来。二,关于兼差和薪水一节,已在《语丝》(六五)上答复了,但也还没有"写到露骨到底"。

我自己也知道,在中国,我的笔要算较为尖刻的,说话有时也不留情面。但我又知道人们怎样的用了公理正义的美名,正人君子的徽号,温良敦厚的假脸,流言公论的武器,吞吐曲折的文字,行私利己,使无刀无笔的弱者不得喘息。倘使我没有这笔,也就是被欺侮到赴诉无门的一个;我觉悟了,所以要常用,尤其是用于使麒麟皮下露出马脚。万一那些虚伪者居然觉得一点痛苦,有些省悟,知道伎俩也有穷时,少装些假面目,则用了陈源教授的话来说,就是一个"教训"。只要谁露出真价值来,即使只值半文,我绝不敢轻薄半句。但是,想用了串戏的方法来哄骗,那是不行的;我知道的,不和你们来敷衍。

"诗哲"为援助陈源教授起见,似乎引过罗曼·罗兰的话,大意是各人的身上都有鬼,但人却只知道打别人身上的鬼。没有细看,说不清了,要是差不多,那就是一并承认了陈源教授的身上也有鬼,李四光教授自然也难逃。他们先前是自以为没有鬼的。假使真知道了自己身上也有鬼,"带住"的事可就容易办了。只要不再串戏,不再摆臭架子,忘却了你们的教授的头衔,且不做指导青年的前辈,将你们的"公理"的旗插到"粪车"上去,将你们的绅士衣装抛到"臭毛厕"里去,除下假面具,赤条条地站出来说几句真话就够了!

二月三日。

送灶日漫笔

坐听着远远近近的爆竹声,知道灶君先生们都在陆续上天,向玉皇大帝讲他的东家的坏话去了，但是他大概终于没有讲，否则，中国人一定比现在要更倒霉。

灶君升天的那日，街上还卖着一种糖，有柑子那么大小，在我们那里也有这东西，然而扁的，像一个厚厚的小烙饼。那就是所谓"胶牙饧"了。本意是在请灶君吃了，粘住他的牙，使他不能调嘴学舌，对玉帝说坏话。我们中国人意中的神鬼，似乎比活人要老实些，所以对鬼神要用这样的强硬手段，而于活人却只好请吃饭。

今之君子往往讳言吃饭，尤其是请吃饭。那自然是无足怪的，的确不大好听。只是北京的饭店那么多，饭局那么多，莫非都在食蛤蜊，谈风月，"酒酣耳热而歌呜呜"吗？不尽然的，的确也有许多"公论"从这些地方播种，只因为公论和请帖之间看不出蛛丝马迹，所以议论便堂哉皇哉了。但我的意见，却以为还是酒后的公论有情。人非木石，岂能一味谈理，碍于情面而偏过去了，在这里正有着人气息。况且中国是一向重情面的。何谓情面？明朝就有人解释过，曰："情面者，面情之谓也。"自然不知道他说什么，但也就可以懂得他说什么。在现今的世上，要有不偏不倚的公论，本来是一种梦想；即使是饭后的公评，酒后的宏议，也何尝不可姑妄听之呢。然而，倘以为那是真正老牌的公论，却一定上当，——但这也不能独归罪于公论家，社会上风行请吃饭而讳言请吃饭，使人们不得不虚假，那自然也应该分任其咎的。

记得好几年前，是"兵谏"之后，有枪阶级专喜欢在天津会议的时候，有一个青年愤愤地告诉我道：他们那里是会议呢，在酒席上，在赌桌上，带着说几句就决定了。他就是受了"公论不发源于酒饭说"之骗的一个，所以永远是愤然，殊不知他那理想中的情形，怕要到二九二五年才会出现呢，或者竟许到三九二五年。

然而不以酒饭为重的老实人，却是的确也有的，要不然，中国自然还要坏。有些会议，从午后二时起，讨论问题，研究章程，此问彼难，风起云涌，一直到七八点，大家就无端觉得有些焦躁不安，脾气愈大了，议论愈纠纷了，章程愈渺茫了，虽说我们到讨论完毕后才散罢，但终于一哄而散，无结果。这就是轻视了吃饭的报应，六七点钟时分的焦躁不安，就是肚子对于本身和别人的警告，而大家误信了吃饭与讲公理无关的妖言，毫不瞅睬，所以肚子就使你演说也没精彩，宣言也——连草稿都没有。

但我并不说凡有一点事情，总得到什么太平湖饭店，撷英番菜馆之类里去开大宴；我于那些店里都没有股本，犯不上替他们来拉主顾，人们也不见得都有这么多的钱。我不过说，发议论和请吃饭，现在还是有关系的；请吃饭之于发议论，现在也还是有益处的；虽然，这也是人情之常，无足深怪的。

顺便还要给热心而老实的青年们进一个忠告，就是没酒没饭的开会，时候不要开得

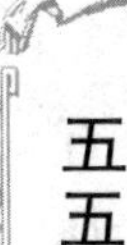

太长，倘若时候已晚了，那么，买几个烧饼来吃了再说。这么一办，总可以比空着肚子的讨论容易有结果，容易得收场。

胶牙饧的强硬办法，用在灶君身上我不管它怎样，用之于活人是不大好的。倘是活人，莫妙于给他醉饱一次，使他自己不开口，却不是胶住他。中国人对人的手段颇高明，对鬼神却总有些特别，二十三夜的捉弄灶君即其一例，但说起来也奇怪，灶君竟至于到了现在，还仿佛没有省悟似的。

道士们的对付"三尸神"，可是更利害了。我也没有做过道士，详细是不知道的，但据"耳食之言"，则道士们以为人身中有三尸神，到有一日，便乘人熟睡时，偷偷地上天去奏本身的过恶。这实在是人体本身中的奸细，《封神传演义》常说的"三尸神暴躁，七窍生烟"的三尸神，也就是这东西。但据说要抵制他却不难，因为他上天的日子是有一定的，只要这一日不睡觉，他便无隙可乘，只好将过恶都放在肚子里，再看明年的机会了。连胶牙饧都没得吃，他实在比灶君还不幸，值得同情。

三尸神不上天，罪状都放在肚子里；灶君虽上天，满嘴是糖，在玉皇大帝面前含含糊糊地说了一通，又下来了。对于下界的情形，玉皇大帝一点也听不懂，一点也不知道，于是我们今年当然还是一切照旧，天下太平。

我们中国人对于鬼神也有这样的手段。

我们中国人虽然敬信鬼神；却以为鬼神总比人们傻，所以就用了特别的方法来处治他。至于对人，那自然是不同的了，但还是用了特别的方法来处治，只是不肯说；你一说，据说你就是鄙视了他了。诚然，自以为看穿了的话，有时也的确反不免于浅薄。

二月五日。

谈皇帝

中国人的对付鬼神，凶恶的是奉承，如瘟神和火神之类，老实一点的就要欺侮，例如对于土地或灶君。待遇皇帝也有类似的意思。君民本是同一民族，乱世时"成则为王败则为贼"，平常是一个照例做皇帝，许多个照例做平民；两者之间，思想本没有什么大差别。所以皇帝和大臣有"愚民政策"，百姓们也自有其"愚君政策"。

往昔的我家，曾有一个老仆妇，告诉过我她所知道，而且相信的对付皇帝的方法。她说——

"皇帝是很可怕的。他坐在龙位上，一不高兴，就要杀人；不容易对付的。所以吃的东西也不能随便给他吃，倘是不容易办到的，他吃了又要，一时办不到；——譬如他冬天想到瓜，秋天要吃桃子，办不到，他就生气，杀人了。现在是一年到头给他吃菠菜，一要就有，毫不为难。但是倘说是菠菜，他又要生气的，因为这是便宜货，所以大家对他就不称为菠菜，另外起一个名字，叫作'红嘴绿鹦哥'。"

在我的故乡，是通年有菠菜的，根很红，正如鹦哥的嘴一样。

这样的连愚妇人看来，也是呆不可言的皇帝，似乎大可以不要了。然而并不，她以为要有的，而且应该听凭他作威作福。至于用处，仿佛在靠他来镇压比自己更强梁的别人，所以随便杀人，正是非备不可的要件。然而倘使自己遇到，且须侍奉呢？可又觉得、有些危险了，因此只好又将他练成傻子，终年耐心地专吃着"红嘴绿鹦哥"。

其实利用了他的名位，"挟天子以令诸侯"的，和我那老仆妇的意思和方法都相同，不过一则又要他弱，一则又要他愚。儒家的靠了"圣君"来行道也就是这玩意，因为要"靠"，所以要他威重，位高；因为要便于操纵，所以又要他颇老实，听话。

皇帝一自觉自己的无上威权，这就难办了。既然"普天之下，莫非皇土"，他就胡闹起来，还说是"自我得之，自我失之，我又何恨"哩！于是圣人之徒也只好请他吃"红嘴绿鹦哥"了，这就是所谓"天"。据说天子的行事，是都应该体贴天意，不能胡闹的；而这"天意"也者，又偏只有儒者们知道着。

这样，就决定了：要做皇帝就非请教他们不可。

然而不安分的皇帝又胡闹起来了。你对他说"天"么，他却道，"我生不有命在天?!"岂但不仰体上天之意而已，还逆天，背天，"射天"，简直将国家闹完，使靠天吃饭的圣贤君子们，哭不得，也笑不得。

于是乎他们只好去著书立说，将他骂一通，豫计百年之后，即身殁之后，大行于时，自以为这就了不得。

但那些书上，至多就止记着"愚民政策"和"愚君政策"全都不成功。

二月十七日。

无花的蔷薇

1

又是 Schopenhauer 先生的话——

"无刺的蔷薇是没有的。——然而没有蔷薇的刺却很多。"

题目改变了一点，较为好看了。

"无花的蔷薇"也还是爱好看。

2

去年，不知怎的这位勖本华尔先生忽然合于我们国度里的绅士们的脾胃了，便拉扯了他的一点《女人论》；我也就夹七夹八地来称引了好几回，可惜都是刺，失了蔷薇，实在大煞风景，对不起绅士们。

记得幼小时候看过一出戏，名目忘却了，一家正在结婚，而勾魂的无常鬼已到，夹在婚仪中间，一同拜堂，一同进房，一同坐床……实在大煞风景，我希望我还不至于这样。

3

有人说我是"放冷箭者"。

我对于"放冷箭"的解释，颇有些和他们一流不同，是说有人受伤，而不知这箭从什么地方射出。所谓"流言"者，庶几近之。但是我，却明明站在这里。

但是我，有时虽射而不说明靶子是谁，这是因为初无"与众共弃"之心，只要该靶子独自知道，知道有了洞，再不要面皮鼓得紧绷绷，我的事就完了。

4

蔡孑民先生一到上海，《晨报》就据国闻社电报郑重地发表他的谈话，而且加以按语，以为"当为历年潜心研究与冷眼观察之结果，大足昭示国人，且为知识阶级所注意也。"

我很疑心那是胡适之先生的谈话，国闻社的电码有些错误了。

5

预言者，即先觉，每为故国所不容，也每受同时人的迫害，大人物也时常这样。他要得人们的恭维赞叹时，必须死掉，或者沉默，或者不在面前。

总而言之，第一要难于质证。

如果孔丘，释迦，耶稣基督还活着，那些教徒难免要恐慌。对于他们的行为，真不知道教主先生要怎样慨叹。

所以，如果活着，只得迫害他。

待到伟大的人物成为化石，人们都称他伟人时，他已经变了傀儡了。

有一流人之所谓伟大与渺小，是指他可给自己利用的效果的大小而言。

胡适之

6

法国罗曼·罗兰先生今年满六十岁了。晨报社为此征文，徐志摩先生于介绍之余，发感慨道："……但如其有人拿一些时行的口号，什么打倒帝国主义等等，或是分裂与猜忌的现象，去报告罗兰先生说这是新中国，我再也不能预料他的感想了。"（《晨副》一二九九）

他住得远，我们一时无从质证，莫非从"诗哲"的眼光看来，罗兰先生的意思，是以为新中国应该欢迎帝国主义的吗？

"诗哲"又到西湖看梅花去了，一时也无从质证。不知孤山的古梅，著花也未，可也在那里反对中国人"打倒帝国主义"？

7

志摩先生曰："我很少夸奖人的。但西滢就他学法郎士的文章说，我敢说，已经当得起一句天津话：'有根'了。"而且"像西滢这样，在我看来，才当得起'学者'的名词。"（《晨副》一四二三）

西滢教授曰："中国的新文学运动，方在萌芽，可是稍有贡献的人，如胡适之，徐志摩，郭沫若，郁达夫，丁西林，周氏兄弟等等都是曾经研究过他国文学的人。尤其是志摩他非但在思想方面，就是在体制方面，他的诗及散文，都已经有一种中国文学里从来不曾有过的风格。"（《现代》六三）

虽然抄得麻烦，但中国现今"有根"的"学者"和"尤其"的思想家及文人，总算已经互相选出了。

8

志摩先生曰："鲁迅先生的作品，说来大不敬得很，我拜读过很少，就只《呐喊》集里两三篇小说，以及新近因为有人尊他是中国的尼采他的《热风》集里的几页。他平常零星的东西，我即使看也等于白看，没有看进去或是没有看懂。"（《晨副》一四三三）

西滢教授曰："鲁迅先生一下笔就构陷人家的罪状。……可是他的文章，我看过了就放进了应该去的地方——说句体己话，我觉得它们就不应该从那里出来——手边却没有。"（同上）

虽然抄得麻烦，但我总算已经被中国现在"有根"的"学者"和"尤其"的思想家及文人协力踏倒了。

9

但我愿奉还"曾经研究过他国文学"的荣名。"周氏兄弟"之一，一定又是我了。我何尝研究过什么呢，做学生时候看几本外国小说和文人传记，就能算"研究过他国文学"吗？该教授——恕我打一句"官话"——说过，我笑别人称他们为"文士"，而不笑"某报天天鼓吹"我是"思想界的权威者"。现在不了，不但笑，简直唾弃它。

10

其实呢，被毁则报，被誉则默，正是人情之常。谁能说人的左颊既受爱人接吻而不作一声，就得援此为例，必须默默地将右颊给仇人咬一口呢？

我这回的竟不要那些西滢教授所颁赏陪衬的荣名，"说句体己话"罢，实在是不得已。我的同乡不是有"刑名师爷"的吗？他们都知道，有些东西，为要显示他伤害你的时候的公正，在不相干的地方就称赞你几句，似乎有赏有罚，使别人看去，很像无私……。

"带住！"又要"构陷人家的罪状"了。只是这一点，就已经够使人"即使看也等于白看"，或者"看过了就放进了应该去的地方"了。

二月二十七日。

无花的蔷薇之二

1

英国勃尔根贵族曰："中国学生只知阅英文报纸，而忘却孔子之教。英国之大敌，即此种极力诅咒帝国而幸灾乐祸之学生。……中国为过激党之最好活动场……。"（一九二五年六月三十日伦敦路透电。)

南京通信云:“基督教城中会堂聘金大教授某神学博士讲演,中有谓孔子乃耶稣之信徒,因孔子吃睡时皆祷告上帝。当有听众……质问何所据而云然;博士语塞。时乃有教徒数人,突紧闭大门,声言‘发问者,乃苏俄卢布买收来者’。当呼警捕之。……”(三月十一日《国民公报》。)

苏俄的神通真是广大,竟能买收叔梁纥,使生孔子于耶稣之前,则“忘却孔子之教”和“质问何所据而云然”者,当然都受着卢布的驱使无疑了。

2

西滢教授曰:“听说在‘联合战线’中,关于我的流言特别多,并且据说我一个人每月可以领到三千元。‘流言’是在口上流的,在纸上倒也不大见。”(《现代》六十五。)

该教授去年是只听到关于别人的流言的,却由他在纸上发表;据说今年却听到关于自己的流言了,也由他在纸上发表。“一个人每月可以领到三千元”,实在特别荒唐,可见关于自己的“流言”都不可信。但我以为关于别人的似乎倒是近理者居多。

3

据说“孤桐先生”下台之后,他的什么《甲寅》居然渐渐地有了活气了。可见官是做不得的。

然而他又做了临时执政府秘书长了,不知《甲寅》可仍然还有活气?如果还有,官也还是做得的……。

4

已不是写什么“无花的蔷薇”的时候了。

虽然写的多是刺,也还要些和平的心。

现在,听说北京城中,已经施行了大杀戮了。当我写出上面这些无聊的文字的时候,正是许多青年受弹饮刃的时候。呜呼,人和人的魂灵,是不相通的。

5

中华民国十五年三月十八日,段祺瑞政府使卫兵用步枪大刀,在国务院门前包围虐杀徒手请愿,意在援助外交之青年男女,至数百人之多。还要下令,诬之曰“暴徒”!

如此残虐险狠的行为,不但在禽兽中所未曾见,便是在人类中也极少有的,除却俄皇尼古拉二世使可萨克兵击杀民众的事,仅有一点相像。

6

中国只任虎狼侵食,谁也不管。管的只有几个年青的学生,他们本应该安心读书的,而时局飘摇得他们安心不下。假如当局者稍有良心,应如何反躬自责,激发一点天良?

然而竟将他们虐杀了!

7

假如这样的青年一杀就完,要知道屠杀者也绝不是胜利者。

中国要和爱国者的灭亡一同灭亡。屠杀者虽然因为积有资金,可以比较长久地养育子孙,然而必至的结果是一定要到的。“子孙绳绳”又何足喜呢?灭亡自然较迟,但他们要住最不适于居住的不毛之地,要做最深的矿洞的矿工,要操最下贱的生业……。

8

如果中国还不至于灭亡,则已往的史实示教过我们,将来的事便要大出于屠杀者的意料之外——

这不是一件事的结束,是一件事的开头。

墨写的谎说,决掩不住血写的事实。

血债必须用同物偿还。拖欠得愈久,就要付更大的利息!

9

以上都是空话。笔写的,有什么相干?

实弹打出来的却是青年的血。血不但不掩于墨写的谎语,不醉于墨写的挽歌;威力也压它不住,因为它已经骗不过,打不死了。

三月十八日,民国以来最黑暗的一天,写。

“死地”

从一般人,尤其是久受异族及其奴仆鹰犬的蹂躏的中国人看来,杀人者常是胜利者,被杀者常是劣败者。而眼前的事实也确是这样。

三月十八日段政府惨杀徒手请愿的市民和学生的事，本已言语道断，只使我们觉得所住的并非人间。但北京的所谓言论界，总算还有评论，虽然纸笔喉舌，不能使洒满府前的青年的热血逆流入体，仍复苏生转来。无非空口的呼号，和被杀的事实一同逐渐冷落。

但各种评论中，我觉得有一些比刀枪更可以惊心动魄者在。这就是几个论客，以为学生们本不应当自蹈死地，前去送死的。倘以为徒手请愿是送死，本国的政府门前是死地，那就中国人真将死无葬身之所，除非是心悦诚服地充当奴子，“没齿而无怨言”。不过我还不知道中国人的大多数人的意见究竟如何。假使也这样，则岂但执政府前，便是全中国，也无一处不是死地了。

人们的苦痛是不容易相通的。因为不易相通，杀人者便以杀人为唯一要道，甚至于还当作快乐。然而也因为不容易相通，所以杀人者所显示的“死之恐怖”，仍然不能够警诫后来，使人民永远变作牛马。历史上所记的关于改革的事，总是先仆后继者，大部分自然是由于公义，但人们的未经“死之恐怖”，即不容易为“死之恐怖”所慑，我以为也是一个很大的原因。

但我却恳切地希望：“请愿”的事，从此可以停止了。倘用了这许多血，竟换得一个这样的觉悟和决心，而且永远纪念着，则似乎还不算是很大的折本。

世界的进步，当然大抵是从流血得来。但这和血的数量，是没有关系的，因为世上也尽有流血很多，而民族反而渐就灭亡的先例。即如这一回，以这许多生命的损失，仅博得“自蹈死地”的批判，便已将一部分人心的机微示给我们，知道在中国的死地是极其广博。

现在恰有一本罗曼·罗兰的《Le Jeu de L' Amour et de La Mort》在我面前，其中说：加尔是主张人类为进步计，即不妨有少许污点，万不得已，也不妨有一点罪恶的；但他们却不愿意杀库尔跋齐，因为共和国不喜欢在臂膊上抱着他的死尸，因为这过于沉重。

会觉得死尸的沉重，不愿抱持的民族里，先烈的“死”是后人的“生”的唯一的灵药，但倘在不再觉得沉重的民族里，却不过是压得一同沦灭的东西。

中国的有志于改革的青年，是知道死尸的沉重的，所以总是“请愿”。殊不知别有不觉得死尸的沉重的人们在，而且一并屠杀了“知道死尸的沉重”的心。

死地确乎已在前面。为中国计，觉悟的青年应该不肯轻死了罢。

三月二十五日。

可惨与可笑

三月十八日的残杀事件，在事后看来，分明是政府布成的罗网，纯洁的青年们竟不幸而陷下去了，死伤至于三百多人。这罗网之所以布成，其关键就全在于“流言”的奏了功效。

这是中国的老例，读书人的心里大抵含着杀机，对于异己者总给他安排下一点可死之道。就我所眼见的而论，凡阴谋家攻击别一派，光绪年间用“康党”，宣统年间用“革党”，民二以后用“乱党”，现在自然要用“共产党”了。其实，去年有些“正人君子”们称别人为“学棍”“学匪”的时候，就有杀机存在，因为这类诨号，和“臭绅士”“文士”之类不同，在“棍”“匪”字里，就藏着可死之道的。但这也许是“刀笔吏”式的深文周纳。

去年，为“整顿学风”计，大传播学风怎样不良的流言，学匪怎样可恶的流言，居然很奏了效。今年，为“整顿学风”计，又大传播共产党怎样活动，怎样可恶的流言，又居然很奏了效。于是便将请愿者作共产党论，三百多人死伤了，如果有一个所谓共产党的首领死在里面，就更足以证明这请愿就是“暴动”。

可惜竟没有。这该不是共产党了罢。据说也还是的，但他们全都逃跑了，所以更可恶。而这请愿也还是暴动，做证据的有一根木棍，两支手枪，三瓶煤油。姑勿论这些是否群众所携去的东西；即使真是，而死伤三百多人所携的武器竟不过这一点，这是怎样可怜的暴动呵！

但次日，徐谦，李大钊，李煜瀛，易培基，顾兆熊的通缉令发表了。因为他们“啸聚群众”，像去年女子师范大学生的“啸聚男生”（章士钊解散女子师范大学呈文语）一样，“啸聚”了带着一根木棍，两支手枪，三瓶煤油的群众。以这样的群众来颠覆政府，当然要死伤三百多人；而徐谦们以人命为儿戏到这地步，那当然应该负杀人之罪了；而况自己又不到场，或者全都逃跑了呢？

以上是政治上的事，我其实不很了然。但从另一方面看来，所谓“严拿”者，似乎倒是赶走；所谓“严拿”暴徒者，似乎不过是赶走北京中法大学校长兼清室善后委员会委员长（李），中俄大学校长（徐），北京大学教授（李大钊），北京大学教务长（顾），女子师范大学校长（易）；其中的三个又是俄款委员会委员：一共空出九个“优美的差缺”也。

同日就又有一种谣言，便是说还要通缉五十多人；但那姓名的一部分，却至今日才见于《京报》。这种计划，在目下的段祺瑞政府的秘书长章士钊之流的脑子里，是确实会有的。国事犯多至五十余人，也是中华民国的一个壮观；而且大概多是教员罢，倘使一同放下五十多个"优美的差缺"，逃出北京，在别的地方开起一个学校来，倒也是中华民国的一件趣事。

那学校的名称，就应该叫作"啸聚"学校。

三月二十六日。

记念刘和珍君

一

中华民国十五年三月二十五日，就是国立北京女子师范大学为十八日在段祺瑞执政府前遇害的刘和珍杨德群两君开追悼会的那一天，我独在礼堂外徘徊，遇见程君，前来问我道，"先生可曾为刘和珍写了一点什么没有？"我说"没有"。她就正告我，"先生还是写一点罢；刘和珍生前就很爱看先生的文章。"

这是我知道的，凡我所编辑的期刊，大概是因为往往有始无终之故罢，销行一向就甚为寥落，然而在这样的生活艰难中，毅然预定了《莽原》全年的就有她。我也早觉得有写一点东西的必要了，这虽然于死者毫不相干，但在生者，却大抵只能如此而已。倘使我能够相信真有所谓"在天之灵"，那自然可以得到更大的安慰，——但是，现在，却只能如此而已。

可是我实在无话可说。我只觉得所住的并非人间。四十多个青年的血，洋溢在我的周围，使我艰于呼吸视听，那里还能有什么言语？长歌当哭，是必须在痛定之后的。而此后几个所谓学者文人的阴险的论调，尤使我觉得悲哀。我已经出离愤怒了。我将深味这非人间的浓黑的悲凉；以我的最大哀痛显示于非人间，使它们快意于我的苦痛，就将这作为后死者的菲薄的祭品，奉献于逝者的灵前。

二

真的猛士，敢于直面惨淡的人生，敢于正视淋漓的鲜血。这是怎样的哀痛者和幸福者？然而造化又常常为庸人设计，以时间的流逝，来洗涤旧迹，仅使留下淡红的血色和微漠的悲哀。在这淡红的血色和微漠的悲哀中，又给人暂得偷生，维持着这似人非人的世界。我不知道这样的世界何时是一个尽头！

我们还在这样的世上活着;我也早觉得有写一点东西的必要了。离三月十八日也已有两星期,忘却的救主快要降临了罢,我正有写一点东西的必要了。

三

在四十余被害的青年之中,刘和珍君是我的学生。学生云者,我向来这样想,这样说,现在却觉得有些踌躇了,我应该对她奉献我的悲哀与尊敬。她不是"苟活到现在的我"的学生,是为了中国而死的中国的青年。

她的姓名第一次为我所见,是在去年夏初杨荫榆女士做女子师范大学校长,开除校中六个学生自治会职员的时候。其中的一个就是她;但是我不认识。直到后来,也许已经是刘百昭率领男女武将,强拖出校之后了,才有人指着一个学生告诉我,说:这就是刘和珍。其时我才能将姓名和实体联合起来,心中却暗自诧异。我平素想,能够不为势利所屈,反抗一广有羽翼的校长的学生,无论如何,总该是有些桀骜锋利的,但她却常常微笑着,态度很温和。待到偏安于宗帽胡同,赁屋授课之后,她才始来听我的讲义,于是见面的回数就较多了,也还是始终微笑着,态度很温和。待到学校恢复旧观,往日的教职员以为责任已尽,准备陆续引退的时候,我才见她虑及母校前途,黯然至于泣下。此后似乎就不相见。总之,在我的记忆上,那一次就是永别了。

四

我在十八日早晨,才知道上午有群众向执政府请愿的事;下午便得到噩耗,说卫队居然开枪,死伤至数百人,而刘和珍君即在遇害者之列。但我对于这些传说,竟至于颇为怀疑。我向来是不惮以最坏的恶意,来推测中国人的,然而我还不料,也不信竟会下劣凶残到这地步。况且始终微笑着的和蔼的刘和珍君,更何至于无端在府门前喋血呢?

然而即日证明是事实了,作证的便是她自己的尸骸。还有一具,是杨德群君的。而且又证明着这不但是杀害,简直是虐杀,因为身体上还有棍棒的伤痕。

但段政府就有令,说她们是"暴徒"!

但接着就有流言,说她们是受人利用的。

惨象,已使我目不忍视了;流言,尤使我耳不忍闻。我还有什么话可说呢?我懂得衰亡民族之所以默无声息的缘由了。沉默呵,沉默呵!不在沉默中爆发,就在沉默中灭亡。

五

但是,我还有要说的话。

我没有亲见；听说，她，刘和珍君，那时是欣然前往的。自然，请愿而已，稍有人心者，谁也不会料到有这样的罗网。但竟在执政府前中弹了，从背部入，斜穿心肺，已是致命的创伤，只是没有便死。同去的张静淑君想扶起她，中了四弹，其一是手枪，立仆；同去的杨德群君又想去扶起她，也被击，弹从左肩入，穿胸偏右出，也立仆。但她还能坐起来，一个兵在她头部及胸部猛击两棍，于是死掉了。

始终微笑的和蔼的刘和珍君确是死掉了，这是真的，有她自己的尸骸为证；沉勇而友爱的杨德群君也死掉了，有她自己的尸骸为证；只有一样沉勇而友爱的张静淑君还在医院里呻吟。当三个女子从容地转辗于文明人所发明的枪弹的攒射中的时候，这是怎样的一个惊心动魄的伟大呵！中国军人的屠戮妇婴的伟绩，八国联军的惩创学生的武功，不幸全被这几缕血痕抹杀了。

但是中外的杀人者却居然昂起头来，不知道个个脸上有着血污……。

六

时间永是流逝，街市依旧太平，有限的几个生命，在中国是不算什么的，至多，不过供无恶意的闲人以饭后的谈资，或者给有恶意的闲人作“流言”的种子。至于此外的深的意义，我总觉得很寥寥，因为这实在不过是徒手的请愿。人类的血战前行的历史，正如煤的形成，当时用大量的木材，结果却只是一小块，但请愿是不在其中的，更何况是徒手。

然而既然有了血痕了，当然不觉要扩大。至少，也当浸渍了亲族，师友，爱人的心，纵使时光流逝，洗成绯红，也会在微漠的悲哀中永存微笑的和蔼的旧影。陶潜说过，“亲戚或余悲，他人亦已歌，死去何所道，托体同山阿。”倘能如此，这也就够了。

七

我已经说过：我向来是不惮以最坏的恶意来推测中国人的。但这回却很有几点出乎我的意料。一是当局者竟会这样地凶残，一是流言家竟至如此之下劣，一是中国的女性临难竟能如是之从容。

我目睹中国女子的办事，是始于去年的，虽然是少数，但看那干练坚决，百折不回的气概，曾经屡次为之感叹。至于这一回在弹雨中互相救助，虽殒身不恤的事实，则更足为中国女子的勇毅，虽遭阴谋诡计，压抑至数千年，而终于没有消亡的明证了。倘要寻求这一次死伤者对于将来的意义，意义就在此罢。

苟活者在淡红的血色中，会依稀看见微茫的希望；真的猛士，将更奋然而前行。

呜呼，我说不出话，但以此记念刘和珍君！

四月一日。

空谈

一

请愿的事，我一向就不以为然的，但并非因为怕有三月十八日那样的残杀。那样的残杀，我实在没有梦想到，虽然我向来常以"刀笔吏"的意思来窥测我们中国人。我只知道他们麻木，没有良心，不足与言，而况是请愿，而况又是徒手，却没有料到有这么阴毒与凶残。能逆料的，大概只有段祺瑞，贾德耀，章士钊和他们的同类罢。四十七个男女青年的生命，完全是被骗去的，简直是诱杀。

有些东西——我称之为什么呢，我想不出——说：群众领袖应负道义上的责任。这些东西仿佛就承认了对徒手群众应该开枪，执政府前原是"死地"，死者就如自投罗网一般。群众领袖本没有和段祺瑞等辈心心相印，也未曾互相沟通，怎么能够料到这阴险的辣手。这样的辣手，只要略有人气者，是万万豫想不到的。

我以为倘要锻炼群众领袖的错处，只有两点：一是还以请愿为有用；二是将对手看得太好了。

二

但以上也仍然是事后的话。我想，当这事实没有发生以前，恐怕谁也不会料到要演这般的惨剧，至多，也不过获得照例的徒劳罢了。只有有学问的聪明人能够先料到，承认凡请愿就是送死。

陈源教授的《闲话》说："我们要是劝告女志士们，以后少加入群众运动，她们一定要说我们轻视她们，所以我们也不敢来多嘴。可是对于未成年的男女孩童，我们不能不希望他们以后不再参加任何运动。"（《现代评论》六十八）为什么呢？因为参加各种运动，是甚至于像这次一样，要"冒枪林弹雨的险，受践踏死伤之苦"的。

这次用了四十七条性命，只购得一种见识：本国的执政府前是"枪林弹雨"的地方，要去送死，应该待到成年，出于自愿的才是。

我以为"女志士"和"未成年的男女孩童"，参加学校运动会，大概倒还不至于有很大的危险的。至于“枪林弹雨”中的请愿，则虽是成年的男志士们，也应该切切记住，从此罢休！

看现在竟如何。不过多了几篇诗文，多了若干谈助。几个名人和什么当局者在接洽葬地，由大请愿改为小请愿了。埋葬自然是最妥当的收场。然而很奇怪，仿佛这四十七个死者，是因为怕老来死后无处埋葬，特来挣一点官地似的。万生园多么近，而四烈士坟前还有三块墓碑不镌一字，更何况僻远如圆明园。

死者倘不埋在活人的心中，那就真真死掉了。

三

改革自然常不免于流血，但流血非即等于改革。血的应用，正如金钱一般，吝啬固然是不行的，浪费也大大的失算。我对于这回的牺牲者，非常觉得哀伤。

但愿这样的请愿，从此停止就好。

请愿虽然是无论哪一国度里常有的事，不至于死的事，但我们已经知道中国是例外，除非你能将“枪林弹雨”消除。正规的战法，也必须对手是英雄才适用。汉末总算还是人心很古的时候罢，恕我引一个小说上的典故：许褚赤体上阵，也就很中了好几箭。而金圣叹还笑他道：“谁叫你赤膊？”

至于现在似的发明了许多火器的时代，交兵就都用壕堑战。这并非吝惜生命，乃是不肯虚掷生命，因为战士的生命是宝贵的。在战士不多的地方，这生命就愈宝贵。所谓宝贵者，并非“珍藏于家”，乃是要以小本钱换得极大的利息，至少，也必须买卖相当。以血的洪流淹死一个敌人，以同胞的尸体填满一个缺陷，已经是陈腐的话了。从最新的战术的眼光看起来，这是多么大的损失。

这回死者的遗给后来的功德，是在撕去了许多东西的人相，露出那出于意料之外的阴毒的心，教给继续战斗者以别种方法的战斗。

四月二日。

如此“讨赤”

京津间许多次大小战争，战死了不知多少人，为“讨赤”也；执政府前开排枪，打死请愿者四十七，伤百余，通缉“率领暴徒”之徐谦等人五，为“讨赤”也；奉天飞机三临北京之空中，掷下炸弹，杀两妇人，伤一小黄狗，为“讨赤”也。

京津间战死之兵士和北京中被炸死之两妇人和被炸伤之一小黄狗，是否即“赤”，尚无“明令”，下民不得而知。至于府前枪杀之四十七人，则第一“明令”已云有“误伤”矣；京师地方检察厅公函又云“此次集会请愿宗旨尚属正当，又无不正之行为”矣；而国务院会议又将“从优拟恤”矣。然则徐谦们所率领的“暴徒”那里去了呢？他们都有符咒，能避枪炮的吗？

总而言之：“讨”则“讨”矣了，而“赤”安在呢？

而“赤”安在，姑且勿论。归根结底，“烈士”落葬，徐谦们逃亡，两个俄款委员会委员出缺。六日《京报》云：“昨日九校教职员联席会议代表在法政大学开会，查良钊主席，先报告前日因俄款委员会改组事，与教长胡仁源接洽之情形；次某代表发言，略云，政府此次拟以外教财三部事务官接充委员，同人应绝对反对，并非反对该项人员人格，实因俄款数目甚大，中国教育界仰赖甚深……。”

又有一条新闻，题目是：“五私大亦注意俄款委员会”云。

四十七人之死，有功于“中国教育界”良非浅尠也。“从优拟恤”，谁曰不宜！？

而今而后，庶几“中国教育界”中，不至于再称异己者为“卢布党”欤？

四月六日。

无花的蔷薇之三

1

积在天津的纸张运不到北京，连印书也颇受战争的影响，我的旧杂感的结集《华盖集》付印两月了，排校还不到一半。可惜先登了一个预告，以致引出陈源教授的“反广告”来——

“我不能因为我不尊敬鲁迅先生的人格，就不说他的小说好，我也不能因为佩服他的小说，就称赞他其余的文章。我觉得他的杂感，除了《热风》中二三篇外，实在没有一读之价值。”（《现代评论》七十一，《闲话》。）

这多么公平！原来我也是“今不如古”了；《华盖集》的销路，比起《热风》来，恐怕要较为悲观。而且，我的作小说，竟不料是和“人格”无关的。“非人格”的一种文字，像新闻记事一般的，倒会使教授“佩服”，中国又仿佛日见其光怪陆离了似的，然则“实在没有一读之价值”的杂感，也许还要存在罢。

2

做那有名的小说《Don Quijote》的 M.de Cervantes 先生,穷则有之,说他像叫花子,可不过是一种特别流行于中国学者间的流言。他说 Don Quijote 看游侠小说看疯了,便自己去做侠客,打不平。他的亲人知道是书籍作的怪,就请了间壁的理发匠来检查;理发匠选出几部好的留下来,其余的便都烧掉了。

大概是烧掉的罢,记不清楚了;也忘了是多少种。想来,那些入选的"好书"的作家们,当时看了这小说里的书单,怕总免不了要面红耳赤地苦笑的罢。

中国虽然似乎日见其光怪陆离了。然而,呜呼哀哉!我们连"苦笑"也得不到。

3

有人从外省寄快信来问我平安否。他不熟于北京的情形,上了流言的当了。

北京的流言报,是从袁世凯称帝,张勋复辟,章士钊"整顿学风"以还,一脉相传,历来如此的。现在自然也如此。

第一步曰:某方要封闭某校,捕拿某人某人了。这是造给某校某人看,恐吓恐吓的。

第二步曰:某校已空虚,某人已逃走了。这是造给某方看,煽动煽动的。

又一步曰:某方已搜检甲校,将搜检乙校了。这是恐吓乙校,煽动某方的。

"平生不做亏心事,夜半敲门不吃惊。"乙校不自心虚,怎能给恐吓呢?然而,少安毋躁罢。还有一步曰:乙校昨夜通宵达旦,将赤化书籍完全焚烧矣。

于是甲校更正,说并未搜检;乙校更正,说并无此项书籍云。

4

于是连卫道的新闻记者,圆稳的大学校长也住进六国饭店,讲公理的大报也摘去招牌,学校的号房也不卖《现代评论》:大有"火炎昆冈,玉石俱焚"之概了。

其实是不至于此的,我想。不过,谣言这东西,却确是造谣者本心所希望的事实,我们可以借此看看一部分人的思想和行为。

5

中华民国九年七月直皖战争开手;八月,皖军溃灭,徐树铮等九人避入日本公使馆。这时还点缀着一点小玩意,是有一些正人君子——不是现在的一些正人君子——去游说直派武人，请他杀戮改革论者了。终于没有结果；便是这事也早从人们的记忆上消去。但试去翻那年八月的《北京日报》，还可以看见一个大广告，里面是什么大英雄得胜之后，必须廓清邪说，诛戮异端等类古色古香的名言。

那广告是有署名的，在此也无须提出。但是，较之现在专躲在暗中的流言家，却又不免令人有"今不如古"之感了。我想，百年前比现在好，千年前比百年前好，万年前比千年前好……特别在中国或者是确凿的。

6

在报章的角落里常看见对青年们的谆谆的教诫：敬惜字纸咧；留心国学咧；伊卜生这样，罗曼·罗兰那样咧。时候和文字是两样了，但含义却使我觉得很耳熟：正如我年幼时所听过的耆宿的教诫一般。

这可仿佛是"今不如古"的反证了。但是，世事都有例外，对于上一节所说的事，这也算作一个例外罢。

五月六日。

新的蔷薇

——然而还是无花的

因为《语丝》在形式上要改成中本了，我也不想再用老题目，所以破格地奋发，要写出"新的蔷薇"来。

——这回可要开花了？

——嗡嗡，——不见得罢。

我早有点知道：我是大概以自己为主的。所谈的道理是"我以为"的道理，所记的情状是我所见的情状。听说一月以前，杏花和碧桃都开过了。我没有见，我就不以为有杏花和碧桃。

——然而那些东西是存在的。——学者们怕要说。

——好！那么，由它去吧。——这是我敬谨回禀学者们的话。

有些讲"公理"的，说我的杂感没有一看的价值。那是一定的。其实，他来看我的杂感，先就自己失了魂了，——假如也有魂。我的话倘会合于讲"公理"者的胃口，我不也成了"公理维持会"会员了吗？我不也成了他，和其余的一切会员了吗？我的话不就等于他们的话了吗？许多人和许多话不就等于一个人和一番话了吗？

公理是只有一个的。然而听说这早被他们拿去了，所以我已经一无所有。

这回“北京城内的外国旗”，大约特别地多罢，竟使学者为之愤慨：“……至于东交民巷界线以外，无论中国人外国人，那就不能借插用外国国旗，以为保护生命财产的护符。”

这是的确的。“保护生命财产的护符”，我们自有“法律”在。

如果还不放心呢，那么，就用一种更稳妥的旗子：红卐字旗。介乎中外之间，超于“无耻”和有耻之外，——确是好旗子！

从清末以来，“莫谈国事”的条子贴在酒楼饭馆里，至今还没有跟着辫子取消。所以，有些时候，难煞了执笔的人。

但这时却可以看见一种有趣的东西，是：希望别人以文字得祸的人所做的文字。

聪明人的谈吐也日见其聪明了。说三月十八日被害的学生是值得同情的，因为她本不愿去而受了教职员的怂恿。说“那些直接或间接用苏俄的金钱的人”是情有可原的，因为“他们自己可以挨饿，老婆子女却不能不吃饭呵！”

推开了甲而陷没了乙，原谅了情而坐实了罪；尤其是他们的行动和主张，都见得一钱不值了。

然而听说赵子昂的画马，却又是镜中照出来的自己的形象哩。

因为“老婆子女却不能不吃饭”，于是自然要发生“节育问题”了。但是先前山格夫人来华的时候，“有些志士”却又大发牢骚，说她要使中国人灭种。

独身主义现今尚为许多人所反对，节育也行不通。为赤贫的绅士计，目前最好的方法，我以为莫如弄一个有钱的女人做老婆。

我索性完全传授了这个秘诀罢：口头上，可必须说是为了“爱”。

“苏俄的金钱”十万元，这回竟弄得教育部和教育界发生纠葛了，因为大家都要一点。

这也许还是因为“老婆子女”之故罢。但这批卢布和那批卢布却不一样的。这是归还的庚子赔款；是拳匪“扶清灭洋”，各国联军入京的余泽。

那年代很容易记：十九世纪末，一九〇〇年。二十六年后，我们却“间接”用了拳匪的金钱来给“老婆子女”吃饭；如果大师兄有灵，必将爽然若失者欤。

还有，各国用到中国来做“文化事业”的，也是这一笔款……。

五月二十三日。

再来一次

去年编定《热风》时，还有绅士们所谓"存心忠厚"之意，很删削了好几篇。但有一篇，却原想编进去的，因为失掉了稿子，便只好从缺。现在居然寻出来了；待《热风》再版时，添上这篇，登一个广告，使迷信我的文字的读者们再买一本，于我倒不无裨益。但是，算了罢，这实在不很有趣。不如再登一次，将来收入杂感第三集，也就算作补遗罢。

这是关于章士钊先生的——

"两个桃子杀了三个读书人"

章行严先生在上海批评他之所谓"新文化"说，"二桃杀三士"怎样好，"两个桃子杀了三个读书人"便怎样坏，而归结到新文化之"是亦不可以已乎？"

是亦大可以已者也！"二桃杀三士"并非僻典，旧文化书中常见的。但既然是"谁能为此谋？相国齐晏子。"我们便看看《晏子春秋》罢。

晏子

《晏子春秋》现有上海石印本，容易入手的了，这古典就在该石印本的卷二之内。大意是"公孙接田开疆古冶子事景公，以勇力搏虎闻，晏子过而趋，三子者不起，"于是晏老先生以为无礼，和景公说，要除去他们了。那方法是请景公使人送他们两个桃子，说道，"你三位就照着功劳吃桃罢。"呵，这可就闹起来了：

"公孙接仰天而叹曰，'晏子，智人也，夫使公之计吾功者，不受桃，是无勇也。士众而桃寡，何不计功而食桃矣？接一搏猏而再搏虎，若接之功，可以食桃而无与人同矣。'援桃而起。

"田开疆曰，'吾仗兵而却三军者再。若开疆之功，可以食桃而无与人同矣。'援桃而起。

"古冶子曰，'吾尝从君济于河，鼋衔左骖以入砥柱之流。当是时也，冶少不能游，潜行逆流百步，顺流九里，得鼋杀之，左操骖尾，右挈鼋头，鹤跃而出。津人皆曰，河伯也；若冶视之，则大鼋之首。若冶之功，可以食桃而无与人同矣！二子何不反桃？'抽剑而起。"

抄书太讨厌。总而言之,后来那二士自愧功不如古冶子,自杀了;古冶子不愿独生,也自杀了:于是乎就成了"二桃杀三士"。

我们虽然不知道这三士于旧文化有无心得,但既然书上说是"以勇力闻",便不能说他们是"读书人"。倘使《梁父吟》说是"二桃杀三勇士",自然更可了然,可惜那是五言诗,不能增字,所以不得不作"二桃杀三士",于是也就害了章行严先生解作"两个桃子杀了三个读书人"。

旧文化也实在太难解,古典也诚然太难记,而那两个旧桃子也未免太作怪:不但那时使三个读书人因此送命,到现在还使一个读书人因此出丑,"是亦不可以已乎"!

去年,因为"每下愈况"问题,我曾经很受了些自以为公平的青年的教训,说是因为他革去了我的"签事",我便那么奚落他。现在我在此只得特别声明:这还是一九二三年九月所作,登在《晨报副刊》上的。那时的《晨报副刊》,编辑尚不是陪过泰戈尔先生的"诗哲",也还未负有逼死别人,掐死自己的使命,所以间或也登一点我似的俗人的文章;而我那时和这位后来称为"孤桐先生"的,也毫无"睚眦之怨"。那"动机",大概不过是想给白话的流行帮点忙。

在这样"祸从口出"之秋,给自己也辩护得周到一点罢。或者将曰,且夫这次来补遗,却有"打落水狗"之嫌,"动机"就很"不纯洁"了。然而我以为也并不。自然,和不多时以前,士钊秘长运筹帷幄,假公济私,谋杀学生,通缉异己之际,"正人君子"时而相帮讥笑着被缉诸人的逃亡,时而"孤桐先生""孤桐先生"叫得热剌剌地的时候一比较,目下诚不免有落寞之感。但据我看来,他其实并未落水,不过"安住"在租界里而已:北京依旧是他所豢养过的东西在张牙舞爪,他所勾结着的报馆在颠倒是非,他所栽培成的女校在兴风作浪:依然是他的世界。

在"桃子"上给一下小打击,岂遂可与"打落水狗"同日而语哉?!

但不知怎的,这位"孤桐先生"竟在《甲寅》上辩起来了,以为这不过是小事。这是真的,不过是小事。弄错一点,又何伤乎?即使不知道晏子,不知道齐国,于中国也无损。农民谁懂得《梁父吟》呢,农业也仍然可以救国的。但我以为攻击白话的豪举,可也大可以不必了;将白话来代文言,即使有点不妥,反正也不过是小事情。

我虽然未曾在"孤桐先生"门下钻,没有看见满桌满床满地的什么德文书的荣幸,但偶然见到他所发表的"文言",知道他于法律的不可恃,道德习惯的并非一成不变,文字语言的必有变迁,其实倒是懂得的。懂得而照直说出来的,便成为改革者;懂得而不说,反要利用以欺瞒别人的,便成为"孤桐先生"及其"之流"。他的保护文言,内骨子也不过是

这样。

如果我的检验准确的，那么，“孤桐先生”大概也就染了《闲话》所谓“有些志士”的通病，为“老婆子女”所累了，此后似乎应该另买几本德文书，来讲究“节育”。

五月二十四日。

为半农题记《何典》后，作

还是两三年前，偶然在光绪五年(1879)印的《申报馆书目续集》上看见《何典》题要，这样说：

“《何典》十回。是书为过路人编定，缠夹二先生评，而太平客人为之序。书中引用诸人，有曰活鬼者，有曰穷鬼者，有曰活死人者，有曰臭花娘者，有曰畔房小姐者：阅之已堪喷饭。况阅其所记，无一非三家村俗语；无中生有，忙里偷闲。其言，则鬼话也；其人，则鬼名也；其事，则开鬼心，扮鬼脸，钓鬼火，做鬼戏，搭鬼棚也。语曰，‘出于何典’？而今而后，有人以俗语为文者，曰‘出于《何典》’而已矣。”

疑其颇别致，于是留心访求，但不得；常维钧多识旧书肆中人，因托他搜寻，仍不得。今年半农告我已在厂甸庙市中无意得之，且将校点付印；听了甚喜。此后半农便将校样陆续寄来，并且说希望我做一篇短序，他知道我是至多也只能做短序的。然而我还很踌躇，我总觉得没有这种本领。我以为许多事是做的人必须有这一门特长的，这才做得好。譬如，标点只能让汪原放，作序只能推胡适之，出版只能由亚东图书馆；刘半农，李小峰，我，皆非其选也。然而我却决定要写几句。为什么呢？只因为我终于决定要写几句了。

还未开手，而躬逢战争，在炮声和流言当中，很不宁帖，没有执笔的心思。夹着是得知又有文士之徒在什么报上骂半农了，说《何典》广告怎样不高尚，不料大学教授而竟堕落至于斯。这颇使我凄然，因为由此记起了别的事，而且也以为“不料大学教授而竟堕落至于斯”。从此一见《何典》，便感到苦痛，再也说不出一句话。

是的，大学教授要堕落下去。无论高的或矮的，白的或黑的，或灰的。不过有些人谓之堕落，而我谓之困苦。我所谓困苦之一端，便是失了身份。我曾经做过《论“他妈的！”》早有青年道德家乌烟瘴气地浩叹过了，还讲身份吗？但是也还有些讲身份。我虽然“深恶而痛绝之”于那些戴着面具的绅士，却究竟不是“学匪”世家；见了所谓“正人君子”固然决定摇头，但和歪人奴子相处恐怕也未必融洽。用了无差别的眼光看，大学教授做一个滑稽的，或者甚而至于夸张的广告何足为奇？就是做一个满嘴“他妈的”的广告也何足为奇？然而呀，这里用得着然而了，我是究竟生在十九世纪的，又做过几年官，和所谓“孤桐先生”同部，官——上等人——气骤不易退，所以有时也觉得教授最相宜的也还是上讲台。又要然而了，然而必须有够活的薪水，兼差倒可以。这主张在教育界大概现在已经有一致赞成之望，去年在什么公理会上一致攻击兼差的公理维持家，今年也颇有一声不响地去兼差的了，不过“大报”上决不会登出来，自己自然更未必做广告。

半农到德法研究了音韵好几年，我虽然不懂他所做的法文书，只知道里面很夹些中国字和高高低低的曲线，但总而言之，书籍具在，势必有人懂得。所以他的正业，我以为也还是将这些曲线教给学生们。可是北京大学快要关门大吉了；他兼差又没有。那么，即使我是怎样的十足上等人，也不能反对他印卖书。既要印卖，自然想多销，既想多销，自然要做广告，既做广告，自然要说好。难道有自己印了书，却发广告说这书很无聊，请列位不必看的吗？说我的杂感无一读之价值的广告，那是西滢（即陈源）做的。——顺便在此给自己登一个广告罢：陈源何以给我登这样的反广告的呢，只要一看我的《华盖集》就明白。主顾诸公，看呀！快看呀！每本大洋六角，北新书局发行。

想起来已经有二十多年了，以革命为事业的陶焕卿，穷得不堪，在上海自称会稽先生，教人催眠术以糊口。有一天他问我，可有什么药能使人一嗅便睡去的呢？我明知道他怕施术不验，求助于药物了。其实呢，在大众中试验催眠，本来是不容易成功的。我又不知道他所寻求的妙药，爱莫能助。两三月后，报章上就有投书（也许是广告）出现，说会稽先生不懂催眠术，以此欺人。清政府却比这干鸟人灵敏得多，所以通缉他的时候，有一联对句道：“著《中国权力史》，学日本催眠术。”

《何典》快要出版了，短序也已经迫近交卷的时候。夜雨潇潇地下着，提起笔，忽而又想到用麻绳做腰带的困苦的陶焕卿，还夹杂些和《何典》不相干的思想。但序文已经迫近了交卷的时候，只得写出来，而且还要印上去。我并非将半农比附“乱党”，——现在的中华民国虽由革命造成，但许多中华民国国民，都仍以那时的革命者为乱党，是明明白白的，——不过说，在此时，使我回忆从前，念及几个朋友，并感到自己的依然无力而已。

但短序总算已经写成，虽然不像东西，却究竟结束了一件事。我还将此时的别的心情写下，并且发表出去，也作为《何典》的广告。

五月二十五日之夜，碰着东壁下，书。

马上日记

豫　序

在日记还未写上一字之前，先做序文，谓之豫序。

我本来每天写日记，是写给自己看的；大约天地间写着这样日记的人们很不少。假使写的人成了名人，死了之后便也会印出；看的人也格外有趣味，因为他写的时候不像做《内感篇》外冒篇似的须摆空架子，所以反而可以看出真的面目来。我想，这是日记的正宗嫡派。

我的日记却不是那样。写的是信札往来，银钱收付，无所谓面目，更无所谓真假。例如：二月二日晴，得A信；B来。三月三日雨，收C校薪水X元，复D信。一行满了，然而还有事，因为纸张也颇可惜，便将后来的事写入前一天的空白中。总而言之：是不很可靠的。但我以为B来是在二月一，或者二月二，其实不甚有关系，即便不写也无妨；而实际上，不写的时候也常有。我的目的，只在记上谁有来信，以便答复，或者何时答复过，尤其是学校的薪水，收到何年何月的几成几了，零零星星，总是记不清楚，必须有一笔账，以便检查，庶几乎两不含糊，我也知道自己有多少债放在外面，万一将来收清之后，要成为怎样的一个小富翁。此外呢，什么野心也没有了。

吾乡的李慈铭先生，是就以日记为著述的，上自朝章，中至学问，下迄相骂，都记录在那里面。果然，现在已有人将那手迹用石印印出了，每部五十元，在这样的年头，不必说学生，就是先生也无从买起。那日记上就记着，当他每装成一函的时候，早就有人借来借去的传钞了，正不必老远的等待"身后"。这虽然不像日记的正派，但若有志在立言，意存褒贬，欲人知而又畏人知的，却不妨模仿着试试。什么做了一点白话，便说是要在一百年后发表的书里面的一篇，真是其蠢臭为不可及也。

我这回的日记，却不是那样的"有厚望焉"的，也不是原先的很简单的，现在还没有，想要写起来。四五天以前看见半农，说是要编《世界日报》的副刊去，你得寄一点稿。那自然是可以的喽。然而稿子呢？这可着实为难。看副刊的大抵是学生，都是过来人，做过什么"学而时习之不亦乐乎论"或"人心不古议"的，一定知道做文章是怎样的味道。有人说我是"文学家"，其实并不是的，不要相信他们的话，那证据，就是我也最怕做文章。

然而既然答应了，总得想点法。想来想去，觉得感想倒偶尔也有一点的，平时接着一懒，便搁下，忘掉了。如果马上写出，恐怕倒也是杂感一类的东西。于是乎我就决计：一想到,就马上写下来,马上寄出去,算作我的画到簿。因为这是开首就准备给第三者看的,所以恐怕也未必很有真面目,至少,不利于己的事,现在总还要藏起来。愿读者先明白这一点。

如果写不出,或者不能写了,马上就收场。所以这日记要有多么长,现在一点不知道。

一九二六年六月二十五日,记于东壁下。

六月二十五日

晴。

生病。——今天还写这个,仿佛有点多事似的。因为这是十天以前的事,现在倒已经可以算得好起来了。不过余波还没有完,所以也只好将这作为开宗明义章第一。谨案才子立言,总须大嚷三大苦难:一曰穷,二曰病,三曰社会迫害我。那结果,便是失掉了爱人;若用专门名词,则谓之失恋。我的开宗明义虽然近似第二大苦难,实际上却不然,倒是因为端午节前收了几文稿费,吃东西吃坏了,从此就不消化,胃痛。我的胃的八字不见佳,向来就担不起福泽的。也很想看医生。中医,虽然有人说是玄妙无穷,内科尤为独步,我可总是不相信。西医呢,有名的看资贵,事情忙,诊视也潦草,无名的自然便宜些,然而我总还有些踌躇。事情既然到了这样,当然只好听凭敝胃隐隐地痛着了。

自从西医割掉了梁启超的一个腰子以后,责难之声就风起云涌了,连对于腰子不很有研究的文学家也都"仗义执言"。同时,"中医了不得论"也就应运而生;腰子有病,何不服黄蓍欤?什么有病,何不吃鹿茸欤?但西医的病院里确也常有死尸抬出。我曾经忠告过G先生:你要开医院,万不可收留些看来无法挽回的病人;治好了走出,没有人知道,死掉了抬出,就轰动一时了,尤其是死掉的如果是"名流"。我的本意是在设法推行新医学,但G先生却似乎以为我良心坏。这也未始不可以那么想,——由他去吧。

但据我看来,实行我所说的方法的医院可很有,只是他们的本意却并不在要使新医学通行。新的本国的西医又大抵模模糊糊,一出手便先学了中医一样的江湖诀,和水的龙胆丁几两日份八角;漱口的淡硼酸水每瓶一元。至于诊断学呢,我似的门外汉可不得而知。总之,西方的医学在中国还未萌芽,便已近于腐败。我虽然只相信西医,近来也颇有些望而却步了。

前几天和季茀谈起这些事,并且说,我的病,只要有熟人开一个方就好,用不着向什么博士花冤枉钱。第二天,他就给我请了正在继续研究的Dr.H.来了。开了一个方,自然要用稀盐酸，还有两样这里无须说；我所最感谢的是又加些 Simpel 使我喝得甜甜的，不为难。向药房去配药，可又成为问题了，因为药房也不免有模模糊糊的，他所没有的药品，也许就替换，或者竟删除。结果是托 Fraeulein H.远远地跑到较大的药房去。

这样一办，加上车钱，也还要比医院的药价便宜到四分之三。

胃酸得了外来的生力军，强盛起来，一瓶药还未喝完，痛就停止了。我决定多喝它几天。但是，第二瓶却奇怪，同一的药房，同一的药方，药味可是不同一了；不像前一回的甜，也不酸。我检查我自己，并不发热，舌苔也不厚，这分明是药水有些蹊跷。喝了两回，坏处倒也没有；幸而不是急病，不大要紧，便照例将它喝完。去买第三瓶时，却附带了严重的质问；那回答是：也许糖分少了一点罢。这意思就是说紧要的药品没有错。中国的事情真是稀奇，糖分少一点，不但不甜，连酸也不酸了，的确是“特别国情”。

现在多攻击大医院对于病人的冷漠，我想，这些医院，将病人当作研究品，大概是有的，还有在院里的“高等华人”，将病人看作下等研究品，大概也是有的。不愿意的，只好上私人所开的医院去，可是诊金药价都很贵。请熟人开了方去买药呢，药水也会先后不同起来。

这是人的问题。做事不切实，便什么都可疑。吕端大事不糊涂，犹言小事不妨糊涂点，这自然很足以显示我们中国人的雅量，然而我的胃痛却因此延长了。在宇宙的森罗万象中，我的胃痛当然不过是小事，或者简直不算事。

质问之后的第三瓶药水，药味就同第一瓶一样了。先前的闷葫芦，到此就很容易打破，就是那第二瓶里，是只有一日分的药，却加了两日分的水的，所以药味比正当的要薄一半。

虽然连吃药也那么蹭蹬，病却也居然好起来了。病略见好，H 就攻击我头发长，说为什么不赶快去剪发。

这种攻击是听惯的，照例“着毋庸议”。但也不想用功，只是清理抽屉。翻翻废纸，其中有一束纸条，是前几年抄写的；这很使我觉得自己也日懒一日了，现在早不想做这类事。那时大概是想要做一篇攻击近时印书，胡乱标点之谬的文章的，废纸中就抄有很奇妙的例子。要塞进字纸篓里时，觉得有几条总还是爱不忍释，现在抄几条在这里，马上印出，以便“有目共赏”罢。其余的便作为换取火柴之助——

“国朝陈锡路黄嬭余话云。唐傅奕考覈道经众本。有项羽妾。本齐武平五年彭城人。开项羽妾冢。得之。”（上海进步书局石印本《茶香室丛钞》卷四第二叶。）

“国朝欧阳泉点勘记云。欧阳修醉翁亭。记让泉也。本集及滁州石刻。并同诸选本。作酿泉。误也。”(同上卷八第七叶。)

“袁石公典试秦中。后颇自悔。其少做诗文。皆粹然一出于正。”(上海士林精舍石印本《书影》卷一第四叶。)

“考……顺治中,秀水又有一陈忱,……著诚斋诗集,不出户庭,录读史随笔,同姓名录诸书。”(上海亚东图书馆排印本《水浒续集两种序》第七叶。)

标点古文,确是一种小小的难事,往往无从下笔;有许多处,我常疑心即使请作者自己来标点,怕也不免于迟疑。但上列的几条,却还不至于那么无从索解。末两条的意义尤显豁,而标点也弄得更聪明。

六月二十六日

晴。

上午,得霁野从他家乡寄来的信,话并不多,说家里有病人,别的一切人也都在毫无防备的将被疾病袭击的恐怖中;末尾还有几句感慨。

午后,织芳从河南来,谈了几句,匆匆忙忙地就走了,放下两个包,说这是“方糖”,送你吃的,怕不见得好。织芳这一回有点发胖,又这么忙,又穿着方马褂,我恐怕他将要做官了。

打开包来看时,何尝是“方”的,却是圆圆的小薄片,黄棕色。吃起来又凉又细腻,确是好东西。但我不明白织芳为什么叫它“方糖”?但这也就可以作为他将要做官的一证。

景宋说这是河南一处什么地方的名产,是用柿霜做成的;性凉,如果嘴角上生些小疮之类,用这一搽,便会好。怪不得有这么细腻,原来是凭了造化的妙手,用柿皮来滤过的。可惜到他说明的时候,我已经吃了一大半了。连忙将所余的收起,预备将来嘴角上生疮的时候,好用这来搽。

夜间,又将藏着的柿霜糖吃了一大半,因为我忽而又以为嘴角上生疮的时候究竟不很多,还不如现在趁新鲜吃一点。不料一吃,就又吃了一大半了。

六月二十八日

晴,大风。

上午出门,主意是在买药,看见满街挂着五色国旗;军警林立。走到丰盛胡同中段,被军警驱入一条小胡同中。少顷,看见大路上黄尘滚滚,一辆摩托车驰过;少顷,又是一辆;少顷,又是一辆;又是一辆;又是一辆……。车中人看不分明,但见金边帽。车边上挂着兵，有的背着扎红绸的板刀；小胡同中人都肃然有敬畏之意。又少顷，摩托车没有了，我们渐渐溜出，军警也不作声。

溜到西单牌楼大街，也是满街挂着五色国旗，军警林立。一群破衣孩子，个个拿着一把小纸片，叫道：欢迎吴玉帅号外呀！一个来叫我买，我没有买。

将近宣武门口，一个黄色制服，汗流满面的汉子从外面走进来，忽而大声道：草你妈！许多人都对他看，但他走过去了，许多人也就不看了。走进宣武门城洞下，又是一个破衣孩子拿着一把小纸片，但却默默地将一张塞给我，接来一看，是石印的李国恒先生的传单，内中大意，是说他的多年痔疮，已蒙一个国手叫作什么先生的医好了。

到了目的地的药房时，外面正有一群人围着看两个人的口角；一柄浅蓝色的旧洋伞正挡住药房门。我推那洋伞时，斤量很不轻；终于伞底下回过一个头来，问我"干什么？"我答说进去买药。他不作声，又回头去看口角去了，洋伞的位置依旧。我只好下了十二分的决心，猛力冲锋；一冲，可就冲进去了。

药房里只有账桌上坐着一个外国人，其余的店伙都是年青的同胞，服饰干净漂亮。不知怎的，我忽而觉得十年以后，他们便都要变为高等华人，而自己却现在就有下等人之感。于是乎恭恭敬敬地将药方和瓶子捧呈给一位分开头发的同胞。

"八毛五分。"他接了，一面走，一面说。

"喂！"我实在耐不住，下等脾气又发作了。药价八毛，瓶子钱照例五分，我是知道的。现在自己带了瓶子，怎么还要付五分钱呢？这一个"喂"字的功用就和国骂的"他妈的"相同，其中含有这么多的意义。

"八毛！"他也立刻懂得，将五分钱让去，真是"从善如流"，有正人君子的风度。

我付了八毛钱，等候一会，药就拿出来了。我想，对付这一种同胞，有时是不宜于太客气的。于是打开瓶塞，当面尝了一尝。

"没有错的。"他很聪明，知道我不信任他。

"唔。"我点头表示赞成。其实是，还是不对，我的味觉不至于很麻木，这回觉得太酸了一点了，他连量杯也懒得用，那稀盐酸分明已经过量。然而这于我倒毫无妨碍的，我可以每回少喝些，或者对上水，多喝它几回。所以说"唔"；"唔"者，介乎两可之间，莫名其真意之所在之答话也。

"回见回见！"我取了瓶子，走着说。

"回见。不喝水吗？"

"不喝了。回见。"

我们究竟是礼教之邦的国民,归根结底,还是礼让。让出了玻璃门之后,在大毒日头底下的尘土中趱行,行到东长安街左近,又是军警林立。我正想横穿过去,一个巡警伸手拦住道:不成!我说只要走十几步,到对面就好了。他的回答仍然是:不成!那结果,是从别的道路绕。

绕到L君的寓所前,便打门,打出一个小使来,说L君出去了,须得午饭时候才回家。我说,也快到这个时候了,我在这里等一等吧。他说:不成!你贵姓呀?这使我很狼狈,路既这么远,走路又这么难,白走一遭,实在有些可惜。我想了十秒钟,便从衣袋里挖出一张名片来,叫他进去禀告太太,说有这么一个人,要在这里等一等,可以不?约有半刻钟,他出来了,结果是:也不成!先生要三点钟才回来哩,你三点钟再来吧。

又想了十秒钟,只好决计去访C君,仍在大毒日头底下的尘土中趱行,这回总算一路无阻,到了。打门一问,来开门地答道:去看一看可在家。我想:这一次是大有希望了。果然,即刻领我进客厅,C君也跑出来。我首先就要求他请我吃午饭。于是请我吃面包,还有葡萄酒;主人自己却吃面。那结果是一盘面包被我吃得精光,虽然另有奶油,可是四碟菜也所余无几了。

吃饱了就讲闲话,直到五点钟。

客厅外是很大的一块空地方,种着许多树。一株苹果树下常有孩子们徘徊;C君说,那是在等候苹果落下来的;因为有定律:谁拾得就归谁所有。我很笑孩子们耐心,肯做这样的迂远事。然而奇怪,到我辞别出去时,我看见三个孩子手里已经各有一个苹果了。

回家看日报,上面说:"……吴在长辛店留宿一宵。除上述原因外,尚有一事,系吴由保定启程后,张其鍠曾为吴卜一课,谓二十八日入京大利,必可平定西北。二十七日入京欠佳。吴颇以为然。此亦吴氏迟一日入京之由来也。"因此又想起我今天"不成"了大半天,运气殊属欠佳,不如也卜一课,以觇晚上的休咎罢。但我不明卜法,又无筮龟,实在无从措手。后来发明了一种新法,就是随便拉过一本书来,闭了眼睛,翻开,用手指指下去,然后张开眼,看指着的两句,就算是卜辞。

用的是《陶渊明集》,如法炮制,那两句是:"寄意一言外,兹契谁能别。"详了一会,竟不知道是怎么一回事。

马上记日记

前几天会见小峰,谈到自己要在半农所编的副刊上投点稿,那名目是《马上日记》。

小峰怃然曰，回忆归在《旧事重提》中，目下的杂感就写进这日记里面去……。意思之间，似乎是说：你在《语丝》上做什么呢？——但这也许是我自己的疑心病。我那时可暗暗地想：生长在敢于吃河豚的地方的人，怎么也会这样拘泥？政党会设支部，银行会开支店，我就不会写支日记的吗？因为《语丝》上须投稿，而这暗想马上就实行了，于是乎作支日记。

六月二十九日

晴。

早晨被一个小蝇子在脸上爬来爬去爬醒，赶开，又来；赶开，又来；而且一定要在脸上的一定的地方爬。打了一回，打它不死，只得改变方针：自己起来。

记得前年夏天路过S州，那客店里的蝇群却着实使人惊心动魄。饭菜搬来时，它们先追逐着赏鉴；夜间就停得满屋，我们就枕，必须慢慢地，小心地放下头去，倘若猛然一躺，惊动了它们，便轰的一声，飞得你头昏眼花，一败涂地。到黎明，青年们所希望的黎明，那自然就照例地到你脸上来爬来爬去了。但我经过街上，看见一个孩子睡着，五六个蝇子在他脸上爬，他却睡得甜甜的，连皮肤也不牵动一下。在中国过活，这样的训练和涵养工夫是万不可少的。与其鼓吹什么“捕蝇”，倒不如练习这一种本领来得切实。

什么事都不想做。不知道是胃病没有全好呢，还是缺少了睡眠时间。仍旧懒懒的翻翻废纸，又看见几条《茶香室丛钞》式的东西。已经团入字纸篓里的了，又觉得“弃之不甘”，挑一点关于《水浒传》的，移录在这里罢——

宋洪迈《夷坚甲志》十四云：“绍兴二十五年，吴傅朋说除守安丰军，自番阳遣一卒往呼吏士，行至舒州境，见村民穰穰，十百相聚，因弛担观之。其人曰，吾村有妇人为虎衔去，其夫不胜愤，独携刀往探虎穴，移时不反，今谋往救也。久之，民负死妻归，云，初寻迹至穴，虎牝牡皆不在，有二子戏岩窦下，即杀之，而隐其中以俟。少顷，望牝者衔一人至，倒身入穴，不知人藏其中也。吾急持尾，断其一足。虎弃所衔人，踉蹡而窜；徐出视之，果吾妻也，死矣。虎曳足行数十步，堕涧中。吾复入窦伺，牡者俄咆跃而至，亦以尾先入，又如前法杀之。妻冤已报，无憾矣。乃邀邻里往视，舁四虎以归，分烹之。”案《水浒传》叙李逵沂岭杀四虎事，情状极相类，疑即本此等传说作之。《夷坚甲志》成于乾道初（1165），此条题云《舒民杀四虎》。

宋庄季裕《鸡肋编》中云：“浙人以鸭儿为大讳。北人但知鸭羹虽甚热，亦无气。后至南方，乃始知鸭若只一雄，则虽合而无卵，须二三始有子，其以为讳者，盖为是耳，不在于无气也。”案《水浒传》叙郓哥向武大索麦稃,“武大道:‘我屋里又不养鹅鸭,那里有这麦稃?’郓哥道:‘你说没麦稃,怎地栈得肥膵膵地,便颠倒提起你来也不妨,煮你在锅里也没气?’武大道:‘含鸟猢狲!倒骂得我好。我的老婆又不偷汉子,我如何是鸭?’……”鸭必多雄始孕,盖宋时浙中俗说,今已不知。然由此可知《水浒传》确为旧本,其著者则浙人;虽庄季裕,亦仅知鸭羹无气而已。《鸡肋编》有绍兴三年(1133)序,去今已将八百年。

元陈泰《所安遗集》《江南曲序》云:“余童丱时,闻长老言宋江事,未究其详。至治癸亥秋九月十六日,过梁山泊,舟遥见一峰,嵘嵲雄跨,问之篙师,曰,此安山也,昔宋江事处,绝湖为池,阔九十里,皆蕖荷菱芡,相传以为宋妻所植。宋之为人,勇悍狂侠,其党如宋者三十六人。至今山下有分赃台,置石座三十六所,俗所谓‘去时三十六,归时十八双’,意者其自誓之辞也。始予过此,荷花弥望,今无复存者,惟残香相送耳。因记王荆公诗云:‘三十六陂春水,白头想见江南。’味其词,作《江南曲》以叙游历,且以慰宋妻种荷之意云。(原注:曲因蠹损无存。)”案宋江有妻在梁山泺中,且植芰荷,仅见于此;而谓江勇悍狂侠,亦与今所传性格绝殊,知《水浒》故事,宋元来异说多矣。泰字志同,号所安,茶陵人,延祐甲寅(1314),以《天马赋》中省试第十二名,会试赐乙卯科张起岩榜进士第,由翰林庶吉士改授龙南令,卒官。至曾孙朴,始集其遗文为一卷。成化丁未,来孙铨等又并补遗重刊之。《江南曲》即在补遗中,而失其诗。近《涵芬楼秘笈》第十集收金侃手写本,则并序失之矣。“舟遥见一峰”及“昔宋江事处”二句,当有脱误,未见别本,无以正之。

七月一日

晴。

上午,空六来谈;全谈些报纸上所载的事,真伪莫辨。许多工夫之后,他走了,他所谈的我几乎都忘记了,等于不谈。只记得一件:据说吴佩孚大帅在一处宴会的席上发表,查得赤化的始祖乃是蚩尤,因为“蚩”“赤”同音,所以蚩尤即“赤尤”,“赤尤”者,就是“赤化之尤”的意思;说毕,合座为之“欢然”云。

太阳很烈,几盆小草花的叶子有些垂下来了,浇了一点水。田妈忠告我:浇花的时候是每天必须一定的,不能乱;一乱,就有害。我觉得有理,便踌躇起来;但又想,没有人在一定的时候来浇花,我又没有一定的浇花的时候,如果遵照她的学说,那些小花可只好晒死罢了。即使乱浇,总胜于不浇;即使有害,总胜于晒死吧。便继续浇下去,但心里自然也不大踊跃。下午,叶子都直起来了,似乎不甚有害,这才放了心。

灯下太热,夜间便在暗中呆坐着,凉风微动,不觉也有些“欢然”。人倘能够“超然象外”,看看报章,倒也是一种清福。我对于报章,向来就不是博览家,然而这半年来,已经很遇见了些铭心绝品。远之,则如段祺瑞执政的《二感篇》,张之江督办的《整顿学风电》,陈源教授的《闲话》;近之,则如丁文江督办(?)的自称“书呆子”演说,胡适之博士的英国庚款答问,牛荣声先生的“开倒车”论(见《现代评论》七十八期),孙传芳督军的与刘海粟先生论美术书。但这些比起赤化源流考来,却又相去不可以道里计。今年春天,张之江督办明明有电报来赞成枪毙赤化嫌疑的学生,而弄到底自己还是逃不出赤化。这很使我莫名其妙;现在既知道蚩尤是赤化的祖师,那疑团可就冰释了。蚩尤曾打炎帝,炎帝也是“赤魁”。炎者,火德也,火色赤;帝不就是首领吗?所以三一八惨案,即等于以赤讨赤,无论那一面,都还是逃不脱赤化的名称。

这样巧妙的考证天地间委实不很多,只记得先前在日本东京时,看见《读卖新闻》上逐日登载着一种大著作,其中有黄帝即亚伯拉罕的考据。大意是日本称油为“阿蒲拉”(Abura),油的颜色大概是黄的,所以“亚伯拉”就是“黄”。至于“帝”,是与“罕”形近,还是与“可汗”音近呢,我现在可记不真确了,总之:阿伯拉罕即油帝,油帝就是黄帝而已。篇名和作者,现在也都忘却,只记得后来还印成一本书,而且还只是上卷。但这考据究竟还过于弯曲,不深究也好。

七月二日

晴。

午后,在前门外买药后,绕到东单牌楼的东亚公司闲看。这虽然不过是顺便贩卖一点日本书,可是关于研究中国的就已经很不少。因为或种限制,只买了一本安冈秀夫所做的《从小说看来的支那民族性》就走了,是薄薄的一本书,用大红深黄做装饰的,价一元二角。

傍晚坐在灯下,就看看那本书,他所引用的小说有三十四种,但其中也有其实并非小说和分一部为几种的。蚊子来叮了好几口,虽然似乎不过一两个,但是坐不住了,点起蚊烟香来,这才总算渐渐太平下去。

安冈氏虽然很客气,在绪言上说,“这样的也不仅只支那人,便是在日本,怕也有难于漏网的。”但是,“一测那程度的高下和范围的广狭,则即使夸称为支那的民族性,也毫无应该顾忌的处所,”所以从支那人的我看来,的确不免汗流浃背。只要看目录就明白了:一,总说;二,过度置重于体面和仪容;三,安运命而肯罢休;四,能耐能忍;五,乏同情心多残忍性;六,个人主义和事大主义;七,过度的俭省和不正的贪财;八,泥虚礼而尚虚文;

九，迷信深；十，耽享乐而淫风炽盛。

他似乎很相信 Smith 的《Chinese Characteristies》，常常引为典据。这书在他们，二十年前就有译本，叫作《支那人气质》；但是支那人的我们却不大有人留心它。第一章就是 Smith 说，以为支那人是颇有点做戏气味的民族，精神略有亢奋，就成了戏子样，一字一句，一举手一投足，都装模作样，出于本心的分量，倒还是撑扬面的分量多。这就是因为太重体面了，总想将自己的体面弄得十足，所以敢于做出这样的言语动作来。总而言之，支那人的重要的国民性所成的复合关键，便是这"体面"。

我们试来博观和内省，便可以知道这话并不过于刻毒。相传为戏台上的好对联，是"戏场小天地，天地大戏场"。大家本来看得一切事不过是一出戏，有谁认真的，就是蠢物。但这也并非专由积极的体面，心有不平而怯于报复，也便以万事是戏的思想了之。万事既然是戏，则不平也非真，而不报也非怯了。所以即使路见不平，不能拔刀相助，也还不失其为一个老牌的正人君子。

我所遇见的外国人，不知道可是受了 Smith 的影响，还是自己实验出来的，就很有几个留心研究着中国人之所谓"体面"或"面子"。但我觉得，他们实在是已经早有心得，而且应用了，倘若更加精深圆熟起来，则不但外交上一定胜利，还要取得上等"支那人"的好感情。这时须连"支那人"三个字也不说，代以"华人"，因为这也是关于"华人"的体面的。

我还记得民国初年到北京时，邮局门口的匾额是写着"邮政局"的，后来外人不干涉中国内政的叫声高起来，不知道是偶然还是什么，不几天，都一律改了"邮务局"了。外国人管理一点邮"务"，实在和内"政"不相干，这一出戏就一直唱到现在。

向来，我总不相信国粹家道德家之类的痛哭流涕是真心，即使眼角上确有珠泪横流，也须检查他手巾上可浸着辣椒水或生姜汁。什么保存国故，什么振兴道德，什么维持公理，什么整顿学风……心里可真是这样想？一做戏，则前台的架子，总与在后台的面目不相同。但看客虽然明知是戏，只要做得像，也仍然能够为它悲喜，于是这出戏就做下去了；有谁来揭穿的，他们反以为扫兴。

中国人先前听到俄国的"虚无党"三个字，便吓得屁滚尿流，不下于现在之所谓"赤化"。其实是何尝有这么一个"党"；只是"虚无主义者"或"虚无思想者"却是有的，是都介涅夫(I.Turgeniev)给创立出来的名目，指不信神，不信宗教，否定一切传统和权威，要复归那出于自由意志的生活的人物而言。但是，这样的人物，从中国人看来也就已经可恶了。然而看看中国的一些人，至少是上等人，他们的对于神，宗教，传统的权威，是"信"和

“从”呢，还是“怕”和“利用”？只要看他们的善于变化，毫无特操，是什么也不信从的，但总要摆出和内心两样的架子来。要寻虚无党，在中国实在很不少；和俄国的不同的处所，只在他们这么想，便这么说，这么做，我们的确虽然这么想，却是那么说，在后台这么做，到前台又那么做……。将这种特别人物，另称为“做戏的虚无党”或“体面的虚无党”以示区别罢，虽然这个形容词和下面的名词万万联不起来。

夜，寄品青信，托他向孔德学校去代借《闾邱辨囿》。

夜半，在决计睡觉之前，从日历上将今天的一张撕去，下面这一张是红印的。我想，明天还是星期六，怎么便用红字了呢？仔细看时，有两行小字道：“马厂誓师再造共和纪念”。我又想，明天可挂国旗呢？……于是，不想什么，睡下了。

七月三日

晴。

热极，上半天玩，下半天睡觉。

晚饭后在院子里乘凉，忽而记起万牲园，因此说：那地方在夏天倒也很可看，可惜现在进不去了。田妈就谈到那管门的两个长人，说最长的一个是她的邻居，现在已经被美国人雇去，往美国了，薪水每月有一千元。

杨振声

这话给了我一个很大的启示。我先前看见《现代评论》上保举十一种好著作，杨振声先生的小说《玉君》即是其中的一种，理由之一是因为做得“长”。我于这理由一向总有些隔膜，到七月三日即“马厂誓师再造共和纪念”的晚上这才明白了：“长”，是确有价值的。《现代评论》的以“学理和事实”并重自许，确也说得出，做得到。

今天到我的睡觉时为止，似乎并没有挂国旗，后半夜补挂与否，我不知道。

七月四日

晴。

早晨，仍然被一个蝇子在脸上爬来爬去爬醒，仍然赶不走，仍然只得自己起来。品青的回信来了，说孔德学校没有《闾邱辨囿》。

也还是因为那一本《从小说看来的支那民族性》。因为那里面讲到中国的肴馔，所以也就想查一查中国的肴馔。我于此道向来不留心，所见过的旧记，只有《礼记》里的所谓“八珍”，《酉阳杂俎》里的一张御赐菜账和袁枚名士的《随园食单》。元朝有和斯辉的《饮馔正要》，只站在旧书店头翻了一番，大概是元版的，所以买不起。唐朝的呢，有杨煜的《膳夫经手录》，就收在《闾邱辨囿》中。现在这书既然借不到，只好拉倒了。

近年尝听到本国人和外国人颂扬中国菜，说是怎样可口，怎样卫生，世界上第一，宇宙间第 n。但我实在不知道怎样的是中国菜。我们有几处是嚼葱蒜和杂合面饼，有几处是用醋，辣椒，腌菜下饭；还有许多人是只能舐黑盐，还有许多人是连黑盐也没得舐。中外人士以为可口，卫生，第一而第 n 的，当然不是这些；应该是阔人，上等人所吃的肴馔。但我总觉得不能因为他们这么吃，便将中国菜考列一等，正如去年虽然出了两三位“高等华人”，而别的人们也还是“下等”的一般。

安冈氏的论中国菜，所引据的是威廉士的《中国》（《Middle Kingdom by Williams》），在最末《耽享乐而淫风炽盛》这一篇中。其中有这么一段——

“这好色的国民，便在寻求食物的原料时，也大概以所想象的性欲底效能为目的。从国外输入的特殊产物的最多数，就是认为含有这种效能的东西。……在大宴会中，许多菜单的最大部分，即是想象为含有或种特殊的强壮剂底性质的奇妙的原料所做。……”

我自己想，我对于外国人的指摘本国的缺失，是不很发生反感的，但看到这里却不能不失笑。筵席上的中国菜诚然大抵浓厚，然而并非国民的常食；中国的阔人诚然很多淫昏，但还不至于将肴馔和壮阳药并合。“纣虽不善，不如是之甚也。”研究中国的外国人，想得太深，感到太敏，便常常得到这样——比“支那人”更有性底敏感——的结果。

安冈氏又自己说——

“笋和支那人的关系，也与虾正相同。彼国人的嗜笋，可谓在日本人以上。虽然是可笑的话，也许是因为那挺然翘然的姿势，引起想象来的罢。”

会稽至今多竹。竹，古人是很宝贵的，所以曾有“会稽竹箭”的话。然而宝贵它的原因是可以做箭，用于战斗，并非因为它“挺然翘然”像男根。多竹，即多笋；因为多，那价钱就和北京的白菜差不多。我在故乡，就吃了十多年笋，现在回想，自省，无论如何，总是丝毫也寻不出吃笋时，爱它“挺然翘然”的思想的影子来。因为姿势而想象它的效能的东西是有一种的，就是肉苁蓉，然而那是药，不是菜。总之，笋虽然常见于南边的竹林中和食桌上,正如街头的电杆和屋里的柱子一般,虽“挺然翘然”,和色欲的大小大概是没有什么关系的。

然而洗刷了这一点,并不足证明中国人是正经的国民。要得结论,还很费周折罢。可是中国人偏不肯研究自己。安冈氏又说,“去今十余年前,有……称为《留东外史》这一种不知作者的小说,似乎是记事实,大概是以恶意地描写日本人的行为不道德为目的的。然而通读全篇,较之攻击日本人,倒是不识不知地将支那留学生的不品行,特地费了力招供出来的地方更其多,是滑稽的事。”这是真的,要证明中国人的不正经,倒在自以为正经地禁止男女同学,禁止模特儿这些事件上。

我没有恭逢过奉陪“大宴会”的光荣,只是经历了几回中宴会,吃些燕窝鱼翅。现在回想,宴中宴后,倒也并不特别发生好色之心。但至今觉得奇怪的,是在炖,蒸,煨的烂熟的肴馔中间,夹着一盘活活的醉虾。据安冈氏说,虾也是与性欲有关系的;不但从他,我在中国也听到过这类话。然而我之所以为奇怪的,是在这两极端的错杂,宛如文明烂熟的社会里,忽然分明现出茹毛饮血的蛮风来。而这蛮风,又并非将由野蛮进向文明,乃是已由文明落向野蛮,假如比前者为白纸,将由此开始写字,则后者便是涂满了字的黑纸罢。一面制礼作乐,尊孔读经,“四千年声明文物之邦”,真是火候恰到好处了,而一面又坦然地放火杀人,奸淫掳掠,做着虽蛮人对于同族也还不肯做的事……全个中国,就是这样的一席大宴会!

我以为中国人的食物,应该去掉煮得烂熟,萎靡不振的;也去掉全生,或全活的。应该吃些虽然熟,然而还有些生的带着鲜血的肉类……。

正午,照例要吃午饭了,讨论中止。菜是:干菜,已不“挺然翘然”的笋干,粉丝,腌菜。对于绍兴,陈源教授所憎恶的是“师爷”和“刀笔吏的笔尖”,我所憎恶的是饭菜。《嘉泰会稽志》已在石印了,但还未出版,我将来很想查一查,究竟绍兴遇着过多少回大饥馑,竟这样地吓怕了居民,仿佛明天便要到世界末日似的,专喜欢储藏干物品。有菜,就晒干;有鱼,也晒干;有豆,又晒干;有笋,又晒得它不像样;菱角是以富于水分,肉嫩而脆为特色的,也还要将它风干……。听说探险北极的人,因为只吃罐头食物,得不到新东西,常常要生坏血病;倘若绍兴人肯带了干菜之类去探险,恐怕可以走得更远一点罢。

晚,得乔峰信并丛芜所译的布宁的短篇《轻微的欷歔》稿,在上海的一个书店里默默地躺了半年,这回总算设法讨回来了。

中国人总不肯研究自己。从小说来看民族性,也就是一个好题目。此外,则道士思想(不是道教,是方士)与历史上大事件的关系,在现今社会上的势力;孔教徒怎样使“圣道"变得和自己的无所不为相宜;战国游士说动人主的所谓"利""害"是怎样的,和现今的政客有无不同;中国从古到今有多少文字狱;历来"流言"的制造散布法和校验等等……可以研究的新方面实在多。

七月五日

晴。

晨,景宋将《小说旧闻钞》的一部分理清送来。自己再看了一遍,到下午才毕,寄给小峰付印。天气实在热得可以。

觉得疲劳。晚上,眼睛怕见灯光,熄了灯躺着,仿佛在享福。听得有人打门,连忙出去开,却是谁也没有,跨出门去根究,一个小孩子已在暗中逃远了。

关了门,回来,又躺下,又仿佛在享福。一个行人唱着戏文走过去,余音袅袅,道,"咿,咿,咿!"不知怎的忽然想起今天校过的《小说旧闻钞》里的强汝询老先生的议论来。这位先生的书斋就叫作求有益斋,则在那斋中写出来的文章的内容,也就可想而知。他自己说,诚不解一个人何以无聊到要做小说,看小说。但于古小说的判决却从宽,因为他古,而且昔人已经著录了。

憎恶小说的也不只是这位强先生,诸如此类的高论,随在可以闻见。但我们国民的学问,大多数却实在靠着小说,甚至于还靠着从小说编出来的戏文。虽是崇奉关岳的大人先生们,倘问他心目中的这两位"武圣"的仪表,怕总不免是细着眼睛的红脸大汉和五绺长须的白面书生,或者还穿着绣金的缎甲,脊梁上还插着四张尖角旗。

近来确是上下同心,提倡着忠孝节义了,新年到庙市上去看年画,便可以看见许多新制的关于这类美德的图。然而所画的古人,却没有一个不是老生,小生,老旦,小旦,末,外,花旦……。

七月六日

晴。

午后,到前门外去买药。配好之后,付过钱,就站在柜台前喝了一回份。其理由有三:一,已经停了一天了,应该早喝;二,尝尝味道,是否不错的;三,天气太热,实在有点口渴了。

不料有一个买客却看得奇怪起来。我不解这有什么可以奇怪的;然而他竟奇怪起来了,悄悄地向店伙道:

“那是戒烟药水罢?”

“不是的!”店伙替我维持名誉。

“这是戒大烟的罢?”他于是直接地问我了。

我觉得倘不将这药认作“戒烟药水”,他大概是死不瞑目的。人生几何,何必固执,我便似点非点的将头一动,同时请出我那“介乎两可之间”的好回答来:

“唔唔……”。

这既不伤店伙的好意,又可以聊慰他热烈的期望,该是一帖妙药。果然,从此万籁无声,天下太平,我在安静中塞好瓶塞,走到街上了。

到中央公园,径向约定的一个僻静处所,寿山已先到,略一休息,便开手对译《小约翰》。这是一本好书,然而得来却是偶然的事。大约二十年前,我在日本东京的旧书店头买到几十本旧的德文文学杂志,内中有着这书的介绍和作者的评传,因为那时刚译成德文。觉得有趣,便托丸善书店去买来了;想译,没有这力。后来也常常想到,但总为别的事情岔开;直到去年,才决计在暑假中将它译好,并且登出广告去,而不料那一暑假过得比别的时候还艰难。今年又记得起来,翻检一过,疑难之处很不少,还是没有这力。问寿山可肯同译,他答应了,于是开手;并且约定,必须在这暑假期中译完。

晚上回家,吃了一点饭,就坐在院子里乘凉。田妈告诉我,今天下午,斜对门的谁家的婆婆和儿媳大吵了一通嘴。据她看来,婆婆自然有些错,但究竟是儿媳妇太不合道理了。问我的意思,以为何如。我先就没有听清吵嘴的是谁家,也不知道是怎样的两个婆媳,更没有听到她们的来言去语,明白她们的旧根新仇。现在要我加以裁判,委实有点不敢自信,况且我又向来并不是批评家。我于是只得说:这事我无从断定。

但是这句话的结果很坏。在昏暗中,虽然看不见脸色,耳朵中却听到:一切声音都寂然了。静,沉闷的静;后来还有人站起,走开。

我也无聊地慢慢地站起,走进自己的屋子里,点了灯,躺在床上看晚报;看了几行,又无聊起来了,便碰到东壁下去写日记,就是这《马上记日记》。

院子里又渐渐地有了谈笑声,说论声。

今天的运气似乎很不佳:路人冤我喝“戒烟药水”,田妈说我……。她怎么说,我不知道。但愿从明天起,不再这样。

马上日记之二

七月七日

晴。

每日的阴晴，实在写得自己也有些不耐烦了，从此想不写。好在北京的天气，大概总是晴的时候多；如果是梅雨期内，那就上午晴，午后阴，下午大雨一阵，听到泥墙倒塌声。不写也罢，又好在我这日记，将来绝不会有气象学家拿去做参考资料的。

上午访素园，谈谈闲天，他说俄国有名的文学者毕力涅克（Boris Piliniak）上月已经到过北京，现在是走了。

我单知道他曾到日本，却不知道他也到中国来。

这两年中，就我所听到的而言，有名的文学家来到中国的有四个。第一个自然是那最有名的泰戈尔即“竺震旦”，可惜被戴印度帽子的震旦人弄得一塌糊涂，终于莫名其妙而去；后来病倒在意大利，还电召震旦“诗哲”前往，然而也不知道“后事如何”。现在听说又有人要将甘地扛到中国来了，这坚苦卓绝的伟人，只在印度能生，在英国治下的印度能活的伟人，又要在震旦印下他伟大的足迹。但当他精光的脚还未踏着华土时，恐怕乌云已在出岫了。

其次是西班牙的伊本纳兹（Blasco Ibáñnez），中国倒也早有人介绍过；但他当欧战时，是高唱人类爱和世界主义的，从今年全国教育联合会的议案看来，他实在很不适宜于中国，当然谁也不理他，因为我们的教育家要提倡民族主义了。

还有两个都是俄国人。一个是斯吉泰烈支（Skitalez），一个就是毕力涅克。两个都是假名字。斯吉泰烈支是流亡在外的。毕力涅克却是苏联的作家，但据他自传，从革命的第一年起，就为着买面包粉忙了一年多。以后，便做小说，还吸过鱼油，这种生活，在中国大概便是整日叫穷的文学家也未必梦想到。

他的名字，任国桢君辑译的《苏俄的文艺论战》里是出现过的，作品的译本却一点也没有。日本有一本《伊凡和马理》（《Ivan and Maria》），格式很特别，单是这一点，在中国的眼睛——中庸的眼睛——里就看不惯。文法有些欧化，有些人尚且如同眼睛里著了玻璃粉，何况体式更奇于欧化。悄悄地自来自去，实在要算是造化的。

还有，在中国，姓名仅仅一见于《苏俄的文艺论战》里的里培进司基（U.Libedin-sky），日本却也有他的小说译出了，名曰《一周间》。他们的介绍之速而且多实在可骇。我们的武人以他们的武人为祖师，我们的文人却毫不学他们文人的榜样，这就可预卜中国将来一定比日本太平。

但据《伊凡和马理》的译者尾濑敬止氏说，则作者的意思，是以为“苹果的花，在旧院落中也开放，大地存在间，总是开放”的。那么，他还是不免于念旧。然而他眼见，身历了革命了，知道这里面有破坏，有流血，有矛盾，但也并非无创造，所以他绝没有绝望之心。这正是革命时代的活着的人的心。诗人勃洛克(Alexander Block)也如此。他们自然是苏联的诗人，但若用了纯马克思流的眼光来批评，当然也还是很有可议的处所。不过我觉得托罗兹基(Trotsky)的文艺批评，倒还不至于如此森严。

可惜我还没有看过他们最新的作者的作品《一周间》。

革命时代总要有许多文艺家萎黄，有许多文艺家向新的山崩地塌般的大波冲进去，乃仍被吞没，或者受伤。被吞没的消灭了；受伤地生活着，开拓着自己的生活，唱着苦痛和愉悦之歌。待到这些逝去了，于是现出一个较新的新时代，产出更新的文艺来。

中国自民元革命以来，所谓文艺家，没有萎黄的，也没有受伤的，自然更没有消灭，也没有苦痛和愉悦之歌。这就是因为没有新的山崩地塌般的大波，也就是因为没有革命。

七月八日

上午，往伊东医士寓去补牙，等在客厅里，有些无聊。四壁只挂着一幅织出的画和两副对，一副是江朝宗的，一副是王芝祥的。署名之下，各有两颗印，一颗是姓名，一颗是头衔；江的是“迪威将军”，王的是“佛门弟子”。

午后，密斯高来，适值毫无点心，只得将宝藏着的搽嘴角生疮有效的柿霜糖装在碟子里拿出去。我时常有点心，有客来便请他吃点心；最初是“密斯”和“密斯得”一视同仁，但密斯得有时委实利害，往往吃得很彻底，一个不留，我自己倒反有“向隅”之感。如果想吃，又须出去买来。于是很有戒心了，只得改变方针，有万不得已时，则以落花生代之。这一着很有效，总是吃得不多，既然吃不多，我便开始敦劝了，有时竟劝得怕吃落花生如织芳之流，至于因此逡巡逃走。从去年夏天发明了这一种花生政策以后，至今还在继续厉行。但密斯们却不在此限，她们的胃似乎比他们要小五分之四，或者消化力要弱到十分之八，很小的一个点心，也大抵要留下一半，倘是一片糖，就剩下一角。拿出来陈列片时，吃去一点，于我的损失是极微的，“何必改作”？

密斯高是很少来的客人，有点难于执行花生政策。恰巧又没有别的点心，只好献出柿霜糖去了。这是远道携来的名糖,当然可以见得郑重。

我想,这糖不大普通,应该先说明来源和功用。但是,密斯高却已经一目了然了。她说:这是出在河南汜水县的;用柿霜做成。颜色最好是深黄;倘是淡黄,那便不是纯柿霜。这很凉,如果嘴角这些地方生疮的时候,便含着,使它渐渐从嘴角流出,疮就好了。

她比我耳食所得的知道得更清楚,我只好不作声,而且这时才记起她是河南人。请河南人吃几片柿霜糖,正如请我喝一小杯黄酒一样,真可谓“其愚不可及也”。

茭白的心里有黑点的,我们那里称为灰茭,虽是乡下人也不愿意吃,北京却用在大酒席上。卷心白菜在北京论斤论车地卖,一到南边,便根上系着绳,倒挂在水果铺子的门前了,买时论两,或者半株,用处是放在阔气的火锅中,或者给鱼翅垫底。但假如有谁在北京特地请我吃灰茭,或北京人到南边时请他吃煮白菜,则即使不至于称为“笨伯”,也未免有些乖张罢。

但密斯高居然吃了一片,也许是聊以敷衍主人的面子的。到晚上我空口坐着,想:这应该请河南以外的别省人吃的,一面想,一面吃,不料这样就吃完了。

凡物总是以希为贵。假如在欧美留学,毕业论文最好是讲李太白,杨朱,张三;研究萧伯讷,威尔士就不大妥当,何况但丁之类。《但丁传》的作者跋式莱尔(A.J.Butler)就说关于但丁的文献实在看不完。待到回了中国,可就可以讲讲萧伯讷,威尔士,甚而至于莎士比亚了。何年何月自己曾在曼殊斐儿墓前痛哭,何月何日何时曾在何处和法兰斯点头,他还拍着自己的肩头说道:你将来要有些像我的!至于“四书”“五经”之类,在本地似乎究以少谈为是。虽然夹些“流言”在内,也未必便于“学理和事实”有妨。

记“发薪”

下午,在中央公园里和C君做点小工作,突然得到一位好意的老同事的警报,说,部里今天发给薪水了,计三成;但必须本人亲身去领,而且须在三天以内。

否则?

否则怎样,他却没有说。但这是“洞若观火”的,否则,就不给。

只要有银钱在手里经过,即使并非檀越的布施,人是也总爱逞逞威风的,要不然,他们也许要觉到自己的无聊,渺小。明明有物品去抵押,当铺却用这样的势利脸和高柜台;明明用银圆去换铜圆,钱摊却贴着“收买现洋”的纸条,隐然以“买主”自命。钱票当然应该可以到负责的地方去换现钱,而有时却规定了极短的时间,还要领签,排班,等候,受气;军警督压着,手里还有国粹的皮鞭。

不听话吗?不但不得钱,而且要打了!

我曾经说过,中华民国的官,都是平民出身,并非特别种族。虽然高尚的文人学士或新闻记者们将他们看作异类,以为比自己格外奇怪,可鄙可嗤;然而从我这几年的经验看来,却委实不很特别,一切脾气,却与普通的同胞差不多,所以一到经手银钱的时候,也还是照例有一点借此威风一下的嗜好。

"亲领"问题的历史,是起源颇古的,中华民国十一年,就因此引起过方玄绰的牢骚,我便将这写了一篇《端午节》。但历史虽说如同螺旋,却究竟并非印版,所以今之与昔,也还是小有不同。在昔盛世,主张"亲领"的是"索薪会"——呜呼,这些专门名词,恕我不暇一一解释了,而且纸张也可惜。——的骁将,昼夜奔走,向国务院呼号,向财政部坐讨,一旦到手,对于没有一同去索的人的无功受禄,心有不甘,用此给吃一点小苦头的。其意若曰,这钱是我们讨来的,就同我们的一样;你要,必得到这里来领布施。你看施衣施粥,有施主亲自送到受惠者的家里去的吗?

然而那是盛世的事。现在是无论怎么"索",早已一文也不给了,如果偶然"发薪",那是意外的上头的嘉惠,和什么"索"丝毫无关。不过临时发布"亲领"命令的施主却还有,只是已非善于索薪的骁将,而是天天"画到",未曾另谋生活的"不贰之臣"了。所以,先前的"亲领"是对于没有同去索薪的人们的罚,现在的"亲领"是对于不能空着肚子,天天到部的人们的罚。

但这不过是一个大意,此外的事,倘非身临其境,实在有些说不清。譬如一碗酸辣汤,耳闻口讲的,总不如亲自呷一口的明白。近来有几个心怀叵测的名人间接忠告我,说我去年作文,专和几个人闹意见,不再论及文学艺术,天下国家,是可惜的。殊不知我近来倒是明白了,身历其境的小事,尚且参不透,说不清,更何况那些高尚伟大,不甚了然的事业?我现在只能说说较为切己的私事,至于冠冕堂皇如所谓"公理"之类,就让公理专家去消遣罢。

总之,我以为现在的"亲领"主张家,已颇不如先前了,这就是"孤桐先生"之所谓"每况愈下"。而且便是空牢骚如方玄绰者,似乎也已经很寥寥了。

"去!"我一得警报,便走出公园,跳上车,径奔衙门去。

一进门,巡警就给我一个立正举手的敬礼,可见做官要做得较大,虽然阔别多日,他们也还是认识的。到里面,不见什么人,因为办公时间已经改在上午,大概都已亲领了回家了。觅得一位听差,问明了"亲领"的规则,是先到会计科去取得条子,然后拿了这条子，到花厅里去领钱。

就到会计科，一个部员看了一看我的脸，便翻出条子来。我知道他是老部员，熟识同人，负着“验明正身”的重大责任的；接过条子之后，我便特别多点了两个头，以表示告别和感谢之至意。

其次是花厅了，先经过一个边门，只见上帖纸条道：“丙组”，又有一行小注是“不满百元”。我看自己的条子上，写的是九十九元，心里想，这真是“人生不满百，常怀千岁忧。……”同时便直撞进去。看见一个和我差不多大的官，说到这“不满百元”是指全俸而言，我的并不在这里，是在里间。

就到里间，那里有两张大桌子，桌旁坐着几个人，一个熟识的老同事就招呼我了；拿出条子去，签了名，换得钱票，总算一帆风顺。这组的旁边还坐着一位很胖的官，大概是监督者，因为他敢于解开了官纱——也许是纺绸，我不大认识这些东西。——小衫，露着胖得拥成折叠的胸肚，使汗珠雍容地越过了折叠往下流。

这时我无端有些感慨，心里想，大家现在都说“灾官”“灾官”，殊不知“心广体胖”的还不在少呢。便是两三年前教员正嚷索薪的时候，学校的教员预备室里也还有人因为吃得太饱了，咳的一声，胃中的气体从嘴里反叛出来。

走出外间，那一位和我差不多大的官还在，便拉住他发牢骚。

“你们怎么又闹这些玩艺儿了？”我说。

“这是他的意思……。”他和气地回答，而且笑嘻嘻的。

“生病的怎么办呢？放在门板上抬来吗？”

“他说：这些都另法办理……。”

我是一听便了然的，只是在“门——衙门之门——外汉”怕不易懂，最好是再加上一点注解。这所谓“他”者，是指总长或次长而言。此时虽然似乎所指颇朦胧，但再掘下去，便可以得到指实，但如果再掘下去，也许又要更朦胧。总而言之，薪水既经到手，这些事便应该“适可而止，毋贪心也”的，否则，怕难免有些危机。即如我的说了这些话，其实就已经不大妥。

于是我退出花厅，却又遇见几个旧同事，闲谈了一回。知道还有“戊组”，是发给已经死了的人的薪水的，这一组大概无须“亲领”。又知道这一回提出“亲领”律者，不但“他”，也有“他们”在内。所谓“他们”者，粗粗一听，很像“索薪会”的头领们，但其实也不然，因为衙门里早就没有什么“索薪会”，所以这一回当然是别一批新人物了。

我们这回“亲领”的薪水，是中华民国十三年二月份的。因此，事前就有了两种学说。

一,即作为十三年二月的薪水发给。然而还有新来的和新近加俸的呢,可就不免有向隅之感。于是第二种新学说自然起来:不管先前,只作为本年六月份的薪水发给。不过这学说也不大妥,只是"不管先前"这一句,就很有些疵病。

这个办法,先前也早有人苦心经营过。去年章士钊将我免职之后,自以为在地位上已经给了一个打击,连有些文人学士们也喜得手舞足蹈。然而他们究竟是聪明人,看过"满床满桌满地"的德文书的,即刻又悟到我单是抛了官,还不至于一败涂地,因为我还可以得欠薪,在北京生活。于是他们的司长刘百昭便在部务会议席上提出,要不发欠薪,何月领来,便作为何月的薪水。这办法如果实行,我的受打击是颇大的,因为就受着经济的迫压。然而终于也没有通过。那致命伤,就在"不管先前"上;而刘百昭们又不肯自称革命党,主张不管什么,都重新来一回。

所以现在每一领到政费,所发的也还是先前的钱;即使有人今年不在北京了,十三年二月间却在,实在也有些难于说是现今不在,连那时的曾经在此也不算了。但是,既然又有新的学说起来,总得采纳一点,这采纳一点,也就是调和一些。因此,我们这回的收条上,年月是十三年二月的,钱的数目是十五年六月的。

这么一来,既然并非"不管先前",而新近升官或加俸的又可以多得一点钱,可谓比较的周到。于我是无益也无损,只要还在北京,拿得出"正身"来。

翻开我的简单日记一查,我今年已经收了四回俸钱了:第一次三元;第二次六元;第三次八十二元五角,即二成五,端午节的夜里收到的;第四次三成,九十九元,就是这一次。再算欠我的薪水,是大约还有九千二百四十元,七月份还不算。

我觉得已是一个精神上的财主;只可惜这"精神文明"是不很可靠的,刘百昭就来动摇过。将来遇见善于理财的人,怕还要设立一个"欠薪整理会",里面坐着几个人物,外面挂着一块招牌,使凡有欠薪的人们都到那里去接洽。几天或几月之后,人不见了,接着连招牌也不见了;于是精神上的财主就变了物质上的穷人了。

但现在却还的确收了九十九元,对于生活又较为放心,趁闲空来发一点议论再说。

七月二十一日。

记谈话

鲁迅先生快到厦门去了,虽然他自己说或者因天气之故而不能在那里久住,但至少总有半年或一年不在北京,这实在是我们认为很使人留恋的一件事。八月二十二日,女子师范大学学生会举行毁校周年纪念，鲁迅先生到会，曾有一番演说，我恐怕这是他此次在京最后的一回公开讲演，因此把它记下来，表示我一点微弱的纪念的意思。人们一提到鲁迅先生，或者不免觉得他稍微有一点过于冷静，过于默视的样子，而其实他是无时不充满着热烈的希望，发挥着丰富的感情的。在这一次谈话里，尤其可以显明地看出他的主张；那么，我把他这一次的谈话记下，作为他出京的纪念，也许不是完全没有重大的意义罢。我自己，为免得老实人费心起见，应该声明一下：那天的会，我是以一个小小的办事员的资格参加的。

（培良）

我昨晚上在校《工人绥惠略夫》，想要另印一回，睡得太迟了，到现在还没有很醒；正在校的时候，忽然想到一些事情，弄得脑子里很混乱，一直到现在还是很混乱，所以今天恐怕不能有什么多的话可说。

提到我翻译《工人绥惠略夫》的历史，倒有点有趣。十二年前，欧洲大混战开始了，后来我们中国也参加战事，就是所谓“对德宣战”；派了许多工人到欧洲去帮忙；以后就打胜了，就是所谓“公理战胜”。中国自然也要分得战利品，——有一种是在上海的德国商人的俱乐部里的德文书，总数很不少，文学居多，都搬来放在午门的门楼上。教育部得到这些书，便要整理一下，分类一下，——其实是他们本来分类好了的，然而有些人以为分得不好，所以要重新分一下。——当时派了许多人，我也是其中的一个。后来，总长要看看那些书是什么书了。怎样看法呢？叫我们用中文将书名译出来，有义译义，无义译音，该撒呀，克来阿派忒拉呀，大马色呀……。每人每月有十块钱的车费，我也拿了百来块钱，因为那时还有一点所谓行政费。这样的叽里咕噜了一年多，花了几千块钱，对德和约成立了，后来德国来取还，便仍由点收的我们全盘交付，——也许少了几本罢。至于“克来阿派忒拉”之类，总长看了没有，我可不得而知了。

据我所知道的说，“对德宣战”的结果，在中国有一座中央公园里的“公理战胜”的牌坊，在我就只有一篇这《工人绥惠略夫》的译本，因为那底本，就是从那时整理着的德文书里挑出来的。

那一堆书里文学书多得很，为什么那时偏要挑中这一篇呢？那意思，我现在有点记不真切了。大概，觉得民国以前，以后，我们也有许多改革者，境遇和绥惠略夫很相像，所以借借他人的酒杯罢。然而昨晚上一看，岂但那时，譬如其中的改革者的被迫，代表的吃苦，便是现在，——便是将来，便是几十年以后，我想，还要有许多改革者的境遇和他相像的。所以我打算将它重印一下……。

《工人绥惠略夫》的作者阿尔志跋绥夫是俄国人。现在一提到俄国,似乎就使人心惊胆战。但是,这是大可以不必的,阿尔志跋绥夫并非共产党,他的作品现在在苏俄也并不受人欢迎。听说他已经瞎了眼睛,很能吃苦,那当然更不会送我一个卢布……。总而言之:和苏俄是毫不相干。但奇怪的是有许多事情竟和中国很相像,譬如,改革者,代表者的受苦,不消说了;便是教人要安本分的老婆子,也正如我们的文人学士一般。有一个教员因为不受上司的辱骂而被革职了,她背地里责备他,说他"高傲"得可恶,"你看,我以前被我的主人打过两个嘴巴,可是我一句话都不说,忍耐着。究竟后来他们知道我冤枉了,就亲手赏了我一百卢布。"自然,我们的文人学士措辞绝不至于如此拙直,文字也还要华赡得多。

然而绥惠略夫临末的思想却太可怕。他先是为社会做事,社会倒迫害他,甚至于要杀害他,他于是一变而为向社会复仇了,一切是仇仇,一切都破坏。中国这样破坏一切的人还不见有,大约也不会有的,我也并不希望其有。但中国向来有别一种破坏的人,所以我们不去破坏的,便常常受破坏。我们一面被破坏,一面修缮着,辛辛苦苦地再过下去。所以我们的生活,便成了一面受破坏,一面修补,一面受破坏,一面修补的生活了。这个学校,也就是受了杨荫榆章士钊们的破坏之后,修补修补,整理整理,再过下去的。

俄国老婆子式的文人学士也许说,这是"高傲"得可恶了,该得惩罚。这话自然很像不错的,但也不尽然。我的家里还住着一个乡下人,因为战事,她的家没有了,只好逃进城里来。她实在并不"高傲",也没有反对过杨荫榆,然而她的家没有了,受了破坏。战事一完,她一定要回去的,即使屋子破了,器具抛了,田地荒了,她也还要活下去。她大概只好搜集一点剩下的东西,修补修补,整理整理,再来活下去。

中国的文明,就是这样破坏了又修补,破坏了又修补的疲乏伤残可怜的东西。但是很有人夸耀它,甚至于连破坏者也夸耀它。便是破坏本校的人,假如你派他到万国妇女的什么会里去,请他叙述中国女学的情形,他一定说,我们中国有一个国立北京女子师范大学在。

这真是万分可惜的事,我们中国人对于不是自己的东西,或者将不为自己所有的东西,总要破坏了才快活的。杨荫榆知道要做不成这校长,便文事用文士的"流言",武功用三河的老妈,总非将一班"毛丫头"赶尽杀绝不可。先前我看见记载上说的张献忠屠戮川民的事,我总想不通他是什么意思;后来看到别一本书,这才明白了:他原是想做皇帝的,但是李自成先进北京,做了皇帝了,他便要破坏李自成的帝位。怎样破坏法呢?做皇帝必须有百姓;他杀尽了百姓,皇帝也就谁都做不成了。既无百姓,便无所谓皇帝,于是只剩了一个李自成，在白地上出丑，宛如学校解散后的校长一般。这虽然是一个可笑的极端的例，但有这一类的思想的，实在并不止张献忠一个人。

我们总是中国人，我们总要遇见中国事，但我们不是中国式的破坏者，所以我们是过着受破坏了又修补，受破坏了又修补的生活。我们的许多寿命白费了。我们所可以自慰的，想来想去，也还是所谓对于将来的希望。希望是附丽于存在的，有存在，便有希望，有希望，便是光明。如果历史家的话不是诳话，则世界上的事物可还没有因为黑暗而长存的先例。黑暗只能附丽于渐就灭亡的事物，一灭亡，黑暗也就一同灭亡了，它不永久。然而将来是永远要有的，并且总要光明起来；只要不做黑暗的附着物，为光明而灭亡，则我们一定有悠久的将来，而且一定是光明的将来。

我赴这会的后四日，就出北京了。在上海看见日报，知道女师大已改为女子学院的师范部，教育总长任可澄自做院长，师范部的学长是林素园。后来看见北京九月五日的晚报，有一条道："今日下午一时半，任可澄特同林氏，并率有警察厅保安队及军督察处兵士共四十左右，驰赴女师大，武装接收。……"原来刚一周年，又看见用兵了。不知明年这日，还是带兵的开得校纪念呢，还是被兵的开毁校纪念？现在姑且将培良君的这一篇转录在这里，先做一个本年的纪念罢。

一九二六年十月十四日，鲁迅附记。

上海通信

小峰兄：

别后之次日，我便上车，当晚到天津。途中什么事也没有，不过刚出天津车站，却有一个穿制服的，大概是税吏之流罢，突然将我的提篮拉住，问道"什么？"我刚答说"零用什物"时，他已经将篮摇了两摇，扬长而去了。幸而我的篮里并无人参汤榨菜汤或玻璃器皿，所以毫无损失，请勿念。

从天津向浦口，我坐的是特别快车，所以并不嚣杂，但挤是挤的。我从七年前护送家眷到北京以后，便没有坐过这车；现在似乎男女分坐了，间壁的一室中本是一男三女的一家，这回却将男的逐出，另外请进一个女的去。将近浦口，又发生一点小风潮，因为那四口的一家给茶房的茶资太少了，一个长壮伟大的茶房便到我们这里来演说，"使之闻之"。其略曰：钱是自然要的。一个人不为钱为什么？然而自己只做茶房图几文茶资，是因为良心还在中间，没有到这边（指腋下介）去！自己也还能卖掉田地去买枪，召集了土匪，做个头目;好好地一玩,就可以升官,发财了。然而良心还在这里(指胸骨介),所以甘心做茶房,赚点小钱,给儿女念念书,将来好好过活。……但,如果太给自己下不去了,什么不是人做的事要做也会做出来!我们一堆共有六个人,谁也没有反驳他。听说后来是添了一块钱完事。

我并不想步勇敢的文人学士们的后尘,在北京出版的周刊上斥骂孙传芳大帅。不过一到下关,记起这是投壶的礼仪之邦的事来,总不免有些滑稽之感。在我的眼睛里,下关也还是七年前的下关,无非那时是大风雨,这回却是晴天。赶不上特别快车了,只好趁夜车,便在客寓里暂息。挑夫(即本地之所谓"夫子")和茶房还是照旧地老实;板鸭,插烧,油鸡等类,也依然价廉物美。喝了二两高粱酒,也比北京的好。这当然只是"我以为";但也并非毫无理由:就因为它有一点生的高粱气味,喝后合上眼,就如身在雨后的田野里一般。

正在田野里的时候,茶房来说有人要我出去说话了。出去看时,是几个人和三四个兵背着枪,究竟几个,我没有细数;总之是一大群。其中的一个说要看我的行李。问他先看那一个呢?他指定了一个麻布套的皮箱。给他解了绳,开了锁,揭开盖,他才蹲下去在衣服中间摸索。摸索了一会,似乎便灰心了,站起来将手一摆,一群兵便都"向后转",往外走出去了。那指挥的临走时还对我点点头,非常客气。我和现任的"有枪阶级"接洽,民国以来这是第一回。我觉得他们倒并不坏;假使他们也如自称"无枪阶级"的善造"流言",我就要连路也不能走。

向上海的夜车是十一点钟开的,客很少,大可以躺下睡觉,可惜椅子太短,身子必须弯起来。这车里的茶是好极了,装在玻璃杯里,色香味都好,也许因为我喝了多年井水茶,所以容易大惊小怪了罢,然而大概确是很好的。因此一共喝了两杯,看看窗外的夜的江南,几乎没有睡觉。

在这车上,才遇见满口英语的学生,才听到"无线电""海底电"这类话。也在这车上,才看见弱不胜衣的少爷,绸衫尖头鞋,口嗑南瓜子,手里是一张《消闲录》之类的小报,而且永远看不完。这一类人似乎江浙特别多,恐怕投壶的日子正长久哩。

现在是住在上海的客寓里了;急于想走。走了几天,走得高兴起来了,很想总是走来走去。先前听说欧洲有一种民族,叫作"吉柏希"的,乐于迁徙,不肯安居,私心窃以为他们脾气太古怪,现在才知道他们自有他们的道理,倒是我糊涂。

这里在下雨,不算很热了。

鲁迅。八月三十日,上海。

这半年我又看见了许多血和许多泪，
然而我只有杂感而已。

泪揩了，血消了；
屠伯们逍遥复逍遥，
用钢刀的，用软刀的。
然而我只有"杂感"而已。

连"杂感"也被"放进了应该去的地方"时，
我于是只有"而已"而已！

十月十四夜，校讫记。

华盖集续编的续编

厦门通信

H.M.兄：

我到此快要一个月了，懒在一所三层楼上，对于各处都不大写信。这楼就在海边，日夜被海风呼呼地吹着。海滨很有些贝壳，捡了几回，也没有什么特别的。四围的人家不多，我所知道的最近的店铺，只有一家，卖点罐头食物和糕饼，掌柜的是一个女人，看年纪大概可以比我长一辈。

风景一看倒不坏，有山有水。我初到时，一个同事便告诉我：山光海气，是春秋早暮都不同。还指给我石头看：这块像老虎，那块像癞蛤蟆，那一块又像什么什么……。我忘记了，其实也不大相像。我对于自然美，自恨并无敏感，所以即使恭逢良辰美景，也不甚感动。但好几天，却忘不掉郑成功的遗迹。离我的住所不远就有一道城墙，据说便是他筑的。一想到除了台湾，这厦门乃是满人入关以后我们中国的最后亡的地方，委实觉得可悲可喜。台湾是直到一六八三年，即所谓"圣祖仁皇帝"二十二年才亡的，这一年，那"仁皇帝"们便修补"十三经"和"二十一史"的刻板。现在呢，有些国民巴不得读经；殿板"二十一史"也变成了宝贝，古董藏书家不惜重资，购藏于家，以贻子孙云。然而郑成功的城却很寂寞，听说城脚的沙，还被人盗运去卖给对面鼓浪屿的谁，快要危及城基了。有一天我清早望见许多小船，吃水很重，都张着帆驶向鼓浪屿去，大约便是那卖沙的同胞。

周围很静；近处买不到一种北京或上海的新的出版物，所以有时也觉得枯寂一些，但也看不见灰烟瘴气的《现代评论》。这不知是怎的，有那么许多正人君子，文人学者执笔，竟还不大风行。

这几天我想编我今年的杂感了。自从我写了这些东西，尤其是关于陈源的东西以后，就很有几个自称"中立"的君子给我忠告，说你再写下去，就要无聊了。我却并非因为忠告，只因环境的变迁，近来竟没有什么杂感，连结集旧做的事也忘却了。前几天的夜里，忽然听到梅兰芳"艺员"的歌声，自然是留在留声机里的，像粗糙而钝的针尖一般，刺得我耳膜很不舒服。于是我就想到我的杂感，大约也刺得佩服梅"艺员"的正人君子们不大舒服罢，所以要我不再做。然而我的杂感是印在纸上的，不会振动空气，不愿见，不翻他开来就完了，何必冒充了中立来哄骗我。我愿意我的东西躺在小摊上，被愿看的买去，却不愿意受正人君子赏识。世上爱牡丹的或者是最多，但也有喜欢曼陀罗花或无名小草的，朋其还将霸王鞭种在茶壶里当盆景哩。不过看看旧稿，很有些太不清楚了，你可以给我抄一点吗？

梅兰芳

此时又在发疯，几乎日日这样，好像北京，可是其中很少灰土。我有时也偶然去散步，在丛葬中，这是 Borel 讲厦门的书上早就说过的：中国全国就是一个大墓场。墓碑文很多不通：有写先妣某而没有儿子的姓名的；有头上横写着地名的；还有刻着“敬惜字纸”四字的，不知道叫谁敬惜字纸。这些不通，就因为读了书之故。假如同一个不识字的人，坟里的人是谁，他道父亲；再问他什么名字，他说张二；再问他自己叫什么，他说张三。照直写下来，那就清清楚楚了。而写碑的人偏要舞文弄墨，所以反而越舞越糊涂，他不知道研究“金石例”的，从元朝到清朝就终于没有了局。

我还同先前一样；不过太静了，倒是什么也不想写。

鲁迅。九月二十三日。

厦门通信(二)

小峰兄：

《语丝》百一和百二期，今天一同收到了。许多信件一同收到，在这里是常有的事，大约每星期有两回。我看了这两期的《语丝》特别喜欢，恐怕是因为他们已经超出了一百期之故罢。在中国，几个人组织的刊物要出到一百期，实在是不容易的。

我虽然在这里，也常想投稿给《语丝》，但是一句也写不出，连“野草”也没有一茎半叶。现在只是编讲义。为什么呢？这是你一定了然的：为吃饭。吃了饭为什么呢？倘照这样下去，就是为了编讲义。吃饭是不高尚的事，我倒并不这样想。然而编了讲义来吃饭，吃了饭来编讲义，可也觉得未免近于无聊。别的学者们教授们又作别论，从我们平常

人看来,教书和写东西是势不两立的,或者死心塌地地教书,或者发狂变死地写东西,一个人走不了方向不同的两条路。

忽然记起一件事来了,还是夏天吧,《现代评论》上仿佛曾有正人君子之流说过:因为骂人的小报流行,正经的文章没有人看,也不能印了。我很佩服这些学者们的大才。不知道你可能替我调查一下,他们有多少正经文章的稿子"藏于家",给我开一个目录?但如果是讲义,或者什么民法八万七千六百五十四条之类,那就不必开,我不要看。

今天又接到漱园兄的信,说北京已经结冰了。这里却还只穿一件夹衣,怕冷就晚上加一件棉背心。宋玉先生的什么"皇天平分四时兮窃独悲此廪秋,白露既下百草兮奄离披此梧楸"等类妙文,拿到这里来就完全是"无病呻吟"。白露不知可曾"下"了百草,梧楸却并不离披,景象大概还同夏末相仿。我的住所的门前有一株不认识的植物,开着秋葵似的黄花。我到时就开着花的了,不知道他是什么时候开起的;现在还开着;还有未开的蓓蕾,正不知道他要到什么时候才肯开完。"古已有之","于今为烈",我近来很有些怕敢看他了。还有鸡冠花,很细碎,和江浙的有些不同,也红红黄黄的永是这样一盆一盆站着。

我本来不大喜欢下地狱,因为不但是满眼只有刀山剑树,看得太单调,苦痛也怕很难当。现在可又有些怕上天堂了。四时皆春,一年到头请你看桃花,你想够多么乏味?即使那桃花有车轮般大,也只能在初上去的时候,暂时吃惊,决不会每天做一首"桃之夭夭"的。

然而荷叶却早枯了;小草也有点萎黄。这些现象,我先前总以为是所谓"严霜"之故,于是有时候对于那"廪秋"不免口出怨言,加以攻击。然而这里却没有霜,也没有雪,凡萎黄的都是"寿终正寝",怪不得别个。呜呼,牢骚材料既被减少,则又有何话之可说哉!

现在是连无从发牢骚的牢骚,也都发完了。再谈罢。从此要动手编讲义。

鲁迅。十一月七日。

《阿 Q 正传》的成因

在《文学周报》二五一期里,西谛先生谈起《呐喊》,尤其是《阿 Q 正传》。这不觉引动我记起了一些小事情,也想借此来说一说,一则也算是做文章,投了稿;二则还可以给要看的人去看去。

我先要抄一段西谛先生的原文——

“这篇东西值得大家如此的注意，原不是无因的。但也有几点值得商榷的，如最后‘大团圆’的一幕，我在《晨报》上初读此作之时，即不以为然，至今也还不以为然，似乎作者对于阿Q之收局太匆促了；他不欲再往下写了，便如此随意地给他以一个‘大团圆’。像阿Q那样的一个人，终于要做起革命党来，终于受到那样大团圆的结局，似乎连作者他自己在最初写作时也是料不到的。至少在人格上似乎是两个。”

阿Q是否真要做革命党，即使真做了革命党，在人格上是否似乎是两个，现在姑且勿论。单是这篇东西的成因，说起来就要很费功夫了。我常常说，我的文章不是涌出来的，是挤出来的。听的人往往误解为谦逊，其实是真情。我没有什么话要说，也没有什么文章要做，但有一种自害的脾气，是有时不免呐喊几声，想给人们去添点热闹。譬如一匹疲牛罢，明知不堪大用的了，但废物何妨利用呢，所以张家要我耕一弓地，可以的；李家要我挨一转磨，也可以的；赵家要我在他店前站一刻，在我背上帖出广告道：敝店备有肥牛，出售上等消毒滋养牛乳。我虽然深知道自己是怎么瘦，又是公的，并没有乳，然而想到他们为张罗生意起见，情有可原，只要出售的不是毒药，也就不说什么了。但倘若用得我太苦，是不行的，我还要自己觅草吃，要喘气的工夫；要专指我为某家的牛，将我关在他的牛牢内，也不行的，我有时也许还要给别家挨几转磨。如果连肉都要出卖，那自然更不行，理由自明，无须细说。倘遇到上述的三不行，我就跑，或者索性躺在荒山里。即使因此忽而从深刻变为浅薄，从战士化为畜生，吓我以康有为，比我以梁启超，也都满不在乎，还是我跑我的，我躺我的，决不出来再上当，因为我于“世故”实在是太深了。

近几年《呐喊》有这许多人看，当初是万料不到的，而且连料也没有料。不过是依了相识者的希望，要我写一点东西就写一点东西。也不很忙，因为不很有人知道鲁迅就是我。我所用的笔名也不止一个：LS，神飞，唐俟，某生者，雪之，风声；更以前还有：自树，索士，令飞，迅行。鲁迅就是承迅行而来的，因为那时的《新青年》编辑者不愿意有别号一般的署名。

现在是有人以为我想做什么狗首领了，真可怜，侦察了百来回，竟还不明白。我就从不曾插了鲁迅的旗去访过一次人；“鲁迅即周树人”，是别人查出来的。这些人有四类：一类是为要研究小说，因而要知道作者的身世；一类单是好奇；一类是因为我也做短评，所以特地揭出来，想我受点祸；一类是以为于他有用处，想要钻进来。

那时我住在西城边，知道鲁迅就是我的，大概只有《新青年》，《新潮》社里的人们罢；孙伏园也是一个。他正在晨报馆编副刊。不知是谁的主意，忽然要添一栏称为“开心话”的了，每周一次。他就来要我写一点东西。

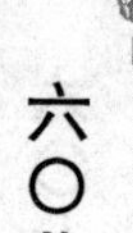

阿Q的影像，在我心目中似乎确已有了好几年，但我一向毫无写他出来的意思。经这一提，忽然想起来了，晚上便写了一点，就是第一章：序。因为要切"开心话"这题目，就胡乱加上些不必有的滑稽，其实在全篇里也是不相称的。署名是"巴人"，取"下里巴人"，并不高雅的意思。谁料这署名又闯了祸了，但我却一向不知道，今年在《现代评论》上看见涵庐（即高一涵）的《闲话》才知道的。那大略是——

"……我记得当《阿Q正传》一段一段陆续发表的时候，有许多人都栗栗危惧，恐怕以后要骂到他的头上。并且有一位朋友，当我面说，昨日《阿Q正传》上某一段仿佛就是骂他自己。因此便猜疑《阿Q正传》是某人作的，何以呢？因为只有某人知道他这一段私事。……从此疑神疑鬼，凡是《阿Q正传》中所骂的，都以为就是他的阴私；凡是与登载《阿Q正传》的报纸有关系的投稿人，都不免做了他所认为《阿Q正传》的作者的嫌疑犯了！等到他打听出来《阿Q正传》的作者名姓的时候，他才知道他和作者素不相识，因此，才恍然自悟，又逢人声明说不是骂他。"（第四卷第八十九期）

我对于这位"某人"先生很抱歉，竟因我而做了许多天嫌疑犯。可惜不知是谁，"巴人"两字很容易疑心到四川人身上去，或者是四川人罢。直到这一篇收在《呐喊》里，也还有人问我：你实在是在骂谁和谁呢？我只能悲愤，自恨不能使人看得我不至于如此卑劣。

第一章登出之后，便"苦"字临头了，每七天必须做一篇。我那时虽然并不忙，然而正在做流民，夜晚睡在做通路的屋子里，这屋子只有一个后窗，连好好的写字地方也没有，那里能够静坐一会，想一下。伏园虽然还没有现在这样胖，但已经笑嘻嘻，善于催稿了。每星期来一回，一有机会，就是："先生，《阿Q正传》……。明天要付排了。"于是只得做，心里想着，"俗语说：'讨饭怕狗咬，秀才怕岁考。'我既非秀才，又要周考，真是为难……。"然而终于又一章。但是，似乎渐渐认真起来了；伏园也觉得不很"开心"，所以从第二章起，便移在"新文艺"栏里。

这样地一周一周挨下去，于是乎就不免发生阿Q可要做革命党的问题了。据我的意思，中国倘不革命，阿Q便不做，既然革命，就会做的。我的阿Q的运命，也只能如此，人格也恐怕并不是两个。民国元年已经过去，无可追踪了，但此后倘再有改革，我相信还会有阿Q似的革命党出现。我也很愿意如人们所说，我只写出了现在以前的或一时期，但我还恐怕我所看见的并非现代的前身，而是其后，或者竟是二三十年之后。其实这也不算辱没了革命党，阿Q究竟已经用竹筷盘上他的辫子了；此后十五年，长虹"走到出版界"，不也就成为一个中国的"绥惠略夫"了吗？

《阿Q正传》大约做了两个月，我实在很想收束了，但我已经记不大清楚，似乎伏园不赞成,或者是我疑心倘一收束,他会来抗议,所以将“大团圆”藏在心里,而阿Q却已经渐渐向死路上走。到最末的一章,伏园倘在,也许会压下,而要求放阿Q多活几星期的罢。但是“会逢其适”,他回去了,代庖的是何作霖君,于阿Q素无爱憎,我便将“大团圆”送去,他便登出来。待到伏园回京,阿Q已经枪毙了一个多月了。纵令伏园怎样善于催稿,如何笑嘻嘻,也无法再说“先生,《阿Q正传》……。”从此我总算收束了一件事,可以另干别的去。另干了别的什么,现在也已经记不清,但大概还是这一类的事。

其实“大团圆”倒不是“随意”给他的;至于初写时可曾料到,那倒确乎也是一个疑问。我仿佛记得:没有料到。不过这也无法,谁能开首就料到人们的“大团圆”?不但对于阿Q,连我自己将来的“大团圆”,我就料不到究竟是怎样。终于是“学者”,或“教授”乎?还是“学匪”或“学棍”呢?“官僚”乎,还是“刀笔吏”呢?“思想界之权威”乎,抑“思想界先驱者”乎,抑又“世故的老人”乎?“艺术家”?“战士”?抑又是见客不怕麻烦的特别“亚拉籍夫”呼?乎?乎?乎?乎?

但阿Q自然还可以有各种别样的结果,不过这不是我所知道的事。

先前,我觉得我很有写得“太过”的地方,近来却不这样想了。中国现在的事,即使如实描写,在别国的人们,或将来的好中国的人们看来,也都会觉得grotesk。我常常假想一件事,自以为这是想得太奇怪了;但倘遇到相类的事实,却往往更奇怪。在这事实发生以前,以我的浅见寡识,是万万想不到的。

大约一个多月以前,这里枪毙一个强盗,两个穿短衣的人各拿手枪,一共打了七枪。不知道是打了不死呢,还是死了仍然打,所以要打得这么多。当时我便对我的一群少年同学们发感慨,说:这是民国初年初用枪毙的时候的情形;现在隔了十多年,应该进步些,无须给死者这么多的苦痛。北京就不然,犯人未到刑场,刑吏就从后脑一枪,结果了性命,本人还来不及知道已经死了呢。所以北京究竟是“首善之区”,便是死刑,也比外省的好得远。

但是前几天看见十一月二十三日的北京《世界日报》,又知道我的话并不的确了,那第六版上有一条新闻,题目是《杜小拴子刀铡而死》,共分五节,现在撮录一节在下面——

▲杜小拴子刀铡余人枪毙先时,卫戍司令部因为从了毅军各兵士的请求,决定用“枭首刑”,所以杜等不曾到场以前,刑场已预备好了铡草大刀一把了。刀是长形的,下边是木底,中缝有厚大而锐利的刀一把,刀下头有一孔,横嵌木上,可以上下的活动,杜等四人入刑场之后,由招扶的兵士把杜等架下刑车,就叫他们脸冲北,对着已备好的刑桌前站着。……杜并没有跪,有外右五区的某巡官去问杜:要人把着不要?杜就笑而不答,后来

就自己跑到刀前,自己睡在刀上,仰面受刑,先时行刑兵已将刀抬起,杜枕到适宜的地方后,行刑兵就合眼猛力一铡,杜的身首,就不在一处了。当时血出极多。在旁边跪等枪决的宋振山等三人,也各偷眼去看,中有赵振一名,身上还发起颤来。后由某排长拿手枪站在宋等的后面,先毙宋振山,后毙李有三赵振,每人都是一枪毙命。……先时,被害程步墀的两个儿子忠智忠信,都在场观看,放声大哭,到各人执刑之后,去大喊:爸!妈呀!你的仇已报了!我们怎么办哪?听的人都非常难过,后来由家族引导着回家去了。

假如有一个天才,真感着时代的心搏,在十一月二十二日发表出记叙这样情景的小说来,我想,许多读者一定以为是说着包龙图爷爷时代的事,在西历十一世纪,和我们相差将有九百年。

这真是怎么好……。

至于《阿Q正传》的译本,我只看见过两种。法文的登在八月份的《欧罗巴》上,还止三分之一,是有删节的。英文的似乎译得很恳切,但我不懂英文,不能说什么。只是偶然看见还有可以商榷的两处:一是"三百大钱九二串"当译为"三百大钱,以九十二文作为一百"的意思;二是"柿油党"不如译音,因为原是"自由党",乡下人不能懂,便讹成他们能懂的"柿油党"了。

十二月三日,在厦门写。

关于《三藏取经记》等

阔别了多年的SF君,忽然从日本东京寄给我一封信,转来转去,待我收到时,去发信的日子已经有二十天了。但这在我,却真如空谷里听到跫然的足音。信函中还附着一片十一月十四日东京《国民新闻》的记载,是德富苏峰氏纠正我那《小说史略》的谬误的。

凡一本书的作者,对于外来的纠正,以为然的就遵从,以为非的就缄默,本不必有一一说明下笔时是什么意思,怎样取舍的必要。但苏峰氏是日本深通"支那"的耆宿,《三藏取经记》的收藏者,那措辞又很波俏,因此也就想来说几句话。

首先还得翻出他的原文来——

鲁迅氏之《中国小说史略》　　苏峰生

顷读鲁迅氏之《中国小说史略》,有云:

《大唐三藏法师取经记》三卷,旧本在日本,又有一小本曰《大唐三藏取经诗话》,内容悉同，卷尾一行云“中瓦子张家印”，张家为宋时临安书铺，世因以为宋刊，然逮于元朝，张家或亦无恙，则此书或为元人所撰，未可知矣。……这倒并非没有聊加辩证的必要。

《大唐三藏取经记》者，实是我的成篑堂的插架中之一，而《取经诗话》的袖珍本，则是故三浦观树将军的珍藏。这两书，是都由明慧上人和红叶广知于世，从京都栂尾高山寺散出的。看那书中的高山寺的印记，又看高山寺藏书目录，都证明着如此。

这不但作为宋椠的稀本；作为宋代所著地说话本（日本之所谓言文一致体），也最可珍重的罢。然而鲁迅氏却轻轻地断定道，“此书或为元人撰，未可知矣。”过于太早计了。

鲁迅氏未见这两书的原板，所以不知究竟，倘一见，则其为宋椠，决不容疑。其纸质，其墨色，其字体，无不皆然。不仅因为张家是宋时的临安的书铺。

加之，至于成篑堂的《取经记》，则有着可以说是宋版的特色的阙字。好个罗振玉氏，于此早已觉到了。

皆（三浦本，成篑堂本）为高山寺旧藏。而此本（成篑堂藏《取经记》）刊刻尤精，书中驚字作驚，敬字缺末笔，盖亦宋椠也。（《雪堂校刊群书叙录》）

想鲁迅氏未读罗氏此文，所以疑是或为元人之作的罢。即使世间多不可思议事，元人著作的宋刻，是未必有可以存在的理由的。

罗振玉氏对于此书，曾这样说。宋代平话，旧但有《宣和遗事》而已。近年若《五代平话》，《京本小说》，渐有重刊本。宋人平话之传于人间者，至是遂得四种。因为是斯学界中如此重要的书籍，所以明白其真相，未必一定是无用之业罢。

总之，苏峰氏的意思，无非在证明《三藏取经记》等是宋椠。其论据有三——

一纸墨字体是宋；

二宋讳缺笔；

三罗振玉氏说是宋刻。

说起来也惭愧，我虽然草草编了一本《小说史略》，而家无储书，罕见旧刻，所用为资料的，几乎都是翻刻本，新印本，甚而至于是石印本，序跋及撰人名，往往缺失，所以漏略错误，一定很多。但《三藏法师取经记》及《诗话》两种，所见的却是罗氏影印本，纸墨虽新，而字体和缺笔是看得出的。那后面就有罗跋，正不必再求之于《雪堂校刊群书叙录》，我所谓“世因以为宋刊”，即指罗跋而言。现在苏峰氏所举的三证中，除纸墨因确未目睹，无从然否外，其余二事，则那时便已不足使我信受，因此就不免“疑”起来了。

某朝讳缺笔是某朝刻本，是藏书家考定版本的初步秘诀，只要稍看过几部旧书的人，大抵知道的。何况缺笔的驚字得怎样地触目。但我却以为这并不足以确定为宋本。前朝的缺笔字，因为故意或习惯，也可以沿至后一朝。例如我们民国已至十五年了，而遗老们所刻的书，儀字还“敬缺末笔”。非遗老们所刻的书，寧字玄字也常常缺笔，或者以甯代寧，以元代玄。这都是在民国而讳清讳；不足为清朝刻本的证据。京师图书馆所藏的《易林注》残本（现有影印本，在《四部丛刊》中），恒字構字都缺笔的，纸质，墨色，字体，都似宋；而且是蝶装，缪荃荪氏便定为宋本。但细看内容，却引用着阴时夫的《韵府群玉》，而阴时夫则是道道地地的元人。所以我以为不能据缺笔字便确定为某朝刻，尤其是当时视为无足重轻的小说和剧曲之类。

罗氏的论断，在日本或者很被引为典据罢，但我却并不尽信奉，不但书跋，连书画金石的题跋，无不皆然。即如罗氏所举宋代平话四种中，《宣和遗事》我也定为元人作，但这并非我的轻轻断定，是根据了明人胡应麟氏所说的。而且那书是抄撮而成，文言和白话都有，也不尽是“平话”。

我的看书，和藏书家稍不同，是不尽相信缺笔，抬头，以及罗氏题跋的。因此那时便疑；只是疑，所以说“或”，说“未可知”。我并非想要唐突宋椠和收藏者，即使如何廓大其冒昧，似乎也不过轻疑而已，至于“轻轻地断定”，则殆未也。

但在未有更确的证明之前，我的“疑”是存在的。待证明之后，就成为这样的事：鲁迅疑是元刻，为元人作；今确是宋椠，故为宋人作。无论如何，苏峰氏所预想的“元人著作的宋版”这滑稽剧，是未必能够开演的。

然而在考辨的文字中杂入一点滑稽轻薄的论调，每容易迷眩一般读者，使之失去冷静，坠入彀中，所以我便译出，并略加说明，如上。

十二月二十日。

所谓“思想界先驱者”鲁迅启事

《新女性》八月号登有“狂飙社广告”，说：“狂飙运动的开始远在二年之前……去年春天本社同人与思想界先驱者鲁迅及少数最进步的青年文学家合办《莽原》……兹为大规模地进行我们的工作起见于北京出版之《乌合》《未名》《莽原》《弦上》四种出版物外特在上海筹办《狂飙丛书》及一篇幅较大之刊物”云云。我在北京编辑《莽原》,《乌合丛书》,《未名丛刊》三种出版物,所用稿件,皆系以个人名义送来;对于狂飙运动,向不知是怎么一回事:如何运动,运动什么。今忽混称“合办”,实出意外;不敢掠美,特此声明。又,前因有人不明真相,或则假借虚名,加我纸冠,已非一次,业经先有陈源在《现代评论》上,近有长虹在《狂飙》上,叠加嘲骂,而狂飙社一面又锡以第三顶“纸糊的假冠”,真是头少帽多,欺人害己,虽“世故的老人”,亦身心之交病矣。只得又来特此声明:我也不是“思想界先驱者”即英文 Forerunner 之译名。此等名号,乃是他人暗中所加,别有作用,本人事前并不知情,事后亦未尝高兴。倘见者因此受愚,概与本人无涉。

厦门通信(三)

小峰兄:

二十七日寄出稿子两篇,想已到。其实这一类东西,本来也可做可不做,但是一则因为这里有几个少年希望我耍几下,二则正苦于没有文章做,所以便写了几张,寄上了。本地也有人要我做一点批评厦门的文字,然而至今一句也没有做,言语不通,又不知各种底细,从何说起。例如这里的报纸上,先前连日闹着“黄仲训霸占公地”的笔墨官司,我至今终于不知道黄仲训何人,曲折怎样,如果竟来批评,岂不要笑断真的批评家的肚肠。但别人批评,我是不妨害的。以为我不准别人批评者,诬也;我岂有这么大的权力。不过倘要我做编辑,那么,我以为不行的东西便不登,我委实不大愿意做一个莫名其妙的什么运动的傀儡。

前几天,卓治睁大着眼睛对我说,别人胡骂你,你要回骂。还有许多人要看你的东西,你不该默不作声,使他们迷惑。你现在不是你自己的了。我听了又打了一个寒噤,和先前听得有人说青年应该学我的多读古文时候相同。呜呼,一戴纸冠,遂成公物,负“帮忙”之义务,有回骂之必须,然则固不如从速坍台,还我自由之为得计也。质之高明,未识以为然否?

今天也遇到了一件要打寒噤的事。厦门大学的职务,我已经都称病辞去了。百无可为,溜之大吉。然而很有几个学生向我诉苦,说他们是看了厦门大学革新的消息而来的,现在不到半年,今天这个走,明天那个走,叫他们怎么办?这实在使我夹脊梁发冷,哑口无言。不料“思想界权威者”或“思想界先驱者”这一顶“纸糊的假冠”,竟又是如此误人子弟。几回广告(却并不是我登的),将他们从别的学校里骗来,而结果是自己倒跑掉了,真是万分抱歉。我很惋惜没有人在北京早做黑幕式的记事，将学生们拦住。“见面时一谈，不见时一战”哲学，似乎有时也很是误人子弟的。

你大约还不知道底细，我最初的主意，倒的确想在这里住两年，除教书之外，还希望将先前所集成的《汉画象考》和《古小说钩沈》印出。这两种书自己印不起，也不敢请你印。因为看的人一定很少，折本无疑，唯有有钱的学校才合适。及至到了这里，看看情形，便将印《汉画象考》的希望取消，并且自己缩短年限为一年。其实是已经可以走了，但看着语堂的勤勉和为故乡做事的热心，我不好说出口。后来预算不算数了，语堂力争；听说校长就说，只要你们有稿子拿来，立刻可以印。于是我将稿子拿出去，放了大约至多十分钟罢，拿回来了，从此没有后文。这结果，不过证明了我确有稿子，并不欺骗。那时我便将印《古小说钩沈》的意思也取消，并且自己再缩短年限为半年。语堂是除办事教书之外，还要防暗算，我看他在不相干的事情上，弄得力尽神疲，真是冤枉之至。

前天开会议，连国学院的周刊也几乎印不成了；然而校长的意思，却要添顾问，如理科主任之流，都是顾问，据说是所以联络感情的。我真不懂厦门的风俗，为什么研究国学，就会伤理科主任之流的感情，而必用顾问的绳，将他络住？联络感情法我没有研究过；兼士又已辞职，所以我决计也走了。现在去放假不过三星期，本来暂停也无妨，然而这里对于教职员的薪水，有时是锱铢必较的，离开学校十来天也想扣，所以我不想来沾放假中的薪水的便宜，至今天止，扣足一月。昨天已经出题考试，作一结束了。阅卷当在下月，但是不取分文。看完就走，刊物请暂勿寄来，待我有了驻足之所，当即函告，那时再寄罢。

临末，照例要说到天气。所谓例者，我之例也；怕有批评家指为我要勒令天下青年都照我的例，所以特此声明：并非如此。天气，确已冷了。草也比先前黄得多；然而我那门前的秋葵似的黄花却还在开着，山里也还有石榴花。苍蝇不见了，蚊子间或有之。

夜深了，再谈罢。

鲁迅。十二月三十一日。

再：睡了一觉醒来，听到柝声，已经是五更了。这是学校的新政，上月添设，更夫也不止一人。我听着，才知道各人的打法是不同的，声调最分明地可以区别的有两种——

托，托，托，托托！

托，托，托托！托。

打更的声调也有派别，这是我先前所不知道的。并以奉告，当作一件新闻。

海上通信

小峰兄：

前几天得到来信，因为忙于结束我所担任的事，所以不能即刻奉答。现在总算离开厦门坐在船上了。船正在走，也不知道是在什么海上。总之一面是一望汪洋，一面却看见岛屿。但毫无风涛，就如坐在长江的船上一般。小小的颠簸自然是有的，不过这在海上就算不得颠簸；陆上的风涛要比这险恶得多。

同舱的一个是台湾人，他能说厦门话，我不懂；我说的蓝青官话，他不懂。他也能说几句日本话，但是，我也不大懂得他。于是乎只好笔谈，才知道他是丝绸商。我于丝绸一无所知，他于丝绸之外似乎也毫无意见。于是乎他只得睡觉，我就独霸了电灯写信了。

从上月起，我本在搜集材料，想趁寒假的闲空，给《唐宋传奇集》做一篇后记，准备付印，不料现在又只得搁起来。至于《野草》，此后做不做很难说，大约是不见得再做了，省得人来谬托知己，舐皮论骨，什么是"入于心"的。但要付印，也还须细看一遍，改正错字，颇费一点工夫。因此一时也不能寄上。

我直到十五日才上船，因为先是等上月份的薪水，后来是等船。在最后的一星期中，住着实在很为难，但也更懂了一些新的世故，就是，我先前只以为要饭碗不容易，现在才知道不要饭碗也是不容易的。我辞职时，是说自己生病，因为我觉得无论怎样的暴主，还不至于禁止生病；倘使所生的并非气厥病，也不至于牵连了别人。不料一部分的青年不相信，给我开了几次送别会，演说，照相，大抵是逾量的优礼，我知道有些不妥了，连连说明：我是戴着"纸糊的假冠"的，请他们不要惜别，请他们不要忆念。但是，不知怎的终于发生了改良学校运动，首先提出的是要求校长罢免大学秘书刘树杞博士。

听说三年前，这里也有一回相类的风潮，结果是学生完全失败，在上海分立了一个大夏大学。那时校长如何自卫，我不得而知；这回是说我的辞职，和刘博士无干，乃是胡适之派和鲁迅派相排挤，所以走掉的。这话就登在鼓浪屿的日报《民钟》上，并且已经加以驳斥。但有几位同事还大大地紧张起来，开会提出质问；而校长却答复得很干脆：没有说这话。有的还不放心，更给我放散别种的谣言，要减轻"排挤说"的势力。真是"天下纷纷，何时定乎？"如果我安心在厦门大学吃饭，或者没有这些事的罢，然而这是我所意料不到的。

校长林文庆博士是英国籍的中国人，开口闭口，不离孔子，曾经做过一本讲孔教的书，可惜名目我忘记了。听说还有一本英文的自传，将在商务印书馆出版；现在正做着《人种问题》。他待我实在是很隆重，请我吃过几回饭；单是饯行，就有两回。不过现在"排挤说"倒衰退了；前天所听到的是他在宣传，我到厦门，原是来捣乱，并非预备在厦门教书的，所以北京的位置都没有辞掉。

现在我没有到北京，"位置说"大概又要衰退了罢，新说如何，可惜我已在船上，不得而知。据我的意料，罪孽一定是日见其深重的，因为中国向来就是"当面输心背面笑"，正不必"新的时代"的青年才这样。对面是"吾师"和"先生"，背后是毒药和暗箭，领教了已经不只两三次了。

新近还听到我的一件罪案，是关于集美学校的。厦门大学和集美学校，都是秘密世界，外人大抵不大知道。现在因为反对校长，闹了风潮了。先前，那校长叶渊定要请国学院里的人们去演说，于是分为六组，每星期一组，凡两人。第一次是我和语堂。那招待法也很隆重，前一夜就有秘书来迎接。此公和我谈起，校长的意思是以为学生应该专门埋头读书的。我就说，那么我却以为也应该留心世事，和校长的尊意正相反，不如不去的好吧。他却道不妨，也可以说说。于是第二天去了，校长实在沉鸷得很，殷勤劝我吃饭。我却一面吃，一面愁。心里想，先给我演说就好了，听得讨厌，就可以不请我吃饭；现在饭已下肚，倘使说话有悖谬之处，适足以加重罪孽，如何是好呢。午后讲演，我说的是照例的聪明人不能做事，因为他想来想去，终于什么也做不成等类的话。那时校长坐在我背后，我看不见。直到前几天，才听说这位叶渊校长也说集美学校的闹风潮，都是我不好，对青年人说话，那里可以说人是不必想来想去的呢。当我说到这里的时候，他还在后面摇摇头。

我的处世，自以为退让得足够了，人家在办报，我决不自行去投稿；人家在开会，我决不自己去演说。硬要我去，自然也可以的，但须任凭我说一点我所要说的话，否则，我宁可一声不响，算是死尸。但这里却必须我开口说话，而话又须合于校长之意。我不是别人，那知道别人的意思呢？"先意承志"的妙法，又未曾学过。其被摇头，实活该也。

但从去年以来，我居然大大地变坏，或者是进步了。虽或受着各方面的斫刺，似乎已经没有创伤，或者不再觉得痛楚；即使加我罪案，也并不觉着一点沉重了。这是我经历了许多旧的和新的世故之后，才获得的。我已经管不得许多，只好从退让到无可退避之地，进而和他们冲突，蔑视他们，并且蔑视他们的蔑视了。

我的信要就此收场。海上的月色是这样皎洁；波面映出一大片银鳞，闪烁摇动；此外是碧玉一般的海水，看去仿佛很温柔。我不信这样的东西是会淹死人的。但是，请你放心，这是笑话，不要疑心我要跳海了，我还毫没有跳海的意思。

鲁迅。一月十六夜，海上。

而已集

题辞

这半年我又看见了许多血和许多泪，
然而我只有杂感而已。

泪揩了，血消了；
屠伯们逍遥复逍遥，
用钢刀的，用软刀的。
然而我只有“杂感”而已。

连“杂感”也被“放进了应该去的地方”时，
我于是只有“而已”而已！

以上的八句话，是在一九二六年十月十四夜里，编完那年那时为止的杂感集后，写在末尾的，现在便取来作为一九二七年的杂感集的题辞。

一九二八年十月三十日，鲁迅校讫记。

一九二七年

黄花节的杂感

黄花节将近了，必须做一点所谓文章。但对于这一个题目的文章，教我做起来，实在近于先前的在考场里“对空策”。因为，——说出来自己也惭愧，——黄花节这三个字，我自然明白它是什么意思的；然而战死在黄花冈头的战士们呢，不但姓名，连人数也不知道。

就义前的黄花冈起义义士

为寻些材料,好发议论起见,只得查《辞源》。书里面有是有的,可不过是:

“黄花冈。地名,在广东省城北门外白云山之麓。清宣统三年三月二十九日,

革命党数十人,攻袭督署,不成而死,丛葬于此。”轻描淡写,和我所知道的差不多,于我并不能有所裨益。

我又愿意知道一点十七年前的三月二十九日的情形,但一时也找不到目击耳闻的耆老。从别的地方——如北京,南京,我的故乡——的例子推想起来,当时大概有若干人痛惜,若干人快意,若干人没有什么意见,若干人当作酒后茶余的谈助的罢。接着便将被人们忘却。久受压制的人们,被压制时只能忍苦,幸而解放了便只知道作乐,悲壮剧是不能久留在记忆里的。

但是三月二十九日的事却特别,当时虽然失败,十月就是武昌起义,第二年,中华民国便出现了。于是这些失败的战士,当时也就成为革命成功的先驱,悲壮剧刚要收场,又添上一个团圆剧的结束。这于我们是很可庆幸的,我想,在纪念黄花节的时候便可以看出。

我还没有亲自遇见过黄花节的纪念,因为久在北方。不过,中山先生的纪念日却遇见过了:在学校里,晚上来看演剧的特别多,连凳子也踏破了几条,非常热闹。用这例子来推断,那么,黄花节也一定该是极其热闹的罢。

当三月十二日那天的晚上,我在热闹场中,便深深地更感到革命家的伟大。我想,恋爱成功的时候,一个爱人死掉了,只能给生存的那一个以悲哀。然而革命成功的时候,革命家死掉了,却能每年给生存的大家以热闹,甚而至于欢欣鼓舞。唯独革命家,无论他生或死，都能给大家以幸福。同是爱，结果却有这样的不同，正无怪现在的青年，很有许多感到恋爱和革命的冲突的苦闷。

以上的所谓"革命成功"，是指暂时的事而言；其实是"革命尚未成功"的。革命无止境，倘使世上真有什么"止于至善"，这人间世便同时变了凝固的东西了。不过，中国经了许多战士的精神和血肉的培养，却的确长出了一点先前所没有的幸福的花果来，也还有逐渐生长的希望。倘若不像有，那是因为继续培养的人们少，而赏玩，攀折这花，摘食这果实的人们倒是太多的缘故。

我并非说，大家都须天天去痛哭流涕，以凭吊先烈的"在天之灵"，一年中有一天记起他们也就可以了。但就广东的现在而论，我却觉得大家对于节日的办法，还须改良一点。黄花节很热闹，热闹一天自然也好；热闹得疲劳了，回去就好好地睡一觉。然而第二天，元气恢复了，就该加工做一天自己该做的工作。这当然是劳苦的，但总比枪弹从致命的地方穿过去要好得远；何况这也算是在培养幸福的花果，为着后来的人们呢。

三月二十四日夜。

略论中国人的脸

大约人们一遇到不大看惯的东西，总不免以为他古怪。我还记得初看见西洋人的时候，就觉得他脸太白，头发太黄，眼珠太淡，鼻梁太高。虽然不能明明白白地说出理由来，但总而言之：相貌不应该如此。至于对于中国人的脸，是毫无异议；即使有好丑之别，然而都不错的。

我们的古人，倒似乎并不放松自己中国人的相貌。周的孟轲就用眸子来判胸中的正不正，汉朝还有《相人》二十四卷。后来闹这玩艺儿的尤其多；分起来，可以说有两派罢：一是从脸上看出他的智愚贤不肖；一是从脸上看出他过去，现在和将来的荣枯。于是天下纷纷，从此多事，许多人就都战战兢兢地研究自己的脸。我想，镜子的发明，恐怕这些人和小姐们是大有功劳的。不过近来前一派已经不大有人讲究，在北京上海这些地方捣鬼的都只是后一派了。

我一向只留心西洋人。留心的结果，又觉得他们的皮肤未免太粗；毫毛有白色的，也不好。皮上常有红点，即因为颜色太白之故，倒不如我们之黄。尤其不好的是红鼻子，有时简直像是将要熔化的蜡烛油，仿佛就要滴下来，使人看得栗栗危惧，也不及黄色人种的较为隐晦，也见得较为安全。总而言之：相貌还是不应该如此的。

后来，我看见西洋人所画的中国人，才知道他们对于我们的相貌也很不敬。那似乎是《天方夜谭》或者《安徒生童话》中的插画，现在不很记得清楚了。头上戴着拖花翎的红缨帽，一条辫子在空中飞扬，朝靴的粉底非常之厚。但这些都是满洲人连累我们的。独有两眼歪斜，张嘴露齿，却是我们自己本来的相貌。不过我那时想，其实并不尽然，外国人特地要奚落我们，所以格外形容得过度了。

但此后对于中国一部分人们的相貌，我也逐渐感到一种不满，就是他们每看见不常见的事件或华丽的女人，听到有些醉心的说话的时候，下巴总要慢慢挂下，将嘴张了开来。这实在不大雅观；仿佛精神上缺少着一样什么机件。据研究人体的学者们说，一头附着在上腭骨上，那一头附着在下腭骨上的"咬筋"，力量是非常之大的。我们幼小时候想吃核桃，必须放在门缝里将它的壳夹碎。但在成人，只要牙齿好，那咬筋一收缩，便能咬碎一个核桃。有着这么大的力量的筋，有时竟不能收住一个并不沉重的自己的下巴，虽然正在看得出神的时候，倒也情有可原，但我总以为究竟不是十分体面的事。

日本的长谷川如是闲是善于做讽刺文字的。去年我见过他的一本随笔集，叫作《猫·狗·人》；其中有一篇就说到中国人的脸。大意是初见中国人，即令人感到较之日本人或西洋人，脸上总欠缺着一点什么。久而久之，看惯了，便觉得这样已经足够，并不缺少东西；倒是看得西洋人之流的脸上，多余着一点什么。这多余着的东西，他就给它一个不大高妙的名目：兽性。中国人的脸上没有这个，是人，则加上多余的东西，即成了下列的算式：

人+兽性=西洋人

他借了称赞中国人，贬斥西洋人，来讥刺日本人的目的，这样就达到了，自然不必再说这兽性的不见于中国人的脸上，是本来没有的呢，还是现在已经消除。如果是后来消除的，那么，是渐渐净尽而只剩了人性的呢，还是不过渐渐成了驯顺。野牛成为家牛，野猪成为猪，狼成为狗，野性是消失了，但只足使牧人喜欢，于本身并无好处。人不过是人，不再夹杂着别的东西，当然再好没有了。倘不得已，我以为还不如带些兽性，如果合于下列的算式倒是不很有趣的：

人+家畜性=某一种人

中国人的脸上真可有兽性的记号的疑案，暂且中止讨论罢。我只要说近来却在中国人所理想的古今人的脸上，看见了两种多余。一到广州，我觉得比我所从来的厦门丰富得多的，是电影，而且大半是"国片"，有古装的，有时装的。因为电影是"艺术"，所以电影艺术家便将这两种多余加上去了。

古装的电影也可以说是好看，那好看不下于看戏；至少，绝不至于有大锣大鼓将人的耳朵震聋。在“银幕”上，则有身穿不知何时何代的衣服的人物，缓慢地动作；脸正如古人一般死，因为要显得活，便只好加上些旧式戏子的昏庸。

时装人物的脸，只要见过清朝光绪年间上海的吴友如的《画报》的，便会觉得神态非常相像。《画报》所画的大抵不是流氓拆梢，便是妓女吃醋，所以脸相都狡猾。这精神似乎至今不变，国产影片中的人物，虽是作者以为善人杰士者，眉宇间也总带些上海洋场式的狡猾。可见不如此，是连善人杰士也做不成的。

听说，国产影片之所以多，是因为华侨欢迎，能够获利，每一新片到，老的便带了孩子去指点给他们看道：“看哪，我们的祖国的人们是这样的。”在广州似乎也受欢迎，日夜四场，我常见看客坐得满满。

广州现在也如上海一样，正在这样地修养他们的趣味。可惜电影一开演，电灯一定熄灭，我不能看见人们的下巴。

四月六日。

革命时代的文学

——四月八日在黄埔军官学校讲

今天要讲几句的话是就将这“革命时代的文学”算作题目。这学校是邀过我好几次了，我总是推宕着没有来。为什么呢？因为我想，诸君的所以来邀我，大约是因为我曾经做过几篇小说，是文学家，要从我这里听文学。其实我并不是的，并不懂什么。我首先正经学习的是开矿，叫我讲掘煤，也许比讲文学要好一些。自然，因为自己的嗜好，文学书是也时常看看的，不过并无心得，能说出于诸君有用的东西来。加以这几年，自己在北京所得的经验，对于一向所知道的前人所讲的文学的议论，都渐渐地怀疑起来。那是开枪打杀学生的时候罢，文禁也严厉了，我想：文学文学，是最不中用的，没有力量的人讲的；有实力的人并不开口，就杀人，被压迫的人讲几句话，写几个字，就要被杀；即使幸而不被杀，但天天呐喊，叫苦，鸣不平，而有实力的人仍然压迫，虐待，杀戮，没有方法对付他们，这文学于人们又有什么益处呢？

在自然界里也这样，鹰的捕雀，不声不响的是鹰，吱吱叫喊的是雀；猫的捕鼠，不声不响的是猫，吱吱叫喊的是老鼠；结果，还是只会开口的被不开口的吃掉。文学家弄得好，做几篇文章，也许能够称誉于当时，或者得到多少年的虚名罢，——譬如一个烈士的追悼会开过之后,烈士的事情早已不提了,大家倒传诵着谁的挽联做得好:这实在是一件很稳当的买卖。

但在这革命地方的文学家,恐怕总喜欢说文学和革命是大有关系的,例如可以用这来宣传,鼓吹,煽动,促进革命和完成革命。不过我想,这样的文章是无力的,因为好的文艺作品,向来多是不受别人命令,不顾利害,自然而然地从心中流露的东西;如果先挂起一个题目,做起文章来,那又何异于八股,在文学中并无价值,更说不到能否感动人了。为革命起见,要有“革命人”,“革命文学”倒无须急急,革命人做出东西来,才是革命文学。所以,我想:革命,倒是与文章有关系的。革命时代的文学和平时的文学不同,革命来了,文学就变换色彩。但大革命可以变换文学的色彩,小革命却不,因为不算什么革命,所以不能变换文学的色彩。在此地是听惯了“革命”了,江苏浙江谈到革命二字,听的人都很害怕,讲的人也很危险。其实“革命”是并不稀奇的,唯其有了它,社会才会改革,人类才会进步,能从原虫到人类,从野蛮到文明,就因为没有一刻不在革命。生物学家告诉我们:“人类和猴子是没有大两样的,人类和猴子是表兄弟。”但为什么人类成了人,猴子终于是猴子呢?这就因为猴子不肯变化——它爱用四只脚走路。也许曾有一个猴子站起来,试用两脚走路的罢,但许多猴子就说:“我们的祖先一向是爬的,不许你站!”咬死了。它们不但不肯站起来,并且不肯讲话,因为它守旧。人类就不然,他终于站起,讲话,结果是他胜利了。现在也还没有完。所以革命是并不稀奇的,凡是至今还未灭亡的民族,还都天天在努力革命,虽然往往不过是小革命。

大革命与文学有什么影响呢?大约可以分开三个时候来说:

(一)大革命之前,所有的文学,大抵是对于种种社会状态,觉得不平,觉得痛苦,就叫苦,鸣不平,在世界文学中关于这类的文学颇不少。但这些叫苦鸣不平的文学对于革命没有什么影响,因为叫苦鸣不平,并无力量,压迫你们的人仍然不理,老鼠虽然吱吱地叫,尽管叫出很好的文学,而猫儿吃起它来,还是不客气。所以仅仅有叫苦鸣不平的文学时,这个民族还没有希望,因为止于叫苦和鸣不平。例如人们打官司,失败的方面到了分发冤单的时候,对手就知道他没有力量再打官司,事情已经了结了;所以叫苦鸣不平的文学等于喊冤,压迫者对此倒觉得放心。有些民族因为叫苦无用,连苦也不叫了,他们便成为沉默的民族,渐渐更加衰颓下去,埃及,阿拉伯,波斯,印度就都没有什么声音了!至于富有反抗性,蕴有力量的民族,因为叫苦没用,他便觉悟起来,由哀音而变为怒吼。怒吼的文学一出现,反抗就快到了;他们已经很愤怒,所以与革命爆发时代接近的文学每每带有愤怒之音;他要反抗,他要复仇。苏俄革命将起时,即有些这类的文学。但也有例外,如波兰,虽然早有复仇的文学,然而他的恢复,是靠着欧洲大战的。

(二)到了大革命的时代,文学没有了,没有声音了,因为大家受革命潮流的鼓荡,大家由呼喊而转入行动,大家忙着革命,没有闲空谈文学了。还有一层,是那时民生凋敝,一心寻面包吃尚且来不及,哪里有心思谈文学呢?守旧的人因为受革命潮流的打击,气得发昏,也不能再唱所谓他们底文学了。有人说:"文学是穷苦的时候做的",其实未必,穷苦的时候必定没有文学作品的;我在北京时,一穷,就到处借钱,不写一个字,到薪俸发放时,才坐下来做文章。忙的时候也必定没有文学作品,挑担的人必要把担子放下,才能做文章;拉车的人也必要把车子放下,才能做文章。大革命时代忙得很,同时又穷得很,这一部分人和那一部分人斗争,非先行变换现代社会底状态不可,没有时间也没有心思做文章;所以大革命时代的文学便只好暂归沉寂了。

(三)等到大革命成功后,社会的状态缓和了,大家的生活有余裕了,这时候就又产生文学。这时候底文学有二:一种文学是赞扬革命,称颂革命,——讴歌革命,因为进步的文学家想到社会改变,社会向前走,对于旧社会的破坏和新社会的建设,都觉得有意义,一方面对于旧制度的崩坏很高兴,一方面对于新的建设来讴歌。另有一种文学是吊旧社会的灭亡——挽歌——也是革命后会有的文学。有些的人以为这是"反革命的文学",我想,倒也无须加以这么大的罪名。革命虽然进行,但社会上旧人物还很多,决不能一时变成新人物,他们的脑中满藏着旧思想旧东西;环境渐变,影响到他们自身的一切,于是回想旧时的舒服,便对于旧社会眷念不已,恋恋不舍,因而讲出很古的话,陈旧的话,形成这样的文学。这种文学都是悲哀的调子,表示他心里不舒服,一方面看见新的建设胜利了,一方面看见旧的制度灭亡了,所以唱起挽歌来。但是怀旧,唱挽歌,就表示已经革命了,如果没有革命,旧人物正得势,是不会唱挽歌的。

不过中国没有这两种文学——对旧制度挽歌,对新制度讴歌;因为中国革命还没有成功,正是青黄不接,忙于革命的时候。不过旧文学仍然很多,报纸上的文章,几乎全是旧式。我想,这足见中国革命对于社会没有多大的改变,对于守旧的人没有多大的影响,所以旧人仍能超然物外。广东报纸所讲的文学,都是旧的,新的很少,也可以证明广东社会没有受革命影响;没有对新的讴歌,也没有对旧的挽歌,广东仍然是十年底前广东。不但如此,并且也没有叫苦,没有鸣不平;止看见工会参加游行,但这是政府允许的,不是因压迫而反抗的,也不过是奉旨革命。中国社会没有改变,所以没有怀旧的哀词,也没有崭新的进行曲,只在苏俄却已产生了这两种文学。他们的旧文学家逃亡外国,所做的文学,多是吊亡挽旧的哀词;新文学则正在努力向前走,伟大的作品虽然还没有,但是新作品已不少,他们已经离开怒吼时期而过渡到讴歌的时期了。赞美建设是革命进行以后的影响,再往后去的情形怎样,现在不得而知,但推想起来,大约是平民文学罢,因为平民的世界,是革命的结果。

现在中国自然没有平民文学,世界上也还没有平民文学,所有的文学,歌呀,诗呀,大抵是给上等人看的;他们吃饱了,睡在躺椅上,捧着看。一个才子出门遇见一个佳人,两个人很要好,有一个不才子从中捣乱,生出差迟来,但终于团圆了。这样地看看,多么舒服。或者讲上等人怎样有趣和快乐,下等人怎样可笑。前几年《新青年》载过几篇小说,描写罪人在寒地里的生活,大学教授看了就不高兴,因为他们不喜欢看这样的下流人。如果诗歌描写车夫,就是下流诗歌;一出戏里,有犯罪的事情,就是下流戏。他们的戏里的角色,只有才子佳人,才子中状元,佳人封一品夫人,在才子佳人本身很欢喜,他们看了也很欢喜,下等人没奈何,也只好替他们一同欢喜欢喜。在现在,有人以平民——工人农民——为材料,做小说作诗,我们也称之为平民文学,其实这不是平民文学,因为平民还没有开口。这是另外的人从旁看见平民的生活,假托平民的口吻而说的。眼前的文人有些虽然穷,但总比工人农民富足些,这才能有钱去读书,才能有文章;一看好像是平民所说的,其实不是;这不是真的平民小说。平民所唱的山歌野曲,现在也有人写下来,以为是平民之音了,因为是老百姓所唱。但他们间接受古书的影响很大,他们对于乡下的绅士有田三千亩,佩服得不了,每每拿绅士的思想,做自己的思想,绅士们惯吟五言诗,七言诗;因此他们所唱的山歌野曲,大半也是五言或七言。这是就格律而言,还有构思取意,也是很陈腐的,不能称是真正的平民文学。现在中国的小说和诗实在比不上别国,无可奈何,只好称之曰文学;谈不到革命时代的文学,更谈不到平民文学。现在的文学家都是读书人,如果工人农民不解放,工人农民的思想,仍然是读书人的思想,必待工人农民得到真正的解放,然后才有真正的平民文学。有些人说:"中国已有平民文学",其实这是不对的。

诸君是实际的战争者,是革命的战士,我以为现在还是不要佩服文学的好。学文学对于战争,没有益处,最好不过作一篇战歌,或者写得美的,便可于战余休憩时看看,倒也有趣。要讲得堂皇点,则譬如种柳树,待到柳树长大,浓阴蔽日,农夫耕作到正午,或者可以坐在柳树底下吃饭,休息休息。中国现在的社会情状,只有实地的革命战争,一首诗吓不走孙传芳,一炮就把孙传芳轰走了。自然也有人以为文学于革命是有伟力的,但我个人总觉得怀疑,文学总是一种余裕的产物,可以表示一民族的文化,倒是真的。

人大概是不满于自己目前所做的事的,我一向只会做几篇文章,自己也做得厌了,而捏枪的诸君，却又要听讲文学。我呢，自然倒愿意听听大炮的声音，仿佛觉得大炮的声音或者比文学的声音要好听得多似的。我的演说只有这样多，感谢诸君听完的厚意！

写在《劳动问题》之前

还记得去年夏天住在北京的时候，遇见张我权君，听到他说过这样意思的话："中国人似乎都忘记了台湾了，谁也不大提起。"他是一个台湾的青年。

我当时就像受了创痛似的，有点苦楚；但口上却道："不。那倒不至于的。只因为本国太破烂，内忧外患，非常之多，自顾不暇了，所以只能将台湾这些事情暂且放下。……"

但正在困苦中的台湾的青年，却并不将中国的事情暂且放下。他们常希望中国革命的成功，赞助中国的改革，总想尽些力，于中国的现在和将来有所裨益，即使是自己还在做学生。

张秀哲君是我在广州才遇见的。我们谈了几回，知道他已经译成一部《劳动问题》给中国，还希望我做一点简短的序文。我是不善于作序，也不赞成作序的；况且对于劳动问题，一无所知，尤其没有开口的资格。我所能负责说出来的，不过是张君于中日两国的文字，俱极精通，译文定必十分可靠这一点罢了。

但我这回却很愿意写几句话在这一部译本之前，只要我能够。我虽然不知道劳动问题，但译者在游学中尚且为民众尽力地努力与诚意，我是觉得的。

我只能以这几句话表出我个人的感激。但我相信，这努力与诚意，读者也一定都会觉得的。这实在比无论什么序文都有力。

一九二七年四月十一日，鲁迅识于广州中山大学。

略谈香港

本年一月间我曾去过一回香港，因为跌伤的脚还未全好，不能到街上去闲走，演说一了，匆匆便归，印象淡薄得很，也早已忘却了香港了。今天看见《语丝》一三七期上辰江先生的通信，忽又记得起来，想说几句话来凑热闹。

我去讲演的时候，主持其事的人大约很受了许多困难，但我都不大清楚。单知道先是颇遭干涉，中途又有反对者派人索取入场券，收藏起来，使别人不能去听；后来又不许将讲稿登报，经交涉的结果，是削去和改串了许多。

然而我的讲演,真是“老生常谈”,而且还是七八年前的“常谈”。

从广州往香港时,在船上还亲自遇见一桩笑话。有一个船员,不知怎的,是知道我的名字的,他给我十分担心。他以为我的赴港,说不定会遭谋害;我遥遥地跑到广东来教书,而无端横死,他——广东人之一——也觉得抱歉。于是他忙了一路,替我计划,禁止上陆时如何脱身,到埠捕拿时如何避免。到埠后,既不禁止,也不捕拿,而他还不放心,临别时再三叮嘱,说倘有危险,可以避到什么地方去。

我虽然觉得可笑,但我从真心里十分感谢他的好心,记得他的认真的脸相。

三天之后,平安地出了香港了,不过因为攻击国粹,得罪了若干人。现在回想起来,像我们似的人,大危险是大概没有的。不过香港总是一个畏途。这用小事情便可以证明。即如今天的香港《循环日报》上,有这样两条琐事:

▲陈国被控窃去芜湖街一百五十七号地下布裤一条,昨由史司判笞十二藤云。

▲昨晚夜深,石塘嘴有两西装男子,……遇一英警上前执行搜身。该西装男子用英语对之。该英警不理会,且警以□□□。于是双方缠上警署。……

第一条我们一目了然,知道中国人还在那里被抽藤条。“司”当是“藩司”“臬司”之“司”,是官名;史者,姓也,英国人的。港报上所谓“政府”,“警司”之类,往往是指英国的而言,不看惯的很容易误解,不如上海称为“捕房”之分明。

第二条是“搜身”的纠葛,在香港屡见不鲜。但三个方围不知道是什么。何以要避忌?恐怕不是好的事情。这□□□似乎是因为西装和英语而得的;英警嫌恶这两件:这是主人的言语和服装。颜之推以为学鲜卑语,弹琵琶便可以生存的时代,早已过去了。

在香港时遇见一位某君,是受了高等教育的人。他自述曾因受屈,向英官申辩,英官无话可说了,但他还是输。那最末是得到严厉的训斥,道:“总之是你错的:因为我说你错!”

带着书籍的人也困难,因为一不小心,会被指为“危险文件”的。这“危险”的界说,我不知其详。总之一有嫌疑,便麻烦了。人先关起来,书去译成英文,译好之后,这才审判。而这“译成英文”的事先就可怕。我记得蒙古人“入主中夏”时,裁判就用翻译。一个和尚去告状追债,而债户商同通事,将他的状子改成自愿焚身了。官说道好;于是这和尚便被推入烈火中。我去讲演的时候也偶然提起元朝,听说颇为“×司”所不悦,他们是的确在研究中国的经史的。

但讲讲元朝,不但为“政府”的“×司”所不悦,且亦为有些“同胞”所不欢。我早知道不稳当,总要受些报应的。果然,我因为谨避“学者”,搬出中山大学之后,那边的《工商报》上登出来了，说是因为“清党”，已经逃走。后来，则在《循环日报》上，以讲文学为名，提起我的事，说我原是“《晨报副刊》特约撰述员”，现在则“到了汉口”。我知道这种宣传有点危险，意在说我先是研究系的好友，现是共产党的同道，虽不至于“枪终路寝”，益处大概总不会有的，晦气点还可以因此被关起来。便写了一封信去更正：

“在六月十日十一日两天的《循环世界》里，看见徐丹甫先生的一篇《北京文艺界之分门别户》。各人各有他的眼光，心思，手段。他耍他的，我不想来多嘴。但其中有关于我的三点，我自己比较的清楚些，可以请为更正，即：

“一，我从来没有做过《晨报副刊》的‘特约撰述员’。

“二，陈大悲被攻击后，我并未停止投稿。

“三，我现仍在广州，并没有‘到了汉口’。”

从发信之日到今天，算来恰恰一个月，不见登出来。“总之你是这样的：因为我说你是这样”罢。幸而还有内地的《语丝》；否则，“十二藤”，“□□□”，那里去诉苦！

我现在还有时记起那一位船上的广东朋友，虽然神经过敏，但怕未必是无病呻吟。他经验多。

若夫“香江”（案：盖香港之雅称）之于国粹，则确是正在大振兴而特振兴。如六月二十五日《循环日报》“昨日下午督宪府茶会”条下，就说：

“（上略）赖济熙太史即席演说，略谓大学堂汉文专科异常重要，中国旧道德与乎国粹所关，皆不容缓视，若不贯彻进行，深为可惜，（中略）周寿臣爵士亦演说汉文之宜见重于当世，及汉文科学之重要，关系国家与个人之荣辱等语，后督宪以华语演说，略谓华人若不通汉文为第一可惜，若以华人而中英文皆通达，此后中英感情必更融洽，故大学汉文一科，非常重要，未可以等闲视之云云。（下略）”

我又记得还在报上见过一篇“金制军”的关于国粹的演说，用的是广东话，看起来颇费力；又以为这“金制军”是前清遗老，遗老的议论是千篇一律的，便不去理会它了。现在看了辰江先生的通信，才知道这“金制军”原来就是“港督”金文泰，大英国人也。大惊失色，赶紧跳起来去翻旧报。运气，在六月二十八日这张《循环日报》上寻到了。因为这是中国国粹不可不振兴的铁证，也是将来“中国国学振兴史”的贵重史料，所以毫不删节，并请广东朋友校正误字（但末尾的四句集《文选》句，因为不能悬揣“金制军”究竟如何说法，所以不敢妄改），剪贴于下，加以略注，希《语丝》记者以国学前途为重，予以排印，至纫公谊：

▲六月二十四号督辕茶会金制军演说词

列位先生，提高中文学业，周爵绅，赖太史，今日已经发挥尽致，毋庸我详细再讲咯，我对于这件事，觉得有三种不能不办嘅原因，而家想同列位谈谈，（第一）系中国人要顾全自己祖国学问呀，香港地方，华人居民，最占多数，香港大学学生，华人子弟，亦系至多，如果在呢间大学，徒然侧重外国科学文字，对于中国历代相传嘅大道宏经，反转当作等闲，视为无足轻重嘅学业，岂不是一件大憾事吗，所以为香港中国居民打算，为大学中国学生打算，呢一科实在不能不办，（第二）系中国人应该整理国故呀，中国事物文章，原本有极可宝贵嘅价值，不过因为文字过于艰深，所以除哓书香家子弟，同埋天分极高嘅人以外，能够领略其中奥义嘅，实在很少，为那个缘故，近年中国学者，对于（整理国故）嘅声调已经越唱越高，香港地方，同中国大陆相离，仅仅隔一衣带水，如果今日所提倡嘅中国学科，能够设立完全，将来集合一班大学问嘅人，将向来所有困难，一一加以整理，为后生学者，开条轻便嘅路途，岂不是极安慰嘅事咩，所以为中国发扬国光计，呢一科更不能不办，（第三）就系令中国道德学问，普及世界呀，中国通商以来，华人学习语言文字，成通材暇，虽然项背相望，但系外国人精通汉学，同埋中国人精通外国科学，能够用中国言语文字翻译介绍各国高深学术嘅，仍然系好少，呢的岂系因外国人，同中国外洋留学生，唔愿学华国文章，不过因中国文字语言，未曾用科学方法整理完备，令到呢两班人，抱一类（可望而不可即）之叹啫，如果港大（华文学系）得到成立健全，就从前所有困难，都可以由呢处逐渐解免，个时中外求学之士，一定多列门墙，争自濯磨，中外感情，自然更加浓浃，唔哙有乜野隔膜咯，所以为中国学问及世界打算，呢一科亦不能不办，列位先生，我记得十几年前有一班中国外洋留学生，因为想研精中国学问，也曾出过一份（汉风杂志），个份杂志，书面题辞，有四句集文选句，十分动人嘅，我愿借嚟贡献过列位，而且望列位实行个四句题辞嘅意思，对于（香港大学文科，华文系）赞襄尽力，务底于成，个四句题辞话，（怀旧之蓄念，发思古之幽情，光祖宗之玄灵，大汉之发天声，）

略注：

这里的括弧，间亦以代曲钩之用。爵绅盖有爵的绅士，不知其详。呢＝这。而家＝而今。嘅＝的。系＝是。唔＝无，不。哓＝了。同埋＝和。咩＝呢。啫＝呵。唔哙有乜野＝不会有什么。嚟＝来。过＝给。话＝说。

注毕不免又要发感慨了。《汉风杂志》我没有拜读过；但我记得一点旧事。前清光绪末年，我在日本东京留学，亲自看见的。那时的留学生中，很有一部分抱着革命的思想，而所谓革命者，其实是种族革命，要将土地从异族的手里取得，归还旧主人。除实行的之外，有些人是办报，有些人是钞旧书。所钞的大抵是中国所没有的禁书，所讲的大概是明末清初的情形,可以使青年猛醒的。久之印成了一本书,因为是《湖北学生界》的特刊,所以名曰《汉声》,那封面上就题着四句古语:摅怀旧之蓄念,发思古之幽情,光祖宗之玄灵,振大汉之天声!

这是明明白白,叫我们想想汉族繁荣时代,和现状比较一下,看是如何,——必须"光复旧物"。说得露骨些,就是"排满";推而广之,就是"排外"。不料二十年后,竟变成在香港大学保存国粹,而使"中外感情,自然更加浓浃"的标语了。我实在想不到这四句"集《文选》句",竟也会被外国人所引用。

这样的感慨,在现今的中国,发起来是可以发不完的。还不如讲点有趣的事做收梢,算是"余兴"。从予先生在《一般》杂志(目录上说是独逸)上批评我的小说道:"作者的笔锋……并且颇多诙谐的意味,所以有许多小说,人家看了,只觉得发松可笑。换言之,即因为此故,至少是使读者减却了不少对人生的认识。"悲夫,这"只觉得"也!但我也确有这种的毛病,什么事都不能正正经经。便是感慨,也不肯一直发到底。只是我也自有我的苦衷。因为整年的发感慨,倘是假的,岂非无聊?倘真,则我早已感愤而死了,那里还有议论。我想,活着而想称"烈士",究竟是不容易的。

我以为有趣,想要介绍的也不过是一个广告。港报上颇多特别的广告,而这一个最奇。我第一天看《循环日报》,便在第一版上看见的了,此后每天必见,我每见必要想一想,而直到今天终于想不通是怎么一回事:

> 香港城余蕙卖文
> 人和旅店余蕙屏联榜幅发售
> 　　香港对联　香港七律
> 　　香港七绝　青山七律
> 　　获海对联　获海七绝
> 　　花地七绝　花地七律
> 　　日本七绝　圣经五绝
> 　　英皇七绝　英太子诗
> 　　戏子七绝　广昌对联
> 　　三金六十员
> 　　五金五十员
> 　　七金四十员
> 　　屏条加倍
> 　　　　　　人和旅店主人谨启
> 　　小店在香港上环海傍门牌一百一十八号

七月十一日,于广州东堤。

读书杂谈

——七月十六日在广州知用中学讲

因为知用中学的先生们希望我来演讲一回，所以今天到这里和诸君相见。不过我也没有什么东西可讲。忽而想到学校是读书的所在，就随便谈谈读书。是我个人的意见，姑且供诸君的参考，其实也算不得什么演讲。

说到读书，似乎是很明白的事，只要拿书来读就是了，但是并不这样简单。至少，就有两种：一是职业的读书，一是嗜好的读书。所谓职业的读书者，譬如学生因为升学，教员因为要讲功课，不翻翻书，就有些危险的就是。我想在座的诸君之中一定有些这样的经验，有的不喜欢算学，有的不喜欢博物，然而不得不学，否则，不能毕业，不能升学，和将来的生计便有妨碍了。我自己也这样，因为做教员，有时即非看不喜欢看的书不可，要不这样，怕不久便会于饭碗有妨。我们习惯了，一说起读书，就觉得是高尚的事情，其实这样的读书，和木匠的磨斧头，裁缝的理针线并没有什么分别，并不见得高尚，有时还很苦痛，很可怜。你爱做的事，偏不给你做，你不爱做的，倒非做不可。这是由于职业和嗜好不能合一而来的。倘能够大家去做爱做的事，而仍然各有饭吃，那是多么幸福。但现在的社会上还做不到，所以读书的人们的最大部分，大概是勉勉强强的，带着苦痛的为职业的读书。

现在再讲嗜好的读书罢。那是出于自愿，全不勉强，离开了利害关系的。——我想，嗜好的读书，该如爱打牌的一样，天天打，夜夜打，连续的去打，有时被公安局捉去了，放出来之后还是打。请君要知道真打牌的人的目的并不在赢钱，而在有趣，牌有怎样的有趣呢，我是外行，不大明白。但听得爱赌的人说，它妙在一张一张地摸起来，永远变化无穷。我想，凡嗜好的读书，能够手不释卷的原因也就是这样。他在每一叶每一叶里，都得着深厚的趣味。自然，也可以扩大精神，增加知识的，但这些倒都不计及，一计及，便等于意在赢钱的博徒了，这在博徒之中，也算是下品。

不过我的意思，并非说诸君应该都退了学，去看自己喜欢看的书去，这样的时候还没有到来；也许终于不会到，至多，将来可以设法使人们对于非做不可的事发生较多的兴味罢了。我现在是说，爱看书的青年，大可以看看本分以外的书，即课外的书，不要只将课内的书抱住。但请不要误解，我并非说，譬如在国文讲堂上，应该在抽屉里暗看《红楼梦》之类；乃是说，应做的功课已完而有余暇，大可以看看各样的书，即使和本业毫不相干的，也要泛览。譬如学理科的,偏看看文学书,学文学的,偏看看科学书,看看别个在那里研究的,究竟是怎么一回事。这样子,对于别人,别事,可以有更深的了解。现在中国有一个大毛病,就是人们大概以为自己所学的一门是最好,最妙,最要紧的学问,而别的都无用,都不足道的,弄这些不足道的东西的人,将来该当饿死。其实是,世界还没有如此简单,学问都各有用处,要定什么是头等还很难。也幸而有各式各样的人,假如世界上全是文学家,到处所讲的不是"文学的分类"便是"诗之构造",那倒反而无聊得很了。

不过以上所说的,是附带而得的效果,嗜好的读书,本人自然并不计及那些,就如游公园似的,随随便便去,因为随随便便,所以不吃力,因为不吃力,所以会觉得有趣。如果一本书拿到手,就满心想道,"我在读书了!""我在用功了!"那就容易疲劳,因而减掉兴味,或者变成苦事了。

我看现在的青年,为兴味的读书的是有的,我也常常遇到各样的询问。此刻就将我所想到的说一点,但是只限于文学方面,因为我不明白其他的。

第一,是往往分不清文学和文章。甚至于已经来动手做批评文章的,也免不了这毛病。其实粗粗地说,这是容易分别的。研究文章的历史或理论的,是文学家,是学者;做作诗,或戏曲小说的,是做文章的人,就是古时候所谓文人,此刻所谓创作家。创作家不妨毫不理会文学史或理论,文学家也不妨做不出一句诗。然而中国社会上还很误解,你做几篇小说,便以为你一定懂得小说概论,做几句新诗,就要你讲诗之原理。我也尝见想做小说的青年,先买小说法程和文学史来看。据我看来,是即使将这些书看烂了,和创作也没有什么关系的。

事实上,现在有几个做文章的人,有时也确去做教授。但这是因为中国创作不值钱,养不活自己的缘故。听说美国小名家的一篇中篇小说,时价是二千美金;中国呢,别人我不知道,我自己的短篇寄给大书铺,每篇卖过二十元。当然要寻别的事,例如教书,讲文学。研究是要用理智,要冷静的,而创作须情感,至少总得发点热,于是忽冷忽热,弄得头昏,——这也是职业和嗜好不能合一的苦处。苦倒也罢了,结果还是什么都弄不好。那证据,是试翻世界文学史,那里面的人,几乎没有兼做教授的。

还有一种坏处,是一做教员,未免有顾忌;教授有教授的架子,不能畅所欲言。这或者有人要反驳:那么,你畅所欲言就是了,何必如此小心。然而这是事前的风凉话,一到有事,不知不觉地他也要从众来攻击的。而教授自身,纵使自以为怎样放达,下意识里总不免有架子在。所以在外国,称为"教授小说"的东西倒并不少,但是不大有人说好,至少,是总难免有令人发烦的炫学的地方。

所以我想，研究文学是一件事，做文章又是一件事。

第二，我常被询问：要弄文学，应该看什么书？这实在是一个极难回答的问题。先前也曾有几位先生给青年开过一大篇书目。但从我看来，这是没有什么用处的，因为我觉得那都是开书目的先生自己想要看或者未必想要看的书目。我以为倘要弄旧的呢，倒不如姑且靠着张之洞的《书目答问》去摸门径去。倘是新的，研究文学，则自己先看看各种的小本子，如本间久雄的《新文学概论》，厨川白村的《苦闷的象征》，瓦浪斯基们的《苏俄的文艺论战》之类，然后自己再想想，再博览下去。因为文学的理论不像算学，二二一定得四，所以议论很分歧。如第三种，便是俄国的两派的争论，——我附带说一句，近来听说连俄国的小说也不大有人看了，似乎一看见"俄"字就吃惊，其实苏俄的新创作何尝有人绍介，此刻译出的几本，都是革命前的作品，作者在那边都已经被看作反革命的了。倘要看看文艺作品呢，则先看几种名家的选本，从中觉得谁的作品自己最爱看，然后再看这一个作者的专集，然后再从文学史上看看他在史上的位置；倘要知道得更详细，就看一两本这人的传记，那便可以大略了解了。如果专是请教别人，则各人的嗜好不同，总是格不相入的。

第三，说几句关于批评的事。现在因为出版物太多了，——其实有什么呢，而读者因为不胜其纷纭，便渴望批评，于是批评家也便应运而生。批评这东西，对于读者，至少对于和这批评家趣旨相近的读者，是有用的。但中国现在，似乎应该暂作别论。往往有人误以为批评家对于创作是操生杀之权，占文坛的最高位的，就忽而变成批评家；他的灵魂上挂了刀。但是怕自己的立论不周密，便主张主观，有时怕自己的观察别人不看重，又主张客观；有时说自己的作文的根柢全是同情，有时将校对者骂得一文不值。凡中国的批评文字，我总是越看越糊涂，如果当真，就要无路可走。印度人是早知道的，有一个很普通的比喻。他们说：一个老翁和一个孩子用一匹驴子驮着货物去出卖，货卖去了，孩子骑驴回来，老翁跟着走。但路人责备他了，说是不晓事，叫老年人徒步。他们便换了一个地位，而旁人又说老人忍心；老人忙将孩子抱到鞍鞒上，后来看见的人却说他们残酷；于是都下来，走了不久，可又有人笑他们了，说他们是呆子，空着现成的驴子却不骑。于是老人对孩子叹息道，我们只剩了一个办法了，是我们两人抬着驴子走。无论读，无论做，倘若旁征博引，结果是往往会弄到抬驴子走的。

不过我并非要大家不看批评，不过说看了之后，仍要看看本书，自己思索，自己做主。看别的书也一样，仍要自己思索，自己观察。倘只看书，便变成书橱，即使自己觉得有趣，而那趣味其实是已在逐渐硬化，逐渐死去了。我先前反对青年躲进研究室，也就是这意思,至今有些学者,还将这话算作我的一条罪状哩。

听说英国的培那特萧(Bernard Sbaw),有过这样意思的话:世间最不行的是读书者。因为他只能看别人的思想艺术,不用自己。这也就是勖本华尔(schopenhauer)之所谓脑子里给别人跑马。较好的是思索者。因为能用自己的生活力了,但还不免是空想,所以更好的是观察者,他用自己的眼睛去读世间这一部活书。

这是的确的,实地经验总比看,听,空想确凿。我先前吃过干荔枝,罐头荔枝,陈年荔枝,并且由这些推想过新鲜的好荔枝。这回吃过了,和我所猜想的不同,非到广东来吃就永不会知道。但我对于萧的所说,还要加一点骑墙的议论。萧是爱尔兰人,立论也不免有些偏激的。我以为假如从广东乡下找一个没有历练的人,叫他从上海到北京或者什么地方,然后问他观察所得,我恐怕是很有限的,因为他没有练习过观察力。所以要观察,还是先要经过思索和读书。

总之,我的意思是很简单的:我们自动的读书,即嗜好的读书,请教别人是大抵无用,只好先行泛览,然后抉择而入于自己所爱的较专的一门或几门;但专读书也有弊病,所以必须和实社会接触,使所读的书活起来。

通信

小峰兄:

收到了几期《语丝》,看见有《鲁迅在广东》的一个广告,说是我的言论之类,都收集在内。后来的另一广告上,却变成"鲁迅著"了。我以为这不大好。

我到中山大学的本意,原不过是教书。然而有些青年大开其欢迎会。我知道不妙,所以首先第一回演说,就声明我不是什么"战士","革命家"。倘若是的,就应该在北京,厦门奋斗;但我躲到"革命后方"的广州来了,这就是并非"战士"的证据。

不料主席的某先生——他那时是委员——接着演说,说这是我太谦虚,就我过去的事实看来,确是一个战斗者,革命者。于是礼堂上噼噼啪啪一阵拍手,我的"战士"便做定了。拍手之后,大家都已走散,再向谁去推辞?我只好咬着牙关,背了"战士"的招牌走进房里去,想到敝同乡秋瑾姑娘,就是被这种噼噼啪啪的拍手拍死的。我莫非也非"阵亡"不可吗?

没有法子,姑且由它去吧。然而苦矣!访问的,研究的,谈文学的,侦探思想的,要做序,题签的,请演说的,闹得个不亦乐乎。我尤其怕的是演说,因为它有指定的时候,不听拖延。临时到来一班青年，连劝带逼，将你绑了出去。而所说的话是大概有一定的题目的。命题作文，我最不擅长。否则，我在清朝不早进了秀才了吗？然而不得已，也只好起承转合，上台去说几句。但我自有定例：至多以十分钟为限。可是心里还是不舒服，事前事后，我常常对熟人叹息说：不料我竟到“革命的策源地”来做洋八股了。

还有一层，我凡有东西发表，无论讲义，演说，是必须自己看过的。但那时太忙，有时不但稿子没有看，连印出了之后也没有看。这回变成书了，我也今天才知道，而终于不明白究竟是怎么一回事，里面是怎样的东西。现在我也不想拿什么费话来捣乱，但以我们多年的交情，希望你最好允许我实行下列三样——

一，将书中的我的演说，文章等都删去。

二，将广告上的著者的署名改正。

三，将这信在《语丝》上发表。

这样一来，就只剩了别人所编的别人的文章，我当然心安理得，无话可说了。但是，还有一层，看了《鲁迅在广东》，是不足以很知道鲁迅之在广东的。我想，要后面再加上几十页白纸，才可以称为“鲁迅在广东”。

回想起我这一年的境遇来，有时实在觉得有味。在厦门，是到时静悄悄，后来大热闹；在广东，是到时大热闹，后来静悄悄。肚大两头尖，像一个橄榄。我如有作品，题这名目是最好的，可惜被郭沫若先生占先用去了。但好在我也没有作品。

至于那时关于我的文字，大概是多的罢。我还记得每有一篇登出，某教授便魂不附体似的对我说道：“又在恭维你了！看见了吗？”我总点点头，说，“看见了。”谈下去，他照例说，“在西洋，文学是只有女人看的。”我也点点头，说，“大概是的罢。”心里却想：战士和革命者的虚衔，大约不久就要革掉了罢。

照那时的形势看来，实在也足令认明了我的“纸糊的假冠”的才子们生气。但那形势是另有缘故的，以非急切，姑且不谈。现在所要说的，只是报上所表见的，乃是一时的情形；此刻早没有假冠了，可惜报上并不记载。但我在广东的鲁迅自己，是知道的，所以写一点出来，给憎恶我的先生们平平心——

一，“战斗”和“革命”，先前几乎有修改为“捣乱”的趋势，现在大约可以免了。但旧衔似乎已经革去。

二，要我作序的书，已经托故取回。期刊上的我的题签，已经撤换。

三，报上说我已经逃走，或者说我到汉口去了。写信去更正，就没收。

四，有一种报上，竭力不使它有“鲁迅”两字出现，这是由比较两种报上的同一记事而知道的。

五，一种报上，已给我另定了一种头衔，曰：杂感家。评论是"特长即在他的尖锐的笔调，此外别无可称。"然而他希望我们和《现代评论》合作。为什么呢？他说："因为我们细考两派文章思想，初无什么大别。"（此刻我才知道，这篇文章是转录上海的《学灯》的。原来如此，无怪其然。写完之后，追注。）

六，一个学者，已经说是我的文字损害了他，要将我送官了，先给我一个命令道："暂勿离粤，以俟开审！"

啊呀，仁兄，你看这怎么得了呀！逃掉了五色旗下的"铁窗斧钺风味"，而在青天白日之下又有"缧绁之忧"了。"孔子曰：'非其罪也。'以其子妻之。"怕未必有这样侥幸的事吧，唉唉，呜呼！

但那是其实没有什么的，以上云云，真是"小病呻吟"。我之所以要声明，不过希望大家不要误解，以为我是坐在高台上指挥"思想革命"而已。尤其是有几位青年，纳罕我为什么近来不开口。你看，再开口，岂不要永"勿离粤，以俟开审"了吗？语有之曰：是非只为多开口，烦恼皆因强出头。此之谓也。

我所遇见的那些事，全是社会上的常情，我倒并不觉得怎样。我所感到悲哀的，是有几个同我来的学生，至今还找不到学校进，还在颠沛流离。我还要补足一句，是：他们都不是共产党，也不是亲共派。其吃苦的原因，就在和我认得。所以有一个，曾得到他的同乡的忠告道："你以后不要再说你是鲁迅的学生了罢。"在某大学里，听说尤其严厉，看看《语丝》，就要被称为"语丝派"；和我认识，就要被叫为"鲁迅派"的。

这样子，我想，已经够了，大足以平平正人君子之流的心了。但还要声明一句，这是一部分的人们对我的情形。此外，肯忘掉我，或者至今还和我来往，或要我写字或讲演的人，偶然也仍旧有的。

《语丝》我仍旧爱看，还是他能够破破我的岑寂。但据我看来，其中有些关于南边的议论，未免有一点隔膜。譬如，有一回，似乎颇以"正人君子"之南下为奇，殊不知《现代》在这里，一向是销行很广的。相距太远，也难怪。我在厦门，还只知道一个共产党的总名，到此以后，才知道其中有 CP 和 CY 之分。一直到近来，才知道非共产党而称为什么 Y 什么 Y 的，还不止一种。我又仿佛感到有一个团体，是自以为正统，而喜欢监督思想的。我似乎也就在被监督之列，有时遇见盘问式的访问者，我往往疑心就是他们。但是否的确如此，也到底摸不清，即使真的，我也说不出名目，因为那些名目，多是我所没有听到过的。

以上算是牢骚。但我觉得正人君子这回是可以审问我了："你知道苦了罢？你改悔

不改悔?”大约也不但正人君子,凡对我有些好意的人,也要问的。我的仁兄,你也许即是其一。我可以即刻答复:“一点不苦,一点不悔。而且倒很有趣的。”

土耳其鸡的鸡冠似的彩色的变换,在“以俟开审”之暇,随便看看,实在是有趣的。你知道没有?一群正人君子,连拜服“孤桐先生”的陈源教授即西滢,都舍弃了公理正义的栈房的东吉祥胡同,到青天白日旗下来“服务”了。《民报》的广告在我的名字上用了“权威”两个字,当时陈源教授多么挖苦呀。这回我看见《闲话》出版的广告,道:“想认识这位文艺批评界的权威的,——尤其不可不读《闲话》!”这真使我觉得飘飘然,原来你不必“请君入瓮”,自己也会爬进来!

但那广告上又举出一个曾经被称为“学棍”的鲁迅来,而这回偏尊之曰“先生”,居然和这“文艺批评界的权威”并列,却确乎给了我一个不小的打击。我立刻自觉:啊呀,痛哉,又被钉在木板上替“文艺批评界的权威”做广告了。两个“权威”,一个假的和一个真的,一个被“权威”挖苦的“权威”和一个挖苦“权威”的“权威”。呵呵!

祝你安好。我是好的。

鲁迅。九,三。

答有恒先生

有恒先生:

你的许多话,今天在《北新》上看见了。我感谢你对于我的希望和好意,这是我看得出来的。现在我想简略地奉答几句,并以寄和你意见相仿的诸位。

我很闲,绝绝不至于连写字工夫都没有。但我的不发议论,是很久了,还是去年夏天决定的,我预预定的沉默期间是两年。我看得时光不大重要,有时往往将它当作儿戏。

但现在沉默的原因,却不是先前决定的原因,因为我离开厦门的时候,思想已经有些改变。这种变迁的径路,说起来太烦,姑且略掉罢,我希望自己将来或者会发表。单就近时而言,则大原因之一,是:我恐怖了。而且这种恐怖,我觉得从来没有经验过。

我至今还没有将这“恐怖”仔细分析。姑且说一两种我自己已经诊察明白的,则:

一,我的一种妄想破灭了。我至今为止,时时有一种乐观,以为压迫,杀戮青年的,大概是老人。这种老人渐渐死去,中国总可比较的有生气。现在我知道不然了,杀戮青年的,似乎倒大概是青年,而且对于别个的不能再造的生命和青春,更无顾惜。如果对于动物,也要算“暴殄天物”。我尤其怕看的是胜利者的得意之笔:“用斧劈死”呀,……“乱枪

刺死”呀……。我其实并不是急进的改革论者,我没有反对过死刑。但对于凌迟和灭族,我曾表示过十分的憎恶和悲痛,我以为二十世纪的人群中是不应该有的。斧劈枪刺,自然不说是凌迟,但我们不能用一粒子弹打在他后脑上吗?结果是一样的,对方的死亡。但事实是事实,血的游戏已经开头,而角色又是青年,并且有得意之色。我现在已经看不见这出戏的收场。

二,我发现了我自己是一个……。是什么呢?我一时定不出名目来。我曾经说过:中国历来是排着吃人的筵宴,有吃的,有被吃的。被吃的也曾吃人,正吃的也会被吃。但我现在发现了,我自己也帮助着排筵宴。先生,你是看我的作品的,我现在发一个问题:看了之后,使你麻木,还是使你清楚;使你昏沉,还是使你活泼?倘所觉得是后者,那我的自己裁判,便证实大半了。中国的筵席上有一种“醉虾”,虾越鲜活,吃的人便越高兴,越畅快。我就是做这醉虾的帮手,弄清了老实而不幸的青年的脑子和弄敏了他的感觉,使他万一遭灾时来尝加倍的苦痛,同时给憎恶他的人们赏玩这较灵的苦痛,得到格外的享乐。我有一种设想,以为无论讨赤军,讨革军,倘捕到敌党的有智识的如学生之类,一定特别加刑,甚于对工人或其他无智识者。为什么呢,因为他可以看见更敏锐微细的痛苦的表情,得到特别的愉快。倘我的假设是不错的,那么,我的自己裁判,便完全证实了。

所以,我终于觉得无话可说。

倘若再和陈源教授之流开玩笑罢,那是容易的,我昨天就写了一点。然而无聊,我觉得他们不成什么问题。他们其实至多也不过吃半只虾或呷几口醉虾的醋。况且听说他们已经别离了最佩服的“孤桐先生”,而到青天白日旗下来革命了。我想,只要青天白日旗插远去,恐怕“孤桐先生”也会来革命的。不成问题了,都革命了,浩浩荡荡。

问题倒在我自己的落伍,还有一点小事情。就是,我先前的弄“刀笔”的罚,现在似乎降下来了。种牡丹者得花,种蒺藜者得刺,这是应该的,我毫无怨恨。但不平的是这罚仿佛太重一点,还有悲哀的是带累了几个同事和学生。

他们什么罪孽呢,就因为常常和我往来,并不说我坏。凡如此的,现在就要被称为“鲁迅党”或“语丝派”,这是“研究系”和“现代派”宣传的一个大成功。所以近一年来,鲁迅已以被“投诸四裔”为原则了。不说不知道,我在厦门的时候,后来是被搬在一所四无邻居的大洋楼上了,陪我的都是书,深夜还听到楼下野兽“唔唔”地叫。但我是不怕冷静的,况且还有学生来谈谈。然而来了第二下的打击:三个椅子要搬去两个,说是什么先生的少爷已到,要去用了。这时我实在很气愤,便问他:倘若他的孙少爷也到,我就得坐在楼板上吗?不行!没有搬去,然而来了第三下的打击,一个教授微笑道:又发名士脾气了。厦门的天条,似乎是名士才能有多于一个的椅子的。“又”者,所以形容我常发名士脾气也,《春秋》笔法,先生,你大概明白的罢。还有第四下的打击,那是我临走的时候了,有人说我之所以走,一因为没有酒喝,二因为看见别人的家眷来了,心里不舒服。这还是根据那一次的“名士脾气”的。

这不过随便想到一件小事。但,即此一端,你也就可以原谅我吓得不敢开口之情有可原了罢。我知道你是不希望我做醉虾的。我再斗下去,也许会“身心交病”。然而“身心交病”,又会被人嘲笑的。自然,这些都不要紧。但我何苦呢,做醉虾?

不过我这回最侥幸的是终于没有被做成为共产党。曾经有一位青年,想以独秀办《新青年》,而我在那里做过文章这一件事,来证成我是共产党。但即被另一位青年推翻了,他知道那时连独秀也还未讲共产。退一步,“亲共派”罢,终于也没有弄成功。倘我一出中山大学即离广州,我想,是要被排进去的;但我不走,所以报上“逃走了”“到汉口去了”的闹了一通之后,倒也没有事了。天下究竟还有光明,没有人说我有“分身法”。现在是,似乎没有什么头衔了,但据“现代派”说,我是“语丝派的首领”。这和生命大约并无什么直接关系,或者倒不大要紧的,只要他们没有第二下。倘如“主角”唐有壬似的又说什么“莫斯科的命令”,那可就又有些不妙了。

笔一滑,话说远了,赶紧回到“落伍”问题去。我想,先生,你大约看见的,我曾经叹息中国没有敢“抚哭叛徒的吊客”。而今何如?你也看见,在这半年中,我何尝说过一句话?虽然我曾在讲堂上发表过我的意思,虽然我的文章那时也无处发表,虽然我是早已不说话,但这都不足以做我的辩解。总而言之,现在倘再发那些四平八稳的“救救孩子”似的议论;连我自己听去,也觉得空空洞洞了。

还有,我先前的攻击社会,其实也是无聊的。社会没有知道我在攻击,倘一知道,我早已死无葬身之所了。试一攻击社会的一分子的陈源之类,看如何?而况四万万也哉?我之得以偷生者,因为他们大多数不识字,不知道,并且我的话也无效力,如一箭之入大海。否则,几条杂感,就可以送命的。民众的罚恶之心,并不下于学者和军阀。近来我悟到凡带一点改革性的主张,倘于社会无涉,才可以作为“废话”而存留,万一见效,提倡者即大概不免吃苦或杀身之祸。古今中外,其揆一也。即如目前的事,吴稚晖先生不也有一种主义的吗?而他不但不被普天同愤,且可以大呼“打倒……严办”者,即因为赤党要实行共产主义于二十年之后,而他的主义却须数百年之后或者才行,由此观之,近于废话故也。人那有遥管十余代以后的灰孙子时代的世界的闲情别致也哉?

话已经说得不少,我想收梢了。我感于先生的毫无冷笑和恶意的态度,所以也诚实的奉答，自然，一半也借此发些牢骚。但我要声明，上面的说话中，我并不含有谦虚，我知道我自己，我解剖自己并不比解剖别人留情面。好几个满肚子恶意的所谓批评家，竭力搜索，都寻不出我的真症候。所以我这回自己说一点，当然不过一部分，有许多还是隐藏着的。

我觉得我也许从此不再有什么话要说，恐怖一去，来的是什么呢，我还不得而知，恐怕不见得是好东西罢。但我也在救助我自己，还是老法子：一是麻痹，二是忘却。一面挣扎着，还想从以后淡下去的“淡淡的血痕中”看见一点东西，誊在纸片上。

鲁迅。九，四。

辞“大义”

我自从去年得罪了正人君子们的“孤桐先生”，弄得六面碰壁，只好逃出北京以后，默默无语，一年有零。以为正人君子们忘记了这个“学棍”了罢，——哈哈，并没有。

印度有一个泰戈尔。这泰戈尔到过震旦来，改名竺震旦。因为这竺震旦做过一本《新月集》，所以这震旦就有了一个新月社，——中间我不大明白了——现在又有一个叫作新月书店的。这新月书店要出版的有一本《闲话》，这本《闲话》的广告里有下面这几句话：

“……鲁迅先生（语丝派首领）所仗的大义，他的战略，读过《华盖集》的人，想必已经认识了。但是现代派的义旗，和它的主将——西滢先生的战略，我们还没有明了。……”

“派”呀，“首领”呀，这种谥法实在有些可怕。不远就又会有人来诮骂。甲道：看哪！鲁迅居然称为首领了。天下有这种首领的吗？乙道：他就专爱虚荣。人家称他首领，他就满脸高兴。我亲眼看见的。

但这是我领教惯的教训了，并不为奇。这回所觉得新鲜而惶恐的，是忽而将宝贵的“大义”硬塞在我手里，给我竖起大旗来，叫我和“现代派”的“主将”去对垒。我早已说过：公理和正义，都被正人君子夺去了，所以我已经一无所有。大义么，我连它是圆柱形的呢还是椭圆形的都不知道，叫我怎么“仗”？

“主将”呢，自然以有“义旗”为体面罢。不过我没有这么冠冕。既不成“派”，也没有做“首领”，更没有“仗”过“大义”。更没有用什么“战略”，因为我未见广告以前，竟没有知道西滢先生是“现代派”的“主将”，——我总当他是一个喽啰儿。

我对于我自己，所知道的是这样的。我想，“孤桐先生”尚在，“现代派”该也未必忘了曾有人称我为“学匪”，“学棍”，“刀笔吏”的，而今忽假“鲁迅先生”以“大义”者，但为广告起见而已。呜呼，鲁迅鲁迅，多少广告，假汝之名以行！

九月三日。

反“漫谈”

我一向对于《语丝》没有恭维过，今天熬不住要说几句了：的确可爱。真是《语丝》之所以为《语丝》。

像我似的“世故的老人”是已经不行，有时不敢说，有时不愿说，有时不肯说，有时以为无须说。有此工夫，不如吃点心。但《语丝》上却总有人出来发迂论，如《教育漫谈》，对教育当局去谈教育，即其一也。

“不可与言而与之言”，即是“知其不可为而为之”，一定要有这种人，世界才不寂寞。这一点，我是佩服的。但也许因为“世故”作怪罢，不知怎的佩服中总带一些腹诽，还夹几分伤惨。徐先生是我的熟人，所以再三思维，终于决定贡献一点意见。这一种学识，乃是我身做十多年官僚，目睹一打以上总长，这才陆续地获得，轻易是不肯说的。

对“教育当局”谈教育的根本误点，是在将这四个字的力点看错了：以为他要来办“教育”。其实不然，大抵是来做“当局”的。

这可以用过去的事实证明。因为重在“当局”，所以——

一　学校的会计员，可以做教育总长。

二　教育总长，可以忽而化为内务总长。

三　司法，海军总长，可以兼任教育总长。

曾经有一位总长，听说，他的出来就职，是因为某公司要来立案，表决时可以多一个赞成者，所以再作冯妇的。但也有人来和他谈教育。我有时真想将这老实人一把抓出来，即刻勒令他回家陪太太喝茶去。

所以：教育当局，十之九是意在“当局”，但有些是意并不在“当局”。

这时候，也许有人要问：那么，他为什么有举动呢？

我于是勃然大怒道：这就是他在“当局”呀！说得露骨一点，就是“做官”！不然，为什么叫“做”？

我得到这一种彻底的学识，也不是容易事，所以难免有一点学者的高傲态度，请徐先生恕之。以下是略述我所以得到这学识的历史——

我所目睹的一打以上的总长之中,有两位是喜欢属员上条陈的。于是听话的属员,便纷纷大上其条陈。久而久之,全如石沉大海。我那时还没有现在这么聪明,心里疑惑:莫非这许多条陈一无可取,还是他没有工夫看呢?但回想起来,我"上去"(这是专门术语,小官进去见大官也)的时候,确是常见他正在危坐看条陈;谈话之间,也常听到"我还要看条陈去","我昨天晚上看条陈"等类的话。那究竟是怎么一回事呢?

有一天,我正从他的条陈桌旁走开,跨出门槛,不知怎的忽蒙圣灵启示,恍然大悟了——

哦!原来他的"做官课程表"上,有一项是"看条陈"的。因为要"看",所以要"条陈"。为什么要"看条陈"?就是"做官"之一部分。如此而已。还有另外的奢望,是我自己的糊涂!

"于我来了一道光",从此以后,我自己觉得颇聪明,近于老官僚了。后来终于被"孤桐先生"革掉,那是另外一回事。

"看条陈"和"办教育",事同一例,都应该只照字面解,倘再有以上或更深的希望或要求,不是书呆子,就是不安分。

我还要附加一句警告:倘遇漂亮点的当局,恐怕连"看漫谈"也可以算作他的一种"做"——其名曰"留心教育"——但和"教育"还是没有关系的。

九月四日。

忧"天乳"

《顺天时报》载北京辟才胡同女附中主任欧阳晓澜女士不许剪发之女生报考,致此等人多有望洋兴叹之概云云。是的,情形总要到如此,她不能别的了。但天足的女生尚可投考,我以为还有光明。不过也太嫌"新"一点。

男男女女,要吃这前世冤家的头发的苦,是只要看明末以来的陈迹便知道的。我在清末因为没有辫子,曾吃了许多苦,所以我不赞成女子剪发。北京的辫子,是奉了袁世凯的命令而剪的,但并非单纯的命令,后面大约还有刀。否则,恐怕现在满城还拖着。女子剪发也一样,总得有一个皇帝(或者别的名称也可以),下令大家都剪才行。自然,虽然如此,有许多还是不高兴的,但不敢不剪。一年半载,也就忘其所以了;两年以后,便可以到大家以为女人不该有长头发的世界。这时长发女生,即有"望洋兴叹"之忧。倘只一部分人说些理由,想改变一点,那是历来没有成功过。

但现在的有力者，也有主张女子剪发的，可惜据地不坚。同是一处地方，甲来乙走，丙来甲走，甲要短，丙要长，长者剪，短了杀。这几年似乎是青年遭劫时期，尤其是女性。报载有一处是鼓吹剪发的，后来别一军攻入了，遇到剪发女子，即慢慢拔去头发，还割去两乳……，这一种刑罚，可以证明男子短发，已为全国所公认。只是女人不准学。去其两乳，即所以使其更像男子而警其妄学男子也。以此例之，欧阳晓澜女士盖尚非甚严欤？

今年广州在禁女学生束胸，违者罚洋五十元。报章称之曰“天乳运动”。有人以不得樊增祥作命令为憾。公文上不见“鸡头肉”等字样，盖殊不足以餍文人学士之心。此外是报上的俏皮文章，滑稽议论。我想，如此而已，而已终古。

我曾经也有过“杞天之虑”，以为将来中国的学生出身的女性，恐怕要失去哺乳的能力，家家须雇乳娘。但仅只攻击束胸是无效的。第一，要改良社会思想，对于乳房较为大方；第二，要改良衣装，将上衣系进裙里去。旗袍和中国的短衣，都不适于乳的解放，因为其时即胸部以下掀起，不便，也不好看的。

还有一个大问题，是会不会乳大忽而算作犯罪，无处投考？我们中国在中华民国未成立以前，是只有“不齿于四民之列”者，才不准考试的。据理而言，女子断发既以失男女之别，有罪，则天乳更以加男女之别，当有功。但天下有许多事情，是全不能以口舌争的。总要上谕，或者指挥刀。

否则，已经有了“短发犯”了，此外还要增加“天乳犯”，或者也许还有“天足犯”。呜呼，女性身上的花样也特别多，而人生亦从此多苦矣。

我们如果不谈什么革新，进化之类，而专为安全着想，我以为女学生的身体最好是长发，束胸，半放脚(缠过而又放之，一名文明脚)。因为我从北而南，所经过的地方，招牌旗帜，尽管不同，而对于这样的女人，却从不闻有一处仇视她的。

九月四日。

革“首领”

这两年来，我在北京被“正人君子”杀退，逃到海边；之后，又被“学者”之流杀退，逃到另外一个海边；之后，又被“学者”之流杀退，逃到一间西晒的楼上，满身痱子，有如荔枝，兢兢业业，一声不响，以为可以免于罪戾了罢。啊呀，还是不行。一个学者要九月间到广州来，一面做教授，一面和我打官司，还预先叫我不要走，在这里“以俟开审”哩。

以为在五色旗下，在青天白日旗下，一样是华盖罩命，晦气临头罢，却又不尽然。不

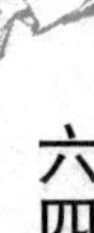

知怎的，于不知不觉之中，竟在“文艺界”里高升了。谓予不信，有陈源教授即西滢的《闲话》广告为证，节抄无趣，剪而贴之——

“徐丹甫先生在《学灯》里说：‘北京究是新文学的策源地，根深蒂固，隐隐然执全国文艺界的牛耳。’究竟什么是北京文艺界？质言之，前一两年的北京文艺界，便是现代派和语丝派交战的场所。鲁迅先生（语丝派首领）所仗的大义，他的战略，读过《华盖集》的人，想必已经认识了。但是现代派的义旗，和它的主将——西滢先生的战略，我们还没有明了。现在我们特地和西滢先生商量，把《闲话》选集起来，印成专书，留心文艺界掌故的人，想必都以先睹为快。

“可是单把《闲话》当作掌故又错了。想——

欣赏西滢先生的文笔的，

研究西滢先生的思想的，

想认识这位文艺批评界的权威的——

尤其不可不读《闲话》！”

这很像“诗哲”徐志摩先生的，至少，是“诗哲”之流的“文笔”，所以如此飘飘然，连我看了也几乎想要去买一本。但，只是想到自己，却又迟疑了。两三个年头，不算太长久。被“正人君子”指为“学匪”，还要“投畀豺虎”，我是记得的。做了一点杂感，有时涉及这位西滢先生，我也记得的。这些东西，“诗哲”是看也不看，西滢先生是即刻叫它“到应该去的地方去”，我也记得的。后来终于出了一本《华盖集》，也是实情。然而我竟不知道有一个“北京文艺界”，并且我还做了“语丝派首领”，仗着“大义”在这“文艺界”上和“现代派主将”交战。虽然这“北京文艺界”已被徐丹甫先生在《学灯》上指定，隐隐然不可动摇了，而我对于自己的被说得有声有色的战绩，却还是莫名其妙，像着了狐狸精的迷似的。

现代派的文艺，我一向没有留心，《华盖集》里从何提起。只有某女士窃取“琵亚词侣”的画的时候，《语丝》上（也许是《京报副刊》上）有人说过几句话，后来看“现代派”的口风，仿佛以为这话是我写的。我现在郑重声明：那不是我。我自从被杨荫榆女士杀败之后，即对于一切女士都不敢开罪，因为我已经知道得罪女士，很容易引起“男士”的义侠之心，弄得要被“通缉”都说不定的，便不再开口。所以我和现代派的文艺，丝毫无关。

但终于交了好运了，升为“首领”，而且据说是曾和现代派的“主将”在“北京文艺界”上交过战了。好不堂哉皇哉。本来在房里面有喜色，默认不辞，倒也有些阔气的。但因为我近来被人随手抑扬，忽而“权威”，忽而不准做“权威”，只准做“前驱”；忽而又改为“青年指导者”；甲说是“青年叛徒的领袖”罢，乙又来冷笑道：“哼哼哼。”自己一动不动，故我依然，姓名却已经经历了几回升沉冷暖。人们随意说说，将我当作一种材料，倒也罢了，最可怕的是广告的恭维和广告的嘲骂。简直是膏药摊上挂着的死蛇皮一般。所以这回虽然蒙现代派追封，但对于这"首领"的荣誉，还只得再来公开辞退。不过也不见得回回如此，因为我没有这许多闲工夫。

背后插着"义旗"的"主将"出马，对手当然以阔一点的为是。我们在什么演义上时常看见："来将通名！我的宝刀不斩无名之将！"主将要来"交战"而将我升为"首领"，大概也是"不得已也"的。但我并不然，没有这些大架子，无论巴儿狗，无论臭茅厕，都会唾过几口吐沫去，不必定要脊梁上插着五张尖角旗（义旗？）的"主将"出台，才动我的"刀笔"。假如有谁看见我攻击茅厕的文字，便以为也是我的劲敌，自恨于它的气味还未明了，再要去嗅一嗅，那是我不负责任的。恐怕有人以这广告为例，所以附带声明，以免拖累。

至于西滢先生的"文笔"，"思想"，"文艺批评界的权威"，那当然必须"欣赏"，"研究"而且"认识"的。只可惜要"欣赏"……这些，现在还只有一本《闲话》。但我以为咱们的"主将"的一切"文艺"中，最好的倒是登在《晨报副刊》上的，给志摩先生的大半痛骂鲁迅的那一封信。那是发热的时候所写，所以已经脱掉了绅士的黑洋服，真相跃如了。而且和《闲话》比较起来，简直是两样态度，证明着两者之中，有一种是虚伪。这也是要"研究"……西滢先生的"文笔"等等的好东西。

然而虽然是这一封信之中，也还须分别观之。例如："志摩，……前面是遥遥茫茫荫在薄雾的里面的目的地"之类。据我看来，其实并无这样的"目的地"，倘有，却不怎么"遥遥茫茫"。这是因为热度还不很高的缘故，倘使发到九十度左右，我想，那便可望连这些"遥遥茫茫"都一扫而光，近于纯粹了。

九月九日，广州。

谈"激烈"

带了书籍杂志过"香江"，有被视为"危险文字"而尝"铁窗斧钺风味"之险，我在《略谈香港》里已经说过了。但因为不知道怎样的是"危险文字"，所以时常耿耿于心。为什么呢？倒也并非如上海保安会所言，怕"中国元气大损"，乃是自私自利，怕自己也许要经过香港，须得留神些。

今年似乎是青年特别容易死掉的年头。"千里不同风，百里不同俗。"这里以为平常的，那边就算过激，滚油煎指头。今天正是正当的，明天就变犯罪，藤条打屁股。倘是年轻人，初从乡间来，一定要被煎得莫名其妙，以为现在是时行这样的制度了罢。至于我呢，前年已经四十五岁了，而且早已"身心交病"，似乎无须这么宝贵生命，思患预防。但这是别人的意见，若夫我自己，还是不愿意吃苦的。敢乞"新时代的青年"们鉴原为幸。

所以，留神而又留神。果然，"天助自助者"，今天竟在《循环日报》上遇到一点参考资料了。事情是一个广州执信学校的学生，路过(！)香港，"在尖沙咀码头，被一五七号华差截搜行李，在其木杠(谨案：箱也)之内，搜获激烈文字书籍七本。计开：执信学校印行之《宣传大纲》六本，又《侵夺中国史》一本。此种激烈文字，业经华民署翻译员择译完竣，昨日午乃解由连司提讯，控以怀有激烈文字书籍之罪。……"抄报太麻烦，说个大略罢，是："择译"时期，押银五百元出外；后来因为被告供称书系朋友托带，所以"姑判从轻罚银二十五元，书籍没收焚毁"云。

执信学校是广州的平正的学校，既是"清党"之后，则《宣传大纲》不外三民主义可知，但一到"尖沙嘴"，可就"激烈"了；可怕。唯独对于友邦，竟敢用"侵夺"字样，则确也未免"激烈"一点，因为忘了他们正在替我们"保存国粹"之恩故也。但"侵夺"上也许还有字，记者不敢写出来。

我曾经提起过几回元朝，今夜思之，还不明确。元朝之于中文书籍，未尝如此留心。这一着倒要推清朝做模范。他不但兴过几回"文字狱"，大杀叛徒，且于宋朝人所做的"激烈文字"，也曾细心加以删改。同胞之热心"复古"及友邦之赞助"复古"者，似当奉为师法者也。

清朝人改宋人书，我曾经举出过《茅亭客话》。但这书在《琳琅秘室丛书》里，现在时价每部要四十元，倘非小阔人，那能得之哉？近来却另有一部了，是商务印书馆印的《鸡肋编》，宋庄季裕著，每本只要五角，我们可以看见清朝的文澜阁本和元钞本有如何不同。今摘数条如下：

"燕地……女子……冬月以栝蒌涂面，……至春暖方涤去，久不为风日所侵，故洁白如玉也。今使中国妇女，尽污于殊俗，汉唐和亲之计，盖未为屈也。"(清人将"今使中国"以下二十二字，改作"其异于南方如此"七字。)

"自古兵乱，郡邑被焚毁者有之，虽盗贼残暴，必赖室庐以处，故须有存者。靖康之后，金虏侵凌中国，露居异俗，凡所经过，尽皆焚爇。如曲阜先圣旧宅，自鲁共王之后，但有增葺。莽卓巢温之徒，犹假崇儒，未尝敢犯。至金寇，遂为烟尘。指其像而诟曰'尔是言夷狄之有君者！'中原之祸，自书契以来，未之有也。"(清朝的改本，可大不同了，是"孔子宅在今僊源故鲁城中归德门内阙里之中。……遭汉中微,盗贼奔突,自西京未央建章之殿,皆见隳坏,而灵光岿然独存。今其遗址,不复可见。而先圣旧宅,近日亦遭兵燹之厄,可叹也夫。")

抄书也太麻烦,还是不抄下去了。但我们看第二条,就很可以悟出上海保安会所切望的"循规蹈矩"之道。即:原文带些愤激,是"激烈",改本不过"可叹也夫",是"循现蹈矩"的。何以故呢?愤激便有揭竿而起的可能,而"可叹也夫"则瘟头瘟脑,即使全国一同叹气,其结果也不过是叹气,于"治安"毫无妨碍的。

但我还要给青年们一个警告:勿以为我们以后只做"可叹也夫"的文章,便可以安全了。新例我还未研究好,单看清朝的老例,则准其叹气,乃是对于古人的优待,不适用于今人的。因为奴才都叹气,虽无大害,主人看了究竟不舒服。必须要如罗素所称赞的杭州的轿夫一样,常是笑嘻嘻。

但我还要给自己解释几句:我虽然对于"笑嘻嘻"仿佛有点微词,但我并非意在鼓吹"阶级斗争",因为我知道我的这一篇,杭州轿夫是不会看见的。况且"讨赤"诸君子,都不肯笑嘻嘻地去抬轿,足见以抬轿为苦境,也不独"乱党"为然。而况我的议论,其实也不过"可叹也夫"乎哉!

现在的书籍往往"激烈",古人的书籍也不免有违碍之处。那么,为中国"保存国粹"者,怎么办呢?我还不大明白。仅知道澳门是正在"征诗",共收卷七千八百五十六本,经"江霞公太史(孔殷)评阅",取录二百名。第一名的诗是:

南中多乐日高会… 良时厚意愿得常…

陵松万章发文彩… 百年贵寿齐辉光…

这是从香港报上照抄下来的,一连三圈,也原本如此,我想大概是密圈之急。这诗大约还有一种"格",如"嵌字格"之类,但我是外行,只好不谈。所给我益处的,是我居然从此悟出了将来的"国粹",当以诗词骈文为正宗。史学等等,恐怕未必发达。即要研究,也必先由老师宿儒,先加一番改定工夫。唯独诗词骈文,可以少有流弊。故骈文入神的饶汉祥一死,日本人也不禁为之慨叹,而"狂徒"又须挨骂了。

日本人拜服骈文于北京,"金制军""整理国故"于香港,其爱护中国,恐其沦亡,可谓至矣。然而裁厘加税,大家都不赞成者何哉?盖厘金乃国粹,而关税非国粹也。"可叹也夫"!

今是中秋,璧月澄澈,叹气既完,还不想睡。重吟"征诗",莫名其妙,稿有余纸,因录"江霞公太史"评语,俾读者咸知好处,但圈点是我僭加的——

"以谢启为题,寥寥二十八字。既用古诗十九首中字,复嵌全限内字。首二句是赋,三句是兴,末句是兴而比。步骤井然,举重若轻,绝不吃力。虚室生白,吉祥止止。洵属巧中生巧,难上加难。至其胎息之高古,意义之纯粹,格调之老苍,非寝馈汉魏古诗有年,未易臻斯境界。"

九月十一日,广州。

扣丝杂感

以下这些话,是因为见了《语丝》(一四七期)的《随感录》(二八)而写的。

这半年来,凡我所看的期刊,除《北新》外,没有一种完全的:《莽原》,《新生》,《沉钟》。甚至于日本文的《斯文》,里面所讲的都是汉学,末尾附有《西游记传奇》,我想和演义来比较一下,所以很切用,但第二本即缺少,第四本起便杳然了。至于《语丝》,我所没有收到的统共有六期,后来多从市上的书铺里补得,唯有一二六和一四三终于买不到,至今还不知道内容究竟是怎样。

这些收不到的期刊,是遗失,还是没收的呢?我以为两者都有。没收的地方,是北京,天津,还是上海,广州呢?我以为大约也各处都有。至于没收的缘故,那可是不得而知了。

我所确切知道的,有这样几件事。是《莽原》也被扣留过一期,不过这还可以说,因为里面有俄国作品的翻译。那时只要一个"俄"字,已够惊心动魄,自然无暇顾及时代和内容。但韦丛芜的《君山》,也被扣留。这一本诗,不但说不到"赤",并且也说不到"白",正和作者的年纪一样,是"青"的,而竟被禁锢在邮局里。黎锦明先生早有来信,说送我《热火集》,一本是托书局寄的,怕他们忘记,自己又寄了一本。但至今已将半年,一本也没有到。我想,十之九都被没收了,因为火色既"赤",而况又"烈"乎,当然通不过的。

《语丝》一三二期寄到我这里的时候是出版后约六星期,封皮上写着两个绿色大字道:"扣留",另外还有检查机关的印记和封条。打开看时,里面是《猓猓人的创世记》,《无题》,《寂寞札记》,《撒园荽》,《苏曼殊及其友人》,都不像会犯禁。我便看《来函照登》,是讲"情死""情杀"的,不要紧,目下还不管这些事。只有《闲话拾遗》了。这一期特别少,共只两条。一是讲日本的,大约也还不至于犯禁。一是说来信告诉"清党"的残暴手段的,《语丝》此刻不想登。莫非因为这一条吗?但不登何以又不行呢?莫名其妙。然而何以"扣留"而又放行了呢?也莫名其妙。

这莫名其妙的根源，我以为在于检查的人员。

中国近来一有事，首先就检查邮电。这检查的人员，有的是团长或区长，关于论文诗歌之类，我觉得我们不必和他多谈。但即使是读书人，其实还是一样的说不明白，尤其是在所谓革命的地方。直截痛快的革命训练弄惯了，将所有革命精神提起，如油的浮在水面一般，然而顾不及增加营养。所以，先前是刊物的封面上画一个工人，手捏铁铲或鹤嘴锹，文中有"革命！革命！""打倒！打倒！"者，一帆风顺，算是好的。现在是要画一个少年军人拿旗骑在马上，里面"严办！严办！"这才庶几免于罪戾。至于什么"讽刺"，"幽默"，"反语"，"闲谈"等类，实在还是格不相入。从格不相入，而成为视之懵然，结果即不免有些弄得乱七八糟，谁也莫名其妙。

《语丝》书影

还有一层，是终日检查刊物，不久就会头昏眼花，于是讨厌，于是生气，于是觉得刊物大抵可恶——尤其是不容易了然的——而非严办不可。我记得书籍不切边，我也是作俑者之一，当时实在是没有什么恶意的，后来看见方传宗先生的通信(见本《丝》一二九)，竟说得要毛边装订的人有如此可恶，不觉满肚子冤屈。但仔细一想，方先生似乎是图书馆员，那么，要他老是裁那并不感兴趣的毛边书，终于不免生气而大骂毛边党，正是毫不足怪的事。检查员也同此例，久而久之，就要发火，开初或者看得详细点，但后来总不免《烈火集》也可怕，《君山》也可疑，——只剩了一条最稳当的路：扣留。

两个月前罢，看见报上记着某邮局因为扣下的刊物太多，无处存放了，一律焚毁。我那时实在感到心痛，仿佛内中很有几本是我的东西似的。呜呼哀哉！我的《烈火集》呵。我的《西游记传奇》呵。我的……。

附带还要说几句关于毛边的牢骚。我先前在北京参与印书的时候，自己暗暗地定下了三样无关紧要的小改革，来试一试。一，是首页的书名和著者的题字，打破对称式；二，是每篇的第一行之前，留下几行空白；三，就是毛边。现在的结果，第一件已经有恢复香炉烛台式的了；第二件有时无论怎样叮嘱，而临印的时候，工人终于将第一行的字移到纸边，用"迅雷不及掩耳的手段"，使你无可挽救；第三件被攻击最早，不久我便有条件的降伏了。与李老板约：别的不管，只是我的译著，必须坚持毛边到底！但是，今竟如何？老板送给我的五部或十部,至今还确是毛边。不过在书铺里,我却发现了毫无“毛”气,四面光滑的《彷徨》之类。归根结底,他们都将彻底的胜利。所以说我想改革社会,或者和改革社会有关,那是完全冤枉的,我早已瘟头瘟脑,躺在板床上吸烟卷——彩凤牌——了。

言归正传。刊物的暂时要碰钉子,也不但遇到检查员,我恐怕便是读书的青年,也还是一样。先已说过,革命地方的文字,是要直截痛快,“革命!革命!”的,这才是“革命文学”。我曾经看见一种期刊上登载一篇文章,后有作者的附白,说这一篇没有谈及革命,对不起读者,对不起对不起。但自从“清党”以后,这“直截痛快”以外,却又增添了一种神经过敏。“命”自然还是要革的,然而又不宜太革,太革便近于过激,过激便近于共产党,变了“反革命”了。所以现在的“革命文学”,是在顽固这一种反革命和共产党这一种反革命之间。

于是又发生了问题,.便是“革命文学”站在这两种危险物之间,如何保持她的纯正——正宗。这势必至于必须防止近于赤化的思想和文字,以及将来有趋于赤化之虑的思想和文字。例如,攻击礼教和白话,即有趋于赤化之忧。因为共产派无视一切旧物,而白话则始于《新青年》,而《新青年》乃独秀所办。今天看见北京教育部禁止白话的消息,我逆料《语丝》必将有几句感慨,但我实在是无动于衷。我觉得连思想文字,也到处都将窒息,几句白话黑话,已经没有什么大关系了。

那么,谈谈风月,讲讲女人,怎样呢?也不行。这是“不革命”。“不革命”虽然无罪,然而是不对的!

现在在南边,只剩了一条“革命文学”的独木小桥,所以外来的许多刊物,便通不过,扑通!扑通!都掉下去了。

但这直接痛快和神经过敏的状态,其实大半也还是视指挥刀的指挥而转移的。而此时刀尖的挥动,还是横七竖八。方向有个一定之后,或者可以好些罢。然而也不过是“好些”,内中的骨子,恐怕还不外乎窒息,因为这是先天性的遗传。

先前偶然看见一种报上骂郁达夫先生,说他《洪水》上的一篇文章,是不怀好意,恭维汉口。我就去买《洪水》来看,则无非说旧式的崇拜一个英雄,已和现代潮流不合,倒也看不出什么恶意来。这就证明着眼光的钝锐,我和现在的青年文学家已很不同了。所以《语丝》的莫明其妙的失踪,大约也许只是我们自己莫名其妙,而上面的检查员云云,倒是假设的恕词。

至于一四五期以后,这里是全都收到的,大约唯在上海者被押。假如真的被押,我却以为大约也与吴老先生无关。“打倒……打倒……严办……严办……”,固然是他老先生亲笔的话，未免有些责任，但有许多动作却并非他的手脚了。在中国，凡是猛人（这是广州常用的话，其中可以包括名人，能人，阔人三种），都有这种的运命。

无论是何等样人，一成为猛人，则不问其“猛”之大小，我觉得他的身边便总有几个包围的人们，围得水泄不通。那结果，在内，是使该猛人逐渐变成昏庸，有近乎傀儡的趋势。在外，是使别人所看见的并非该猛人的本相，而是经过了包围者的曲折而显现的幻形。至于幻得怎样，则当视包围者是三棱镜呢，还是凸面或凹面而异。假如我们能有一种机会，偶然走到一个猛人的近旁，便可以看见这时包围者的脸面和言动，和对付别的人们的时候有怎样的不同。我们在外面看见一个猛人的亲信，谬妄骄恣，很容易以为该猛人所爱的是这样的人物。殊不知其实是大谬不然的。猛人所看见的他是娇嫩老实，非常可爱，简直说话会口吃，谈天要脸红。老实说一句罢，虽是“世故的老人”如不佞者，有时从旁看来也觉得倒也并不坏。

但同时也就发生了胡乱的矫诏和过度的巴结，而晦气的人物呀，刊物呀，植物呀，矿物呀，则于是乎遭灾，但猛人大抵是不知道的。凡知道一点北京掌故的，该还记得袁世凯做皇帝时候的事吧。要看日报，包围者连报纸都会特印了给他看，民意全部拥戴，舆论一致赞成。直要待到蔡松坡云南起义，这才啊呀一声，连一连吃了二十多个馒头都自己不知道。但这一出戏也就闭幕，袁公的龙驭上宾于天了。

包围者便离开了这一株已倒的大树，去寻求别一个新猛人。

我曾经想做过一篇《包围新论》，先述包围之方法，次论中国之所以永是走老路，原因即在包围，因为猛人虽有起仆兴亡，而包围者永是这一伙。次更论猛人倘能脱离包围，中国就有五成得救。结末是包围脱离法。——然而终于想不出好的方法来，所以这新论也还没有敢动笔。

爱国志士和革命青年幸勿以我为懒于筹划，只开目录而没有文章。我思索是也在思索的，曾经想到了两样法子，但反复一想，都无用。一，是猛人自己出去看看外面的情形，不要先“清道”。然而虽不“清道”，大家一遇猛人，大抵也会先就改变了本然的情形，再也看不出真模样。二，是广接各样的人物，不为一定的若干人所包围。然而久而久之，也终于有一群制胜，而这最后胜利者的包围力则最强大，归根结底，也还是古已有之的运命：龙驭上宾于天。

世事也还是像螺旋。但《语丝》今年特别碰钉子于南方，仿佛得了新境遇，这又是什么缘故呢？这一点，我自以为是容易解答的。

“革命尚未成功”，是这里常见的标语。但由我看来，这仿佛已经成了一句谦虚话，在

后方的一大部分的人们的心里，是"革命已经成功"或"将近成功"了。既然已经成功或将近成功，自己又是革命家，也就是中国的主人翁，则对于一切，当然有管理的权利和义务。刊物虽小事，自然也在看管之列。有近于赤化之虑者无论矣，而要说不吉利语，即可以说是颇有近于"反革命"的气息了，至少，也很令人不欢。而《语丝》，是每有不肯凑趣的坏脾气的，则其不免于有时失踪也，盖犹其小焉者耳。

九月十五日。

"公理"之所在

在广州的一个"学者"说，"鲁迅的话已经说完，《语丝》不必看了。"这是真的，我的话已经说完，去年说的，今年还适用，恐怕明年也还适用。但我诚恳地希望他不至于适用到十年二十年之后。倘这样，中国可就要完了，虽然我倒可以自慢。

公理和正义都被"正人君子"拿去了，所以我已经一无所有。这是我去年说过的话，而今年确也还是如此。然而我虽然一无所有，寻求是还在寻求的，正如每个穷光棍，大抵不会忘记银钱一样。

话也还没有说完。今年，我竟发现了公理之所在了。或者不能说发现，只可以说证实。北京中央公园里不是有一座白石牌坊，上面刻着四个大字道，"公理战胜"吗？——Yes，就是这个。

这四个字的意思是"有公理者战胜"，也就是"战胜者有公理"。

段执政有卫兵，"孤桐先生"秉政，开枪打败了请愿的学生，胜矣。于是东吉祥胡同的"正人君子"们的"公理"也蓬蓬勃勃。慨自执政退隐，"孤桐先生""下野"之后，——呜呼，公理亦从而零落矣。那里去了呢？枪炮战胜了投壶，阿！有了，在南边了。于是乎南下，南下，南下……

于是乎"正人君子"们又和久违的"公理"相见了。

《现代评论》的一千元津贴事件，我一向没有插过嘴，而"主将"也将我拉在里面，乱骂一通，——大约以为我是"首领"之故罢。横竖说也被骂，不说也被骂，我就回敬一杯，问问你们所自称为"现代派"者，今年可曾幡然变计，另外运动，收受了新的战胜者的津贴没有？

还有一问，是："公理"几块钱一斤？

可恶罪

这是一种新的“世故”。

我以为法律上的许多罪名,都是花言巧语,只消以一语包括之,曰:可恶罪。

譬如,有人觉得一个人可恶,要给他吃点苦罢,就有这样的法子。倘在广州而又是“清党”之前,则可以暗暗地宣传他是无政府主义者。那么,共产青年自然会说他“反革命”,有罪。若在“清党”之后呢,要说他是 CP 或 CY,没有证据,则可以指为“亲共派”。那么,清党委员会自然会说他“反革命”,有罪。再不得已,则只好寻些别的事由,诉诸法律了。但这比较的麻烦。

我先前总以为人是有罪,所以枪毙或坐监的。现在才知道其中的许多,是先因为被人认为“可恶”,这才终于犯了罪。

许多罪人,应该称为“可恶的人”。

九,十四。

“意表之外”

有恒先生在《北新周刊》上诧异我为什么不说话,我已经去信公开答复了。还有一层没有说。这也是一种新的“世故”。

我的杂感常不免于骂。但今年发现了,我的骂对于被骂者是大抵有利的。

拿来做广告,显而易见,不消说了。还有:

1,天下以我为可恶者多,所以有一个被我所骂的人要去运动一个以我为可恶的人,只要摊出我的杂感来,便可以做他们的“兰谱”,“相视而笑,莫逆于心”了。“咱们一伙儿”。

2,假如有一个人在办一件事,自然是不会好的。但我一开口,他却可以归罪于我了。譬如办学校罢,教员请不到,便说:这是鲁迅说了坏话的缘故;学生闹一点小乱子罢,又是鲁迅说了坏话的缘故。他倒干干净净。

我又不学耶稣,何苦替别人来背十字架呢?

但“江山好改,本性难移”,也许后来还要开开口。可是定了“新法”了,除原先说过的“主将”之类以外,新的都不再说出他的真姓名,只叫“一个人”,“某学者”,“某教授”,

“某君”。这么一来,他利用的时候便至少总得费点力,先须加说明。

你以为“骂”绝非好东西罢,于有些人还是有利的。人类究竟是可怕的东西。就是能够咬死人的毒蛇,商人们也会将它浸在酒里,什么“三蛇酒”,“五蛇酒”,去卖钱。

这种办法实在比“交战”厉害得多,能使我不敢写杂感。但再来一回罢,写“不敢写杂感”的杂感。

新时代的放债法

还有一种新的“世故”。

先前,我总以为做债主的人是一定要有钱的,近来才知道无须。在“新时代”里,有一种精神的资本家。

你倘说中国像沙漠罢,这资本家便乘机而至了,自称是喷泉。你说社会冷酷罢,他便自说是热;你说周围黑暗罢,他便自说是太阳。

阿!世界上冠冕堂皇的招牌,都被拿去了。岂但拿去而已哉。他还润泽,温暖,照临了你。因为他是喷泉,热,太阳呵!

这是一宗恩典。

不但此也哩。你如有一点产业,那是他赏赐你的。为什么呢?因为倘若他一提倡共产,你的产业便要充公了,但他没有提倡,所以你能有现在的产业。那自然是他赏赐你的。

你如有一个爱人,也是他赏赐你的。为什么呢?因为他是天才而且革命家,许多女性都渴仰到五体投地。他只要说一声“来!”便都飞奔过去了,你的当然也在内。但他不说“来!”所以你得有现在的爱人。那自然也是他赏赐你的。

这又是一宗恩典。

还不但此也哩!他到你那里来的时候,还每回带来一担同情!一百回就是一百担——你如果不知道,那就因为你没有精神的眼睛——经过一年,利上加利,就是二三百担……

阿阿!这又是一宗大恩典。

于是乎是算账了。不得了,这么雄厚的资本,还不够买一个灵魂吗?但革命家是客气的,无非要你报答一点,供其使用——其实也不算使用,不过是“帮忙”而已。

倘不如命地"帮忙"，当然，罪大恶极了。先将忘恩负义之罪，布告于天下。而且不但此也，还有许多罪恶，写在账簿上哩，一旦发布，你便要"身败名裂"了。想不"身败名裂"么，只有一条路，就是赶快来"帮忙"以赎罪。

然而我不幸竟看见了"新时代的新青年"的身边藏着这许多账簿，而他们自己对于"身败名裂"又怀着这样天大的恐慌。

于是乎又得新"世故"：关上门，塞好酒瓶，捏紧皮夹。这倒于我很保存了一些润泽，光和热——我是只看见物质的。

九，十四。

魏晋风度及文章与药及酒之关系

——九月间在广州夏期学术演讲会讲

我今天所讲的，就是黑板上写着的这样一个题目。

中国文学史，研究起来，可真不容易，研究古的，恨材料太少，研究今的，材料又太多，所以到现在，中国较完全的文学史尚未出现。今天讲的题目是文学史上的一部分，也是材料太少，研究起来很有困难的地方。因为我们想研究某一时代的文学，至少要知道作者的环境，经历和著作。

汉末魏初这个时代是很重要的时代，在文学方面起一个重大的变化，因当时正在黄巾和董卓大乱之后，而且又是党锢的纠纷之后，这时曹操出来了。——不过我们讲到曹操，很容易就联想起《三国志演义》，更而想起戏台上那一位花面的奸臣，但这不是观察曹操的真正方法。现在我们再看历史，在历史上的记载和论断有时也是极靠不住的，不能相信的地方很多，因为通常我们晓得，某朝的年代长一点，其中必定好人多；某朝的年代短一点，其中差不多没有好人。为什么呢？因为年代长了，做史的是本朝人，当然恭维本朝人物，年代短了，做史的是别朝人，便很自由地贬斥其异朝的人物，所以在秦朝，差不多在史的记载上半个好人也没有。曹操在史上年代也是颇短的，自然也逃不了被后一朝人说坏话的公例，其实，曹操是一个很有本事的人，至少是一个英雄，我虽不是曹操一党，但无论如何，总是非常佩服他。

研究那时的文学，现在较为容易了，因为已经有人做过工作：在文集一方面有清严可均辑的《全上古三代秦汉三国晋南北朝文》。其中于此有用的，是《全汉文》，《全三国文》，《全晋文》。

在诗一方面有丁福保辑的《全汉三国晋南北朝诗》。——丁福保是做医生的,现在还在。

辑录关于这时代的文学评论有刘师培编的《中国中古文学史》。这本书是北大的讲义,刘先生已死,此书由北大出版。

上面三种书对于我们的研究有很大的帮助。能使我们看出这时代的文学的确有点异彩。

我今天所讲,倘若刘先生的书里已详的,我就略一点;反之,刘先生所略的,我就较详一点。

董卓之后,曹操专权。在他的统治之下,第一个特色便是尚刑名,他的立法是很严的,因为当大乱之后,大家都想做皇帝,大家都想叛乱,故曹操不能不如此。曹操曾自己说过:“倘无我,不知有多少人称王称帝!”这句话他倒并没有说谎。因此之故,影响到文章方面,成了清俊的风格,——就是文章要简约严明的意思。

此外还有一个特点,就是尚通脱,他为什么要尚通脱呢?自然也与当时的风气有莫大的关系。因为在党锢之祸以前,凡党中人都自命清流,不过讲“清”讲得太过,便成固执,所以在汉末,清流的举动有时便非常可笑了。

比方有一个有名的人,普通的人士拜访他,先要说几句话,倘这几句话说得不对,往往会遭倨傲的待遇,叫他坐到屋外去,甚而至于拒绝不见。

又如有一个人,他和他的姊夫是不对的,有一回他到姊姊那里去吃饭之后,便要将饭钱算回给姊姊。她不肯要,他就于出门之后,把那些钱扔在街上,算是付过了。

个人这样闹闹脾气还不要紧,若治国平天下也这样闹起执拗的脾气来,那还成什么话?所以深知此弊的曹操要起来反对这种习气,力倡通脱。通脱即随便之意。此种提倡影响到文坛,便产生多量想说什么便说什么的文章。

更因思想通脱之后,废除固执,遂能充分容纳异端和外来的思想,故孔教以外的思想源源引入。

总括起来,我们可以说汉末魏初的文章是清俊,通脱。在曹操本身,也是一个改造文章的祖师,可惜他的文章传的很少。他胆子很大,文章从通脱得力不少,做文章时又没有顾忌,想写的便写出来。

所以曹操征求人才时也是这样说,不忠不孝不要紧,只要有才便可以。这又是别人所不敢说的。曹操作诗,竟说是“郑康成行酒伏地气绝”,他引出离当时不久的事实,这也是别人所不敢用的。还有一样,比方人死时,常常写点遗令,这是名人的一件极时髦的事。当时的遗令本有一定的格式，且多言身后当葬于何处，或葬于某某名人的墓旁；操独不然，他的遗令不但没有依着格式，内容竟讲到遗下的衣服和妓女怎样处置等问题。

陆机虽然评曰“贻尘谤于后王”，然而我想他无论如何是一个精明人，他自己能做文章，又有手段，把天下的方士文士统统搜罗起来，省得他们跑在外面给他捣乱。所以他帷幄里面，方士文士就特别地多。

孝文帝曹丕，以长子而承父业，篡汉而即帝位。他也是喜欢文章的。其弟曹植，还有明帝曹叡，都是喜欢文章的。不过到那个时候，于通脱之外，更加上华丽。丕著有《典论》，现已失散无全本，那里面说：“诗赋欲丽”，“文以气为主”。《典论》的零零碎碎，在唐宋类书中；一篇整的《论文》，在《文选》中可以看见。

后来有一般人很不以他的见解为然，他说诗赋不必寓教训，反对当时那些寓训勉于诗赋的见解，用近代的文学眼光看来，曹丕的一个时代可说是“文学的自觉时代”，或如近代所说是为艺术而艺术（Art for Art's Sake）的一派。所以曹丕做的诗赋很好，更因他以“气”为主，故于华丽以外，加上壮大。归纳起来，汉末，魏初的文章，可说是：“清峻，通脱，华丽，壮大。”在文学的意见上，曹丕和曹植表面上似乎是不同的。曹丕说文章事可以留名声于千载；但子建却说文章小道，不足论的。据我的意见，子建大概是违心之论。这里有两个原因，第一，子建的文章做得好，一个人大概总是不满意自己所做而羡慕他人所为的，他的文章已经做得好，于是他便敢说文章是小道；第二，子建活动的目标在于政治方面，政治方面不甚得志，遂说文章是无用了。

曹操曹丕以外，还有下面的七个人：孔融，陈琳，王粲，徐斑，阮瑀，应玚，刘桢，都很能做文章，后来称为“建安七子”。七人的文章很少流传，现在我们很难判断；但，大概都不外是“慷慨”，“华丽”罢。华丽即曹丕所主张，慷慨就因当天下大乱之际，亲戚朋友死于乱者特多，于是为文就不免带着悲凉，激昂和“慷慨”了。

七子之中，特别的是孔融，他专喜和曹操捣乱。曹丕《典论》里有论孔融的，因此他也被拉进“建安七子”一块儿去。其实不对，很两样的。不过在当时，他的名声可非常之大。孔融作文，喜用讥嘲的笔调，曹丕很不满意他。孔融的文章现在传的也很少，就他所有的看起来，我们可以瞧出他并不大对别人讥讽，只对曹操。比方操破袁氏兄弟，曹丕把袁熙的妻甄氏拿来，归了自己，孔融就写信给曹操，说当初武王伐纣，将妲己给了周公了。操问他的出典，他说，以今例古，大概那时也是这样的。又比方曹操要禁酒，说酒可以亡国，非禁不可，孔融又反对他，说也有以女人亡国的，何以不禁婚姻？

其实曹操也是喝酒的。我们看他的“何以解忧？唯有杜康”的诗句，就可以知道。为什么他的行为会和议论矛盾呢？此无他，因曹操是个办事人，所以不得不这样做；孔融是旁观的人，所以容易说些自由话。曹操见他屡屡反对自己，后来借故把他杀了。他杀孔融的罪状大概是不孝。因为孔融有下列的两个主张：

第一，孔融主张母亲和儿子的关系是如瓶之盛物一样，只要在瓶内把东西倒了出来，母亲和儿子的关系便算完了。第二，假使有天下饥荒的一个时候，有点食物。给父亲不给呢？孔融的答案是：倘若父亲是不好的，宁可给别人。——曹操想杀他，便不惜以这种主张为他不忠不孝的根据，把他杀了。倘若曹操在世，我们可以问他，当初求才时就说不忠不孝也不要紧，为何又以不孝之名杀人呢？然而事实上纵使曹操再生，也没人敢问他，我们倘若去问他，恐怕他把我们也杀了！

与孔融一同反对曹操的尚有一个祢衡，后来给黄祖杀掉的。祢衡的文章也不错，而且他和孔融早是"以气为主"来写文章的了。故在此我们又可知道，汉文慢慢壮大起来，是时代使然，非专靠曹操父子之功的。但华丽好看，却是曹丕提倡的功劳。

这样下去一直到明帝的时候，文章上起了个重大的变化，因为出了一个何晏。

何晏的名声很大，位置也很高，他喜欢研究《老子》和《易经》。至于他是怎样的一个人呢？那真相现在可很难知道，很难调查。因为他是曹氏一派的人，司马氏很讨厌他，所以他们的记载对何晏大不满。因此产生许多传说，有人说何晏的脸上是搽粉的，又有人说他本来生得白，不是搽粉的。但究竟何晏搽粉不搽粉呢？我也不知道。

但何晏有两件事我们是知道的。第一，他喜欢空谈，是空谈的祖师；第二，他喜欢吃药。是吃药的祖师。

此外，他也喜欢谈名理。他身子不好，因此不能不服药。他吃的不是寻常的药，是一种名叫"五石散"的药。

"五石散"是一种毒药，是何晏吃开头的。汉时，大家还不敢吃，何晏或者将药方略加改变，便吃开头了。五石散的基本，大概是五样药：石钟乳，石硫黄，白石英，紫石英，赤石脂；另外怕还配点别样的药。但现在也不必细细研究它，我想各位都是不想吃它的。

从书上看起来，这种药是很好的，人吃了能转弱为强。因此之故，何晏有钱，他吃起来了；大家也跟着吃。那时五石散的流毒就同清末的鸦片的流毒差不多，看吃药与否以分阔气与否的。现在由隋巢元方做的《诸病源候论》的里面可以看到一些。据此书，可知吃这药是非常麻烦的，穷人不能吃，假使吃了之后，一不小心，就会毒死。先吃下去的时候，倒不怎样的，后来药的效验既显，名曰"散发"。倘若没有"散发"，就有弊而无利。因此吃了之后不能休息，非走路不可，因走路才能"散发"，所以走路名曰"行散"。比方我

们看六朝人的诗,有云:"至城东行散",就是此意。后来作诗的人不知其故,以为"行散"即步行之意,所以不服药也以"行散"二字入诗,这是很笑话的。

走了之后,全身发烧,发烧之后又发冷,普通发冷宜多穿衣,吃热的东西。但吃药后的发冷刚刚要相反:衣少,冷食,以冷水浇身。倘穿衣多而食热物,那就非死不可。因此五石散一名寒食散,只有一样不必冷吃的,就是酒。

吃了散之后,衣服要脱掉,用冷水浇身;吃冷东西;饮热酒。这样看起来,五石散吃的人多,穿厚衣的人就少;比方在广东提倡,一年以后,穿西装的人就没有了,因为皮肉发烧之故,不能穿窄衣。为预防皮肤被衣服擦伤,就非穿宽大的衣服不可。现在有许多人以为晋人轻裘缓带,宽衣,在当时是人们高逸的表现,其实不知他们是吃药的缘故。一班名人都吃药,穿的衣都宽大,于是不吃药的也跟着名人,把衣服宽大起来了!

还有,吃药之后,因皮肤易于磨破,穿鞋也不方便,故不穿鞋袜而穿屐。所以我们看晋人的画像或那时的文章,见他衣服宽大,不鞋而屐,以为他一定是很舒服,很飘逸的了,其实他心里都是很苦的。

更因皮肤易破,不能穿新的而宜于穿旧的,衣服便不能常洗。因不洗,便多虱。所以在文章上,虱子的地位很高,"扪虱而谈",当时竟传为美事。比方我今天在这里演讲的时候,扪起虱来,那是不大好的。但在那时不要紧,因为习惯不同之故。这正如清朝是提倡抽大烟的,我们看见两肩高耸的人,不觉得奇怪。现在就不行了,倘若多数学生,他的肩成为一字样,我们就觉得很奇怪了。

此外可见服散的情形及其他种种的书,还有葛洪的《抱朴子》。

到东晋以后,作假的人就很多,在街旁睡倒,说是"散发"以示阔气。就像清时尊读书,就有人以墨涂唇,表示他是刚才写了许多字的样子。故我想,衣大,穿屐,散发等等,后来效之,不吃也学起来,与理论的提倡实在是无关的。

又因"散发"之时,不能肚饿,所以吃冷物,而且要赶快吃,不论时候,一日数次也不可定。因此影响到晋时"居丧无礼"。——本来魏晋时,对于父母之礼是很繁多的。比方想去访一个人,那么,在未访之前,必先打听他父母及其祖父母的名字,以便避讳。否则,嘴上一说出这个字音,假如他的父母是死了的,主人便会大哭起来——他记得父母了——给你一个大大的没趣,晋礼居丧之时,也要瘦,不多吃饭,不准喝酒。但在吃药之后,为生命计,不能管得许多,只好大嚼,所以就变成"居丧无礼"了。

居丧之际,饮酒食肉,由阔人名流倡之,万民皆从之,因为这个缘故,社会上遂尊称这样的人叫作名士派。

吃散发源于何晏，和他同志的，有王弼和夏侯玄两个人，与晏同为服药的祖师。有他三人提倡，有多人跟着走。他们三人多是会做文章，除了夏侯玄的作品流传不多外，王何二人现在我们尚能看到他们的文章。他们都是生于正始的，所以又名曰“正始名士”。但这种习惯的末流，是只会吃药，或竟假装吃药，而不会做文章。

东晋以后，不做文章而流为清谈，由《世说新语》一书里可以看到。此中空论多而文章少，比较他们三个差得远了。三人中王弼二十余岁便死了，夏侯何二人皆为司马懿所杀。因为他二人同曹操有关系，非死不可，犹曹操之杀孔融，也是借不孝做罪名的。

二人死后，论者多因其与魏有关而骂他，其实何晏值得骂的就是因为他是吃药的发起人。这种服散的风气，魏，晋，直到隋，唐，还存在着，因为唐时还有“解散方”，即解五石散的药方，可以证明还有人吃，不过少点罢了。唐以后就没有人吃，其原因尚未详，大概因其弊多利少，和鸦片一样罢？

晋名人皇甫谧作一书曰《高士传》，我们以为他很高超。但他是服散的，曾有一篇文章，自说吃散之苦。因为药性一发，稍不留心，即会丧命，至少也会受非常的苦痛，或要发狂；本来聪明的人，因此也会变成痴呆。所以非深知药性，会解救，而且家里的人多深知药性不可。晋朝人多是脾气很坏，高傲，发狂，性暴如火的，大约便是服药的缘故，比方有苍蝇扰他，竟至拔剑追赶；就是说话，也要糊糊涂涂地才好，有时简直是近于发疯。但在晋朝更有以痴为好的，这大概也是服药的缘故。

魏末，何晏他们以外，又有一个团体新起，叫作“竹林名士”，也是七个，所以又称“竹林七贤”。正始名士服药，竹林名士饮酒。竹林的代表是嵇康和阮籍。但究竟竹林名士不纯粹是喝酒的，嵇康也兼服药，而阮籍则是专喝酒的代表。但嵇康也饮酒，刘伶也是这里面的一个。他们七人中差不多都是反抗旧礼教的。

这七人中，脾气各有不同。嵇阮二人的脾气都很大；阮籍老年时改得很好，嵇康就始终都是极坏的。

阮年轻时，对于访他的人有加以青眼和白眼的分别。白眼大概是全然看不见眸子的，恐怕要练习很久才能够。青眼我会装，白眼我却装不好。

后来阮籍竟做到“口不臧否人物”的地步，嵇康却全不改变。结果阮得终其天年，而嵇竟丧于司马氏之手，与孔融何晏等一样，遭了不幸的杀害。这大概是因为吃药和吃酒之分的缘故：吃药可以成仙，仙是可以骄视俗人的；饮酒不会成仙。所以敷衍了事。

他们的态度，大抵是饮酒时衣服不穿，帽也不带。若在平时，有这种状态，我们就说无礼，但他们就不同。居丧时不一定按例哭泣；子之于父，是不能提父的名，但在竹林名士一流人中，子都会叫父的名号。旧传下来的礼教，竹林名士是不承认的。即如刘伶——他曾做过一篇《酒德颂》，谁都知道——他是不承认世界上从前规定的道理的，曾经有这样的事，有一次有客见他，他不穿衣服。人责问他；他答人说，天地是我的房屋，房屋就是我的衣服，你们为什么进我的裤子中来？至于阮籍，就更甚了，他连上下古今也不承认，在《大人先生传》里有说："天地解兮六合开，星辰陨兮日月颓，我腾而上将何怀？"他的意思是天地神仙，都是无意义，一切都不要。所以他觉得世上的通理不必争，神仙也不足信，既然一切都是虚无，所以他便沉湎于酒了。然而他还有一个原因，就是他的饮酒不独由于他的思想，大半倒在环境。其时司马氏已想篡位，而阮籍名声很大，所以他讲话就极难，只好多饮酒，少讲话，而且即使讲话讲错了，也可以借醉得到人的原谅。只要看有一次司马懿求和阮籍结亲，而阮籍一醉就是两个月，没有提出的机会。就可以知道了。

阮籍做文章和诗都很好，他的诗文虽然也慷慨激昂，但许多意思都是隐而不显的。宋的颜延之已经说不大能懂，我们现在自然更很难看得懂他的诗了。他诗里也说神仙，但他其实是不相信的。嵇康的论文，比阮籍更好，思想新颖，往往与古时旧说反对。孔子说："学而时习之，不亦乐乎？"嵇康做的《难自然好学论》，却道，人是并不好学的，假如一个人可以不做事而又有饭吃，就随便闲游不喜欢读书了，所以现在人之好学，是由于习惯和不得已。还有管叔蔡叔，是疑心周公，率殷民叛，因而被诛，一向公认为坏人的。而嵇康做的《管蔡论》，就也反对历代传下来的意思，说这两个人是忠臣，他们的怀疑周公，是因为地方相距太远，消息不灵通。

但最引起许多人的注意，而且于生命有危险的，是《与山巨源绝交书》中的"非汤武而薄周孔"。司马懿因这篇文章，就将嵇康杀了。非薄了汤武周孔，在现时代是不要紧的，但在当时却关系非小。汤武是以武定天下的；周公是辅成王的；孔子是祖述尧舜。而尧舜是禅让天下的。嵇康都说不好，那么，教司马懿篡位的时候，怎么办才是好呢？没有办法。在这一点上，嵇康于司马氏的办事上有了直接的影响，因此就非死不可了。嵇康的见杀，是因为他的朋友吕安不孝，连及嵇康，罪案和曹操的杀孔融差不多。魏晋，是以孝治天下的，不孝，故不能不杀。为什么要以孝治天下呢？因为天位从禅让。即巧取豪夺而来，若主张以忠治天下，他们的立脚点便不稳，办事便棘手，立论也难了，所以一定要以孝治天下。但倘只是实行不孝，其实那时倒不很要紧的，嵇康的害处是在发议论；阮籍不同，不大说关于伦理上的话，所以结局也不同。

但魏晋也不全是这样的情形，宽袍大袖，大家饮酒。反对的也很多。在文章上我们还可以看见裴頠的《崇有论》，孙盛的《老子非大贤论》，这些都是反对王何们的。在史实上,则何曾劝司马懿杀阮籍有好几回,司马懿不听他的话,这是因为阮籍的饮酒,与时局的关系少些的缘故。

然而后人就将嵇康阮籍骂起来,人云亦云,一直到现在,一千六百多年。季札说:"中国之君子,明于礼义而陋于知人心。"这是正确的,大凡明于礼义,就一定要陋于知人心的,所以古代有许多人受了很大的冤枉。例如嵇阮的罪名,一向说他们毁坏礼教。但据我个人的意见,这判断是错的。魏晋时代,崇奉礼教的看来似乎很不错,而实在是毁坏礼教,不信礼教的。表面上毁坏礼教者,实则倒是承认礼教,太相信礼教。因为魏晋时所谓崇奉礼教,是用以自利,那崇奉也不过偶然崇奉,如曹操杀孔融,司马懿杀嵇康,都是因为他们和不孝有关,但实在曹操司马懿何尝是著名的孝子,不过将这个名义,加罪于反对自己的人罢了。于是老实人以为如此利用,亵渎了礼教,不平之极,无计可施,激而变成不谈礼教,不信礼教,甚至于反对礼教。——但其实不过是态度,至于他们的本心,恐怕倒是相信礼教,当作宝贝,比曹操司马懿们要迂执得多。现在说一个容易明白的比喻吧,譬如有一个军阀,在北方——在广东的人所谓北方和我常说的北方的界限有些不同,我常称山东山西直隶河南之类为北方——那军阀从前是压迫民党的,后来北伐军势力一大,他便挂起了青天白日旗,说自己已经信仰三民主义了,是总理的信徒。这样还不够,他还要做总理的纪念周。这时候,真的三民主义的信徒,去呢,不去呢?不去,他那里就可以说你反对三民主义,定罪,杀人。但既然在他的势力之下,没有别法,真的总理的信徒,倒会不谈三民主义,或者听人假惺惺的谈起来就皱眉,好像反对三民主义模样。所以我想,魏晋时所谓反对礼教的人,有许多大约也如此。他们倒是迂夫子,将礼教当作宝贝看待的。

孔融

还有一个实证,凡人们的言论,思想,行为,倘若自己以为不错的,就愿意天下的别人,自己的朋友都这样做。但嵇康阮籍不这样,不愿意别人来模仿他。竹林七贤中有阮咸,是阮籍的侄子,一样的饮酒,阮籍的儿子阮浑也愿加入时,阮籍却道不必加入,吾家已有阿咸在,够了。假若阮籍自以为行为是对的,就不当拒绝他的儿子,而阮籍却拒绝自己的儿子,可知阮籍并不以他自己的办法为然。至于嵇康,一看他的《绝交书》,就知道他的态度很骄傲的;有一次,他在家打铁——他的性情是很喜欢打铁的——钟会来看他了,他只打铁,不理钟会。钟会没有意味,只得走了。其时嵇康就问他:“何所闻而来,何所见而去?”钟会答道:“闻所闻而来,见所见而去。”这也是嵇康杀身的一条祸根。但我看他做给他的儿子看的《家诫》——当嵇康被杀时,其子方十岁,算来当他做这篇文章的时候,他的儿子是未满十岁的——就觉得宛然是两个人。他在《家诫》中教他的儿子做人要小心,还有一条一条的教训。有一条是说长官处不可常去,亦不可住宿;官长送人们出来时,你不要在后面,因为恐怕将来官长惩办坏人时,你有暗中密告的嫌疑,又有一条是说宴饮时候有人争论,你可立刻走开,免得在旁批评,因为两者之间必有对与不对,不批评则不像样,一批评就总要是甲非乙,不免受一方见怪。还有人要你饮酒,即使不愿饮也不要坚决地推辞,必须和和气气地拿着杯子。我们就此看来,实在觉得很稀奇:嵇康是那样高傲的人,而他教子就要他这样庸碌。因此我们知道,嵇康自己对于他自己的举动也是不满足的。所以批评一个人的言行实在难,社会上对于儿子不像父亲,称为“不肖”,以为是坏事,殊不知世上正有不愿意他的儿子像自己的父亲哩。试看阮籍嵇康,就是如此。这是,因为他们生于乱世,不得已,才有这样的行为,并非他们的本态。但又于此可见魏晋的破坏礼教者,实在是相信礼教到固执之极的。

不过何晏王弼阮籍嵇康之流,因为他们的名位大,一般的人们就学起来,而所学的无非是表面,他们实在的内心,却不知道。因为只学他们的皮毛,于是社会上便很多了没意思的空谈和饮酒。许多人只会无端的空谈和饮酒,无力办事,也就影响到政治上,弄得玩“空城计”,毫无实际了。在文学上也这样,嵇康阮籍的纵酒,是也能做文章的,后来到东晋,空谈和饮酒的遗风还在,而万言的大文如嵇阮之作,却没有了。刘勰说:“嵇康师心以遣论,阮籍使气以命诗。”这“师心”和“使气”,便是魏末晋初的文章的特色。正始名士和竹林名士的精神灭后,敢于师心使气的作家也没有了。

到东晋,风气变了。社会思想平静得多,各处都加入了佛教的思想。再至晋末,乱也看惯了,篡也看惯了,文章便更和平。代表平和的文章的人有陶潜。他的态度是随便饮酒,乞食,高兴的时候就谈论和作文章,无尤无怨。所以现在有人称他为“田园诗人”,是个非常和平的田园诗人。他的态度是不容易学的,他非常之穷,而心里很平静,家常无米,就去向人家门口求乞,他穷到有客来见,连鞋也没有,那客人给他从家丁取鞋给他,他便伸了足穿上了。虽然如此,他却毫不为意,还是“采菊东篱下,悠然见南山”。这样的自然状态,实在不易模仿。他穷到衣服也破烂不堪,而还在东篱下采菊,偶然抬起头来,悠然的见了南山，这是何等自然。现在有钱的人住在租界里，雇花匠种数十盆菊花，便作诗，叫作“秋日赏菊效陶彭泽体”，自以为合于渊明的高致，我觉得不大像。

陶潜之在晋末，是和孔融于汉末与嵇康于魏末略同，又是将近易代的时候。但他没有什么慷慨激昂的表示，于是便博得“田园诗人”的名称。但《陶集》里有《述酒》一篇，是说当时政治的。这样看来，可见他于世事也并没有遗忘和冷淡，不过他的态度比嵇康阮籍自然得多，不至于招人注意罢了。还有一个原因，先已说过，是习惯。因为当时饮酒的风气相沿下来，人见了也不觉得奇怪，而且汉魏晋相沿，时代不远，变迁极多，既经见惯，就没有大感触，陶潜之比孔融嵇康和平，是当然的。例如看北朝的墓志，官位升进，往往详细写着，再仔细一看，他是已经经历过两三个朝代了，但当时似乎并不为奇。

据我的意思，即使是从前的人，那诗文完全超于政治的所谓“田园诗人”，“山林诗人”，是没有的。完全超出于人间世的，也是没有的。既然是超出于世，则当然连诗文也没有。文也是人事，既有诗，就可以知道于世事未能忘情。譬如墨子兼爱，杨子为我。墨子当然要著书；杨子就一定不著，这才是“为我”。因为若做出书来给别人看，便变成“为人”了。

由此可知陶潜总不能超于尘世，而且，于朝政还是留心，也不能忘掉“死”，这是他诗文中时时提起的。用另一种看法研究起来，恐怕也会成一个和旧说不同的人物吧。

自汉末至晋末文章的一部分的变化与药及酒之关系，据我所知的大概是这样。但我学识太少，没有详细的研究，在这样的热天和雨天费去了诸位这许多时光，是很抱歉的。现在这个题目总算是讲完了。

小杂感

蜜蜂的刺，一用即丧失了它自己的生命，犬儒的刺，一用则苟延了他自己的生命。

他们就是如此不同。

约翰穆勒说：专制使人们变成冷嘲。

而他竟不知道共和使人们变成沉默。

要上战场，莫如做军医；要革命，莫如走后方；要杀人，莫如做刽子手。既英雄，又稳当。

与名流学者谈，对于他之所讲，当装作偶有不懂之处，太不懂被看轻，太懂了被厌恶。偶有不懂之处，彼此最为合宜。

世间大抵只知道指挥刀所以指挥武士，而不想到也可以指挥文人。

又是演讲录，又是演讲录。

但可惜都没有讲明他何以和先前太两样了；也没有讲明他演讲时，自己是否真相信自己的话。

阔的聪明人种种譬如昨日死。

不阔的傻子种种实在昨日死。

曾经阔气的要复古，正在阔气的要保持现状，未曾阔气的要革新。

大抵如是。大抵！

他们之所谓复古，是回到他们所记得的若干年前，并非虞夏商周。

女人的天性中有母性，有女儿性；无妻性。

妻性是逼成的，只是母性和女儿性的混合。

防被欺。

自称盗贼的无须防，得其反倒是好人；自称正人君子的必须防，得其反则是盗贼。

楼下一个男人病得要死，那间壁的一家唱着留声机；对面是弄孩子。楼上有两人狂笑；还有打牌声。河中的船上有女人哭着她死去的母亲。

人类的悲欢并不相通，我只觉得他们吵闹。

每一个破衣服人走过，巴儿狗就叫起来，其实并非都是狗主人的意旨或使嗾。

巴儿狗往往比它的主人更严厉。

恐怕有一天总要不准穿破布衫，否则便是共产党。

革命，反革命，不革命。

革命的被杀于反革命的。反革命的被杀于革命的。不革命的或当作革命的而被杀于反革命的，或当作反革命的而被杀于革命的，或并不当做什么而被杀于革命的或反革命的。

革命，革革命，革革革命，革革……。

人感到寂寞时，会创作；一感到干净时，即无创作，他已经一无所爱。

创作总根于爱。

杨朱无书。

创作虽说抒写自己的心，但总愿意有人看。

创作是有社会性的。

但有时只要有一个人看便满足：好友，爱人。

人往往憎和尚，憎尼姑，憎回教徒，憎耶教徒，而不憎道士。

懂得此理者，懂得中国大半。

要自杀的人，也会怕大海的汪洋，怕夏天死尸的易烂。

但遇到澄静的清池，凉爽的秋夜，他往往也自杀了。

凡为当局所“诛”者皆有“罪”。

刘邦除秦苛暴，“与父老约，法三章耳。”

而后来仍有族诛，仍禁挟书，还是秦法。

法三章者，话一句耳。

一见短袖子，立刻想到白臂膊，立刻想到全裸体，立刻想到生殖器，立刻想到性交，立刻想到杂交，立刻想到私生子。

中国人的想象唯在这一层能够如此跃进。

九月二十四日。

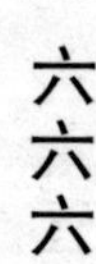

再谈香港

我经过我所视为"畏途"的香港,算起来九月二十八日是第三回。

第一回带着一点行李,但并没有遇见什么事。第二回是单身往来,那情状。已经写过一点了。这回却比前两次仿佛先就感到不安,因为曾在《创造月刊》上王独清先生的通信中,见过英国雇用的中国同胞上船"查关"的威武:非骂则打,或者要几块钱。而我是有十只书箱在统舱里,六月书箱和衣箱在房舱里的。

看看挂英旗的同胞的手腕,自然也可说是一种经历,但我又想,这代价未免太大了。这些行李翻动之后,单是重行整理捆扎,就须大半天;要实验,最好只有一两件。然而已经如此,也就随他如此吧。只是给钱呢,还是听他逐件查验呢?倘查验,我一个人一时怎么收拾呢?

船是二十八日到香港的,当日无事。第二天午后,茶房匆匆跑来了,在房外用手招我道:

"查关!开箱子去!"

我拿了钥匙,走进统舱,果然看见两位穿深绿色制服的英属同胞,手执铁签,在箱堆旁站着。我告诉他这里面是旧书,他似乎不懂,嘴里只有三个字:

"打开来!"

"这是对的。"我想,"他怎能相信漠不相识的我的话呢。"自然打开来,于是靠了两个茶房的帮助,打开来了。

他一动手,我立刻觉得香港和广州的查关的不同。我出广州,也曾受过检查。但那边的检查员,脸上是有血色的,也懂得我的话。每一包纸或一部书,抽出来看后,便放在原地方,所以毫不凌乱。的确是检查。而在这"英人的乐园"的香港可大两样了。检查员的脸是青色的,也似乎不懂我的话。他只将箱子的内容倒出,翻搅一通,倘是一个纸包,便将包纸撕破,于是一箱书籍,经他搅松之后,便高出箱面有六七寸了。

"打开来!"

其次是第二箱,我想,试一试罢。

"可以不看吗?"我低声说。

"给我十块钱。"他也低声说,他懂得我的话的。

"两块。"我原也肯多给几块的,因为这检查法委实可怕,十箱书收拾妥帖。至少要五点钟。可惜我一元的钞票只有两张了,此外是十元的整票,我一时还不肯献出去。

"打开来!"

两个茶房将第二箱抬到舱面上,他如法饱制,一箱书又变了一箱半,还撕碎了几个厚纸包。一面"查关",一面磋商,我添到五元,他减到七元,即不肯再减。其时已经开到第五箱,四面围满了一群看热闹的旁观者。

箱子已经开了一半了,索性由他看去罢,我想着,便停止了商议,只是"打开来"。但我的两位同胞也仿佛有些厌倦了似的,渐渐不像先前一般翻箱倒箧,每箱只抽二三十本书。抛在箱面上,便画了查讫的记号了。其中有一束旧信札,似乎颇惹起他们的兴味,振了一振精神,但看过四五封之后,也就放下了。此后大抵又开了一箱罢,他们便离开了乱书堆:这就是终结。

我仔细一看,已经打开的是八箱,两箱丝毫未动。而这两个硕果,却全是伏园的书箱,由我替他带回上海来的。至于我自己的东西,是全部乱七八糟。

"吉人自有天相,伏园真福将也!而我的华盖运却还没有走完,噫吁唏……"我想着,蹲下去随手去拾乱书。拾不几本,茶房又在舱口大声叫我了:

"你的房里查关,开箱子去!"

我将收拾书箱的事托了统舱的茶房,跑回房舱去。果然,两位英属同胞早在那里等我了。床上的铺盖已经掀得稀乱,一个凳子躺在被铺上。我一进门,他们便搜我身上的皮夹。我以为意再看看名刺,可以知道姓名。然而并不看名刺,只将里面的两张十元钞票一看,便交还我了。还嘱咐我好好拿着,仿佛很怕我遗失似的。

其次是开提包,里面都是衣服,只抖开了十来件,乱堆在床铺上。其次是看提篮,有一个包着七元大洋的纸包,打开来数了一回,默然无话。还有一包十元的在底里,却不被发现,漏网了。其次是看长椅子上的手巾包,内有角子一包十元,散的四五元,铜子数十枚,看完之后,也默然无话。其次是开衣箱。这回可有些可怕了。我取锁匙略迟,同胞已经捏着铁签作将要毁坏铰链之势,幸而钥匙已到,始庆安全。里面也是衣服,自然还是照例的抖乱,不在话下。

"你给我们十块钱,我们不搜查你了。"一个同胞一面搜衣箱,一面说。

我就抓起手巾包里的散角子来,要交给他。但他不接受,回过头去再"查关"。

话分两头。当这一位同胞在查提包和衣箱时,那一位同胞是在查网篮。但那检查法,和在统舱里查书箱的时候又两样了。那时还不过捣乱,这回却变了毁坏。他先将鱼肝油的纸匣撕碎,掷在地板上,还用铁签在蒋径三君送我的装着含有荔枝香味的茶叶的瓶上钻了一个洞。一面钻,一面四顾,在桌上见了一把小刀。这是在北京时用十几个铜子从白塔寺买来,带到广州,这回削过杨桃的。事后一量,连柄长华尺五寸三分。然而据说是犯了罪了。

"这是凶器,你犯罪的。"他拿起小刀来,指着向我说。

我不答话,他便放下小刀,将盐煮花生的纸包用指头挖了一个洞,接着又拿起一盒蚊烟香。

"这是什么?"

"蚊烟香。盒子上不写着吗?"我说。

"不是。这有些古怪。"

他于是抽出一枝来,嗅着。后来不知如何,因为这一位同胞已经搜完衣箱,我须去开第二只了。这时却使我非常为难,那第二只里并不是衣服或书籍,是极其零碎的东西:照片,钞本,自己的译稿,别人的文稿,剪存的报章,研究的资料……。我想,倘一毁坏或搅乱,那损失可太大了。而同胞这时忽又去看了一回手巾包。我于是大悟,决心拿起手巾包里十元整封的角子,给他看了一看。他回头向门外一望,然后伸手接过去,在第二只箱上画了一个查讫的记号,走向那一位同胞去。大约打了一个暗号罢,——然而奇怪,他并不将钱带走,却塞在我的枕头下,自己出去了。

这时那一位同胞正在用他的铁签,恶狠狠地刺入一个装着饼类的坛子的封口去。我以为他一听到暗号,就要中止了。而孰知不然。他仍然继续工作,挖开封口,将盖着的一片木板摔在地板上,碎为两片,然后取出一个饼,捏了一捏,掷入坛中,这才也扬长而去了。

天下太平。我坐在烟尘陡乱,乱七八糟的小房里,悟出我的两位同胞开手的捣乱,倒并不是恶意。即使议价,也须在小小乱七八糟之后,这是所以"掩人耳目"的,犹言如此凌乱,可见已经检查过。王独清先生不云乎?同胞之外,是还有一位高鼻子,白皮肤的主人翁的。当收款之际,先看门外者大约就为此。但我一直没有看见这一位主人翁。

后来的毁坏,却很有一点恶意了。然而也许倒要怪我自己不肯拿出钞票去,只给银角子。银角子放在制服的口袋里。沉甸甸地,确是易为主人翁所发现的,所以只得暂且放在枕头下。我想,他大概须待公事办毕,这才再来收账罢。

皮鞋声橐橐地自远而近,停在我的房外了,我看时,是一个白人,颇胖,大概便是两位同胞的主人翁了。

"查过了?"他笑嘻嘻地问我。

的确是的，主人翁的口吻。但是，一目了然，何必问呢？或者因为看见我的行李特别乱七八糟，在慰安我，或在嘲弄我吧。

他从房外拾起一张《大陆报》附送的图画，本来包着什物，由同胞撕下来抛出去的，倚在壁上看了一回，就又慢慢地走过去了。

我想，主人翁已经走过，“查关”该已收场了，于是先将第一只衣箱整理，捆好。

不料还是不行，一个同胞又来了，叫我“打开来”，他要查。接着是这样的问答——

“他已经看过了。”我说。

“没有看过。没有打开过。打开来！”

“我刚刚捆好的。”

“我不信。打开来！”

“这里不画着查过的符号吗？”

“那么，你给了钱了罢？你用贿赂……”

“………”

“你给了多少钱？”

“你去问你的一伙去。”

他去了。不久，那一个又忙忙走来，从枕头下取了钱，此后便不再看见，——真正天下太平。

我才又慢慢地收拾那行李。只见桌子上聚集着几件东西，是我的一把剪刀，一个开罐头的家伙，还有一把木柄的小刀。大约倘没有那十元小洋，便还要指这为“凶器”，加上“古怪”的香，来恐吓我的罢。但那一枝香却不在桌子上。

船一走动，全船反显得更娴静了，茶房和我闲谈，却将这翻箱倒箧的事，归咎于我自己。

“你生得太瘦了，他疑心你是贩鸦片的。”他说。

我实在有些愕然。真是人寿有限，“世故”无穷。我一向以为和人们抢饭碗要碰钉子，不要饭碗是无妨的。去年在厦门，才知道吃饭固难，不吃亦殊为“学者”所不悦，得了不守本分的批评。胡须的形状，有国粹和欧式之别，不易处置，我是早已明白的。今年到广州，才又知道虽颜色也难以自由，有人在日报上警告我，叫我的胡子不要变灰色，又不要变红色。至于为人不可太瘦，则到香港才省悟，先前是梦里也未曾想到的。

的确，监督着同胞“查关”的一个西洋人，实在吃得很肥胖。

香港虽只一岛，却活画着中国许多地方现在和将来的小照：中央几位洋主子，手下是若干颂德的“高等华人”和一伙作伥的奴气同胞。此外即全是默默吃苦的“土人”，能耐的死在洋场上，耐不住的逃入深山中，苗瑶是我们的前辈。

九月二十九之夜。海上。

革命文学

今年在南方，听得大家叫“革命”，正如去年在北方，听得大家叫“讨赤”的一样盛大。

而这“革命”还侵入文艺界里了。

最近，广州的日报上还有一篇文章指示我们，叫我们应该以四位革命文学家为师法：意大利的唐南遮，德国的霍普德曼，西班牙的伊本纳兹，中国的吴稚晖。

两位帝国主义者，一位本国政府的叛徒，一位国民党救护的发起者，都应该作为革命文学的师法，于是革命文学便莫名其妙了，因为这实在是至难之业。

于是不得已，世间往往误以两种文学为革命文学：一是在一方的指挥刀的掩护之下，斥骂他的敌手的；一是纸面上写着许多“打，打”，“杀，杀”，或“血，血”的。

如果这是“革命文学”，则做“革命文学家”，实在是最痛快而安全的事。

从指挥刀下骂出去，从裁判席上骂下去，从官营的报上骂开去，真是伟哉一世之雄，妙在被骂者不敢开口。而又有人说，这不敢开口，又何其怯也？对手无“杀身成仁”之勇，是第二条罪状，斯愈足以显革命文学家之英雄。所可惜者只在这文学并非对于强暴者的革命，而是对于失败者的革命。

唐朝人早就知道，穷措大想做富贵诗，多用些“金”“玉”“锦”“绮”字面，自以为豪华，而不知适见其寒蠢。真会写富贵景象的，有道：“笙歌归院落，灯火下楼台”，全不用那些字。“打，打”，“杀，杀”，听去诚然是英勇的，但不过是一面鼓。即使是鼙鼓，倘若前面无敌军，后面无我军，终于不过是一面鼓而已。

我以为根本问题是在作者可是一个“革命人”，倘是的，则无论写的是什么事件，用的是什么材料，即都是“革命文学”。从喷泉里出来的都是水，从血管里出来的都是血。“赋得革命，五言八韵”，是只能骗骗盲试官的。

但“革命人”就稀有。俄国十月革命时，确曾有许多文人愿为革命尽力。但事实的狂风，终于转得他们手足无措。显明的例是诗人叶遂宁的自杀，还有小说家梭波里，他最后的话是：“活不下去了！”

在革命时代有大叫“活不下去了”的勇气，才可以做革命文学。

叶遂宁和梭波里终于不是革命文学家。为什么呢，因为俄国是实实在在革命。革命文学家风起云涌的所在，其实是并没有革命的。

《尘影》题辞

在我自己，觉得中国现在是一个进向大时代的时代。但这所谓大，并不一定指可以由此得生，而也可以由此得死。

许多为爱的献身者，已经由此得死。在其先，玩着意中而且意外的血的游戏，以愉快和满意，以及单是好看和热闹，赠给身在局内而旁观的人们；但同时也给若干人以重压。

这重压除去的时候，不是死，就是生。这才是大时代。

在异性中看见爱，在百合花中看见天堂，在拾煤渣的老妇人的魂灵中看见拜金主义。世界现在常为受机关枪拥护的仁义所治理，在此时此地听到这样的消息，我委实身心舒服，如喝好酒。然而《尘影》所赍来的，却是重压。

现在的文艺，是往往给人不舒服的，没有法子。要不然，只好使自己逃出文艺，或者从文艺推出人生。

谁更为仁义和钞票写照，为三道血的"难看"传神呢？我看见一篇《尘影》，它的愉快和重压留与各色的人们。

然而在结尾的"尘影"中却又给我喝了一口好酒。

他将小宝留下，不告诉我们后来是得死，还是得生。作者不愿意使我们太受重压罢。但这是好的，因为我觉得中国现在是进向大时代的时代。

一九二七年十二月七日，鲁迅记于上海。

当陶元庆君的绘画展览时

我所要说的几句话

陶元庆君绘画的展览，我在北京所见的是第一回。记得那时曾经说过这样意思的话：他以新的形，尤其是新的色来写出他自己的世界，而其中仍有中国向来的魂灵——要字面免得流于玄虚，则就是：民族性。

我觉得我的话在上海也没有改正的必要。

中国现今的一部分人，确是很有些苦闷。我想，这是古国的青年的迟暮之感。世界的时代思潮早已六面袭来，而自己还拘禁在三千年陈的桎梏里。于是觉醒，挣扎，反叛，要出而参与世界的事业——我要范围说得小一点：文艺之业。倘使中国之在世界上不算在错，则这样的情形我以为也是对的。

然而现在外面的许多艺术界中人，已经对于自然反叛，将自然割裂，改造了。而文艺史界中人，则舍了用惯的向来以为是"永久"的旧尺，另以各时代各民族的固有的尺，来量各时代各民族的艺术，于是向埃及坟中的绘画赞叹，对黑人刀柄上的雕刻点头，这往往使我们误解，以为要再回到旧日的桎梏里。而新艺术家们勇猛的反叛，则震惊我们的耳目，又往往不能不敢服。但是，我们是迟暮了，并未参与过先前的事业。于是有时就不过敬谨接收，又成了一种可敬的身外的新桎梏。

陶元庆君的绘画，是没有这两重桎梏的。就因为内外两面，都和世界的时代思潮合流，而又并未梏亡中国的民族性。

我于艺术界的事知道得极少，关于文字的事较为留心些。就如白话，从中，更就世所谓"欧化语体"来说罢。有人斥道：你用这样的语体，可惜皮肤不白，鼻梁不高呀！诚然，这教训是严厉的。但是，皮肤一白，鼻梁一高，他用的大概是欧文，不是欧化语体了。正唯其皮不白，鼻不高而偏要"的呵吗呢"，并且一句里用许多的"的"字，这才是为世诟病的今日的中国的我辈。

但我并非将欧化文来比拟陶元庆君的绘画。意思只在说：他并非"之乎者也"，因为用的是新的形和新的色；而又不是"Yes""NO"，因为他究竟是中国人。所以，用密达尺来量，是不对的，但也不能用什么汉朝的虑俿尺或清朝的营造尺，因为他又已经是现今的人。我想，必须用存在于现今想要参与世界上的事业的中国人的心里的尺来量，这才懂得他的艺术。

一九二七年十二月十三日，鲁迅于上海记。

卢梭和胃口

做过《民约论》的卢梭，自从他还未死掉的时候起，便受人们的责备和迫害，直到现在，责备终于没有完。连在和"民约"没有什么关系的中华民国，也难免这一幕了。

例如商务印书馆出版的《爱弥尔》中文译本的序文上，就说

"……本书的第五编即女子教育，他的主张非但不彻底，而且不承认女子的人格，与

前四编的尊重人类相矛盾。……所以在今日看来，他对于人类正当的主张，可说只树得一半……。”

然而复旦大学出版的《复旦旬刊》创刊号上梁实秋教授的意思，却“稍微有点不同”了。其实岂但“稍微”而已耶，乃是“卢梭论教育，无一是处，唯其论女子教育，的确精当。”因为那是“根据于男女的性质与体格的差别而来”的。而近代生物学和心理学研究的结果，又证明着天下没有两个人是无差别。怎样的人就该施以怎样的教育。所以，梁先生说——

“我觉得‘人’字根本的该从字典里永远注销，或由政府下令永禁行使。因为‘人’字的意义太糊涂了。聪明绝顶的人，我们叫他做人，蠢笨如牛的人，也一样的叫作人，弱不禁风的女子。叫作人，粗横强大的男人，也叫做人，人里面的三六九等，无一非人。近代的德谟克拉西的思想，平等的观念，其起源即由于不承认人类的差别。近代所谓的男女平等运动，其起源即由于不承认男女的差别。人格是一个抽象名词，是一个人的身心各方面的特点的总和。人的身心各方面的特点既有差别，实即人格上亦有差别。所谓侮辱人格的，即是不承认一个人特有的人格，卢梭承认女子有女子的人格，所以卢梭正是尊重女子的人格。抹杀女子所特有之特性者，才是侮辱女子人格。”

于是势必至于得到这样的结论——

“……正当的女子教育应该是使女子成为完全的女子。”

那么，所谓正当的教育者，也应该是使“弱不禁风”者，成为完全的“弱不禁风”，“蠢笨如牛”者，成为完全的“蠢笨如牛”，这才免于侮辱各人——此字在未经从字典里永远注销，政府下令永禁行使之前，暂且使用——的人格了。卢梭《爱弥尔》前四编的主张不这样，其“无一是处”，于是可以算无疑。

但这所谓“无一是处”者，也只是对于“聪明绝顶的人”而言；在“蠢笨如牛的人”，却是“正当”的教育。因为看了这样的议论，可以使他更渐近于完全“蠢笨如牛”。这也就是尊重他的人格。

然而这种议论还是不会完结的。为什么呢？一者，因为即使知道说“自然的不平等”，而不容易明白真“自然”和“因逐渐的人为而似自然”之分。二者，因为凡有学说，往往“合吾人之胃口者则容纳之，且从而宣扬之”也。

上海一隅，前二年大谈亚诺德，今年大谈白壁德，恐怕也就是胃口之故罢。

许多问题大抵发生于“胃口”，胃口的差别，也正如“人”字一样的——其实这两字也应该呈请政府“下令永禁行使”。我且抄一段同是美国的 Upton Sinclair 的，以尊重另一种人格罢——

“无论在那一个卢梭的批评家,都有首先应该解决的唯一的问题。为什么你和他吵闹的?要为他的到达点的那自由,平等,协调开路吗?还是因为畏惧卢梭所发向世界上的新思想和新感情的激流呢?使对于他取了为父之劳的个人主义运动的全体怀疑,将我们带到子女服从父母。奴隶服从主人,妻子服从丈夫。臣民服从教皇和皇帝,大学生毫不产生疑问,而佩服教授的讲义的善良的古代去,乃是你的目的吗?“阿嶷夫人曰:‘最后的一句,好像是对于白壁德教授的一箭似的。’”

“‘奇怪呀,’她的丈夫说。‘斯人也而有斯姓也……那一定是上帝的审判了。’”

不知道和原意可有错误,因为我是从日本文重译的。书的原名是《Mammonart》,在California的Pasadena作者自己出版,胃口相近的人们自己弄来看去罢。Mammon是希腊神话里的财神,art谁都知道是艺术。可以译作“财神艺术”罢。日本的译名是“拜金艺术”,也行。因为这一个字是作者生造的,政府既没有下令颁行,字典里也大概未曾注入,所以姑且在这里加一点解释。

十二,一二。

文学和出汗

上海的教授对人讲文学,以为文学当描写永远不变的人性,否则便不久长。例如英国,莎士比亚和别的一两个人所写的是永久不变的人性,所以至今流传,其余的不这样,就都消灭了云。

这真是所谓“你不说我倒还明白,你越说我越糊涂”了。英国有许多先前的文章不流传,我想,这是总会有的,但竟没有想到它们的消灭,乃因为不写永久不变的人性。现在既然知道了这一层,却更不解它们既已消灭,现在的教授何从看见,却居然断定它们所写的都不是永久不变的人性了。

只要流传的便是好文学,只要消灭的便是坏文学;抢得天下的便是王,抢不到天下的便是贼。莫非中国式的历史论,也将沟通了中国人的文学论欤?

而且,人性是永久不变的吗?类人猿,类猿人,原人,古人,今人,未来的人,……如果生物真会进化,人性就不能永久不变。不说类猿人,就是原人的脾气,我们大约就很难猜得着的,则我们的脾气,恐怕未来的人也未必会明白。要写永久不变的人性,实在难哪。

譬如出汗罢,我想,似乎于古有之,于今也有,将来一定暂时也还有,该可以算得较为

"永久不变的人性"了。然而"弱不禁风"的小姐出的是香汗,"蠢笨如牛"的工人出的是臭汗。不知道倘要做长留世上的文字,要充长留世上的文学家,是描写香汗好呢,还是描写臭汗好?这问题倘不先行解决,则在将来文学史上的位置,委实是"岌岌乎殆哉"。

听说,例如英国,那小说,先前是大抵写给太太小姐们看的,其中自然是香汗多;到十九世纪后半,受了俄国文学的影响,就很有些臭汗气了。那一种的命长,现在似乎还在不可知之数。

在中国,从道士听论道,从批评家听谈文,都令人毛孔痉挛,汗不敢出。然而这也许倒是中国的"永久不变的人性"罢。

二七,一二,二三。

文艺和革命

欢喜维持文艺的人们,每在革命地方,便爱说"文艺是革命的先驱"。

我觉得这很可疑。或者外国是如此的罢;中国自有其特别国情,应该在例外。现在妄加编排,以质同志——

1,革命军。先要有军,才能革命,凡已经革命的地方,都是军队先到的:这是先驱。大军官们也许到得迟一点,但自然也是先驱,无须多说。

(这之前,有时恐怕也有青年潜入宣传,工人起来暗助,但这些人们大抵已经死掉,或则无从查考了,置之不论。)

2.人民代表。军官们一到,便有人民代表群集车站欢迎,手执国旗,嘴喊口号,"革命空气,非常浓厚":这是第二先驱。

3,文学家。于是什么革命文学,民众文学,同情文学,飞腾文学都出来了,伟大光明的名称的期刊也出来了,来指导青年的:这是——可惜得很,但也不要紧——第三先驱。

外国是革命军兴以前,就有被迫出国的卢梭,流放极边的珂罗连珂……。

好了。倘若硬要乐观,也可以了。因为我们常听到所谓文学家将要出国的消息,看见新闻上的记载,广告;看见诗;看见文。虽然尚未动身,却也给我们一种"将来学成归国,了不得呀!"的豫感,——希望是谁都愿意有的。

十二月二十四夜零点一分五秒。

谈所谓“大内档案”

所谓“大内档案”这东西，在清朝的内阁里积存了三百多年，在孔庙里塞了十多年，谁也一声不响。自从历史博物馆将这残余卖给纸铺子，纸铺子转卖给罗振玉，罗振玉转卖给日本人，于是乎大有号咷之声，仿佛国宝已失，国脉随之似的。前几年，我也曾见过几个人的议论，所记得的一个是金梁，登在《东方杂志》上；还有罗振玉和王国维，随时发感慨。最近的是《北新半月刊》上的《论档案的售出》，蒋彝潜先生做的。

我觉得他们的议论都不大确。金梁，本是杭州的驻防旗人，早先主张排汉的，民国以来，便算是遗老了，凡有民国所做的事，他自然都以为很可恶。罗振玉呢，也算是遗老，曾经立誓不见国门，而后来仆仆京津间，痛责后生不好古，而偏将古董卖给外国人的，只要看他的题跋，大抵有“广告”气扑鼻，便知道“于意云何”了。独有王国维已经在水里将遗老生活结束，是老实人；但他的感喟，却往往和罗振玉一鼻孔出气，虽然所出的气，有真假之分。所以他被弄成夹广告的 Sandwich，是常有的事，因为他老实到像火腿一般。蒋先生是例外，我看并非遗老，只因为 sentimental 一点，所以受了罗振玉辈的骗了。你想，他要将这卖给日本人，肯说这不是宝贝的吗？

王国维

那么，这不是好东西吗？不好，怎么你也要买，我也要买呢？我想，这是谁也要发的质问。

答曰：唯唯，否否。这正如败落大户家里的一堆废纸，说好也行，说无用也行的。因为是废纸，所以无用；因为是败落大户家里的，所以也许夹些好东西。况且这所谓好与不好，也因人的看法而不同，我的寓所近旁的一个垃圾箱，里面都是住户所弃的无用的东西，但我看见早上总有几个背着竹篮的人，从那里面一片一片，一块一块，捡了什么东西去了，还有用。更何况现在的时候，皇帝也还尊贵，只要在“大内”里放几天，或者带一个“宫”字，就容易使人另眼相看的，这真是说也不信，虽然在民国。

“大内档案”也者，据深通“国朝”掌故的罗遗老说，是他的“国朝”时堆在内阁里的乱纸，大家主张焚弃，经他力争，这才保留下来的。但到他的“国朝”退位，民国元年我到北京的时候，它们已经被装为八千(?)麻袋，塞在孔庙之中的敬一亭里了，的确满满地埋满了大半亭子。其时孔庙里设了一个历史博物馆筹备处，处长是胡玉缙先生。“筹备处”云者，即里面并无“历史博物”的意思。

我却在教育部，因此也就和麻袋们发生了一点关系，眼见它们的升沉隐显。可气可笑的事是有的，但多是小玩意；后来看见外面的议论说得天花乱坠起来，也颇想做几句记事，叙出我所目睹的情节。可是胆子小，因为牵涉着的阔人很有几个，没有敢动笔。这是我的“世故”，在中国做人，骂民族，骂国家，骂社会，骂团体，………都可以的，但不可涉及个人，有名有姓。广州的一种期刊上说我只打巴儿狗，不骂军阀。殊不知我正因为骂了巴儿狗，这才有逃出北京的运命。泛骂军阀，谁来管呢？军阀是不看杂志的，就靠巴儿狗嗅，候补巴儿狗吠。阿，说下去又不好了，赶快带住。

现在是寓在南方，大约不妨说几句了，这些事情，将来恐怕也未必另外有人说。但我对于有关面子的人物，仍然都不用真姓名，将罗马字来替代。既非欧化，也不是“隐恶扬善”，只不过“远害全身”。这也是我的“世故”，不要以为自己在南方，他们在北方，或者不知所在，就小觑他们。他们是突然会在你眼前阔起来的，真是神奇得很。这时候，恐怕就会死得连自己也莫名其妙了。所以要稳当，最好是不说。但我现在来“折衷”，既非不说，而不尽说，而代以罗马字，——如果这样还不妥，那么。也只好听天由命了。上帝安我魂灵！

却说这些麻袋们躺在敬一亭里，就很令历史博物馆筹备处长胡玉缙先生担忧，日夜提防工役们放火。为什么呢？这事谈起来可有些繁复了。弄些所谓“国学”的人大概都知道，胡先生原是南菁书院的高才生，不但深研旧学，并且博识前朝掌故的。他知道清朝武英殿里藏过一副铜活字，后来太监们你也偷，我也偷，偷得“不亦乐乎”，待到王爷们似乎要来查考的时候，就放了一把火。自然，连武英殿也没有了，更何况铜活字的多少。而不幸敬一亭中的麻袋，也仿佛常常减少，工役们不是国学家，所以他将内容的宝贝倒在地上，单拿麻袋去卖钱。胡先生因此想到武英殿失火的故事，生怕麻袋缺得多了之后，敬一亭也照例烧起来；就到教育部去商议一个迁移，或整理，或销毁的办法。

专管这一类事情的是社会教育司，然而司长是夏曾佑先生。弄些什么“国学”的人大概也都知道的，我们不必看他另外的论文，只要看他所编的两本《中国历史教科书》，就知道他看中国人有怎的清楚。他是知道中国的一切事万不可“办”的；即如档案罢，任其自然，烂掉，霉掉，蛀掉，偷掉，甚而至于烧掉，倒是天下太平；倘一加人为，一“办”，那就舆论沸腾,不可开交了。结果是办事的人成为众矢之的,谣言和诽谤,百口也分不清。所以他的主张是"这个东西万万动不得"。

这两位熟于掌故的"要办"和"不办"的老先生,从此都知道各人的意思,说说笑笑,……但竟拖延下去了。于是麻袋们又安稳地躺了十来年。

这回是F先生来做教育总长了,他是藏书和"考古"的名人。我想,他一定听到了什么谣言,以为麻袋里定有好的宋版书——"海内孤本"。这一类谣言是常有的,我早先还听得人说,其中且有什么妃的绣鞋和什么王的头骨哩。有一天,他就发一个命令,教我和G主事试看麻袋。即日搬了二十个到西花厅,我们俩在尘埃中看宝贝,大抵是贺表,黄绫封,要说好是也可以说好的,但太多了,倒觉得不稀奇。还有奏章,小刑名案子居多,文字是半满半汉,只有几个是也特别的,但满眼都是了,也觉得讨厌。殿试卷是一本也没有;另有几箱,原在教育部,不过都是二三甲的卷子,听说名次高一点的在清朝便已被人偷去了,何况乎状元。至于宋版书呢,有是有的,或则破烂的半本,或是撕破的几张。也有清初的黄榜,也有实录的稿本。朝鲜的贺正表,我记得也发现过一张。

我们后来又看了两天,麻袋的数目,记不清楚了,但奇怪,这时以考察欧美教育驰誉的Y次长,以讲大话出名的参事,忽然都变为考古学家了。他们和F总长,都"念兹在兹",在尘埃中间和破纸旁边离不开。凡有我们捡起在桌上的,他们总要拿进去,说是去看看。等到送还的时候,往往比原先要少一点,上帝在上,那倒是真的。

大约是几叶宋版书作怪罢,F总长要大举整理了,另派了部员几十人,我倒幸而不在内。其时历史博物馆筹备处已经迁在午门,处长早换了YT;麻袋们便在午门上被整理。YT是一个旗人,京腔说得极漂亮,文字从来不谈的,但是,奇怪之至,他竟也忽然变成考古学家了,对于此道津津有味。后来还珍藏着一本宋版的什么《司马法》,可惜缺了角,但已经都用古色纸补了起来。

那时的整理法我不大记得了,要之,是分为。"保存"和"放弃",即"有用"和"无用"的两部分。从此几十个部员,即天天在尘埃和破纸中出没,渐渐完工——出没了多少天,我也记不清楚了。"保存"的一部分,后来给北京大学又分了一大部分去。其余的仍藏博物馆。不要的呢,当时是散放在午门的门楼上。

那么,这些不要的东西,应该可以销毁了罢,免得失火。不,据"高等做官教科书"所指示,不能如此草草的。派部员几十人办理,虽说倘有后患,即应由他们负责,和总长无干。但究竟还只一部,外面说起话来,指摘的还是某部,而非某部的某某人。既然只是"部",就又不能和总长无干了。

于是办公事，请各部都派员会同再行检查。这宗公事是灵的，不到两星期，各部都派来了，从两个至四个，其中很多的是新从外洋回来的留学生，还穿着崭新的洋服。于是济济跄跄，又在灰土和废纸之间钻来钻去。但是，说也奇怪，好几个崭新的留学生又都忽然变了考古学家了，将破烂的纸张，绢片，塞到洋裤袋里——但这是传闻之词，我没有目睹。

这一种仪式既经举行，即倘有后患，各部都该负责，不能超然物外，说风凉话了。从此午门楼上的空气，便再没有先前一般紧张，只见一大群破纸寂寞地铺在地面上，时有一二工役，手执长木棍，搅着，拾取些黄绫表签和别的他们所要的东西。

那么，这些不要的东西，应该可以销毁了罢，免得失火。不。F总长是深通“高等做官学”的，他知道万不可烧，一烧必至于变成宝贝，正如人们一死，讣闻上即都是第一等好人一般。况且他的主义本来并不在避火，所以他便不管了，接着，他也就“下野”了。

这些废纸从此便又没有人再提起，直到历史博物馆自行卖掉之后，才又掀起了一阵神秘的风波。

我的话实在也未免有些煞风景，近乎说，这残余的废纸里，已没有什么宝贝似的。那么，外面惊心动魄的什么唐画呀，蜀石经呀，宋版书呀，何从而来的呢？我想，这也是别人必发的质问。

我想，那是这样的。残余的破纸里，大约总不免有所谓东西留遗，但未必会有蜀刻和宋版，因为这正是大家所注意搜索的。现在好东西的层出不穷者，一，是因为阔人先前陆续偷去的东西，本不敢示人，现在却得了可以发表的机会；二，是许多假造的古董，都挂了出于八千麻袋中的招牌而上市了。

还有，蒋先生以为国立图书馆“五六年来一直到此刻，每次战争的胜来败去总得糟蹋得很多。”那可也不然的。从元年到十五年，每次战争，图书馆从未遭过损失。只当袁世凯称帝时，曾经几乎遭一个皇室中人攘夺，然而幸免了。它的厄运，是在好书被有权者用相似的本子来调换，年深月久，弄得面目全非，但我不想在这里多说了。

中国公共的东西，实在不容易保存。如果当局者是外行，他便将东西糟完，倘是内行，他便将东西偷完。而其实也并不单是对于书籍或古董。

一九二七，一二，二四。

拟预言——一九二九年出现的琐事

有公民某甲上书，请每县各设大学一所，添设监狱两所。被斥。

有公民某乙上书，请将共产主义者之产业作为公产，女眷作为公妻，以惩一儆百。半年不批。某乙愤而反革命，被好友告发，逃入租界。

有大批名人学者及文艺家，从外洋回国，于外洋一切政俗学术文艺，皆已比本国者更为深通，受有学位。但其尤为高超者未入学校。

科学，文艺，军事，经济的连合战线告成。

正月初一，上海有许多新的期刊出版，本子最长大者，为——

文艺又复兴。文艺真正会复兴。宇宙。其大无外。至高无上。太太阳，光明之极。白热以上。新新生命。新新新生命。同情。正义。义旗。刹那。飞狮。地震。啊呀。真真美善。……等等。

同日，美国富豪们联名电贺北京捡煤渣老婆子等，称为"同志"，无从投递，次日退回。

正月初三，哲学与小说同时灭亡。

有提倡"一我主义"者，几被查禁。后来查得议论并不新异，着无庸议，听其自然。

有公民某丙著论，谓当"以党治国"，即被批评家们痛驳，谓"久已如此，而还要多说，实属不明大势，昏愦糊涂"。

谣传有男女青年四万一千九百二十六人失踪。

蒙古亲近赤俄，公决革出五族，以侨华白俄补缺，仍为"五族共和"，各界提灯庆祝。

《小说月报》出"列入世界文学两周年纪念"号，定购全年者，各送优待券一张，购书照定价八五折。

《古今史疑大全》出版，有名人学者往来信札函件批语颂辞共二千五百余封，编者自传二百五十余叶，广告登在《艺术界》，谓所费邮票，即已不赀，其价值可想。

美国开演《玉堂春》影片。白璧德教授评为绝非卢梭所及。

有中国的法斯德挑同情一担，访郭沫若，见郭穷极，失望而去。

有在朝者数人下野；有在野者多人下坑。

绑票公司股票涨至三倍半。

女界恐乳大或有被割之险，仍旧束胸，家长多被罚洋五十元，国帑更裕。

有博士讲"经济学精义"，只用两句，云："铜板换角子，角子换大洋。"全世界敬服。

有革命文学家将马克思学说推翻，这只用一句，云："什么马克思牛克思。"全世界敬服，犹太人大惭。

新诗"雇人哭丧假哼哼体"流行。

茶店，浴堂，麻花摊，皆寄售《现代评论》。

赤贼完全消灭，安那其主义将于四百九十八年后实行。

附录

大衍发微

三月十八日段祺瑞，贾德耀，章士钊们使卫兵枪杀民众，通缉五个所谓“暴徒首领”之后，报上还流传着一张他们想要第二批通缉的名单。对于这名单的编纂者，我现在并不想研究。但将这一批人的籍贯职务调查开列起来，却觉得取舍是颇为巧妙的。先开前六名，但所任的职务，因为我见闻有限，所以也许有遗漏：

一　徐谦（安徽）俄国退还庚子赔款委员会委员，中俄大学校长，广东外交团代表主席。

二　李大钊（直隶）国立北京大学教授，校长室秘书。

三　吴敬恒（江苏）清室善后委员会监理。

四　李煜瀛（直隶）俄款委员会委员长，清室善后委员会委员长，中法大学代理校长，北大教授。

五　易培基（湖南）前教育总长，现国立北京女子师范大学校长。

六　顾兆熊（直隶）俄款委员会委员，北大教务长，北京教育会会长。

四月九日《京报》云：“姓名上尚有圈点等符号，其意不明。……徐李等五人名上各有三圈，吴稚晖虽列名第三，而仅一点。余或两圈一圈或一点，不记其详。”于是就有人推测，以为吴老先生之所以仅有一点者，因章士钊还想引以为重，以及别的原因云云。案此皆未经开列职务，以及未见陈源《闲话》之故也。只要一看上文，便知道圈点之别，不过表明“差缺”之是否“优美”。监理是点查物件的监督者，又没有什么薪水，所以只配一点；而别人之“差缺”则大矣，自然值得三圈。“不记其详”的余人，依此类推，大约即不至于有大错。将冠冕堂皇的“整顿学风”的盛举，只作如是观，虽然太煞风景，对不住“正人君子”们，然而我的眼光这样，也就无法可想。再写下去罢，计开：

七　陈友仁（广东）前《民报》英文记者，现《国民新报》英文记者。

八　陈启修（四川）中俄大学教务长，北大教授，女师大教授，《国民新报副刊》编辑。

九　朱家骅（浙江）北大教授。

十　蒋梦麟（浙江）北大教授，代理校长。

十一　马裕藻（浙江）北大国文系主任，师大教授，前女师大总务长现教授。

十二　许寿裳(浙江)教育部编审员,前女师大教务长现教授。

十三　沈兼士(浙江)北大国文系教授,清室善后委员会委员,女师大教授。

十四　陈垣(广东)前教育次长,现清室善后委员会委员,北大导师。

十五　马叙伦(浙江)前教育次长,教育特税督办,现国立师范大学教授,北大讲师。

十六　邵振青(浙江)《京报》总编辑。

十七　林玉堂(福建)北大英文系教授,女师大教务长,《国民新报》英文部编辑,《语丝》撰稿者。

十八　萧子升(湖南)前《民报》编辑,教育部秘书,《猛进》撰稿者。

十九　李玄伯(直隶)北大法文系教授,《猛进》撰稿者。

二十　徐炳昶(河南)北大哲学系教授,女师大教授,《猛进》撰稿者。

二十一　周树人(浙江)教育部佥事,女师大教授,北大国文系讲师,中国大学讲师,《国副》编辑,《莽原》编辑,《语丝》撰稿者。

二十二周作人(浙江)北大国文系教授,女师大教授,燕京大学副教授,《语丝》撰稿者。

二十三张凤举(江西)北大国文系教授,女师大讲师,《国副》编辑,《猛进》及《语丝》撰稿者。

二十四　陈大齐(浙江)北大哲学系教授,女师大教授。

二十五　丁维汾(山东)国民党。

二十六　王法勤(直隶)国民党,议员。

二十七　刘清扬(直隶)国民党妇女部长。

二十八　潘廷干。

二十九　高鲁(福建)中央气象台长,北大讲师。

三十　谭熙鸿(江苏)北大教授,《猛进》撰稿者。

三十一　陈彬和(江苏)首平民中学教务长,前天津南开学校总务长,现中俄大学总务长。

三十二　孙伏园(浙江)北大讲师,《京报副刊》编辑。

三十三　高一涵(安徽)北大教授,中大教授,《现代评论》撰稿者。

三十四　李书华(直隶)北大教授,《猛进》撰稿者。

三十五　徐宝璜(江西)北大教授,《猛进》撰稿者。

三十六　李麟玉(直隶)北大教授,《猛进》撰稿者。

三十七　成平(湖南)《世界日报》及《晚报》总编辑,女师大讲师。

三十八　潘蕴巢(江苏)《益世报》记者。

三十九　罗敦伟(湖南)《国民晚报》记者。

四十　邓飞黄(湖南)《国民新报》总编辑。

四十一　彭齐群(吉林)中央气象台科长,《猛进》撰稿者。

四十二　徐巽(安徽)中俄大学校务委员会委员长。

四十三　高穰(福建)律师,曾担任女师大学生控告章士钊刘百昭事。

四十四　梁鼎

四十五　张平江(四川)女师大学生。

四十六　姜绍谟(浙江)前教育部秘书。

四十七　郭春涛(河南)北大学生。

四十八　纪人庆(云南)大中公学教员。

以上只有四十八人,五十缺二,不知是失抄,还是像九六的制钱似的,这就算是足串了。至于职务,除遗漏外,怕又有错误,并且有几位是为我所一时无从查考的。但即此已经足够了,早可以看出许多秘密来——

甲,改组两个机关:

1.俄国退还庚子赔款委员会;

2.清室善后委员会。

乙,"扫除"三个半学校:

1.中俄大学;

2.中法大学;

3.女子师范大学;

4.北京大学之一部分。

丙,扑灭四种报章:

1.《京报》;

2.《世界日报》及《晚报》;

3.《国民新报》;

4.《国民晚报》。

丁,"逼死"两种副刊:

1.《京报副刊》;

2.《国民新报副刊》。

戊，妨害三种期刊：

1.《猛进》；

2.《语丝》；

3.《莽原》。

"孤桐先生"是"正人君子"一流人，"党同伐异"怕是不至于的，"睚眦之怨"或者也未必报。但是赵子昂的画马，岂不是据说先对着镜子，模仿形态的吗？据上面的镜子，从我的眼睛，还可以看见一些额外的形态——

1.连替女师大学生控告章士钊的律师都要获罪，上面已经说过了。

2.陈源"流言"中的所谓"某籍"，有十二人，占全数四分之一。

3.陈源"流言"中的所谓"某系"（案盖指北大国文系也），计有五人。

4.曾经发表反章士钊宣言的北大评议员十七人，有十四人在内。

5.曾经发表反杨荫榆宣言的女师大教员七人，有三人在内，皆"某籍"

这通缉如果实行，我是想要逃到东交民巷或天津去的；能不能自然是另一问题。这种举动虽将为"正人君子"所冷笑，但我却不愿意为要博得这些东西的夸奖，便到"孤桐先生"的麾下去投案。但这且待后来再说，因为近几天是"孤桐先生"也如"政客，富人，和革命猛进者及民众的首领"一般，"安居在东交民巷里"了。

这一篇是一九二六年四月十三日作的，就登在那年四月的《京报副刊》上，名单即见于《京报》。用"唯饭史观"的眼光，来探究所以要捉这凑成"大衍之数"的人们的原因，虽然并不出奇，但由今观之，还觉得"不为无见"。本来是要编入《华盖集续编》中的，继而一想，自已虽然走出北京了，但其中的许多人，却还在军阀势力之下，何必重印旧账，使巴儿狗们记得起来呢。于是就抽掉了。但现在情势，却已不同，虽然其中已有两人被杀，数人失踪，而下通缉令之权，则已非段章诸公所有，他们万一不慎，倒可以为先前的被缉者所缉了。先前的有几个被缉者的座前，现在也许倒要有人开单来献，请缉别人了。《现代评论》也不但不再预料革命之不成功，且登广告云："现在国民政府收复北平，本周刊又有销行的机会（谨案：妙极）了"了。而浙江省党务指导委员会宣字一二六号令，则将《语丝》"严行禁止"了。此之所以为革命欤。因见语堂的《翦拂集》内，提及此文，便从小箱子里寻出，附存于末，以为纪念。

一九二八年十月二十日，鲁迅记。

三闲集

序言

我的第四本杂感《而已集》的出版,算起来已在四年之前了。去年春天,就有朋友催促我编集此后的杂感。看看近几年的出版界,创作和翻译,或大题目的长论文,是还不能说它寥落的,但短短的批评,纵意而谈,就是所谓"杂感"者,却确乎很少见。我一时也说不出这所以然的原因。

但粗粗一想,恐怕这"杂感"两个字,就使志趣高超的作者厌恶,避之唯恐不远了。有些人,每当意在奚落我的时候,就往往称我为"杂感家",以显出在高等文人的眼中的鄙视,便是一个证据。还有,我想,有名的作家虽然未必不改换姓名,写过这一类文字,但或者不过图报私怨,再提恐或玷其令名,或者别有深心,揭穿反有妨于战斗,因此就大抵任其消灭了。

"杂感"之于我,有些人固然看作"死症",我自己确也因此很吃过一点苦,但编集是还想编集的。只因为翻阅刊物,剪帖成书,也是一件颇觉麻烦的事,因此拖延了大半年,终于没有动过手。一月二十八日之夜,上海打起仗来了,越打越凶,终于使我们只好单身出走,书报留在火线下,一任它烧得精光,我也可以靠这"火的洗礼"之灵,洗掉了"不满于现状"的"杂感家"这一个恶谥。殊不料三月底重回旧寓,书报却丝毫也没有损,于是就东翻西觅,开手编辑起来了,好像大病新愈的人,偏比平时更要照顾自己的瘦削的脸,摩摩枯皱的皮肤似的。

我先编集一九二八至二九年的文字,篇数少得很,但除了五六回在北平上海的讲演,原就没有记录外,别的也仿佛并无散失。我记得起来了,这两年正是我极少写稿,没处投稿的时期。我是在二七年被血吓得目瞪口呆,离开广东的,那些吞吞吐吐,没有胆子直说的话,都载在《而已集》里。但我到了上海,却遇见文豪们的笔尖的围剿了,创造社,太阳社,"正人君子"们的新月社中人,都说我不好,连并不标榜文派的现在多升为作家或教授的先生们,那时的文字里,也得时常暗暗地奚落我几句,以表示他们的高明。我当初还不过是"有闲即是有钱","封建余孽"或"没落者",后来竟被判为主张杀青年的棒喝主义者了。这时候，有一个从广东白云避祸逃来，而寄住在我的寓里的廖君，也终于愤愤地对我说道："我的朋友都看不起我，不和我来往了，说我和这样的人住在一处。"

那时候，我是成了"这样的人"的。自己编着的《语丝》，实乃无权，不单是有所顾忌（详见卷末《我和〈语丝〉的始终》），至于别处，则我的文章一向是被"挤"才有的，而目下正在"剿"，我投进去干什么呢。所以只写了很少的一点东西。

现在我将那时所做的文字的错的和至今还有可取之处的，都收纳在这一本里。至于对手的文字呢，《鲁迅论》和《中国文艺论战》中虽然也有一些，但那都是峨冠博带的礼堂上的阳面的大文，并不足以窥见全体，我想另外搜集也是"杂感"一流的作品，编成一本，谓之《围剿集》。如果和我的这一本对比起来，不但可以增加读者的趣味，也更能明白另一面的，即阴面的战法的五花八门。这些方法一时恐怕不会失传，去年的"左翼作家都为了卢布"说，就是老谱里面的一着。自问和文艺有些关系的青年，仿照固然可以不必，但也不妨知道知道的。

其实呢，我自己省察，无论在小说中，在短评中，并无主张将青年来"杀，杀，杀"的痕迹，也没有怀着这样的心思。我一向是相信进化论的，总以为将来必胜于过去，青年必胜于老人，对于青年，我敬重之不暇，往往给我十刀，我只还他一箭。然而后来我明白我倒是错了。这并非唯物史观的理论或革命文艺的作品蛊惑我的，我在广东，就目睹了同是青年，而分成两大阵营，或则投书告密，或则助官捕人的事实！我的思路因此轰毁，后来便时常用了怀疑的眼光去看青年，不再无条件的敬畏了。然而此后也还为初初上阵的青年们呐喊几声，不过也没有什么大帮助。

这集子里所有的，大概是两年中所做的全部，只有书籍的序引，却只将觉得还有几句话可供参考之作，选录了几篇。当翻检书报时，一九二七年所写而没有编在《而已集》里的东西，也忽然发现了一点，我想，大约《夜记》是因为原想另成一书，讲演和通信是因为浅薄或不关紧要，所以那时不收在内的。

但现在又将这编在前面，作为《而已集》的补遗了。我另有了一样想头，以为只要看一篇讲演和通信中所引的文章，便足可明白那时香港的面目。我去讲演，一共两回，第一天是《老调子已经唱完》，现在寻不到底稿了，第二天便是这《无声的中国》，粗浅平庸到这地步，而竟至于惊为"邪说"，禁止在报上登载的。是这样的香港。但现在是这样的香港几乎要遍中国了。

我有一件事要感谢创造社的，是他们"挤"我看了几种科学的文艺论，明白了先前的文学史家们说了一大堆，还是纠缠不清的疑问。并且因此译了一本蒲力汗诺夫的《艺术论》，以救正我——还因我而及于别人——的只信进化论的偏颇。但是，我将编《中国小说史略》时所集的材料，印为《小说旧闻钞》，以省青年的检查之力，而成仿吾以无产阶级之名，指为"有闲"，而且"有闲"还至于有三个，却是至今还不能完全忘却的。我以为无产阶级是不会有这样锻炼周纳法的，他们没有学过"刀笔"。编成而名之曰《三闲集》，尚以射仿吾也。

一九三二年四月二十四日之夜，编讫并记。

一九二七年

无声的中国

——二月十六日在香港青年会讲

以我这样没有什么可听的无聊的讲演，又在这样大雨的时候，竟还有这许多来听的诸君，我首先应当声明我的郑重的感谢。

我现在所讲的题目是：《无声的中国》。

现在，浙江，陕西，都在打仗，那里的人民哭着呢还是笑着呢，我们不知道。香港似乎很太平，住在这里的中国人，舒服呢还是不很舒服呢，别人也不知道。

发表自己的思想，感情给大家知道的是要用文章的，然而拿文章来达意，现在一般的中国人还做不到。这也怪不得我们；因为那文字，先就是我们的祖先留传给我们的可怕的遗产。人们费了多年的工夫，还是难于运用。因为难，许多人便不理它了，甚至于连自己的姓也写不清是张还是章，或者简直不会写，或者说道：Chang。虽然能说话，而只有几个人听到，远处的人们便不知道，结果也等于无声。又因为难，有些人便当作宝贝，像玩把戏似的，之乎者也，只有几个人懂，——其实是不知道可真懂，而大多数的人们却不懂得，结果也等于无声。

文明人和野蛮人的分别，其一，是文明人有文字，能够把他们的思想，感情，借此传给大众，传给将来。中国虽然有文字，现在却已经和大家不相干，用的是难懂的古文，讲的是陈旧的古意思，所有的声音，都是过去的，都就是只等于零的。所以，大家不能互相了解，正像一大盘散沙。

将文章当作古董，以不能使人认识，使人懂得为好，也许是有趣的事吧。但是，结果怎样呢？是我们已经不能将我们想说的话说出来。我们受了损害，受了侮辱，总是不能说出些应说的话。拿最近的事情来说，如中日战争，拳匪事件，民元革命这些大事件，一直到现在，我们可有一部像样的著作？民国以来，也还是谁也不作声。反而在外国，倒常有说起中国的，但那都不是中国人自己的声音，是别人的声音。

这不能说话的毛病，在明朝是还没有这样厉害的；他们还比较的能够说些要说的话。待到满洲人以异族侵入中国，讲历史的，尤其是讲宋末的事情的人被杀害了，讲时事的自然也被杀害了。所以，到乾隆年间，人民大家便更不敢用文章来说话了。所谓读书人，便只好躲起来读经，校刊古书，做些古时的文章，和当时毫无关系的文章。有些新意，也还是不行的；不是学韩，便是学苏。韩愈苏轼他们，用他们自己的文章来说当时要说的话，那当然可以的。我们却并非唐宋时人，怎么做和我们毫无关系的时候的文章呢。即使做得像，也是唐宋时代的声音，韩愈苏轼的声音，而不是我们现代的声音。然而直到现在，中国人却还要着这样的旧戏法。人是有的，没有声音，寂寞得很。——人会没有声音的吗？没有，可以说：是死了。倘要说得客气一点，那就是：已经哑了。

要恢复这多年无声的中国，是不容易的，正如命令一个死掉的人道："你活过来！"我虽然并不懂得宗教，但我以为正如想出现一个宗教上之所谓"奇迹"一样。

首先来尝试这工作的是"五四运动"前一年，胡适之先生所提倡的"文学革命"。"革命"这两个字，在这里不知道可害怕，有些地方是一听到就害怕的。但这和文学两字连起来的"革命"，却没有法国革命的"革命"那么可怕，不过是革新，改换一个字，就很平和了，我们就称为"文学革新"罢，中国文字上，这样的花样是很多的。那大意也并不可怕，不过说：我们不必再去费尽心机，学说古代的死人的话，要说现代的活人的话；不要将文章看作古董，要做容易懂得的白话的文章。然而，单是文学革新是不够的，因为腐败思想，能用古文做，也能用白话做。所以后来就有人提倡思想革新。思想革新的结果，是发生社会革新运动。这运动一发生，自然一面就发生反动，于是便酿成战斗……。

但是，在中国，刚刚提起文学革新，就有反动了。不过白话文却渐渐风行起来，不大受阻碍。这是怎么一回事呢？就因为当时又有钱玄同先生提倡废止汉字，用罗马字母来替代。这本也不过是一种文字革新，很平常的，但被不喜欢改革的中国人听见，就大不得了了，于是便放过了比较的平和的文学革命，而竭力来骂钱玄同。白话乘了这一个机会，居然减去了许多敌人，反而没有阻碍，能够流行了。

中国人的性情是总喜欢调和，折中的。譬如你说，这屋子太暗，须在这里开一个窗，大家一定不允许的。但如果你主张拆掉屋顶，他们就会来调和，愿意开窗了。没有更激烈的主张，他们总连平和的改革也不肯行。那时白话文之得以通行，就因为有废掉中国字而用罗马字母的议论的缘故。

其实，文言和白话的优劣的讨论，本该早已过去了，但中国是总不肯早早解决的，到现在还有许多无谓的议论。例如，有的说：古文各省人都能懂，白话就各处不同，反而不能互相了解了。殊不知这只要教育普及和交通发达就好，那时就人人都能懂较为易解的白话文；至于古文，何尝各省人都能懂，便是一省里，也没有许多人懂得的。有的说：如果都用白话文，人们便不能看古书，中国的文化就灭亡了。其实呢，现在的人们大可以不必看古书，即使古书里真有好东西，也可以用白话来译出的，用不着那么心惊胆战。他们又有人说，外国尚且译中国书，足见其好，我们自己倒不看吗？殊不知埃及的古书，外国人也译，非洲黑人的神话，外国人也译，他们别有用意，即使译出，也算不了怎样光荣的事的。

近来还有一种说法，是思想革新紧要，文字改革倒在其次，所以不如用浅显的文言来做新思想的文章，可以少招一重反对。这话似乎也有理。然而我们知道，连他长指甲都不肯剪去的人，是决不肯剪去他的辫子的。

因为我们说着古代的话，说着大家不明白，不听见的话，已经弄得像一盘散沙，痛痒不相关了。我们要活过来，首先就须由青年们不再说孔子孟子和韩愈柳宗元们的话。时代不同，情形也两样，孔子时代的香港不这样，孔子口调的“香港论”是无从做起的，“吁嗟阔哉香港也”，不过是笑话。

我们要说现代的，自己的话；用活着的白话，将自己的思想，感情直白地说出来。但是，这也要受前辈先生非笑的。他们说白话文卑鄙，没有价值；他们说年轻人作品幼稚，贻笑大方。我们中国能做文言的有多少呢，其余的都只能说白话，难道这许多中国人，就都是卑鄙，没有价值的吗？至于幼稚，尤其没有什么可羞，正如孩子对于老人，毫没有什么可羞一样。幼稚是会生长，会成熟的，只不要衰老，腐败，就好。倘说待到纯熟了才可以动手，那是虽是村妇也不至于这样蠢。她的孩子学走路，即使跌倒了，她绝不至于叫孩子从此躺在床上，待到学会了走法再下地面来的。

青年们先可以将中国变成一个有声的中国。大胆地说话，勇敢地进行，忘掉了一切利害，推开了古人，将自己的真心的话发表出来。——真，自然是不容易的。譬如态度，就不容易真，讲演时候就不是我的真态度，因为我对朋友，孩子说话时候的态度是不这样的。——但总可以说些较真的话，发些较真的声音。只有真的声音，才能感动中国的人和世界的人；必须有了真的声音，才能和世界的人同在世界上生活。

我们试想现在没有声音的民族是那几种民族。我们可听到埃及人的声音？可听到安南，朝鲜的声音？印度除了泰戈尔，别的声音可还有？

我们此后实在只有两条路：一是抱着古文而死掉，一是舍掉古文而生存。

怎么写

——夜记之一

写什么是一个问题，怎么写又是一个问题。

今年不大写东西，而写给《莽原》得尤其少。我自己明白这原因。说起来是极可笑的，就因为它纸张好。有时有一点杂感，仔细一看，觉得没有什么大意思，不要去填黑了那么洁白的纸张，便废然而止了。好的又没有。我的头里是如此荒芜，浅陋，空虚。

可谈的问题自然多得很，自宇宙以至社会国家，高超的还有文明，文艺。古来许多人谈过了，将来要谈的人也将无穷无尽。但我都不会谈。记得还是去年躲在厦门岛上的时候，因为太讨人厌了，终于得到"敬鬼神而远之"式的待遇，被供在图书馆楼上的一间屋子里。白天还有馆员，钉书匠，阅书的学生，夜九时后，一切星散，一所很大的洋楼里，除我以外，没有别人。我沉静下去了。寂静浓到如酒，令人微醺。望后窗外骨立的乱山中许多白点，是丛冢；一粒深黄色火，是南普陀寺的琉璃灯。前面则海天微茫，黑絮一般的夜色简直似乎要扑到心坎里。我靠了石栏远眺，听得自己的心音，四远还仿佛有无量悲哀，苦恼，零落，死灭，都杂入这寂静中，使它变成药酒，加色，加味，加香。这时，我曾经想要写，但是不能写，无从写。这也就是我所谓"当我沉默着的时候，我觉得充实，我将开口，同时感到空虚"。

莫非这就是一点"世界苦恼"吗？我有时想。然而大约又不是的，这不过是淡淡的哀愁，中间还带些愉快。我想接近它，但我愈想，它却愈渺茫了，几乎就要发现仅只我独自倚着石栏，此外一无所有。必须待到我忘了努力，才又感到淡淡的哀愁。

那结果却大抵不很高明。腿上钢针似的一刺，我便不假思索地用手掌向痛处直拍下去，同时只知道蚊子在咬我。什么哀愁，什么夜色，都飞到九霄云外去了，连靠过的石栏也不再放在心里。而且这还是现在的话，那时呢，回想起来，是连不将石栏放在心里的事也没有想到的。仍是不假思索地走进房里去，坐在一把唯一的半躺椅——躺不直的藤椅子——上，抚摩着蚊喙的伤，直到它由痛转痒，渐渐肿成一个小疙瘩。我也就从抚摩转成搔，掐，直到它由痒转痛，比较的能够打熬。

此后的结果就更不高明了，往往是坐在电灯下吃柚子。

虽然不过是蚊子的一叮，总是本身上的事来得切实。能不写自然更快活，倘非写不可，我想，也只能写一些这类小事情，而还万不能写得正如那一天所身受的显明深切。而况千叮万叮，而况一刀一枪，那是写不出来的。

尼采爱看血写的书。但我想，血写的文章，怕未必有罢：文章总是墨写的，血写的倒不过是血迹。它比文章自然更惊心动魄，更直接分明，然而容易变色，容易消磨。这一点，就要任凭文学逞能，恰如冢中的白骨，往古来今，总要以它的永久来傲视少女颊上的轻红似的。

能不写自然更快活，倘非写不可，我想，就是随便写写罢，横竖也只能如此。这些都应该和时光一同消逝，假使会比血迹永远鲜活，也只足以证明文人是侥幸者，是乖角儿。但真的血写的书，当然不在此例。

当我这样想的时候，便觉得"写什么"倒也不成什么问题了。

"怎样写"的问题，我是一向未曾想到的。初知道世界上有着这么一个问题，还不过两星期之前。那时偶然上街，偶然走进丁卜书店去，偶然看见一叠《这样做》，便买取了一本。这是一种期刊，封面上画着一个骑马的少年兵士。我一向有一种偏见，凡书面上画着这样的兵士和手捏铁锄的农工的刊物，是不大去涉略的，因为我总疑心它是宣传品。发抒自己的意见，结果弄成带些宣传气味了的伊孛生等辈的作品，我看了倒并不发烦。但对于先有了"宣传"两个大字的题目，然后发出议论来的文艺作品，却总有些格格不入，那不能直吞下去的模样，就和雒诵教训文学的时候相同。但这《这样做》却又有些特别，因为我还记得日报上曾经说过，是和我有关系的。也是凡事切己，则格外关心的一例罢，我便再不怕书面上的骑马的英雄，将它买来了。回来后一检查剪存的旧报，还在的，日子是三月七日，可惜没有注明报纸的名目，但不是《民国日报》，便是《国民新闻》，因为我那时所看的只有这两种。下面抄一点报上的话：

"自鲁迅先生南来后，一扫广州文学之寂寞，先后创办者有《做什么》，《这样做》两刊物。闻《这样做》为革命文学社定期出版物之一，内容注重革命文艺及本党主义之宣传。……"

开首的两句话有些含混，说我都与闻其事的也可以，说因我"南来"了而别人创办的也通。但我是全不知情。当初将日报剪存，大概是想调查一下的，后来却又忘却，搁下了。现在还记得《做什么》出版后，曾经送给我五本。我觉得这团体是共产青年主持的，因为其中有"坚如"，"三石"等署名，该是毕磊，通信处也是他。他还曾将十来本《少年先锋》送给我，而这刊物里面则分明是共产青年所做的东西。果然，毕磊君大约确是共产党，于四月十八日从中山大学被捕。据我的推测，他一定早已不在这世上了，这看去很是瘦小精干的湖南的青年。

《这样做》却在两星期以前才见面，已经出到七八期合册了。第六期没有，或者说被禁止，或者说未刊，莫衷一是，我便买了一本七八合册和第五期。看日报的记事便知道，这该是和《做什么》反对，或对立的。我拿回来，倒看上去，通讯栏里就这样说："在一般CP气焰盛张之时，……而你们一觉悟起来，马上退出CP，不只是光退出便了事，尤其值得CP气死的，就是破天荒的接二连三的退出共产党登报声明。……"那么，确是如此了。

这里又即刻出了一个问题。为什么这么大相反对的两种刊物，都因我"南来"而"先后创办"呢？这在我自己，是容易解答的：因为我新来而且灰色。但要讲起来，怕又有些话长，现在姑且保留，待有相当的机会时再说罢。

这回且说我看《这样做》。看过通讯，懒得倒翻上去了，于是看目录。忽而看见一个题目道：《郁达夫先生休矣》，便又起了好奇心，立刻看文章。这还是切己的琐事总比世界的哀愁关心的老例，达夫先生是我所认识的，怎么要他"休矣"了呢？急于要知道。假使说的是张龙赵虎，或是我素昧平生的伟人，老实说罢，我决不会如此留心。

原来是达夫先生在《洪水》上有一篇《在方向转换的途中》，说这一次的革命是阶级斗争的理论的实现，而记者则以为是民族革命的理论的实现。大约还有英雄主义不适宜于今日等类的话罢，所以便被认为"中伤"和"挑拨离间"，非"休矣"不可了。

郁达夫

我在电灯下回想，达夫先生我见过好几面，谈过好几回，只觉他稳健和平，不至于得罪于人，更何况得罪于国。怎么一下子就这么流于"偏激"了？我倒要看看《洪水》。

这期刊，听说在广西是被禁止的了，广东倒还有。我得到的是第三卷第二十九至三十二期。照例的坏脾气，从三十二期倒看上去，不久便翻到第一篇《日记文学》，也是达夫先生做的，于是便不再去寻《在方向转换的途中》，变成看谈文学了。我这种模模糊糊的看法，自己也明知道是不对的，但"怎么写"的问题，却就出在那里面。

作者的意思，大略是说凡文学家的作品，多少总带点自叙传的色彩的，若以第三人称来写出，则时常有误成第一人称的地方。而且叙述这第三人称的主人公的心理状态过于详细时，读者会疑心这别人的心思，作者何以会晓得得这样精细？于是那一种幻灭之感，就使文学的真实性消失了。所以散文作品中最便当的体裁，是日记体，其次是书简体。

这诚然也值得讨论的。但我想，体裁似乎不关重要。上文的第一缺点，是读者的粗心。但只要知道作品大抵是作者借别人以叙自己，或以自己推测别人的东西，便不至于感到幻灭，即使有时不合事实，然而还是真实。其真实，正与用第三人称时或误用第一人称时毫无不同。倘有读者只执滞于体裁，只求没有破绽，那就以看新闻记事为宜，对于文艺，活该幻灭。而其幻灭也不足惜，因为这不是真的幻灭，正如查不出大观园的遗迹，而不满于《红楼梦》者相同。倘作者如此牺牲了抒写的自由，即使极小部分，也无异于削足适履的。

第二种缺陷，在中国也已经是颇古的问题。纪晓岚攻击蒲留仙的《聊斋志异》，就在这一点。两人密语，决不肯泄，又不为第三人所闻，作者何从知之？所以他的《阅微草堂笔记》，竭力只写事状，而避去心思和密语。但有时又落了自设的陷阱，于是只得以《春秋左氏传》的"浑良夫梦中之噪"来解嘲。他的支绌的原因，是在要使读者信一切所写为事实，靠事实来取得真实性，所以一与事实相左，那真实性也随即灭亡。如果他先意识到这一切是创作，即是他个人的造作，便自然没有一切挂碍了。

一般的幻灭的悲哀，我以为不在假，而在以假为真。记得年幼时，很喜欢看变戏法，猢狲骑羊，石子变白鸽，最末是将一个孩子刺死，盖上被单，一个江北口音的人向观众装出撒钱模样道：Huazaa！Huazaa！大概是谁都知道，孩子并没有死，喷出来的是装在刀柄里的苏木汁，Huazzaa一够，他便会跳起来的。但还是出神地看着，明明意味着这是戏法，而全心沉浸在这戏法中。万一变戏法的定要做得真实，买了小棺材，装进孩子去，哭着抬走，倒反索然无味了。这时候，连戏法的真实也消失了。

我宁看《红楼梦》，却不愿看新出的《林黛玉日记》，它一页能够使我不舒服小半天。《板桥家书》我也不喜欢看，不如读他的《道情》。我所不喜欢的是他题了家书两个字。那么，为什么刻了出来给许多人看的呢？不免有些装腔。幻灭之来，多不在假中见真，而在真中见假。日记体，书简体，写起来也许便当得多罢，但也极容易起幻灭之感；而一起则大抵很厉害，因为它起先模样装得真。

《越缦堂日记》近来已极风行了，我看了却总觉得他每次要留给我一点很不舒服的东西。为什么呢？一是钞上谕。大概是受了何焯的故事的影响的，他提防有一天要蒙"御览”。二是许多墨涂。写了尚且涂去,该有许多不写的罢?三是早给人家看,钞,自以为一部著作了。我觉得从中看不见李慈铭的心,却时时看到一些做作,仿佛受了欺骗。翻翻一部小说,虽是很荒唐,浅陋,不合理,倒从来不起这样的感觉的。

听说后来胡适之先生也在做日记,并且给人传观了。照文学进化的理论讲起来,一定该好得多。我希望他提前陆续地印出。

但我想,散文的体裁,其实是大可以随便的,有破绽也不妨。做作的写信和日记,恐怕也还不免有破绽,而一有破绽,便破灭到不可收拾了。与其防破绽,不如忘破绽。

在钟楼上

——夜记之二

也还是我在厦门的时候,柏生从广州来,告诉我说,爱而君也在那里了。大概是来寻求新的生命的罢,曾经写了一封长信给 K 委员,说明自己的过去和将来的志望。

“你知道有一个叫爱而的吗?他写了一封长信给我,我没有看完。其实,这种文学家的样子,写长信,就是反革命的!”有一天,K 委员对柏生说。

又有一天,柏生又告诉了爱而,爱而跳起来道:

“怎么?……怎么说我是反革命的呢?!”

厦门还正是和暖的深秋,野石榴开在山中,黄的花——不知道叫什么名字——开在楼下。我在用花岗石墙包围着的楼屋里听到这小小的故事,K 委员的眉头打结的正经的脸,爱而的活泼中带着沉闷的年青的脸,便一齐在眼前出现,又仿佛如见当 K 委员的眉头打结的面前,爱而跳了起来,——我不禁从窗隙间望着远天失笑了。

但同时也记起了苏俄曾经有名的诗人,《十二个》的作者勃洛克的话来:

“共产竟不妨碍作诗,但于觉得自己是大作家的事却有妨碍。大作家者,是感觉自己一切创作的核心,在自己里面保持着规律的。”

共产党和诗,革命和长信,真有这样的不相容吗?我想。

以上是那时的我想。这时我又想,在这里有插入几句声明的必要:

我不过说是变革和文艺之不相容,并非在暗示那时的广州政府是共产政府或委员是共产党。这些事我一点不知道。只有若干已经“正法”的人们,至今不听见有人鸣冤或冤鬼诉苦,想来一定是真的共产党罢。至于有一些,则一时虽然从一方面得了这样的谥号,但后来两方相见,杯酒言欢,就明白先前都是误解,其实是本来可以合作的。

必要已毕,于是放心回到本题。却说爱而君不久也给了我一封信,通知我已经有了工作了。信不甚长,大约还有被冤为“反革命”的余痛罢。但又发出牢骚来:一,给他坐在饭锅旁边,无聊得很;二,有一回正在按风琴,一个漠不相识的女郎来送给他一包点心,就弄得他神经过敏,以为北方女子太死板而南方女子太活泼,不禁“感慨系之矣”了。

关于第一点,我在秋蚊围攻中所写的回信中置之不答。夫面前无饭锅而觉得无聊,觉得苦痛,人之常情也,现在已见饭锅,还要无聊,则明明是发了革命热。老实说,远地方在革命,不相识的人们在革命,我是的确有点高兴听的,然而——没有法子,索性老实说罢,——如果我的身边革起命来,或者我所熟识的人去革命,我就没有这么高兴听。有人说我应该拼命去革命,我自然不敢不以为然,但如叫我静静地坐下,调给我一杯罐头牛奶喝,我往往更感激。但是,倘说,你就死心塌地地从饭锅里装饭吃罢,那是不像样的;然而叫他离开饭锅去拼命,却又说不出口,因为爱而是我的极熟的熟人。于是只好袭用仙传的古法,装聋作哑,置之不问不闻之列。只对于第二点加以猛烈的教诫,大致是说他“死板”和“活泼”既然都不赞成,即等于主张女性应该不死不活,那是万分不对的。

约略一个多月之后,我抱着和爱而一类的梦,到了广州,在饭锅旁边坐下时,他早已不在那里了,也许竟并没有接到我的信。

我住的是中山大学中最中央而最高的处所,通称“大钟楼”。一月之后,听得一个戴瓜皮小帽的秘书说,才知道这是最优待的住所,非“主任”之流是不准住的。但后来我一搬出,又听说就给一位办事员住进去了,莫明其妙。不过当我住在那里的时候,总还是非主任之流即不准住的地方,所以直到知道办事员搬进去了的那一天为止,我总是常常又感激,又惭愧。

然而这优待室却并非容易居住的所在,至少的缺点,是不很能够睡觉的。一到夜间,便有十多匹——也许二十来匹罢,我不能知道确数——老鼠出现,驰骋文坛,什么都不管。只要可吃的,它就吃,并且能开盒子盖,广州中山大学里非主任之流即不准住的楼上的老鼠,仿佛也特别聪明似的,我在别的地方未曾遇到过。到清晨呢,就有“工友”们大声唱歌,——我所不懂的歌。

白天来访的本省的青年,却大抵怀着非常的好意的。有几个热心于改革的,还希望我对于广州的缺点加以激烈的攻击。这热诚很使我感动,但我终于说是还未熟悉本地的情形,而且已经革命,觉得无甚可以攻击之处,轻轻地推却了。那当然要使他们很失望的。过了几天,尸一君就在《新时代》上说:

“……我们中几个很不以他这句话为然,我们以为我们还有许多可骂的地方,我们正想骂骂自己，难道鲁迅先生竟看不出我们的缺点吗？……”

其实呢，我的话一半是真的。我何尝不想了解广州，批评广州呢，无奈慨自被供在大钟楼上以来，工友以我为教授，学生以我为先生，广州人以我为“外江佬”，孤孑特立，无从考查。而最大的阻碍则是言语。直到我离开广州的时候止，我所知道的言语，除一二三四……等数目外，只有一句凡有“外江佬”几乎无不因为特别而记住的Hanbaran（统统）和一句凡有学习异地言语者几乎无不最容易学得而记住的骂人话Tiu-na-ma而已。

这两句有时也有用。那是我已经搬在白云路寓屋里的时候了，有一天，巡警捉住了一个窃取电灯的偷儿，哪管屋的陈公便跟着一面骂，一面打。骂了一大套，而我从中只听懂了这两句。然而似乎已经全懂得，心里想：“他所说的，大约是因为屋外的电灯几乎Han-baran被他偷去，所以要Tiu-na-ma了。”于是就仿佛解决了一件大问题似的，即刻安心归座，自去再编我的《唐宋传奇集》。

但究竟不知道是否真如此。私自推测是无妨的，倘若据以论广州，却未免太鲁莽罢。

但虽只这两句，我却发现了吾师太炎先生的错处了。记得先生在日本给我们讲文字学时，曾说《山海经》上“其州在尾上”的“州”是女性生殖器。这古语至今还留存在广东，读若Tiu。故Tiuhei二字，当写作“州戏”，名词在前，动词在后的。我不记得他后来可曾将此说记在《新方言》里，但由今观之，则“州”乃动词，非名词也。

至于我说无甚可以攻击之处的话，那可的确是虚言。其实是，那时我于广州无爱憎，因而也就无欣戚，无褒贬。我抱着梦幻而来，一遇实际，便被从梦境放逐了，不过剩下些索漠。我觉得广州究竟是中国的一部分，虽然奇异的花果，特别的语言，可以淆乱游子的耳目，但实际是和我所走过的别处都差不多的。倘说中国是一幅画出的不类人间的图，则各省的图样实无不同，差异的只在所用的颜色。黄河以北的几省，是黄色和灰色画的，江浙是淡墨和淡绿，厦门是淡红和灰色，广州是深绿和深红。我那时觉得似乎其实未曾游行，所以也没有特别的骂詈之辞，要专一倾注在素馨和香蕉上。——但这也许是后来的回忆的感觉，那时其实是还没有如此分明的。

到后来，却有些改变了，往往斗胆说几句坏话。然而有什么用呢？在一处演讲时，我说广州的人民并无力量，所以这里可以做“革命的策源地”，也可以做反革命的策源地……当译成广东话时，我觉得这几句话似乎被删掉了。给一处做文章时，我说青天白日旗插远去，信徒一定加多。但有如大乘佛教一般，待到居士也算佛子的时候，往往戒律荡然，不知道是佛教的弘通，还是佛教的败坏？……然而终于没有印出，不知所往了……。

广东的花果，在“外江佬”的眼里，自然依然是奇特的。我所最爱吃的是“杨桃”，滑而脆，酸而甜，做成罐头的，完全失却了本味。汕头的一种较大，却是“三廉”，不中吃了。我常常宣传杨桃的功德，吃的人大抵赞同，这是我这一年中最卓著的成绩。

在钟楼上的第二月，即戴了“教务主任”的纸冠的时候，是忙碌的时期。学校大事，盖无过于补考与开课也，与别的一切学校同。于是点头开会，排时间表，发通知书，秘藏题目，分配卷子，……于是又开会，讨论，计分，发榜。工友规矩，下午五点以后是不做工的，于是一个事务员请门房帮忙，连夜贴一丈多长的榜。但到第二天的早晨，就被撕掉了，于是又写榜。于是辩论：分数多寡的辩论；及格与否的辩论；教员有无私心的辩论；优待革命青年，优待的程度，我说已优，他说未优的辩论；补救落第，我说权不在我，他说在我，我说无法，他说有法的辩论；试题的难易，我说不难，他说太难的辩论；还有因为有族人在台湾，自己也可以算作台湾人，取得优待“被压迫民族”的特权与否的辩论；还有人本无名，所以无所谓冒名顶替的玄学底辩论……。这样地一天一天地过去，而每夜是十多匹——或二十匹——老鼠的驰骋，早上是三位工友的响亮的歌声。

现在想起那时的辩论来，人是多么和有限的生命开着玩笑呵。然而那时却并无怨尤，只有一事觉得颇为变得特别：对于收到的长信渐渐有些仇视了。

这种长信，本是常常收到的，一向并不为奇。但这时竟渐嫌其长，如果看完一张，还未说出本意，便觉得烦厌。有时见熟人在旁，就托付他，请他看后告诉我信中的主旨。

“不错。‘写长信，就是反革命的！’”我一面想。

我当时是否也如K委员似的眉头打结呢，未曾照镜，不得而知。仅记得即刻也自觉到我的开会和辩论的生涯，似乎难以称为“在革命”，为自便计，将前判加以修正了：

“不。‘反革命’太重，应该说是‘不革命’的。然而还太重。其实是，——写长信，不过是吃得太闲空罢了。”

有人说，文化之兴，须有余裕，据我在钟楼上的经验，大致是真的吧。闲人所造的文化，自然只适宜于闲人，近来有些人摩拳擦掌，大鸣不平，正是毫不足怪，——其实，便是这钟楼，也何尝不造得蹊跷。但是，四万万男女同胞，侨胞，异胞之中，有的是“饱食终日，无所用心”，有的是“群居终日，言不及义”。怎不造出相当的文艺来呢？只说文艺，范围小，容易些。那结论只好是这样：有余裕，未必能创作；而要创作，是必须有余裕的。故“花呀月呀”，不出于啼饥号寒者之口，而“一手奠定中国的文坛”，亦为苦工猪仔所不敢望也。

我以为这一说于我倒是很好的，我已经自觉到自己久已不动笔，但这事却应该归罪于匆忙。

大约就在这时候，《新时代》上又发表了一篇《鲁迅先生往那里躲》，宋云彬先生做的。文中有这样的对于我的警告：

“他到了中大，不但不曾恢复他‘呐喊’的勇气，并且似乎在说‘在北方时受着种种迫压，种种刺激，到这里来没有压迫和刺激，也就无话可说了’。噫嘻！异哉！鲁迅先生竟跑出了现在社会，躲向牛角尖里去了。旧社会死去的苦痛，新社会生出的苦痛，多多少放在他眼前，他竟熟视无睹！他把人生的镜子藏起来了，他把自己回复到过去时代去了。噫嘻！异哉！鲁迅先生躲避了。”

而编辑者还很客气，用按语声明着这是对于我的好意的希望和怂恿，并非恶意的笑骂的文章。这是我很明白的，记得看见时颇为感动。因此也曾想如上文所说的那样，写一点东西，声明我虽不呐喊，却正在辩论和开会，有时一天只吃一顿饭，有时只吃一条鱼，也还未失掉了勇气。《在钟楼上》就是预定的题目。然而一则还是因为辩论和开会，二则因为篇首引有拉狄克的两句话，另外又引起了我许多杂乱的感想，很想说出，终于反而搁下了。那两句话是：

“在一个最大的社会改变的时代，文学家不能做旁观者！”

但拉狄克的话，是为了叶遂宁和梭波里的自杀而发的。他那一篇《无家可归的艺术家》译载在一种期刊上时，曾经使我发生过暂时的思索。我因此知道凡有革命以前的幻想或理想的革命诗人，很可能有碰死在自己所讴歌希望的现实上的运命；而现实的革命倘不粉碎了这类诗人的幻想或理想，则这革命也还是布告上的空谈。但叶遂宁和梭波里是未可厚非的，他们先后给自己唱了挽歌，他们有真实。他们以自己的沉没，证明着革命的前行。他们到底并不是旁观者。

但我初到广州的时候，有时确也感到一点小康。前几年在北方，常常看见迫压党人，看见捕杀青年，到那里可都看不见了。后来才悟到这不过是“奉旨革命”的现象，然而在梦中时是委实有些舒服的。假使我早做了《在钟楼上》，文字也许不如此。无奈已经到了现在，又经过目睹“打倒反革命”的事实，纯然的那时的心情，实在无从追蹑了。现在就只好是这样罢。

辞顾颉刚教授令“候审”

来信

鲁迅先生：

顷发一挂号信，以未悉先生住址，由中山大学转奉，嗣恐先生未能接到，特探得尊寓所在，另钞一分奉览。

敬请大安。

颉刚敬上。十六，七，廿四。

钞件

鲁迅先生：

颉刚不知以何事开罪于先生，使先生对于颉刚竟作如此强烈之攻击，未即承教，良用耿耿。前日见汉口《中央日报副刊》上，先生及谢玉生先生通信，始悉先生等所以反对颉刚者，盖欲伸党国大义，而颉刚所作之罪恶直为天地所不容，无任惶骇。诚恐此中是非，非笔墨口舌所可明了，拟于九月中回粤后提起诉讼，听候法律解决。如颉刚确有反革命之事实，虽受死刑，亦所甘心，否则先生等自当负发言之责任。务请先生及谢先生暂勿离粤，以俟开审，不胜感盼。

敬请大安，谢先生处并候。

中华民国十六年七月廿四日

回信

颉刚先生：

来函谨悉，甚至于吓得绝倒矣。先生在杭盖已闻仆于八月中须离广州之讯，于是顿生妙计，命以难题。如命。则仆尚须提空囊赁屋买米，作穷打算，恭候偏何来迟，提起诉讼。不如命，则先生可指我为畏罪而逃也；而况加以照例之一传十，十传百乎哉？但我意早决，八月中仍当行，九月已在沪。江浙俱属党国所治，法律当与粤不异，且先生尚未启行，无须特别函挽听审，良不如请即就近在浙起诉，尔时仆必到杭，以负应负之责。倘其典书卖裤，居此生活费綦昂之广州，以俟月余后或将提起之诉讼，天下那易有如此十足笨伯哉！《中央日报副刊》未见；谢君处恕不代达，此种小傀儡，可不做则不做而已，无他秘计也。此复，顺请

著安！

鲁迅。

匪笔三篇

今之"正人君子",论事有时喜欢讲"动机"。案动机,我自己知道,绍介这三篇文章是未免有些有伤忠厚的。旅资将尽,非逐食不可了,许多人已知道我将于八月中走出广州。七月末就收到了一封所谓"学者"的信,说我的文字得罪了他,"拟于九月中回粤后提起诉讼,听候法律解决"。且叫我"暂勿离粤,以俟开审"。命令被告枵腹恭候于异地,以俟自己雍容布置,慢慢开审,真是霸道得可观。第二天偶在报纸上看见飞天虎寄亚妙信,有"提防剑仔"的话,不知怎的忽而欣然独笑,还想到别的两篇东西,要执绍介之劳了。这种拉扯牵连,若即若离的思想,自己也觉得近乎刻薄,——但是,由它去吧,好在"开审"时总会结账的。

在我的估计上,这类文章的价值却并不在文人学者的名文之下。先前也曾收集,得了五六篇,后来只在北京的《平民周刊》上发表过一篇模范监狱里的一个囚人的自序,其余的呢,我跑出北京以后,不知怎样了,现在却还想搜集。要夸大地说起来,则此类文章,于学术上也未始无用;我记得 Lombroso 所做的一本书——大约是《天才与狂人》,请读者恕我手头无书,不能指实——后面,就附有许多疯子的作品。然而这种金字招牌,我辈却无须挂起来。

这回姑且将现成的三篇介绍,都是从香港《循环日报》上采取的。以其都不是韵文,所以取阮氏《文笔对》之说,名之曰:笔。倘有好事之徒,寄我材料,无人欢迎。但此后拟不限有韵无韵,并且廓大范围,并收土匪,骗子,犯人,疯子等等的创作。但经文人润色,或拟作赝作者不收。

其实,古如陈涉帛书,米巫题字,近如义和团传单,同善社乩笔,也都是这一流。我想,凡见于古书的,也都可以抄出来编为一集,和现在的来比照,看思想手段,有什么不同。

来件想托北新书局代收,当择优发表,——但这是我倘不忙于"以俟开审"或下了牢监的话。否则,自己的文章也就是材料,不必旁搜博采了。

闲话休提,言归正传:

一 撕票布告

潘平

广州佛山缸瓦栏维新码头发现烂艇一艘,有水浸淹其中,用蓑衣覆盖男子尸身一具,露出手足,旁有粗碗一只,白旗一面,书明云云。由六区水警,将该尸艇移泊西医院附近。验得该尸颈旁有一枪孔,直贯其鼻,显系生前轰毙。查死者年约三十岁,乃穿短线衫裤,剪平头装者。

南海紫洞潘平布告。

为布告事:昨四月念六日,在禄步共掳得乡人十余名,困留月余,并望赎音。兹提出禄步笋洞沙乡,姓许名进洪一名,枪毙示众,以儆其余。四方君子,特字周知,切勿视财如命!此布。(据七月十三日《循环报》。)

二 致信女某书

金吊桶

广西梧州洞天酒店相命家金吊桶,原名黄卓生,新会人,日前有行骗陈社恩,黄心,黄作渠夫妇银钱单据,为警备司令部将其捕获,又搜获一封固之信,内空白信笺一张,以火烘之,发现字迹如下:

今日民国十六年五月二十九日,吕纯阳先师下降,查明汝信女系广西人。汝今生为人,心善清洁,今天上玉皇赐横财四千五百两银过你,汝信享福养儿育女。但此财分作八回中足,今年七月尾只中白鸽票七百五十元左右。老来结局有个子,第三位有官星发达,有官太做。但汝终身要派大三房妾伴,不能坐正位。今生条命极好。汝前世犯了白虎五鬼天狗星,若想得横财旺子,要用六元六毫交与金吊桶先生代汝解除,方得平安无事。若不信解除,汝条命得来十分无夫福无子福,有子死子,有夫死夫。但见字要求先生共汝解去此凶星为要可也。汝想得财得子者,为夫福者,有夫权者,要求先生共汝行礼,交合阴阳一二回,方可平安。如有不顺从先生者,汝条命有好处,无安乐也。……(据七月二十六日《循环报》。)

三 诘妙嫦书

飞天虎

香港永乐街如意茶楼女招待妙嫦,年仅双十,寓永吉街三十号二楼。七月二十九日晚十一时许，散工之后，偕同女侍三数人归家，道经大道中永吉街口，遇大汉三四人，要截于途，诘妙嫦曰：汝其为妙玲乎？嫦不敢答，闪避而行。讵大汉不使去，逞凶殴之，凡两拳，且曰：汝虽不语，固认识汝之面目者也！嫦被殴，大哭不已，归家后，以为大汉等所殴者为妙玲，故尚自怨无辜被辱，不料翌早复接恐吓信一通，按址由邮局投至，遂知昨晚之被殴，确为寻己，乃将事密报侦探，并告以所疑之人，务使就捕雪恨云。

亚妙女招待看！启者：久在如意茶楼，用诸多好言，殴辱我兄弟，及用滚水来陆之兄弟，灵端相劝，置之不理，与续大发雌雄，反口相齿，亦所谓恶不甚言矣。昨晚在此二人殴打已捶，亦非介意，不过小小之用。刻下限你一星期内答复，妥讲此事，若有无答复，早晚出入，提防剑仔，决列对待，及难保性命之虞，勿怪书不在先，置于死地之险也。诸多未及，难解了言，顺候，此询危险。七月初一晚，卅六友飞天虎谨。（据八月一日《循环报》。）

某笔两篇

昨天又得幸逢了两种奇特的广告，仍敢执绍介之劳。标点是我所加的，以醒眉目。该称什么笔呢，想了两天两夜，没有好结果。姑且称为“某笔”，以俟博雅君子教正。这回的“动机”比较的近于纯正，除希望“有目共赏”外，似乎并不含有其他的副作用了。但又发生了一种妄想。记得前清时，曾有一种专选各种报上较好的论说的，叫作《选报》。现在如有好事之徒，也还可以办这一类的刊物。每省须有访员数人，专收该地报上奇特的社论，记事，文艺，广告等等，汇刊成册，公之于世。则其显示各种“社会相”也，一定比游记之类要深切得多。不知 CF 男士以为何如？一九二七年九月二十二日午饭之前。

其一

熊仲卿　榜名文蔚。历任民国县长，所长，处长，局长，厅长。通儒，显宦，兼作良医，尤擅女科。住本港跑马地黄泥涌道门牌五十五号一楼中医熊寓，每日下午应诊及出诊。电话总局五二七零。

（右一则见九月二十一日香港《循环日报》。）

谨案：以吾所闻，向来或称世医，以其数代为医也；或称儒医，以其曾做八股也；或称官医，以其亦为官家所雇也；或称御医，以其曾经走进（?）太医院也。若夫“县长，所长，处长，局长，厅长。通儒，显宦”，而又“兼作良医”，则诚旷古未有者矣。而五“长”做全，尤为难得云。

其二

征求父母广告　余现已授中等教育有年,品行端正,纯无嗜好。因不幸父母相继逝世,余独取家资,来学广州。自思自觉单身儿子,有非常之寂寞。于是自愿甘心为人儿子。并自愿倾家产而从四方人事而无儿子者。有相当之家庭,且欲儿子者,请来函报告(家庭状况经济地位若何),并写明通讯地址。俟我回复,方接洽面商。阅报诸君而能介绍我好事成功者,应以百金敬酬。不成功者,当有谢谢。　　申一〇六

通讯处广东省立第一中学校余希成具。

(右一则见同日广州《民国日报》。)

谨案:我辈生当浇漓之世,于"征求伴侣"等类广告,早经司空见惯,不以为奇。昔读茅泮林所辑《古孝子传》,见有三男皆无母,乃共迎养一不相干之老妪,当作母亲一事,颇以为奇。然那时孝廉方正,可以做官,故尚能疑为别有作用也。而此广告则挟家资以求亲,悬百金而待荐,雒诵之余,乌能不欣人心之复返于淳古,表而出之,以为留心世道者告,而为打爹骂娘者劝哉?特未知阅报诸君,可知广州有欲儿子者否?要知道倘为介绍,即使好事不成,亦有"谢谢"者也。

述香港恭祝圣诞

记者先生:

文宣王大成至圣先师孔夫子圣诞,香港恭祝,向称极盛。盖北方仅得东邻鼓吹,此地则有港督督率,实事求是,教导有方。侨胞亦知崇拜本国至圣,保存东方文明,故能发扬光大,盛极一时也。今年圣诞,尤为热闹,文人雅士,则在陶园雅集,即席挥毫,表示国粹。各学校皆行祝圣礼,往往欢迎各界参观,夜间或演新剧,或演电影,以助圣兴。超然学校每年祝圣,例有新式对联,贴于门口,而今年所制,尤为高超。今敬谨录呈,乞昭示内地,以愧意欲打倒帝国主义者:

乾　男校门联

本鲁史,作《春秋》,罪齐田恒,地义天经,打倒贼子乱臣,免得赤化宣传,讨父仇孝,共产公妻,破坏纲常伦纪。

堕三都,出藏甲,诛少正卯,风行雷厉,铲除贪官悍吏,训练青年德育,修身齐家,爱亲

敬长，挽回世道人心。

坤　女校门联

母凭子贵，妻藉夫荣，方今祝圣诚心，正宜遵懔三从，岂可开口自由，埋口自由，一味误会自由，趋附潮流成水性。

男禀乾刚，女占坤顺，此际尊孔主义，切勿反违四德，动说有乜所谓，冇乜所谓，至则不知所谓，随同社会出风头。

埋犹言合，乜犹言何，冇犹言无，盖女子小人，不知雅训，故用俗字耳。舆论之类，琳琅尤多，今仅将载于《循环日报》者录出一篇，以见大概：

孔诞祝圣言感

佩蘅

金风送夫。凉露惊秋。转瞬而孔诞时期届矣。迩来圣教衰落。邪说嚣张。礼孔之举。惟港中人士。犹相沿奉行。至若内地。大多数不甚注意。盖自新学说出。而旧道德日即于沦亡。自新人物出。而古圣贤胥归于淘汰。一般学子。崇持列宁马克思种种谬说。不惜举二千年来炳若日星之圣教。摧陷而廓清之。其诋人也。不曰腐化即曰老朽。实则若曾少不更事。鲁莽灭裂。不惜假新学说以便其私图。而古人之大义微言。俨如肉中刺。眼中钉。必欲拔除之而后快。孔子且在于打倒之列。更何有孔诞之可言。呜呼。长此以往。势不至等人道于禽兽不止。何幸此海隅之地。古风未泯。经教犹存。当此祝圣时期。济济跄跄一时称盛耶。虽然。吾人祝圣。特为此形式上之纪念耳。尤当注重孔教之精神。孔教重伦理。重实行。所谓齐家治国平天下。由近及远。由内及外。皆有轨道之可循。天不变道亦不变。自有碻凿之理由在。虽暴民嚣张。摧残圣教。然浮云之翳。何伤日月之明。吾人当蒙泉剥果之余。伤今思古。首当发挥大义。羽翼微言。子舆氏谓能言距杨墨者。圣人之徒。生今之世。群言淆乱。异说争鸣。众口铄金。积非成是。与圣教为难者。向只扬墨。就贵词而辟之。为吾道作干城。树中流之砥柱。若乎张皇耳目。涂饰仪文。以敷衍为心。作例行之举。则非吾所望于祝圣诸公也。感而书之如此。

香港孔圣会则于是日在太平戏院日夜演大尧天班。其广告云：

祝大成之圣节，乐奏钧天，彰正教于人群，欢腾大地。我国数千年来，崇奉孔教，诚以圣道足以维持风化，挽救人心者也。本会定期本月廿七日演大尧天班。是日演《加官大送子》,《游龙戏凤》。夜通宵先演《六国大封相》及《风流皇后》新剧。查《风流皇后》一剧,情节新奇,结构巧妙。唯此剧非演通宵,不能结局,故是晚经港政府给发数特别执照。演至通宵。……预日沽票处在荷李活道中华书院孔圣会办事所。

丁卯年八月廿四日,香港孔圣会谨启。

《风流皇后》之名,虽欠雅驯,然"子见南子",《论语》不讳,唯此"海隅之地,古风未泯"者,能知此意耳。余如各种电影,亦复美不胜收,新戏院则演《济公传》四集,预告者尚有《齐天大圣大闹天宫》,新世界有《武松杀嫂》,全系国粹,足以发扬国光。皇后戏院之《假面新娘》虽出邻邦,然观其广告云:"孔子有言,'始吾于人也,听其言而信其行,今吾于人也,听其言而观其行,于予与改是。'请君今日来看《假面新娘》以证孔子之言,然后知圣人一言而为天下法,所以不愧称为万世师表也。"则固亦有裨圣教者耳。

嗟夫!乘桴浮海,曾闻至圣之微言,崇正辟邪,幸有大英之德政。爱国饬古之士,当亦必额手遥庆,恨不得受一廛而为氓也。专此布达,即颂　辑祺。

圣诞后一日,华约瑟谨启。

吊与贺

《语丝》在北京被禁之后,一个相识者寄给我一块剪下的报章,是十一月八日的北京《民国晚报》的《华灯》栏,内容是这样的:

吊丧文

孔伯尼

顷闻友云:"《语丝》已停",其果然欤?查《语丝》问世,三年于斯,素无余润,常经风波。以久特闻,迄未少衰焉。方期益臻坚壮。岂意中道而崩?"闲话"失慎,"随感"伤风欤?抑有他故耶?岂明老人再不兴风作浪,叛徒首领无从发令施威;忠臣孝子,或可少申余愤;义士仁人,不宜下井投石。"语丝派"已亡,众怒少息,"拥旗党"犹在,五色何忧?从此狂澜平静,邪说歼绝。有关风化,良匪浅显!则《语丝》之停也,岂不懿欤?所惜者余孽未尽,祸根犹存,复萌故态,诚堪预防!自宜除恶务尽,何容姑息养奸?兴仁义师,招抚并用;设文字狱,赏罚分明。打倒异端,惩办祸首;以安民心,而属众望。岂惟功垂不朽;曷止德及黎庶?抑亦国旗为荣邪?效《狂飙》之往例,草《语丝》之哀辞,当仁不让,舍我其谁?朝野君子,乞勿忽之。

未废标点,已禁语体之秋,阳历晦日,杏坛上。

先前没有想到,这回却记得起来了。去年我在厦门岛上时,也有一个朋友剪寄我一片报章,是北京的《每日评论》,日子是“丙寅年十二月二十……”,阳历的日子被剪掉了。内容是这一篇:

挽狂飙

燕生

不料我刚作了《读狂飙》一文之后,《狂飙》疾终于上海正寝的讣闻随着就送到了。本来《狂飙》的不会长命百岁,是我们早已料到的,但它夭折的这样快,却确乎“出人意表之外”。尤其是当这与“思想界的权威者”正在宣战的时候,而突然得到如此的结果,多心的人也许会猜疑到权威者的反攻战略上面,“这话当然不确”,“不过”自由批评家所走不到的光华书局,“思想界的权威”也许竟能走得到了,于是乎《狂飙》乃停。

但当今之世,权威亦多矣,《狂飙》所得罪者不知是南方之强欤?北方之强欤?抑……欤?

思想家究竟不如武人爽快,《狂飙》虽停,而长虹终于能安然走到北京,这个,我们倒要向长虹道贺。

呜呼!回想非宗教大同盟轰轰烈烈之际,则有五教授慨然署名于拥护思想自由之宣言,曾几何时,而自由批评已成为反动者唯一之口号矣。自由乎!自由乎!其随线装书以入于毛厕坑中乎!嘻嘻!咄咄!

《语丝》本来并非选定了几个人,加以恭维或攻击或诅咒之后,便将作者和刊物的荣枯存灭,都推在这几个人的身上的出版物。但这回的禁终于燕京北寝的讣闻,却“也许”不“会猜疑到权威者的反攻战略上面”去了吧。诚然,我亦觉得思想家究竟不如武人爽快也!

但是,这个,我倒要向燕生和五色国旗道贺。

十二月四日,于上海正寝。

一九二八年

“醉眼”中的朦胧

旧历和新历的今年似乎于上海的文艺家们特别有着刺激力，接连的两个新正一过，期刊便纷纷而出了。他们大抵将全力用尽在伟大或尊严的名目上，不惜将内容压杀。连产生了不止一年的刊物，也显出拼命地挣扎和突变来。作者呢，有几个是初见的名字，有许多却还是看熟的，虽然有时觉得有些生疏，但那是因为停笔了一年半载的缘故。他们先前在做什么，为什么今年一齐动笔了？说起来怕话长。要而言之，就因为先前可以不动笔，现在却只好来动笔，仍如旧日的无聊的文人，文人的无聊一模一样。这是有意识或无意识地，大家都有些自觉的，所以总要向读者声明“将来”：不是“出国”，“进研究室”，便是“取得民众”。功业不在目前，一旦回国，出室，得民之后，那可是非同小可了。自然，倘有远识的人，小心的人，怕事的人，投机的人，最好是此刻豫致“革命的敬礼”。一到将来，就要“悔之晚矣”了。

然而各种刊物，无论措辞怎样不同，都有一个共通之点，就是：有些朦胧，这朦胧的发祥地，由我看来，——虽然是冯乃超的所谓“醉眼陶然”——也还在那有人爱，也有人憎的官僚和军阀，和他们已有瓜葛，或想有瓜葛的，笔下便往往笑眯眯，向大家表示和气，然而有远见，梦中又害怕铁锤和镰刀，因此也不敢分明恭维现在的主子，于是在这里留着一点朦胧。和他们瓜葛已断，或则并无瓜葛，走向大众去的，本可以毫无顾忌地说话了，但笔下即使雄赳赳，对大家显英雄，会忘却了他们的指挥刀的傻子是究竟不多的，这里也就留着一点朦胧。于是想要朦胧而终于透漏色彩的，想显色彩而终于不免朦胧的，便都在同地同时出现了。

其实朦胧也不关怎样紧要。便在最革命的国度里，文艺方面也何尝不带些朦胧。然而革命者决不怕批判自己，他知道得很清楚，他们敢于明言。唯有中国特别，知道跟着人称托尔斯泰为“卑汙的说教人”了，而对于中国“目前的情状”，却只觉得在“事实上，社会各方面亦正受着乌云密布的势力的支配”，连他的“剥去政府的暴力，裁判行政的喜剧的假面”的勇气的几分之一也没有；知道人道主义不彻底了，但当“杀人如草不闻声”的时候，连人道主义式的抗争也没有。剥去和抗争，也不过是“咬文嚼字”，并非“直接行动”。

我并不希望做文章的人去直接行动，我知道做文章的人是大概只能做文章的。

可惜略迟了一点，创造社前年招股本，去年请律师，今年才揭起“革命文学”的旗子，复活的批评家成仿吾总算离开守护“艺术之宫”的职掌，要去“获得大众”，并且给革命文学家“保障最后的胜利”了。这飞跃也可以说是必然的。弄文艺的人们大抵敏感，时时也感到，而且防着自己的没落，如漂浮在大海里一般，拼命向各处抓攫。二十世纪以来的表现主义，踏踏主义，什么什么主义的此兴彼衰，便是这透露的消息。现在则已是大时代，动摇的时代，转换的时代，中国以外，阶级的对立大抵已经十分锐利化，农工大众日日显得着重，倘要将自己从没落救出，当然应该向他们去了。何况“呜呼！小资产阶级原有两个灵魂。……”虽然也可以向资产阶级去，但也能够向无产阶级去的呢。

这类事情，中国还在萌芽，所以见得新奇，须做《从文学革命到革命文学》那样的大题目，但在工业发达，贫富悬隔的国度里，却已是平常的事情。或者因为看准了将来的天下，是劳动者的天下，跑过去了；或者因为倘帮强者，宁帮弱者，跑过去了；或者两样都有，错综的作用着，跑过去了。也可以说，或者因为恐怖，或者因为良心。成仿吾教人克服小资产阶级根性，拉“大众”来做“给与”和“维持”的材料，文章完了，却正留下一个不小的问题：

倘若难于“保障最后的胜利”，你去不去呢？

这实在还不如在成仿吾的祝贺之下，也从今年产生的《文化批判》上的李初梨的文章，索性主张无产阶级文学，但无须无产者自己来写；无论出身是什么阶级，无论所处是什么环境，只要“以无产阶级的意识，产生出来的一种斗争的文学”就是，直截爽快得多了。但他一看见“以趣味为中心”的可恶的“语丝派”的人名就不免曲折，仍旧“要问甘人君，鲁迅是第几阶级的人？”

我的阶级已由成仿吾判定：“他们所矜持的是‘闲暇，闲暇，第三个闲暇’；他们是代表着有闲的资产阶级，或者睡在鼓里的小资产阶级。……如果北京的乌烟瘴气不用十万两无烟火药炸开的时候，他们也许永远这样过活的罢。”

我们的批判者才将创造社的功业写出，加以“否定的否定”，要去“获得大众”的时候，便已梦想“十万两无烟火药”，并且似乎要将我挤进“资产阶级”去（因为“有闲就是有钱”云），我倒颇也觉得危险了。后来看见李初梨说：“我以为一个作家，不管他是第一第二……第百第千阶级的人，他都可以参加无产阶级文学运动；不过我们先要审察他们的动机。……”这才有些放心，但考虑的是对于我仍然要问阶级。“有闲便是有钱”；倘使无钱，该是第四阶级，可以“参加无产阶级文学运动”了罢，但我知道那时又要问“动机”。

总之,最要紧是“获得无产阶级的阶级意识”,——这回可不能只是“获得大众”便算完事了。横竖缠不清,最好还是让李初梨去“由艺术的武器到武器的艺术”,让成仿吾去坐在半租界里积蓄“十万两无烟火药”,我自己是照旧讲“趣味”。

那成仿吾的“闲暇,闲暇,第三个闲暇”的切齿之声,在我是觉得有趣的。因为我记得曾有人批评我的小说,说是“第一个是冷静,第二个是冷静,第三个还是冷静”,“冷静”并不算好批判,但不知怎的竟像一板斧劈着了这位革命的批评家的记忆中枢似的,从此“闲暇”也有三个了。倘有四个,连《小说旧闻钞》也不写,或者只有两个,见得比较的忙,也许可以不至于被“奥伏赫变”(“除掉”的意思,Aufheben 的创造派的译音,但我不解何以要译得这么难写,在第四阶级,一定比照描一个原文难)罢,所可惜的是偏偏是三个。但先前所定的不“努力表现自己”之罪,大约总该也和成仿吾的“否定的否定”,一同勾销了。

创造派“为革命而文学”,所以仍旧要文学,文学是现在最紧要的一点,因为将“由艺术的武器,到武器的艺术”,一到“武器的艺术”的时候,便正如“由批判的武器,到用武器的批判”的时候一般,世界上有先例,“徘徊者变成同意者,反对者变成徘徊者”了。

但即刻又有一点不小的问题:为什么不就到“武器的艺术”呢?

这也很像“有产者差来的苏秦的游说”。但当现在“无产者未曾从有产者意识解放以前”,这问题是总结起来的,不尽是资产阶级的退兵或反攻的毒计。因为这极彻底而勇猛的主张,同时即含有可疑的萌芽了。那解答只好是这样:

因为那边正有“武器的艺术”,所以这边只能“艺术的武器”。

这艺术的武器,实在不过是不得已,是从无抵抗的幻影脱出,坠入纸战斗的新梦里去了。但革命的艺术家,也只能以此维持自己的勇气,他只能这样。倘他牺牲了他的艺术,去使理论成为事实,就要怕不成其为革命的艺术家。因此必然的应该坐在无产阶级的阵营中,等待“武器的铁和火”出现。这出现之际,同时拿出“武器的艺术”来。倘那时铁和火的革命者已有一个“闲暇”,能静听他们自叙的功勋,那也就成为一样的战士了。最后的胜利。然而文艺是还是批判不清的,因为社会有许多层,有先进国的史实在;要取目前的例,则《文化批判》已经拖住 Upton Sinclair,《创造月刊》也背了 Vigny 在“开步走”了。

倘使那时不说“不革命便是反革命”,革命的迟滞是“语丝派”之所为,给人家扫地也还可以得到半块面包吃,我便将于八时间工作之暇,坐在黑房里,续钞我的《小说旧闻钞》,有几国的文艺也还是要谈的,因为我喜欢。所怕的只是成仿我们真像符拉特弥尔·伊力支一般,居然“获得大众”;那么,他们大约更要飞跃又飞跃,连我也会升到贵族或皇帝阶级里,至少也总得充军到北极圈内去了。译著的书都禁止,自然不待言。

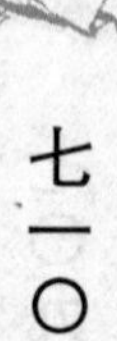

不远总有一个大时代要到来。现在创造派的革命文学家和无产阶级作家虽然不得已而玩着“艺术的武器”，而有着“武器的艺术”的非革命武学家也玩起这玩意儿来了，有几种笑眯眯的期刊便是这。他们自己也不大相信手里的“武器的艺术”了罢。那么，这一种最高的艺术——“武器的艺术”现在究竟落在谁的手里了呢？只要寻得到，便知道中国的最近的将来。

二月二十三日，上海。

看司徒乔君的画

我知道司徒乔君的姓名还在四五年前，那时是在北京，知道他不管功课，不寻导师，以他自己的力，终日在画古庙，土山，破屋，穷人，乞丐……。

这些自然应该最会打动南来的游子的心。在黄埃漫天的人间，一切都成土色，人于是和天然争斗，深红和绀碧的栋宇，白石的栏杆，金的佛像，肥厚的棉袄，紫糖色脸，深而多的脸上的皱纹……。凡这些，都在表示人们对于天然并不降服，还在争斗。

在北京的展览会里，我已经见过作者表示了中国人的这样的对于天然的倔强的魂灵。我曾经得到他的一幅“四个警察和一个女人”。现在还记得一幅“耶稣基督”，有一个女性的口，在他荆冠上接吻。

司徒乔

这回在上海相见，我便提出质问：

“那女性是谁?”

“天使，”他回答说。

这回答不能使我满足。

因为这回我发现了作者对于北方的景物——人们和天然苦斗而成的景物——又加以争斗，他有时将他自己所固有的明丽，照破黄埃。至少，是使我觉得有“欢喜”(Joy)的萌芽，如胁下的矛伤，尽管流血。而荆冠上却有天使——照他自己所说——的嘴唇。无论如何，这是胜利。

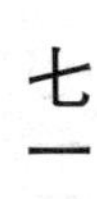

后来所做的爽朗的江浙风景,热烈的广东风景,倒是作者的本色。和北方风景相对照,可以知道他挥写之际,盖谂熟而高兴,如逢久别的故人。但我却爱看黄埃,因为由此可见这抱着明丽之心的作者,怎样为人和天然的苦斗的古战场所惊,而自己也参加了战斗。

中国全土必须沟通。倘将来不至于割据,则青年的背着历史而竭力拂去黄埃的中国彩色,我想,首先是这样的。

一九二八年三月十四日夜,于上海。

在上海的鲁迅启事

大约一个多月以前,从开明书店转到M女士的一封信,其中有云:

“自一月十日在杭州孤山别后,多久没有见面了。前蒙允时常通讯及指导……。”

我便写了一封回信,说明我不到杭州,已将十年,决不能在孤山和人作别,所以她所看见的,是另一人。两礼拜前,蒙M女士和两位曾经听过我的讲义的同学见访,三面证明,知道在孤山者,确是别一“鲁迅”。但M女士又给我看题在曼殊师坟旁的四句诗:

“我来君寂居,唤醒谁氏魂?
飘萍山林迹,待到他年随公去。
　　鲁迅游杭　吊老友
曼殊句　　　　　　　　　　一,一〇,十七年。”

我于是写信去打听寓杭的H君,前天得到回信,说确有人见过这样的一个人,就在城外教书,自说姓周,曾做一本《彷徨》,销了八万部,但自己不满意,不远将有更好的东西发表云云。

中国另有一个本姓周或不姓周,而要姓周,也名鲁迅,我是毫没法子的。但看他自叙,有大半和我一样,却有些使我为难。那首诗的不大高明,不必说了,而硬替人向曼殊说“待到他年随公去”,也未免太专制。“去”呢,自然总有一天要“去”的,然而去“随”曼殊,却连我自己也梦里都没有想到过。但这还是小事情,尤其不敢当的,倒是什么对别人预约“指导”之类……。

我自到上海以来,虽有几种报上说我“要开书店”,或“游了杭州”。其实我是书店也没有开,杭州也没有去,不过仍旧躲在楼上译一点书。因为我不会拉车,也没有学制无烟火药,所以只好这样用笔来混饭吃。因为这样在混饭吃,于是乎被推为“前驱”,忽被挤为

“落伍”，那还可以说是自作自受，管他娘的去。但若再有一个“鲁迅”，替我说教，代我题诗，而结果还要我一个人来担负，那可真不能“有闲，有闲，第三个有闲”，连译书的工夫也要没有了。

所以这回再登一个启事。要声明的是：我之外，今年至少另外还有一个叫“鲁迅”的在，但那些个“鲁迅”的言动，和我也曾印过一本《彷徨》而没有销到八万本的鲁迅无干。

三月二十七日，在上海。

文艺与革命

来信

鲁迅先生：

在《新闻报》的《学海》栏内，读到你的一篇《文学和政治的歧途》的讲演，解释文学者和政治者之背离不合，其原因在政治者以得到目前的安宁为满足，这满足，在感觉敏锐的文学者看去，一样是糊涂不彻底，表示失望，终于遭政治家之忌，潦倒一生，站不住脚。我觉得这是世界各国成为定例的事实。最近又在《语丝》上读到《民众主义和天才》和的《“醉眼”中的朦胧》两篇文字，确实提醒了此刻现在做着似是而非的平凡主义和革命文学的迷梦的人们之朦胧不少，至少在我是这样。

我相信文艺思潮无论变到怎样，而艺术本身有无限的价值等级存在，这是不得否认的。这是说，文艺之流，从最初的什么主义到现在的什么主义，所写着的内容，如何不同，而要有精刻熟练的才技，造成一篇优美无媿的文艺作品，终是一样。一条长江，上流和下流所呈现的形象，虽然不同，而长江还是一条长江。我们看它那下流的广大深缓，足以灌田亩，驶巨舶，便忘记了给它形成这广大深缓的来源，已觉糊涂到透顶。若再断章取义，说：此刻现在，我们所要的是长江的下流，因为可以利用，增加我们的财富，上流的长江可以不要，有着简直无用。这是完全以经济价值去评断长江本身整个的价值了。这种评断，出于着眼在经济价值的商人之口，不足为怪；出于着眼在艺术价值的文艺家之口，未免昏乱至于无可救药了。因为拿艺术价值去评断长江之上流，未始没有意义，或竟比之下流较为自然奇伟，也未可知。

真与美是构成一件成功的艺术品的两大要素。而构成这真与美至于最高等级，便是造成一件艺术品，使它含有最高级的艺术价值，那便非赖最高级的天才不可了。如果这个论断可以否认，那么我们为什么称颂荷马，但丁，莎士比亚和歌德呢？我们为什么不能创造和他们同等的文艺作品呢，我们也有观察现象的眼，有运用文思的脑，有握管伸纸的手？

在现在，离开人生说艺术，固然有躲在象牙塔里忘记时代之嫌；而离开艺术说人生，那便是政治家和社会运动家的本相，他们无须谈艺术了。由此说，热心革命的人，尽可投入革命的群众里去，冲锋也好，做后方的工作也好，何必拿文艺作那既稳当又革命的勾当？

我觉得许多提倡革命文学的所谓革命文艺家，也许是把表现人生这句话误解了。他们也许以为十九世纪以来的文艺，所表现的都是现实的人生，在那里面，含有显著的时代精神。文艺家自惊醒了所谓"象牙之塔"的梦以后，都应该跟着时代环境奔走；离开时代而创造文艺，便是独善主义或贵族主义的文艺了。他们看到易卜生之伟大，看到陀斯妥以夫斯基的深刻，尤其看到俄国革命时期内的作家叶遂宁和戈理基们的热切动人；便以为现在此后的文艺家都须拿当时的生活现象来诅咒，刻画，予社会以改造革命的机会，使文艺变为民众的和革命的文艺。生在所谓"世纪末"的现代社会里面的人，除非是神经麻木了的，未始不会感到苦闷和悲哀。文艺家终比一般人感觉锐敏一点。摆在他们眼前的既是这么一个社会，蕴在他们心中的当有怎么一种情绪呢！他们有表现或刻画的才技，他们便要如实地写了出来，便无意地成为这时代的社会的呼声了。然而他们还是忠于自己，忠于自己的艺术，忠于自己的情知。易卜生被称颂为改革社会的先驱，陀思妥以夫斯基被称为人道主义的极致者，还须赖他们自己特有的精妙的才技，经几个真知灼见的批评者为之阐扬而后可。然而，真能懂得他们的艺术的，究竟还是少数。至于叶遂宁是碰死在自己的希望碑上不必说了，戈理基呢，听人说，已有点灰色了。这且不说。便是以艺术本身而论，他何尝不崇尚真切精到的才技？我曾看到他的一首讥笑那不切实的诗人的诗。况且我们以艺术价值去衡量他的作品，是否他已是了不得的作家了，究竟还是疑问呵。

实在说，文艺家是不会抛弃社会的，他们是站在民众里面的。有一位否认有条件的文艺批评者，对于泰奴(Taine)的时间条件，认为不确，其理由是：文艺家是看前五十年。我想，看前五十年的文艺家，还是站在那时候，以那时候的生活环境做地盘而出发，所以他毕竟是那时候的民众之一员，而能在朦胧平安中看出残缺和破败。他们便以熟练的才技，写出这种残缺和破败，于艺术上达到高级的价值为止，在他们自己的能力范围之内。在创造时，他们也许只顾到艺术的精细微妙，并没想到如何激动民众，予民众以强烈的刺激,使他们血脉偾张,而从事于革命。

我们如果承认艺术有独立的无限的价值,艺术家有完成艺术本身最终目的之必要,那么我们便不能而且不应该撇开艺术价值去指摘艺术家的态度,这和拿艺术家的现实行为去评断他的艺术作品者一样可笑。波特来耳的诗并不因他的狂放而稍减其价值。浅薄者许要咒他为人群的蛇蝎,却不知道他的厌弃人生,正是他的渴慕人生之反一面的表白。我们平常讥刺一个人,还须观察到他的深处,否则便见得浮薄可鄙。至于拿了自己的似是而非的标准,既没有看到他的深处,又抛弃了衡量艺术价值的尺度,便无的放矢地攻刺一个忠于艺术的人,真的糊涂呢还是别有用意!这不过使我们觉到此刻现在的中国文艺界真不值一谈,因为以批评成名而又是创造自许的所谓文艺家者,还是这样地崇奉功利主义呵!

我——自然不是什么文艺家——喜欢读些高级的文艺作品,颇多古旧的东西,很有人说这是迷旧的时代摈弃者。他们告诉我,现在是民众文艺当世了,崭新的专为第四阶级玩味的文艺当世了。我为之愕然者久之,便问他们:民众文艺怎样写法?文艺家用什么手段,使民众都能玩味?现在民众文艺已产生了若干部?革了命之后的民众能够赏识所谓民众文艺者已有几分之几?莫非现在有许多新《三字经》,或新《神童诗》出版了吗?我真不知民众化的文艺如何化法,化在内容呢,那我们本有表现民众生活的文艺了的;化在技艺上吧,那么一首国民革命歌仅够充数了,你听:"国民革命成功……齐欢唱……"多么宏壮而明白呵!我们为什么还要别的文艺?他们不能明确地回答,而我也糊涂到而今。此刻现在,才从《民众主义与天才》一文里得了答案,是:

"无论民众艺术如何的主张艺术的普遍性或平等性,但艺术作品无论如何自有无限的价值等差,这个事实是不可否认的。所谓普遍性啦,平等性啦这一类话,意思不外乎是说艺术的内容是关于广众的民间生活或关于人生的普遍事象,而有这种内容的艺术,始可以供给一般民众的玩味。艺术备有像这种意味的普遍性和平等性不待说是不可以否认的,然而艺术作品既有无限的价值等级存在。以上,那些比较高级的艺术品,好,就可以说多少能够供给一般民众的玩味,若要说一切人都能够一样的精细,一样的深刻,一样的微妙——换句话说,绝对平等地来玩味它,那无论如何是不得有的事实。"

记得有人说过这样的话:最先进的思想只有站在最高层的先进的少数人能够了解,等到这种思想透入群众里去的时候,已经不是先进的思想了。这些话,是告诉我们芸芸众生,到底有一大部分感觉不敏的。世界上有这样的不平等,除了诅咒造物的不公,我们还能怨谁呢?这是事实。如果不是事实,人类的演进史,可以一笔抹杀,而革命也不能发生了。世界文化的推进,全赖少数先觉之冲锋陷阵,如果各个人的聪明才智,都是相等,文化也早就发达到极致了,世界也就大同了,所谓“螺旋式进行”一句话,还不是等于废话?艺术是文化的一部,文化有进退,艺术自不能除外。民众化的艺术,以艺术本身有无限的价值等差来说,简直不能成立。自然,借文艺以革命这梦呓,也终究是一种梦呓罢了!

以上是我的意思,未知先生以为如何?

一九二八,三,二五,冬芬。

回信

冬芬先生:

我不是批评家,因此也不是艺术家,因为现在要做一个什么家,总非自己或熟人兼做批评不可,没有一伙,是不行的,至少,在现在的上海滩上。因为并非艺术家,所以并不以为艺术特别崇高,正如自己不卖膏药,便不来打拳赞药一样。我以为这不过是一种社会现象,是时代的人生记录,人类如果进步,则无论他所写的是外表,是内心,总要陈旧,以至灭亡的。不过近来的批评家,似乎很怕这两个字,只想在文学上成仙。

各种主义的名称的勃兴,也是必然的现象。世界上时时有革命,自然会有革命文学。世界上的民众很有些觉醒了,虽然有许多在受难,但也有多少占权,那自然也会有民众文学——说得彻底一点,则第四阶级文学。

中国的批评界怎样的趋势,我却不大了然,也不很注意。就耳目所及,只觉得各专家所用的尺度非常多,有英国美国尺,有德国尺,有俄国尺,有日本尺,自然又有中国尺,或者兼用各种尺。有的说要真正,有的说要斗争,有的说要超时代,有的躲在人背后说几句短短的冷话。还有,是自己摆着文艺批评家的架子,而憎恶别人的鼓吹了创作。倘无创作,将批评什么呢,这是我最所不能懂得他的心肠的。

别的此刻不谈。现在所号称革命文学家者,是斗争和所谓超时代。超时代其实就是逃避,倘自己没有正视现实的勇气,又要挂革命的招牌,便自觉地或不自觉地必然地要走入那一条路的。身在现世,怎么离去?这是和说自己用手提着耳朵,就可以离开地球者一样地欺人。社会停滞着,文艺决不能独自飞跃,若在这停滞的社会里居然滋长了,那倒是为这社会所容,已经离开革命,其结果,不过多卖几本刊物,或在大商店的刊物上挣得揭载稿子的机会罢了。

斗争呢,我倒以为是对的。人被压迫了,为什么不斗争?正人君子者流生怕这一着,于是大骂“偏激”之可恶,以为人人应该相爱,现在被一班坏东西教坏了。他们饱人大约是爱饿人的,但饿人却不爱饱人,黄巢时候,人相食,饿人尚且不爱饿人,这实在无须斗争文学作怪。我是不相信文艺的旋乾转坤的力量的,但倘有人要在别方面应用他,我以为也可以。譬如“宣传”就是。

美国的辛克来儿说:一切文艺是宣传。我们的革命的文学者曾经当作宝贝,用大字印出过;而严肃的批评家又说他是“浅薄的社会主义者”。但我——也浅薄——相信辛克来儿的话。一切文艺,是宣传,只要你一给人看。即使个人主义的作品,一写出,就有宣传的可能,除非你不作文,不开口。那么,用于革命,作为工具的一种,自然也可以的。

但我以为当先求内容的充实和技巧的上达,不必忙于挂招牌。“稻香村”“陆稿荐”,已经不能打动人心了,“皇太后鞋店”的顾客,我看见也并不比“皇后鞋店”里的多。一说“技巧”,革命文学家是又要讨厌的。但我以为一切文艺固是宣传,而一切宣传却并非全是文艺,这正如一切花皆有色(我将白也算作色),而凡颜色未必都是花一样。革命之所以于口号,标语,布告,电报,教科书……之外,要用文艺者,就因为它是文艺。

但中国之所谓革命文学。似乎又作别论。招牌是挂了,却只在吹嘘同伙的文章,而对于目前的暴力和黑暗不敢正视。作品虽然也有些发表了,但往往是拙劣到连报章记事都不如;或则将剧本的动作辞句都推到演员的“昨日的文学家”身上去。那么,剩下来的思想的内容一定是很革命底了罢?我给你看两句冯乃超的剧本的结尾的警句:

“野雉:我再不怕黑暗了。

偷儿:我们反抗去!”

四月四日。鲁迅。

扁

中国文艺界上可怕的现象,是在尽先输入名词,而并不绍介这名词的含义。

于是各自以意为之。看见作品上多讲自己,便称之为表现主义;多讲别人,是写实主义;见女郎小腿肚作诗,是浪漫主义;见女郎小腿肚不准作诗,是古典主义;天上掉下一颗头,头上站着一头牛,爱呀,海中央的青霹雳呀……是未来主义……等等。

还要由此生出议论来。这个主义好,那个主义坏……等等。

乡间一向有一个笑谈:两位近视眼要比眼力,无可质证,便约定到关帝庙去看这一天新挂的匾额,他们都先从漆匠探得字句。但因为探来的详略不同,只知道大字的那一个

便不服，争执起来了，说看见小字的人是说谎的。又无可质证，只好一同探问一个过路的人。那人望了一望，回答道："什么也没有。匾还没有挂哩。"

我想，在文艺批评上要比眼力，也总得先有那块匾额挂起来才行，空空洞洞的争，实在只有两面自己心里明白。

四月十日。

路

又记起了 Gogol 做的《巡按使》的故事：

中国也译出过的。一个乡间忽然纷传皇帝使者要来私访了，官员们都很恐怖，在客栈里寻到一个疑似的人，便硬拉来奉承了一通。等到奉承十足之后，那人跑了，而听说使者真到了，全台演了一个哑口无言剧收场。

上海的文界今年是恭迎无产阶级文学使者，沸沸扬扬，说是要来了。问问黄包车夫，车夫说并未派遣。这车夫的本阶级意识形态不行，早被别阶级弄歪曲了罢。另外有人把握着，但不一定是工人。于是只好在大屋子里寻，在客店里寻，在洋人家里寻，在书铺子里寻，在咖啡馆里寻……。

文艺家的眼光要超时代，所以到否虽不可知，也须先行拥篲清道，或者伛偻奉迎。于是做人便难起来，口头不说"无产"便是"非革命"，还好；"非革命"即是"反革命"，可就险了。这真要没有出路。

现在的人间也还是"大王好见，小鬼难当"的处所。出路是有的。何以无呢？只因多鬼祟，他们将一切路都要糟蹋了。这些都不要，才是出路。自己坦坦白白，声明了因为没法子，只好暂在炮屁股上挂一挂招牌，倒也是出路的萌芽。

"地火在地下运行，奔突；熔岩一旦喷出，将烧尽一切野草，以及乔木，于是并且无可朽腐。

"但我坦然，欣然。我将大笑，我将歌唱。"（《野草》序）

还只说说，而革命文学家似乎不敢看见了，如果因此觉得没有了出路，那可实在是很可怜，令我也有些不忍再动笔了。

四月十日。

头

三月二十五日的《申报》上有一篇梁实秋教授的《关于卢梭》，以为引辛克来儿的话来攻击白璧德，是"借刀杀人"，"不一定是好方法"。至于他之攻击卢梭，理由之二，则在"卢梭个人不道德的行为，已然成为一般浪漫文人行为之标类的代表，对于卢梭的道德的攻击，可以说即是给一般浪漫的人的行为的攻击。……"

那么，这虽然并非"借刀杀人"，却成了"借头示众"了。假使他没有成为"一般浪漫文人行为之标类的代表"，就不至于路远迢迢，将他的头挂给中国人看。一般浪漫文人，总算害了遥拜的祖师，给了他一个死后也不安静。他现在所受的罚，是因为影响罪，不是本罪了，可叹也夫！

以上的话不大"谨饬"，因为梁教授不过要笔伐，并未说须挂卢梭的头，说到挂头，是我看了今天《申报》上载湖南共产党郭亮"伏诛"后，将他的头挂来挂去，"遍历长岳"，偶然拉扯上去的。可惜湖南当局，竟没有写了列宁（或者溯而上之，到马克思；或者更溯而上之，到黑格尔等等）的道德上的罪状，一同张贴，以正其影响之罪也。湖南似乎太缺少批评家。

记得《三国志演义》记袁术（？）死后，后人有诗叹道："长揖横刀出，将军盖代雄，头颅行万里，失计杀田丰。"当三个有闲之暇，也活剥一首来吊卢梭：

"脱帽怀铅出，先生盖代穷。头颅行万里，失计造儿童。"

四月十日。

通信

来信

鲁迅先生：

精神和肉体，已被困到这般地步——怕无以复加，也不能形容——的我，不得不撑了病体向"你老"做最后的呼声了！——不，或者说求救，甚而是警告！

好在你自己也极明白：你是在给别人安排酒筵，"炮制醉虾"的一个人。我，就是其间被制的一个！

我，本来是个小资产阶级里的骄子，温乡里的香花。有吃有着，尽可安闲地过活。只要梦想着的“方帽子”到手了也就满足，委实一无他求。

《呐喊》出版了，《语丝》发行了（可怜《新青年》时代，我尚看不懂呢），《说胡须》，《论照相之类》一篇篇连续地戟刺着我的神经。当时，自己虽是青年中之尤青者，然而因此就感到同伴们的浅薄和盲目。“革命！革命！”的叫卖，在马路上呐喊得洋溢，随了所谓革命的势力，也奔腾澎湃了。我，确竟被其吸引。当然也因我嫌弃青年的浅薄，且想在自己生命上找一条出路。哪知竟又被我认识了人类的欺诈，虚伪，阴险……的本性！果然，不久，军阀和政客们弃了身上的蒙皮，而显出本来的狰狞面目！我呢，也随了所谓“清党”之声而把我一颗沸腾着的热烈的心情去。当时想：“素以敦厚诚朴”的第四阶级，和那些“遁世之士”的“居士”们，或许尚足为友吧？——唉，真的，“令弟”岂明先生说得是：“中国虽然有阶级，可是思想是相同的，都是升官发财”，而且我怀疑置身在纪元前的社会里了，那种愚蠢比鹿豕还要愚蠢的言动（或者国粹家正以为这是国粹呢！），真不禁令我茫然——茫然于叫我究竟怎么办呢？

利，莫利于失望之矢。我失望，失望之矢贯穿了我的心，于是乎吐血。转辗床上不能动已几个月！

不错，没有希望之人应该死，然而我没有勇气，而且自己还年青，仅仅廿一岁。还有爱人。不死，则精神和肉体，都在痛苦中挨生活，差不多每秒钟。爱人亦被生活所压迫着。我自己，薄薄的遗产已被“革命”革去了。所以非但不能相慰，相对亦徒唏嘘！

不识不知幸福了，我因之痛苦。然而施这毒药者是先生，我实完全被先生所“泡制”。先生，我既已被引至此，索性请你指示我所应走的最终的道路。不然，则请你麻痹了我的神经，因为不识不知是幸福的，好在你是刁医，想必不难“还我头来”！我将效梁遇春先生（？）之言而大呼。

末了，更劝告你的：“你老”现在可以歇歇了，再不必为军阀们赶制适口的鲜味，保全几个像我这样的青年。倘为生活问题所驱策，则可以多做些“拥护”和“打倒”的文章，以你先生之文名，正不愁富贵之不及，“委员”我“主任”，如操左券也。

快呀，请指示我！莫要“为德不卒”！

或《北新》，或《语丝》上答复均可。能免，莫把此信刊出，免笑。

原谅我写得草率，因病中，乏极！

一个被你毒害的青年 Y。枕上书。

三月十三日。

回信

Y 先生：

我当答复之前，先要向你告罪，因为我不能如你的所嘱，不将来信发表。来信的意思，是要我公开答复的，那么，倘将原信藏下，则我的一切所说，便变成“无题诗 N 百韵”，令人莫名其妙了。况且我的意见，以为这也不足耻笑。自然，中国很有为革命而死掉的人，也很有虽然吃苦，仍在革命的人，但也有虽然革命，而在享福的人……。革命而尚不死，当然不能算革命到底，殊无以对死者，但一切活着的人，该能原谅的罢，彼此都不过是靠侥幸，或靠狡猾，巧妙。他们只要用镜子略略一照，大概就可以收起那一副英雄嘴脸来的。

我在先前，本来也还无须卖文糊口的，拿笔的开始，是在应朋友的要求。不过大约心里原也藏着一点不平，因此动起笔来，每不免露些愤言激语，近于鼓动青年的样子。段祺瑞执政之际，虽颇有人造了谣言，但我敢说，我们所做的那些东西，决不沾别国的半个卢布，阔人的一文津贴，或者书铺的一点稿费。我也不想充“文学家”，所以也从不联络一班同伙的批评家叫好。几本小说销到上万，是我想也没有想到的。

至于希望中国有改革，有变动之心，那的确是有一点的。虽然有人指定我为没有出路——哈哈，出路，中状元么——的作者，“毒笔”的文人，但我自信并未抹杀一切。我总以为下等人胜于上等人，青年胜于老头子，所以从前并未将我的笔尖的血，洒到他们身上去。我也知道一有利害关系的时候，他们往往也就和上等人老头子差不多了，然而这是在这样的社会组织之下，势所必至的事。对于他们，攻击的人又正多，我何必再来助人下石呢，所以我所揭发的黑暗是只有一方面的，本意实在并不在欺蒙阅读的青年。

以上是我尚在北京，就是成仿吾所谓“蒙在鼓里”做小资产阶级时候的事。但还是因为行文不慎，饭碗敲破了，并且非走不可了，所以不待“无烟火药”来轰，便辗转跑到了“革命策源地”。住了两月，我就骇然，原来往日所闻，全是谣言，这地方，却正是军人和商人所主宰的国土。于是接着是清党，详细的事实，报章上是不大见的，只有些风闻。我正有些神经过敏，于是觉得正像是“聚而歼旃”，很不免哀痛。虽然明知道这是“浅薄的人道主义”，不时髦已经有两三年了，但因为小资产阶级根性未除，于心总是戚戚。那时我就想到我恐怕也是安排筵宴的一个人，就在答有恒先生的信中，表白了几句。

先前的我的言论，的确失败了，这还是因为我料事之不明。那原因，大约就在多年“坐在玻璃窗下，醉眼蒙胧看人生”的缘故。然而那么风云变幻的事，恐怕世界上是不多有的，我没有料到，未曾描写，可见我还不很有“毒笔”。但是，那时的情形，却连在十字街头，在民间，在官间，前看五十年的超时代的革命文学家也似乎没有看到，所以毫不先行“理论斗争”。否则，该可以救出许多人的罢。我在这里引出革命文学家来，并非要在事后讥笑他们的愚昧，不过是说，我的看不到后来的变幻，乃是我还欠刻毒，因此便发生错误，并非我和什么人协商，或自己要做什么，立意来欺人。

但立意怎样，于事实是无干的。我疑心吃苦的人们中，或不免有看了我的文章，受了刺戟，于是挺身出而革命的青年，所以实在很苦痛。但这也因为我天生的不是革命家的缘故，倘是革命巨子，看这一点牺牲，是不算一回事的。第一是自己活着，能永远做指导，因为没有指导，革命便不成功了。你看革命文学家，就都在上海租界左近，一有风吹草动，就有洋鬼子造成的铁丝网，将反革命文学的华界隔离，于是从那里面掷出无烟火药——约十万两——来，轰然一声，一切有闲阶级便都“奥伏赫变”了。

那些革命文学家，大抵是今年发生的，有一大串。虽然还在互相标榜，或互相排斥，我也分不清是“革命已经成功”的文学家呢，还是“革命尚未成功”的文学家。不过似乎说是因为有了我的一本《呐喊》或《野草》，或我们印了《语丝》，所以革命还未成功，或青年懒于革命了。这口吻大家却大略一致的。这是今年革命文学界的舆论。对于这些舆论，我虽然又好气又好笑，但也颇有些高兴。因为虽然得了延误革命的罪状，而一面却免去诱杀青年的内疚了。那么，一切死者，伤者，吃苦者，都和我无关。先前真是擅负责任。我先前是立意要不讲演，不教书，不发议论，使我的名字从社会上死去，算是我的赎罪的，今年倒心里轻松了，又有些想活动。不料得了你的信，却又使我的心沉重起来。

但我已经没有去年那么沉重。近大半年来，征之舆论，按之经验，知道革命与否，还在其人，不在文章的。你说我毒害了你了，但这里的批评家，却明明说我的文字是“非革命”的。假使文学足以移人，则他们看了我的文章，应该不想做革命文学了，现在他们已经看了我的文章，断定是“非革命”，而仍不灰心，要做革命文学者，可见文字于人，实在没有什么影响，——只可惜是同时打破了革命文学的牌坊。不过先生和我素昧平生，想来绝不至于诬栽我，所以我再从另一面来想一想。第一，我以为你胆子太大了，别的革命文学家，因为我描写黑暗，便吓得屁滚尿流，以为没有出路了，所以他们一定要讲最后的胜利，付多少钱终得多少利，像人寿保险公司一般。而你并不计较这些，偏要向黑暗进攻，这是吃苦的原因之一。既然太大胆。那么，第二，就是太认真。革命是也有种种的。你的遗产被革去了，但也有将遗产革来的，但也有连性命都革去的，也有只革到薪水，革到稿费，而倒捐了革命家的头衔的。这些英雄。自然是认真的，但若较原先更有损了，则我以为其病根就在"太"。第三,是你还以为前途太光明,所以一碰钉子,便大失望,如果先前不期必胜,则即使失败,苦痛恐怕会小得多罢。

那么,我没有罪戾吗?有的,现在正有许多正人君子和革命文学家,用明枪暗箭,在办我革命及不革命之罪,将来我所受的伤的总计,我就划一部分赔偿你的尊"头"。

这里添一点考据:"还我头来"这话,据《三国志演义》,是关云长夫子说的,似乎并非梁遇春先生。

以上其实都是空话。一到先生个人问题的阵营,倒是十分难于动手了,这绝不是什么"前进呀,杀呀,青年呵"那样英气勃勃的文字所能解决的。真话呢,我也不想公开,因为现在还是言行不大一致的好。但来信没有住址,无法答复,只得在这里说几句。第一,要谋生,谋生之道,则不择手段。且住,现在很有些没分晓汉,以为"问目的不问手段"是共产党的口诀,这是大错的。人们这样的很多,不过他们不肯说出口。苏俄的学艺教育人民委员卢那卡尔斯基所做的《被解放的吉诃德先生》里,将这手段使一个公爵使用,可见也是贵族的东西,堂皇冠冕。第二,要爱护爱人。这据舆论,是大背革命之道的。但不要紧,你只要做几篇革命文字,主张革命青年不该讲恋爱就好了。只是假如有一个有权者或什么敌前来问罪的时候,这也许仍要算一条罪状,你会后悔轻信了我的话。因此,我得先行声明:等到前来问罪的时候,倘没有这一节,他们就会找别一条的。盖天下的事,往往决计问罪在先,而搜集罪状(普通是十条)在后也。

先生,我将这样的话写出,可以略蔽我的过错了罢。因为只这一点,我便可以又受许多伤。先是革命文学家就要哭骂道:"虚无主义者呀,你这坏东西呀!"呜呼,一不谨慎,又在新英雄的鼻子上抹了一点粉了。趁便先辩几句罢:无须大惊小怪,这不过不择手段的手段,还不是主义哩。即使是主义,我敢写出,肯写出,还不算坏东西。等到我坏起来,就一定将这些宝贝放在肚子里,手头集许多钱,住在安全地带,而主张别人必须做牺牲。

先生,我也劝你暂时玩玩罢,随便弄一点糊口之计,不过我并不希望你永久"没落",有能改革之处,还是随时可以顺手改革的,无论大小。我也一定遵命,不但"歇歇",而且玩玩。但这也并非因为你的警告,实在是原有此意的了。我要更加讲趣味,寻闲暇,即使偶然涉及什么,那是文字上的疏忽,若论"动机"或"良心"却也许并不这样的。

纸完了,回信也即此为止。并且顺颂痊安,又祝令爱人不挨饿。

鲁迅。四月十日。

太平歌诀

四月六日的《申报》上有这样的一段记事：

“南京市近日忽发现一种无稽谣传，谓总理墓行将竣工，石匠有摄收幼童灵魂，以合龙口之举。市民以讹传讹，自相惊扰，因而家家幼童，左肩各悬红布一方，上书歌诀四句，借避危险。其歌诀约有三种：(一)人来叫我魂，自叫自当承。叫人叫不着，自己顶石坟。(二)石叫石和尚，自叫自承当。急早回家转，免去顶坟坛。(三)你造中山墓，与我何相干？一叫魂不去，再叫自承当。”(后略)

这三首中的无论那一首，虽只寥寥二十字，但将市民的见解：对于革命政府的关系，对于革命者的感情，都已经写得淋漓尽致。虽有善于暴露社会黑暗面的文学家，恐怕也难有做到这么简明深切的了。“叫人叫不着，自己顶石坟”。则竟包括了许多革命者的传记和一部中国革命的历史。

看看有些人的文字，似乎硬要说现在是“黎明之前”。然而市民是这样的市民，黎明也好，黄昏也好，革命者们总不能不背着这一伙市民进行。鸡肋，弃之不甘，食之无味，就要这样地牵缠下去。五十一年后能否就有出路，是毫无把握的。

近来的革命文学家往往特别畏惧黑暗，掩藏黑暗，但市民却毫不客气，自己表现了。那小巧的机灵和这厚重的麻木相撞，便使革命文学家不敢正视社会现象，变成婆婆妈妈，欢迎喜鹊，憎厌枭鸣，只捡一点吉祥之兆来陶醉自己，于是就算超出了时代。

铲共大观

仍是四月六日的《申报》上，又有一段《长沙通信》，叙湘省破获共产党省委会，“处死刑者三十余人，黄花节斩决八名”。其中有几处文笔做得极好，抄一点在下面：

“……是日执行之后，因马(淑纯，十六岁；志纯，十四岁)傅(凤君，二十四岁)三犯，系属女性，全城男女往观者，终日人山人海，拥挤不通。加以共魁郭亮之首级，又悬之司门口示众，往观者更众。司门口八角亭一带，交通为之断绝。计南门一带民众，则看郭亮首级后，又赴教育会看女尸。北门一带民众，则在教育会看女尸后，又往司门口看郭首级。全城扰攘，铲共空气，为之骤张；直至晚间，观者始不似日间之拥挤。”

抄完之后，觉得颇不妥。因为我就想发一点议论，然而立刻又想到恐怕一面有人疑心我在冷嘲（有人说，我是只喜欢冷嘲的），一面又有人责罚我传播黑暗，因此咒我灭亡，自己带着一切黑暗到地底里去。但我熬不住，——别的议论就少发一点罢，单从“为艺术的艺术”说起来，你看这不过一百五六十字的文章，就多么有力。我一读，便仿佛看见司门口挂着一颗头，教育会前列着三具不连头的女尸。而且至少是赤膊的，——但这也许我猜得不对，是我自己太黑暗之故。而许多“民众”，一批是由北往南，一批是由南往北，挤着，嚷着……。再添一点蛇足，是脸上都表现着或者正在神往，或者已经满足的神情。在我所见的“革命文学”或“写实文学”中，还没有遇到过这么强有力的文学。批评家罗喀绥夫斯奇说的罢：“安特列夫竭力要我们恐怖，我们却并不怕；契诃夫不这样，我们倒恐怖了。这百余字实在抵得上小说一大堆，何况又是事实。”

且住。再说下去，恐怕有些英雄们又要责我散布黑暗，阻碍革命了。一理是也有一理的，现在易犯嫌疑，忠实同志被误解为共党，或关或释的，报上向来常见。万一不幸，沉冤莫白，那真是……。倘使常常提起这些来，也许未免会短壮士之气。但是，革命被头挂退的事是很少有的，革命的完结，大概只由于投机者的潜入。也就是内里蛀空。这并非指赤化，任何主义的革命都如此。但不是正因为黑暗，正因为没有出路，所以要革命的吗？倘必须前面贴着“光明”和“出路”的包票，这才雄赳赳地去革命，那就不但不是革命者，简直连投机家都不如了。虽是投机，成败之数也不能预卜的。

我临末还要揭出一点黑暗，是我们中国现在（现在！不是超时代的）的民众，其实还不很管什么党，只要看“头”和“女尸”。只要有，无论谁的都有人看，拳匪之乱，清末党狱，民二，去年和今年，在这短短的二十年中，我已经目睹或耳闻了好几次了。

四月十日。

我的态度气量和年纪

英勇的刊物是层出不穷，“文艺的分野”上的确热闹起来了。日报广告上的《战线》这名目就惹人注意，一看便知道其中都是战士。承蒙一个朋友寄给我三本，才得看见了一点枪烟，并且明白弱水做的《谈中国现在的文学界》里的有一粒弹子，是瞄准着我的。为什么呢？因为先是《“醉眼”中的朦胧》做错了。据说错处有三：一是态度，二是气量，三是年纪。复述易于失真，还是将这粒子弹移置在下面罢：

“鲁迅那篇，不敬得很，态度太不兴了。我们从他先后的论战上看来，不能不说他的量气太窄了。最先（据所知）他和西滢战，继和长虹战，我们一方面觉得正直是在他这面，一方面又觉得词锋太有点尖酸刻薄，现在又和创造社战，词锋仍是尖酸，正直却不一定落在他这面。是的，仿吾和初梨两人对他的批评是可以有反驳的地方，但这应庄严出之，因为他们所走的方向不能算不对，冷嘲热讽，只有对于冥顽不灵者为必要，因为是不可理喻。对于热烈猛进的绝对不合用这种态度。他那种态度，虽然在他自己亦许觉得骂得痛快，但那种口吻，适足表出'老头子'的确不行了吧。好吧，这事本该是没有勉强的必要和可能，让各人走各人的路去好了。我们不禁想起了五四时的林琴南先生了！"

这一段虽然并不涉及是非，只在态度，量气，口吻上，断定这"老头子的确不行"，从此又自然而然地抹杀我那篇文字，但粗粗一看，却很像第三者从旁的批评。从我看来，"尖酸刻薄"之处也不少，作者大概是青年，不会有"老头子"气的，这恐怕因为我"冥顽不灵"，不得已而用之的罢，或者便是自己不觉得。不过我要指摘，这位隐姓埋名的弱水先生，其实是创造社那一面的。我并非说，这些战士，大概是创造社里常见他的脚踪，或在艺术大学里兼有一只饭碗，不过指明他们是相同的气类。因此，所谓《战线》，也仍不过是创造社的战线。所以我和西滢长虹战，他虽然看见正直，却一声不响，今和创造社战，便只看见尖酸，忽然显战士身而出现了。其实所断定的先两回的我的"正直"，也还是死了已经两千多年了的老头子老聃先师的"将欲取之必先予之"的战略，我并不感服这类的公评。陈西滢也知道这种战法的，他因为要打倒我的短评，便称赞我的小说，以见他之公正。

即使真以为先两回是正直在我这面的罢，也还是因为这位弱水先生是不和他们同系，同社，同派，同流……。从他们那一面看来，事情可就两样了。我"和西滢战"了以后，现代系的唐有壬曾说《语丝》的言论，是受了莫斯科的命令；"和长虹战"了以后，狂飙派的常燕生曾说《狂飙》的停版，也许因为我的阴谋。但除了我们两方以外，恐怕不大有人注意或记得了罢。事不干己，是很容易滑过去的。

这次对于创造社，是的，"不敬得很"，未免有些不"庄严"；即使在我以为是直道而行，他们也仍可认为"尖酸刻薄"。于是"论战"便变成"态度战"，"量气战"，"年龄战"了。但成仿吾辈地对我的"态度"，战士们虽然不屑留心到，在我本身是明白的。我有兄弟，自以为算不得就是我"不可理喻"，而这位批评家于《呐喊》出版时，即加以讥刺道："这回由令弟编了出来，真是好看得多了"。这传统直到五年之后，再见于冯乃超的论文，说是"无聊赖地跟他弟弟说几句人道主义的美丽的说话"。我的主张如何且不论，即使相同，何以说话相同便是"无聊赖地"？莫非一有"弟弟"，就必须反对，一个讲革命，一个即该讲保皇，一个学地理，一个就得学天文吗？还有，我合印一年的杂感为《华盖集》，另印先前所钞的小说史料为《小说旧闻钞》，是并不相干的。这位成仿吾先生却加以编排道："我们的鲁迅先生坐在华盖之下正在抄他的'小说旧闻'。"这使李初梨很高兴，今年又抄在《文化批判》里，还乐得不可开交道。"他（成仿吾）这段文章，比'趣味文学'还更有趣些。"但是还不够，他们因为我生在绍兴，绍兴出酒，便说"醉眼陶然"；因为我年纪比他们大了，便说"老生"，还要加注道："若许我用文学的表现。"而这一个"老"的错处，还给《战线》上的弱水先生作为"的确不行"的根源。我自信对于创造社，还不至于用了他们的籍贯，家族，年纪，来做奚落的资料，不过今年偶然做了一篇文章，其中第一次指摘了他们文字里的矛盾和笑话而已。但是"态度"问题来了，"量气"问题也来了，连战士也以为尖酸刻薄。莫非必须我学革命文学家所指为"卑污"的托尔斯泰，毫无抵抗，或者上一呈文："小资产阶级或有产阶级臣鲁迅诚惶诚恐谨呈革命的'印贴利更追亚'老爷麾下"，这才不至于"的确不行"吗？至于我是"老头子"，却的确是我的不行。"和长虹战"的时候，他也曾指出我这一条大错处，此外还嘲笑我的生病。而且也是真的，我的确生过病，这回弱水这一位"小头子"对于这一节没有话说，可见有些青年究竟还怀着纯朴的心，很是厚道的。所以他将"冷嘲热刺"的用途，也瓜分开来，给"热烈猛进的"制定了优待条件。可惜我生得太早，已经不属于那一类，不能享受同等待遇了。但幸而我年轻时没有真上战线去，受过创伤，倘使身上有了残疾，那就又添一件话柄，现在真不知道要受多少奚落哩。这是"不革命"的好处，应该感谢自己的。

其实这回的不行，还只是我不行，无关年纪的。托尔斯泰，克罗颇特庚，马克思，虽然言行有"卑污"与否之分，但毕竟都苦斗了一生，我看看他们的照相，全有大胡子。因为我一个而抹杀一切"老头子"，大约是不算公允的。然而中国呢，自然不免又有些特别，不行的多。少年尚且老成，老年当然成老。林琴南先生是确乎应该想起来的，他后来真是暮年景象，因为反对白话，不能论战，便从横道儿来做一篇影射小说，使一个武人痛打改革者，——说得"美丽"一点，就是神往于"武器的文艺"了。旧的和新的，往往有极其相同之点——如：个人主义者和社会主义者往往都反对资产阶级，保守者和改革者往往都主张为人生的艺术，都讳言黑暗，棒喝主义者和共产主义者都厌恶人道主义等——林琴南先生的事也正是一个证明。至于所以不行之故，其关键就全在他生得更早，不知道这一阶级将被"奥服赫变"，及早变计，于是归根结底，分明现出 Fascist 本相了。但我以为"老头子"如此，是不足虑的，他总比青年先死。林琴南先生就早已死去了。可怕的是将为将来柱石的青年，还象他的东拉西扯。

又来说话，量气又太小了，再说下去，就要更小，"正直"岂但"不一定"在这一面呢，还要一定不在这一面。而且所说的又都是自己的事,并非“大贫”的民众……。但是,即使所讲的只是个人的事,有些人固然只看见个人,有些人却也看见背景或环境。例如《鲁迅在广东》这一本书,今年战士们忽以为编者和被编者希图不朽,于是看得“烦躁”,也给了一点对于“冥顽不灵”的冷嘲。我却以为这太偏于唯心论了,无所谓不朽,不朽又干吗,这是现代人大抵知道的。所以会有这一本书,其实不过是要黑字印在白纸上,订成一本,作商品出售罢了。无论是怎样炮制法,所谓“鲁迅”也者,往往不过是充当了一种的材料。这种方法,便是“所走的方向不能算不对”的创造社也在所不免的。托罗兹基虽然已经“没落”,但他曾说,不含利害关系的文章,当在将来另一制度的社会里。我以为他这话却还是对的。

四月二十日。

革命咖啡店

革命咖啡店的革命底广告式文字,昨天在报章上看到了,仗着第四个“有闲”,先抄一段在下面:

“……但是读者们,我却发现了这样一家我们所理想的乐园,我一共去了两次,我在那里遇见了我们今日文艺界上的名人,龚冰庐,鲁迅,郁达夫等。并且认识了孟超,潘汉年,叶灵凤等,他们有的在那里高谈着他们的主张,有的在那里默默沉思,我在那里领会到不少教益呢。……”

遥想洋楼高耸,前临阔街,门口是晶光闪烁的玻璃招牌,楼上是“我们今日文艺界上的名人”,或则高谈,或则沉思,面前是一大杯热气蒸腾的无产阶级咖啡,远处是许许多多“龌龊的农工大众”,他们喝着,想着,谈着,指导着,获得着,那是,倒也实在是“理想的乐园”。

何况既喝咖啡,又领“教益”呢?上海滩上,一举两得的买卖本来多。大如弄几本杂志,便算革命;小如买多少钱书籍,即赠送真丝光袜或请吃冰淇淋——虽然我至今还猜不透那些惠顾的人们,究竟是意在看书呢,还是要穿丝光袜。至于咖啡店,先前只听说不过可以兼看舞女,使女,“以饱眼福”罢了。谁料这回竟是“名人”,给人“教益”,还演“高谈”“沉思”种种好玩的把戏,那简直是现实的乐园了。

但我又有几句声明——

就是:这样的咖啡店里,我没有上去过,那一位作者所“遇见”的,又是别一人。因为:

一,我是不喝咖啡的,我总觉得这是洋大人所喝的东西(但这也许是我的“时代错误”),不喜欢,还是绿茶好。二,我要抄“小说旧闻”之类,无暇享受这样乐园的清福。三,这样的乐园,我是不敢上去的,革命文学家,要年轻貌美,齿白唇红,如潘汉年叶灵凤辈,这才是天生的文豪,乐园的材料;如我者,在《战线》上就宣布过一条“满口黄牙”的罪状,到那里去高谈,岂不亵渎了“无产阶级文学”吗?还有四,则即使我要上去,也怕走不到,至多,只能在店后门远处彷徨彷徨,嗅嗅咖啡渣的气息罢了。你看这里面不很有些在前线的文豪么,我却是“落伍者”,决不会坐在一屋子里的。

以上都是真话。叶灵凤革命艺术家曾经画过我的像,说是躲在酒坛的后面。这事的然否我不谈。现在所要声明的,只是这乐园中我没有去,也不想去,并非躲在咖啡杯后面在骗人。

杭州另外有一个鲁迅时,我登了一篇启事,“革命文学家”就挖苦了。但现在仍要自己出手来做一回,一者因为我不是咖啡,不愿意在革命店里做装点;二是我没有创造社那么阔,有一点事就一个律师,两个律师。

八月十日。

文坛的掌故

来信

编者先生:

由最近一个上海的朋友告诉我,“沪上的文艺界,近来为着革命文学的问题,闹得十分嚣。”有趣极了!这问题,在去年中秋前后,成都的文艺界,同样也剧烈的争论过。但闹得并不“嚣”,战区也不见扩大,便结束。大约除了成都,别处是很少知道有这一回事的。

现在让我来简约地说一说。

这争论的起源,已经过了长时期的酝酿。双方的主体——赞成革命文学的,是国民日报社。——怀疑他们所谓革命文学的,是九五日报社。最先还仅是暗中的鼎峙;接着因了国民政府在长江一带逐渐发展,成都的革命文学家,便投机似的成立了“革命文艺研究社”,来竭力鼓吹无产阶级的文学。而凑巧有个署名张拾遗君的《谈谈革命文学》一篇论文在那时出现。于是挑起了一班革命文学家的怒,两面的战争,便开始攻击。

至于两方面的战略:革命文学者以为一切都应该革命,要革命才有进步,才顺潮流。

不革命便是封建社会的余孽,帝国主义的爪牙。同样和创造社是以唯物史观为根据的。——可是又无他们的彻底,而把"文学革命"与"革命文学"并为一谈。——反对者承认"革命文学"和"平民文学""贵族文学"同为文学上一种名词,与文学革命无关,而怀疑其像煞有介事的神圣不可侵犯。且文学不应如此狭义;何况革命的题材,未必多。即有,隔靴搔痒地写来,也未必好。是近乎有些"为艺术而艺术"的说法。加入这战团的,革命文学方面,多为"清一色"的会员;而反对系,则半属不相识的朋友。

这一场混战的结果,是由"革命文艺研究社"不欲延长战线,自愿休兵。但何故休兵,局外人是不能猜测的。

关于那次的文件,因"文献不足",只好从略。

上海这次想必一定很可观。据我的朋友抄来的目录看,已颇有洋洋乎之概!可惜重庆方面,还没有看这些刊物的眼福!

这信只算预备将来"文坛的掌故"起见,并无挑拨,拥护任何方面的意思。

废话已说得不少,就此打住,敬祝撰安!

徐匀。十七年七月八日,于重庆。

回信

余匀先生:

多谢你写寄"文坛的掌故"的美意。

从年月推算起来,四川的"革命文学",似乎还是去年出版的一本《革命文学论集》(书名大概如此,记不确切了,是丁丁编的)的余波。上海今年的"革命文学",不妨说是又一幕。至于"嚣"与不"嚣",那是要凭耳闻者的听觉的锐钝而定了。

我在"革命文学"战场上,是"落伍者",所以中心和前面的情状,不得而知。但向他们屁股那面望过去,则有成仿吾司令的《创造月刊》,《文化批判》,《流沙》,蒋光×(恕我还不知道现在已经改了那一字)拜帅的《太阳》,王独清领头的《我们》,青年革命艺术家叶灵凤独唱的《戈壁》;也是青年革命艺术家潘汉年编撰的《现代小说》和《战线》;再加一个真是"跟在弟弟背后说漂亮话"的潘梓年的速成的《洪荒》。但前几天看见K君对日本人的谈话(见《战旗》七月号),才知道潘叶之流的"革命文学"是不算在内的。

含混地只讲"革命文学",当然不能彻底,所以今年在上海所挂出来的招牌却确是无产阶级文学,至于是否以唯物史观为根据,则因为我是外行,不得而知。但一讲无产阶级文学,便不免归结到斗争文学,一讲斗争,便只能说是最高的政治斗争的一翼。这在俄国，是正当的，因为正是劳农专政；在日本也还不打紧，因为究竟还有一点微微的出版自由，居然也还说可以组织劳动政党。中国则不然，所以两月前就变了相，不但改名"新文艺"，并且根据了资产社会的法律，请律师大登其广告，来吓唬别人了。

向"革命的知识阶级"叫打倒旧东西，又拉旧东西来保护自己，要有革命者的名声，却不肯吃一点革命者往往难免的辛苦，于是不但笑啼俱伪，并且左右不同，连叶灵凤所抄袭来的"阴阳脸"，也还不足以淋漓尽致地为他们自己写照，我以为这是很可惜，也觉得颇寂寞的。

但这是就大局而言，倘说个人，却也有已经得到好结果的。例如成仿吾，做了一篇"开步走"和"打发他们去"，又改换姓名（石厚生）做了一点珰鲁迅之后，据日本的无产文艺月刊《战旗》七月号所载，他就又走在修善寺温泉的近旁（可不知洗了澡没有），并且在那边被尊为"可尊敬的普罗塔利亚特作家"，"从支那的劳动者农民所选出的他们的艺术家"了。

鲁迅。八月十日。

文学的阶级性

来信

鲁迅先生：

侍桁先生译林癸未夫著的《文学上之个人性与阶级性》，本来这是一篇绝好的文章，但可惜篇末涉及唯物史观的问题，理论未免是勉强一点，也许是著者的误解唯物史观。他说：

"以这种理由若推论下去，有产者的个人性与无产者的个人性，'全个'是不相同的了。就是说不承认有产者与无产者之间有共同的人性。再换一句话说，有产者与无产者只是有阶级性，而全然缺少个人性的。"

这是什么话！唯物史观的理论，岂是这样简单的。它的理论并不否认个人性，因此，也不否认思想，道德，感情，艺术。但以性格，思想，道德，感情，艺术，都是受支配于经济的。林氏的文章是着意于个人性，我们就以个人性而论。譬如农村经济宗法社会里拿妻子为男子的财产，但是文化进步到今日的社会，就承认妻子有相当的人格。这个观念，当然是有产者和无产者所共同的。虽然是共同，却并非天赋的，仍然逃不了经济的支配。有产者和无产者物质生活上受经济的影响而有差等，个人性同样地受经济的影响而却是

共同的。并不是有产者和无产者人性的共同而就是不受经济制度地影响了。

林氏以此而可以驳唯物史观,那么,何以不拿“人是同样的是圆顶方趾,要吃饭,要睡觉,是有产者和无产者所共同的”而来驳唯物史观,爽快得多了。

最后,我须声明:我是个资本主义制度下的职工。因为是职工,所以学识的谫陋是谁都可以肯定的。这文中自然有不少不能达意和不妥之处。但我希望有更了解马克思学说的人来为唯物史观打一打仗。

因为避学者嫌疑起见,以信底形式而写给鲁迅先生。能否发表,是编者的特权了。

恺良于上海,一九二八,七,二八。

回信

恺良先生:

我对于唯物史观是门外汉,不能说什么。但就林氏的那一段文字而论,他将话两次一换,便成为“只有”和“全然缺少”,却似乎决定得太快一点了。大概以弄文学而又讲唯物史观的人,能从基本的书籍上一一钩剔出来的,恐怕不很多,常常是看几本别人的提要就算。而这种提要,又因作者的学识意思而不同,有些作者,意在使阶级意识明了锐利起来,就竭力增强阶级性说,而另一面就也容易招人误解。作为本文根据的林氏另一篇论文,我没有见,不能说他是否因此而走了相反的极端,但中国却有此例,竟会将个性,共同的人性(即林氏之所谓个人性),个人主义即利己主义混为一谈,来加以自以为唯物史观底申斥,倘再有人据此来论唯物史观,那真是糟糕透顶了。

来信的“吃饭睡觉”的比喻,虽然不过是讲笑话,但脱罗兹基曾以对于“死之恐怖”为古今人所共同,来说明文学中有不带阶级性的分子,那方法其实是差不多的。在我自己,是以为若据性格感情等,都受“支配于经济”(也可以说根据于经济组织或依存于经济组织)之说,则这些就一定都带着阶级性。但是“都带”,而非“只有”。所以不相信有一切超乎阶级,文章如日月的永久的大文豪,也不相信住洋房,喝咖啡,却道“唯我把握住了无产阶级意识,所以我是真的无产者”的革命文学者。

有马克思学识的人来为唯物史观打仗,在此刻,我是不赞成的。我只希望有切实的人,肯译几部世界上已有定评的关于唯物史观的书——至少,是一部简单浅显的,两部精密的——还要一两本反对的著作。那么,论争起来,可以省说许多话。

鲁迅。八月十日。

一九二九年

“革命军马前卒”和“落伍者”

西湖博览会上要设先烈博物馆了，在征求遗物。这是不可少的盛举，没有先烈，现在还拖着辫子也说不定的，更那能如此自在。

但所征求的，末后又有“落伍者的丑史”，却有些古怪了。仿佛要令人于饮水思源以后，再喝一口脏水，历亲芳烈之余，添嗅一下臭气似的。

而所征求的“落伍者的丑史”的目录中，又有“邹容的事实”，那可更加有些古怪了。如果印本没有错而邹容不是别一人，那么，据我所知道，大概是这样的：

邹容

他在满清时，做了一本《革命军》，鼓吹排满，所以自署曰“革命军马前卒邹容”。后来从日本回国，在上海被捕，死在西牢里了，其时盖在一九〇二年。自然，他所主张的不过是民族革命，未曾想到共和，自然更不知道三民主义，当然也不知道共产主义。但这是大家应该原谅他的，因为他死得太早了，他死了的明年，同盟会才成立。

听说中山先生的自叙上就提起他的，开目录的诸公，何妨于公余之暇，去查一查呢？

后烈实在前进得快，二十五年前的事，就已经茫然了，可谓美史也已。

二月十七日。

《近代世界短篇小说集》小引

一时代的纪念碑底的文章，文坛上不常有；即有之，也什九是大部的著作。以一篇短的小说而成为时代精神所居的大宫阙者，是极其少见的。

但至今，在巍峨灿烂的巨大的纪念碑底的文学之旁，短篇小说也依然有着存在的充足的权利。不但巨细高低，相依为命，也譬如身入大伽蓝中，但见全体非常宏丽，炫人眼睛，令观者心神飞越，而细看一雕阑一画础，虽然细小，所得却更为分明，再以此推及全体，感受遂愈加切实，因此那些终于为人所注重了。

在现在的环境中，人们忙于生活，无暇来看长篇，自然也是短篇小说的繁生的很大原因之一。只顷刻间，而仍可借一斑略知全豹，以一目尽传精神，用数顷刻，遂知种种作风，种种作者，种种所写的人和物和事状，所得也颇不少的。而便捷，易成，取巧……这些原因还在外。

中国于世界所有的大部杰作很少译本，翻译短篇小说的却特别的多者，原因大约也为此。我们——译者的汇印这书，则原因就在此。贪图用力少，绍介多，有些不肯用尽呆气力的坏处，是自问恐怕也在所不免的。但也有一点只要能培一朵花，就不妨做做会朽的腐草的近于不坏的意思。还有，是要将零星的小品，聚在一本里，可以较不容易于散亡。

我们——译者，都是一面学习，一面试做的人，虽于这一点小事，力量也还很不够，选的不当和译的错误，想来是一定不免的。我们愿受读者和批评者的指正。

一九二九年四月二十六日，朝花社同人识。

现今的新文学的概观

——五月二十二日在燕京大学国文学会讲

这一年多，我不很想青年诸君说什么话了，因为革命以来，言论的路很窄小，不是过激，便是反动，于大家都无益处。这一次回到北平，几位旧识的人要我到这里来讲几句，情不可却，只好来讲几句。但因为种种琐事，终于没有想定究竟来讲什么——连题目都没有。

那题目，原是想在车上拟定的，但因为道路坏，汽车颠起来有尺多高，无从想起。我于是偶然感到，外来的东西，单取一件，是不行的，有汽车也须有好道路，一切事总免不掉环境的影响。文学——在中国的所谓新文学，所谓革命文学，也是如此。

中国的文化，便是怎样的爱国者，恐怕也大概不能不承认是有些落后。新的事物，都是从外面侵入的。新的势力来到了，大多数的人们还是莫名其妙。北平还不到这样，譬如上海租界,那情形,外国人是处在中央,那外面,围着一群翻译,包探,巡捕,西崽……之类,是懂得外国话,熟悉租界章程的。这一圈之外,才是许多老百姓。

老百姓一到洋场,永远不会明白真实情形,外国人说“Yes”,翻译道,“他在说打一个耳光”,外国人说“No”,翻出来却是他说“去枪毙。”倘想要免去这一类无谓的冤苦,首先是在知道得多一点,冲破了这一个圈子。

在文学界也一样,我们知道得太不多,而帮助我们知识的材料也太少。梁实秋有一个白璧德,徐志摩有一个泰戈尔,胡适之有一个杜威,——是的,徐志摩还有一个曼殊斐儿,他到她坟上去哭过,——创造社有革命文学,时行的文学。不过附和的,创作的很有,研究的却不多,直到现在,还是给几个出题目的人们圈了起来。

各种文学,都是应环境而产生的,推崇文艺的人,虽喜欢说文艺足以煽起风波来,但在事实上,却是政治先行,文艺后变。倘以为文艺可以改变环境,那是“唯心”之谈,事实的出现,并不如文学家所预想。所以巨大的革命,以前的所谓革命文学者还须灭亡,待到革命略有结果,略有喘息的余裕,这才产生新的革命文学者。为什么呢,因为旧社会将近崩坏之际,是常常会有近似带革命性的文学作品出现的,然而其实并非真的革命文学。例如:或者憎恶旧社会,而只是憎恶,更没有对于将来的理想;或者也大呼改造社会,而问他要怎样的社会,却是不能实现的乌托邦;或者自己活得无聊了,便空泛地希望一大转变,来做刺戟,正如饱于饮食的人,想吃些辣椒爽口;更下的是原是旧式人物,但在社会里失败了,却想另挂新招牌,靠新兴势力获得更好的地位。

希望革命的文人,革命一到,反而沉默下去的例子,在中国便曾有过的。即如清末的南社,便是鼓吹革命的文学团体,他们叹汉族的被压制,愤满人的凶横,渴望着“光复旧物”。但民国成立以后,倒寂然无声了。我想,这是因为他们的理想,是在革命以后,“重见汉官威仪”,峨冠博带。而事实并不这样,所以反而索然无味,不想执笔了。俄国的例子尤为明显,十月革命开初,也曾有许多革命文学家非常惊喜,欢迎这暴风雨的袭来,愿受风雷的试炼。但后来,诗人叶遂宁,小说家索波里自杀了,近来还听说有名的小说家爱伦堡有些反动。这是什么缘故呢?就因为四面袭来的并不是暴风雨,来试炼的也并非风雷,却是老老实实的“革命”。空想被击碎了,人也就活不下去,这倒不如古时候相信死后灵魂上天,坐在上帝旁边吃点心的诗人们福气。因为他们在达到目的之前,已经死掉了。

中国,据说,自然是已经革了命,——政治上也许如此吧,但在文艺上,却并没有改变。有人说,“小资产阶级文学之抬头”了,其实是,小资产阶级文学在哪里呢,连“头”也没有,那里说得到“抬”。这照我上面所讲的推论起来,就是文学并不变化和兴旺,所反映的便是并无革命和进步，——虽然革命家听了也许不大喜欢。

至于创造社所提倡的，更彻底的革命文学——无产阶级文学，自然更不过是一个题目。这边也禁，那边也禁的王独清的从上海租界里遥望广州暴动的诗，“Pong Pong Pong”，铅字逐渐大了起来，只在说明他曾为电影的字幕和上海的酱园招牌所感动，有模仿勃洛克的《十二个》之志而无其力和才。郭沫若的《一只手》是很有人推为佳作的，但内容说一个革命者革命之后失了一只手，所余的一只还能和爱人握手的事，却未免“失”得太巧。五体，四肢之中，倘要失去其一，实在还不如一只手；一条腿就不便，头自然更不行了。只准备失去一只手，是能减少战斗的勇往之气的；我想，革命者所不惜牺牲的，一定不只这一点。《一只手》也还是穷秀才落难，后来终于中状元，谐花烛的老调。

但这些却也正是中国现状的一种反映。新近上海出版的革命文学的一本书的封面上，画着一把钢叉，这是从《苦闷的象征》的书面上取来的，叉的中间的一条尖刺上，又安一个铁锤，这是从苏联的旗子上取来的。然而这样地合了起来，却弄得既不能刺，又不能敲，只能在表明这位作者的庸陋，——也正可以做那些文艺家的徽章。

从这一阶级走到那一阶级去，自然是能有的事，但最好是意识如何，便一一直说，使大众看去，为仇为友，了了分明。不要脑子里存着许多旧的残滓，却故意瞒了起来，演戏似的指着自己的鼻子道，“唯我是无产阶级！”现在的人们既然神经过敏，听到“俄”字便要气绝，连嘴唇也快要不准红了，对于出版物，这也怕，那也怕；而革命文学家又不肯多绍介别国的理论和作品，单是这样地指着自己的鼻子，临了便会像前清的“奉旨申斥”一样，令人莫名其妙的。

对于诸君，“奉旨申斥”大概还须解释几句才会明白吧。这是帝制时代的事。一个官员犯了过失了，便叫他跪在一个什么门外面，皇帝差一个太监来斥骂。这时须得用一点花费，那么，骂几句就完；倘若不用，他便从祖宗一直骂到子孙。这算是皇帝在骂，然而谁能去问皇帝，问他究竟可是要这样地骂呢？去年，据日本的杂志上说，成仿吾是由中国的农工大众选他往德国研究戏曲去了，我们也无从打听，究竟真是这样地选了没有。

所以我想，倘要比较的明白，还只好用我的老话，“多看外国书”，来打破这包围的圈子。这事，于诸君是不甚费力的。关于新兴文学的英文书或英译书，即使不多，然而所有的几本，一定较为切实可靠。多看些别国的理论和作品之后，再来估量中国的新文艺，便可以清楚得多了。更好是介绍到中国来；翻译并不比随便的创作容易，然而于新文学的发展却更有功，于大家更有益。

“皇汉医学”

革命成功之后，“国术”“国技”“国花”“国医”闹得乌烟瘴气之时，日本人汤本求真做的《皇汉医学》译本也将乘时出版了。广告上这样说——

“日医汤本求真氏于明治三十四年卒业金泽医学专门学校后应世多年觉中西医术各有所长短非比较同异舍短取长不可爰发愤学汉医历十八年之久汇集吾国历来诸家医书及彼邦人士研究汉医药心得之作著‘皇汉医学’一书引用书目多至一百余种旁求博考洵大观也……”

我们“皇汉”人实在有些怪脾气的：外国人论及我们缺点的不欲闻，说好处就相信，讲科学者不大提，有几个说神见鬼的便介绍。这也正是同例，金泽医学专门学校卒业者何止数千人，做西洋医学的也有十几位了，然而我们偏偏刮目于可入《无双谱》的汤本先生的《皇汉医学》。

小朋友梵儿在日本东京，化了四角钱在地摊上买到一部冈千仞作的《观光纪游》，是明治十七年(一八八四)来游中国的日记。他看过之后，在书头卷尾写了几句牢骚话，寄给我了。来得正好，钞一段在下面：

“二十三日，梦香竹孙来访。……梦香盛称多纪氏医书。余曰，‘敝邦西洋医学盛开，无复手多纪氏书者，故贩原板上海书肆，无用陈余之刍狗也。’曰，‘多纪氏书，发仲景氏微旨，他年日人必悔此事。’曰，‘敝邦医术大开，译书续出，十年之后，中人争购敝邦译书，亦不可知。’梦香默然。余因以为合信氏医书(案：盖指《全体新论》，刻于宁波，宁波距此咫尺，而梦香满口称多纪氏，无一语及合信氏者，何故也？……”(卷三《苏杭日记》下二页。)

冈氏于此等处似乎终于不明白。这是“四千余年古国古”的人民的“收买废铜烂铁”脾气，所以文人则“盛称多纪氏”，武人便大买旧炮和废枪，给外国“无用陈余之刍狗”有一条出路。

冈氏距明治维新后不久，还有改革的英气，所以他的日记里常有好意的苦言。革命底批评家或云与其看世纪末的烦琐隐晦没奈何之言，不如上观任何民族开国时文字，证以此事，是颇有一理的。

七月二十八日。

《吾国征俄战史之一页》

大家都说要打俄国，或者“愿为前驱”，或者“愿做后盾”，连中国文学所赖以不坠的新月书店，也登广告出卖关于俄国的书籍两种，则举国之同仇敌忾也可知矣。自然，大势如此，执笔者也应当做点应时的东西，庶几不至于落伍。我于是在七月廿六日《新闻报》的《快活林》里，遇见一篇题作《吾国征俄战史之一页》的叙述详细而昏不可当的文章，可惜限于篇幅，只能摘抄：

“……乃尝读史至元成吉思汗。起自蒙古。入主中夏。开国以后。奄有钦察阿速诸部。命速不台征蔑里吉。复引兵绕宽田吉思海。转战至太和岭。洎太宗七年。又命速不台为前驱。随诸王拔都。皇子贵由。皇侄哥等伐西域。十年乃大举征俄。直逼耶烈赞城。而陷莫斯科。太祖长子术赤遂于其地即汗位。可谓破前古未有之记载矣。夫一代之英主。开创之际。战胜攻取。用其兵威。不难统一区宇。史册所叙。纵极铺张。要不过禹域以内。讫无西至流沙。举朔北辽绝之地而空之。不特唯是。犹复鼓其余勇。进逼欧洲内地。而有欧亚混一之势者。谓非吾国战史上最有光彩最有荣誉之一页得乎……”

那结论是：

“……质言之。元时之兵锋。不仅足以扼欧亚之吭。而有席卷包举之气象。有足以壮吾国后人之勇气者。固自有在。余故备述之。以告应付时局而固边圉者。”

这只有这作者“清癯”先生是蒙古人，倒还说得过去。否则，成吉思汗“入主中夏”，术赤在莫斯科“即汗位”，那时咱们中俄两国的境遇正一样，就是都被蒙古人征服的。为什么中国人现在竟来硬霸“元人”为自己的先人，仿佛满脸光彩似的，去骄傲同受压迫的斯拉夫种的呢？

倘照这样的论法，俄国人就也可以作“吾国征华史之一页”，说他们在元代奄有中国的版图。

倘照这样的论法，则即使俄人此刻“入主中夏”，也就有“欧亚混一之势”，“有足以壮吾国后人”之后人“之勇气者”矣。

嗟乎，赤俄未征，白痴已出，殊“非吾国战史上最有光彩最有荣誉之一页”也！

七月二十八日。

叶永蓁作《小小十年》小引

这是一个青年的作者,以一个现代的活的青年为主角,描写他十年中的行动和思想的书。

旧的传统和新的思潮,纷纭于他的一身,爱和憎的纠缠,感情和理智的冲突,缠绵和决撒的迭代,欢欣和绝望的起伏,都逐着这"小小十年"而开展,以形成一部感伤的书,个人的书。但时代是现代,所以从旧家庭所希望的"上进"而渡到革命,从交通不大方便的小县而渡到"革命策源地"的广州,从本身的婚姻不自由而渡到伟大的社会改革——但我没有发现现其间的桥梁。

一个革命者,将——而且实在也已经(!)——为大众的幸福斗争,然而独独宽恕首先压迫自己的亲人,将枪口移向四面是敌,但又四不见敌的旧社会;一个革命者,将为人我争解放,然而当失去爱人的时候,却希望她自己负责,并且为了革命之故,不愿自己有一个情敌,——志愿愈大,希望愈高,可以致力之处就愈少,可以自解之处也愈多。——终于,则甚至闪出了惟本身目前的刹那间为唯一的现实一流的阴影。在这里,是屹然站着一个个人主义者,遥望着集团主义的大势,但在"重上征途"之前,我没有发见其间的桥梁。

释迦牟尼出世以后,割肉喂鹰,投身饲虎的是小乘,渺渺茫茫地说教的倒算是大乘,总是发达起来,我想,那机微就在此。

然而这书的生命,却正在这里。他描出了背着传统,又为世界思潮所激荡的一部分的青年的心,逐渐写来,并无遮瞒,也不装点,虽然间或有若干辩解,而这些辩解,却又正是脱去了自己的衣裳。至少,将为现在作一面明镜,为将来留一种记录,是无疑的罢。多少伟大的招牌,去年以来,在文摊上都挂过了,但不到一年,便以变相和无物,自己告发了全盘的欺骗,中国如果还会有文艺,当然先要以这样直说自己所本有的内容的著作,来打退骗局以后的空虚。因为文艺家至少是须有直抒己见的诚心和勇气的,倘不肯吐露本心,就更谈不到什么意识。

我觉得最有意义的是渐向战场的一段,无论意识如何,总之,许多青年,从东江起,而上海,而武汉,而江西,为革命战斗了,其中的一部分,是抱着种种的希望,死在战场上,再看不见上面摆起来的是金交椅呢还是虎皮交椅。种种革命,便都是这样地进行,所以掉弄笔墨的,从实行者看来,究竟还是闲人之业。

这部书的成就，是由于曾经革命而没有死的青年。我想，活着，而又在看小说的人们，当有许多人发生同感。

技术，是未曾矫揉造作的。因为事情是按年叙述的，所以文章也倾泻而下，致使作者在《后记》里，不愿称之为小说，但也自然是小说。我所感到累赘的只是说理之处过于多，校读时删节了一点。倘使反而损伤原作了，那便成了校者的责任。还有好像缺点而其实是优长之处，是语汇的不丰，新文学兴起以来，未忘积习而常用成语如我的和故意作怪而乱用谁也不懂的生语如创造社一流的文字，都使文艺和大众隔离，这部书却加以扫荡了，使读者可以更易于了解，然而从中作梗的还有许多新名词。

通读了这部书，已经在一月之前了，因为不得不写几句，便凭着现在所记得的写了这些字。我不是什么社的内定的"斗争"的"批评家"之一员，只能直说自己所愿意说的话。我极欣幸能绍介这真实的作品于中国，还渴望看见"重上征途"以后之作的新吐的光芒。

一九二九年七月二十八日，于上海，鲁迅记。

柔石作《二月》小引

冲锋的战士，天真的孤儿，年青的寡妇，热情的女人，各有主义的新式公子们，死气沉沉而交头接耳的旧社会，倒也并非如蜘蛛张网，专一在待飞翔的游人，但在寻求安静的青年的眼中，却化为不安的大苦痛。这大苦痛，便是社会的可怜的椒盐，和战士孤儿等辈一同，给无聊的社会一些味道，使他们无聊地持续下去。

浊浪在拍岸，站在山冈上者和飞沫不相干，弄潮儿则于涛头且不在意，唯有衣履尚整，徘徊海滨的人，一溅水花，便觉得有所沾湿，狼狈起来。这从上述的两类人们看来，是都觉得诧异的。但我们书中的青年萧君，便正落在这境遇里。他极想有为，怀着热爱，而有所顾惜，过于矜持，终于连安住几年之处，也不可得。他其实并不能成为一小齿轮，跟着大齿轮转动，他仅是外来的一粒石子，所以轧了几下，发几声响，便被挤到女佛山——上海去了。

他幸而还坚硬，没有变成润泽齿轮的油。

但是，瞿昙(释迦牟尼)从夜半醒来，目睹宫女们睡态之丑，于是慨然出家，而霍善斯坦因以为是醉饱后的呕吐。那么，萧君的决心遁走，恐怕是胃弱而禁食的了，虽然我还无从明白其前因，是由于气质的本然，还是战后的暂时的劳顿。

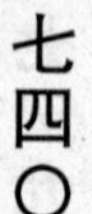

我从作者用了工妙的技术所写成的草稿上，看见了近代青年中这样的一种典型，周

遭的人物，也都生动，便写下一些印象，算是序文。大概明敏的读者，所得必当更多于我，而且由读时所生的诧异或同感，照见自己的姿态的罢？那实在是很有意义的。

一九二九年八月二十日，鲁迅记于上海。

《小彼得》译本序

这连贯的童话六篇，原是日本林房雄的译本（一九二七年东京晓星阁出版），我选给译者，作为学习日文之用的。逐次学过，就顺手译出，结果是成了这一部中文的书。但是，凡学习外国文字的，开手不久便选读童话，我以为不能算不对，然而开手就翻译童话，却很有些不相宜的地方，因为每容易拘泥原文，不敢意译，令读者看得费力。这译本原先就很有这弊病，所以我当校改之际，就大加改译了一通，比较的近于流畅了。——这也就是说，倘因此而生出不妥之处来，也已经是校改者的责任。

作者海尔密尼亚·至尔·妙伦（Hermynia Zur Muehlen），看姓氏好像德国或奥国人，但我不知道她的事迹。据同一原译者所译的同作者的别一本童话《真理之城》（一九二八年南宋书院出版）的序文上说，则是匈牙利的女作家，但现在似乎专在德国做事，一切战斗的科学的社会主义的期刊——尤其是专为青年和少年而设的页子上，总能够看见她的姓名。作品很不少，致密的观察，坚实的文章，足够成为真正的社会主义作家之一人，而使她有世界的名声者，则大概由于那独创底的童话云。

不消说，作者的本意，是写给劳动者的孩子们看的，但输入中国，结果却又不如此。首先的缘故，是劳动者的孩子们轮不到受教育，不能认识这四方形的字和格子布模样的文章，所以在他们，和这是毫无关系，且不说他们的无钱可买书和无暇去读书。但是，即使在受过教育的孩子们的眼中，那结果也还是和在别国不一样。为什么呢？第一，还是因为文章，故事第五篇中所讽刺的说法的缺点，在我们的文章中可以说是几乎全篇都是。第二，这故事前四篇所用的背景，是：煤矿，森林，玻璃厂，染色厂；读者恐怕大多数都未曾亲历，那么，印象也当然不能怎样的分明。第三，作者所被认为“真正的社会主义作家”者，我想，在这里，有主张大家的生存权（第二篇），主张一切应该由战斗得到（第六篇之末）等处，可以看出，但披上童话的花衣，而就遮掉些斑斓的血汗了。尤其是在中国仅有几本这种的童话孤行，而并无基本底，坚实底的文籍相帮的时候。并且，我觉得，第五篇中银茶壶的话，太富于纤细的，琐屑的，女性底的色彩，在中国现在，或者更易得到共鸣罢，然而却应当忽略的。第四，则故事中的物件，在欧美虽然很普通，中国却纵是中产人家，也往往未曾见过。火炉即是其一；水瓶和杯子，则是细颈大肚的玻璃瓶和长圆的玻璃杯，在我们这里，只在西洋菜馆的桌上和汽船的二等舱中，可以见到。破雪草也并非我们常见的植物，有是有的，药书上称为“獐耳细辛”（多么繁难的名目呵！），是一种毛茛科的小草，叶上有毛，冬末就开白色或淡红色的小花，来“报告冬天就要收场的好消息”。日本称为“雪割草”，就为此。破雪草又是日本名的意译，我曾用在《桃色的云》上，现在也袭用了，似乎较胜于“獐耳细辛”之古板罢。

总而言之，这作品一经搬家，效果已大不如作者的意料。倘使硬要加上一种意义，那么，至多，也许可以供成人而不失赤子之心的，或并未劳动而不忘勤劳大众的人们的一览，或者给留心世界文学的人们，报告现代劳动者文学界中，有这样的一位作家，这样的一种作品罢了。

原译本有六幅乔治·格罗斯（George Grosz）的插图.现在也加上了，但因为几经翻印，和中国制版术的拙劣，制版者的不负责任，已经几乎全失了原作的好处，——尤其是如第二图，——只能算作一个空名的介绍。格罗斯是德国人，原属踏踏主义（Dadais-mus）者之一人，后来却转了左翼。据匈牙利的批评家玛察（I.Matza）说，这是因为他的艺术要有内容——思想，已不能被踏踏主义所牢笼的缘故。欧洲大战时候，大家用毒瓦斯来打仗，他曾画了一幅讽刺画，给钉在十字架上的耶稣的嘴上，也蒙上一个避毒的嘴套，于是很受了一场罚，也是有名的事，至今还颇有些人记得的。

一九二九年九月十五日，校讫记。

流氓的变迁

孔墨都不满于现状，要加以改革，但那第一步，是在说动人主，而那用以压服人主的家伙，则都是“天”。

孔子之徒为儒，墨子之徒为侠。“儒者，柔也”，当然不会危险的。惟侠老实，所以墨者的末流，至于以“死”为终极的目的。到后来，真老实的逐渐死完，止留下取巧的侠，汉的大侠，就已和公侯权贵相馈赠，以备危急时来做护符之用了。

司马迁说：“儒以文乱法，而侠以武犯禁”，“乱”之和“犯”，绝不是“叛”，不过闹点小乱子而已，而况有权贵如“五侯”者在。

“侠”字渐消，强盗起了，但也是侠之流，他们的旗帜是“替天行道”。他们所反对的是奸臣，不是天子，他们所打劫的是平民，不是将相。李逵劫法场时，抡起板斧来排头砍去，而所砍的是看客。一部《水浒》，说得很分明：因为不反对天子，所以大军一到，便受招安，替国家打别的强盗——不“替天行道”的强盗去了。终于是奴才。

满洲入关，中国渐被压服了，连有“侠气”的人，也不敢再起盗心，不敢指斥奸臣，不敢直接为天子效力，于是跟一个好官员或钦差大臣，给他保镖。替他捕盗，一部《施公案》，也说得很分明，还有《彭公案》，《七侠五义》之流，至今没有穷尽。他们出身清白，连先前也并无坏处，虽在钦差之下，究居平民之上，对一方面固然必须听命，对别方面还是大可逞雄，安全之度增多了，奴性也跟着加足。

然而为盗要被官兵所打，捕盗也要被强盗所打，要十分安全的侠客，是觉得都不妥当的，于是有流氓。和尚喝酒他来打，男女通奸他来捉，私娼私贩他来凌辱，为的是维持风化；乡下人不懂租界章程他来欺侮，为的是看不起无知；剪发女人他来嘲骂，社会改革者他来憎恶，为的是热爱秩序。但后面是传统的靠山，对手又都非浩荡的强敌，他就在其间横行过去。现在的小说，还没有写出这一种典型的书，惟《九尾龟》中的章秋谷，以为他给妓女吃苦，是因为她要敲人们竹杠，所以给以惩罚之类的叙述，约略近之。

由现状再降下去，大概这一流人将成为文艺书中的主角了，我在等候“革命文学家”张资平“氏”的近作。

新月社批评家的任务

新月社中的批评家，是很憎恶嘲骂的，但只嘲骂一种人，是做嘲骂文章者。新月社中的批评家，是很不以不满于现状的人为然的，但只不满于一种现状，是现在竟有不满于现状者。

这大约就是“即以其人之道，还治其人之身”，挥泪以维持治安的意思。

譬如，杀人，是不行的。但杀掉“杀人犯”的人，虽然同是杀人，谁又能说他错？打人，也不行的。但大老爷要打斗殴犯人的屁股时，皂隶来一五一十地打，难道也算犯罪吗？新月社批评家虽然也有嘲骂，也有不满，而独能超然于嘲骂和不满的罪恶之外者，我以为就是这一个道理。

但老例，刽子手和皂隶既然做了这样维持治安的任务，在社会上自然要得到几分的敬畏，甚至于还不妨随意说几句话，在小百姓面前显显威风，只要不大妨害治安，长官向来也就装作不知道了。

现在新月社的批评家这样尽力地维持了治安，所要的却不过是“思想自由”，想想而已，决不实现的思想。而不料遇到了另一种维持治安法，竟连想也不准想了。从此以后，恐怕要不满于两种现状了罢。

书籍和财色

今年在上海所见，专以小孩子为对手的糖担，十有九带了赌博性了，用一个铜圆，经一种手续，可有得到一个铜圆以上的糖的希望。但专以学生为对手的书店，所给的希望却更其大，更其多——因为那对手是学生的缘故。

书籍用实价，废去"码洋"的陋习，是始于北京的新潮社——北新书局的，后来上海也多仿行，盖那时改革潮流正盛，以为买卖两方面，都是志在改进的人（书店之以介绍文化者自居，至今还时见于广告上），正不必先定虚价，再打折扣，玩些互相欺骗的把戏。然而将麻雀牌送给世界，且以此自豪的人民，对于这样简捷了当，没有意外之利的办法，是终于耐不下去的。于是老病出现了，先是小试其技：送画片。继而打折扣，自九折以至对折，但自然又不是旧法，因为总有一个定期和原因，或者因为学校开学，或者因为本店开张一年半的纪念之类。花色一点的还有赠丝袜。请吃冰激凌，附送一只锦盒，内藏十件宝贝，价值不资。更加见得切实，然而确是惊人的，是定一年报或买几本书，便有得到"劝学奖金"一百元或"留学经费"二千元的希望。洋场上的"轮盘赌"，付给赢家的钱，最多也不过每一元付了三十六元，真不如买书，那"希望"之大，远甚远甚。

我们的古人有言，"书中自有黄金屋"，现在渐在实现了。但后一句，"书中自有颜如玉"呢？

日报所附送的画报上，不知为了什么缘故而登载的什么"女校高材生"和什么"女士在树下读书"的照相之类，且作别论，则买书一元，赠送裸体画片的勾当，是应该举为带着"颜如玉"气味的一例的了。在医学上，"妇人科"虽然设有专科，但在文艺上，"女作家"分为一类却未免滥用了体质的差别，令人觉得有些特别的。但最露骨的是张竞生博士所开的"美的书店"，曾经对面呆站着两个年青脸白的女店员，给买主可以问她"《第三种水》出了没有？"等类，一举两得，有玉有书。可惜"美的书店"竟遭禁止。张博士也改弦易辙，去译《卢梭忏悔录》，此道遂有中衰之叹了。

书籍的销路如果再消沉下去，我想，最好是用女店员卖女作家的作品及照片，仍然抽彩，给买主又有得到"劝学"，"留学"的款子的希望。

我和《语丝》的始终

同我关系较为长久的，要算《语丝》了。

大约这也是原因之一罢，“正人君子”们的刊物，曾封我为“语丝派主将”，连激进的青年所做的文章，至今还说我是《语丝》的“指导者”。去年，非骂鲁迅便不足以自救其没落的时候，我曾蒙匿名氏寄给我两本中途的《山雨》，打开一看，其中有一篇短文，大意是说我和孙伏园君在北京因被晨报馆所压迫，创办《语丝》，现在自己一做编辑，便在投稿后面乱加按语，曲解原意，压迫别的作者了，孙伏园君却有绝好的议论，所以此后鲁迅应该听命于伏园。这听说是张孟闻先生的大文，虽然署名是另外两个字。看来好像一群人，其实不过一两个，这种事现在是常有的。

自然，“主将”和“指导者”，并不是坏称呼，被晨报馆所压迫，也不能算是耻辱，老人该受青年的教训，更是进步的好现象，还有什么话可说呢。但是，“不虞之誉”，也和“不虞之毁”一样地无聊，如果生平未曾带过一兵半卒，而有人拱手颂扬道，“你真像拿破仑呀！”则虽是志在做军阀的未来的英雄，也不会怎样舒服的。我并非“主将”的事，前年早已声辩了——虽然似乎很少效力——这回想要写一点下来的，是我从来没有受过晨报馆的压迫，也并不是和孙伏园先生两个人创办了《语丝》。这儿的创办，倒要归功于伏园一位的。

那时伏园是《晨报副刊》的编辑，我是由他个人来约，投些稿件的人。

然而我并没有什么稿件，于是就有人传说，我是特约撰述，无论投稿多少，每月总有酬金三四十元的。据我所闻，则晨报馆确有这一种太上作者，但我并非其中之一，不过因为先前的师生——恕我佞妄，暂用这两个字——关系罢，似乎也颇受优待：一是稿子一去，刊登得快；二是每千字二元至三元的稿费，每月底大抵可以取到；三是短短的杂评，有时也送些稿费来。但这样的好景象并不久长，伏园的椅子颇有不稳之势。因为有一位留学生（不幸我忘掉了他的名姓）新从欧洲回来，和晨报馆有深关系，甚不满意于副刊，决计加以改革，并且为战斗计，已经得了“学者”的指示，在开手看 Anatole France 的小说了。

那时的法兰斯，威尔士，萧，在中国是大有威力，足以吓倒文学青年的名字，正如今年的辛克莱儿一般，所以以那时而论，形势实在是已经非常严重。不过我现在无从确说，从那位留学生开手读法兰斯的小说起到伏园气愤愤地跑到我的寓里来为止的时候，其间相距是几月还是几天。

“我辞职了。可恶！”

这是有一夜，伏园来访，见面后的第一句话。那原是意料中事，不足异的。第二步，我当然要问问辞职的原因，而不料竟和我有了关系。他说，那位留学生乘他外出时，到排字房去将我的稿子抽掉，因此争执起来，弄到非辞职不可了。但我并不气愤，因为那稿子不过是三段打油诗，题作《我的失恋》，是看见当时“啊呀阿唷，我要死了”之类的失恋诗盛行，故意做一首用“由她去吧”收场的东西，开开玩笑的。这诗后来又添了一段，登在《语丝》上，再后来就收在《野草》中。而且所用的又是另一个新鲜的假名，在不肯登载第一次看见姓名的作者的稿子的刊物上，也当然很容易被有权者所放逐的。

但我很抱歉伏园为了我的稿子而辞职，心上似乎压了一块沉重的石头。几天之后，他提议要自办刊物了，我自然答应愿意竭力“呐喊”。至于投稿者，倒全是他独力邀来的，记得是十六人，不过后来也并非都有投稿。于是印了广告，到各处张贴，分散，大约又一星期，一张小小的周刊便在北京——尤其是大学附近——出现了。这便是《语丝》。

那名目的来源，听说，是有几个人，任意取一本书，将书任意翻开，用指头点下去，那被点到的字，便是名称。那时我不在场，不知道所用的是什么书，是一次便得了《语丝》的名，还是点了好几次，而曾将不像名称的废去。但要之，即此已可知这刊物本无所谓一定的目标，统一的战线；那十六个投稿者，意见态度也各不相同，例如顾颉刚教授，投的便是“考古”稿子，不如说，和《语丝》的喜欢涉及现在社会者，倒是相反的。不过有些人，大约开初是只在敷衍和伏园的交情的罢，所以投了两三回稿，便取“敬而远之”的态度，自然离开。连伏园自己，据我的记忆，自始至今，也只做过三回文字，末一回是宣言从此要大为《语丝》撰述，然而宣言之后，却连一个字也不见了。于是《语丝》的固定的投稿者，至多便只剩了五六人，但同时也在无意中显了一种特色，是：任意而谈，无所顾忌，要催促新的产生，对于有害于新的旧物，则竭力加以排击，——但应该产生怎样的“新”，却并无明白的表示，而一倒觉得有些危急之际，也还是故意隐约其词。陈源教授痛斥“语丝派”的时候，说我们不敢直骂军阀，而偏和握笔的名人为难，便由于这一点。但是，叱巴儿狗险于叱狗主人，我们其实也知道的，所以隐约其词者，不过要使走狗嗅得，跑去献功时，必须详加说明，比较的费些力气，不能直接痛快，就得好处而已。

当开办之际，努力确也可惊，那时做事的，伏园之外，我记得还有小峰和川岛，都是乳毛还未褪尽的青年，自跑印刷局，自去校对，自叠报纸，还自己拿到大众聚集之处去兜售，这真是青年对于老人，学生对于先生的教训，令人觉得自己只用一点思索，写几句文章，未免过于安逸，还须竭力学好了。

但自己卖报的成绩，听说并不佳，一纸风行的，还是在几个学校，尤其是北京大学，尤其是第一院（文科）。理科次之。在法科，则不大有人顾问。倘若说，北京大学的法，政，经济科出身诸君中，绝少有《语丝》的影响，恐怕是不会很错的。至于对于《晨报》的影响，我不知道，但似乎也颇受些打击，曾经和伏园来说和，伏园得意之余，忘其所以，曾以胜利者的笑容，笑着对我说道：

"真好，他们竟不料踏在炸药上了！"

这话对别人说是不算什么的。但对我说，却好像浇了一碗冷水，因为我即刻觉得这"炸药"是指我而言，用思索，做文章，都不过使自己为别人的一个小纠葛而粉身碎骨，心里就一面想：

"真糟，我竟不料被埋在地下了！"

我于是乎"彷徨"起来。

谭正璧先生有一句用我的小说的名目，来批评我的作品的经过的极伶俐而省事的话道："鲁迅始于'呐喊'而终于'彷徨'"（大意），我以为移来叙述我和《语丝》由始以至此时的历史，倒是很确切的。

但我的"彷徨"并不用许多时，因为那时还有一点读过尼采的《Zarathustra》的余波，从我这里只要能挤出——虽然不过是挤出——文章来，就挤了去吧，从我这里只要能做出一点"炸药"来，就拿去做了罢，于是也就决定，还是照旧投稿了——虽然对于意外的被利用，心里也耿耿了好几天。

《语丝》的销路可只是增加起来，原定是撰稿者同时负担印费的，我付了十元之后，就不见再来收取了，因为收支已足相抵，后来并且有了盈余。于是小峰就被尊为"老板"，但这推尊并非美意，其时伏园已另就《京报副刊》编辑之职，川岛还是捣乱小孩，所以几个撰稿者便只好搿住了多掰眼而少开口的小峰，加以荣名，勒令拿出盈余来，每月请一回客。这"将欲取之，必先予之"的方法果然奏效，从此市场中的茶居或饭铺的或一房门外，有时便会看见挂着一块上写"语丝社"的木牌。倘一驻足，也许就可以听到疑古玄同先生的又快又响的谈吐。但我那时是在避开宴会的，所以毫不知道内部的情形。

我和《语丝》的渊源和关系，就不过如此，虽然投稿时多时少。但这样地一直继续到我走出了北京。到那时候，我还不知道实际上是谁的编辑。

到得厦门，我投稿就很少了。一者因为相离已远，不受催促，责任便觉得轻；二者因为人地生疏，学校里所遇到的又大抵是些念佛老妪式口角，不值得费纸墨。倘能做《鲁宾孙教书记》或《蚊虫叮卵脬论》，那也许倒很有趣的，而我又没有这样的"天才"，所以只寄了一点极琐碎的文字。这年底到了广州，投稿也很少。第一原因是和在厦门相同的；第二,先是忙于事务,又看不清那里的情形,后来颇有感慨了,然而我不想在它的敌人的治下去发表。

不愿意在有权者的刀下,颂扬他的威权,并奚落其敌人来取媚,可以说,也是“语丝派”一种几乎共同的态度。所以《语丝》在北京虽然逃过了段祺瑞及其巴儿狗们的撕裂,但终究被“张大元帅”所禁止了,发行的北新书局,且同时遭了封禁,其时是一九二七年。

这一年,小峰有一回到我的上海的寓居,提议《语丝》就要在上海印行,且嘱我担任做编辑。以关系而论,我是不应该推托的。于是担任了。从这时起,我才探问向来的编法。那很简单,就是:凡社员的稿件,编辑者并无取舍之权,来则必用,只有外来的投稿,由编辑者略加选择,必要时且或略有所删除。所以我应做的,不过后一段事,而且社员的稿子,实际上也十之九直寄北新书局,由那里径送印刷局的,等到我看见时,已在印钉成书之后了。所谓“社员”,也并无明确的界限,最初的撰稿者,所余早已无多,中途出现的人,则在中途忽来忽去。因为《语丝》是又有爱登碰壁人物的牢骚的习气的,所以最初出阵,尚无用武之地的人,或本在另一团体,而发生意见,借此反攻的人,也每和《语丝》暂时发生关系,待到功成名遂,当然也就淡漠起来。至于因环境改变,意见分歧而去的,那自然尤为不少。因此所谓“社员”者,便不能有明确的界限。前年的方法,是只要投稿几次,无不刊载,此后便放心发稿,和旧社员一律待遇了。但经旧的社员绍介,直接交到北新书局,刊出之前,为编辑者的眼睛所不能见者,也间或有之。

经我担任了编辑之后,《语丝》的时运就很不济了,受了一回政府的警告,遭了浙江当局的禁止,还招了创造社式“革命文学”家的拼命地围攻。警告的来由,我莫名其妙,有人说是因为一篇戏剧;禁止的缘故也莫名其妙,有人说是因为登载了揭发复旦大学内幕的文字,而那时浙江的党务指导委员老爷却有复旦大学出身的人们。至于创造社派的攻击,那是属于历史的的了,他们在把守“艺术之宫”,还未“革命”的时候,就已经将“语丝派”中的几个人看作眼中钉的,叙事夹在这里太冗长了,且待下一回再说罢。

但《语丝》本身,却确实也在消沉下去。一是对于社会现象的批评几乎绝无,连这一类的投稿也少有,二是所余的几个较久的撰稿者,这时又少了几个了。前者的原因,我以为是在无话可说,或有话而不敢言,警告和禁止,就是一个实证。后者,我恐怕是其咎在我的。举一点例罢,自从我万不得已;选登了一篇极平和的纠正刘半农先生的“林则徐被俘”之误的来信以后,他就不再有片纸只字;江绍原先生介绍了一篇油印的《冯玉祥先生……》来,我不给编入之后,绍原先生也就从此没有投稿了。并且这篇油印文章不久便在也是伏园所办的《贡献》上登出,上有郑重的小序,说明着我托词不载的事由单。

还有一种显著的变迁是广告的杂乱。看广告的种类，大概是就可以推见这刊物的性质的。例如“正人君子”们所办的《现代评论》上，就会有金城银行的长期广告，南洋华侨学生所办的《秋野》上，就能见“虎标良药”的招牌。虽是打着“革命文学”旗子的小报，只要有那上面的广告大半是花柳药和饮食店，便知道作者和读者，仍然和先前的专讲妓女戏子的小报的人们同流，现在不过用男作家，女作家来替代了倡优，或捧或骂，算是在文坛上做工夫。《语丝》初办的时候，对于广告的选择是极严的，虽是新书，倘社员以为不是好书，也不给登载。因为是同人杂志，所以撰稿者也可行使这样的职权。听说北新书局之办《北新半月刊》，就因为在《语丝》上不能自由登载广告的缘故。但自从移在上海出版以后，书籍不必说，连医生的诊例也出现了，袜厂的广告也出现了，甚至于立愈遗精药品的广告也出现了。固然，谁也不能保证《语丝》的读者决不遗精，况且遗精也并非恶行，但善后办法，却须向《申报》之类，要稳当，则向《医药学报》的广告上去留心的。我因此得了几封诘责的信件，又就在《语丝》本身上登了一篇投来的反对的文章。

柔石

但以前我也曾尽了我的本分。当袜厂出现时，曾经当面质问过小峰，回答是“发广告的人弄错的”；遗精药出现时，是写了一封信，并无答复，但从此以后，广告却也不见了。我想，在小峰，大约还要算是让步的，因为这时对于一部分的作家，早由北新书局致送稿费，不只负发行之责，而《语丝》也因此并非纯粹的同人杂志了。

积了半年的经验之后，我就决计向小峰提议，将《语丝》停刊，没有得到赞成，我便辞去编辑的责任。小峰要我寻一个替代的人，我于是推举了柔石。

但不知为什么，柔石编辑了六个月，第五卷的上半卷一完，也辞职了。

以上是我所遇见的关于《语丝》四年中的琐事。试将前几期和近几期一比较，便知道其间的变化，有怎样的不同，最分明的是几乎不提时事，且多登中篇作品了，这是因为容易充满页数而又可免于遭殃。虽然因为毁坏旧物和戳破新盒子而露出里面所藏的旧物来的一种突击之力，至今尚为旧的和自以为新的人们所憎恶，但这力是属于往昔的了。

十二月二十二日。

鲁迅译著书目

一九二一年

《工人绥惠略夫》(俄国M·阿尔志跋绥夫作中篇小说。商务印书馆印行《文学研究会丛书》之一,后归北新书局,为《未名丛刊》之一,今绝版。)

一九二二年

《一个青年的梦》(日本武者小路实笃作戏曲。商务印书馆印行《文学研究会丛书》之一,后归北新书局,为《未名丛刊》之一,今绝版。)

《爱罗先珂童话集》(商务印书馆印行《文学研究会丛书》之一。)

一九二三年

《桃色的云》(俄国V.爱罗先珂作童话剧。北新书局印行《未名丛刊》之一。)

《呐喊》(短篇小说集,一九一八至二二年作,共十四篇。印行所同上。)

《中国小说史略》上册(改订之北京大学文科讲义。印行所同上。)

一九二四年

《苦闷的象征》(日本厨川白村做论文。北新书局印行《未名丛刊》之一。)

《中国小说史略》下册(印行所同上。后合上册为一本。)

一九二五年

《热风》(一九一八至二四年的短评。印行所同上。)

一九二六年

《彷徨》(短篇小说集之二,一九二四至二五年作,共十一篇。印行所同上。)

《华盖集》(短评集之二,皆一九二五年作。印行所同上。)

《华盖集续编》(短评集之三,皆一九二六年作。印行所同上。)

《小说旧闻钞》(辑录旧文,间有考正。印行所同上。)

《出了象牙之塔》(日本厨川白村作随笔,选译。未名社印行《未名丛刊》之一,今归北新书局。)

一九二七年

《坟》(一九〇七至二五年的论文及随笔。未名社印行。今版被抵押,不能印。)

《朝花夕拾》(回忆文十篇。未名社印行《未名新集》之一。今版被抵押,由北新书局另排印行。)

《唐宋传奇集》十卷(辑录并考正。北新书局印行。)

一九二八年

《小约翰》(荷兰 F.望·蔼覃作长篇童话。未名社印行《未名丛刊》之一。今版被抵押,不能印。)

《野草》(散文小诗。北新书局印行。)

《而已集》(短评集之四,皆一九二七年作。印行所同上。)

《思想山水人物》(日本鹤见祐辅作随笔,选译。印行所同上,今绝版。)

一九二九年

《壁下译丛》(译俄国及日本作家与批评家之论文集。印行所同上。)

《近代美术史潮论》(日本板垣鹰穗作。印行所同上。)

《蕗谷虹儿画选》(并译题词。朝华社印行《艺苑朝华》之一,今绝版。)

《无产阶级文学的理论与实际》(日本片上伸作。大江书店印行《文艺理论小丛书》之一。)

《艺术论》(苏联 A.卢那卡尔斯基作。印行所同上。)

一九三〇年

《艺术论》(俄国 G.蒲力汗诺夫作。光华书局印行《科学的艺术论丛书》之一。)

《文艺与批评》(苏联卢那卡尔斯基做论文及演说。水沫书店印行同丛书之一。)

《文艺政策》(苏联关于文艺的会议录及决议。并同上。)

《十月》(苏联 A.雅各武莱夫作长篇小说。神州国光社收稿为《现代文艺丛书》之一,今尚未印。)

一九三一年

《药用植物》(日本刈米达夫作。商务印书馆收稿,分载《自然界》中。)

《毁灭》(苏联A·法捷耶夫作长篇小说。三闲书屋印行。)

译著之外,又有

所校勘者,为:

唐刘恂《岭表录异》三卷(以唐宋类书所引校《永乐大典》本,并补遗。未印。)

魏中散大夫《嵇康集》十卷(校明丛书堂钞本,并补遗。未印。)

所纂辑者,为:

《古小说钩沈》三十六卷(辑周至隋散逸小说。未印。)

谢承《后汉书》辑本五卷(多于汪文台辑本。未印。)

所编辑者,为:

《莽原》(周刊。北京《京报》附送,后停刊。)

《语丝》(周刊。所编为在北平被禁,移至上海出版后之第四卷至第五卷之半。北新书局印行,后废刊。)

《奔流》(自一卷一册起,至二卷五册停刊。北新书局印行。)

《文艺研究》(季刊。只出第一册。大江书店印行。)

所选定,校字者,为:

《故乡》(许钦文作短篇小说集。北新书局印行《乌合丛书》之一。)

《心的探险》(长虹作杂文集。同上。)

《飘渺的梦》(向培良作短篇小说集。同上。)

《忘川之水》(真吾诗选。北新书局印行。)

所校订,校字者,为:

《苏俄的文艺论战》(苏联褚沙克等论文,附《蒲力汗诺夫与艺术问题》,任国桢译。北新书局印行《未名丛刊》之一。)

《十二个》(苏联A.勃洛克作长诗,胡敩译。同上。)

《争自由的波浪》(俄国V.但兼珂等作短篇小说集,董秋芳译。同上。)

《勇敢的约翰》(匈牙利裴多菲·山大作民间故事诗,孙用译。湖风书局印行。)

《夏娃日记》(美国马克·土温作小说,李兰译。湖风书局印行《世界文学名著译丛》之一。)

所校订者,为:

《二月》(柔石作中篇小说。朝华社印行,今绝版。)

《小小十年》(叶永蓁作长篇小说。春潮书局印行。)

《穷人》(俄国F.陀思妥夫斯基作小说,韦丛芜译。未名社印行《未名丛书》之一。)

《黑假面人》(俄国L.安特来夫作戏曲,李霁野译。同上。)

《红笑》(前人作小说,梅川译。商务印书馆印行。)

《小彼得》(匈牙利H.至尔·妙伦作童话,许霞译。朝华社印行,今绝版。)

《进化与退化》(周建人所译生物学的论文选集。光华书局印行。)

《浮士德与城》(苏联A.卢那卡尔斯基作戏曲,柔石译。神州国光社印行《现代文艺丛书》之一。)

《静静的顿河》(苏联M.唆罗诃夫作长篇小说,第一卷,贺非译。同上。)

《铁甲列车第一四——六九》(苏联V.伊凡诺夫作小说,侍桁译。同上,未出。)

所印行者,为:

《士敏土之图》(德国C.梅斐尔德木刻十幅。珂罗版印。)

《铁流》(苏联A.绥拉菲摩维支作长篇小说,曹靖华译。)

《铁流之图》(苏联I.毕斯凯莱夫木刻四幅。印刷中,被炸毁。)

我所译著的书,景宋曾经给我开过一个目录,载在《关于鲁迅及其著作》里,但是并不完全的。这回因为开手编集杂感,打开了装着和我有关的书籍的书箱,就顺便另抄了一张书目,如上。

我还要将这附在《三闲集》的末尾。这目的,是为着自己,也有些为着别人。据书目查核起来,我在过去的近十年中,费去的力气实在也并不少,即使校对别人的译著,也真是一个字一个字地看下去,决不肯随便放过,敷衍作者和读者的,并且毫不怀着有所利用的意思。虽说做这些事，原因在于“有闲”，但我那时却每日必须将八小时为生活而出卖，用在译作和校对上的，全是此外的工夫，常常整天没有休息。倒是近四五年没有先前那么起劲了。

但这些陆续用去了的生命，实不只成为徒劳，据有些批评家言，倒都是应该从严发落的罪恶。做了“众矢之的”者，也已经四五年，开首是“作恶”，后来是“受报”了，有几位论客，还几分含讥，几分恐吓，几分快意的这样“忠告”我。然而我自己却并不全是这样想，我以为我至今还是存在，只有将近十年没有创作，而现在还有人称我为“作者”，却是很可笑的。

我想，这缘故，有些在我自己，有些则在于后起的青年的。在我自己的，是我确曾认真译著，并不如攻击我的人们所说的取巧，的投机。所出的许多书，功罪姑且弗论，即使全是罪恶罢，但在出版界上，也就是一块不小的斑痕，要“一脚踢开”，必须有较大的腿劲。凭空的攻击，似乎也只能一时收些效验，而最坏的是他们自己又忽而影子似的淡去，消去了。

但是，试再一检我的书目，那些东西的内容也实在穷乏得可以。最致命的，是：创作既因为我缺少伟大的才能，至今没有做过一部长篇；翻译又因为缺少外国语的学力，所以徘徊观望，不敢译一种世上著名的巨制。后来的青年，只要做出相反的一件，便不但打倒，而且立刻会跨过的。但仅仅宣传些在西湖苦吟什么出奇的新诗，在外国创作着百万言的小说之类却不中用。因为言太夸则实难副，志极高而心不专，就永远只能得传扬一个可惊可喜的消息；然而静夜一想，自觉空虚，便又不免焦躁起来，仍然看见我的黑影遮在前面，好像一块很大的“绊脚石”了。

对于为了远大的目的，并非因个人之利而攻击我者，无论用怎样的方法，我全都没齿无怨言。但对于只想以笔墨问世的青年，我现在却敢据几年的经验，以诚恳的心，进一个苦口的忠告。那就是：不断的（！）努力一些，切勿想以一年半载，几篇文字和几本期刊，便立了空前绝后的大勋业。还有一点，是：不要只用力于抹杀别个，使他和自己一样的空无，而必须跨过那站着的前人，比前人更加高大。初初出阵的时候，幼稚和浅薄都不要紧，然而也须不断的（！）生长起来才好。并不明白文艺的理论而任意做些造谣生事的评论，写几句闲话便要扑灭异己的短评，译几篇童话就想抹杀一切的翻译，归根结底，于己于人，还都是“可怜无益费精神”的事，这也就是所谓“聪明误”了。

当我被“进步的青年”们所口诛笔伐的时候，我“还不到五十岁”，现在却真的过了五十岁了，据卢南（E.Renan）说，年纪一大，性情就会苛刻起来。我愿意竭力防止这弱点，因为我又明明白白地知道：世界决不和我同死，希望是在于将来的。但灯下独坐，春夜又倍觉凄清，便在百静中，信笔写了这一番话。

一九三二年四月二十九日，鲁迅于沪北寓楼记。

二心集

序言

这里是一九三〇年与三一年两年间的杂文的结集。

当三〇年的时候，期刊已渐渐的少见，有些是不能按期出版了，大约是受了逐日加紧的压迫。《语丝》和《奔流》，则常遭邮局的扣留，地方的禁止，到底也还是敷衍不下去。那时我能投稿的，就只剩了一个《萌芽》，而出到五期，也被禁止了，接着是出了一本《新地》。所以在这一年内，我只做了收在集内的不到十篇的短评。

此外还曾经在学校里演讲过两三回，那时无人记录，讲了些什么，此刻连自己也记不清楚了。只记得在有一个大学里演讲的题目，是《象牙塔和蜗牛庐》。大意是说，象牙塔里的文艺，将来决不会出现于中国，因为环境并不相同，这里是连摆这"象牙之塔"的处所也已经没有了；不久可以出现的，恐怕至多只有几个"蜗牛庐"。蜗牛庐者，是三国时所谓"隐逸"的焦先曾经居住的那样的草窠，大约和现在江北穷人手搭的草棚相仿，不过还要小，光光的伏在那里面，少出，少动，无衣，无食，无言。因为那时是军阀混战，任意杀掠的时候，心里不以为然的人，只有这样才可以苟延他的残喘。但蜗牛界里那里会有文艺呢，所以这样下去，中国的没有文艺，是一定的。这样的话，真可谓已经大有蜗牛气味的了，不料不久就有一位勇敢的青年在政府机关的上海《民国日报》上给我批评，说我的那些话使他非常看不起，因为我没有敢讲共产党的话的勇气。谨案在"清党"以后的党国里，讲共产主义是算犯大罪的，捕杀的网罗，张遍了全中国，而不讲，却又为党国的忠勇青年所鄙视。这实在只好变了真的蜗牛，才有"庶几得免于罪戾"的幸福了。

而这时左翼作家拿着苏联的卢布之说，在所谓"大报"和小报上，一面又纷纷的宣传起来，新月社的批评家也从旁很卖了些力气。有些报纸，还拾了先前的创造社派的几个人的投稿于小报上的话，讥笑我为"投降"，有一种报则载起《文坛贰臣传》来，第一个就是我，——但后来好像并不再做下去了。

卢布之谣，我是听惯了的。大约六七年前，《语丝》在北京说了几句涉及陈源教授和别的"正人君子"们的话的时候，上海的《晶报》上就发表过"现代评论社主角"唐有壬先生的信札，说是我们的言动，都由于莫斯科的命令。这又正是祖传的老谱，宋末有所谓“通虏”，清初又有所谓“通海”，向来就用了这类的口实，害过许多人们的。所以含血喷人，已成了中国士君子的常经，实在不单是他们的识见，只能够见到世上一切都靠金钱的势力。至于“贰臣”之说，却是很有些意思的，我试一反省，觉得对于时事，即使未尝动笔，有时也不免于腹诽，“臣罪当诛兮天皇圣明”，腹诽就绝不是忠臣的行径。但御用文学家地给了我这个徽号，也可见他们的“文坛”上是有皇帝的了。

去年偶然看见了几篇梅林格(Franz Mehring)的论文，大意说，在坏了下去的旧社会里，倘有人怀一点不同的意见，有一点携贰的心思，是一定要大吃其苦的。而攻击陷害得最凶的，则是这人的同阶级的人物。他们以为这是最可恶的叛逆，比异阶级的奴隶造反还可恶，所以一定要除掉他。我才知道中外古今，无不如此，真是读书可以养气，竟没有先前那样“不满于现状”了，并且仿《三闲集》之例而变其意，拾来做了这一本书的名目。然而这并非在证明我是无产者。一阶级里，临末也常常会自己互相闹起来的，就是《诗经》里说过的那“兄弟阋于墙”，——但后来却未必“外御其侮”。例如同是军阀，就总在整年的大家相打，难道有一面是无产阶级吗？而且我时时说些自己的事情，怎样的在“碰壁”，怎样的在做蜗牛，好像全世界的苦恼，萃于一身，在替大众受罪似的：也正是中产的知识阶级分子的坏脾气。只是原先是憎恶这熟识的本阶级，毫不可惜它的溃灭，后来又由于事实的教训，以为惟新兴的无产者才有将来，却是的确的。

自从一九三一年二月起，我写了较上年更多的文章，但因为揭载的刊物有些不同，文字必得和它们相称，就很少做《热风》那样简短的东西了；而且看看对于我的批评文字，得了一种经验，好像评论做得太简括，是极容易招得无意的误解，或有意的曲解似的。又，此后也不想再编《坟》那样的论文集，和《壁下译丛》那样的译文集，这回就连较长的东西也收在这里面，译文则选了一篇《现代电影与有产阶级》附在末尾，因为电影之在中国，虽然早已风行，但这样扼要的论文却还少见，留心世事的人们，实在很有一读的必要的。还有通信，如果只有一面，读者也往往很不容易了然，所以将紧要一点的几封来信，也擅自一并编进去了。

一九三二年四月三十日之夜，编讫并记。

一九三〇年

“硬译”与“文学的阶级性”

一

听说《新月》月刊团体里的人们在说，现在销路好起来了。这大概是真的，以我似的交际极少的人，也在两个年轻朋友的手里见过第二卷第六七号的合本。顺便一翻，是争“言论自由”的文字和小说居多。近尾巴处，则有梁实秋先生的一篇《论鲁迅先生的“硬译”》，以为“近于死译”。而“死译之风也断不可长”，就引了我的三段译文，以及在《文艺与批评》的后记里所说：“但因为译者的能力不够，和中国文本来的缺点，译完一看，晦涩，甚而至于难解之处也真多；倘将仿句拆下来呢，又失了原来的语气。在我，是除了还是这样的硬译之外，只有束手这一条路了，所余的唯一的希望，只在读者还肯硬着头皮看下去而已”这些话，细心地在字旁加上圆圈，还在“硬译”两字旁边加上套圈，于是“严正”地下了“批评”道：“我们‘硬着头皮看下去’了，但是无所得。‘硬译’和‘死译’有什么分别呢？”

新月社的声明中，虽说并无什么组织，在论文里，也似乎痛恶无产阶级式的“组织”，“集团”这些话，但其实是有组织的，至少，关于政治的论文，这一本里都互相“照应”；关于文艺，则这一篇是登在上面的同一批评家所做的《文学是有阶级性的吗？》的余波。在那一篇里有一段说：“……但是不幸得很，没有一本这类的书能被我看懂。……最使我感到困难的是文字，……简直读起来比天书还难。……现在还没有一个中国人，用中国人所能看得懂的文字，写一篇文章告诉我们无产文学的理论究竟是怎么一回事。”字旁也有圈圈，怕排印麻烦，恕不照画了。总之，梁先生自认是一切中国人的代表，这些书既为自己所不懂，也就是为一切中国人所不懂，应该在中国断绝其生命，于是出示曰“此风断不可长”云。

别的“天书”译著者的意见我不能代表，从我个人来看，则事情是不会这样简单的。第一，梁先生自以为“硬着头皮看下去”了，但究竟硬了没有，是否能够，还是一个问题。以硬自居了，而实则其软如棉，正是新月社的一种特色。第二，梁先生虽自来代表一切中国人了,但究竟是否全国中的最优秀者,也是一个问题。这问题从《文学是有阶级性的吗?》这篇文章里,便可以解释。Proletary 这字不必译音,大可译义,是有理可说的。但这位批评家却道:"其实翻翻字典,这个字的含义并不见得体面,据《韦白斯特大字典》,Proletary 的意思就是:A citizen of the lowest class who served the state notwith property,but only by having children。……普罗列塔利亚是国家里只会生孩子的阶级!(至少在罗马时代是如此)"其实正无须来争这"体面",大约略有常识者,总不至于以现在为罗马时代,将现在的无产者都看作罗马人的。这正如将 Chemie 译作"舍密学",读者必不和埃及的"炼金术"混同,对于"梁"先生所作的文章,也决不会去考查语源,误解为"独木小桥"竟会动笔一样。连"翻翻字典"(《韦白斯特大字典》!)也还是"无所得",一切中国人未必全是如此的罢。

二

但于我最觉得有兴味的,是上节所引的梁先生的文字里,有两处都用着一个"我们",颇有些"多数"和"集团"气味了。自然,作者虽然单独执笔,气类则决不只一人,用"我们"来说话,是不错的,也令人看起来较有力量,又不至于一人双肩负责。然而,当"思想不能统一"时,"言论应该自由"时,正如梁先生的批评资本制度一般,也有一种"弊病"。就是,既有"我们"便有我们以外的"他们",于是新月社的"我们"虽以为我的"死译之风断不可长"了,却另有读了并不"无所得"的读者存在,而我的"硬译",就还在"他们"之间生存,和"死译"还有一些区别。

我也就是新月社的"他们"之一,因为我的译作和梁先生所需的条件,是全都不一样的。

那一篇《论硬译》的开头论误译胜于死译说:"一部书断断不会完全曲译……部分的曲译即使是错误,究竟也还给你一个错误,这个错误也许真是害人无穷的,而你读的时候究竟还落个爽快。"末两句大可以加上夹圈,但我却从来不干这样的勾当。我的译作,本不在博读者的"爽快",却往往给以不舒服,甚而至于使人气闷,憎恶,愤恨。读了会"落个爽快"的东西,自有新月社的人们的译著在:徐志摩先生的诗,沈从文,凌叔华先生的小说,陈西滢(即陈源)先生的闲话,梁实秋先生的批评,潘光旦先生的优生学,还有白璧德先生的人文主义。

所以,梁先生后文说:"这样的书,就如同看地图一般,要伸着手指来寻找句法的线索位置"这些话,在我也就觉得是废话,虽说犹如不说了。是的,由我说来,要看"这样的书"

就如同看地图一样，要伸着手指来找寻“句法的线索位置”的。看地图虽然没有看《杨妃出浴图》或《岁寒三友图》那么“爽快”，甚而至于还须伸着手指（其实这恐怕梁先生自己如此罢了，看惯地图的人，是只用眼睛就可以的），但地图并不是死图；所以“硬译”即使有同一之劳，照例子也就和“死译”有了些“什么区别”。识得 ABCD 者自以为新学家，仍旧和化学方程式无关，会打算盘的自以为数学家，看起笔算的演草来还是无所得。现在的世间，原不是一为学者，便与一切事都会有缘的。

然而梁先生有实例在，举了我三段的译文，虽然明知道“也许因为没有上下文的缘故，意思不能十分明了”。在《文学是有阶级性的吗？》这篇文章中，也用了类似手段，举出两首译诗来，总评道：“也许伟大的无产文学还没有出现，那么我愿意等着，等着，等着。”这些方法，诚然是很“爽快”的，但我可以就在这一本《新月》月刊里的创作——是创作呀！——《搬家》第八页上，举出一段文字来——

“小鸡有耳朵没有？”

“我没看见过小鸡长耳朵的。”

“它怎样听见我叫它呢？”她想到前天四婆告诉她的耳朵是管听东西，眼是管看东西的。

“这个蛋是白鸡黑鸡？”枝儿见四婆没答她，站起来摸着蛋子又问。

“现在看不出来，等孵出小鸡才知道。”

“婉儿姊说小鸡会变大鸡，这些小鸡也会变大鸡吗？”

“好好地喂它就会长大了，像这个鸡买来时还没有这样大吧？”也够了，“文字”是懂得的，也无须伸出手指来寻线索，但我不“等着”了，以为就这一段看，是既不“爽快”，而且和不创作是很少区别的。

临末，梁先生还有一个诘问：“中国文和外国文是不同的，……翻译之难即在这个地方。假如两种文中的文法句法词法完全一样，那么翻译还成为一件工作吗？……我们不妨把句法变换一下，以使读者能懂为第一要义，因为‘硬着头皮’不是一件愉快的事，并且‘硬译’也不见得能保存‘原来的精悍的语气’。假如‘硬译’而还能保存‘原来的精悍的语气’，那真是一件奇迹，还能说中国文是有‘缺点’吗？”我倒不见得如此之愚，要寻求和中国文相同的外国文，或者希望“两种文中的文法句法词法完全一样”。我但以为文法繁复的国语，较易于翻译外国文，语系相近的，也较易于翻译，而且也是一种工作。荷兰翻德国，俄国翻波兰，能说这和并不工作没有什么区别吗？日本语和欧美很“不同”，但他们逐渐添加了新句法，比起古文来，更宜于翻译而不失原来的精悍的语气，开初自然是须

“找寻句法的线索位置”，很给了一些人不“愉快”的，但经找寻和习惯，现在已经同化，成为已有了。中国的文法，比日本的古文还要不完备，然而也曾有些变迁，例如《史》《汉》不同于《书经》，现在的白话文又不同于《史》《汉》；有添造，例如唐译佛经，元译上谕，当时很有些“文法句法词法”是生造的，一经习用，便不必伸出手指，就懂得了。现在又来了“外国文”，许多句子，即也须新造，——说得坏点，就是硬造。据我的经验，这样译来，较之化为几句，更能保存原来的精悍的语气，但因为有待于新造，所以原先的中国文是有缺点的。有什么“奇迹”，干什么“吗”呢？但有待于“伸出手指”，“硬着头皮”，于有些人自然“不是一件愉快的事”。不过我是本不想将“爽快”或“愉快”来献给那些诸公的，只要还有若干的读者能够有所得，梁实秋先生“们”的苦乐以及无所得，实在“于我如浮云”。

但梁先生又有本不必求助于无产文学理论，而仍然很不了了的地方，例如他说，“鲁迅先生前些年翻译的文学，例如厨川白村的《苦闷的象征》，还不是令人看不懂的东西，但是最近翻译的书似乎改变风格了。”只要有些常识的人就知道：“中国文和外国文是不同的”，但同是一种外国文，因为作者各人的做法，而“风格”和“句法的线索位置”也可以很不同。句子可繁可简，名词可常可专，决不会一种外国文，易解的程度就都一式。我的译《苦闷的象征》，也和现在一样，是案板规逐句，甚而至于逐字译的，然而梁实秋先生居然以为还能看懂者，乃是原文原是易解的缘故，也因为梁实秋先生是中国新的批评家了的缘故，也因为其中硬造的句法，是比较的看惯了的缘故。若在三家村里，专读《古文观止》的学者们，看起来又何尝不比“天书”还难呢。

三

但是，这回的“比天书还难”的无产文学理论的译本们，却给了梁先生不小的影响。看不懂了，会有影响，虽然好像滑稽，然而是真的，这位批评家在《文学是有阶级性的吗？》里说：“我现在批评所谓无产文学理论，也只能根据我所能了解的一点材料而已。”这就是说：因此而对于这理论的知识，极不完全了。

但对于这罪过，我们（包含一切“天书”译者在内，故曰“们”）也只能负一部分的责任，一部分是要作者自己的糊涂或懒惰来负的。“什么卢那卡尔斯基，蒲力汗诺夫”的书我不知道，若夫“婆格达诺夫之类”的三篇论文和托罗兹基的半部《文学与革命》，则确有英文译本的了。英国没有“鲁迅先生”，译文定该非常易解。梁先生对于伟大的无产文学的产生，曾经显示其“等着，等着，等着”的耐心和勇气，这回对于理论，何不也等一下子，寻来看了再说呢。不知其有而不求曰糊涂，知其有而不求曰懒惰，如果单是默坐，这样也许是“爽快”的，然而开起口来，却很容易咽进冷气去了。

例如就是那篇《文学是有阶级性的吗?》的高文，结论是并无阶级性。要抹杀阶级性，我以为最干净的是吴稚晖先生的“什么马克思牛克思”以及什么先生的“世界上并没有阶级这东西”的学说。那么，就万喙息响，天下太平。但梁先生却中了一些“什么马克思”毒了，先承认了现在许多地方是资产制度，在这制度之下则有无产者。不过这“无产者本来并没有阶级的自觉。是几个过于富同情心而又态度偏激的领袖把这个阶级观念传授了给他们”，要促起他们的联合，激发他们争斗的欲念。不错，但我以为传授者应该并非由于同情，却因了改造世界的思想。况且“本无其物”的东西，是无从自觉，无从激发的，会自觉，能激发，足见那是原有的东西。原有的东西，就遮掩不久，即如格里莱阿说地体运动，达尔文说生物进化，当初何尝不或者几被宗教家烧死，或者大受保守者攻击呢，然而现在人们对于两说，并不为奇者，就因为地体终于在运动，生物确也在进化的缘故。承认其有而要掩饰为无，非有绝技是不行的。

但梁先生自有消除斗争的办法，以为如卢梭所说：“资产是文明的基础”，“所以攻击资产制度，即是反抗文明”，“一个无产者假如他是有出息的，只消辛辛苦苦诚诚实实的工作一生，多少必定可以得到相当的资产。这才是正当的生活斗争的手段。”我想，卢梭去今虽已百五十年，但当不至于以为过去未来的文明，都以资产为基础。（但倘说以经济关系为基础，那自然是对的。）希腊印度，都有文明，而繁盛时俱非在资产社会，他大概是知道的；倘不知道，那也是他的错误。至于无产者应该“辛辛苦苦”爬上有产阶级去的“正当”的方法，则是中国有钱的老太爷高兴时候，教导穷工人的古训，在实际上，现今正在“辛辛苦苦城诚实实”想爬上一级去的“无产者”也还多。然而这是还没有人“把这个阶级观念传授了给他们”的时候。一经传授，他们可就不肯一个一个地来爬了，诚如梁先生所说，“他们是一个阶级了，他们要有组织了，他们是一个集团了，于是他们便不循常轨的一跃而夺取政权财权，一跃而为统治阶级。”但可还有想“辛辛苦苦诚诚实实工作一生，多少必定可以得到相当的资产”的“无产者”呢？自然还有的。然而他要算是“尚未发财的有产者”了。梁先生的忠告，将为无产者所呕吐了，将只好和老太爷去互相赞赏而已了。

那么，此后如何呢？梁先生以为是不足虑的。因为“这种革命的现象不能是永久的，经过自然进化之后，优胜劣败的定律又要证明了，还是聪明才力过人的人占优越的地位，无产者仍是无产者”。但无产阶级大概也知道“反文明的势力早晚要被文明的势力所征服”，所以“要建立所谓‘无产阶级文化’，……这里面包括文艺学术”。

自此以后，这才入了文艺批评的本题。

四

梁先生首先以为无产者文学理论的错误，是“在把阶级的束缚加在文学上面”，因为一个资本家和一个劳动者，有不同的地方，但还有相同的地方，“他们的人性（这两字原本有套圈）并没有两样”，例如都有喜怒哀乐，都有恋爱（但所“说的是恋爱的本身，不是恋爱的方式”），“文学就是表现这最基本的人性的艺术”。这些话是矛盾而空虚的。既然文明以资产为基础，穷人以竭力爬上去为“有出息”，那么，爬上是人生的要谛，富翁乃人类的至尊，文学也只要表现资产阶级就够了，又何必如此“过于富同情心”，一并包括“劣败”的无产者？况且“人性”的“本身”，又怎样表现的呢？譬如原质或杂质的化学的性质，有化合力，物理学底性质有硬度，要显示这力和度数，是须用两种物质来表现的，倘说要不用物质而显示化合力和硬度的单单“本身”，无此妙法；但一用物质，这现象即又因物质而不同。文学不借人，也无以表示“性”，一用人，而且还在阶级社会里，即断不能免掉所属的阶级性，无须加以“束缚”，实乃出于必然。自然，“喜怒哀乐，人之情也”，然而穷人绝无开交易所折本的懊恼，煤油大王那会知道北京捡煤渣老婆子身受的酸辛，饥区的灾民，大约总不去种兰花，像阔人的老太爷一样，贾府上的焦大，也不爱林妹妹的。“汽笛呀！”“列宁呀！”固然并不就是无产文学，然而“一切东西呀！”“一切人呀！”“可喜的事来了，人喜了呀！”也不是表现“人性”的“本身”的文学。倘以表现最普通的人性的文学为至高，则表现最普遍的动物性——营养，呼吸，运动，生殖——的文学，或者除去“运动”，表现生物性的文学，必当更在其上。倘说，因为我们是人，所以以表现人性为限，那么，无产者就因为是无产阶级，所以要做无产文学。

其次，梁先生说作者的阶级，和作品无关。托尔斯泰出身贵族，而同情于贫民，然而并不主张阶级斗争；马克思并非无产阶级中的人物；终身穷苦的约翰孙博士，志行吐属，过于贵族。所以估量文学，当看作品本身，不能连累到作者的阶级和身份。这些例子，也全不足以证明文学的无阶级性的。托尔斯泰正因为出身贵族，旧性荡涤不尽，所以只同情于贫民而不主张阶级斗争。马克思原先诚非无产阶级中的人物，但也并无文学作品，我们不能悬拟他如果动笔，所表现的一定是不用方式的恋爱本身。至于约翰孙博士终身穷苦，而志行吐属，过于王侯者，我却实在不明白那缘故，因为我不知道英国文学和他的传记。也许，他原想“辛辛苦苦诚诚实实的工作一生，多少必定可以得到相当的资产”，然后再爬上贵族阶级去，不料终于“劣败”，连相当的资产也积不起来，所以只落得摆空架子，“爽快”了罢。

其次，梁先生说，“好的作品永远是少数人的专利品，大多数永远是蠢的，永远是和文学无缘”，但鉴赏力之有无却和阶级无干，因为“鉴赏文学也是天生的一种福气”，就是，虽在无产阶级里，也会有这“天生的一种福气”的人。由我推论起来，则只要有这一种“福气”的人，虽穷得不能受教育，至于一字不识，也可以赏鉴《新月》月刊，来做“人性”和文艺“本身”原无阶级性的证据。但梁先生也知道天生这一种福气的无产者一定不多，所以另定一种东西（文艺？）来给他们看，“例如什么通俗的戏剧，’电影，侦探小说之类”，因为“一般劳工劳农需要娱乐，也许需要少量的艺术的娱乐”的缘故。这样看来，好像文学确因阶级而不同了，但这是因鉴赏力之高低而定的，这种力量的修养和经济无关，乃是上帝之所赐——“福气”。所以文学家要自由创造，既不该为皇室贵族所雇用，也不该受无产阶级所威胁，去做讴功颂德的文章。这是不错的，但在我们所见的无产文学理论中，也并未见过有谁说或一阶级的文学家，不该受皇室贵族的雇用，却该受无产阶级的威胁，去做讴功颂德的文章，不过说，文学有阶级性，在阶级社会中，文学家虽自以为“自由”，自以为超了阶级，而无意识地，也终受本阶级的阶级意识所支配，那些创作，并非别阶级的文化罢了。例如梁先生的这篇文章，原意是在取消文学上的阶级性，张扬真理的。但以资产为文明的祖宗，指穷人为劣败的渣滓，只要一瞥，就知道是资产家的斗争的“武器”，——不，“文章”了。无产文学理论家以主张“全人类”“超阶级”的文学理论为帮助有产阶级的东西，这里就给了一个极分明的例证。至于成仿吾先生似的“他们一定胜利的，所以我们去指导安慰他们去”，说出“去了”之后，’便来“打发”自己们以外的“他们”那样的无产文学家，那不消说，是也和梁先生一样地对于无产文学的理论，未免有“以意为之”的错误的。

又其次，梁先生最痛恨的是无产文学理论家以文艺为斗争的武器，就是当作宣传品。他“不反对任何人利用文学来达到另外的目的”，但“不能承认宣传式的文字便是文学”。我以为这是自扰之谈。据我所看过的那些理论，都不过说凡文艺必有所宣传，并没有谁主张只要宣传式的文字便是文学。诚然，前年以来，中国确曾有许多诗歌小说，填进口号和标语去，自以为就是无产文学。但那是因为内容和形式，都没有无产气，不用口号和标语，便无从表示其“新兴”的缘故，实际上也并非无产文学。今年，有名的“无产文学的批评家”钱杏邨先生在《拓荒者》上还在引卢那卡尔斯基的话，以为他推重大众能解的文学，足见用口号标语之未可厚非，来给那些“革命文学”辩护。但我觉得那也和梁实秋先生一样，是有意的或无意的曲解。卢那卡尔斯基所谓大众能解的东西，当是指托尔斯泰做了分给农民的小本子那样的文体，工农一看便会了然的语法，歌调，诙谐。只要看台明·培

特尼(Demian Bednii)曾因诗歌得到赤旗章,而他的诗中并不用标语和口号,便可明白了。

最后,梁先生要看货色。这不错的,是最切实的办法;但抄两首译诗算是在示众,是不对的。《新月》上就曾有《论翻译之难》,何况所译的文是诗。就我所见的而论,卢那卡尔斯基的《被解放的堂吉诃德》,法兑耶夫的《溃灭》,格拉特珂夫的《水门汀》,在中国这十一年中,就并无可以和这些相比的作品。这是指"新月社"一流的蒙资产文明的余荫,而且衷心的拥护它的作家而言。于号称无产作家的作品中,我也举不出相当的成绩。但钱杏邨先生也曾辩护,说新兴阶级,于文学的本领当然幼稚而单纯,向他们立刻要求好作品,是"布尔乔亚"的恶意。这话为农工而说,是极不错的。这样的无理要求,恰如使他们冻饿了好久,倒怪他们为什么没有富翁那么肥胖一样。但中国的作者,现在却实在并无刚刚放下锄斧柄子的人,大多数都是进过学校的智识者,有些还是早已有名的文人,莫非克服了自己的小资产阶级意识之后,就连先前的文学本领也随着消失了吗?不会的。俄国的老作家亚历舍·托尔斯泰和威垒赛耶夫,普理希文,至今都还有好作品。中国的有口号而无随同的实证者,我想,那病根并不在"以文艺为阶级斗争的武器",而在"借阶级斗争为文艺的武器",在"无产者文学"这旗帜之下,聚集了不少的忽翻筋斗的人,试看去年的新书广告,几乎没有一本不是革命文学,批评家又但将辩护当作"清算",就是,请文学坐在"阶级斗争"的掩护之下,于是文学自己倒不必着力,因而于文学和斗争两方面都少关系了。

但中国目前的一时现象,当然毫不足作无产文学之新兴的反证的。梁先生也知道,所以他临末让步说,"假如无产阶级革命家一定要把他的宣传文学唤作无产文学,那总算是一种新兴文学,总算是文学国土里的新收获,用不着高呼打倒资产的文学来争夺文学的领域,因为文学的领域太大了,新的东西总有它的位置的。"但这好像"中日亲善,同存共荣"之说,从羽毛未丰的无产者看来,是一种欺骗。愿意这样的"无产文学者",现在恐怕实在也有的罢,不过这是梁先生所谓"有出息"的要爬上资产阶级去的"无产者"一流,他的作品是穷秀才未中状元时候的牢骚,从开手到爬上以及以后,都绝不是无产文学。无产者文学是为了以自己们之力,来解放本阶级并及一切阶级而斗争的一翼,所要的是全般,不是一角的地位。就拿文艺批评界来比方罢,假如在"人性"的"艺术之宫"(这须从成仿吾先生处租来暂用)里,向南面摆两把虎皮交椅,请梁实秋钱杏邨两位先生并排坐下,一个右执"新月",一个左执"太阳",那情形可真是"劳资"媲美了。

五

到这里,又可以谈到我的"硬译"去了。

推想起来，这是很应该跟着发生的问题：无产文学既然重在宣传，宣传必须多数能懂，那么，你这些“硬译”而难懂的理论“天书”，究竟为什么而译的呢？不是等于不译吗？我的回答，是：为了我自己，和几个以无产文学批评家自居的人，和一部分不图“爽快”，不怕艰难，多少要明白一些这理论的读者。

从前年以来，对于我个人的攻击是多极了，每一种刊物上，大抵总要看见“鲁迅”的名字，而作者的口吻，则粗粗一看，大抵好像革命文学家。但我看了几篇，竟逐渐觉得废话太多了。解剖刀既不中腠理，子弹所击之处，也不是致命伤。例如我所属的阶级罢，就至今还未判定，忽说小资产阶级，忽说“布尔乔亚”，有时还升为“封建余孽”，而且又等于猩猩（见《创造月刊》上的“东京通信”）；有一回则骂到牙齿的颜色。在这样的社会里，有封建余孽出风头，是十分可能的，但封建余孽就是猩猩，却在任何“唯物史观”上都没有说明，也找不出牙齿色黄，即有害于无产阶级革命的论据。我于是想，可供参考的这样的理论，是太少了，所以大家有些糊涂。对于敌人，解剖，咬嚼，现在是在所不免的，不过有一本解剖学，有一本烹饪法，依法办理，则构造味道，总还可以较为清楚，有味。人往往以神话中的 Prometheus 比革命者，以为窃火给人，虽遭天帝之虐待不悔，其博大坚忍正相同。但我从别国里窃得火来，本意却在煮自己的肉的，以为倘能味道较好，庶几在咬嚼者那一面也得到较多的好处，我也不枉费了身躯：出发点全是个人主义，并且还夹杂着小市民性的奢华，以及慢慢地摸出解剖刀来，反而刺进解剖者的心脏里去的“报复”。梁先生说“他们要报复！”其实岂止“他们”，这样的人在“封建余孽”中也很有的。然而，我也愿意于社会上有些用处，看客所见的结果仍是火和光。这样，首先开手的就是《文艺政策》，因为其中含有各派的议论。

郑伯奇先生现在是开书铺，印 Hauptmann 和 Gregory 夫人的剧本了，那时他还是革命文学家，便在所编的《文艺生活》上，笑我的翻译这书，是不甘没落，而可惜被别人着了先鞭。翻一本书便会浮起，做革命文学家真太容易了，我并不这样想。有一种小报，则说我的译《艺术论》是“投降”。是的，投降的事，为世上所常有。但其时成仿吾元帅早已爬出日本的温泉，住进巴黎的旅馆了，在这里又向谁去输诚呢。今年，说法又两样了，在《拓荒者》和《现代小说》上，都说是“方向转换”。我看见日本的有些杂志中，曾将这四字加在先前的新感觉派片冈铁兵上，算是一个好名词。其实，这些纷纭之谈，也还是只看名目，连想也不肯想的老病。译一本关于无产文学的书，是不足以证明方向的，倘有曲译，倒反足以为害。我的译书，就也要献给这些速断的无产文学批评家，因为他们是有不贪“爽快”，耐苦来研究这些理论的义务的。

但我自信并无故意的曲译,打着我所不佩服的批评家的伤处了的时候我就一笑,打着我的伤处了的时候我就忍痛,却决不肯有所增减,这也是始终"硬译"的一个原因。自然,世间总会有较好的翻译者,能够译成既不曲,也不"硬"或"死"的文章的,那时我的译本当然就被淘汰,我就只要来填这从"无有"到"较好"的空间罢了。

郑伯奇

然而世间纸张还多,每一文社的人数却少,志大力薄,写不完所有的纸张,于是一社中的职司克敌助友,扫荡异类的批评家,看见别人来涂写纸张了,便喟然兴叹,不胜其摇头顿足之苦。上海的《申报》上,至于称社会科学的翻译者为"阿狗阿猫",其愤愤有如此。在"中国新兴文学的地位,早为读者所共知"的蒋光Z先生,曾往日本东京养病,看见藏原唯人,谈到日本有许多翻译太坏,简直比原文还难读……他就笑了起来,说:"……那中国的翻译界更要莫名其妙了,近来中国有许多书籍都是译自日文的,如果日本人将欧洲人那一国的作品带点错误和删改,从日文译到中国去,试问这作品岂不是要变了一半相貌吗?……"(见《拓荒者》)也就是深不满于翻译,尤其是重译的表示。不过梁先生还举出书名和坏处,蒋先生却只嫣然一笑,扫荡无余,真是普遍得远了。藏原唯人是从俄文直接译过许多文艺理论和小说的,于我个人就极有裨益。我希望中国也有一两个这样的诚实的俄文翻译者,陆续译出好书来,不仅自骂一声"混蛋"就算尽了革命文学家的责任。

然而现在呢,这些东西,梁实秋先生是不译的,称人为"阿狗阿猫"的伟人也不译,学过俄文的蒋先生原是最为适宜的了,可惜养病之后,只出了一本《一周间》,而日本则早已有了两种的译本。中国曾经大谈达尔文,大谈尼采,到欧战时候,则大骂了他们一通,但达尔文的著作的译本,至今只有一种,尼采的则只有半部,学英德文的学者及文豪都不暇顾及,或不屑顾及,拉倒了。所以暂时之间,恐怕还只好任人笑骂,仍从日文来重译,或者取一本原文,比照了日译本来直译罢。我还想这样做,并且希望更多有这样做的人,来填一填彻底的高谈中的空虚,因为我们不能像蒋先生那样的"好笑起来",也不该如梁先生的"等着,等着,等着"了。

六

我在开头曾有“以硬自居了，而实则其软如棉，正是新月社的一种特色”这些话，到这里还应该简短地补充几句，就作为本篇的收场。

《新月》一出世，就主张“严正态度”，但于骂人者则骂之，讥人者则讥之。这并不错，正是“即以其人之道，还治其人之身”，虽然也是一种“报复”，而非为了自己。到二卷六七号合本的广告上，还说“我们都保持‘容忍’的态度（除了‘不容忍’的态度是我们所不能容忍以外），我们都喜欢稳健的合乎理性的学说”。上两句也不错，“以眼还眼，以牙还牙”，和开初仍然一贯。然而从这条大路走下去，一定要遇到“以暴力抗暴力”，这和新月社诸君所喜欢的“稳健”也不能相容了。

这一回，新月社的“自由言论”遭了压迫，照老办法，是必须对于压迫者，也加以压迫的，但《新月》上所显现的反应，却是一篇《告压迫言论自由者》，先引对方的党义，次引外国的法律，终引东西史例，以见凡压迫自由者，往往臻于灭亡：是一番替对方设想的警告。

所以，新月社的“严正态度”，“以眼还眼”法，归根结底，是专施之力量相类，或力量较小的人的，倘给有力者打肿了眼，就要破例，只举手掩住自己的脸，叫一声“小心你自己的眼睛！”

习惯与改革

体质和精神都已硬化了的人民，对于极小的一点改革，也无不加以阻挠，表面上好像恐怕于自己不便，其实是恐怕于自己不利，但所设的口实，却往往见得极其公正而且堂皇。

今年的禁用阴历，原也是琐碎的，无关大体的事，但商家当然叫苦连天了。不特此也，连上海的无业游民，公司雇员，竟也常常慨然长叹，或者说这很不便于农家的耕种，或者说这很不便于海船的候潮。他们居然因此念起久不相干的乡下的农夫，海上的舟子来。这真像煞有些博爱。

一到阴历的十二月二十三，爆竹就到处毕毕剥剥。我问一家的店伙：“今年仍可以过旧历年，明年一准过新历年吗？”那回答是：“明年又是明年，要明年再看了。”他并不信明年非过阳历年不可。但日历上，却诚然删掉了阴历，只存节气。然而一面在报章上，则出现了《一百二十年阴阳合历》的广告。好，他们连曾孙玄孙时代的阴历，也已经给准备妥当了，一百二十年！

梁实秋先生们虽然很讨厌多数，但多数的力量是伟大，要紧的，有志于改革者倘不深知民众的心，设法利导，改进，则无论怎样的高文宏议，浪漫古典，都和他们无干，仅止于几个人在书房中互相叹赏，得些自己满足。假如竟有“好人政府”，出令改革乎，不多久，就早被他们拉回旧道上去了。

真实的革命者，自有独到的见解，例如乌略诺夫先生，他是将“风俗”和“习惯”，都包括在“文化”之内的，并且以为改革这些，很为困难。我想，但倘不将这些改革，则这革命即等于无成，如沙上建塔，顷刻倒坏。中国最初的排满革命，所以易得响应者，因为口号是“光复旧物”，就是“复古”，易于取得保守的人民同意的缘故。但到后来，竟没有历史上定例的开国之初的盛世，只枉然失了一条辫子，就很为大家所不满了。

以后较新的改革，就着着失败，改革一两，反动十斤，例如上述的一年日历上不准注阴历，却来了阴阳合历一百二十年。

这种合历，欢迎的人们一定是很多的，因为这是风俗和习惯所拥护，所以也有风俗和习惯的后援。别的事也如此，倘不深入民众的大层中，于他们的风俗习惯，加以研究，解剖，分别好坏，立存废的标准，而于存于废，都慎选施行的方法，则无论怎样的改革，都将为习惯的岩石所压碎，或者只在表面上浮游一些时。

现在已不是在书斋中，捧书本高谈宗教，法律，文艺，美术……等等的时候了，即使要谈论这些，也必须先知道习惯和风俗，而且有正视这些的黑暗面的勇猛和毅力。因为倘不看清，就无从改革。仅大叫未来的光明，其实是欺骗怠慢的自己和怠慢的听众的。

非革命的急进革命论者

倘说，凡大队的革命军，必须一切战士的意识，都十分正确，分明，这才是真的革命军，否则不值一哂。这言论，初看固然是很正当，彻底似的，然而这是不可能的难题，是空洞的高谈，是毒害革命的甜药。

譬如在帝国主义的主宰之下，必不容训练大众个个有了“人类之爱”，然后笑嘻嘻地拱手变为“大同世界”一样，在革命者们所反抗的势力之下，也决不容用言论或行动，使大多数人统得到正确的意识。所以每一革命部队的突起，战士大抵不过是反抗现状这一种意思，大略相同，终极目的是极为歧义的。或者为社会，或者为小集团，或者为一个爱人，或者为自己，或者简直为了自杀。然而革命军仍然能够前行。因为在进军的途中，对于敌人,个人主义者所发的子弹,和集团主义者所发的子弹是一样地能够致其死命;任何战士死伤之际,便要减少些军中的战斗力,也两者相等的。但自然,因为终极目的的不同,在行进时,也时时有人退伍,有人落荒,有人颓唐,有人叛变,然而只要无碍于进行,则愈到后来,这队伍也就愈成为纯粹,精锐的队伍了。

我先前为叶永蓁君的《小小十年》作序,以为已经为社会尽了些力量,便是这意思。书中的主角,究竟上过前线,当过哨兵(虽然连放枪的方法也未曾被教),比起单是抱膝哀歌,握笔愤叹的文豪们来,实在也切实得远了。倘若要现在的战士都是意识正确,而且坚于钢铁之战士,不但是乌托邦的空想,也是出于情理之外的苛求。

但后来在《申报》上,却看见了更严厉,更彻底的批评,因为书中的主角的从军,动机是为了自己,所以深加不满。《申报》是最求和平,最不鼓动革命的报纸,初看仿佛是很不相称似的,我在这里要指出貌似彻底的革命者,而其实是极不革命或有害革命的个人主义的论客来,使那批评的灵魂和报纸的躯壳正相适合。

其一是颓废者,因为自己没有一定的理想和无力,便流落而求刹那的享乐;一定的享乐,又使他发生厌倦,则时时寻求新刺戟,而这刺朝又须利害,这才感到畅快。革命便也是那颓废者的新刺戟之一,正如饕餮者餍足了肥甘,味厌了,胃弱了,便要吃胡椒和辣椒之类,使额上出一点小汗,才能送下半碗饭去一般。他于革命文艺,就要彻底的,完全的革命文艺,一有时代的缺陷的反映,就使他皱眉,以为不值一哂。和事实离开是不妨的,只要一个爽快。法国的波特莱尔,谁都知道是颓废的诗人,然而他欢迎革命,待到革命要妨害他的颓废生活的时候,他才憎恶革命了。所以革命前夜的纸张上的革命家,而且是极彻底,极激烈的革命家,临革命时,便能够撕掉他先前的假面,——不自觉的假面。这种史例,是也应该献给一碰小钉子,一有小地位(或小款子),便东窜东京,西走巴黎的成仿吾那样"革命文学家"的。

其一,我还定不出他的名目。要之,是毫无定见,因而觉得世上没有一件对,自己没有一件不对,归根结底,还是现状最好的人们。他现为批评家而说话的时候,就随便捞到一种东西以驳诘相反的东西。要驳互助说时用争存说,驳争存说时用互助说;反对和平论时用阶级争斗说,反对斗争时就主张人类之爱。论敌是唯心论者呢,他的立场是唯物论,待到和唯物论者相辩难,他却又化为唯心论者了。要之,是用英尺来量俄里,又用法尺来量密达,而发现无一相合的人。因为别的一切,无一相合,于是永远觉得自己是"允执厥中",永远得到自己满足。从这些人们的批评的指示,则只要不完全,有缺陷,就不行。但现在的人,的事,那里会有十分完全,并无缺陷的呢,为万全计,就只好毫不动弹。

然而这毫不动弹，却也就是一个大错。总之，做人之道，是非常之繁难了，至于做革命家，那当然更不必说。

《申报》的批评家对于《小小十年》虽然要求彻底的革命的主角，但于社会科学的翻译，是加以刻毒的冷嘲的，所以那灵魂是后一流，而略带一些颓废者的对于人生的无聊，想吃些辣椒来开开胃的气味。

张资平氏的“小说学”

张资平氏据说是“最进步”的“无产阶级作家”，你们还在“萌芽”，还在“拓荒”，他却已在收获了。这就是进步，拔步飞跑，望尘莫及。然而你如果追踪而往呢，就看见他跑进“乐群书店”中。

张资平氏先前是三角恋爱小说作家，并且看见女的性欲，比男人还要熬不住，她来找男人，贱人呀贱人，该吃苦。这自然不是无产阶级小说。但作者一转方向，则一人得道，鸡犬飞升，何况神仙的遗蜕呢，《张资平全集》还应该看的。这是收获呀，你明白了没有？

还有收获哩。《申报》报告，今年的大夏学生，敬请“为青年所崇拜的张资平先生”去教“小说学”了。中国老例，英文先生是一定会教外国史的，国文先生是一定会教伦理学的，何况小说先生，当然满肚子小说学。要不然，他做得出来吗？我们能保得定荷马没有“史诗作法”，莎士比亚没有“戏剧学概论”吗？

呜呼，听讲的门徒是有福了，从此会知道如何三角，如何恋爱，你想女人吗，不料女人的性欲冲动比你还要强，自己跑来了。朋友，等着罢。但最可怜的是不在上海，只好遥遥“崇拜”，难以身列门墙的青年，竟不能恭听这伟大的“小说学”。现在我将《张资平全集》和“小说学”的精华，提炼在下面，遥献这些崇拜家，算是“望梅止渴”云。

那就是——△

二月二十二日

对于左翼作家联盟的意见

——三月二日在左翼作家联盟成立大会讲

有许多事情，有人在先已经讲得很详细了，我不必再说。我以为在现在，“左翼”作家是很容易成为“右翼”作家的。为什么呢？第一，倘若不和实际的社会斗争接触，单关在玻璃窗内做文章,研究问题,那是无论怎样的激烈,“左”,都是容易办到的;然而一碰到实际,便即刻要撞碎了。关在房子里,最容易高谈彻底的主义,然而也最容易“右倾”。西洋的叫作“Salon 的社会主义者”,便是指这而言。“Salon”是客厅的意思,坐在客厅里谈谈社会主义,高雅得很,漂亮得很,然而并不想到实行的。这种社会主义者,毫不足靠。并且在现在,不带点广义的社会主义的思想的作家或艺术家,就是说工农大众应该做奴隶,应该被虐杀,被剥削的这样的作家或艺术家,是差不多没有了,除非墨索里尼,但墨索里尼并没有写过文艺作品。(当然,这样的作家,也还不能说完全没有,例如中国的新月派诸文学家,以及所说的墨索里尼所宠爱的邓南遮便是。)

第二,倘不明白革命的实际情形,也容易变成“右翼”。革命是痛苦,其中也必然混有污秽和血,绝不是如诗人所想象的那般有趣,那般完美;革命尤其是现实的事,需要各种卑贱的,麻烦的工作,决不如诗人所想象的那般浪漫;革命当然有破坏,然而更需要建设,破坏是痛快的,但建设却是麻烦的事。所以对于革命抱着罗曼蒂克的幻想的人,一和革命接近,一到革命进行,便容易失望。听说俄国的诗人叶遂宁,当初也非常欢迎十月革命,当时他叫道,“万岁,天上和地上的革命!”又说“我是一个布尔塞维克了!”然而一到革命后,实际上的情形,完全不是他所想象的那么一回事,终于失望,颓废。叶遂宁后来是自杀了的,听说这失望是他的自杀的原因之一。又如毕力涅克和爱伦堡,也都是例子。在我们辛亥革命时也有同样的例,那时有许多文人,例如属于“南社”的人们,开初大抵是很革命的,但他们抱着一种幻想,以为只要将满洲人赶出去,便一切都恢复了“汉官威仪”,人们都穿大袖的衣服,峨冠博带,大步地在街上走。谁知赶走满清皇帝以后,民国成立,情形却全不同,所以他们便失望,以后有些人甚至成为新的运动的反动者。但是,我们如果不明白革命的实际情形,也容易和他们一样的。

还有,以为诗人或文学家高于一切人,他的工作比一切工作都高贵,也是不正确的观念。举例说,从前海涅以为诗人最高贵,而上帝最公平,诗人在死后,便到上帝那里去,围着上帝坐着,上帝请他吃糖果。在现在,上帝请吃糖果的事,是当然无人相信的了,但以为诗人或文学家,现在为劳动大众革命,将来革命成功,劳动阶级一定从丰报酬,特别优待,请他坐特等车,吃特等饭,或者劳动者捧着牛油面包来献他,说:“我们的诗人,请用吧!”这也是不正确的;因为实际上绝不会有这种事,恐怕那时比现在还要苦,不但没有牛油面包,连黑面包都没有也说不定,俄国革命后一二年的情形便是例子。如果不明白这情形,也容易变成“右翼”。事实上,劳动者大众,只要不是梁实秋所说“有出息”者,也决不会特别着重知识阶级者的,如我所译的《溃灭》中的美蒂克(知识阶级出身),反而常被矿工等所嘲笑。不待说,知识阶级有知识阶级的事要做,不应特别看轻,然而劳动阶级绝无特别例外地优待诗人或文学家的义务。

现在,我说一说我们今后应注意的几点。

第一,对于旧社会和旧势力的斗争,必须坚决,持久不断,而且注重实力。旧社会的根柢原是非常坚固的,新运动非有更大的力不能动摇它什么。并且旧社会还有它使新势力妥协的好办法,但它自己是决不妥协的。在中国也有过许多新的运动了,却每次都是新的敌不过旧的,那原因大抵是在新的一面没有坚决的广大的目的,要求很小,容易满足。譬如白话文运动,当初旧社会是死力抵抗的,但不久便容许白话文底存在,给它一点可怜地位,在报纸的角头等地方可以看见用白话写的文章了,这是因为在旧社会看来,新的东西并没有什么,并不可怕,所以就让它存在,而新的一面也就满足,以为白话文已得到存在权了。又如一二年来的无产文学运动,也差不多一样,旧社会也容许无产文学,因为无产文学并不厉害,反而他们也来弄无产文学,拿去做装饰,仿佛在客厅里放着许多古董瓷器以外,放一个工人用的粗碗,也很别致;而无产文学者呢,他已经在文坛上有个小地位,稿子已经卖得出去了,不必再斗争,批评家也唱着凯旋歌:"无产文学胜利!"但除了个人的胜利,即以无产文学而论,究竟胜利了多少?况且无产文学,是无产阶级解放斗争的一翼,它跟着无产阶级的社会的势力的成长而成长,在无产阶级的社会地位很低的时候,无产文学的文坛地位反而很高,这只是证明无产文学者离开了无产阶级,回到旧社会去罢了。

第二,我以为战线应该扩大。在前年和去年,文学上的战争是有的,但那范围实在太小,一切旧文学旧思想都不为新派的人所注意,反而弄成了在一角里新文学者和新文学者的斗争,旧派的人倒能够闲舒地在旁边观战。

第三,我们应当造出大群的新的战士。因为现在人手实在太少了,譬如我们有好几种杂志,单行本的书也出版得不少,但做文章的总同是这几个人,所以内容就不能不单薄。一个人做事不专,这样弄一点,那样弄一点,既要翻译,又要做小说,还要做批评,并且也要作诗,这怎么弄得好呢?这都因为人太少的缘故,如果人多了,则翻译的可以专翻译,创作的可以专创作,批评的专批评;对敌人应战,也军势雄厚,容易克服。关于这点,我可带便地说一件事。前年创造社和太阳社向我进攻的时候,那力量实在单薄,到后来连我都觉得有点无聊,没有意思反攻了,因为我后来看出了敌军在演"空城计"。那时候我的敌军是专事于吹擂,不易于招兵练将的;攻击我的文章当然很多,然而一看就知道都是化名,骂来骂去都是同样的几句话。我那时就等待有一个能操马克思主义批评的枪法的人来狙击我的，然而他终于没有出现。在我倒是一向就注意新的青年战士低养成的，曾经弄过好几个文学团体，不过效果也很小。但我们今后却必须注意这点。

我们急于要造出大群的新的战士，但同时，在文学战线上的人还要“韧”。所谓韧，就是不要像前清做八股文的“敲门砖”似的办法。前清的八股文，原是“进学”做官的工具，只要能做“起承转合”，借以进了“秀才举人”，便可丢掉八股文，一生中再也用不到它了，所以叫作“敲门砖”，犹之用一块砖敲门，门一敲进，砖就可抛弃了，不必再将它带在身边。这种办法，直到现在，也还有许多人在使用，我们常常看见有些人出了一两本诗集或小说集以后，他们便永远不见了，到哪里去了呢？是因为出了一本或二本书，有了一点小名或大名，得到了教授或别的什么位置，功成名遂，不必再写诗写小说了，所以永远不见了。这样，所以在中国无论文学或科学都没有东西，然而在我们是要有东西的，因为这于我们有用。（卢那卡尔斯基是甚至主张保存俄国的农民美术，因为可以造出来卖给外国人，在经济上有帮助。我以为如果我们文学或科学上有东西拿得出去给别人，则甚至于脱离帝国主义的压迫的政治运动上也有帮助。）但要在文化上有成绩，则非韧不可。

最后，我以为联合战线是以有共同目的为必要条件的。我记得好像曾听到过这样一句话：“反动派且已经有联合战线了，而我们还没有团结起来！”其实他们也并未有有意的联合战线，只因为他们的目的相同，所以行动就一致，在我们看来就好像联合战线。而我们战线不能统一，就证明我们的目的不能一致，或者只为了小团体，或者还其实只为了个人，如果目的都在工农大众，那当然战线也就统一了。

我们要批评家

看大概的情形（我们这里得不到确凿的统计），从去年以来，挂着“革命的”的招牌的创作小说的读者已经减少，出版界的趋势，已在转向社会科学了。这不能不说是好现象。最初，青年的读者迷于广告式批评的符咒，以为读了“革命的”创作，便有出路，自己和社会，都可以得救，于是随手拈来，大口吞下，不料许多许多是并不是滋养品，是新袋子里的酸酒，红纸包里的烂肉，那结果，是吃得胸口痒痒的，好像要呕吐。

得了这一种苦楚的教训之后，转而去求医于根本的，切实的社会科学，自然，是一个正当的前进。

然而，大部分是因为市场的需要，社会科学的译著又蜂起云涌了，较为可看的和很要不得的都杂陈在书摊上，开始寻求正确的知识的读者们已经在惶惑。然而新的批评家不开口，类似批评家之流便趁势一笔抹杀:“阿狗阿猫”。

到这里，我们所需要的，就只得还是几个坚实的，明白的，真懂得社会科学及其文艺理论的批评家。

批评家的发生，在中国已经好久了。每一个文学团体中，大抵总有一套文学的人物。至少，是一个诗人，一个小说家，还有一个尽职于宣传本团体的光荣和功绩的批评家。这些团体，都说是志在改革，向旧的堡垒取攻势的，然而还在中途，就在旧的堡垒之下纷纷自己扭打起来，扭得大家乏力了，这才放开了手，因为不过是“扭”而已矣，所以大创是没有的，仅仅喘着气。一面喘着气，一面各自以为胜利，唱着凯歌。旧堡垒上简直无须守兵，只要袖手俯首，看这些新的敌人自己所唱的喜剧就够。他无声，但他胜利了。

这两年中，虽然没有极出色的创作，然而据我所见，印成本子的，如李守章的《跋涉的人们》，台静农的《地之子》，叶永蓁的《小小十年》前半部，柔石的《二月》及《旧时代之死》，魏金枝的《七封信的自传》，刘一梦的《失业以后》，总还是优秀之作。可惜我们的有名的批评家，梁实秋先生还在和陈西滢相呼应，这里可以不提；成仿吾先生是怀念了创造社过去的光荣之后，摇身一变而成为“石厚生”，接着又流星似的消失了；钱杏邨先生近来又只在《拓荒者》上，搀着藏原唯人，一段又一段的，在和茅盾扭结。每一个文学团体以外的作品，在这样忙碌或萧闲的战场，便都被“打发”或默杀了。

这回的读书界的趋向社会科学，是一个好的，正当的转机，不惟有益于别方面，即对于文艺，也可催促它向正确，前进的路。但在出品的杂乱和旁观者的冷笑中，是极容易凋谢的，所以现在所首先需要的，也还是——

几个坚实的，明白的，真懂得社会科学及其文艺理论的批评家。

“好政府主义”

梁实秋先生这回在《新月》的“零星”上，也赞成“不满于现状”了，但他以为“现在有智识的人(尤其是夙来有‘前驱者’‘权威’‘先进’的徽号的人)，他们的责任不仅仅是冷讥热嘲地发表一点‘不满于现状’的杂感而已，他们应该更进一步的诚诚恳恳地去求一个积极医治‘现状’的药方”。

为什么呢?因为有病就须下药，“三民主义是一副药，——梁先生说，——共产主义也是一副药，国家主义也是一副药，无政府主义也是一副药，好政府主义也是一副药”，现在你“把所有的药方都褒贬得一文不值，都挖苦得不留余地，……这可是什么心理呢?”

这种心理,实在是应该责难的。但在实际上,我却还未曾见过这样的杂感,譬如说,同一作者,而以为三民主义者是违背了英美的自由,共产主义者又收受了俄国的卢布,国家主义太狭,无政府主义又太空……。所以梁先生的"零星",是将他所见的杂感的罪状夸大了。

其实是,指摘一种主义的理由的缺点,或因此而生的弊病,虽是并非某一主义者,原也无所不可的。有如被压榨得痛了,就要叫喊,原不必在想出更好的主义之前,就定要咬住牙关。但自然,能有更好的主张,便更成一个样子。

不过我以为梁先生所谦逊地放在末尾的"好政府主义",却还得更谦逊地放在例外的,因为自三民主义以至无政府主义,无论它性质的寒温如何,所开的究竟还是药名,如石膏,肉桂之类,——至于服后的利弊,那是另一个问题。独有"好政府主义"这"一副药",他在药方上所开的却不是药名,而是"好药料"三个大字,以及一些唠唠叨叨的名医架子的"主张"。不错,谁也不能说医病应该用坏药料,但这张药方,是不必医生才配摇头,谁也会将他"褒贬得一文不值"("褒"是"称赞"之意,用在这里,不但"不通",也证明了不识"褒"字,但这是梁先生的原文,所以姑仍其旧)的。

倘这医生恼羞成怒,喝道"你嘲笑我的好药料主义,就开出你的药方来!"那就更是大可笑的"现状"之一,即使并不根据什么主义,也会生出杂感来的。杂感之无穷无尸,正因为这样的"现状"太多的缘故。

一九三〇,四,十七。

"丧家的""资本家的乏走狗"

梁实秋先生为了《拓荒者》上称他为"资本家的走狗",就做了一篇自云"我不生气"的文章。先据《拓荒者》第二期第六七二页上的定义,"觉得我自己便有点像是无产阶级里的一个"之后,再下"走狗"的定义,为"大凡做走狗的都是想讨主子的欢心因而得到一点恩惠",于是又因而发生疑问道——

"《拓荒者》说我是资本家的走狗,是那一个资本家,还是所有的资本家?我还不知道我的主子是谁,我若知道,我一定要带着几分杂志去到主子面前表功,或者还许得到几个金镑或卢布的赏赉呢。……我只知道不断的劳动下去,便可以赚到钱来维持生计,至于如何可以做走狗,如何可以到资本家的账房去领金镑,如何可以到××党去领卢布,这一套本领,我可怎么能知道呢?……"

这正是"资本家的走狗"的活写真。凡走狗,虽或为一个资本家所豢养,其实是属于所有的资本家的,所以它遇见所有的阔人都驯良,遇见所有的穷人都狂吠。不知道谁是它的主子,正是它遇见所有阔人都驯良的原因,也就是属于所有的资本家的证据。即使无人豢养,饿得精瘦,变成野狗了,但还是遇见所有的阔人都驯良,遇见所有的穷人都狂吠的,不过这时它就愈不明白谁是主子了。

梁先生既然自叙他怎样辛苦,好像"无产阶级"(即梁先生先前之所谓"劣败者"),又不知道"主子是谁",那是属于后一类的了,为确当计,还得添几个字,称为"丧家的""资本家的走狗"。

然而这名目还有些缺点。梁先生究竟是有智识的教授,所以和平常的不同。他终于不讲"文学是有阶级性的吗?"了,在《答鲁迅先生》那一篇里,很巧妙地插进电杆上写"武装保护苏联",敲碎报馆玻璃那些句子去,在上文所引的一段里又写出"到××党去领卢布"字样来,那故意暗藏的两个×,是令人立刻可以悟出的"共产"这两字,指示着凡主张"文学有阶级性",得罪了梁先生的人,都是在做"拥护苏联",或"去领卢布"的勾当,和段祺瑞的卫兵枪杀学生,《晨报》却道学生为了几个卢布送命,自由大同盟上有我的名字,《革命日报》的通信上便说为"金光灿烂的卢布所买收",都是同一手段。在梁先生,也许以为给主子嗅出匪类("学匪"),也就是一种"批评",然而这职业,比起"刽子手"来,也就更加下贱了。

我还记得,"国共合作"时代,通信和演说,称赞苏联,是极时髦的,现在可不同了,报章所载,则电杆上写字和"××党",捕房正在捉得非常起劲,那么,为将自己的论敌指为"拥护苏联"或"××党",自然也就髦得合时,或者还许会得到主子的"一点恩惠"了。但倘说梁先生意在要得"恩惠"或"金镑",是冤枉的,绝没有这回事,不过想借此助一臂之力,以济其"文艺批评"之穷罢了。所以从"文艺批评"方面看来,就还得在"走狗"之上,加上一个形容字:"乏"。

一九三〇,四,十九。

《进化和退化》小引

这是译者从十年来所译的将近百篇的文字中,选出不很专门,大家可看之作,集在一处,希望流传较广的本子。一,以见最近的进化学说的情形,二,以见中国人将来的运命。

进化学说之于中国,输入是颇早的,远在严复的译述赫胥黎《天演论》。但终于也不

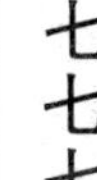

过留下一个空泛的名词,欧洲大战时代,又大为论客所误解,到了现在,连名目也奄奄一息了。其间学说几经迁流,兑佛黎斯的突变说兴而又衰,兰麻克的环境说废而复振,我们生息于自然中,而于此等自然大法的研究,大抵未尝加意。此书首尾的各两篇,即由新兰麻克主义立论,可以窥见大概,略弥缺憾的。

但最要紧的是末两篇。沙漠之逐渐南徙,营养之已难支持,都是中国人极重要,极切身的问题,倘不解决,所得的将是一个灭亡的结局。可以解中国古史难以探索的原因,可以破中国人最能耐苦的谬说,还不过是副次的收获罢了。林木伐尽,水泽湮枯,将来的一滴水,将和血液等价,倘这事能为现在和将来的青年所记忆,那么,这书所得的酬报,也就非常之大了。

然而自然科学的范围,所说就到这里为止,那给予的解答,也只是治水和造林。这是一看好像极简单,容易的事,其实却并不如此的。我可以引史沫得列女士在《中国乡村生活断片》中的两段话作证——

"她(使女)说,明天她要到南苑去运动狱吏释放她的亲属。这人,同六十个别的乡人,男女都有,在三月以前被捕和收监,因为当别的生活资料都没有了以后,他们曾经砍过树枝或剥过树皮。他们这样做,并非出于捣乱,只因为他们可以卖掉木头来买粮食。

"……南苑的人民,没有收成,没有粮食,没有工做,就让有这两亩田又有什么用处?……一遇到些少的扰乱,就把整千的人投到灾民的队伍里去。……南苑在那时(军阀混战时)除了树木之外什么都没有了,当乡民一对着树木动手的时候,警察就把他们捉住并且监禁起来。"(《萌芽月刊》)五期一七七页。)

所以这样的树木保护法,结果是增加剥树皮,掘草根的人民,反而促进沙漠的出现。但这书以自然科学为范围,所以没有顾及了。接着这自然科学所论的事实之后,更进一步地来加以解决的,则有社会科学在。

一九三〇年五月五日。

《艺术论》译本序

一

蒲力汗诺夫(George Valentinovitch Plekhanov)以一八五七年,生于坦木皤夫省的一个贵族的家里。自他出世以至成年之间,在俄国革命运动史上,正是知识阶级所提倡的民众主义自兴盛以至凋落的时候。他们当初的意见,以为俄国的民众,即大多数的农民,是已经领会了社会主义,在精神上,成着不自觉的社会主义者的,所以民众主义者的使命,只在"到民间去",向他们说明那境遇,善导他们对于地主和官吏的嫌憎,则农民便将自行崛起,实现自由的自治制,即无政府主义的社会的组织。

但农民却几乎并不倾听民众主义者的鼓动,倒是对于这些进步的贵族的子弟,怀抱着不满。皇帝亚历山大二世的政府,则于他们临以严峻的刑罚,终使其中的一部分,将眼光从农民离开,来效法西欧先进国,为有产者所享有的一切权利而争斗了。于是从"土地与自由党"分裂为"民意党",从事于政治的斗争,但那手段,却非一般的社会运动,而是单独和政府相斗争,尽全力于恐怖手段——暗杀。

青年的蒲力汗诺夫,也大概在这样的社会思潮之下,开始他革命底活动的。但当分裂时,尚复固守农民社会主义的根本的见解,反对恐怖主义,反对获得政治的公民底自由,别组"均田党",惟属望于农民的叛乱。然而他已怀独见,以为知识阶级独斗政府,革命殊难于成功,农民固多社会主义的倾向,而劳动者亦殊重要。他在那《革命运动上的俄罗斯工人》中说,工人者,是偶然来到都会,现于工厂的农民。要输社会主义入农村中,这农民工人便是最适宜的媒介者。因为农民相信他们工人的话,是在知识阶级之上的。

事实也并不很远于他的预料。一八八一年恐怖主义者竭全力所实行的亚历山大二世的暗杀,民众未尝蹶起,公民也不得自由,结果是有力的指导者或死或囚,"民意党"殆濒于消灭。连不属此党而倾向工人的社会主义的蒲力汗诺夫等,也终被政府所压迫,不得不逃亡国外了。

他在这时候,遂和西欧的劳动运动相亲,遂开始研究马克思的著作。

马克思之名,俄国是早经知道的;《资本论》第一卷,也比别国早有译本;许多"民意党"的人们,还和他个人底地相知,通信。然而他们所竭尽尊敬的马克思的思想,在他们却仅是纯粹的"理论",以为和俄国的现实不相合,和俄人并无关系的东西,因为在俄国没有资本主义,俄国的社会主义,将不发生于工厂而出于农村的缘故。但蒲力汗诺夫是当回忆在彼得堡的劳动运动之际,就发生了关于农村的疑惑的,由原书而精通马克思主义文献,又增加了这疑惑。他于是搜集当时所有的统计底材料,用真正的马克思主义的方法,来研究它,终至确信了资本主义实在君临着俄国。一八八四年,他发表叫作《我们的对立》的书,就是指摘民众主义的错误,证明马克思主义的正当的名作。他在这书里,即指示着作为大众的农民,现今已不能作社会主义的支柱。在俄国,那时都会工业正在发达,资本主义制度已在形成了。必然的地随此而起者,是资本主义之敌,就是绝灭资本主义的无产者。所以在俄国也如在西欧一样,无产者是对于政治的改造的最有意味的阶级。从那境遇上说,对于坚执而有组织的革命,已比别的阶级有更大的才能,而且作为将来的俄国革命的射击兵,也是最为适当的阶级。

自此以来,蒲力汗诺夫不但本身成了伟大的思想家,并且也做了俄国的马克思主义者的先驱和觉醒了的劳动者的教师和指导者了。

二

但蒲力汗诺夫对于无产阶级的殊勋,最多是在所发表的理论的文字,他本身的政治的意见,却不免常有动摇的。

一八八九年,社会主义者开第一次国际会议于巴黎,蒲力汗诺夫在会上说,"俄国的革命运动,只有靠着劳动者的运动才能胜利,此外并无解决之道"的时候.是连欧洲有名的许多社会主义者们,也完全反对这话的;但不久,他的业绩显现出来了。文字方面,则有《历史上的一元底观察的发展》(或简称《史底一元论》),出版于一八九五年,从哲学的领域方面,和民众主义者战斗,以拥护唯物论,而马克思主义的全时代,也就受教于此,借此理解战斗的唯物论的根基。后来的学者,自然也尝加以指摘的批评,但什维诺夫却说,"倒不如将这大可注目的书籍,向新时代的人们来说明,来讲解,实为更好的工作"云。次年,在事实方面,则因他的弟子们和民众主义者斗争的结果,终使纺纱厂的劳动者三万人的大同盟罢工,勃发于彼得堡,给俄国的历史划了新时期,俄国无产阶级的革命底价值,始为大家所认识,那时开在伦敦的社会主义者的第四次国际会议,也对此大加惊叹,欢迎了。

然而蒲力汗诺夫究竟是理论家。十九世纪末,列宁才开始活动,也比他年轻,而两个人之间,就自然而然地行了未尝商量的分业。他所擅长的是理论方面,对于敌人,便担当了哲学的论战。列宁却从最先的著作以来,即专心于社会政治的问题,党和劳动阶级的组织的。他们这时的以辅车相依的形态,所编辑发行的报章,是Iskra(《火花》),撰者们中,虽然颇有不纯的分子,但在当时,却尽了重大的职务,使劳动者和革命者的或一层因此而奋起,使民众主义派智识者发生了动摇。

尤其重要的是那文字的和实际的活动。当时(一九〇〇年至一九〇一年),革命家是都惯于藏身在自己的小圈子中,不明白全国展望的,他们不悟到靠着全国展望,才能有所达成,也没有准确地计算,也不想到须用多大的势力,才能得怎样的成果。在这样的时代,要试行中央集权底党,统一全无产阶级的全俄的政治组织的观念,是新异而且难行的。《火花》却不独在论说上申明这观念，还组织了“火花”的团体，有当时铮铮的革命家一百人至一百五十人的“火花”派，加在这团体中，以实行蒲力汗诺夫在报章上用文字的形式所展开的计划。

但到一九。三年，俄国的马克思主义者分裂为布尔塞维克（多数派）和门塞维克（少数派）了，列宁是前者的指导者，蒲力汗诺夫则是后者。从此两人即时离时合，如一九〇四年日俄战争时的希望俄皇战败，一九〇七至一九〇九年的党的受难时代，他皆和列宁同心。尤其是后一时，布尔塞维克的势力的大部分，已经不得不逃亡国外，到处是堕落，到处有奸细，大家互相注目，互相害怕，互相猜疑了。在文学上，则淫荡文学盛行，《赛宁》即在这时出现。这情绪且侵入一切革命底圈子中。党员四散，化为个个小团体，门塞维克的取消派，已经给布尔塞维克唱起挽歌来了。这时大声叱咤，说取消派主义应该击破，以支持布尔塞维克的，却是身为门塞维克的权威的蒲力汗诺夫，且在各种报章上，国会中，加以勇敢的援助。于是门塞维克的别派，便嘲笑“他垂老而成了地下室的歌人”了。

企图革命的复兴，重新组织的报章，是一九一〇年开始印行的 Zvezda（《星》），蒲力汗诺夫和列宁，都从国外投稿，所以是两派合作的机关报，势不能十分明示政治上的方针。但当这报章和政治运动关系加紧之际，就渐渐失去提携的性质，蒲力汗诺夫的一派终于完全匿迹，报章尽成为布尔塞维克的战斗的机关了。一九一二年两派又合办日报 Pravda（《真理》），而当事件展开时，蒲力汗诺夫派又于极短时期中悉被排除，和在 Zvezda 那时走了同一的运道。

殆欧洲大战起，蒲力汗诺夫遂以德意志帝国主义为欧洲文明和劳动阶级的最危险的仇敌，和第二国际的指导者们一样，站在爱国的见地上，为了和最可憎恶的德国战斗，竟不惜和本国的资产阶级和政府相提携，相妥协了。一九一七年二月革命后，他回到本国，组织了一个社会主义的爱国者的团体，曰“协同”。然而在俄国的无产阶级之父蒲力汗诺夫的革命底感觉，这时已经没有了打动俄国劳动者的力量，布勒斯特的媾和后，他几乎全为劳农俄国所忘却，终在一九一八年五月三十日，孤独地死于那时正被德军所占领的芬兰了。相传他临终的谵语中，曾有疑问云：“劳动者阶级可觉察着我的活动呢？”

三

他死后，Inprekol（第八年第五十四号）上有一篇《G.V.蒲力汗诺夫和无产阶级运动》，简括地评论了他一生的功过——

“……其实，蒲力汗诺夫是应该怀这样的疑问的。为什么呢？因为年少的劳动者阶级，对他所知道的，是作为爱国社会主义者，作为门塞维克党员，作为帝国主义的追随者，作为主张革命的劳动者和在俄国的资产阶级的指导者密柳珂夫互相妥协的人。因为劳动者阶级的路和蒲力汗诺夫的路，是决然地离开的了。

然而，我们毫不迟疑，将蒲力汗诺夫算进俄国劳动者阶级的，不，国际劳动者阶级的最大的恩师们里面去。

怎么可以这样说呢？当决定的阶级战的时候，蒲力汗诺夫不是在防线的那面的吗？是的，确是如此。然而他在这些决定战的很以前的活动，他的理论上的诸劳作，在蒲力汗诺夫的遗产中，是成着贵重的东西的。

惟为了正确的阶级的世界观而战的斗争，在阶级战的诸形态中，是最为重要的之一。蒲力汗诺夫由那理论上的诸劳作，亘几世代，养成了许多劳动者革命家们。他又借此在俄国劳动者阶级的政治的自主上，尽了出色的职务。

蒲力汗诺夫的伟大的功绩，首先，是对于‘民意党’，即在前世纪的七十年代，相信着俄国的发达，是走着一种特别的，就是，非资本主义的的路的那些知识阶级的一伙的他的斗争。那七十年代以后的数十年中，在俄国的资本主义的堂堂的发展情形，是怎样地显示了民意党人中的见解之误，而蒲力汗诺夫的见解之对呵。

一八八四年由蒲力汗诺夫所编成的‘以劳动解放为目的’的团体(劳动者解放团)的纲领，正是在俄国的劳动者党的最初的宣言，而且也是对于一八七八年至七九年劳动者之动摇的直接的解答。

他说着——

‘唯有竭力迅速地形成一个劳动者党，在解决现今在俄国的经济底的，以及政治的的一切的矛盾上，是唯一的手段。’

一八八九年，蒲力汗诺夫在开在巴黎的国际社会主义党大会上，说道——

‘在俄国的革命底运动，只有靠着革命的劳动者运动，才能得到胜利。我们此外并无解决之道，且也不会有的。’

这，蒲力汗诺夫的有名的话，绝不是偶然的。蒲力汗诺夫以那伟大的天才，拥护这在市民的民众主义的革命中的无产阶级的主权，至数十年之久，而同时也发表了自由主义底有产者在和帝制的斗争中，竟懦怯地成为奸细，化为游移之至的东西的思想了。

蒲力汗诺夫和列宁一同，是《火花》的创办指导者。关于为了创立在俄国的政党底组织体而战的斗争，《火花》所尽的伟大的组织上的任务，是广大地为人们所知道的。

从一九〇三年至一九一七年的蒲力汗诺夫，生了几回大动摇，倒是总和革命底的马克思主义违反,并且走向门塞维克去了。惹起他违反革命底的马克思主义的诸问题,大抵是什么呢?

首先,是对于农民层的革命底的可能力的过少评价。蒲力汗诺夫在对于民意党人的有害方面的斗争中,竟看不见农民层的种种革命底的努力了。

其次,是国家的问题。他没有理解市民的民众主义的本质。就是他没有理解无论如何,有粉碎资产阶级的国家机关的必要。

最后,是他没有理解那作为资本主义的最后阶段的帝国主义的问题,以及帝国主义战争的性质的问题。

要而言之,——蒲力汗诺夫是于列宁的强处,有着弱处的。他不能成为'在帝国主义和无产阶级革命时代的马克思主义者'。所以他之为马克思主义者,也就全体到了收场。蒲力汗诺夫于是一步一步,如罗若·卢森堡之所说,成为一个'可尊敬的化石'了。

在俄国的马克思主义建设者蒲力汗诺夫,决不仅是马克思和恩格斯的经济学,历史学,以及哲学的单单的媒介者。他涉及这些全领域,贡献了出色的独自的劳作。使俄国的劳动者和知识阶级,确实明白马克思主义是人类思索的全史的最高的科学的完成,蒲力汗诺夫是与有力量的。惟蒲力汗诺夫的种种理论上的研究,在他的观念形态的遗产里,无疑的是最为贵重的东西。列宁曾经正当地常劝青年们去研究蒲力汗诺夫的书。——'倘不研究这个(蒲力汗诺夫的关于哲学的叙述),就谁也绝不会是意识的,真实的共产主义者的。因为这是在国际底的一切马克思主义文献中,最为杰出之作的缘故。'——列宁说。"

四

蒲力汗诺夫也给马克思主义艺术理论放下了基础。他的艺术论虽然还未能俨然成一个体系,但所遗留的含有方法和成果的著作,却不只作为后人研究的对象,也不愧称为建立马克思主义艺术理论,社会学的美学的古典的文献的了。

这里的三篇信札体的论文,便是他的这类著作的只鳞片甲。

第一篇《论艺术》首先提出"艺术是什么"的问题,补正了托尔斯泰的定义,将艺术的特质,断定为感情和思想的具体底形象的表现。于是进而申明艺术也是社会现象,所以观察之际,也必用唯物史观的立场,并于和这违异的唯心史观(St.Simon,Comte,Hegel)加以批评,而绍介又和这些相对的关于生物的美的趣味的达尔文的唯物论的见解。他在这里假设了反对者的主张由生物学来探美感的起源的提议,就引用达尔文本身的话,说明

"美的概念,……在种种的人类种族中,很有种种,连在同一人种的各国民里,也会不同"。这意思,就是说,"在文明人,这样的感觉,是和各种复杂的观念以及思想的连锁结合着。"也就是说,"文明人的美的感觉,……分明是就为各种社会的原因所限定"了。

于是就须"从生物学到社会学去",须从达尔文的领域的那将人类作为"物种"的研究,到这物种的历史的命运的研究去。倘只就艺术而言,则是人类的美的感情的存在的可能性(种的概念),是被那为它移向现实的条件(历史的概念)所提高的。这条件,自然便是该社会的生产力的发展阶段。但蒲力汗诺夫在这里,却将这作为重要的艺术生产的问题,解明了生产力和生产关系的矛盾以及阶级间的矛盾,以怎样的形式,作用于艺术上;而站在该生产关系上的社会的艺术,又怎样地取了个别的形态,和别社会的艺术显出不同。就用了达尔文的"对立的根源的作用"这句话,博引例子,以说明社会的条件之与关于美的感情的形式;并及社会的生产技术和韵律,谐调,均整法则之相关;且又批评了近代法兰西艺术论的发展(Stalel,Guizot,Taine)。

生产技术和生活方法,最密接地反映于艺术现象上者,是在原始民族的时候。蒲力汗诺夫就想由解明这样的原始民族的艺术,来担当马克思主义艺术论中的难题。第二篇《原始民族的艺术》先据人类学者,旅行家等实见之谈,从薄墟曼,韦陀,印第安以及别的民族引了他们的生活,狩猎,农耕,分配财货这些事为例子,以证原始狩猎民族实为共产主义的结合,且以见毕海尔所说之不足凭。第三篇《再论原始民族的艺术》则批判主张游戏本能,先于劳动的人们之误,且用丰富的实证和严正的论理,以究明有用对象的生产(劳动),先于艺术生产这一个唯物史观的根本底命题。详言之,即蒲力汗诺夫之所究明,是社会人之看事物和现象,最初是从功利的观点的,到后来才移到审美的观点去。在一切人类所以为美的东西,就是于他有用——于为了生存而和自然以及别的社会人生的斗争上有着意义的东西。功用由理性而被认识,但美则凭直感底能力而被认识。享乐着美的时候,虽然几乎并不想到功用,但可由科学的分析而被发现。所以美的享乐的特殊性,即在那直接性,然而美的愉悦的根底里,倘不伏着功用,那事物也就不见得美了。并非人为美而存在,乃是美为人而存在的。——这结论,便是蒲力汗诺夫将准心史观者所深恶痛绝的社会,种族,阶级的功利主义的见解,引入艺术里去了。

看第三篇的收梢,则蒲力汗诺夫预备继续讨论的,是人种学上的旧式的分类,是否合于实际。但竟没有作,这里也只好就此算作完结了。

五

这书所据的本子,是日本外村史郎的译本。在先已有林柏先生的翻译,本也可以不必再译了，但因为丛书的目录早经决定，只得仍来做这一番很近徒劳的工夫。当翻译之际，也常常参考林译的书，采用了些比日译更好的名词，有时句法也大约受些影响，而且前车可鉴，使我屡免于误译，这是应当十分感谢的。

序言的四节中，除第三节全出于翻译外，其余是杂采什维诺夫的《露西亚社会民主劳动党史》，山内封介的《露西亚革命运动史》和《普罗列塔利亚艺术教程》余录中的《蒲力汗诺夫和艺术》而就的。临时急就，错误必所不免，只能算一个粗略的导言。至于最紧要的关于艺术全般，在此却未曾涉及者，因为在先已有瓦勒夫松的《蒲力汗诺夫与艺术问题》，附印在《苏俄的文艺论战》(《未名丛刊》之一)之后，不久又将有列什涅夫《文艺批评论》和雅各武莱夫的《蒲力汗诺夫论》(皆是本丛书之一)出版，或则简明，或则浩博，绝非译者所能企及其万一，所以不如不说，希望读者自去研究他们的文章。

最末这一篇，是译自藏原唯人所译的《阶级社会的艺术》，曾在《春潮月刊》上登载过的。其中有蒲力汗诺夫自叙对于文艺的见解，可作本书第一篇的互证，便也附在卷尾了。

但自省译文，这回也还是“硬译”，能力只此，仍须读者伸指来寻线索，如读地图：这实在是非常抱歉的。

一九三〇年五月八日之夜，鲁迅校毕记于上海闸北寓庐。

做古文和做好人的秘诀

——夜记之五

从去年以来一年半之间，凡有对于我们的所谓批评文字中，最使我觉得气闷的滑稽的，是常燕生先生在一种月刊叫作《长夜》的上面，摆出公正脸孔，说我的作品至少还有十年生命的话。记得前几年，《狂飙》停刊时，同时这位常燕生先生也曾有文章发表，大意说《狂飙》攻击鲁迅，现在书店不愿出版了，安知(!)不是鲁迅运动了书店老板，加以迫害？于是接着大大地颂扬北洋军阀度量之宽宏。我还有些记性，所以在这回的公正脸孔上，仍然隐隐看见刺着那一篇锻炼文字；一面又想起陈源教授的批评法：先举一些美点，以显示其公平，然而接着是许多大罪状——由公平的衡量而得的大罪状。将功折罪，归根结底，终于是“学匪”，理应枭首挂在“正人君子”的旗下示众。所以我的经验是：毁或无妨，誉倒可怕，有时候是极其“汲汲乎殆哉”的。更何况这位常燕生先生满身五色旗气味，即令真心许我以作品的不灭，在我也好像宣统皇帝忽然龙心大悦，钦许我死后谥为“文忠”一般。于满肚气闷中的滑稽之余，仍只好诚惶诚恐，特别脱帽鞠躬，敬谢不敏之至了。

但在同是《长夜》的另一本上，有一篇刘大杰先生的文章——这些文章，似乎《中国的文艺论战》上都未收载——我却很感激地读毕了，这或者就因为正如作者所说，和我素不相知，并无私人恩怨，夹杂其间的缘故。然而尤使我觉得有益的，是作者替我设法，以为在这样四面围剿之中，不如放下刀笔，暂且出洋；并且给我忠告，说是在一个人的生活史上留下几张白纸，也并无什么紧要。在仅仅一个人的生活史上，有了几张白纸，或者全本都是白纸，或者竟全本涂成黑纸，地球也决不会因此炸裂，我是早知道的。这回意外地所得的益处，是三十年来，若有所悟，而还是说不出简明扼要的纲领的做古文和做好人的方法，因此恍然抓住了辔头了。

刘大杰

其口诀曰：要做古文，做好人，必须做了一通，仍旧等于一张的白纸。

从前教我们作文的先生，并不传授什么《马氏文通》，《文章作法》之流，一天到晚，只是读，做，读，做；做得不好，又读，又做。他却决不说坏处在那里，作文要怎样。一条暗胡同，一任你自己去摸索，走得通与否，大家听天由命。但偶然之间，也会不知怎么一来——真是"偶然之间"而且"不知怎么一来"，——卷子上的文章，居然被涂改的少下去，留下的，而且有密圈的处所多起来了。于是学生满心欢喜，就照这样——真是自己也莫名其妙，不过是"照这样"——做下去，年深月久之后，先生就不再删改你的文章了，只在篇末批些"有书有笔，不蔓不枝"之类，到这时候，即可以算作"通"。——自然，请高等批评家梁实秋先生来说，恐怕是不通的，但我是就世俗一般而言，所以也姑且从俗。

这一类文章，立意当然要清楚的，什么意见，倒在其次。譬如说，做《工欲善其事，必先利其器论》罢，从正面说，发挥"其器不利，则工事不善"固可，即从反面说，偏以为"工以技为先，技不纯，则器虽利，而事亦不善"也无不可。就是关于皇帝的事，说"天皇圣明，臣罪当诛"固可，即说皇帝不好，一刀杀掉也无不可的，因为我们的孟夫子有言在先，"闻诛独夫纣矣，未闻弑君也"，现在我们圣人之徒，也正是这一个意思儿。但总之，要从头到尾，一层一层说下去，弄得明明白白，还是天皇圣明呢，还是一刀杀掉，或者如果都不赞成，那也可以临末声明："虽穷淫虐之威，而究有君臣之分，君子不为已甚，窃以为放诸四裔可矣"的。这样的做法，大概先生也未必不以为然，因为"中庸"也是我们古圣贤的教训。

然而，以上是清朝末年的话，如果在清朝初年，倘有什么人去一告密，那可会“灭族”也说不定的，连主张“放诸四裔”也不行，这时他不和你来谈什么孟子孔子了。现在革命方才成功，情形大概也和清朝开国之初相仿。（不完）

这是“夜记”之五的小半篇。“夜记”这东西，是我于一九二七年起，想将偶然的感想，在灯下记出，留为一集的，那年就发表了两篇。到得上海，有感于屠戮之凶，又做了一篇半，题为《虐杀》，先讲些日本幕府的磔杀耶教徒，俄国皇帝的酷待革命党之类的事。但不久就遇到了大骂人道主义的风潮，我也就借此偷懒，不再写下去，现在连稿子也不见了。

到得前年，柔石要到一个书店去做杂志的编辑，来托我做点随随便便，看起来不大头痛的文章。这一夜我就又想到做“夜记”，立了这样的题目。大意是想说，中国的作文和做人，都要古已有之，但不可直抄整篇，而须东拉西扯，补缀得看不出缝，这才算是上上大吉。所以做了一大通，还是等于没有做，而批评者则谓之好文章或好人。社会上的一切，什么也没有进步的病根就在此。当夜没有做完，睡觉去了。第二天柔石来访，将写下来地给他看，他皱皱眉头，以为说得太啰唆一点，且怕过占了篇幅。于是我就约他另译一篇短文，将这放下了。

现在去柔石的遇害，已经一年有余了，偶然从乱纸里检出这稿子来，真不胜其悲痛。我想将全文补完，而终于做不到，刚要下笔，又立刻想到别的事情上去了。所谓“人琴俱亡”者，大约也就是这模样的罢。现在只将这半篇附录在这里，以作柔石的纪念。

一九三二年四月二十六日之夜，记。

一九三一年

关于《唐三藏取经诗话》的版本

——寄开明书店中学生杂志社

编辑先生：

这一封信，不知道能否给附载在《中学生》上？

事情是这样的——

《中学生》新年号内，郑振铎先生的大作《宋人话本》中关于《唐三藏取经诗话》，有如下的一段话：

“此话本的时代不可知，但王国维氏据书末：‘中瓦子张家印’数字，而断定其为宋椠，语颇可信。故此话本，当然亦必为宋代的产物。但也有人加以怀疑的。不过我们如果一读元代吴昌龄的《西游记》杂剧，便知这部原始的取经故事其产生必定是远在于吴氏《西游记》杂剧之前的。换一句话说，必定是在元代之前的宋代的。而‘中瓦子’的数字恰好证实其为南宋临安城中所出产的东西，而没有什么疑义。”

我先前作《中国小说史略》时，曾疑此书为元椠，甚招收藏者德富苏峰先生的不满，著论辟谬，我也略加答辩，后来收在杂感集中。所以郑振铎先生大作中之所谓“人”，其实就是“鲁迅”，于唾弃之中，仍寓代为遮羞的美意，这是我万分惭而且感的。但我以为考证固不可荒唐，而亦不宜墨守，世间许多事，只消常识，便得了然。藏书家欲其所藏版本之古，史家则不然。故于旧书，不以缺笔定时代，如遗老现在还有将儀字缺末笔者，但现在确是中华民国；也不专以地名定时代，如我生于绍兴，然而并非南宋人，因为许多地名，是不随朝代而改的；也不仅据文意的华朴巧拙定时代，因为作者是文人还是市人，于作品是大有分别的。

所以倘无积极的确证，《唐三藏取经诗话》似乎还可怀疑为元椠。即如郑振铎先生所引据的同一位“王国维氏”，他别有《两浙古刊本考》两卷，民国十一年序，收在遗书第二集中。其卷上“杭州府刊版”的“辛，元杂本”项下，有这样的两种在内——

《京本通俗小说》

《大唐三藏取经诗话》三卷

是不但定《取经诗话》为元椠，且并以《通俗小说》为原本了。《两浙古本考》虽然并非僻书，但中学生诸君也并非专治文学史者，恐怕未必有暇涉猎。所以录寄贵刊，希为刊载，一以略助多闻，二以见单文孤证，是难以“必定”一种史实而常有“什么疑义”的。

专此布达，并请撰安。

鲁迅启上。一月十九日夜。

柔石小传

柔石，原名平复，姓赵，以一九〇一年生于浙江省台州宁海县的市门头。前几代都是读书的，到他的父亲，家景已不能支，只好去营小小的商业，所以他直到十岁，这才能入小学。一九一七年赴杭州，入第一师范学校；一面为杭州晨光社之一员，从事新文学运动。毕业后，在慈溪等处为小学教师，且从事创作，有短篇小说集《疯人》一本，即在宁波出版，是为柔石作品印行之始。一九二三年赴北京，为北京大学旁听生。

回乡后，于一九二五年春，为镇海中学校务主任，抵抗北洋军阀的压迫甚力。秋，咯血，但仍力助宁海青年，创办宁海中学，至次年，竟得募集款项，造成校舍；一面又任教育局局长，改革全县的教育。

一九二八年四月，乡村发生暴动。失败后，到处反动，较新的全被摧毁，宁海中学既遭解散，柔石也单身出走，寓居上海，研究文艺。十二月为《语丝》编辑，又与友人设立朝华社，于创作之外，并致力于绍介外国文艺，尤其是北欧，东欧的文学与版画，出版的有《朝华》周刊二十期，旬刊十二期，及《艺苑朝华》五本。后因代售者不付书价，力不能支，遂中止。

一九三〇年春，自由运动大同盟发动，柔石为发起人之一；不久，左翼作家联盟成立，他也为基本构成员之一，尽力于普罗文学运动。先被选为执行委员，次任常务委员编辑部主任；五月间，以左联代表的资格，参加全国苏维埃区域代表大会，毕后，作《一个伟大的印象》一篇。

一九三一年一月十七日被捕，由巡捕房经特别法庭移交龙华警备司令部，二月七日晚，被秘密枪决，身中十弹。

柔石有子二人，女一人，皆幼。文学上的成绩，创作有诗剧《人间的喜剧》，未印，小说《旧时代之死》，《三姊妹》，《二月》，《希望》，翻译有卢那卡尔斯基的《浮士德与城》，戈理基的《阿尔泰莫诺夫氏之事业》及《丹麦短篇小说集》等。

中国无产阶级革命文学和前驱的血

中国的无产阶级革命文学在今天和明天之交发生，在诬蔑和压迫之中滋长，终于在最黑暗里，用我们的同志的鲜血写了第一篇文章。

我们的劳苦大众历来只被最剧烈的压迫和榨取，连识字教育的布施也得不到，唯有默默地身受着宰割和灭亡。繁难的象形字，又使他们不能有自修的机会。智识的青年们意识到自己的前驱的使命，便首先发出战叫。这战叫和劳苦大众自己的反叛的叫声一样地使统治者恐怖，走狗的文人即群起进攻，或者制造谣言，或者亲做侦探，然而都是暗做，都是匿名，不过证明了他们自己是黑暗的动物。

统治者也知道走狗的文人不能抵挡无产阶级革命文学，于是一面禁止书报，封闭书店，颁布了出版法，通缉著作家，一面用最末的手段，将左翼作家逮捕，拘禁，秘密处以死刑，至今并未宣布。这一面固然在证明他们是在灭亡中的黑暗的动物，一面也在证实中国无产阶级革命文学阵营的力量，因为如传略所罗列，我们的几个遇害的同志的年龄，勇气，尤其是平日的作品的成绩，已足使全队走狗不敢狂吠。

然而我们的这几个同志已被暗杀了，这自然是无产阶级革命文学的若干的损失，我们的很大的悲痛。但无产阶级革命文学却仍然滋长，因为这是属于革命的广大劳苦群众的，大众存在一日，壮大一日，无产阶级革命文学也就滋长一日。我们的同志的血，已经证明了无产阶级革命文学和革命的劳苦大众是在受一样的压迫，一样的残杀，作一样的战斗，有一样的运命，是革命的劳苦大众的文学。

现在，军阀的报告，已说虽是六十岁老妇，也为"邪说"所中，租界的巡捕，虽对于小学儿童，也时时加以检查。他们除从帝国主义得来的枪炮和几条走狗之外，已将一无所有了，所有的只是老老小小——青年不必说——的敌人。而他们的这些敌人，便都在我们的这一面。

我们现在以十分的哀悼和铭记，纪念我们的战死者，也就是要牢记中国无产阶级革命文学的历史的第一页，是同志的鲜血所记录，永远在显示敌人的卑劣的凶暴和启示我们的不断的斗争。

黑暗中国的文艺界的现状

——为美国《新群众》作

现在，在中国，无产阶级的革命的文艺运动，其实就是唯一的文艺运动。因为这乃是荒野中的萌芽，除此以外，中国已经毫无其他文艺。属于统治阶级的所谓"文艺家"，早已腐烂到连所谓"为艺术的艺术"以至"颓废"的作品也不能生产，现在来抵制左翼文艺的，只有诬蔑，压迫，囚禁和杀戮；来和左翼作家对立的，也只有流氓，侦探，走狗，刽子手了。

这一点，已经由两年以来的事实，证明得十分明白。

前年，最初绍介蒲力汗诺夫(Plekhmlov)和卢那卡尔斯基(Lunacharsky)的文艺理论进到中国的时候，先使一位白璧德先生(Mr.Prof.Irving Babbitt.)的门徒，感觉敏锐的"学者"愤慨，他以为文艺原不是无产阶级的东西，无产者倘要创作或鉴赏文艺，先应该辛苦地积钱，爬上资产阶级去，而不应该大家浑身褴褛，到这花园中来吵嚷。并且造出谣言，

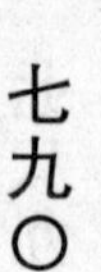

说在中国主张无产阶级文学的人，是得了苏俄的卢布。这方法也并非毫无效力，许多上海的新闻记者就时时捏造新闻，有时还登出卢布的数目。但明白的读者们并不相信它，因为比起这种纸上的新闻来，他们却更切实地在事实上看见只有从帝国主义国家运到杀戮无产者的枪炮。

统治阶级的官僚，感觉比学者慢一点，但去年也就日加迫压了。禁期刊，禁书籍，不但内容略有革命性的，而且连书面用红字的，作者是俄国的，绥拉菲摩维支（A.Serafhnovitch），伊凡诺夫（V.Ivanov）和奥格涅夫（N.Ognev）不必说了，连契诃夫（A.Chekov）和安特来夫（L.Andreev）的有些小说，也都在禁止之列。于是使书店只好出算学教科书和童话，如 Mr.Cat 和 Miss Rose 谈天，称赞春天如何可爱之类——因为至尔妙伦（H.Zur Mühlen）所做的童话的译本也已被禁止，所以只好竭力称赞春天。但现在又有一位将军发怒，说动物居然也能说话而且称为 Mr.，有失人类的尊严了。

单是禁止，还不是根本的办法，于是今年有五个左翼作家失了踪，经家族去探听，知道是在警备司令部，然而不能相见，半月以后，再去问时，却道已经“解放”——这是“死刑”的嘲弄的名称——了，而上海的一切中文和西文的报章上，绝无记载。接着是封闭曾出新书或代售新书的书店，多的时候，一天五家，——但现在又陆续开张了，我们不知道是怎么一回事，唯看书店的广告，知道是在竭力印些英汉对照，如斯蒂文生（Bobert Stevenson），槐尔特（Oscar Wilde）等人的文章。

然而统治阶级对于文艺，也并非没有积极的建设。一方面，他们将几个书店的原先的老板和店员赶开，暗暗换上肯听嗾使的自己的一伙。但这立刻失败了。因为里面满是走狗，这书店便像一座威严的衙门，而中国的衙门，是人民所最害怕最讨厌的东西，自然就没有人去。喜欢去跑跑的还是几只闲逛的走狗。这样子，又怎能使门市热闹呢？但是，还有一方面，是做些文章，印行杂志，以代被禁止的左翼的刊物，至今为止，已将十种。然而这也失败了。最有妨碍的是这些“文艺”的主持者，乃是一位上海市的政府委员和一位警备司令部的侦缉队长，他们的善于“解放”的名誉，都比“创作”要大得多。他们倘做一部“杀戮法”或“侦探术”，大约倒还有人要看的，但不幸竟在想画画，吟诗。这实在譬如美国的亨利·福特（HenryFord）先生不谈汽车，却来对大家唱歌一样，只令人觉得非常诧异。

官僚的书店没有人来，刊物没有人看，救济的方法，是去强迫早经有名，而并不分明“左倾”的作者来做文章，帮助他们的刊物的流布。那结果，是只有一两个糊涂的中计，多数却至今未曾动笔，有一个竟吓得躲到不知道什么地方去了。

现在他们里面的最宝贵的文艺家，是当左翼文艺运动开始，不受迫害，为革命的青年所拥护的时候，自称左翼，而现在爬到他们的刀下，转头来害左翼作家的几个人。为什么被他们所宝贵的呢？因为他曾经是左翼，所以他们的有几种刊物，那面子还有一部分是通红的，但将其中的农工的图，换上了毕亚兹莱（Aubrey Beardsley）的个个好像病人的图画了。

在这样的情形之下，那些读者们，凡是一向爱读旧式的强盗小说的和新式的肉欲小说的，倒并不觉得不便。然而较进步的青年，就觉得无书可读，他们不得已，只得看看空话很多，内容极少——这样的才不至于被禁止——的书，姑且安慰饥渴，因为他们知道，与其去买官办的催吐的毒剂，还不如喝喝空杯，至少，是不至于受害。但一大部分革命的青年，却无论如何，仍在非常热烈地要求，拥护，发展左翼文艺。

所以，除官办及其走狗办的刊物之外，别的书店的期刊，还是不能不设种种方法，加入几篇比较的激进的作品去，他们也知道专卖空杯，这生意决难久长。左翼文艺有革命的读者大众支持，“将来”正属于这一面。

这样子，左翼文艺仍在滋长。但自然是好像压于大石之下的萌芽一样，在曲折地滋长。

所可惜的，是左翼作家之中，还没有农工出身的作家。一者，因为农工历来只被迫压，榨取，没有略受教育的机会；二者，因为中国的象形——现在是早已变得连形也不像了——的方块字，使农工虽是读书十年，也还不能任意写出自己的意见。这事情很使拿刀的“文艺家”喜欢。他们以为受教育能到会写文章，至少一定是小资产阶级，小资产者应该抱住自己的小资产，现在却反而倾向无产者，那一定是“虚伪”。唯有反对无产阶级文艺的小资产阶级的作家倒是出于“真”心的。“真”比“伪”好，所以他们的对于左翼作家的诬蔑，压迫，囚禁和杀戮，便是更好的文艺。

但是，这用刀的“更好的文艺”，却在事实上，证明了左翼作家们正和一样在被压迫被杀戮的无产者负着同一的运命，唯有左翼文艺现在在和无产者一同受难（Passion），将来当然也将和无产者一同起来，单单的杀人究竟不是文艺，他们也因此自己宣告了一无所有了。

上海文艺之一瞥

——八月十二日在社会科学研究会讲

上海过去的文艺，开始的是《申报》。要讲《申报》，是必须追溯到六十年以前的，但这些事我不知道。我所能记得的，是三十年以前，那时的《申报》，还是用中国竹纸的，单面印，而在那里做文章的，则多是从别处跑来的“才子”。

那时的读书人，大概可以分他为两种，就是君子和才子。君子是只读四书五经，做八股，非常规矩的。而才子却此外还要看小说，例如《红楼梦》，还要做考试上用不着的古今体诗之类。这是说，才子是公开的看《红楼梦》的，但君子是否在背地里也看《红楼梦》，则我无从知道。有了上海的租界，——那时叫作“洋场”，也叫“夷场”，后来有怕犯讳的，便往往写作“彝场”——有些才子们便跑到上海来，因为才子是旷达的，那里都去；君子则对于外国人的东西总有点厌恶，而且正在想求正路的功名，所以决不轻易地乱跑。孔子曰，“道不行，乘桴浮于海”，从才子们看来，就是有点才子气的，所以君子们的行径，在才子就谓之“迂”。

才子原是多愁多病，要闻鸡生气，见月伤心的。一到上海，又遇见了婊子。去嫖的时候，可以叫十个二十个的年青姑娘聚集在一处，样子很有些像《红楼梦》，于是他就觉得自己好像贾宝玉；自己是才子，那么婊子当然是佳人，于是才子佳人的书就产生了。内容多半是，唯才子能怜这些风尘沦落的佳人，唯佳人能识坎坷不遇的才子，受尽千辛万苦之后，终于成了佳偶，或者是都成了神仙。

他们又帮申报馆印行些明清的小品书出售，自己也立文社，出灯谜，有入选的，就用这些书做赠品，所以那流通很广远。也有大部书，如《儒林外史》，《三宝太监西洋记》，《快心编》等。现在我们在旧书摊上，有时还看见第一页印有“上海申报馆仿聚珍版印”字样的小本子，那就都是的。

佳人才子的书盛行的好几年，后一辈的才子的心思就渐渐改变了。他们发现了佳人并非因为“爱才若渴”而做婊子的，佳人只为的是钱。然而佳人要才子的钱，是不应该的，才子于是想了种种制伏婊子的妙法，不但不上当，还占了她们的便宜，叙述这各种手段的小说就出现了，社会上也很风行，因为可以做嫖学教科书去读。这些书里面的主人公，不再是才子+(加)呆子，而是在婊子那里得了胜利的英雄豪杰，是才子+流氓。

在这之前，早已出现了一种画报，名目就叫《点石斋画报》，是吴友如主笔的，神仙人物，内外新闻，无所不画，但对于外国事情，他很不明白，例如画战舰罢，是一只商船，而舱面上摆着野战炮；画决斗则两个穿礼服的军人在客厅里拔长刀相击，至于将花瓶也打落跌碎。然而他画“老鸨虐妓”，“流氓拆梢”之类，却实在画得很好的，我想，这是因为他看得太多了的缘故；就是在现在，我们在上海也常常看到和他所画一般的脸孔。这画报的势力，当时是很大的，流行各省，算是要知道“时务”——这名称在那时就如现在之所谓

"新学"——的人们的耳目。前几年又翻印了,叫作《吴友如墨宝》,而影响到后来也实在利害,小说上的绣像不必说了,就是在教科书的插画上,也常常看见所画的孩子大抵是歪戴帽,斜视眼,满脸横肉,一副流氓气。在现在,新的流氓画家又出了叶灵凤先生,叶先生的画是从英国的毕亚兹莱(Aubrey Beardsley)剥来的,毕亚兹莱是"为艺术的艺术"派,他的画极受日本的"浮世绘"(Ukiyoe)的影响。浮世绘虽是民间艺术,但所画的多是妓女和戏子,胖胖的身体,斜视的眼睛——Erotic(色情的)眼睛。不过毕亚兹莱画的人物却瘦瘦的,那是因为他是颓废派(Decadence)的缘故。颓废派的人们多是瘦削的,颓丧的,对于壮健的女人他有点惭愧,所以不喜欢。我们的叶先生的新斜眼画,正和吴友如的老斜眼画合流,那自然应该流行好几年。但他也并不只画流氓的,有一个时期也画过普罗列塔利亚,不过所画的工人也还是斜视眼,伸着特别大的拳头。但我以为画普罗列塔利亚应该是写实的,照工人原来的面貌,并不须画得拳头比脑袋还要大。

现在的中国电影,还在很受着这"才子+流氓"式的影响,里面的英雄,作为"好人"的英雄,也都是油头滑脑的,和一些住惯了上海,晓得怎样"拆梢","揩油","吊膀子"的滑头少年一样。看了之后,令人觉得现在倘要做英雄,做好人,也必须是流氓。

才子+流氓的小说,但也渐渐的衰退了。那原因,我想,一则因为总是这一套老调子——妓女要钱,嫖客用手段,原不会写不完的;二则因为所用的是苏白,如什么倪=我,耐=你,阿是=是否之类,除了老上海和江浙的人们之外,谁也看不懂。

然而才子+佳人的书,却又出了一本当时震动一时的小说,那就是从英文翻译过来的《迦茵小传》(H.R.Haggard:Joan Haste)。但只有上半本,据译者说,原本从旧书摊上得来,非常之好,可惜觅不到下册,无可奈何了。果然,这很打动了才子佳人们的芳心,流行得很广很广。后来还至于打动了林琴南先生,将全部译出,仍旧名为《迦茵小传》。而同时受了先译者的大骂,说他不该全译,使迦茵的价值降低,给读者以不快的。于是才知道先前之所以只有半部,实非原本残缺,乃是因为记者迦茵生了一个私生子,译者故意不译的。其实这样的一部并不很长的书,外国也不至于分印成两本。但是,即此一端,也很可以看出当时中国对于婚姻的见解了。

这时新的才子+佳人小说便又流行起来,但佳人已是良家女子了,和才子相悦相恋,分拆不开,柳荫花下,像一对蝴蝶,一双鸳鸯一样,但有时因为严亲,或者因为薄命,也竟至于偶见悲剧的结局,不再都成神仙了,——这实在不能不说是一个大进步。到了近来是在制造兼可擦脸的牙粉了的天虚我生先生所编的月刊杂志《眉语》出现的时候,是这鸳鸯蝴蝶式文学的极盛时期。后来《眉语》虽遭禁止,势力却并不消退,直待《新青年》盛行起来,这才受了打击。这时有伊孛生的剧本的介绍和胡适之先生的《终身大事》的另一形式的出现,虽然并不是故意的,然而鸳鸯蝴蝶派作为命根的那婚姻问题,却也因此而诺拉(Nora)似的跑掉了。

这后来,就有新才子派的创造社的出现。创造社是尊贵天才的,为艺术而艺术的,专重自我的,崇创作,恶翻译,尤其憎恶重译的,与同时上海的文学研究会相对立。那出马的第一个广告上,说有人"垄断"着文坛,就是指着文学研究会。文学研究会却也正相反,是主张为人生的艺术的,是一面创作,一面也看重翻译的,是注意于绍介被压迫民族文学的,这些都是小国度,没有人懂得他们的文字,因此也几乎全都是重译的。并且因为曾经声援过《新青年》,新仇夹旧仇,所以文学研究会这时就受了三方面的攻击。一方面就是创造社,既然是天才的艺术,那么看那为人生的艺术的文学研究会自然就是多管闲事,不免有些"俗"气,而且还以为无能,所以倘被发现一处误译,有时竟至于特做一篇长长的专论。一方面是留学过美国的绅士派,他们以为文艺是专给老爷太太们看的,所以主角除老爷太太之外,只配有文人,学士,艺术家,教授,小姐等等,要会说 Yes,No,这才是绅士的庄严,那时吴宓先生就曾经发表过文章,说是真不懂为什么有些人竟喜欢描写下流社会。第三方面,则就是以前说过的鸳鸯蝴蝶派,我不知道他们用的是什么方法,到底使书店老板将编辑《小说月报》的一个文学研究会会员撤换,还出了《小说世界》,来流布他们的文章。这一种刊物,是到了去年才停刊的。

创造社的这一战,从表面看来,是胜利的。许多作品,既和当时的自命才子们的心情相合,加以出版者的帮助,势力雄厚起来了。势力一雄厚,就看见大商店如商务印书馆,也有创造社员的译著的出版,——这是说,郭沫若和张资平两位先生的稿件。这以来,据我所记得,是创造社也不再审查商务印书馆出版物的误译之处,来做专论了。这些地方,我想,是也有些才子+流氓式的。然而,"新上海"是究竟敌不过"老上海"的,创造社员在凯歌声中,终于觉到了自己就在做自己们的出版者的商品,种种努力,在老板看来,就等于眼镜铺大玻璃窗里纸人的眏眼,不过是"以广招徕"。待到希图独立出版的时候,老板就给吃了一场官司,虽然也终于独立,说是一切书籍,大加改订,另行印刷,重新开张了,然而旧老板却还是永远用了旧版子,只是印,卖,而且年年是什么纪念的大廉价。

商品固然是做不下去的,独立也活不下去。创造社的人们的去路,自然是在较有希望的"革命策源地"的广东。在广东,于是也有"革命文学"这名词的出现,然而并无什么作品,在上海,则并且还没有这名词。

到了前年,"革命文学"这名目这才旺盛起来了,主张的是从"革命策源地"回来的几个创造社元老和若干新份子。革命文学之所以旺盛起来，自然是因为由于社会的背景，一般群众，青年有了这样的要求。当从广东开始北伐的时候，一般积极的青年都跑到实际工作去了，那时还没有什么显著的革命文学运动，到了政治环境突然改变，革命遭了挫折，阶级的分化非常显明，国民党以“清党”之名，大戮共产党及革命群众，.而死剩的青年们再入于被压迫的境遇，于是革命文学在上海这才有了强烈的活动。所以这革命文学的旺盛起来，在表面上和别国不同，并非由于革命的高扬，而是因为革命的挫折；虽然其中也有些是旧文人解下指挥刀来重理笔墨的旧业，有些是几个青年被从实际工作排出，只好借此谋生，但因为实在具有社会的基础，所以在新份子里，是很有极坚实正确的人存在的。但那时的革命文学运动，据我的意见，是未经好好地计划，很有些错误之处的。例如，第一，他们对于中国社会，未曾加以细密的分析，便将在苏维埃政权之下才能运用的方法，来机械的地运用了。再则他们，尤其是成仿吾先生，将革命使一般人理解为非常可怕的事，摆着一种极左倾的凶恶的面貌，好似革命一到，一切非革命者就都得死，令人对革命只抱着恐怖。其实革命是并非教人死而是教人活的。这种令人“知道点革命的厉害”，只图自己说得畅快的态度，也还是中了才子+流氓的毒。

激烈得快的，也平和得快，甚至于也颓废得快。倘在文人，他总有一番辩护自己的变化的理由，引经据典。譬如说，要人帮忙时候用克鲁巴金的互助论，要和人争闹的时候就用达尔文的生存竞争说。无论古今，凡是没有一定的理论，或主张的变化并无线索可寻，而随时拿了各种各派的理论来做武器的人，都可以称之为流氓。例如上海的流氓，看见一男一女的乡下人在走路，他就说，“喂，你们这样子，有伤风化，你们犯了法了！”他用的是中国法。倘看见一个乡下人在路旁小便呢，他就说，“喂，这是不准的，你犯了法，该捉到捕房去！”这时所用的又是外国法。但结果是无所谓法不法，只要被他敲去了几个钱就都完事。

在中国，去年的革命文学者和前年很有点不同了。这固然由于境遇的改变，但有些“革命文学者”的本身里，还藏着容易犯到的病根。“革命”和“文学”，若断若续，好像两只靠近的船，一只是“革命”，一只是“文学”，而作者的每一只脚就站在每一只船上面。当环境较好的时候，作者就在革命这一只船上踏得重一点，分明是革命者，待到革命一被压迫，则在文学的船上踏得重一点，他变了不过是文学家了。所以前年的主张十分激烈，以为凡非革命文学，统得扫荡的人，去年却记得了列宁爱着冈却罗夫(I.A.Gontcharov)的作品的故事，觉得非革命文学，意义倒也十分深长；还有最彻底的革命文学家叶灵凤先生，他描写革命家，彻底到每次上茅厕时候都用我的《呐喊》去揩屁股，现在却竟会莫名其妙地跟在所谓民族主义文学家屁股后面了。

类似的例,还可以举出向培良先生来。在革命渐渐高扬的时候,他是很革命的;他在先前,还曾经说,青年人不但嗥叫,还要露出狼牙来。这自然也不坏,但也应该小心,因为狼是狗的祖宗,一到被人驯服的时候,是就要变而为狗的。向培良先生现在在提倡人类的艺术了,他反对有阶级的艺术的存在,而在人类中分出好人和坏人来,这艺术是"好坏斗争"的武器。狗也是将人分为两种的,豢养它的主人之类是好人,别的穷人和乞丐在它的眼里就是坏人,不是叫,便是咬。然而这也还不算坏,因为究竟还有一点野性,如果再一变而为巴儿狗,好像不管闲事,而其实在给主子尽职,那就正如现在的自称不问俗事的为艺术而艺术的名人们一样,只好去点缀大学教室了。

这样地翻着筋斗的小资产阶级,即使是在做革命文学家,写着革命文学的时候,也最容易将革命写歪;写歪了,反于革命有害,所以他们的转变,是毫不足惜的。当革命文学的运动勃兴时,许多小资产阶级的文学家忽然变过来了,那时用来解释这现象的,是突变之说。但我们知道,所谓突变者,是说 A 要变 B,几个条件已经完备,而独缺其一的时候,这一个条件一出现,于是就变成了 B。譬如水的结冰,温度须到零点,同时又须有空气的振动,倘没有这,则即便到了零点,也还是不结冰,这时空气一振动,这才突变而为冰了。所以外面虽然好像突变,其实是并非突然的事。倘没有应具的条件的,那就是即使自说已变,实际上却并没有变,所以有些忽然一天晚上自称突变过来的小资产阶级革命文学家,不久就又突变回去了。

去年左翼作家联盟在上海的成立,是一件重要的事实。因为这时已经输入了蒲力汗诺夫,卢那卡尔斯基等的理论,给大家能够互相切磋,更加坚实而有力,但也正因为更加坚实而有力了,就受到世界上古今所少有的压迫和摧残,因为有了这样的压迫和摧残,就使那时以为左翼文学将大出风头,作家就要吃劳动者供献上来的黄油面包了的所谓革命文学家立刻现出原形,有的写悔过书,有的是反转来攻击左联,以显出他今年的见识又进了一步。这虽然并非左联直接的自动,然而也是一种扫荡,这些作者,是无论变与不变,总写不出好的作品来的。

但现存的左翼作家,能写出好的无产阶级文学来吗?我想,也很难。这是因为现在的左翼作家还都是读书人——知识阶级,他们要写出革命的实际来,是很不容易的缘故。日本的厨川白村(H.Kuriyagawa)曾经提出过一个问题,说:作家之所描写,必得是自己经历过的吗?他自答道,不必,因为他能够体察。所以要写偷,他不必亲自去做贼,要写通奸,他不必亲自去私通。但我以为这是因为作家生长在旧社会里,熟悉了旧社会的情形,看惯了旧社会的人物的缘故,所以他能够体察;对于和他向来没有关系的无产阶级的情

形和人物，他就会无能，或者弄成错误的描写了。所以革命文学家，至少是必须和革命共同着生命，或深切地感受着革命的脉搏的。（最近左联地提出了“作家的无产阶级化”的口号，就是对于这一点的很正确的理解。）

在现在中国这样的社会中，最容易希望出现的，是反叛的小资产阶级的反抗的，或暴露的作品。因为他生长在这正在灭亡着的阶级中，所以他有甚深的了解，甚大的憎恶，而向这刺下去的刀也最为致命与有力。固然，有些貌似革命的作品，也并非要将本阶级或资产阶级推翻，倒在憎恨或失望于他们的不能改良，不能较长久的保持地位，所以从无产阶级的见地看来，不过是“兄弟阋于墙”，两方一样是敌对。但是，那结果，却也能在革命的潮流中，成为一粒泡沫的。对于这些的作品，我以为实在无须称之为无产阶级文学，作者也无须为了将来的名誉起见，自称为无产阶级的作家的。

但是，虽是仅仅攻击旧社会的作品，倘若知不清缺点，看不透病根，也就于革命有害，但可惜的是现在的作家，连革命的作家和批评家，也往往不能，或不敢正视现在社会，知道它的底细，尤其是认为敌人的底细。随手举一个例罢，先前的《列宁青年》上，有一篇评论中国文学界的文章，将这分为三派，首先是创造社，作为无产阶级文学派，讲得很长，其次是语丝社，作为小资产阶级文学派，可就说得短了，第三是新月社，作为资产阶级文学派，却说得更短，到不了一页。这就在表明：这位青年批评家对于愈认为敌人的，就愈是无话可说，也就是愈没有细看。自然，我们看书，倘看反对的东西，总不如看同派的东西的舒服，爽快，有益；但倘是一个战斗者，我以为，在了解革命和敌人上，倒是必须更多地去解剖当面的敌人的。要写文学作品也一样，不但应该知道革命的实际，也必须深知敌人的情形，现在的各方面的状况，再去断定革命的前途。唯有明白旧的，看到新的，了解过去，推断将来，我们的文学的发展才有希望。我想，这是在现在环境下的作家，只要努力，还可以做得到的。

在现在，如先前所说，文艺是在受着少有的压迫与摧残，广泛地现出了饥馑状态。文艺不但是革命的，连那略带些不平色彩的，不但是指摘现状的，连那些攻击旧来积弊的，也往往就受迫害。这情形，即在说明至今为止的统治阶级的革命，不过是争夺一把旧椅子。去推的时候，好像这椅子很可恨，一夺到手，就又觉得是宝贝了，而同时也自觉了自己正和这“旧的”一气。二十多年前，都说朱元璋（明太祖）是民族的革命者，其实是并不然的，他做了皇帝以后，称蒙古朝为“大元”，杀汉人比蒙古人还厉害。奴才做了主人，是决不肯废去“老爷”的称呼的，他的摆架子，恐怕比他的主人还十足，还可笑。这正如上海的工人赚了几文钱，开起小小的工厂来，对付工人反而凶到绝顶一样。

在一部旧的笔记小说——我忘了它的书名了——上，曾经载有一个故事，说明朝有一个武官叫说书人讲故事，他便对他讲檀道济——晋朝的一个将军，讲完之后，那武官就吩咐打说书人一顿，人问他什么缘故，他说道："他既然对我讲檀道济，那么，对檀道济是一定去讲我的了。"现在的统治者也神经衰弱到像这武官一样，什么他都怕，因而在出版界上也布置了比先前更进步的流氓，令人看不出流氓的形式而却用着更厉害的流氓手段：用广告，用诬陷，用恐吓；甚至于有几个文学者还拜了流氓做老子，以图得到安稳和利益。因此革命的文学者，就不但应该留心迎面的敌人，还必须防备自己一面的三番四复的暗探了，较之简单地用着文艺的斗争，就非常费力，而因此也就影响到文艺上面来。

现在上海虽然还出版着一大堆的所谓文艺杂志，其实却等于空虚。以营业为目的的书店所出的东西，因为怕遭殃，就竭力选些不关痛痒的文章，如说"命固不可以不革，而亦不可以太革"之类，那特色是在令人从头看到末尾，终于等于不看。至于官办的，或对官场去凑趣的杂志呢，作者又都是乌合之众，共同的目的只在捞几文稿费，什么"英国维多利亚朝的文学"呀，"论刘易士得到诺贝尔奖奖金"呀，连自己也并不相信所发的议论，连自己也并不着重所做的文章。所以，我说，现在上海所出的文艺杂志都等于空虚，革命者的文艺固然被压迫了，而压迫者所办的文艺杂志上也没有什么文艺可见。然而，压迫者当真没有文艺吗？有是有的，不过并非这些，而是通电，告示，新闻，民族主义的"文学"，法官的判词等。例如前几天，《申报》上就记着一个女人控诉她的丈夫强迫鸡奸并殴打得皮肤上成了青伤的事，而法官的判词却道，法律上并无禁止丈夫鸡奸妻子的明文，而皮肤打得发青，也并不算毁损了生理的机能，所以那控诉就不能成立。现在是那男人反在控诉他的女人的"诬告"了。法律我不知道，至于生理学，却学过一点，皮肤被打得发青，肺，肝，或肠胃的生理的机能固然不至于毁损，然而发青之处的皮肤的生理的机能却是毁损了的。这在中国的现在，虽然常常遇见，不算什么稀奇事，但我以为这就已经能够很明白地知道社会上的一部分现象，胜于一篇平凡的小说或长诗了。

除以上所说之外，那所谓民族主义文学，和闹得已经很久了的武侠小说之类，是也还应该详细解剖的。但现在时间已经不够，只得待将来有机会再讲了。今天就这样为止罢。

一八艺社习作展览会小引

现在有自以为大有见识的人，在说"为人类的艺术"。然而这样的艺术，在现在的社

会里,是断断没有的。看罢,这便是在说"为人类的艺术"的人,也已将人类分为对的和错的,或好的和坏的,而将所谓错的或坏的加以叫咬了。

所以,现在的艺术,总要一面得到蔑视,冷遇,迫害,而一面得到同情,拥护,支持。

一八艺社也将逃不出这例子。因为它在这旧社会里,是新的,年青的,前进的。

中国近来其实也没有什么艺术家。号称"艺术家"者,他们的得名,与其说在艺术,倒是在他们的履历和作品的题目——故意题得香艳,缥缈,古怪,雄深。连骗带吓,令人觉得似乎了不得。然而时代是在不息地进行,现在新的,年青的,没有名的作家的作品站在这里了,以清醒的意识和坚强的努力,在榛莽中露出了日见生长的健壮的新芽。

自然,这,是很幼小的。但是,唯其幼小,所以希望就正在这一面。

我的话,也就是只对这一面说的,如上。

一九三一年五月二十二日。

答文艺新闻社问

——日本占领东三省的意义

这在一面,是日本帝国主义在"膺惩"他的仆役——中国军阀,也就是"膺惩"中国民众,因为中国民众又是军阀的奴隶;在另一面,是进攻苏联的开头,是要使世界的劳苦群众,永受奴隶的苦楚的方针的第一步。

九月二十一日。

"民族主义文学"的任务和命运

一

殖民政策是一定保护,养育流氓的。从帝国主义的眼睛看来,唯有他们是最要紧的奴才,有用的鹰犬,能尽殖民地人民非尽不可的任务:一面靠着帝国主义的暴力,一面利用本国的传统之力,以除去"害群之马",不安本分的"莠民"。所以,这流氓,是殖民地上的洋大人的宠儿,——不,宠犬,其地位虽在主人之下,但总在别的被统治者之上的。

上海当然也不会不在这例子里。巡警不进帮,小贩虽自有小资本,但倘不另寻一个流氓来做债主,付以重利,就很难立足。到去年,在文艺界上,竟也出现了"拜老头"的"文学家”。

但这不过是一个最露骨的事实。其实是，即使并非帮友，他们所谓“文艺家”的许多人，是一向在尽“宠犬”的职分的，虽然所标的口号，种种不同，艺术至上主义呀，国粹主义呀，民族主义呀，为人类的艺术呀，但这仅如巡警手里拿着前膛枪或后膛枪，来福枪，毛瑟枪的不同，那终极的目的却只一个：就是打死反帝国主义即反政府，亦即“反革命”，或仅有些不平的人民。

那些宠犬派文学之中，锣鼓敲得最起劲的，是所谓“民族主义文学”。但比起侦探，巡捕，刽子手们的显著的勋劳来，却还有很多的逊色。这缘故，就因为他们还只在叫，未行直接的咬，而且大抵没有流氓的剽悍，不过是飘飘荡荡的流尸。然而这又正是“民族主义文学”的特色，所以保持其“宠”的。

翻一本他们的刊物来看罢，先前标榜过各种主义的各种人，居然凑合在一起了。这是“民族主义”的巨人的手，将他们抓过来的吗？并不，这些原是上海滩上久已沉沉浮浮的流尸，本来散见于各处的，但经风浪一吹，就漂集一处，形成一个堆积，又因为各个本身的腐烂，就发出较浓厚的恶臭来了。

这“叫”和“恶臭”有能够较为远闻的特色，于帝国主义是有益的，这叫作“为王前驱”，所以流尸文学仍将与流氓政治同在。

二

但上文所说的风浪是什么呢？这是因无产阶级的勃兴而卷起的小风浪。先前的有些所谓文艺家，本未尝没有半意识的或无意识的觉得自身的溃败，于是就自欺欺人的用种种美名来掩饰，曰高逸，曰放达（用新式话来说就是“颓废”），画的是裸女，静物，死，写的是花月，圣地，失眠，酒，女人。一到旧社会的崩溃愈加分明，阶级的斗争愈加锋利的时候，他们也就看见了自己的死敌，将创造新的文化，一扫旧来的污秽的无产阶级，并且觉到了自己就是这污秽，将与在上的统治者同其运命，于是就必然漂集于为帝国主义所宰制的民族中的顺民所竖起的“民族主义文学”的旗帜之下，来和主人一同做一回最后的挣扎了。

所以，虽然是杂碎的流尸，那目标却是同一的：和主人一样，用一切手段，来压迫无产阶级，以苟延残喘。不过究竟是杂碎，而且多带着先前剩下的皮毛，所以自从发出宣言以来，看不见一点鲜明的作品，宣言是一小群杂碎胡乱凑成的杂碎，不足为据的。

但在《前锋月刊》第五号上，却给了我们一篇明白的作品，据编辑者说，这是“参加讨伐阎冯军事的实际描写"。描写军事的小说并不足奇,奇特的是这位"青年军人"的作者所自述的在战场上的心绪,这是"民族主义文学家"的自画像,极有郑重引用的价值的——

"每天晚上站在那闪烁的群星之下,手里执着马枪,耳中听着虫鸣,四周飞动着无数的蚊子,那样都使人想到法国'客军'在非洲沙漠里与阿拉伯人争斗流血的生活。"(黄震遐:《陇海线上》)

原来中国军阀的混战,从"青年军人",从"民族主义文学者"看来,是并非驱同国人民互相残杀,却是外国人在打另一外国人,两个国度,两个民族,在战地上一到夜里,自己就飘飘然觉得皮色变白,鼻梁加高,成为拉丁民族的战士,站在野蛮的非洲了,那就无怪乎看得周围的老百姓都是敌人,要一个一个的打死。法国人对于非洲的阿拉伯人,就民族主义而论,原是不必爱惜的。仅仅这一节,大一点,则说明了中国军阀为什么做了帝国主义的爪牙,来毒害屠杀中国的人民,那是因为他们自己以为是"法国的客军"的缘故;小一点,'就说明中国的"民族主义文学家"根本上只同外国主子休戚相关,为什么倒称"民族主义",来蒙混读者,那是因为他们自己觉得有时好像拉丁民族,条顿民族了的缘故。

三

黄震遐先生写得如此坦白,所说的心境当然是真实的,不过据他小说中所显示的智识推测起来,却还有并非不知而故意不说的一点讳饰。这,是他将"法国的安南兵"含糊的改作"法国的客军"了,因此就较远于"实际描写",而且也招来了上节所说的是非。

但作者是聪明的,他听过"友人傅彦长君平时许多谈论……许多地方不可讳地是受了他的熏陶",并且考据中外史传之后,接着又写了一篇较切"民族主义"这个题目的剧诗,这回不用法兰西人了,是《黄人之血》(《前锋月刊》七号)。

这剧诗的事迹,是黄色人种的西征,主将是成吉思汗的孙子拔都元帅,真正的黄色种。所征的是欧洲,其实专在斡罗斯(俄罗斯)——这是作者的目标;联军的构成是汉,鞑靼,女真,契丹人——这是作者的计划;一路胜下去,可惜后来四种人不知"友谊"的要紧和"团结的力量",自相残杀,竟为白种武士所乘了——这是作者的讽喻,也是作者的悲哀。

但我们且看这黄色军的威猛和恶辣罢——

……

恐怖呀,煎着尸体的沸油;

可怕呀,遍地的腐骸如何凶丑;

死神捉着白姑娘拼命地搂;
美人螓首变成狰狞的髑髅;
野兽般的生番在故宫里蛮争恶斗;
十字军战士的脸上充满了哀愁;
千年的棺材泄出它凶秽的恶臭;
铁蹄践着断骨,骆驼的鸣声变成怪吼;
上帝已逃,魔鬼扬起了火鞭复仇;
黄祸来了!黄祸来了!
亚细亚勇士们张大吃人的血口。

这德皇威廉因为要鼓吹"德国德国,高于一切"而大叫的"黄祸",这一张"亚细亚勇士们张大"的"吃人的血口",我们的诗人却是对着"斡罗斯",就是现在无产者专政的第一个国度,以消灭无产阶级的模范——这是"民族主义文学"的目标;但究竟因为是殖民地顺民的"民族主义文学",所以我们的诗人所奉为首领的,是蒙古人拔都,不是中华人赵构,张开"吃人的血口"的是"亚细亚勇士们",不是中国勇士们,所希望的是拔都的统驭之下的"友谊",不是各民族间的平等的友爱——这就是露骨的所谓"民族主义文学"的特色,但也是青年军人的作者的悲哀。

四

拔都死了;在亚细亚的黄人中,现在可以拟为那时的蒙古的只有一个日本。日本的勇士们虽然也痛恨苏俄,但也不爱抚中华的勇士,大唱"日支亲善"虽然也和主张"友谊"一致,但事实又和口头不符,从中国"民族主义文学者"的立场上,在己觉得悲哀,对他加以讽喻,原是势所必至,不足诧异的。

果然,诗人的悲哀的预感好像证实了,而且还坏得远。当"扬起火鞭"焚烧"斡罗斯"将要开头的时候,就像拔都那时的结局一样,朝鲜人乱杀中国人,日本人"张大吃人的血口",吞了东三省了。莫非他们因为未受傅彦长先生的熏陶,不知"团结的力量"之重要,竟将中国的"勇士们"也看成非洲的阿拉伯人了吗?!

五

这实在是一个大打击。军人的作者还未喊出他勇壮的声音,我们现在所看见的是"民族主义"旗下的报章上所载的小勇士们的愤激和绝望。这也是势所必至,无足诧异

的。理想和现实本来易于冲突,理想时已经含了悲哀,现实起来当然就会绝望。于是小勇士们要打仗了——

战啊,下个最后的决心,
杀尽我们的敌人,
你看敌人的枪炮都响了,
快上前,把我们的肉体筑一座长城。
雷电在头上咆哮,
浪涛在脚下吼叫,
热血在心头燃烧,
我们向前线奔跑。

(苏凤:《战歌》。《民国日报》载。)

去,战场上去,
我们的热血在沸腾,
我们的肉身好像疯人,
我们去把热血锈住贼子的枪头,
我们去把肉身塞住仇人的炮口。
去,战场上去,
凭着我们一股勇气,
凭着我们一点纯爱的精灵,
去把仇人驱逐,
不,去把仇人杀尽。

(甘豫庆:《去上战场去》。《申报》载。)

同胞,醒起来罢,
踢开了弱者的心,
踢开了弱者的脑。
看,看,看,
看同胞们的血喷出来了,
看同胞们的肉割开来了,
看同胞们的尸体挂起来了。

(邵冠华:《醒起来罢同胞》。同上。)

这些诗里很明显的是作者都知道没有武器，所以只好用“肉体”，用“纯爱的精灵”，用“尸体”。这正是《黄人之血》的作者的先前的悲哀，而所以要追随拔都元帅之后，主张“友谊”的缘故。武器是主子那里买来的，无产者已都是自己的敌人，倘主子又不谅其衷，要加以“惩膺”，那么，唯一的路也实在只有一个死了——

我们是初训练的一队，
有坚卓的志愿，
有沸腾的热血，
来扫除强暴的歹类。
同胞们，亲爱的同胞们，
快起来准备去战，
快起来奋斗，
战死是我们生路。

（沙珊：《学生军》。同上。）

天在啸，
地在震，
人在冲，兽在吼，
宇宙间的一切在咆哮，
朋友哟。
准备着我们的头颅去给敌人砍掉。

（徐之津：《伟大的死》。同上。）

一群是发扬踔厉，一群是慷慨悲歌，写写固然无妨，但倘若真要这样，却未免太不懂得“民族主义文学”的精义了，然而，却也尽了“民族主义文学”的任务。

六

《前锋月刊》上用大号字题目的《黄人之血》的作者黄震遐诗人，不是早已告诉我们过理想的元帅拔都了吗？这诗人受过傅彦长先生的熏陶，查过中外的史传，还知道“中世纪的东欧是三种思想的冲突点”，岂就会偏不知道赵家末叶的中国，是蒙古人的淫掠场？拔都元帅的祖父成吉思皇帝侵入中国时，所至淫掠妇女，焚烧庐舍，到山东曲阜看见孔老二先生像，元兵也要指着骂道：“说‘夷狄之有君，不如诸夏之无也’的，不就是你吗？”夹脸就给他一箭。这是宋人的笔记里垂涕而道的，正如现在常见于报章上的流泪文章一

样。黄诗人所描写的"斡罗斯"那"死神捉着白姑娘拼命地搂……"那些妙文，其实就是那时出现于中国的情形。但一到他的孙子，他们不就携手"西征"了吗？现在日本兵"东征"了东三省，正是"民族主义文学家"理想中的"西征"的第一步，"亚细亚勇士们张大吃人的血口"的开场。不过先得在中国咬一口。因为那时成吉思皇帝也像对于"斡罗斯"一样，先使中国人变成奴才，然后赶他打仗，并非用了"友谊"，送柬帖来敦请的。所以，这沈阳事件，不但和"民族主义文学"毫无冲突，而且还实现了他们的理想境，倘若不明这精义，要去硬送头颅，使"亚细亚勇士"减少，那实在是很可惜的。

那么，"民族主义文学"无须有那些呜呼啊呀死死活活的调子吗？谨对曰：要有的，他们也一定有的。否则不抵抗主义，城下之盟，断送土地这些勾当，在沉静中就显得更加露骨。必须痛哭怒号，摩拳擦掌，令人被这扰攘嘈杂所惑乱，闻悲歌而泪垂，听壮歌而愤泄，于是那"东征"即"西征"的第一步，也就悄悄地隐隐的跨过去了。落葬的行列里有悲哀的哭声，有壮大的军乐，那任务是在送死人埋入土中，用热闹来掩过了这"死"，给大家接着就得到"忘却"。现在"民族主义文学"的发扬踔厉，或慷慨悲歌的文章，便是正在尽着同一的任务的。

但这之后，"民族主义文学者"也就更加接近了他的哀愁。因为有一个问题，更加临近，就是将来主子是否不至于再蹈拔都元帅的覆辙，肯信用而且优待忠勇的奴才，不，勇士们呢？这实在是一个很要紧，很可怕的问题，是主子和奴才能否"同存共荣"的大关键。

历史告诉我们：不能的。这，正如连"民族主义文学者"也已经知道一样，不会有这一回事。他们将只尽些送丧的任务，永含着恋主的哀愁，须到无产阶级革命的风涛怒吼起来，刷洗山河的时候，这才能脱出这沉滞猥劣和腐烂的运命。

沉渣的泛起

日本占据了东三省以后的在上海一带的表示，报章上叫作"国难声中"。在这"国难声中"，恰如用棍子搅了一下停滞多年的池塘，各种古的沉渣，新的沉渣，就都翻着筋斗漂上来，在水面上转一个身，来趁势显示自己的存在了。

自信现在可以说能打仗的，是要操练久不想起的洋枪了，但也有现在也不想说去打仗的，那就照欧洲大战时候的德意志帝国的例，来"头脑动员"，以尽"国民一分子"的义务。有的去查《唐书》，说日本古名"倭奴"；有的去翻字典，说倭是矮小之意；有的记得了文天祥，岳飞，林则徐，——旦自然，更积极的是新的文艺界。

先说一点另外的事吧，这叫作“和平声中”。在这样的声中，是“胡展堂先生”到了上海，据说还告诫青年，教他们要养“力”勿使“气”。灵药就有了。第二天在报上便见广告道：“胡汉民先生说，对日外交，应确定一坚强之原则，并劝勉青年须养力，毋泄气，养力就是强身，泄气就是悲观，要强身祛悲观，须先心花怒放，大笑一次。”但这样的宝贝是什么呢？是美国的一张旧影片，将探险滑稽化以博小市民一笑的《两亲家游非洲》。

胡汉民

至于真的“国难声中的兴奋剂”呢，那是“爱国歌舞表演”，自己说，“是民族性的活跃，是歌舞界的精髓，促进同胞的努力，达到最后的胜利”的。倘有知道这立奏奇功的大明星是谁吗？曰：王人美，薛玲仙，黎莉莉。

然而终于“上海文艺界大团结”了。《草野》(六卷七号)上记着盛况道：“上海文艺界同人，平时很少联络，在严重时期，除各个参加其他团体的工作外，复由谢六逸，朱应鹏，徐蔚南三人发起，……集会讨论。在十月六日下午三点钟，已陆续到了东亚食堂，……略进茶点，即开始讨论，颇多发挥，……最后定名为上海文艺界救国会云。

“发挥”我们还无从知道，仅据眼前的方法看起来，是先看《两亲家游非洲》以养力，又看“爱国的歌舞表演”以兴奋，更看《日本小品文选》和《艺术三家言》并且略进茶点而发挥。那么，中国就得救了。

不成。这恐怕不必文学青年，就是文学小囡囡，也未必会相信。没有法子，只得再加上两个另外的好消息，就是目前的爱国文艺家所主宰的《申报》所发表出来的——

十月五日的《自由谈》里叶华女士云：“无办法之国民，如何有办法之政府。国联绝望矣。……际兹一发千钧，全国国民宜各立所志，各尽所能，各抒所见，余也不才，谨以战犬问题商诸国人。……各犬中，要以德国警犬最称职，余极主张吾国可选择是犬作战……”

同月二十五日也是《自由谈》里“苏民自汉口寄”云：“日者寓书沪友王子仲良，间及余之病状，而以不能投身义勇军为憾。王子……竟以灵药一裹见寄，云为培生制药公司所出益金草，功能治肺痨咳血，可一试之。……余立行试服，则咳果止，兼旬而

体气渐复，因念……一旦国家有事，吾必身列戎行，一展平生之壮志，灭此朝食，行有

日矣。……”

那是连病夫也立刻可以当兵，警犬也将帮同爱国，在爱国文艺家的指导之下，真是大可乐观，要“灭此朝食”了。只可惜不必是文学青年，就是文学小囡囡，也会觉得逐段看去，即使不称为“广告”的，也都不过是出卖旧货的新广告，要趁“国难声中”或“和平声中”将利益更多的榨到自己的手里的。

因为要这样，所以都得在这个时候，趁势在表面来泛一下，明星也有，文艺家也有，警犬也有，药也有……也因为趁势，泛起来就格外省力。但因为泛起来的是沉渣，沉渣又究竟不过是沉渣，所以因此一泛，他们的本相倒越加分明，而最后的命运，也还是仍旧沉下去。

十月二十九日。

以脚报国

今年八月三十一日《申报》的《自由谈》里，又看见了署名“寄萍”的《杨缦华女士游欧杂感》，其中的一段，我觉得很有趣，就照抄在下面：

“……有一天我们到比利时一个乡村里去。许多女人争着来看我的脚。我伸起脚来给伊们看。才平服伊们好奇的疑窦。一位女人说。‘我们也向来不曾见过中国人。但从小就听说中国人是有尾巴的(即辫发)。都要讨姨太太的。女人都是小脚。跑起路来一摇一摆的。如今才明白这话不确实。请原谅我们的错念。’还有一人自以为熟悉东亚情形的。带着讥笑的态度说。‘中国的军阀如何专横。到处闹的是兵匪。人民过着地狱的生活。’这种似是而非的话。说了一大堆。我说‘此种传说。全无根据。’同行的某君。也报以很滑稽的话。‘我看你们那里会知道立国数千年的大中华民国。等我们革命成功之后。简直要把显微镜来照你们比利时呢。’就此一笑而散。”

我们的杨女士虽然用她的尊脚征服了比利时女人，为国增光，但也有两点“错念”。其一，是我们中国人的确有过尾巴(即辫发)的，缠过小脚的，讨过姨太太的，虽现在也在讨。其二，是杨女士的脚不能代表一切中国女人的脚，正如留学的女生不能代表一切中国的女性一般。留学生大多数是家里有钱，或由政府派遣，为的是将来给家族或国家增光，贫穷和受不到教育的女人怎么能同日而语。所以，虽在现在，其实是缠着小脚，“跑起路来一摇一摆的”女人还不少。

至于困苦，那是用不着多谈，只要看同一的《申报》上，记载着多少“呼吁和平”的文电，多少募集急赈的广告，多少兵变和绑票的记事，留学外国的少爷小姐们虽然相隔太远，可以说不知道，但既然能想到用显微镜，难道就不能想到用望远镜吗？况且又何必用望远镜呢，同一的《杨缦华女士游欧杂感》里就又说：

“……据说使领馆的穷困。不自今日始。不过近几年来。有每况愈下之势。譬如逢到我国国庆或是重大纪念日。照例须招待外宾。举行盛典。意思是庆祝国运方兴。兼之联络各友邦的感情。以前使领馆必备盛宴。款待上宾。到了去年。为馆费支绌。改行茶会。以目前的形势推测。将后恐怕连茶会都开不成呢。在国际上最讲究体面的。要算日本国。他们政府行政费的预算。宁可特别节省。唯独于驻外使领馆的经费。十分充足。单就这一点来比较。我们已相形见绌了。”

使馆和领事馆是代表本国，如杨女士所说，要“庆祝国运方兴”的，而竟有“每况愈下之势”，孟子曰，“百姓不足，君孰与足？”则人民的过着什么生活，也就可想而知了。然而小国比利时的女人们究竟是单纯的，终于请求了原谅，假使她们真“知道立国数千年的大中华民国”的国民，往往有自欺欺人的不治之症，那可真是没有面子了。

假如这样，又怎么办呢？我想，也还是“就此一笑而散”罢。

唐朝的盯梢

上海的摩登少爷要勾搭摩登小姐，首先第一步，是追随不舍，术语谓之“钉梢”。“钉”者，坚附而不可拔也，“梢”者，末也，后也，译成文言，大约可以说是“追蹑”。据盯梢专家说，那第二步便是“扳谈”；即使骂，也就大有希望，因为一骂便可有言语来往，所以也就是“扳谈”的开头。我一向以为这是现在的洋场上才有的，今看《花间集》，乃知道唐朝就已经有了这样的事，那里面有张泌的《浣溪沙》调十首，其九云：

晚逐香车入凤城，东风斜揭绣帘轻，慢回娇眼笑盈盈。

消息未通何计是，便须佯醉且随行，依稀闻道“太狂生”。

这分明和现代的盯梢法是一致的。倘要译成白话诗，大概可以是这样：

夜赶洋车路上飞，

东风吹起印度绸衫子，显出腿儿肥，

乱丢俏眼笑眯眯。

难以攀谈有什么法子呢？

只能带着油腔滑调且盯梢，

好像听得骂道"杀千刀!"

但恐怕在古书上,更早的也还能够发现,我极希望博学者见教,因为这是对于研究"盯梢史"的人,极有用处的。

《夏娃日记》小引

玛克·土温(Mark Twain)无须多说,只要一翻美国文学史,便知道他是前世纪末至现世纪初有名的幽默家(Humorist)。不但一看他的作品,要令人眉开眼笑,就是他那笔名,也含有一些滑稽之感的。

他本姓克莱门斯(Samuel Langhorne Clemens,1835~1910),原是一个领港,在发表作品的时候,便取量水时所喊的讹音,用作了笔名。作品很为当时所欢迎,他即被看作讲笑话的好手;但到一九一六年他的遗著《The Mysterious Stranger》一出版,却分明证实了他是很深的厌世思想的怀抱者了。

玛克·土温

含着哀怨而在嬉笑,为什么会这样的?

我们知道,美国出过亚伦·坡(Edgar Allan Poe),出过霍桑(N. Hawthorne),出过惠德曼(W·Whitman),都不是这么表里两样的。然而这是南北战争以前的事。这之后,惠德曼先就唱不出歌来,因为这之后,美国已成了产业主义的社会,个性都得铸在一个模子里,不再能主张自我了。如果主张,就要受迫害。这时的作家之所注意,已非应该怎样发挥自己的个性,而是怎样写去,才能有人爱读,卖掉原稿,得到声名。连有名如荷惠勒(W.D. Howells)的,也以为文学者的能为世间所容,是在他给人以娱乐。于是有些野性未驯的,便站不住了,有的跑到外国,如詹谟士(Henry James),有的讲讲笑话,就是玛克·土温。

那么,他的成了幽默家,是为了生活,而在幽默中又含着哀怨,含着讽刺,则是不甘于这样的生活的缘故了。因为这一点点的反抗,就使现在新土地里的儿童,还笑道:玛克·土温是我们的。

这《夏娃日记》(Eve's Diary)出版于一九〇六年,是他的晚年之作,虽然不过一种小品,但仍是在天真中露出弱点,叙述里夹着讥评,形成那时的美国姑娘,而作者以为是一切女性的肖像,但脸上的笑影,却分明是有了年纪的了。幸而靠了作者的纯熟的手腕,令人一时难以看出,仍不失为活泼泼的作品;又得译者将丰神传达,而且朴素无华,几乎要令人觉得倘使夏娃用中文来做日记,恐怕也就如此一样:更加值得一看了。

莱勒孚(Lester Ralph)的五十余幅白描的插图,虽然柔软,却很清新,一看布局,也许很容易使人记起中国清季的任渭长的作品,但他所画的是仙侠高士,瘦削怪诞,远不如这些的健康;而且对于中国现在看惯了斜眼削肩的美女图的眼睛,也是很有澄清的益处的。

一九三一年九月二十七夜,记。

新的"女将"

在上海制图版,比别处便当,也似乎好些,所以日报的星期附录画报呀,书店的什么什么月刊画报呀,也出得比别处起劲。这些画报上,除了一排一排地坐着大人先生们的什么什么会开会或闭会的纪念照片而外,还一定要有"女士"。

"女士"的尊容,为什么要绍介于社会的呢?我们只要看那说明,就可以明白了。例如:

"A 女士,B 女校皇后,性喜音乐。"

"C 女士,D 女校高才生,爱养巴儿狗。"

"E 女士,F 大学肄业,为 G 先生之第五女公子。"

再看装束:春天都是时装,紧身窄袖;到夏天,将裤脚和袖子都撒掉了,坐在海边,叫作"海水浴",天气正热,那原是应该的;入秋,天气凉了,不料日本兵恰恰侵入了东三省,于是画报上就出现了白长衫的看护服,或托枪的戎装的女士们。

这是可以使读者喜欢的,因为富于戏剧性。中国本来喜欢玩把戏,乡下的戏台上,往往挂着一副对子,一面是"戏场小天地",一面是"天地大戏场"。做起戏来,因为是乡下,还没有《乾隆帝下江南》之类,所以往往是《双阳公主追狄》,《薛仁贵招亲》,其中的女战士,看客称之为"女将"。她头插雉尾,手执双刀(或两端都有枪尖的长枪),一出台,看客就看得更起劲。明知不过是做做戏的,然而看得更起劲了。

练了多年的军人,一声鼓响,突然都变了无抵抗主义者。于是远路的文人学士,便大谈什么"乞丐杀敌","屠夫成仁","奇女子救国"一流的传奇式古典,想一声锣响,出于意料之外的人物来"为国增光"。而同时,画报上也就出现了这些传奇的插画。但还没有提起剑仙的一道白光,总算还是切实的。

但愿不要误解。我并不是说,“女士”们都得在绣房里关起来;我不过说,雄兵解甲而密斯托枪,是富于戏剧性的而已。

还有事实可以证明。一,谁也没有看见过日本的“惩膺中国军”的看护队的照片;二,日本军里是没有女将的。然而确已动手了。这是因为日本人是做事是做事,做戏是做戏,决不混合起来的缘故。

宣传与做戏

就是那刚刚说过的日本人,他们做文章论及中国的国民性的时候,内中往往有一条叫作“善于宣传”。看他的说明,这“宣传”两字却又不像是平常的“Propaganda”,而是“对外说谎”的意思。

这宗话,影子是有一点的。譬如罢,教育经费用光了,却还要开几个学堂,装装门面;全国的人们十之九不识字,然而总得请几位博士,使他对西洋人去讲中国的精神文明;至今还是随便拷问,随便杀头,一面却总支撑维持着几个洋式的“模范监狱”,给外国人看看。还有,离前敌很远的将军,他偏要大打电报,说要“为国前驱”。连体操班也不愿意上的学生少爷,他偏要穿上军装,说是“灭此朝食”。

不过,这些究竟还有一点影子;究竟还有几个学堂,几个博士,几个模范监狱,几个通电,几套军装。所以说是“说谎”,是不对的。这就是我之所谓“做戏”。

但这普遍的做戏,却比真的做戏还要坏。真的做戏,是只有一时;戏子做完戏,也就恢复为平常状态的。杨小楼做《单刀赴会》,梅兰芳做《黛玉葬花》,只有在戏台上的时候是关云长,是林黛玉,下台就成了普通人,所以并没有大弊。倘使他们扮演一回之后,就永远提着青龙偃月刀或锄头,以关老爷,林妹妹自命,怪声怪气,唱来唱去,那就实在只好算是发热昏了。

不幸因为是“天地大戏场”,可以普遍的做戏者,就很难有下台的时候,例如杨缦华女士用自己的天足,踢破小国比利时女人的“中国女人缠足说”,为面子起见,用权术来解围,这还可以说是很该原谅的。但我以为应该这样就拉倒。现在回到寓里,做成文章,这就是进了后台还不肯放下青龙偃月刀;而且又将那文章送到中国的《申报》上来发表,则简直是提着青龙偃月刀一路唱回自己的家里来了。难道作者真已忘记了中国女人曾经缠脚,至今也还有正在缠脚的吗?还是以为中国人都已经自己催眠,觉得全国女人都已穿了高跟皮鞋了呢?

这不过是一个例子罢了,相像的还多得很,但恐怕不久天也就要亮了。

知难行难

中国向来的老例,做皇帝做牢靠和做倒霉的时候,总要和文人学士扳一下子相好。做牢靠的时候是“偃武修文”,粉饰粉饰;做倒霉的时候是又以为他们真有“治国平天下”的大道,再问问看,要说得直白一点,就是见于《红楼梦》上的所谓“病笃乱投医”了。

当“宣统皇帝”逊位逊到坐得无聊的时候,我们的胡适之博士曾经尽过这样的任务。

见过以后,也奇怪,人们不知怎的先问他们怎样的称呼,博士曰:

“他叫我先生,我叫他皇上。”

那时似乎并不谈什么国家大计,因为这“皇上”后来不过做了几首打油白话诗,终于无聊,而且还落得一个赶出金銮殿。现在可要阔了,听说想到东三省再去做皇帝呢。而在上海,又以“蒋召见胡适之丁文江”闻:

“南京专电:丁文江,胡适,来京谒蒋,此来系奉蒋召,对大局有所垂询。……”(十月十四日《申报》。)

现在没有人问他怎样的称呼。

为什么呢?因为是知道的,这回是“我称他主席……”!

安徽大学校长刘文典教授,因为不称“主席”而关了好多天,好容易才交保出外,老同乡,旧同事,博士当然是知道的,所以,“我称他主席”!

也没有人问他“垂询”些什么。

为什么呢?因为这也是知道的,是“大局”。而且这“大局”也并无“国民党专政”和“英国式自由”的争论的麻烦,也没有“知难行易”和“知易行难”的争论的麻烦,所以,博士就出来了。

“新月派”的罗隆基博士曰:“根本改组政府,……容纳全国各项人才代表各种政见的政府,……政治的意见,是可以牺牲的,是应该牺牲的。”(《沈阳事件》。)

代表各种政见的人才,组成政府,又牺牲掉政治的意见,这种“政府”实在是神妙极了。但“知难行易”竟“垂询”于“知难,行亦不易”,倒也是一个先兆。

几条“顺”的翻译

在这一个多年之中,拼死命攻击“硬译”的名人,已经有了三代:首先是祖师梁实秋教授，其次是徒弟赵景深教授，最近就来了徒孙杨晋豪大学生。但这三代之中，却要算赵教授的主张最为明白而且彻底了，那精义是——

"与其信而不顺，不如顺而不信。"

这一条格言虽然有些稀奇古怪，但对于读者是有效力的。因为"信而不顺"的译文，一看便觉得费力，要借书来休养精神的读者，自然就会佩服赵景深教授的格言。至于"顺而不信"的译文，却是倘不对照原文，就连那"不信"在什么地方都不知道。然而用原文来对照的读者，中国有几个呢。这时候，必须读者比译者知道得更多一点，才可以看出其中的错误，明白那"不信"的所在。否则，就只好糊里糊涂的装进脑子里去了。

我对于科学是知道得很少的，也没有什么外国书，只好看看译本，但近来往往遇见疑难的地方。随便举几个例子罢。《万有文库》里的周太玄先生的《生物学浅说》里，有这样的一句——

"最近如尼尔及厄尔两氏之对于麦……"

据我所知道，在瑞典有一个生物学名家 Nilsson-Ehle 是考验小麦的遗传的，但他是一个人而兼两姓，应该译作"尼尔生厄尔"才对。现在称为"两氏"，又加了"及"，顺是顺的，却很使我疑心是别的两位了。不过这是小问题，虽然，要讲生物学，连这些小节也不应该忽略，但我们姑且模模糊糊罢。

今年的三月号《小说月报》上冯厚生先生译的《老人》里，又有这样的一句——

"他由伤寒病变为流行性的感冒（lnfluenza）的重病……"

这也是很"顺"的，但据我所知道，流行性感冒并不比伤寒重，而且一个是呼吸系统疾病，一个是消化系病，无论你怎样"变"，也"变"不过去的。须是"伤风"或"中寒"，这才变得过去。但小说不比《生物学浅说》，我们也姑且模模糊糊罢。这回另外来看一个奇特的实验。

这一种实验，是出在何定杰及张志耀两位合译的美国 Conklin 所做的《遗传与环境》里面的。那译文是——

"……他们先取出兔眼睛内髓质之晶体，注射于家禽，等到家禽眼中生成一种'代晶质'，足以透视这种外来的蛋白质精以后，再取出家禽之血清，而注射于受孕之雌兔。雌兔经此番注射，每不能堪，多遭死亡，但是他们的眼睛或晶体并不见有若何之伤害，并且他们卵巢内所蓄之卵，亦不见有什么特剐之伤害，因为就他们以后所生的小兔看来，并没有生而具残缺不全之眼者。"

这一段文章，也好像是颇"顺"，可以懂得的。但仔细一想，却不免不懂起来了。一，

“髓质之晶体”是什么？因为水晶体是没有髓质皮质之分的。二，“代晶质”又是什么？三，“透视外来的蛋白质”又是怎么一回事？我没有原文能对，实在苦恼得很，想来想去，才以为恐怕是应该改译为这样的——

“他们先取兔眼内的制成浆状(以便注射)的水晶体，注射于家禽，等到家禽感应了这外来的蛋白质(即浆状的水晶体)而生‘抗晶质’(即抵抗这浆状水晶体的物质)。然后再取其血清，而注射于怀孕之雌兔。……”

以上不过随手引来的几个例，此外情随事迁，忘却了的还不少，有许多为我所不知道的，那自然就都溜过去，或者照样错误地装在我的脑里了。但即此几个例子，我们就已经可以决定，译得“信而不顺”的至多不过看不懂，想一想也许能懂，译得“顺而不信”的却令人迷误，怎样想也不会懂，如果好像已经懂得，那么你正是入了迷途了。

风马牛

主张“顺而不信”译法的大将赵景深先生，近来却并没有译什么大作，他大抵只在《小说月报》上，将“国外文坛消息”，来介绍给我们。这自然是很可感谢的。那些消息，是译来的呢，还是介绍者自去打听来，研究来的？我们无从捉摸。即使是译来的罢，但大抵没有说明出处，我们也无从考查。自然，在主张“顺而不信”译法的赵先生，这是都不必注意的，如果有些“不信”，倒正是贯彻了宗旨。

然而，疑难之处，我却还是遇到的。

在二月号的《小说月报》里，赵先生将“新群众作家近讯”告诉我们，其一道：“格罗泼已将马戏的图画故事《Alay Oop》脱稿。”这是极“顺”的，但待到看见了这本图画，却不尽是马戏。借得英文字典来，将书名下面注着的两行英文“Life and Love Among the Acrobats Told Entirely in Pictures”查了一通，才知道原来并不是“马戏”的故事，而是“做马戏的戏子们”的故事。这么一说，自然，有些“不顺”了。但内容既然是这样的，另外也没有法子想。必须是“马戏子”，这才会有“Love”。

《小说月报》到了十一月号，赵先生又告诉了我们“塞意斯完成四部曲”，而且“连最后的一册《半人半牛怪》(Der Zentaur)也已于今年出版”了。这一下“Der”，就令人眼睛发白，因为这是茄门话，就是想查字典，除了同济学校也几乎无处可借，哪里还敢发生什么二心。然而那下面的一个名词，却不写尚可，一写倒成了疑难杂症。这字大约是源于希腊的，英文字典上也就有，我们还常常看见用它作画材的图画，上半身是人，下半身却是马，不是牛。牛马同是哺乳动物，为了要“顺”，固然混用一回也不关紧要，但究竟马是奇蹄类，牛是偶蹄类，有些不同，还是分别了好，不必“出到最后的一册”的时候，偏来“牛”一下子的。

“牛”了一下之后，使我联想起赵先生的有名的“牛奶路”来了。这很像是直译或“硬译”，其实却不然，也是无缘无故的“牛”了进去的。这故事无须查字典，在图画上也能看见。却说希腊神话里的大神宙斯是一位很有些喜欢女人的神，他有一回到人间去，和某女士生了一个男孩子。物必有偶，宙斯太太却偏又是一个很有些嫉妒心的女神。她一知道，拍桌打凳的(?)大怒了一通之后，便将那孩子取到天上，要看机会将他害死。然而孩子是天真的，他满不知道，有一回，碰着了宙太太的乳头，便一吸，太太大吃一惊，将他一推，跌落到人间，不但没有被害，后来还成了英雄。但宙太太的乳汁，却因此一吸，喷了出来，飞散天空，成为银河，也就是“牛奶路”，——不，其实是“神奶路”。但白种人是一切“奶”都叫“Milk”的，我们看惯了罐头牛奶上的文字，有时就不免于误译，是的，这也是无足怪的事。

但以对于翻译大有主张的名人，而遇马发昏，爱牛成性，有些“牛头不对马嘴”的翻译，却也可当作一点谈助。——不过当作别人的一点谈助，并且借此知道一点希腊神话而已，于赵先生的“与其信而不顺，不如顺而不信”的格言，却还是毫无损害的。这叫作“乱译万岁！”

再来一条“顺”的翻译

这“顺”的翻译出现的时候，是很久远了；而且是大文学家和大翻译理论家，谁都不屑注意的。但因为偶然在我所搜集的“顺译模范文大成”稿本里，翻到了这一条，所以就再来一下子。

却说这一条，是出在中华民国十九年八月三日的《时报》里的，在头号字的《针穿两手……》这一个题目之下，做着这样的文章：

“被共党捉去以钱赎出由长沙逃出之中国商人，与从者二名，于昨日避难到汉，彼等主仆，均鲜血淋漓，语其友人曰，长沙有为共党做侦探者，故多数之资产阶级，于廿九日晨被捕，予等系于廿八夜捕去者，即以针穿手，以秤秤之，言时出其两手，解布以示其所穿之穴，尚鲜血淋漓。……(汉口二日电通电)”

这自然是“顺”的，虽然略一留心，即容或会有多少可疑之点。譬如罢，其一，主人是资产阶级，当然要“鲜血淋漓”的了，二仆大概总是穷人，为什么也要一同“鲜血淋漓”的呢？其二，“以针穿手，以秤秤之”干什么，莫非要照斤两来定罪名吗？但是，虽然如此，文章也还是“顺”的，因为在社会上，本来说得共党的行为是古里古怪；况且只要看过《玉历钞传》，就都知道十殿阎王的某一殿里，有用天秤来秤犯人的办法，所以“以秤秤之”，也还是毫不足奇。只有秤的时候，不用秤钩而用“针”，却似乎有些特别罢了。

幸而，我在同日的一种日本文报纸《上海日报》上，也偶然见到了电通社的同一的电报，这才明白《时报》是因为译者不拘于“硬译”，而又要“顺”，所以有些不“信”了。倘若译得“信而不顺”一点，大略是应该这样的：

“……彼等主仆，将为恐怖和鲜血所渲染之经验谈，语该地之中国人曰，共产军中，有熟悉长沙之情形者，……予等系于廿八日之半夜被捕，拉去之时，则在腕上刺孔，穿以铁丝，数人或数十人为一串。言时即以包着沁血之布片之手示之……”

这才分明知道，“鲜血淋漓”的并非“彼等主仆”，乃是他们的“经验谈”，两位仆人，手上实在并没有一个洞。穿手的东西，日本文虽然写作“针金”，但译起来须是“铁丝”，不是“针”，针是做衣服的。至于“以秤秤之”，却连影子也没有。

我们的“友邦”好友，顶喜欢宣传中国的古怪事情，尤其是“共党”的；四年以前，将“裸体游行”说得像煞有介事，于是中国人也跟着叫了好几个月。其实是，警察用铁丝穿了殖民地的革命党的手，一串一串的牵去，是所谓“文明”国民的行为，中国人还没有知道这方法，铁丝也不是农业社会的产品。从唐到宋，因为迷信，对于“妖人”虽然曾有用铁索穿了锁骨，以防变化的法子，但久已不用，知道的人也几乎没有了。文明国人将自己们所用的文明方法，硬栽到中国来，不料中国人却还没有这样文明，连上海的翻译家也不懂，偏不用铁丝来穿，就只照阎罗殿上的办法，“秤”了一下完事。

造谣的和帮助造谣的，一下子都显出本相来了。

中华民国的新“堂吉诃德”们

十六世纪末尾的时候，西班牙的文人西万提斯做了一大部小说叫作《堂吉诃德》，说这位吉先生，看武侠小说看呆了，硬要去学古代的游侠，穿一身破甲，骑一匹瘦马，带一个跟丁，游来游去，想斩妖服怪，除暴安良。谁知当时已不是那么古气盎然的时候了，因此只落得闹了许多笑话，吃了许多苦头，终于上个大当，受了重伤，狼狈回来，死在家里，临死才知道自己不过一个平常人，并不是什么大侠客。

这一个古典，去年在中国曾经很被引用了一回，受到这个谥法的名人，似乎还有点很不高兴的样子。其实是，这种书呆子，乃是西班牙书呆子，向来爱讲“中庸”的中国，是不会有的。西班牙人讲恋爱，就天天到女人窗下去唱歌，信旧教，就烧杀异端，一革命，就捣烂教堂，踢出皇帝。然而我们中国的文人学子，不是总说女人先来引诱他，请教同源，保存庙产，宣统在革命之后，还许他许多年在宫里做皇帝吗?

记得先前的报章上，发表过几个店家的小伙计，看剑侠小说入了迷，忽然要到武当山去学道的事，这倒很和“堂吉诃德”相像的。但此后便看不见一点后文，不知道是也做出了许多奇迹，还是不久就又回到家里去了?以“中庸”的老例推测起来，大约以回了家为合式。

这以后的中国式的“堂吉诃德”的出现，是“青年援马团”。不是兵，他们偏要上战场；政府要诉诸国联，他们偏要自己动手；政府不准去，他们偏要去；中国现在总算有一点铁路了，他们偏要一步一步地走过去；北方是冷的，他们偏只穿件夹袄；打仗的时候，兵器是顶要紧的，他们偏只着重精神。这一切等等，确是十分“堂吉诃德”的了。然而究竟是中国的“堂吉诃德”，所以他只一个，他们是一团；送他的是嘲笑，送他们的是欢呼；迎他的是诧异，而迎他们的也是欢呼；他驻扎在深山中，他们驻扎在真茹镇；他在磨坊里打风磨，他们在常州玩梳篦，又见美女，何幸如之(见十二月《申报》《自由谈》)。其苦乐之不同，有如此者，呜呼!

不错，中外古今的小说太多了，里面有“舆榇”，有“截指”，有“哭秦庭”，有“对天立誓”。耳濡目染，诚然也不免来抬棺材，砍指头，哭孙陵，宣誓出发的。然而五四运动时胡适之博士讲文学革命的时候，就已经要“不用古典”，现在在行为上，似乎更可以不用了。

讲二十世纪战事的小说，旧一点的有雷马克的《西线无战事》，棱的《战争》，新一点的有绥拉菲摩维支的《铁流》，法捷耶夫的《毁灭》，里面都没有这样的“青年团”，所以他们都实在打了仗。

《野草》英文译本序

冯 Y.S.先生由他的友人给我看《野草》的英文译本，并且要我说几句话。可惜我不懂英文，只能自己说几句。但我希望，译者将不嫌我只做了他所希望的一半的。

这二十多篇小品，如每篇末尾所注，是一九二四至二六年在北京所作，陆续发表于期刊《语丝》上的。大抵仅仅是随时的小感想。因为那时难于直说，所以有时措辞就很含糊了。

现在举几个例罢。因为讽刺当时盛行的失恋诗,作《我的失恋》,因为憎恶社会上旁观者之多,作《复仇》第一篇,又因为惊异于青年之消沉,作《希望》。《这样的战士》,是有感于文人学士们帮助军阀而作。《腊叶》,是为爱我者地想要保存我而作的。段祺瑞政府枪击徒手民众后,作《淡淡的血痕中》,其时我已避居别处;奉天派和直隶派军阀战争的时候,作《一觉》,此后我就不能住在北京了。

所以,这也可以说,大半是废弛的地狱边沿的惨白色小花,当然不会美丽。但这地狱也必须失掉。这是由几个有雄辩和辣手,而那时还未得志的英雄们的脸色和语气所告诉我的。我于是作《失掉的好地狱》。

后来,我不再做这样的东西了。日在变化的时代,已不许这样的文章,甚而至于这样的感想存在。我想,这也许倒是好的吧。为译本而作的序言,也应该在这里结束了。

十一月五日。

“智识劳动者”万岁

“劳动者”这句话成了“罪人”的代名词,已经足足四年了。压迫罢,谁也不响;杀戮罢,谁也不响;文学上一提起这句话,就有许多“文人学士”和“正人君子”来笑骂,接着又有许多他们的徒子徒孙来笑骂。劳动者呀劳动者,真要永世不得翻身了。

不料竟又有人记得你起来。

不料帝国主义老爷们还嫌党国屠杀得不赶快,竟来亲自动手了,炸的炸,轰的轰。称“人民”为“反动分子”,是党国的拿手戏,而不料帝国主义老爷也有这妙法,竟称不抵抗的顺从的党国官军为“贼匪”,大加以“膺惩”!冤乎枉哉,这真有些“顺”“逆”不分,玉石俱焚之慨了!

于是又记得了劳动者。

于是久不听到了的“亲爱的劳动者呀!”的亲热喊声,也在文章上看见了;久不看见了的“智识劳动者”的奇妙官衔,也在报章上发现了,还因为“感于有联络的必要”,组织了“协会”,举了干事樊仲云,汪馥泉呀这许多新任“智识劳动者”先生们。

有什么“智识”?有什么“劳动”?“联络”了干什么?“必要”在哪里?这些这些,暂且不谈罢,没有“智识”的体力劳动者,也管不着的。

“亲爱的劳动者”呀!你们再替这些高贵的“智识劳动者”起来干一回罢!给他们仍

旧可以坐在房里"劳动"他们那高贵的"智识"。即使失败,失败的也不过是"体力","智识"还在着的!

"智识"劳动者万岁!

"友邦惊诧"论

只要略有知觉的人就都知道:这回学生的请愿,是因为日本占据了辽吉,南京政府束手无策,单会去哀求国联,而国联却正和日本是一伙。读书呀,读书呀,不错,学生是应该读书的,但一面也要大人老爷们不至于葬送土地,这才能够安心读书。报上不是说过,东北大学逃散,冯庸大学逃散,日本兵看见学生模样的就枪毙吗?放下书包来请愿,真是已经可怜之至。不道国民党政府却在十二月十八日通电各地军政当局文里,又加上他们"捣毁机关,阻断交通,殴伤中委,拦劫汽车,攒击路人及公务人员,私逮刑讯,社会秩序,悉被破坏"的罪名,而且指出结果,说是"友邦人士,莫名惊诧,长此以往,国将不国"了!

好个"友邦人士"!日本帝国主义的兵队强占了辽吉,炮轰机关,他们不惊诧;阻断铁路,追炸客车,捕禁官吏,枪毙人民,他们不惊诧。中国国民党治下的连年内战,空前水灾,卖儿救穷,砍头示众,秘密杀戮,电刑逼供,他们也不惊诧。在学生的请愿中有一点纷扰,他们就惊诧了!

好个国民党政府的"友邦人士"!是些什么东西!

即使所举的罪状是真的吧,但这些事情,是无论那一个"友邦"也都有的,他们的维持他们的"秩序"的监狱,就撕掉了他们的"文明"的面具。摆什么"惊诧"的臭脸孔呢?

可是"友邦人士"一惊诧,我们的国府就怕了,"长此以往,国将不国"了,好像失了东三省,党国倒愈像一个国,失了东三省谁也不响,党国倒愈像一个国,失了东三省只有几个学生上几篇"呈文",党国倒愈像一个国,可以博得"友邦人士"的夸奖,永远"国"下去一样。

几句电文,说得明白极了:怎样的党国,怎样的"友邦"。"友邦"要我们人民身受宰割,寂然无声,略有"越轨",便加屠戮;党国是要我们遵从这"友邦人士"的希望,否则,他就要"通电各地军政当局","即予紧急处置,不得于事后借口无法劝阻,敷衍塞责"了!

因为"友邦人士"是知道的:日兵"无法劝阻",学生们怎会"无法劝阻"?每月一千八百万的军费,四百万的政费,作什么用的呀,"军政当局"呀?

写此文后刚一天,就见二十一日《申报》登载南京专电云:"考试院部员张以宽,盛传前日为学生架去重伤。兹据张自述,当时因车夫误会,为群众引至中大,旋出校回寓,并

无受伤之事。至行政院某秘书被拉到中大，亦当时出来，更无失踪之事。”而“教育消息”栏内，又记本埠一小部分学校赶京请愿学生死伤的确数，则云：“中公死二人，伤三十人，复旦伤二人，复旦附中伤十人，东亚失踪一人（系女性），上中失踪一人，伤三人，文生氏死一人，伤五人……”可见学生并未如国府通电所说，将“社会秩序，破坏无余”，而国府则不但依然能够镇压，而且依然能够诬陷，杀戮。“友邦人士”，从此可以不必“惊诧莫名”，只请放心来瓜分就是了。

答中学生杂志社问

“假如先生面前站着一个中学生，处此内忧外患交迫的非常时代，将对他讲怎样的话，做努力的方针？”

编辑先生：

请先生也许我回问你一句，就是：我们现在有言论的自由吗？假如先生说“不”，那么我知道一定也不会怪我不作声的。假如先生竟以“面前站着一个中学生”之名，一定要逼我说一点，那么，我说：第一步要努力争取言论的自由。

答北斗杂志社问

——创作要怎样才会好？

编辑先生：

来信的问题，是要请美国作家和中国上海教授们做的，他们满肚子是“小说法程”和“小说作法”。我虽然做过二十来篇短篇小说，但一向没有“宿见”，正如我虽然会说中国括，却不会写“中国语法入门”一样。不过高情难却，所以只得将自己所经验的琐事写一点在下面——

一，留心各样的事情，多看看，不看到一点就写。

二，写不出的时候不硬写。

三，模特儿不用一个一定的人，看得多了，凑合起来的。

四，写完后至少看两遍，竭力将可有可无的字，句，段删去，毫不可惜。宁可将可作小说的材料缩成 Sketch，决不将 Sketch 材料拉成小说。

五，看外国的短篇小说，几乎全是东欧及北欧作品，也看日本作品。

六，不生造除自己之外，谁也不懂的形容词之类。

七，不相信“小说作法”之类的话。

八，不相信中国的所谓“批评家”之类的话，而看看可靠的外国批评家的评论。

现在所能说的，如此而已。此复，即请

编安！

十二月二十七日。

关于小说题材的通信

来信

L、S.先生：

要这样冒昧地麻烦先生的心情，是抑制得很久的了，但像我们心目中的先生，大概不会淡漠一个热忱青年的请教的吧。这样几度地思量之后，终于唐突地向你表示我们在文艺上——尤其是短篇小说上的迟疑和犹豫了。

我们曾手写了好几篇短篇小说，所采取的题材：一个是专就其熟悉的小资产阶级的青年，把那些在现时代所显现和潜伏的一般的弱点，用讽刺的艺术手腕表示出来；一个是专就其熟悉的下层人物——在现时代大潮流冲击圈外的下层人物，把那些在生活重压下强烈求生的欲望的朦胧反抗的冲动，刻画在创作里面，——不知这样内容的作品，究竟对现时代，有没有配说得上有贡献的意义？我们初则迟疑，继则提起笔又犹豫起来了。这须请先生给我们一个指示，因为我们不愿意在文艺上的努力，对于目前的时代，成为白费气力，毫无意义的。

我们决定在这一个时代里，把我们的精力放在有意义的文艺上，借此表示我们应有的助力和贡献，并不是先生所说的那一辈略有小名，便去而之他的文人。因此，目前如果先生愿给我们以指示，这指示便会影响到我们终身的。虽然也曾看见过好些普罗作家的创作，但总不愿把一些虚构的人物使其翻一个身就革命起来，却喜欢捉几个熟悉的模特儿，真真实实地刻画出来——这脾气是否妥当，确又没有十分的把握了。所以三番五次的思维，只有冒昧地来唐突先生了。即祝

近好！

Ts-c.Y.及Y-f.T.上　十一月廿九日。

回信

Y及T先生：

接到来信后，未及回答，就染了流行性感冒，头重眼肿，连一个字也不能写，近几天总算好起来了，这才来写回信。同在上海，而竟拖延到一个月，这是非常抱歉的。

两位所问的，是写短篇小说的时候，取来应用的材料的问题。而作者所站的立场，如信上所写，则是小资产阶级的立场。如果是战斗的无产者，只要所写的是可以成为艺术品的东西，那就无论他所描写的是什么事情，所使用的是什么材料，对于现代以及将来一定是有贡献的意义的。为什么呢？因为作者本身便是一个战斗者。

但两位都并非那一阶级，所以当动笔之先，就发生了来信所说似的疑问。我想，这对于目前的时代，还是有意义的，然而假使永是这样的脾气，却是不妥当的。

别阶级的文艺作品，大抵和正在战斗的无产者不相干。小资产阶级如果其实并非与无产阶级一气，则其憎恶或讽刺同阶级，从无产者看来，恰如较有聪明才力的公子憎恨家里的没出息子弟一样，是一家子里面的事，无须管得，更说不到损益。例如法国的戈兼，痛恨资产阶级，而他本身还是一个道道地地资产阶级的作家。倘写下层人物（我以为他们是不会"在现时代大潮流冲击圈外"的）罢，所谓客观其实是楼上的冷眼，所谓同情也不过空虚的布施，于无产者并无补助。而且后来也很难言。例如也是法国人的波特莱尔，当巴黎公社初起时，他还很感激赞助，待到势力一大，觉得于自己的生活将要有害，就变成反动了。但就目前的中国而论，我以为所举的两种题材，却还有存在的意义。如第一种，非同阶级是不能深知的，加以袭击，撕其面具，当比不熟悉此中情形者更加有力。如第二种，则生活状态，当随时代而变更，后来的作者，也许不及看见，随时记载下来，至少也可以作这一时代的记录。所以对于现在以及将来，还是都有意义的。不过即使"熟悉"，却未必便是"正确"，取其有意义之点，指示出来，使那意义格外分明，扩大，那是正确的批评家的任务。

因此我想，两位是可以各就自己现在能写的题材，动手来写的。不过选材要严，开掘要深，不可将一点琐屑的没有意思的事故，便填成一篇，以创作丰富自乐。这样写去，到一个时候，我料想必将觉得写完，——虽然这样的题材的人物，即使几十年后，还有作为残滓而存留，但那时来加以描写刻画的，将是另一种作者，另一样看法了。然而两位都是向着前进的青年，又抱着对于时代有所助力和贡献的意志，那时也一定能逐渐克服自己的生活和意识，看见新路的。

总之,我的意思是:现在能写什么,就写什么,不必趋时,自然更不必硬造一个突变式的革命英雄,自称“革命文学”;但也不可苟安于这一点,没有改革,以致沉没了自己——也就是消灭了对于时代的助力和贡献。此复,即颂近佳。

L.S.启。十二月二十五日。

关于翻译的通信

来信

敬爱的同志:

你译的《毁灭》出版,当然是中国文艺生活里面的极可纪念的事迹。翻译世界无产阶级革命文学的名著,并且有系统的介绍给中国读者,(尤其是苏联的名著,因为它们能够把伟大的十月,国内战争,五年计划的“英雄”,经过具体的形象,经过艺术的照耀,而供献给读者。)——这是中国普罗文学者的重要任务之一。虽然,现在做这件事的,差不多完全只是你个人和Z同志的努力;可是,谁能够说:这是私人的事情?!谁?!《毁灭》《铁流》等等的出版,应当认为一切中国革命文学家的责任。每一个革命的文学战线上的战士,每一个革命的读者,应当庆祝这一个胜利;虽然这还只是小小的胜利。

你的译文,的确是非常忠实的,“决不欺骗读者”这一句话,绝不是广告!这也可见得一个诚挚,热心,为着光明而斗争的人,不能够不是刻苦而负责的。二十世纪的才子和欧化名士可以用“最少的劳力求得最大的”声望;但是,这种人物如果不彻底的脱胎换骨,始终只是“纱笼”(Salon)里的哈巴狗。现在粗制滥造的翻译,不是这班人干的,就是一些书贾的投机。你的努力——我以及大家都希望这种努力变成团体的,——应当继续,应当扩大,应当加深。所以我也许和你自己一样,看着这本《毁灭》,简直非常的激动:我爱它,像爱自己的儿女一样。咱们的这种爱,一定能够帮助我们,使我们的精力增加起来,使我们的小小的事业扩大起来。

翻译——除了能够介绍原本的内容给中国读者之外——还有一个很重要的作用:就是帮助我们创造出新的中国的现代言语。中国的言语(文字)是那么穷乏,甚至于日常用品都是无名氏的。中国的言语简直没有完全脱离所谓“姿势语”的程度——普通的日常谈话几乎还离不开“手势戏”。自然,一切表现细腻的分别和复杂的关系的形容词,动词,前置词,几乎没有。宗法封建的中世纪的余孽,还紧紧地束缚着中国人的活的言语,(不但是工农群众!)这种情形之下,创造新的言语是非常重大的任务。欧洲先进的国家,在二三百年四五百年以前已经一般的完成了这个任务。就是历史上比较落后的俄国,也在一百五六十年以前就相当的结束了“教堂斯拉夫文”。他们那里,是资产阶级的文艺复兴运动和启蒙运动做了这件事。例如俄国的洛莫洛莎夫……普希金。中国的资产阶级可没有这个能力。固然,中国的欧化的绅商,例如胡适之之流,开始了这个运动。但是,这个运动的结果等于它的政治上的主人。因此,无产阶级必须继续去彻底完成这个任务,领导这个运动。翻译,的确可以帮助我们造出许多新的字眼,新的句法,丰富的字汇和细腻的精密的正确的表现。因此,我们既然进行着创造中国现代的新的言语的斗争,我们对于翻译,就不能够不要求:绝对的正确和绝对的中国白话文。这是要把新的文化的言语介绍给大众。

普希金

严几道的翻译,不用说了。他是:

译须信雅达,

文必夏殷周。

其实,他是用一个“雅”字打消了“信”和“达”。最近商务还翻印“严译名著”,我不知道这是“是何居心”!这简直是拿中国的民众和青年来开玩笑。古文的文言怎么能够译得“信”,对于现在的将来的大众读者,怎么能够“达”!

现在赵景深之流,又来要求:

宁错而务顺,

毋拗而仅信!

赵老爷的主张,其实是和城隍庙里演说西洋故事的,一鼻孔出气。这是自己懂得了(?)外国文,看了些书报,就随便拿起笔来乱写几句所谓通顺的中国文。这明明白白的欺侮中国读者,信口开河的来乱讲海外奇谈。第一,他的所谓“顺”,既然是宁可“错”一点儿的“顺”,那么,这当然是迁就中国的低级言语而抹杀原意的办法。这不是创造新的言语,而是努力保存中国的野蛮人的言语程度,努力阻挡它的发展。第二,既然要宁可“错”

一点儿，那就是要蒙蔽读者，使读者不能够知道作者的原意。所以我说：赵景深的主张是愚民政策，是垄断智识的学阀主义，——一点儿也没有过分的。还有，第三，他显然是暗示的反对普罗文学（好个可怜的"特殊走狗"）！他这是反对普罗文学，暗指着普罗文学的一些理论著作的翻译和创作的翻译。这是普罗文学敌人的话。

但是，普罗文学的中文书籍之中，的确有许多翻译是不"顺"的。这是我们自己的弱点，敌人乘这个弱点来进攻。我们的胜利的道路当然不仅要迎头痛打，打击敌人的军队，而且要更加整顿自己的队伍。我们的自己批评的勇敢，常常可以解除敌人的武装。现在，所谓翻译论战的结论，我们的同志却提出了这样的结语：

"翻译绝对不容许错误。可是，有时候，依照译品内容的性质，为着保存原作精神，多少的不顺，倒可以容忍。"

这是只是个"防御的战术"。而蒲力汗诺夫说：辩证法的唯物论者应当要会"反守为攻"。第一，当然我们首先要说明：我们所认识的所谓"顺"，和赵景深等所说的不同。第二，我们所要求的是：绝对的正确和绝对的白话。所谓绝对的白话，就是朗诵起来可以懂得的。第三，我们承认：一直到现在，普罗文学的翻译还没有做到这个程度，我们要继续努力。第四，我们揭穿赵景深等自己的翻译，指出他们认为是"顺"的翻译，其实只是梁启超和胡适之交媾出来的杂种——半文不白，半死不活的言语，对于大众仍旧是不"顺"的。

这里，讲到你最近出版的《毁灭》，可以说：这是做到了"正确"，还没有做到"绝对的白话"。

翻译要用绝对的白话，并不就不能够"保存原作的精神"。固然，这是很困难，很费功夫的。但是，我们是要绝对不怕困难，努力去克服一切的困难。

一般地说起来，不但翻译，就是自己的作品也是一样，现在的文学家，哲学家，政论家，以及一切普通人，要想表现在在中国社会已经有的新的关系，新的现象，新的事物，新的观念，就差不多人人都要做"仓颉"。这就是说，要天天创造新的字眼，新的句法。实际生活的要求是这样。难道一九二五年初我们没有在上海小沙渡替群众造出"罢工"这一个字眼吗？还有"游击队"，"游击战争"，"右倾"，"左倾"，"尾巴主义"，甚至于普通的"团结"，"坚决"，"动摇"等等等类……这些说不尽的新的字眼，渐渐的容纳到群众的口头上的言语里去了，即使还没有完全容纳，那也已经有了可以容纳的可能了。讲到新的句法，比较起来要困难一些，但是，口头上的言语里面，句法也已经有了很大的改变，很大的进步。只要拿我们自己演讲的言语和旧小说里的对白比较一下，就可以看得出来。可是，这些新的字眼和句法的创造，无意之中自然而然地要遵照着中国白话的文法公律。

凡是“白话文”里面，违反这些公律的新字眼，新句法，——就是说不上口的——自然淘汰出去，不能够存在。

所以说到什么是“顺”的问题，应当说：真正的白话就是真正通顺的现代中国文，这里所说的白话，当然不限于“家务琐事”的白话，这是说：从一般人的普通谈话，直到大学教授的演讲的口头上的白话。中国人现在讲哲学，讲科学，讲艺术……显然已经有了一个口头上的白话。难道不是如此？如果这样，那么，写在纸上的说话（文字），就应当是这一种白话，不过组织得比较紧凑，比较整齐罢了。这种文字，虽然现在还有许多对于一般识字很少的群众，仍旧是看不懂的，因为这种言语，对于一般不识字的群众，也还是听不懂的。——可是，第一，这种情形只限于文章的内容，而不在文字的本身，所以，第二，这种文字已经有了生命，它已经有了可以被群众容纳的可能性。它是活的言语。

所以，书面上的白话文，如果不注意中国白话的文法公律，如果不就着中国白话原来有的公律去创造新的，那就很容易走到所谓“不顺”的方面去。这是在创造新的字眼新的句法的时候，完全不顾普通群众口头上说话的习惯，而用文言做本位的结果。这样写出来的文字，本身就是死的言语。

因此，我觉得对于这个问题，我们要有勇敢的自己批评的精神，我们应当开始一个新的斗争。你以为怎么样？

我的意见是：翻译应当把原文的本意，完全正确的介绍给中国读者，使中国读者所得到的概念等于英俄日德法……读者从原文得来的概念，这样的直译，应当用中国人口头上可以讲得出来的白话来写。为着保存原作的精神，并用不着容忍“多少的不顺”。相反的，容忍着“多少的不顺”（就是不用口头上的白话），反而要多少的丧失原作的精神。

当然，在艺术的作品里，言语上的要求是更加苛刻，比普通的论文要更加来得精细。这里有各种人不同的口气，不同的字眼，不同的声调，不同的情绪，……并且这并不限于对白。这里，要用穷乏的中国口头上的白话来应付，比翻译哲学，科学……的理论著作，还要来得困难。但是，这些困难只不过愈加加重我们的任务，可并不会取消我们的这个任务的。

现在，请你允许我提出《毁灭》的译文之中的几个问题。我还没有能够读完，对着原文读的只有很少几段。这里，我只把弗理契序文里引的原文来校对一下。（我顺着序文里的次序，编着号码写下去，不再引你的译文，请你自己照着号码到书上去找罢。序文的翻译有些错误，这里不谈了。）

（一）结算起来，还是因为他心上有一种——

“对于新的极好的有力量的慈善的人的渴望，这种渴望是极大的，无论什么别的愿望都比不上的。”

更正确些:

结算起来,还是因为他心上——

“渴望着一种新的极好的有力量的慈善的人,这个渴望是极大的,无论什么别的愿望都比不上的。”

(二)“在这种时候,绝大多数的几万万人,还不得不过着这种原始的可怜的生活,过着这种无聊得一点儿意思都没有的生活,——怎么能够谈得上什么新的极好的人呢。”

(三)“他在世界上,最爱的始终还是他自己,——他爱他自己的雪白的肮脏的没有力量的手,他爱他自己的唉声叹气的声音,他爱他自己的痛苦,自己的行为——甚至于那些最可厌恶的行为。”

(四)“这算收场了,一切都回到老样子,仿佛什么也不曾有过,——华理亚想着,——又是旧的道路,仍旧是那一些纠葛——一切都要到那一个地方……可是,我的上帝,这是多么没有快乐呵!”

(五)“他自己都从没有知道过这种苦恼,这是忧愁的疲倦的,老年人似的苦恼,——他这样苦恼着地想:他已经二十七岁了,过去的每一分钟,都不能够再回过来,重新换个样子再过它一过,而以后,看来也没有什么好的……(这一段,你的译文有错误,也就特别来得“不顺”。)现在木罗式加觉得,他一生一世,用了一切力量,都只是竭力要走上那样的一条道路,他看起来是一直的明白的正当的道路,像莱奋生,巴克拉诺夫,图皤夫那样的人,他们所走的正是这样的道路;然而似乎有一个什么人在妨碍他走上这样的道路呢。而因为他无论什么时候也想不到这个仇敌就在他自己的心里面,所以,他想着他的痛苦是因为一般人的卑鄙,他就觉得特别的痛快和伤心。”

(六)“他只知道一件事——工作。所以,这样正当的人,是不能够不信任他,不能够不服从他的。”

(七)“开始的时候,他对于他生活的这方面的一些思想,很不愿意去思索,然而,渐渐的他起劲起来了,他竟写了两张纸……在这两张纸上,居然有许多这样的字眼——谁也想不到莱奋生会知道这些字眼的。”(这一段,你的译文里比俄文原文多了几句副句,也许是你引了相近的另外一句了罢?或者是你把茀理契空出的虚点填满了?)

(八)“这些受尽磨难的忠实的人,对于他是亲近的,比一切其他的东西都更加亲近,甚至于比他自己还要亲近。”

(九)“……沉默的,还是潮湿的眼睛,看了一看那些打麦场上的疏远的人,——这些人，他应当很快就把他们变成功自己的亲近的人，像那十八个人一样，像那不作声的，在他后面走着的人一样。”（这里，最后一句，你的译文有错误。）

这些译文请你用日本文和德文校对一下，是否是正确的直译，可以比较得出来的。我的译文，除去按照中国白话的句法和修辞法，有些比起原文来是倒装的，或者主词，动词，宾词是重复的，此外，完完全全是直译的。

这里，举一个例：第（八）条“……甚至于比他自己还要亲近。”这句话的每一个字母都和俄文相同的。同时，这在口头上说起来的时候，原文的口气和精神完全传达得出。而你的译文：“较之自己较之别人，还要亲近的人们”，是有错误的（也许是日德文的错误）。错误是在于：（一）丢掉了“甚至于”这一个字眼；（二）用了中国文言的文法，就不能够表现那句话的神气。

所有这些话，我都这样不客气地说着，仿佛自称自赞的。对于一班庸俗的人，这自然是“没有礼貌”。但是，我们是这样亲密的人，没有见面的时候就这样亲密的人。这种感觉，使我对于你说话的时候，和对自己说话一样，和自己商量一样。

再则，还有一个例子，比较重要的，不仅仅关于翻译方法的。这就是第（一）条的“新的……人”的问题。

《毁灭》的主题是新的人的产生。这里，茀理契以及法捷耶夫自己用的俄文字眼，是一个普通的“人”字的单数。不但不是人类，而且不是“人”字的复数。这意思是指着革命，国内战争……的过程之中产生着一种新式的人，一种新的“路数”（Type）——文雅的译法叫作典型，这是在全部《毁灭》里面看得出来的。现在，你的译文，写着“人类”。莱奋生渴望着一种新的……人类。这可以误会到另外一个主题。仿佛是一般的渴望着整个的社会主义的社会。而事实上，《毁灭》的“新人”，是当前的战斗的迫切的任务：在斗争过程之中去创造，去锻炼，去改造成一种新式的人物，和木罗式加，美谛克……等等不同的人物。这可是现在的人，是一些人，是做群众之中的骨干的人，而不是一般的人类，不是笼统的人类，正是群众之中的一些人，领导的人，新的整个人类的先辈。

这一点是值得特别提出来说的。当然，译文的错误，仅仅是一个字眼上的错误：“人”是一个字眼，“人类”是另外一个字眼。整本的书仍旧在我们面前，你的后记也很正确的了解到《毁灭》的主题。可是翻译要精确，就应当估量每一个字眼。

《毁灭》的出版，始终是值得纪念的。我庆祝你。希望你考虑我的意见，而对于翻译问题，对于一般的言语革命问题，开始一个新的斗争。

J.K.一九三一，十二，五。

回信

敬爱的J.K.同志：

看见你那关于翻译的信以后，使我非常高兴。从去年的翻译洪水泛滥以来，使许多人攒眉叹气，甚而至于讲冷话。我也是一个偶尔译书的人，本来应该说几句话的，然而至今没有开过口。“强聒不舍”虽然是勇壮的行为，但我所奉行的，却是“不可与言而与之言，失言”这一句古老话。况且前来的大抵是纸人纸马，说得耳熟一点，那便是“阴兵”，实在是也无从迎头痛击。就拿赵景深教授老爷来做例子罢，他一面专门攻击科学的文艺论译本之不通，指明被压迫的作家匿名之可笑，一面却又大发慈悲，说是这样的译本，恐怕大众不懂得。好像他倒天天在替大众计划方法，别的译者来搅乱了他的阵势似的。这正如俄国革命以后，欧美的富家奴去看了一看，回来就摇头皱脸，做出文章，慨叹着工农还在怎样吃苦，怎样忍饥，说得满纸凄凄惨惨。仿佛唯有他却是极希望一个筋斗，工农就都住王宫，吃大菜，躺安乐椅子享福的人。谁料还是苦，所以俄国不行了，革命不好了，啊呀啊呀了，可恶之极了。对着这样的哭丧脸，你同他说什么呢？假如觉得讨厌，我想，只要拿指头轻轻地在那纸糊架子上挖一个窟窿就可以了。

赵老爷评论翻译，拉了严又陵，并且替他叫屈，于是累得他在你的信里也挨了一顿骂。但由我看来，这是冤枉的，严老爷和赵老爷，在实际上，有虎狗之差。极明显的例子，是严又陵为要译书，曾经查过汉晋六朝翻译佛经的方法，赵老爷引严又陵为地下知己，却没有看这严又陵所译的书。现在严译的书都出版了，虽然没有什么意义，但他所用的工夫，却从中可以查考。据我所记得，译得最费力，也令人看起来最吃力的，是《穆勒名学》和《群己权界论》的一篇作者自序，其次就是这论，后来不知怎的又改称为《权界》，连书名也很费解了。最好懂的自然是《天演论》，桐城气息十足，连字的平仄也都留心，摇头晃脑的读起来，真是音调铿锵，使人不自觉其头晕。这一点竟感动了桐城派老头子吴汝纶，不禁说是“足与周秦诸子相上下”了。然而严又陵自己却知道这太“达”的译法是不对的，所以他不称为“翻译”，而写作“侯官严复达恉”；序列上发了一通“信达雅”之类的议论之后，结末却声明道：“什法师云，‘学我者病’。来者方多，慎勿以是书为口实也！”好像他在四十年前，便料到会有赵老爷来谬托知己，早已毛骨悚然一样。仅仅这一点，我就要说，严赵两大师，实有虎狗之差，不能相提并论的。

那么，他为什么要干这一手把戏呢？答案是：那时的留学生没有现在这么阔气，社会上大抵以为西洋人只会做机器——尤其是自鸣钟——留学生只会讲鬼子话，所以算不了

"士"人的。因此他便来铿锵一下子,铿锵得吴汝纶也肯给他作序,这一序,别的生意也就源源而来了,于是有《名学》,有《法意》,有《原富》等等。但他后来的译本,看得"信"比"达雅"都重一些。

他的翻译,实在是汉唐译经历史的缩图。中国之译佛经,汉末质直,他没有取法。六朝真是"达"而"雅"了,他的《天演论》的模范就在此。唐则以"信"为主,粗粗一看,简直是不能懂的,这就仿佛他后来的译书。译经的简单的标本,有金陵刻经处汇印的三种译本《大乘起信论》,也是赵老爷的一个死对头。

但我想,我们的译书,还不能这样简单,首先要决定译给大众中的怎样的读者。将这些大众,粗粗的分起来:甲,有很受了教育的;乙,有略能识字的;丙,有识字无几的。而其中的丙,则在"读者"的范围之外,启发他们是图画,演讲,戏剧,电影的任务,在这里可以不论。但就是甲乙两种,也不能用同样的书籍,应该各有供给阅读的相当的书。供给乙的,还不能用翻译,至少是改作,最好还是创作,而这创作又必须并不只在配合读者的胃口,讨好了,读的多就够。至于供给甲类的读者的译本,无论什么,我是至今主张"宁信而不顺"的。自然,这所谓"不顺",绝不是说"跪下"要译作"跪在膝之上","天河"要译作"牛奶路"的意思,乃是说,不妨不像吃茶淘饭一样几口可以咽完,却必须费牙来嚼一嚼。这里就来了一个问题:为什么不完全中国化,给读者省些力气呢?这样费解,怎样还可以称为翻译呢?我的答案是:这也是译本。这样的译本,不但在输入新的内容,也在输入新的表现法。中国的文或话,法子实在太不精密了,作文的秘诀,是在避去熟字,删掉虚字,就是好文章,讲话的时候,也时时要词不达意,这就是话不够用,所以教员讲书,也必须借助于粉笔。这语法的不精密,就在证明思路的不精密,换一句话,就是脑筋有些糊涂。倘若永远用着糊涂话,即使读的时候,滔滔而下,但归根结底,所得的还是一个糊涂的影子。要医这病,我以为只好陆续吃一点苦,装进异样的句法去,古的,外省外府的,外国的,后来便可以据为己有。这并不是空想的事情。远的例子,如日本,他们的文章里,欧化的语法是极平常的了,和梁启超做《和文汉读法》时代,大不相同;近的例子,就如来信所说,一九二五年曾给群众造出过"罢工"这一个字眼,这字眼虽然未曾有过,然而大众已都懂得了。

我还以为即便为乙类读者而译的书,也应该时常加些新的字眼,新的语法在里面,但自然不宜太多,以偶尔遇见,而想一想,或问一问就能懂得为度。必须这样,群众的言语才能够丰富起来。

什么人全都懂得的书,现在是不会有的,只有佛教徒的"唵"字,据说是"人人能解",

但可惜又是“解各不同”。就是数学或化学书，里面何尝没有许多“术语”之类，为赵老爷所不懂，然而赵老爷并不提及者，太记得了严又陵之故也。

说到翻译文艺，倘以甲类读者为对象，我是也主张直译的。我自己的译法，是譬如“山背后太阳落下去了”，虽然不顺，也决不改作“日落山阴”，因为原意以山为主，改了就变成太阳为主了。虽然创作，我以为作者也得加以这样的区别。一面尽量地输入，一面尽量地消化，吸收，可用的传下去了，渣滓就听他剩落在过去里。所以在现在容忍“多少的不顺”，倒并不能算“防守”，其实也还是一种的“进攻”。在现在民众口头上的话，那不错，都是“顺”的，但为民众口头上的话搜集来的话胚，其实也还是要顺的，因此我也是主张容忍“不顺”的一个。

但这情形也当然不是永远的，其中的一部分，将从“不顺”而成为“顺”，有一部分，则因为到底“不顺”而被淘汰，被踢开。这最要紧的是我们自己的批判。如来信所举的译例，我都可以承认比我译得更“达”，也可推定并且更“信”，对于译者和读者，都有很大的益处。不过这些只能使甲类的读者懂得，于乙类的读者是太艰深的。由此也可见现在必须区别了种种的读者层，有种种的译作。

为乙类读者译作的方法，我没有细想过，此刻说不出什么来。但就大体看来，现在也还不能和口语—各处各种的土话——合一，只能成为一种特别的白话，或限于某一地方的白话，后一种，某一地方以外的读者就看不懂了，要它分布较广，势必至于要用前一种，但因此也就仍然成为特别的白话，文言的分子也多起来。我是反对用太限于一处的方言的，例如小说中常见的“别闹”“别说”等类罢，假使我没有到过北京，我一定解作“另外捣乱”“另外去说”的意思，实在远不如较近文言的“不要”来得容易了然，这样的只在一处活着的口语，倘不是万不得已，也应该回避的。还有章回体小说中的笔法，即使眼熟，也不必尽是采用，例如“林冲笑道：原来，你认得。”和“原来，你认得。——林冲笑着说。”这两条，后一例虽然看去有些洋气，其实我们讲话的时候倒常用，听得，“耳熟”的。但中国人对于小说是看的，所以还是前一例觉得“眼熟”，在书上遇见后一例的笔法，反而好像生疏了。没有法子，现在只好采说书而去其油滑，听闲谈而去其散漫，博取民众的口语而存其比较的大家能懂的字句，成为四不像的白话。这白话得是活的，活的缘故，就因为有些是从活的民众的口头取来，有些是要从此注入活的民众里面去。

临末，我很感谢你信末所举的两个例子。一，我将“……甚至于比自己还要亲近”译成“较之自己较之别人，还要亲近的人们”，是直译德日两种译本的说法的。这恐怕因为他们的语法中，没有像“甚至于”这样能够简单而确切地表现这口气的字眼的缘故，转几个弯，就成为这么拙笨了。二，将“新的……人”的“人”字译成“人类”，那是我的错误，是太穿凿了之后的错误。莱奋生望见的打麦场上的人，他要造他们成为目前的战斗的人物，我是看得很清楚的，但当他默想“新的……人”的时候，却也很使我默想了好久：（一）“人”的原文，日译本是“人间”，德译本是“Menseh”，都是单数，但有时也可作“人们”解；（二）他在目前就想有“新的极好的有力量的慈善的人”，希望似乎太奢，太空了。我于是想到他的出身，是商人的孩子，是知识分子，由此猜测他的战斗，是为了经过阶级斗争之后的无阶级社会，于是就将他所设想的目前的人，跟着我的主观的错误，搬往将来，并且成为“人们”——人类了。在你未曾指出之前，我还自以为这见解是很高明的哩，这是必须对于读者。赶紧声明改正的。

总之，今年总算将这一部纪念碑的小说，送在这里的读者们的面前了。译的时候和印的时候，颇经过了不少艰难，现在倒也退出了记忆的圈外去，但我真如你来信所说那样，就像亲生的儿子一般爱他，并且由他想到儿子的儿子。还有《铁流》，我也很喜欢。这两部小说，虽然粗制，却并非滥造，铁的人物和血的战斗，实在够使描写多愁善感的才子和千娇百媚的佳人的所谓“美文”，在这面前淡到毫无踪影。不过我也和你的意思一样，以为这只是一点小小的胜利，所以也很希望多人合力的更来绍介，至少在后三年内，有关于内战时代和建设时代的纪念碑的文学书八种至十种，此外更译几种虽然往往被称为无产者文学，然而还不免含有小资产阶级的偏见（如巴比塞）和基督教社会主义的偏见（如辛克莱）的代表作，加上了分析和严正的批评，好在那里，坏在那里，以备对比参考之用，那么，不但读者的见解，可以一天一天的分明起来，就是新的创作家，也得了正确的师范了。

鲁迅　一九三一，十二，二八。

现代电影与有产阶级

[日本]岩崎·昶作

一　电影与观众

电影的发明,是新的印刷术的起源。曾经借着活字和纸张,而输运开去,复制出来的思想,是有着使中世的封建底、旧教底社会意识,归于坏灭的力量的。

有产者的社会的勃兴,宗教改革,那些重大的历史的契机,由此得了结果了。现在,在思想的输运上,在观念形态的决定上,电影所负的任务,就更加积极底,更加意识底了。它是阶级社会的拥护,也是新的"宗教改革"。

这新的印刷术,是由于将运动的照相的一系列,印在 Zelluloid 的薄膜上而成立的。那活字,并非将概念传给读者,却给以动作和具象。这在直接地是视觉底的这一种意义上,是无上的通俗底的而同时也是感铭底的活字,在原则底地没有言语这一种意义上,则是国际底活字。作为宣传,煽动手段的电影的效用,就在这一点。

当考察作为宣传,煽动手段的电影之际,比什么都重大的,是电影和在那影响之下的大众的关联。

我想用了具体底的数目字来描写它。

据英国的电影杂志《The Cinema》所发表的统计,则一星期中的电影看客之数,其非常之多如下。

亚美利加	
常设馆数	15,000
人口	106,000,000
每星期的看客数	47,000,000
对于人口的比率	45%
英吉利	
常设馆数	3,800
人口	44,000,000
每星期的看客数	14,000,000
对于人口的比率	33.3%

德意志	
常设馆数	3,600
人口	63,000,000
每星期的看客数	6,000,000
对于人口的比率	10.5%

(Hans Buchner—Im Banne des Films S.21.)

又,这些常设馆的收容力的总计,是可以看作每日看客数目的平均底数字的,如下表所示——

常设馆与收容力

	常设馆数	收容人员
亚美利加	15,000	8,000,000
德意志	3,600	1,500,000
英吉利	3,800	1,250,000

于这些数字,乘以 365 则得

8,000,000×365=2,920,000,000(亚美利加)

1,500,000×365=547,500,000(德意志)

1,250,000×365=456,250,000(英吉利)

就可以算作一年间的看客总额的大概。

但这些数字,还是一九二五年度的调查,若据较新的统计,则世界各国的常设馆数,总计约在六万五千以上。

内计——

亚美利加	20,000
德意志	4,000
法兰西	3,000
俄罗斯	10,000
意大利	2,000
西班牙	2,000
英吉利	4,000
日本	1,100

(Léon Moussinac—Panoramique du Cinéma,P.17)

由此看来,则美,德,英三国,在常设馆数上,显示着约三成至一成的增加。于看客数,也可以想定为大约同率的增加;于这三国以外的诸国,也可以推为同样的增加率。

就是,虽在一九二五年度的统计,一年间的电影看客的总额,就已经到了在亚美利加是约二十九亿,在欧罗巴是二十亿,在亚细亚,腊丁·亚美利加,加拿大,亚非利加等是十亿,总计五十九亿那样的好像传奇的空想底数字了。

电影所支配的这庞大的观众,以及电影形式的直接性,国际性,——就证明着电影在分量上,在实质上,都是用于大众的宣传,煽动的绝好的容器。

二 电影与宣传

要正当地认识那作为宣传,煽动手段的电影的价值,必须知道所谓"宣传电影"这一句熟语,以及那概念之无意义。

为了介绍日本的好风景于外国,以招致游客而作的电影富士山,艺妓,日光,温泉等等,我们常常称之为宣传电影,凡这些,有时是因了教导疾病的预防法,奖励邮政储金,劝诱保险之类的目的而照的。那时候,我们便立刻感到装在那些软片之中的目的,领会了肺结核之可怕,开始贮金,加入生命保险去。然而利用了公会堂,小学校讲堂之类来开演的宣传电影,往往是不收费用的,既然白给人看,便会立刻发生疑惑,以为来演的那一面,一定有着白给人看的根由。这种宣传电影,目的意识就马上被看透。

有着衰老而盲目的母亲的独养子一太郎君,得了召集令,将母亲放在她的一切衰老和盲目之中,"为了君国",出征去"膺惩可恶的仇敌"了。勇壮的日章旗,万岁,一太郎呀!我们往往被给看这种军国美谈的东西。而这些东西,乃是×××电影公司所制的商业电影,当开演时,也并不叨公会堂和小学校讲堂的光,收取着有名誉的观览费,在普通的常设馆里堂皇地开映。一到这样,善良而无疑的看客,便不觉得这是宣传电影了。他们就将自己的付过正当的观览费这一个事实,做了那影片并非宣传电影的证明。其实,单纯的看客,是没有觉到陷于被那巧妙地布置了的宣传所煽动,所欺骗,然而对于那欺骗,还要付钱的二重欺骗的。

在市民底的用语惯例上的"宣传电影"的无意义,大略就如此。为什么呢,因为没有目的的电影,因而就不是宣传电影的电影之类的东西,不过是幻想的缘故。

我们能够就现在所制成的一切影片,将那隐微的目的——有时这还未意识地到了目的地步,只是倾向以至趣味的程度罢了,但那倾向以至趣味,结果也是一个重要的宣传价值——摘发出来。那或是向帝国主义战争的进军喇叭,或是爱国主义,君权主义的鼓吹,或是利用了宗教的反动宣传，或是资产者社会的拥护，是对于革命的压抑，是劳资调和的提倡，是向小市民的社会底无关心的催眠药，——要之，是只为了资本主义的秩序的利益，专心安排了的思想的布置。

在一九二八年，开在莫斯科的中央委员会的席上，关于电影，有了

“将电影放在劳动者阶级的手中，关于苏维埃教化和文化的进步的任务，作为指导，教育，组织大众的手段。”的决议了。苏维埃电影的任务，即在世界的电影市场上，抗拒着资本主义的宣传的澎湃的波浪，而作×××××宣传。

世界现今是正在作为第二次世界大战的准备的，观念形态斗争的涡中。而电影，是和那五十九亿的看客一同，可以在这斗争的秤盘上，加上决定的重量去的。

三　电影和战争

资本主义的宣传电影之中，占着最重要的部门的，是战争影片。

将战争收入电影里去，已经颇早了。当电影刚要脱离襁褓的时候，我们就看见了罗马，巴比伦，埃及之类的兵卒的打仗。这是那时的电影对于舞台的唯一的长处，为了要使利用了自由的Location（就地摄影）和巨大的Set（场内陈设）和大众摄影的光景的魅力，发现到最大限度，所以设法出来的。辉煌的古代的铠甲，环以城垣的都市，神祠，奇怪的偶像，枪，盾，矛，火箭，石弩，这样异域情调的，而在当时，又是壮丽的布置，便忽然眩惑了对于电影还很幼稚的大众的眼，正合了时尚了。

但在初期的这类的战争，归根结底，和大排场的马戏，比武之类的把戏，也并无区别。古代罗马和凯尔达戈，都不是现代电影看客的祖国。战争也不过仗了那动底的煽情的视觉，使他们兴奋，有趣罢了。

引进近代的战争去，而在那里面分明地装入有意识的宣传的要素的最初的电影制作者，我以为恐怕是葛蕾菲士（D.W.Griffith）罢。他在取材于南北战争的《一民族之诞生》（Birth of a Nation），《亚美利加》（America）这些影片上，赞美北军的英雄主义，将所谓合众国建国的精神，化为正当，化为美丽了。凡这些，虽不如后出的许多好战底影片那样，积极底地鼓吹了对外战争，但那目的，则仍在对于国民中有着驳杂分子的人种博物馆一般的合众国和其居民，涵养其确固的国家的概念，爱国心。“十足的亚美利加人”这一句口号，流行起来，成为“亚美利加化”运动的有力的武器，对于从爱尔兰来的巡警，从昔昔利来的菜商，于黑人，于美洲印第安，也都想印上这脸谱去了。

“亚美利加化”的历程，以欧洲大战的勃发，亚美利加的参战，以及和这相伴的急速的

帝国主义化为契机，而告了完成。

亚美利加和对德宣战同时，还必须送一百万军队到法兰西去，于是开始了速成的募兵，施行了速成的海军扩张。奏着煽动底的进行曲的军乐队，在各处都市的大街上往来，各十字路口贴着传单，报纸独于此时候说些“亚美利加市民”的义务。易受煽动的青年们，或者为着不去应募，将被恋人所鄙弃，或者为着对于生活，觉得厌倦，或者又为着“进了海军去看看世界”，就来当募兵了。当此之际，亚美利加政府之宣传，也是有史以来的最大规模，而且最见效果的了。

在这宣传之战，充了最主要的角色的，是新闻和电影。当这时期，在本来的意义上的战争电影，这才制作出来了。

在以根据西班牙的发狂底反对德国者伊本纳支（Blasco Ibáñez）的原作《默示录的四骑士》（Four Horsemen of the Apocalypse），《我们的海》（Mare Nostrum）为代表作品的战争影片上，亚美利加的支配阶级便描写出德国军队的如何凶残，德国潜艇的如何非人道，巧妙地煽动了单纯的花旗人。

然而花旗帝国主义开始呈露它本来的锐锋，却在欧战收场之后，懂得了大众的军国化，是应该在平时不断地安排的时候。

在一九二〇年代的前半，切实地支配了全世界人类的脑子的，首先是活泼泼的战争的记忆。于是发生一种欲望，要符世界大战这一个重大的历史的事件，在国民的叙事诗的形态上，艺术底地再现出来，正是自然的事。而所做的电影，就切实地倾向大众的兴味和感情上去，也正是自然的事。将这有利的情势，忽然利用了的，是花旗帝国主义。战争的叙事法，便以最为好战的煽动企图，创作出来了。

战争影片的不绝的系列，产生了。《战地之花》（Big Parade），《飞机大战》（Wings）以下，许多反动的宣传影片，列举名目就不胜其烦。不消说，那些电影是没有战时的纯粹的煽动影片一般地露骨的，制作之法，是添些乐剧式恋爱的适当的甘甜，以及掩饰些人道主义底的战争批评的药料，弄得易于下咽，使能在较自然，较暗哑之中，达到宣传的目的。但虽然是十分小心的假面，而其究竟目的之所在，则同是将遮眼的东西给予大众，使不明帝国主义的战争的本质，以及赞美亚美利加军队的英雄主义，有时还宣传军队生活的放恣和有趣罢了。（我深惜在这里没有揭出这种战争影片的完全的目录，以那代表的几个例子，来使我的叙述更加具体起来的纸面和时间了。但我相信将来会有补正的机会的。）

就战争和电影所历叙的这些事实，那自然，也绝不是惟亚美利加所独有的特别现象。倒是在别的一切帝国主义强国里，都在争先兴办的。德国将《大战巡洋舰》（Emden）《世界大战》(Weltkrieg)等呈在我们的眼前,法国是制作了《凡尔登——历史的幻想》(Verdun—Vision d'histoire)《蔼克巴什》(L'Equipage)等,英国则以《黎明》(Dawn),日本则以《炮烟弹雨》,《地球在回旋》和《蔚山洋西的海战》等,竭力用心于“军事思想”的普及。

当叙述完战争电影之际,而没有提及作为几个例外的现象的反对战争的倾向,怕是不妥当的罢。

我们在《战地之花》里,在几个段落里,虽然是太感伤底的,然而总算也看见了描写着诅咒战争的心情。那心理,在《战地鹃声》(What Price Glory)中,就更为积极底地表白着。但在这些影片上,对于战争的确然的批评和态度,并无一定。只有着和卓别林(Cbadie Chaplin)曾在《从军梦》(Shoulder Arms)里,将战争化为虐画了那样的同一程度的认识。

和这比较起来,技术上非常卓拔的战争影片《帝国旅馆》(Hotel Imperial)的导演者Erich Pommer所做的《铁条网》(Barbed Wire),倘临末没有那高唱人类爱的可笑的夸张,则和猛烈地讽刺了帝国主义战争的名喜剧《阵后谐兵》(Behind the Front)一同,大概是可以属于反战争电影的范畴的了。

四　电影与爱国主义

爱国的宣传电影,也是世界大战后的显著的现象。为什么呢?因为这种电影,虽有外形上的差违,但终极之点,是在向帝国主义战争的意识的准备,鼓舞,在那君权主义上,在那好战性上,和战争影片是本质底地相关联的。

那么,那目的是在哪里呢?

直接地,是宣传团体观念,国旗之尊严,间接地,是奖励暴力,使民心倾向右翼政党,当和外国争夺资本市场之际,即刻有军事行动的事,成为妥当化。

这种影片的最活泼的影响,大抵见于选举国会议员,选举大总统的时期,如德国的国权党,尤其是能够仗了爱国主义的电影,博得许多的投票。

例如叫作《腓立大王》(Fridericus Rex,这在日本,是大加短缩,改题为《莱因悲怆曲》了)的普鲁士勃兴的历史影片,是其中的最获成功的。那正是大战后的张皇的时代,且正值跟着德国革命的失败而来的反动的火头上,这是有产阶级的巧妙的宣传。穷极,饿透了的小市民们,在这影片中,看见精锐的腓立大王的禁军的行进,看见七年战争的冠冕堂皇的胜利,于是想起了往日的皇帝的治世,便在无智的廉价的感激中,鼓掌蹈足,吹起口笛来了。

接着这个,而国民的英雄俾斯麦的传记,化成电影了,兴登堡的传记,化成电影了。

《俾斯麦》(Bismarck)者,单为了那制作,就设起俾斯麦电影公司来,照成了两部二十余卷的巨制,凡在这帝国主义的政治家一生中的一切爱国的,煽情的要素,都一无遗漏地填进在那里面。

《兴登堡》(Hindenburg)者,是乘这老将军当选为大统领——这叨光于影片《腓立大王》和《俾斯麦》之处是多么的大呵。——之机,为了他的收罗人心而作的。

一九二七年春,德意志国权党领袖之一,奥古斯德·霞尔书店的事实上的所有者福干培克,乘德国大公司之一乌发公司的财政危机,买进了那股票的过半,坐了乌发公司总经理的交椅了。于是德国的电影事业和那影响力,便全捏在国权党的手里。福干培克立刻在乌发公司的出品计划上,露骨地显示了他的政治的主张。那最是世界的例子,是《世界大战》(Weltkrieg)的二部作。

对于这,社会民主党的内阁便即刻取了牵制底手段。就是,使德意志银行来对抗福干培克,投资于乌发公司。为了使德国的独占的大电影公司不成为国权党宣传机关,这是不得已的方法。

《世界大战》已有删节的片子,绍介于日本(译者按:在上海,去年也大演了一通),那是有着怎样的倾向和主张的事,大约现在早可以无须详说了罢。

在表面上所标榜的,《世界大战》是将一九一四年至一九一七年的战争中所摄的各国(大抵是德法)的照片,凭了纯粹的历史的客观而编辑地留在软片上的记录。

而且这比起专一描写本国军队的胜利,的勇敢,的爱国的亚美利加式电影来,也真好像近于写实。然而注意较深的观察者,却即刻可以看见。从丹南培克之战起,常只将兴登堡将军的胜利,重复地映出了好几回。而且和写着"在战时屡救祖国的将军,当平和时,也作为大统领而尽力于祖国"等语的字幕一同,这电影也就完结了。

五 电影和宗教

通一切时代,宗教一向在供支配阶级的御用,是已经证明了许多次数的。

这在东洋,则教人以佛教的忍从和蔑视现世,在西方,则成为基督教底平和主义,想阻止现存的阶级社会的积极的改革。

到二十世纪,宗教虽然已经失却了昔日的权威和信仰,但倒是因为失却,所以对于那支配阶级的奴仆状态,也就愈加露骨,故意起来了。

在物质文明发达较迟的国度中,宗教还有着大大的宣传煽动力。资本主义于是将宗教和电影相结合,能够同时利用了。

例如《十诫》(The Ten Commandments),《基督教徒》(Christian),《宾汉》(Ben Hur),《万王之王》(King of Kings),《犹太之王,拿撒勒的耶稣》(I.N.R.I)之类的基督教宣传电影,《亚细亚之光》(Die Leuchte Asiens),《大圣日莲》之类的佛教电影,是和感激之泪一同,从全世界的愚夫愚妇,善男信女的衣袋里,赚得确实的布施,从商业的方面看起来,也是利益最多的影片。一切宗派中,罗马加特力教会是最留意于电影的利用的,每年开一回电影会议,议定着那一年中全世界的宣传的计划。

在我们的周围,宗教之力早已几乎视若无物了。至多,也不过本愿寺,日莲宗之流,组织了巡行电影团,竭力想维系些乡下农民的信仰。然而因此便推定宗教的世界底无力,是不可以的。只要看在苏维埃的文化革命的历程中,还不能放掉对于宗教的斗争,而在实行的事实,大概就可以明白其间情势了。

六　电影和有产阶级

为资本主义的生产方法和有产者政府的监视所拘束的现今电影的一切,几乎都被用于拥护有产阶级的事,我相信是已经很明显了的。

但在这里,却将电影和有产阶级的关系,限于较狭的意义,只来论及直接服役于市民有产阶级的光荣和支配的电影这一种。

这种电影,可以分成三样概括的区别。

那第一种,是和封建底,乃至贵族的社会相对抗,而尽讴歌有产阶级之胜利的任务的。因此那全部,几乎都是取材于市民的社会的勃兴的历史影片。××,或者××的野兽底横暴,在其下尝着涂炭之苦的农民,工商阶级。到影片的第七卷,而有产阶级终于蜂起,将电影底的极顶(Climax)和壮大的群集(mob scene),在这里大行展开,这是那典型底的结构。但在大多数的影片上,有产阶级是决不作为一个阶级的总体而撅起的,大抵由一个(往往是贵族出身,年青,而又眉目秀丽的!)英雄所指导,力点就放在那个人的的英雄主义上。作为那最是性格的作品,读者只要记起《罗宾汉》(Robin Hood),《斯凯拉谟修》(Scaarmouche),《定情之夕》(A Night of love)来,大约就足够了。在日本的时代剧,尤其是剑剧影片之中,我们也有那不少的例子。

但是,我们又能够在那历史的时代,发现新兴有产阶级所演的革命的角色,和现在的无产阶级的斗争,其间有很大的类似(Analogie)。倘作者将意识的强音(Akzent)集中于此的时候,是可以产生优秀的作品的。如《熊的结婚》,《农奴之翼》,《斯各丁城》,《忠次旅行日记》等，便是那仅少的代表。

第二种，是反对无产阶级革命的电影。

《党人魂》(Volga Boatman)是当内务省检阅之际，惹起了大问题，终于遭了警视厅来制限其开映的优患的影片，但那内容是什么呢？

《大暴动》(Tempest；译者按：在上海映演时，名《狂风暴雨》)也靠了长有数卷的小插画，这才好容易得以许可开演的影片，然而那所选的是怎样的主题呢？

这些影片，是只在用俄国的无产阶级革命为背景这一点上，因而遭了禁止，或重大的删剪的。但要之，那所描写，是将无产阶级革命当作了无统治的暴民的一揆。无教育而不道德的农民和劳动者，倚恃着多数，攻入贵族的城堡去，破坏家具，××美丽的少女，酗酒，单喜欢流血。那是在无产阶级的胜利上，特地蒙上暴虐的假面，涂些污泥，使小市民变成反革命起见而作的有产阶级的××。我们于此，看见了如拥护有产者社会而设的宣传电影，却被×××××××的××所禁止的那种奇怪而且愉快的现象了。

固然，在《约翰南伊之爱》(Liebe der Jeanne Ney)和《最后的命令》(The Last Command)上，剪去了十月革命，那却是检阅者十分做了他所该做的事的。

最后，就来了以《大都会》(Metropolis；译者按：在上海映演时，名《科学世界》)为典型的劳资调和电影的一连串。

关于《大都会》，现在已经无须在这里屡述了。那是揭着"头和手之间，非有心脏不可"这标语的社会民主主义者，宣讲着资本家和劳动者可以不由战争，但靠相互底的协力与爱，即能建设新社会云云的巴培尔塔以前的童话。

七　电影与小市民

有产阶级的电影的宣传，一到阶级间的对立逐渐鲜明地，决定底地尖锐起来，也就陷在无可避免地绝地里了。

在实际上，电影是以大多数的小市民和无产阶级为看客的。而他们，小市民和无产阶级，早已渐渐地觉察出有产阶级的诡计来了。就是，已经注意于"支配阶级制作了宣布那服从于己的观念形态的影片，而以此来做掠取无产者的衣袋的手段"这事实的真相了。

卢那卡尔斯基关于苏维埃电影，曾经说明过"拙劣的煽动，却招致反对的结果"这原则，在这里，却被有产者底地应用了。

露骨的宣传是停止了。所最希望的，是使电影的看客看不见"阶级"这观念。至少，是坐在银幕之前的数小时中，使他们忘却了一切社会的对立。

这样子，就产生了小市民的影片。

在小市民家庭剧中，有两种特征的倾向——

一，是那罗曼主义。

二，是那弄玄妙（Sophistication）。

粗粗一看，则现在的电影，尤其是电影剧，乃是写实主义底的。而且许多人们，都抱着这样的幻想。但其实，除了极少数的第一流作品以外，一切全没有什么现实底的申诉的。

自然，虽说是罗曼主义，但和给十九世纪时有产阶级革命的艺术以特征的那生着火焰之翼的罗曼主义，是不一样的。这是为了平庸，近视，乐天底的小市民们而设的，也是平庸，近视，乐天底的罗曼主义。这于迭克萨的农民，芝加哥的公司人员，亚理梭那的牧童，纽借那的送牛奶人，纽约的速记生，毕兹巴格的野球选手，东京的中学生，横滨的水手，无不相宜。说起来，就是Ready-made（现成）的罗曼主义。作为那象征性的形象，则有珂林·谟亚（Collin Moore），瑙玛·希拉（Norma Shearer），克莱拉·宝（Clara Bow），从一九二六年起，顺次登场来了。就是那样程度的罗曼主义。

卓别林

每星期薪水（美金）二十五元的大学生出身的公司职员和美尔顿百货公司的娇娃的恋爱故事。珂尼·爱兰特。新福特式的跑车。爵兹乐舞。打猎。

至于这花旗罗曼主义上所必要的此外的布置和氛围气，则读者倘一看《Vanity Fair》的广告栏，更所希望的，是往就近的电影馆，一赏鉴任何的亚美利加影片，大约便能自己领悟的罢。

读者必须明白，这小市民底的罗曼主义，是和亚美利加资本主义还在走着上行线的这一个公式的认识，有不可分的关联的。这事实，在一方面，是每年将九十亿元的国帑，撒在有产阶级的怀中，而使发生了叫作所谓“Four Hundreds”的有闲阶级，利子生活者的大群。

而且有闲阶级，利子生活者的大群，则使他本身的消费的文化，娱乐机关，极端地发达起来了。而从那消费的文化的母胎中，就发酵了为一切文化烂熟期之特色的一种像煞

有介事,通人趣味,低回趣味,讽刺,冷嘲等。这过度地洗练了的生活感情,他们称之为 Sophistication。卖弄巴黎式的 Chic,以及花旗式地解释了的 hard-boiled 之类的话,都和这相关联,而为人们所欢喜。

卓别林在《巴黎一妇人》(A Woman of Paris)里,居然表现了那 Sophistication 的模范(Prototype)。刘别谦(Ernst Lubitsch)在《婚姻范围》(Marriage Circle)里,表现于一套片子上面了。蒙太·培尔,玛尔·辛克莱儿,泰巴第·达赖尔等许多后继者们,都发挥了电影界的玄妙家腔调。

但是,亚美利加虽在那一切的资本主义的兴隆,但本身之中,却已经包藏着到底消除不尽的内的矛盾,而在苦闷。消费不能相符的一面的生产,失了投资市场的大金融资本,荷佛政府的积极的外交,拥抱着五百万失业者的天国亚美利加,现在是正踏在不可掩饰的阶级的对立的顶上了。

这社会情势,将怎样的反映在亚美利加影片之中呢,那是很有兴味的将来的问题。

译者附记

这一篇文章的题目,原是《作为宣传,煽动手段的电影》。所谓"宣传,煽动"者,本是指支配阶级那一面而言,和"造反"并无关系。但这些字面,现在有许多人都不大喜欢,尤其是在支配阶级那方面。那原因,只要看本文第七章《电影与小市民》的前几段,就明白了。

本文又原是《电影和资本主义》中的一部分,但全书尚未完成,这是据发表在《新兴艺术》第一,第二号上的初稿译出来的。作者在篇末有几句声明,现在也译在下面:

"我的,《电影和资本主义》,原要接着本稿,更以社会的逃避的电影,无产阶级方面所做的宣传电影等,作为顺次的问题,臻于完成的。但现在,则仅以对于有产阶级电影的如上的研究,暂且搁笔。

"又,本稿不过是对于每一项目,各能写出独立的研究那样的浩瀚的材料,给了极概括底的一瞥,在这一端,是全篇过于常识底了。请许我声明我自己颇以为憾的事。"

但我偶然读到了这一篇,却觉得于自己很有裨益。上海的日报上,电影的广告每天大概总有两大张,纷纷然竞夸其演员几万人,费用几百万,"非常的风情,浪漫,香艳(或哀艳),肉感,滑稽,恋爱,热情,冒险,勇壮,武侠,神怪……空前巨片",真令人觉得倘不前去一看,怕要死不瞑目似的。现在用这小镜子一照,就知道这些宝贝,十之九都可以归纳在文中所举的某一类,用意如何,目的何在,都明明白白了。但那些影片,本非以中国人为对象而作,所以运入中国的目的,也就和制作时候的用意不同,只如将陈旧枪炮,卖给武人一样，多吸收一些金钱而已。而中国人对于这些的见解，当然也和他们的本国人两样，只看广告中借以吸引看客的句子，便分明可知，于各类影片，大抵都只见其“非常风情，浪漫，香艳（或哀艳），肉感……”了。然而，冥冥中也还有功效在，看见他们“勇壮武侠”的战事巨片，无意中也会觉得主人如此英武，自己只好做奴才；看见他们“非常风情浪漫”的爱情巨片，便觉得太太如此“肉感”，真没有法子办——自惭形秽，虽然嫖白俄妓女以自慰，现在是还可以做到的。非洲土人顶喜欢白人的洋枪，美洲黑人常要强奸白人的妇女，虽遭火刑，也不能吓绝，就因看了他们的实际上的“巨片”的缘故。然而文野不同，中国人是古文明国人，大约只是心折而不至于实做的了。

因为自己看过之后，大略发生了如上的感想，因此也想介绍给一部分的读者，费去许多工夫，译出来了。原文本是很简短的，只因为我于电影一道是门外汉，虽是平常的术语，也须查考，这就比别人繁难得多，即如有几个题目，便是从去年的旧报上翻出来的，查不到的，则只好“硬译”，而且误译之处，也恐怕决不能免。但就大体而言，我相信于读者总可以有一些贡献。

去年，美国的“武侠明星”范朋克（Douglas Fairbanks）因为美金积得太多，到东洋来游历了。上海有几个团体便预备欢迎。中国本来有“捧戏子”的脾气，加以唐宋以来，偷生的小市民就已崇拜替自己打不平的“剑侠”，于是《七侠五义》，《七剑十八侠》，《荒山怪侠》，《荒林女侠》，……层出不穷；看了电影，就佩服洋《七侠五义》即《三剑客》之类。古洋侠客往矣，只好佩服扮洋侠客的洋戏子，算是“过屠门而大嚼，虽不得肉，亦且快意”，正如捧梅兰芳者，和他所扮的天女，黛玉等辈，决不能说无关一样，原是不足怪的。但有些人反对了，说他在演《月宫宝盒》（The Thief of Bagdad）时摔死蒙古太子，辱没了中国。其实呢，《月宫宝盒》中的英雄，以一偷儿连爬了两段阶级的梯子，终于做了驸马，正是译文第七章细注里所说，要使小市民或无产者“为这飞腾故事所激励，觉得要誓必尽忠于有产阶级”的玩艺，绝不是意在辱没中国的东西。况且故事出于《一千零一夜》，范朋克并非作家，也不是导演，我们又不是蒙古太子的子孙或奴才，正不必对于他，为美金而演剧的个人，如此之愤愤。但既然无端愤愤了，这也是中国常有的惯例，不足怪的，——在见惯者。后来范朋克到了，终于有团体要欢迎，然而大碰钉子，“范氏代表谓范氏绝对不允赴公共宴会”，竟不能得到瞻仰洋侠客的光荣。待到范朋克“到日本后，一切游程，均由日人代为规定，且到东京后，将赴影戏院，与日本民众相见”（见十八年十二月十九日《申报》），我们这里的蒙古王孙乃更不胜其没落之感，上海电影公会有一封宛转抑扬的信，寄给这“大艺术家”。全文是极有可供研究的处所的，但这里限于纸面，只好摘录了一点——

“曾忆《月宫宝盒》剧中，有一蒙古太子，其表演状态，至为恶劣，足使观者之未知东方历史，未悉东方民族性质者，发生不良之印象，而能成为人类相爱进程上绝大之阻碍。因东方中华民国人民之状态，并不如其所表演之恶劣也。敝会同人，深知电影艺术之能力，转辗为全世界一切民情风俗智识学问之介绍，换言之，亦能引导全世界人彼此之相爱，及世界人类彼此之相憎。敝会同人以爱先生故，以先生为大艺术家故，愿先生为向善之努力，不愿先生如他人之对世界为不真实之介绍，而为盛誉之累也。”

文中说电影对于看客的力量的伟大，是很不错的，但以为蒙古太子就是“中华民国人民”，却与反对欢迎者流，同一错误。尤其错误的是要劝范朋克去引“全世界人彼此之相爱”，忘却了他是花旗国里发了财的电影员。因此一念之差，所以竟弄到低声下气，托他去绍介真实的“四千余年历史文化所训练的精神”于世界了——

“敝会同人更敢以经过四千余年历史文化训练之精神，大声以告先生。我中华人民之尊重美德，深用礼仪，初不异于贵国之人民。更以贵国政府常能于世界国际间主持公道，故为我中华人民所敬爱。先生于此次东游小住中，想已见到真实之证据。今日我中华政治之状态，方在革命完成应经历之过程中，有国内之战争，有不安静之纷扰，然中华人民对于外来宾客如先生者，仍能不忘应有之礼节，表示爱人之风度。此种情形，先生当能于耳目交接之间，为真实之明了。虽间有表示不同之言论者，然此种言论，皆为先生代表以及代表引为己助参加发言者不合礼节隔离人情之宣言及表示所造成。……

“希望先生于东游之后，以所得真实之情状，介绍于贵国之同业，进而介绍于世界，使世界之人类与中华所有四万万余之人民为相爱之亲近，勿为相憎之背驰，以形成世界不良之情状，使我中华人民之敬爱先生，一如敬爱美国之政府。”

但所说明的精神，一言以蔽之，是咱们蒙古王孙即使国内如何战争，纷扰，而对于洋大人是极其有礼的。就是这一点。

这正是被压服的古国人民的精神，尤其是在租界上。因为被压服了，所以自视无力，只好托人向世界去宣传，而不免有些谄；但又因为自以为是“经过四千余年历史文化训练”的，还可以托人向世界去宣传，所以仍然有些骄。骄和谄相纠结的，是没落的古国人民的精神的特色。

欧美帝国主义者既然用了废枪，使中国战争，纷扰，又用了旧影片使中国人惊异，胡涂。更旧之后，便又运入内地，以扩大其令人糊涂的教化。我想，如《电影和资本主义》那样的书，现在是万不可少了！

一九三〇，一，十六，L。

南腔北调集

题记

一两年前，上海有一位文学家，现在是好像不在这里了，那时候，却常常拉别人为材料，来写她的所谓"素描"。我也没有被赦免。据说，我极喜欢演说，但讲话的时候是口吃的，至于用语，则是南腔北调。前两点我很惊奇，后一点可是十分佩服了。真的，我不会说绵软的苏白，不会打响亮的京腔，不入调，不入流，实在是南腔北调。而且近几年来，这缺点还有开拓到文字上去的趋势；《语丝》早经停刊，没有了任意说话的地方，打杂的笔墨，是也得给各个编辑者设身处地地想一想的，于是文章也就不能划一不二，可说之处说一点，不能说之处便罢休。即使在电影上，不也有时看得见黑奴怒形于色的时候，一有同是黑奴而手里拿着皮鞭地走过来，便赶紧低下头去吗？我也毫不强横。

一俯一仰，居然又到年底，邻近有几家放鞭炮，原来一过夜，就要"天增岁月人增寿"了。静着没事，有意无意地翻出这两年所做的杂文稿子来，排了一下，看看已经足够印成一本，同时记得了那上面所说的"素描"里的话，便名之曰《南腔北调集》，准备和还未成书的将来的《五讲三嘘集》配对。我在私塾里读书时，对过对，这积习至今没有洗干净，题目上有时就玩些什么《偶成》，《漫与》，《作文秘诀》，《捣鬼心传》，这回却闹到书名上来了。这是不足为训的。

其次，就自己想：今年印过一本《伪自由书》，如果这也付印，那明年就又有一本了。于是自己觉得笑了一笑。这笑，是有些恶意的，因为我这时想到了梁实秋先生，他在北方一面做教授，一面编副刊，一位喽啰儿就在那副刊上说我和美国的门肯（H.L.Mencken）相像，因为每年都要出一本书。每年出一本书就会像每年也出一本书的门肯，那么，吃大菜而做教授，真可以等于美国的白璧德了。低能好像是也可以传授似的。但梁教授极不愿意因他而牵连白璧德，是据说小人的造谣；不过门肯却正是和白璧德相反的人，以我比彼，虽出自徒孙之口，骨子里却还是白老夫子的鬼魂在作怪。指头一拨，君子就翻一个筋斗，我觉得我到底也还有手腕和眼睛。

不过这是小事情。举其大者，则一看去年一月八日所写的《"非所计也"》，就好像着了鬼迷，做了噩梦，糊里糊涂，不久就整两年。怪事随时袭来，我们也随时忘却，倘不重温这些杂感，连我自己做过短评的人，也毫不记得了。一年要出一本书，确也可以使学者们摇头的，然而只有这一本，虽然浅薄，却还借此存留一点遗闻逸事，以中国之大，世变之亟，恐怕也未必就算太多了罢。

两年来所做的杂文，除登在《自由谈》上者外，几乎都在这里面；书的序跋，却只选了自以为还有几句可取的几篇。曾经登载这些的刊物，是《十字街头》，《文学月报》，《北斗》，《现代》，《涛声》，《论语》，《申报月刊》，《文学》等，当时是大抵用了别的笔名投稿的；但有一篇没有发表过。

一九三三年十二月三十一日之夜，于上海寓斋记。

一九三二年

“非所计也”

新年第一回的《申报》（一月七日）用“要电”告诉我们：“闻陈（外交总长印友仁）与芳泽友谊甚深，外交界观察，芳泽回国任日外长，东省交涉可望以陈之私人感情，得一较好之解决云。”

中国的外交界看惯了在中国什么都是“私人感情”，这样的“观察”，原也无足怪的。但从这一个“观察”中，又可以“观察”出“私人感情”在政府里之重要。

然而同日的《申报》上，又用“要电”告诉了我们：“锦州三日失守，连山绥中续告陷落，日陆战队到山海关在车站悬日旗……”

而同日的《申报》上，又用“要闻”告诉我们“陈友仁对东省问题宣言”云：“……前日已命令张学良固守锦州，积极抵抗，今后仍坚持此旨，决不稍变，即不幸而挫败，非所计也。……”

然则“友谊”和“私人感情”，好像也如“国联”以及“公理”，“正义”之类一样的无效，“暴日”似乎不像中国，专讲这些的，这真只得“不幸而挫败，非所计也”了。

也许爱国志士，又要上京请愿了罢。当然，“爱国热忱”，是“殊堪嘉许”的，但第一自然要不“越轨”，第二还是自己想一想，和内政部长卫戍司令诸大人“友谊”怎样，“私人感情”又怎样。倘不“甚深”，据内政界观察，是不但难“得一较好之解决”，而且——请恕我

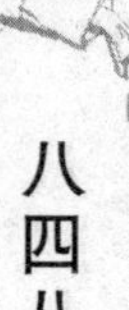

直言——恐怕仍旧要有人“自行失足落水淹死”的。

所以未去之前,最好是拟一宣言,结末道:“即不幸而‘自行失足落水淹死’,非所计也!”然而又要觉悟这说的是真话。

一月八日。

林克多《苏联闻见录》序

大约总归是十年以前罢,我因为生了病,到一个外国医院去请诊治,在那待诊室里放着的一本德国《星期报》(Die woche)上,看见了一幅关于俄国十月革命的漫画,画着法官,教师,连医生和看护妇,也都横眉怒目,捏着手枪。这是我最先看见的关于十月革命的讽刺画,但也不过心里想,有这样凶暴么,觉得好笑罢了。后来看了几个西洋人的旅行记,有的说是怎样好,有的又说是怎样坏,这才莫名其妙起来。但到底也是自己断定:这革命恐怕对于穷人有了好处,那么对于阔人就一定是坏的,有些旅行者为穷人设想,所以觉得好,倘若替阔人打算,那自然就都是坏处了。

但后来又看见一幅讽刺画,是英文的,画着用纸版剪成的工厂,学校,育儿院等等,竖在道路的两边,使参观者坐着摩托车,从中间驶过。这是针对着做旅行记述说苏联的好处的作者们而发的,犹言参观的时候,受了他们的欺骗。政治和经济的事,我是外行,但看去年苏联煤油和麦子的输出,竟弄得资本主义文明国的人们那么害怕的事实,却将我多年的疑团消释了。我想:假装面子的国度和专会杀人的人民,是绝不会有这么巨大的生产力的,可见那些讽刺画倒是无耻的欺骗。

不过我们中国人实在有一点小毛病,就是不大爱听别国的好处,尤其是清党之后,提起那日有建设的苏联。一提到罢,不是说你意在宣传,就是说你得了卢布。而且宣传这两个字,在中国实在是被糟蹋得太不成样子了,人们看惯了什么阔人的通电,什么会议的宣言,什么名人的谈话,发表之后,立刻无影无踪,还不如一个屁的臭得长久,于是渐以为凡有讲述远处或将来的优点的文字,都是欺人之谈,所谓宣传,只是一个为了自利,而漫天说谎的雅号。

自然,在目前的中国,这一类的东西是常有的,靠了钦定或官许的力量,到处推销无阻,可是读的人们却不多,因为宣传的事,是必须在现在或到后来有事实来证明的,这才可以叫做宣传。而中国现行的所谓宣传,则不但后来只有证明这“宣传”确凿就是说谎的事实而已,还有一种坏结果,是令人对于凡有记述文字逐渐起了疑心,临末弄得索性不看。即如我自己就受了这影响，报章上说的什么新旧三都的伟观，南北两京的新气，固然只要看见标题就觉得肉麻了，而且连讲外国的游记，也竟至于不大想去翻动它。

但这一年内，也遇到了两部不必用心戒备，居然看完了的书，一是胡愈之先生的《莫斯科印象记》，一就是这《苏联闻见录》。因为我的辨认草字的力量太小的缘故，看下去很费力，但为了想看看这自说"为了吃饭问题，不得不去做工"的工人作者的见闻，到底看下去了。虽然中间遇到好像讲解统计表一般的地方，在我自己，未免觉得枯燥，但好在并不多，到底也看下去了。那原因，就在作者仿佛对朋友谈天似的，不用美丽的字眼，不用巧妙的做法，平铺直叙，说了下去，作者是平常的人，文章是平常的文章，所见所闻的苏联，是平平常常的地方，那人民，是平平常常的人物，所设施的正是合于人情，生活也不过像了人样，并没有什么稀奇古怪。倘要从中猎艳搜奇，自然免不了会失望，然而要知道一些不搽粉墨的真相，却是很好的。

而且由此也可以明白一点世界上的资本主义文明国之定要进攻苏联的原因。工农都像了人样，于资本家和地主是极不利的，所以一定先要歼灭了这工农大众的模范。苏联愈平常，他们就愈害怕。前五六年，北京盛传广东的裸体游行，后来南京上海又盛传汉口的裸体游行，就是但愿敌方的不平常的证据。据这书里面的记述，苏联实在使他们失望了。为什么呢？因为不但共妻，杀父，裸体游行等类的"不平常的事"，确然没有而已，倒是有了许多极平常的事实，那就是将"宗教，家庭，财产，祖国，礼教……一切神圣不可侵犯"的东西，都像粪一般抛掉，而一个簇新的，真正空前的社会制度从地狱底里涌现而出，几万万的群众自己做了支配自己命运的人。这种极平常的事情，是只有"匪徒"才干得出来的。该杀者，"匪徒"也。

但作者的到苏联，已在十月革命后十年，所以只将他们之"能坚苦，耐劳，勇敢与牺牲"告诉我们，而怎样苦斗，才能够得到现在的结果，那些故事，却讲得很少。这自然是另种著作的任务，不能责成作者全都负担起来，但读者是万不可忽略这一点的，否则，就如印度的《譬喻经》所说，要造高楼，而反对在地上立柱，据说是因为他要造的，是离地的高楼一样。

我不加戒备地将这读完了，即因为上文所说的原因。而我相信这书所说的苏联的好处的，也还有一个原因，那就是十来年前，说过苏联怎么不行怎么无望的所谓文明国人，去年已在苏联的煤油和麦子面前发抖。而且我看见确凿的事实：他们是在吸中国的膏血，夺中国的土地，杀中国的人民。他们是大骗子，他们说苏联坏，要进攻苏联，就可见苏联是好的了。这一部书，正也转过来是我的意见的实证。

一九三二年四月二十日，鲁迅于上海闸北寓楼记。

我们不再受骗了

帝国主义是一定要进攻苏联的。苏联愈弄得好,它们愈急于要进攻,因为它们愈要趋于灭亡。

我们被帝国主义及其侍从们真是骗得长久了。十月革命之后,它们总是说苏联怎么穷下去,怎么凶恶,怎么破坏文化。但现在的事实怎样?小麦和煤油的输出,不是使世界吃惊了吗?正面之敌的实业党的首领,不是也只判了十年的监禁吗?列宁格勒,莫斯科的图书馆和博物馆,不是都没有被炸掉吗?文学家如绥拉菲摩维支,法捷耶夫,革拉特珂夫,绥甫林娜,唆罗诃夫等,不是西欧东亚,无不赞美他们的作品吗?关于艺术的事我不大知道,但据乌曼斯基(K.Umansky)说,一九一九年中,在莫斯科的展览会就有二十次,列宁格勒两次(《Neue Kunst in Russland》),则现在的旺盛,更是可想而知了。

然而谣言家是极无耻而且巧妙的,一到事实证明了他的话是撒谎时,他就躲下,另外又来一批。

新近我看见一本小册子,是说美国的财政有复兴的希望的,序上说,苏联的购领物品,必须排成长串,现在也无异于从前,仿佛他很为排成长串的人们抱不平,发慈悲一样。

这一事,我是相信的,因为苏联内是正在建设的途中,外是受着帝国主义的压迫,许多物品,当然不能充足。但我们也听到别国的失业者,排着长串向饥寒进行;中国的人民,在内战,在外侮,在水灾,在榨取的大罗网之下,排着长串而进向死亡去。

然而帝国主义及其奴才们,还来对我们说苏联怎么不好,好像它倒愿意苏联一下子就变成天堂,人们个个享福。现在竟这样子,它失望了,不舒服了。——这真是恶鬼的眼泪。

一睁开眼,就露出恶鬼的本相来的,——它要去惩办了。

它一面去惩办,一面来诳骗。正义,人道,公理之类的话,又要满天飞舞了。但我们记得,欧洲大战时候,飞舞过一回的,骗得我们的许多苦工,到前线去替它们死,接着是在北京的中央公园里竖了一块无耻的,愚不可及的"公理战胜"的牌坊(但后来又改掉了)。现在怎样?"公理"在哪里?这事还不过十六年,我们记得的。

帝国主义和我们,除了它的奴才之外,那一样厉害不和我们正相反?我们的痈疽,是它们的宝贝,那么,它们的敌人,当然是我们的朋友了。它们自身正在崩溃下去,无法支持,为挽救自己的末运,便憎恶苏联的向上。谣诼,诅咒,怨恨,无所不至,没有效,终于只得准备动手去打了,一定要灭掉它才睡得着。但我们干什么呢?我们还会再被骗吗?“苏联是无产阶级专政的,知识阶级就要饿死。”——一位有名的记者曾经这样警告我。是的,这倒恐怕要使我也有些睡不着了。但无产阶级专政,不是为了将来的无阶级社会吗?只要你不去谋害它,自然成功就早,阶级的消灭也就早,那时就谁也不会“饿死”了。不消说,排长串是一时难免的,但到底会快起来。

帝国主义的奴才们要去打,自己(!)跟着它的主人去打去就是。我们人民和它们是利害完全相反的。我们反对进攻苏联。我们倒要打倒进攻苏联的恶鬼,无论它说着怎样甜腻的话头,装着怎样公正的面孔。

这才也是我们自己的生路!

五月六日。

《竖琴》前记

俄国的文学,从尼古拉斯二世时候以来,就是“为人生”的,无论它的主意是在探究,或在解决,或者堕入神秘,沦于颓唐,而其主流还是一个:为人生。

这一种思想,在大约二十年前即与中国一部分的文艺介绍者合流,陀思妥夫斯基,都介涅夫,契诃夫,托尔斯泰之名,渐渐出现于文字上,并且陆续翻译了他们的一些作品,那时组织的介绍“被压迫民族文学”的是上海的文学研究会,也将他们算作为被压迫者而呼号的作家的。

凡这些,离无产者文学本来还很远,所以凡所介绍的作品,自然大抵是叫唤,呻吟,困穷,酸辛,至多,也不过是一点挣扎。

但已经使又一部分人很不高兴了,就招来了两标军马的围剿。创造社竖起了“为艺术的艺术”的大旗,喊着“自我表现”的口号,要用波斯诗人的酒杯,“黄书”文士的手杖,将这些“庸俗”打平。还有一标是那些受过了英国的小说在供绅士淑女的欣赏,美国的小说家在迎合读者的心思这些“文艺理论”的洗礼而回来的,一听到下层社会的叫唤和呻吟,就使他们眉头百结,扬起了带着白手套的纤手,挥斥道:这些下流都从“艺术之宫”里滚出去!

而且中国原来还有着一标布满全国的旧式的军马,这就是以小说为“闲书”的人们。小说,是供“看官”们茶余酒后的消遣之用的,所以要优雅,超逸,万不可使读者不欢,打断他消闲的雅兴。此说虽古,但却与英美时行的小说论合流,于是这三标新旧的大军,就不约而同地来痛剿了“为人生的文学”——俄国文学。

然而还是有着不少共鸣的人们，所以它在中国仍然是宛转曲折的生长着。

但它在本土，却突然凋零下去了。在这以前。原有许多作者企望着转变的，而十月革命的到来，却给了他们一个意外的莫大的打击。于是有梅垒什珂夫斯基夫妇（D.S.Merezhikovski i Z. N. Hippius），库普林（A. I. Kuprin），蒲宁（I. A. Bunin），安特来夫（L. N. Andreev）之流的逃亡，阿尔志跋绥夫（M.P. Artzybashev），梭罗古勃（Fiodor Sologub）之流的沉默，旧作家的还在活动者，只剩了勃留梭夫（Valeri Briusov），惠垒赛耶夫（V. Veresaiev），戈理基（Maxim Gorki），玛亚珂夫斯基（V.V.Mayakovski）这几个人，到后来，还回来了一个亚历舍·托尔斯泰（Aleksei N.Tolstoi）。此外也没有什么显著的新起的人物，在国内战争和列强封锁中的文苑，是只见萎谢和荒凉了。

至一九二〇年顷，新经济政策实行了，造纸，印刷，出版等项事业的勃兴，也帮助了文艺的复活，这时的最重要的枢纽，是一个文学团体“绥拉比翁的兄弟们”（Serapionsbrüder）。

这一派的出现，表面上是始于二一年二月一日，在列宁格拉“艺术府”里的第一回集会的，加盟者大抵是年青的文人，那立场是在一切立场的否定。淑雪兼珂说过：“从党人的观点看起来，我是没有宗旨的人物。这不很好吗？自己说起自己来，则我既不是共产主义者，也不是社会革命党员，也不是帝制主义者。我只是一个俄国人，而且对于政治，是没有操持的。大概和我最相近的，是布尔塞维克，和他们一同布尔塞维克化，我是赞成的。……但我爱农民的俄国。”这就很明白地说出了他们的立场。

但在那时，这一个文学团体的出现，却确是一种惊异，不久就几乎席卷了全国的文坛。在苏联中，这样的非苏维埃的文学的勃兴，是很足以令人奇怪的。然而理由很简单：当时的革命者，正忙于实行，唯有这些青年文人发表了较为优秀的作品者其一；他们虽非革命者，而身历了铁和火的试练，所以凡所描写的恐怖和战栗，兴奋和感激，易得读者的共鸣者其二；其三，则当时指挥文学界的瓦浪斯基，是很给他们支持的。讬罗茨基也是支持者之一，称之为“同路人”。同路人者，谓因革命中所含有的英雄主义而接受革命，一同前行，但并无彻底为革命而斗争，虽死不惜的信念，仅是一时同道的伴侣罢了。这名称，由那时一直使用到现在。

然而，单说是“爱文学”而没有明确的观念形态的徽帜的“绥拉比翁的兄弟们”，也终于逐渐失掉了作为团体的存在的意义，始于涣散，继以消亡，后来就和别的同路人们一样，个个由他个人的才力，受着文学上的评价了。

在四五年以前,中国又曾盛大地介绍了苏联文学,然而就是这同路人的作品居多。这也是无足异的。一者,此种文学的兴起较为在先,颇为西欧及日本所赏赞和介绍,给中国也得了不少转译的机缘;二者,恐怕也还是这种没有立场的立场,反而易得介绍者的赏识之故了,虽然他自以为是"革命文学者"。

我向来是想介绍东欧文学的一个人,也曾译过几篇同路人作品,现在就合了十个人的短篇为一集,其中的三篇,是别人的翻译,我相信为很可靠的。可惜的是限于篇幅,不能将有名的作家全都收罗在内,使这本书较为完善,但我相信曹靖华君的《烟袋》和《四十一》,是可以补这缺陷的。

至于各个作者的略传,和各篇作品的翻译或重译的来源,都写在卷末的《后记》里,读者倘有兴致,自去翻检就是了。

一九三二年九月九日,鲁迅记于上海。

论"第三种人"

这三年来,关于文艺上的论争是沉寂的,除了在指挥刀的保护之下,挂着"左翼"的招牌,在马克思主义里发现了文艺自由论,列宁主义里找到了杀尽共匪说的论客的"理论"之外,几乎没有人能够开口,然而,倘是"为文艺而文艺"的文艺,却还是"自由"的,因为他绝没有收了卢布的嫌疑。但在"第三种人",就是"死抱住文学不放的人",又不免有一种苦痛的预感:左翼文坛要说他是"资产阶级的走狗"。

代表了这一种"第三种人"来鸣不平的,是《现代》杂志第三和第六期上的苏汶先生的文章(我在这里先应该声明:我为便利起见,暂且用了"代表","第三种人"这些字眼,虽然明知道苏汶先生的"作家之群",是也如拒绝"或者","多少","影响"这一类不十分决定的字眼一样,不要固定的名称的,因为名称一固定,也就不自由了)。他以为左翼的批评家,动不动就说作家是"资产阶级的走狗",甚至于将中立者认为非中立,而一非中立,便有认为"资产阶级的走狗"的可能,号称"左翼作家"者既然"左而不作","第三种人"又要作而不敢,于是文坛上便没有东西了。然而文艺据说至少有一部分是超出于阶级斗争之外的,为将来的,就是"第三种人"所抱住的真的,永久的文艺。——但可惜,被左翼理论家弄得不敢作了,因为作家在未做之前,就有了被骂的预感。

我相信这种预感是会有的,而以"第三种人"自命的作家,也愈加容易有。我也相信作者所说,现在很有懂得理论,而感情难变的作家。然而感情不变,则懂得理论的度数,就不免和感情已变或略变者有些不同，而看法也就因此两样。苏汶先生的看法，由我看来，是并不正确的。

自然，自从有了左翼文坛以来，理论家曾经犯过错误，作家之中，也不但如苏汶先生所说，有"左而不作"的，并且还有由左而右，甚至于化为民族主义文学的小卒，书坊的老板，敌党的探子的，然而这些讨厌左翼文坛了的文学家所遗下的左翼文坛，却依然存在，不但存在，还在发展，克服自己的坏处，向文艺这神圣之地进军。苏汶先生问过：克服了三年，还没有克服好吗？回答是：是的，还要克服下去，三十年也说不定。然而一面克服着，一面进军着，不会做待到克服完成，然后行进那样的傻事的。但是，苏汶先生说过"笑话"：左翼作家在从资本家取得稿费；现在我来说一句真话，是左翼作家还在受封建的资本主义的社会的法律的压迫，禁锢，杀戮。所以左翼刊物，全被摧残，现在非常寥寥，即偶有发表，批评作品的也绝少，而偶有批评作品的，也并未动不动便指作家为"资产阶级的走狗"，而且不要"同路人"。左翼作家并不是从天上掉下来的神兵，或国外杀进来的仇敌，他不但要那同走几步的"同路人"，还要招致那站在路旁看看的看客也一同前进。

但现在要问：左翼文坛现在因为受着压迫，不能发表很多的批评，倘一旦有了发表的可能，不至于动不动就指"第三种人"为"资产阶级的走狗"吗？我想，倘若左翼批评家没有宣誓不说，又只从坏处着想，那是有这可能的，也可以想得比这还要坏。不过我以为这种预测，实在和想到地球也许有破裂之一日，而先行自杀一样，大可以不必的。

然而苏汶先生的"第三种人"，却据说是为了这未来的恐怖而"搁笔"了。未曾身历，仅仅因为心造的幻影而搁笔，"死抱住文学不放"的作者的拥抱力，又何其弱呢？两个爱人，有因为预防将来的社会上的斥责而不敢拥抱的吗？

其实，这"第三种人"的"搁笔"，原因并不在左翼批评的严酷。真实原因的所在，是在做不成这样的"第三种人"，做不成这样的人，也就没有了第三种笔，搁与不搁，还谈不到。

生在有阶级的社会里而要做超阶级的作家，生在战斗的时代而要离开战斗而独立，生在现在而要做给予将来的作品，这样的人，实在也是一个心造的幻影，在现实世界上是没有的。要做这样的人，恰如用自己的手拔着头发，要离开地球一样，他离不开，焦躁着，然而并非因为有人摇了摇头，使他不敢拔了的缘故。

所以虽是"第三种人"，却还是一定超不出阶级的，苏汶先生就先在预料阶级地批评了，作品里又岂能摆脱阶级的利害；也一定离不开战斗的，苏汶先生就先以"第三种人"之名提出抗争了，虽然"抗争"之名又为作者所不愿受；而且也跳不过现在的，他在创作超阶级的,为将来的作品之前,先就留心于左翼的批判了。

这确是一种苦境。但这苦境,是因为幻影不能成为实有而来的。即使没有左翼文坛作梗,也不会有这"第三种人",何况作品。但苏汶先生却又心造了一个横暴的左翼文坛的幻影,将"第三种人"的幻影不能出现,以至将来的文艺不能发生的罪孽,都推给它了。

左翼作家诚然是不高超的,连环图画,唱本,然而也不到苏汶先生所断定那样的没出息。左翼也要托尔斯泰,弗罗培尔。但不要"努力去创造一些属于将来(因为他们现在是不要的)的东西"的托尔斯泰和弗罗培尔。他们两个,都是为现在而写的,将来是现在的将来,于现在有意义,才于将来会有意义。尤其是托尔斯泰,他写些小故事给农民看,也不自命为"第三种人",当时资产阶级的多少攻击,终于不能使他"搁笔"。左翼虽然诚如苏汶先生所说,不至于蠢到不知道"连环图画是产生不出托尔斯泰,产生不出弗罗培尔来",但却以为可以产出米开朗琪罗,达文希那样伟大的画手。而且我相信,从唱本说书里是可以产生托尔斯泰,弗罗培尔的。现在提起米开朗琪罗们的画来,谁也没有非议了,但实际上,那不是宗教的宣传画,《旧约》的连环图画吗?而且是为了那时的"现在"的。

总括起来说,苏汶先生是主张"第三种人"与其欺骗,与其做冒牌货,倒还不如努力去创作,这是极不错的。

"定要有自信的勇气,才会有工作的勇气!"这尤其是对的。

然而苏汶先生又说,许多大大小小的"第三种人"们,却又因为预感了不祥之兆——左翼理论家的批评而"搁笔"了!

"怎么办呢"?

十月十日。

"连环图画"辩护

我自己曾经有过这样一个小小的经验。有一天,在一处筵席上,我随便地说:用活动电影来教学生,一定比教员的讲义好,将来恐怕要变成这样的。话还没有说完,就埋葬在一阵哄笑里了。

自然,这话里,是埋伏着许多问题的,例如,首先第一,是用的是怎样的电影,倘用美国式的发财结婚故事的影片,那当然不行。但在我自己,却的确另外听过采用影片的细菌学讲义,见过全部照相,只有几句说明的植物学书。所以我深信不但生物学,就是历史地理,也可以这样办。

然而许多人的随便的哄笑,是一枝白粉笔,它能够将粉涂在对手的鼻子上,使他的话好像小丑的打诨。

前几天,我在《现代》上看见苏汶先生的文章,他以中立的文艺论者的立场,将“连环图画”一笔抹杀了。自然,那不过是随便提起的,并非讨论绘画的专门文字,然而在青年艺术学徒的心中,也许是一个重要的问题,所以我再来说几句。

我们看惯了绘画史的插图上,没有“连环图画”,名人的作品的展览会上,不是“罗马夕照”,就是“西湖晚凉”,便以为那是一种下等物事,不足以登“大雅之堂”的。但若走进意大利的教皇宫——我没有游历意大利的幸福,所走进的自然只是纸上的教皇宫——去,就能看见凡有伟大的壁画,几乎都是《旧约》,《耶稣传》,《圣者传》的连环图画,艺术史家截取其中的一段,印在书上,题之曰《亚当的创造》,《最后之晚餐》,读者就不觉得这是下等,这在宣传了,然而那原画,却明明是宣传的连环图画。

在东方也一样。印度的阿强陀石窟,经英国人摹印了壁画以后,在艺术史上发光了;中国的《孔子圣迹图》,只要是明版的,也早为收藏家所宝重。这两样,一是佛陀的本生,一是孔子的事迹,明明是连环图画,而且是宣传。

书籍的插画,原意是在装饰书籍,增加读者的兴趣的,但那力量,能补助文字之所不及,所以也是一种宣传画。这种画的幅数极多的时候,即能只靠图像,悟到文字的内容,和文字一分开,也就成了独立的连环图画。最显著的例子是法国的陀莱(Gustave Dore),他是插图版画的名家,最有名的是《神曲》,《失乐园》,《吉诃德先生》,还有《十字军记》的插画,德国都有单印本(前二种在日本也有印本),只靠略解,即可以知道本书的梗概。然而有谁说陀莱不是艺术家呢?

宋人的《唐风图》和《耕织图》,现在还可找到印本和石刻;至于仇英的《飞燕外传图》和《会真记图》,则翻印本就在文明书局发卖的。凡这些,也都是当时和现在的艺术品。

自十九世纪后半以来,版画复兴了,许多作家,,往往喜欢刻印一些以几幅画汇成一帖的“连作”(Blattfolge)。这些连作,也有并非一个事件的。现在为青年的艺术学徒计,我想写出几个版画史上已经有了地位的作家和有连续事实的作品在下面:

首先应该举出来的是德国的珂勒惠支(Kathe Kollwitz)夫人。她除了为霍普德曼的《织匠》(Die Weber)而刻的六幅版画外,还有三种,有题目,无说明——

一,《农民斗争》(Bauernkrieg),金属版七幅;

二,《战争》(Der Krieg),木刻七幅;

三,《无产者》(Proletariat),木刻三幅。

耕织图

以《士敏土》的版画,为中国所知道的梅斐尔德(Cad Meffert),是一个新进的青年作家,他曾为德译本斐格纳尔的《猎俄皇记》(Die Jagd nach Zaren von Wera Figner)刻过五幅木版图,又有两种连作——

一,《你的姊妹》(Deiae Scbwester),木刻七幅,题诗一幅;

二,《养护的门徒》(原名未详),木刻十三幅。

比国有一个麦绥莱勒(Frans Masered),是欧洲大战时候,像罗曼·罗兰一样,因为非战而逃出过外国的。他的作品最多,都是一本书,只有书名,连小题目也没有,现在德国印出了普及版(Bei kurt Wolff, Munchen),每本三马克半,容易到手了。我所见过的是这几种——

一,《理想》(Die Idee),木刻八十三幅;

二,《我的祷告》(Mein Stundenbuch),木刻一百六十五幅;

三,《没字的故事》(Geschichte ohne Wotre),木刻六十幅;

四,《太阳》(Die Sonne),木刻六十三幅;

五,《工作》(Das Werk),木刻,幅数失记;

六,《一个人的受难》(Die Passion eines Menschen),木刻二十五幅。

美国作家的作品,我曾见过希该尔木刻的《巴黎公社》(The Paris Commune, A Story in Pictures by William Siegel),是纽约的约翰李特社(Jrohn Reed Club)出版的。还有一本石版的格罗沛尔(W.Gropper)所画的书,据赵景深教授说,是"马戏的故事",另译起来,恐怕要"信而不顺",只好将原名照抄在下面——

《Ahy-Oop》(Life and love Among the Acrobats.)

英国的作家我不大知道,因为那作品定价贵。但曾经有一本小书,只有十五幅木刻和不到二百字的说明,作者是有名的吉宾斯(Robert Gibbings),限印五百部,英国绅士是死也不肯重印的,现在恐怕已将绝版,每本要数十元了罢。那书是——

《第七人》(The 7th Man)。

以上,我的意思是总算举出事实,证明了连环图画不但可以成为艺术,并且已经坐在"艺术之官"的里面了。至于这也和其他的文艺一样,要有好的内容和技术,那是不消说得的。

我并不劝青年的艺术学徒蔑弃大幅的油画或水彩画,但是希望一样看重并且努力于连环图画和书报的插图;自然应该研究欧洲名家的作品,但也更注意于中国旧书上的绣像和画本,以及新的单张的花纸。这些研究和由此而来的创作,自然没有现在的所谓大作家的受着有些人的照例的赞赏,然而我敢相信:对于这,大众是要看的,大众是感激的!

十月二十五日。

辱骂和恐吓绝不是战斗

——致《文学月报》编辑的一封信

起应兄:

前天收到《文学月报》第四期,看了一下。我所觉得不足的,并非因为它不及别种杂志的五花八门,乃是总还不能比先前充实。但这回提出了几位新的作家来,是极好的,作品的好坏我且不论,最近几年的刊物上,倘不是姓名曾经排印过了的作家,就很有不能登载的趋势,这么下去,新的作者要没有发表作品的机会了。现在打破了这局面,虽然不过是一种月刊的一期,但究竟也扫去一些沉闷,所以我以为是一种好事情。但是,我对于芸生先生的一篇诗,却非常失望。

这诗,一目了然,是看了前一期的别德纳衣的讽刺诗而作的。然而我们来比一比罢,别德纳衣的诗虽然自认为"恶毒",但其中最甚的也不过是笑骂。这诗怎么样?有辱骂,有恐吓,还有无聊的攻击:其实是大可以不必作的。

例如罢,开首就是对于姓的开玩笑。一个作者自取的别名,自然可以窥见他的思想,譬如"铁血","病鹃"之类,故不妨由此开一点小玩笑。但姓氏籍贯,却不能决定本人的功罪,因为这是从上代传下来的,不能由他自主。我说这话还在四年之前,当时曾有人评我为"封建余孽”，其实是捧住了这样的题材，欣欣然自以为得计者，倒是十分“封建的”的。不过这种风气，近几年颇少见了，不料现在竟又复活起来，这确不能不说是一个退步。

尤其不堪的是结尾的辱骂。现在有些作品，往往并非必要而偏在对话里写上许多骂语去，好像以为非此便不是无产者作品，骂詈愈多，就愈是无产者作品似的。其实好的工农之中，并不随口骂人的多得很，作者不应该将上海流氓的行为，涂在他们身上的。即使有喜欢骂人的无产者，也只是一种坏脾气，作者应该由文艺加以纠正，万不可再来展开，使将来的无阶级社会中，一言不合，便祖宗三代的闹得不可开交。况且即是笔战，就也如别的兵战或拳斗一样，不妨伺隙乘虚，以一击制敌人的死命，如果一味鼓噪，已是《三国志演义》式战法，至于骂一句爹娘，扬长而去，还自以为胜利，那简直是“阿Q”式的战法了。

接着又是什么“剖西瓜”之类的恐吓，这也是极不对的，我想。无产者的革命，乃是为了自己的解放和消灭阶级，并非因为要杀人，即使是正面的敌人，倘不死于战场，就有大众的裁判，绝不是一个诗人所能提笔判定生死的。现在虽然很有什么“杀人放火”的传闻，但这只是一种诬陷。中国的报纸上看不出实话，然而只要一看别国的例子也就可以恍然：德国的无产阶级革命（虽然没有成功），并没有乱杀人；德国不是连皇帝的宫殿都没有烧掉吗？而我们的作者，却将革命的工农用笔涂成一个吓人的鬼脸，由我看来，真是鲁莽之极了。

自然，中国历来的文坛上，常见的是诬陷，造谣，恐吓，辱骂，翻一翻大部的历史，就往往可以遇见这样的文章，直到现在，还在应用，而且更加厉害。但我想，这一份遗产，还是都让给巴儿狗文艺家去承受罢，我们的作者尚不竭力地抛弃了它，是会和他们成为“一丘之貉”的。

不过我并非主张要对敌人赔笑脸，三鞠躬。我只是说，战斗的作者应该注重于“论争”；倘在诗人，则因为情不可遏而愤怒，而笑骂，自然也无不可。但必须止于嘲笑，止于热骂，而且要“嬉笑怒骂，皆成文章”，使敌人因此受伤或致死，而自己并无卑劣的行为，观者也不以为污秽，这才是战斗的作者的本领。

刚才想到了以上的一些，便写出寄上，也许于编辑上可供参考。总之，我是极希望此后的《文学月报》上不再有那样的作品的。

专此布达，并问

好。

鲁迅。十二月十日。

《自选集》自序

我做小说，是开手于一九一八年，《新青年》上提倡“文学革命”的时候的。这一种运动，现在固然已经成为文学史上的陈迹了，但在那时，却无疑地是一个革命的运动。

我的作品在《新青年》上，步调是和大家大概一致的，所以我想，这些确可以算作那时的“革命文学”。

然而我那时对于“文学革命”，其实并没有怎样的热情。见过辛亥革命，见过二次革命，见过袁世凯称帝，张勋复辟，看来看去，就看得怀疑起来，于是失望，颓唐得很了。民族主义的文学家在今年的一种小报上说，“鲁迅多疑”，是不错的，我正在疑心这批人们也并非真的民族主义文学者，变化正未可限量呢。不过我却又怀疑于自己的失望，因为我所见过的人们，事件，是有限得很的，这想头，就给了我提笔的力量。

“绝望之为虚妄，正与希望相同。”

既不是直接对于“文学革命”的热情，又为什么提笔的呢？想起来，大半倒是为了对于热情者们的同感。这些战士，我想，虽在寂寞中，想头是不错的，也来喊几声助助威罢。首先，就是为此。自然，在这中间，也不免夹杂些将旧社会的病根暴露出来，催人留心，设法加以疗治的希望。但为达到这希望计，是必须与前驱者取同一的步调的，我于是删削些黑暗，装点些欢容，使作品比较的显出若干亮色，那就是后来结集起来的《呐喊》，一共有十四篇。

这些也可以说，是“遵命文学”。不过我所遵奉的，是那时革命的前驱者的命令，也是我自己所愿意遵奉的命令，绝不是皇上的圣旨，也不是金元和真的指挥刀。

后来《新青年》的团体散掉了，有的高升，有的退隐，有的前进，我又经验了一回同一战阵中的伙伴还是会这么变化，并且落得一个“作家”的头衔，依然在沙漠中走来走去，不过已经逃不出在散漫的刊物上做文字，叫作随便谈谈。有了小感触，就写些短文，夸大点说，就是散文诗，以后印成一本，谓之《野草》。得到较整齐的材料，则还是做短篇小说，只因为成了游勇，布不成阵了，所以技术虽然比先前好一些，思路也似乎较无拘束，而战斗的意气却冷得不少。新的战友在哪里呢？我想，这是很不好的。于是集印了这时期的十一篇作品，谓之《彷徨》，愿以后不再这模样。

“路漫漫其修远兮，吾将上下而求索。”

不料这大口竟夸得无影无踪。逃出北京，躲进厦门，只在大楼上写了几则《故事新

编》和十篇《朝花夕拾》。前者是神话,传说及史实的演义,后者则只是回忆的记事罢了。

此后就一无所作,“空空如也”。

可以勉强称为创作的,在我至今只有这五种,本可以顷刻读了的,但出版者要我自选一本集。推测起来,恐怕因为这么一办,一者能够节省读者的费用,二则,以为由作者自选,该能比别人格外明白吧。对于第一层,我没有异议;至第二层,我却觉得也很难。因为我向来就没有格外用力或格外偷懒的作品,所以也没有自以为特别高妙,配得上提拔出来的作品。没有法,就将材料,写法,都有些不同,可供读者参考的东西,取出二十二篇来,凑成了一本,但将给读者一种“重压之感”的作品,却特地竭力抽掉了。这是我现在自有我的想头的:

“并不愿将自以为苦的寂寞,再来传染给也如我那年青时候似的正做着好梦的青年。”

然而这又不似做那《呐喊》时候的故意的隐瞒,因为现在我相信,现在和将来的青年是不会有这样的心境的了。

一九三二年十二月十四日,鲁迅于上海寓居记。

祝中俄文字之交

十五年前,被西欧的所谓文明国人看作半开化的俄国,那文学,在世界文坛上,是胜利的;十五年以来,被帝国主义者看作恶魔的苏联,那文学,在世界文坛上,是胜利的。这里的所谓“胜利”,是说:以它的内容和技术的杰出,而得到广大的读者,并且给予了读者许多有益的东西。

它在中国,也没有出于这例子之外。

我们曾在梁启超所办的《时务报》上,看见了《福尔摩斯包探案》的变幻,又在《新小说》上,看见了焦士威奴(Jules Verne)所做的号称科学小说的《海底旅行》之类的新奇。后来林琴南大译英国哈葛德(H.Rider Haggard)的小说了,我们又看见了伦敦小姐之缠绵和非洲野蛮之古怪。至于俄国文学,却一点不知道,——但有几位也许自己心里明白,而没有告诉我们的“先觉”先生,自然是例外。不过在另一方面,是已经有了感应的。那时较为革命的青年,谁不知道俄国青年是革命的,暗杀的好手?尤其忘不掉的是苏菲亚,虽然大半也因为她是一位漂亮的姑娘。现在的国货的作品中,还常有“苏菲”一类的名字,那渊源就在此。

那时——十九世纪末——的俄国文学,尤其是陀思妥夫斯基和托尔斯泰的作品,已经很影响了德国文学,但这和中国无关,因为那时研究德文的人少得很。最有关系的是英美帝国主义者,他们一面也翻译了陀思妥夫斯基,都介涅夫,托尔斯泰,契诃夫的选集了,一面也用那做给印度人读的读本来教我们的青年以拉玛和吉利瑟那(Rama and Krishna)的对话,然而因此也携带了阅读那些选集的可能。包探,冒险家,英国姑娘,非洲野蛮的故事,是只能当醉饱之后,在发胀的身体上搔搔痒的,然而我们的一部分的青年却已经觉得压迫,只有痛楚,他要挣扎,用不着痒痒的抚摩,只在寻切实的指示了。

那时就看见了俄国文学。

那时就知道了俄国文学是我们的导师和朋友。因为从那里面,看见了被压迫者的善良的灵魂,的酸辛,的挣扎;还和四十年代的作品一同烧起希望,和六十年代的作品一同感到悲哀。我们岂不知道那时的大俄罗斯帝国也正在侵略中国,然而从文学里明白了一件大事,是世界上有两种人:压迫者和被压迫者!

从现在看来,这是谁都明白,不足道的,但在那时,却是一个大发现,正不亚于古人的发现了火的可以照暗夜,煮东西。

俄国的作品,渐渐的介绍进中国来了,同时也得了一部分读者的共鸣,只是传布开去。零星的译品且不说罢,成为大部的就有《俄国戏曲集》十种和《小说月报》增刊的《俄国文学研究》一大本,还有《被压迫民族文学号》两本,则是由俄国文学的启发,而将范围扩大到一切弱小民族,并且明明点出“被压迫”的字样来了。

于是也遭了文人学士的讨伐,有的主张文学的“崇高”,说描写下等人是鄙俗的勾当,有的比创作为处女,说翻译不过是媒婆而重译尤令人讨厌。的确,除了《俄国戏曲集》以外,那时所有的俄国作品几乎都是重译的。

但俄国文学只是介绍进来,传布开去。

作家的名字知道得更多了,我们虽然从安特来夫(L.Andreev)的作品里遇到了恐怖,阿尔志跋绥夫(M.Artsy-bashev)的作品里看见了绝望和荒唐,但也从珂罗连珂(V.Korolenko)学得了宽宏,从戈理基(Maxim Gorky)感受了反抗。读者大众的共鸣和热爱,早不是几个论客的自私的曲说所能掩蔽,这伟力,终于使先前膜拜曼殊斐儿(Kathe rine Mansfield)的绅士也重译了都介涅夫的《父与子》,排斥“媒婆的作家也重译着托尔斯泰的《战争与和平》了”。

这之间,自然又遭了文人学士和流氓警犬的联军的讨伐。对于介绍者,有的说是为了卢布,有的说是意在投降,有的笑为“破锣”,有的指为共党,而实际上的对于书籍的禁止和没收,还因为是秘密的居多,无从列举。

但俄国文学只是介绍进来,传布开去。

有些人们,也译了《墨索里尼传》,也译了《希特拉传》,但他们绍介不出一册现代意国或德国的白色的大作品,《战后》是不属于希特拉的字旗下的,《死的胜利》又只好以"死"自傲。但苏联文学在我们却已有了里培进斯基的《一周间》,革拉特珂夫的《士敏土》,法捷耶夫的《毁灭》,绥拉菲摩微支的《铁流》;此外中篇短篇,还多得很。凡这些,都在御用文人的明枪暗箭之中,大踏步跨到读者大众的怀里去,给一一知道了变革,战斗,建设的辛苦和成功。

但一月以前,对于苏联的"舆论",霎时都转变了,昨夜的魔鬼,今朝的良朋,许多报章,总要提起几点苏联的好处,有时自然也涉及文艺上:"复交"之故也。然而,可祝贺的却并不在这里。自利者一淹在水里面,将要灭顶的时候,只要抓得着,是无论"破锣"破鼓,都会抓住的,他绝没有所谓"洁癖"。然而无论他终于灭亡或幸而爬起,始终还是一个自利者。随手来举一个例子罢,上海称为"大报"的《申报》,不是一面甜嘴蜜舌的主张着"组织苏联考察团"(三二年十二月二十八日时评),而一面又将林克多的《苏联闻见录》称为"反动书籍"(同二十七日新闻)吗?可祝贺的,是在中俄的文字之交,开始虽然比中英,中法迟,但在近十年中,两国的绝交也好,复交也好,我们的读者大众却不因此而进退;译本的放任也好,禁压也好,我们的读者也决不因此而盛衰。不但如常,而且扩大;不但虽绝交和禁压还是如常,而且虽绝交和禁压而更加扩大。这可见我们的读者大众,是一向不用自私的"势利眼"来看俄国文学的。我们的读者大众,在朦胧中,早知道这伟大肥沃的"黑土"里,要生长出什么东西来,而这"黑土"却也确实生长了东西,给我们亲见了:忍受,呻吟,挣扎,反抗,战斗,变革,战斗,建设,战斗,成功。

在现在,英国的萧,法国的罗兰,也都成为苏联的朋友了。这,也是当我们中国和苏联在历来不断的"文字之交"的途中,扩大而与世界结成真的"文字之交"的开始。

这是我们应该祝贺的。

十二月三十日。

一九三三年

听说梦

做梦，是自由的，说梦，就不自由。做梦，是做真梦的，说梦，就难免说谎。

大年初一，就得到一本《东方杂志》新年特大号，临末有“新年的梦想”，问的是“梦想中的未来中国”和“个人生活”，答的有一百四十多人。记者的苦心，我是明白的，想必以为言论不自由，不如来说梦，而且与其说所谓真话之假，不如来谈谈梦话之真，我高兴地翻了一下，知道记者先生却大大的失败了。

当我还未得到这本特大号之前，就遇到过一位投稿者，他比我先看见印本，自说他的答案已被资本家删改了，他所说的梦其实并不如此。这可见资本家虽然还没法禁止人们做梦，而说了出来，倘为权力所及，却要干涉的，决不给你自由。这一点，已是记者的大失败。

但我们且不去管这改梦案子，只来看写着的梦境罢，诚如记者所说，来答复的几乎全部是知识分子。首先，是谁也觉得生活不安定，其次，是许多人梦想着将来的好社会，“各尽所能”呀，“大同世界”呀，很有些“越轨”气息了（末三句是我添的，记者并没有说）。

但他后来就有点“痴”起来，他不知从哪里拾来了一种学说，将一百多个梦分为两大类，说那些梦想好社会的都是“载道”之梦，是“异端”，正宗的梦应该是“言志”的，硬把“志”弄成一个空洞无物的东西。然而，孔子曰，“盍各言尔志”，而终于赞成曾点者，就因为其“志”合于孔子之“道”的缘故也。

其实是记者的所以为“载道”的梦，那里面少得很。文章是醒着的时候写的，问题又近于“心理测验”，遂致对答者不能不做出个个适宜于目下自己的职业，地位，身份的梦来（已被删改者自然不在此例），即使看去好像怎样“载道”，但为将来的好社会“宣传”的意思，是没有的。所以，虽然梦“大家有饭吃”者有人，梦“无阶级社会”者有人，梦“大同世界”者有人，而很少有人梦见建设这样社会以前的阶级斗争，白色恐怖，轰炸，虐杀，鼻子里灌辣椒水，电刑……倘不梦见这些，好社会是不会来的，无论怎么写得光明，终究是一个梦，空头的梦，说了出来，也无非教人都进这空头的梦境里面去。

然而要实现这“梦”境的人们是有的，他们不是说，而是做，梦着将来，而致力于达到

这一种将来的现在。因为有这事实，这才使许多知识分子不能不说好像“载道”的梦，但其实并非“载道”，乃是给“道”载了一下，倘要简洁，应该说是“道载”的。

为什么会给“道载”呢？曰：为目前和将来的吃饭问题而已。

我们还受着旧思想的束缚，一说到吃，就觉得近乎鄙俗。但我是毫没有轻视对答者诸公的意思的。《东方杂志》记者在《读后感》里，也曾引弗洛伊德的意见，以为“正宗”的梦，是“表现各人的心底的秘密而不带着社会作用的”。但弗洛伊德以被压抑为梦的根柢——人为什么被压抑的呢？这就和社会制度，习惯之类联结了起来，单是做梦不打紧，一说，一问，一分析，可就不妥当了。记者没有想到这一层，于是就一头撞在资本家的朱笔上。但引“压抑说”来释梦，我想，大家必已经不以为忤了罢。

不过，弗洛伊德恐怕是有几文钱，吃得饱饱的罢，所以没有感到吃饭之难，只注意于性欲。有许多人正和他在同一境遇上，就也轰然地拍起手来。诚然，他也告诉过我们，女儿多爱父亲，儿子多爱母亲，即因为异性的缘故。然而婴孩出生不多久，无论男女，就尖起嘴唇，将头转来转去。莫非它想和异性接吻吗？不，谁都知道：是要吃东西！

食欲的根柢，实在比性欲还要深，在目下开口爱人，闭口情书，并不以为肉麻的时候，我们也大可以不必讳言要吃饭。因为是醒着做的梦，所以不免有些不真，因为题目究竟是“梦想”，而且如记者先生所说，我们是“物质的需要远过于精神的追求”了，所以乘着Censors（也引用弗洛伊德语）的监护好像解除了之际，便公开了一部分。其实也是在“梦中贴标语，喊口号”，不过不是积极的罢了，而且有些也许倒和表面的“标语”正相反。

时代是这么变化，饭碗是这样艰难，想想现在和将来，有些人也只能如此说梦，同是小资产阶级（虽然也有人定我为“封建余孽”或“土著资产阶级”，但我自己姑且定为属于这阶级），很能够彼此心照，然而也无须秘而不宣的。

至于另有些梦为隐士，梦为渔樵，和本相全不相同的名人，其实也只是预感饭碗之脆，而却想将吃饭范围扩大起来，从朝廷而至园林，由洋场及于山泽，比上面说过的那些志向要大得远，不过这里不来多说了。

一月一日。

论“赴难”和“逃难”

——寄《涛声》编辑的一封信

编辑先生：

我常常看《涛声》，也常常叫“快哉！”但这回见了周木斋先生那篇《骂人与自骂》，其中说北平的大学生“即使不能赴难，最低最低的限度也应不逃难”，而致慨于五四运动时代式锋芒之销尽，却使我如骨鲠在喉，不能不说几句话。因为我是和周先生的主张正相反，以为“倘不能赴难，就应该逃难”，属于“逃难党”的。

周先生在文章的末尾，“疑心是北京改为北平的应验”，我想，一半是对的。那时的北京，还挂着“共和”的假面，学生嚷嚷还不妨事；那时的执政，是昨天上海市十八团体为他开了“上海各界欢迎段公芝老大会”的段祺瑞先生，他虽然是武人，却还没有看过《莫索理尼传》。然而，你瞧，来了呀。有一回，对着请愿的学生毕毕剥剥的开枪了，兵们最爱瞄准的是女学生，这用精神分析学来解释，是说得过去的，尤其是剪发的女学生，这用整顿风俗的学说来解说，也是说得过去的。总之是死了一些“莘莘学子”。然而还可以开追悼会；还可以游行过执政府之门，大叫“打倒段祺瑞”。为什么呢？因为这时又还挂着“共和”的假面。然而，你瞧，又来了呀。现为党国大教授的陈源先生，在《现代评论》上哀悼死掉的学生，说可惜他们为几个卢布送了性命；《语丝》反对了几句，现为党国要人的唐有壬先生在《晶报》上发表一封信，说这些言动是受莫斯科的命令的。这实在已经有了北平气味了。

后来，北伐成功了，北京属于党国，学生们就都到了进研究室的时代，五四式是不对了。为什么呢？因为这是很容易为“反动派”所利用的。为了矫正这种坏脾气，我们的政府，军人，学者，文豪，警察，侦探，实在费了不少的苦心。用诰谕，用刀枪，用书报，用锻炼，用逮捕，用拷问，直到去年请愿之徒，死的都是“自行失足落水”，连追悼会也不开的时候为止，这才显出了新教育的效果。

倘使日本人不再攻榆关，我想，天下是太平了的，“必先安内而后可以攘外”。但可恨的是外患来得太快一点，太繁一点，日本人太不为中国诸公设想之故也，而且也因此引起了周先生的责难。

看周先生的主张，似乎最好是“赴难”。不过，这是难的。倘使早先有了组织，经过训练，前线的军人力战之后，人员缺少了，副司令下令召集，那自然应该去的。无奈据去年的事实，则连火车也不能白坐，而况平日所学的又是债权论，土耳其文学史，最小公倍数之类。去打日本，一定打不过的。大学生们曾经和中国的兵警打过架，但是“自行失足落水”了，现在中国的兵警尚且不抵抗，大学生能抵抗吗？我们虽然也看见过许多慷慨激昂的诗，什么用死尸堵住敌人的炮口呀，用热血胶住倭奴的刀枪呀，但是，先生，这是“诗”呵！事实并不这样的，死得比蚂蚁还不如，炮口也堵不住，刀枪也胶不住。孔子曰：“以不教民战，是谓弃之。”我并不全拜服孔老夫子，不过觉得这话是对的，我也正是反对大学生“赴难”的一个。

那么，“不逃难”怎样呢？我也是完全反对。自然，现在是“敌人未到”的，但假使一到，大学生们将赤手空拳，骂贼而死呢，还是躲在屋里，以图幸免呢？我想，还是前一着堂皇些，将来也可以有一本烈士传。不过于大局依然无补，无论是一个或十万个，至多，也只能又向“国联”报告一声罢了。去年十九路军的某某英雄怎样杀敌，大家说得眉飞色舞，因此忘却了全线退出一百里的大事情，可是中国其实还是输了的。而况大学生们连武器也没有。现在中国的新闻上大登“满洲国”的虐政，说是不准私藏军器，但我们大中华民国人民来藏一件护身的东西试试看，也会家破人亡，——先生，这是很容易“为反动派所利用”的呵。

施以狮虎式的教育，他们就能用爪牙，施以牛羊式的教育，他们到万分危急时还会用一对可怜的角。然而我们所施的是什么式的教育呢，连小小的角也不能有，则大难临头，唯有兔子似的逃跑而已。自然，就是逃也不见得安稳，谁都说不出那里是安稳之处来，因为到处繁殖了猎狗，诗曰：“趯趯毚兔，遇犬获之”，此之谓也。然则三十六计，固仍以“走”为上计耳。

总之，我的意见是：我们不可看得大学生太高，也不可责备他们太重，中国是不能专靠大学生的；大学生逃了之后，却应该想想此后怎样才可以不至于单是逃，脱出诗境，踏上实地去。

但不知先生以为何如？能给在《涛声》上发表，以备一说否？谨听裁择，并请文安。

罗怃顿首。一月二十八夜。

再：顷闻十来天之前，北平有学生五十多人因开会被捕，可见不逃的还有，然而罪名是“借口抗日，意图反动”，又可见虽“敌人未到”，也大以“逃难”为是也。

二十九日补记。

学生和玉佛

一月二十八日《申报》号外载二十六日北平专电曰：“故宫古物即起运，北宁平汉两路已奉令备车，团城白玉佛亦将南运。”

二十九日号外又载二十八日中央社电传教育部电平各大学，略曰：“据各报载榆关告紧之际，北平各大学中颇有逃考及提前放假等情，均经调查确实。查大学生为国民中坚分子,讵容妄自惊扰,败坏校规,学校当局迄无呈报,迹近宽纵,亦属非是。仰该校等迅将学生逃考及提前放假情形,详报核办,并将下学期上课日期,并报为要。”

三十日,“堕落文人”周动轩先生见之,有诗叹曰:

寂寞空城在,仓皇古董迁,
头儿夸大口,面子靠中坚。
惊扰讵云妄?奔逃只自怜:
所嗟非玉佛,不值一文钱。

为了忘却的记念

一

我早已想写一点文字,来纪念几个青年的作家。这并非为了别的,只因为两年以来,悲愤总时时来袭击我的心,至今没有停止,我很想借此算是竦身一摇,将悲哀摆脱,给自己轻松一下,照直说,就是我倒要将他们忘却了。

两年前的此时,即一九三一年的二月七日夜或八日晨,是我们的五个青年作家同时遇害的时候。当时上海的报章都不敢载这件事,或者也许是不愿,或不屑载这件事,只在《文艺新闻》上有一点隐约其辞的文章。那第十一期(五月二十五日)里,有一篇林莽先生作的《白莽印象记》,中间说:

“他做了好些诗,又译过匈牙利诗人彼得斐的几首诗,当时的《奔流》的编辑者鲁迅接到了他的投稿,便来信要和他会面,但他却是不愿见名人的人,结果是鲁迅自己跑来找他,竭力鼓励他作文学的工作,但他终于不能坐在亭子间里写,又去跑他的路了。不久,他又一次的被了捕。……”

这里所说的我们的事情其实是不确的。白莽并没有这么高慢,他曾经到过我的寓所来,但也不是因为我要求和他会面;我也没有这么高慢,对于一位素不相识的投稿者,会轻率的写信去叫他。我们相见的原因很平常,那时他所投的是从德文译出的《彼得斐传》,我就发信去讨原文,原文是载在诗集前面的,邮寄不便,他就亲自送来了。看去是一个二十多岁的青年,面貌很端正,颜色是黑黑的,当时的谈话我已经忘却,只记得他自说姓徐,象山人;我问他为什么代你收信的女士是这么一个怪名字(怎么怪法,现在也忘却了),他说她就喜欢起得这么怪,罗曼蒂克,自己也有些和她不大对劲了。就只剩了这一点。

夜里，我将译文和原文粗粗的对了一遍，知道除几处误译之外，还有一个故意的曲译。他像是不喜欢"国民诗人"这个字的，都改成"民众诗人"了。第二天又接到他一封来信，说很悔和我相见，他的话多，我的话少，又冷，好像受了一种威压似的。我便写一封回信去解释，说初次相会，说话不多，也是人之常情，并且告诉他不应该由自己的爱憎，将原文改变。因为他的原书留在我这里了，就将我所藏的两本集子送给他，问他可能再译几首诗，以供读者的参看。他果然译了几首，自己拿来了，我们就谈得比第一回多一些。这传和诗，后来就都登在《奔流》第二卷第五本，即最末的一本里。

我们第三次相见，我记得是在一个热天。有人打门了，我去开门时，来的就是白莽，却穿着一件厚棉袍，汗流满面，彼此都不禁失笑。这时他才告诉我他是一个革命者，刚由被捕而释出，衣服和书籍全被没收了，连我送他的那两本；身上的袍子是从朋友那里借来的，没有夹衫，而必须穿长衣，所以只好这么出汗。我想，这大约就是林莽先生说的"又一次的被了捕"的那一次了。

我很欣幸他的得释，就赶紧付给稿费，使他可以买一件夹衫，但一面又很为我的那两本书痛惜：落在捕房的手里，真是明珠投暗了。那两本书，原是极平常的，一本散文，一本诗集，据德文译者说，这是他搜集起来的，虽在匈牙利本国，也还没有这么完全的本子，然而印在《莱克朗氏万有文库》（Reclam's Universal-Bibliothek）中，倘在德国，就随处可得，也值不到一元钱。不过在我是一种宝贝，因为这是三十年前，正当我热爱彼得斐的时候，特地托丸善书店从德国去买来的，那时还恐怕因为书极便宜，店员不肯经手，开口时非常惴惴。后来大抵带在身边，只是情随事迁，已没有翻译的意思了，这回便决计送给这也如我的那时一样，热爱彼得斐的诗的青年，算是给它寻得了一个好着落。所以还郑重其事，托柔石亲自送去的。谁料竟会落在"三道头"之类的手里的呢，这岂不冤枉！

二

我的决不邀投稿者相见，其实也并不完全因为谦虚，其中含着省事的分子也不少。由于历来的经验，我知道青年们，尤其是文学青年们，十之九是感觉很敏，自尊心也很旺盛的，一不小心，极容易得到误解，所以倒是故意回避的时候多。见面尚且怕，更不必说敢有托付了。但那时我在上海，也有一个唯一的不但敢于随便谈笑，而且还敢于托他办点私事的人，那就是送书去给白莽的柔石。

我和柔石最初的相见，不知道是何时，在那里。他仿佛说过，曾在北京听过我的讲义，那么，当在八九年之前了。我也忘记了在上海怎么来往起来，总之，他那时住在景云里，离我的寓所不过四五家门面，不知怎么一来，就来往起来了。大约最初的一回他就告诉我是姓赵，名平复。但他又曾谈起他家乡的豪绅的气焰之盛，说是有一个绅士，以为他的名字好，要给儿子用，叫他不要用这名字了。所以我疑心他的原名是“平福”，平稳而有福，才正中乡绅的意，对于“复”字却未必有这么热心。他的家乡，是台州的宁海，这只要一看他那台州式的硬气就知道，而且颇有点迂，有时会令我忽而想到方孝孺，觉得好像也有些这模样的。

他躲在寓里弄文学，也创作，也翻译，我们往来了许多日，说得投合起来了，于是另外约定了几个同意的青年，设立朝华社。目的是在绍介东欧和北欧的文学，输入外国的版画，因为我们都以为应该来扶植一点刚健质朴的文艺。接着就印《朝花旬刊》，印《近代世界短篇小说集》，印《艺苑朝华》，算都在循着这条线，只有其中的一本《蕗谷虹儿画选》，是为了扫荡上海滩上的“艺术家”，即戳穿叶灵凤这纸老虎而印的。

然而柔石自己没有钱，他借了二百多块钱来做印本。除买纸之外，大部分的稿子和杂务都是归他做，如跑印刷局，制图，校字之类。可是往往不如意，说起来皱着眉头。看他旧作品，都很有悲观的气息，但实际上并不然，他相信人们是好的。我有时谈到人会怎样的骗人，怎样的卖友，怎样的吮血，他就前额亮晶晶的，惊疑地圆睁了近视的眼睛，抗议道，“会这样的吗？——不至于此罢？……”

不过朝花社不久就倒闭了，我也不想说清其中的原因，总之是柔石的理想的头，先碰了一个大钉子，力气固然白化，此外还得去借一百块钱来付纸账。后来他对于我那“人心惟危”说的怀疑减少了，有时也叹息道，“真会这样的吗？……”但是，他仍然相信人们是好的。

他于是一面将自己所应得的朝花社的残书送到明日书店和光华书局去，希望还能够收回几文钱，一面就拼命地译书，准备还借款，这就是卖给商务印书馆的《丹麦短篇小说集》和戈理基作的长篇小说《阿尔泰莫诺夫之事业》。但我想，这些译稿，也许去年已被兵火烧掉了。

他的迂渐渐的改变起来，终于也敢和女性的同乡或朋友一同去走路了，但那距离，却至少总有三四尺的。这方法很不好，有时我在路上遇见他，只要在相距三四尺前后或左右有一个年轻漂亮的女人，我便会疑心就是他的朋友。但他和我一同走路的时候，可就走得近了，简直是扶住我，因为怕我被汽车或电车撞死；我这面也为他近视而又要照顾别人担心，大家都仓皇失措的愁一路，所以倘不是万不得已，我是不大和他一同出去的，我

实在看得他吃力,因而自己也吃力。

无论从旧道德,重新道德,只要是损己利人的,他就挑选上,自己背起来。

他终于决定地改变了,有一回,曾经明白地告诉我,此后应该转换作品的内容和形式。我说:这怕难罢,譬如使惯了刀的,这回要他要棍,怎么能行呢?他简洁地答道:只要学起来!

他说的并不是空话,真也在重新学起来了,其时他曾经带了一个朋友来访我,那就是冯铿女士。谈了一些天,我对于她终于很隔膜,我疑心她有点罗曼蒂克,急于事功;我又疑心柔石的近来要做大部的小说,是发源于她的主张的。但我又疑心我自己,也许是柔石的先前的斩钉截铁的回答,正中了我那其实是偷懒的主张的伤疤,所以不自觉地迁怒到她身上去了。——我其实也并不比我所怕见的神经过敏而自尊的文学青年高明。

她的体质是弱的,也并不美丽。

三

直到左翼作家联盟成立之后,我才知道我所认识的白莽,就是在《拓荒者》上作诗的殷夫。有一次大会时,我便带了一本德译的,一个美国的新闻记者所做的中国游记去送他,这不过以为他可以由此练习德文,另外并无深意。然而他没有来。我只得又托了柔石。

白莽

但不久,他们竟一同被捕,我的那一本书,又被没收,落在"三道头"之类的手里了。

四

明日书店要出一种期刊,请柔石去做编辑,他答应了;书店还想印我的译著,托他来问版税的办法,我便将我和北新书局所订的合同,抄了一份交给他,他向衣袋里一塞,匆匆地走了。其时是一九三一年一月十六日的夜间,而不料这一去,竟就是我和他相见的末一回,竟就是我们的永诀。

第二天,他就在一个会场上被捕了,衣袋里还藏着我那印书的合同,听说官厅因此正在找寻我。印书的合同,是明明白白的,但我不愿意到那些不明不白的地方去辩解。记得《说岳全传》里讲过一个高僧,当追捕的差役刚到寺门之前,他就"坐化"了,还留下什么“何立从东来,我向西方走”的偈子。这是奴隶所幻想的脱离苦海的唯一的好方法,“剑侠”盼不到,最自在的唯此而已。我不是高僧,没有涅槃的自由,却还有生之留恋,我于是就逃走。

这一夜,我烧掉了朋友们的旧信札,就和女人抱着孩子走在一个客栈里。不几天,即听得外面纷纷传我被捕,或是被杀了,柔石的消息却很少。有的说,他曾经被巡捕带到明日书店里,问是否是编辑;有的说,他曾经被巡捕带往北新书局去,问是否是柔石,手上上了铐,可见案情是重的。但怎样的案情,却谁也不明白。

他在囚系中,我见过两次他写给同乡的信,第一回是这样的——

“我与三十五位同犯(七个女的)于昨日到龙华。并于昨夜上了镣,开政治犯从未上镣之纪录。此案累及太大,我一时恐难出狱,书店事望兄为我代办之。现亦好,且跟殷夫兄学德文,此事可告周先生;望周先生勿念,我等未受刑。捕房和公安局,几次问周先生地址,但我哪里知道。诸望勿念。祝好!

赵少雄一月二十四日。”

以上正面。

“洋铁饭碗,要二三只

如不能见面,可将东西

望转交赵少雄”

以上背面。

他的心情并未改变,想学德文,更加努力;也仍在纪念我,像在马路上行走时候一般。但他信里有些话是错误的,政治犯而上镣,并非从他们开始,但他向来看得官场还太高,以为文明至今,到他们才开始了严酷。其实是不然的。果然,第二封信就很不同,措辞非常惨苦,且说冯女士的面目都浮肿了,可惜我没有抄下这封信。其时传说也更加纷繁,说他可以赎出的也有,说他已经解往南京的也有,毫无确信;而用函电来探问我的消息的也多起来,连母亲在北京也急得生病了,我只得一一发信去更正,这样的大约有二十天。

天气愈冷了,我不知道柔石在那里有被褥不?我们是有的。洋铁碗可曾收到了没有?……但忽然得到一个可靠的消息,说柔石和其他二十三人,已于二月七日夜或八日晨,在龙华警备司令部被枪毙了,他的身上中了十弹。

原来如此!……

在一个深夜里,我站在客栈的院子中,周围是堆着的破烂的什物;人们都睡觉了,连我的女人和孩子。我沉重地感到我失掉了很好的朋友,中国失掉了很好的青年,我在悲

愤中沉静下去了，然而积习却从沉静中抬起头来，凑成了这样的几句：

惯于长夜过春时，挈妇将雏鬓有丝。

梦里依稀慈母泪，城头变幻大王旗。

忍看朋辈成新鬼，怒向刀丛觅小诗。

吟罢低眉无写处，月光如水照缁衣。

但末二句，后来不确了，我终于将这写给了一个日本的歌人。

可是在中国，那时是确无写处的，禁锢得比罐头还严密。我记得柔石在年底曾回故乡，住了好些时，到上海后很受朋友的责备。他悲愤地对我说，他的母亲双眼已经失明了，要他多住几天，他怎么能够就走呢？我知道这失明的母亲的眷眷的心，柔石的拳拳的心。当《北斗》创刊时，我就想写一点关于柔石的文章，然而不能够，只得选了一幅珂勒惠支(Kathe Kollwitz)夫人的木刻，名曰《牺牲》，是一个母亲悲哀地献出她的儿子去的，算是只有我一个人心里知道的柔石的纪念。

同时被困的四个青年文学家之中，李伟森我没有会见过，胡也频在上海也只见过一次面，谈了几句天。较熟的要算白莽，即殷夫了，他曾经和我通过信，投过稿，但现在寻起来，一无所得，想必是十七那夜统统烧掉了，那时我还没有知道被捕的也有白莽。然而那本《彼得斐诗集》却在的，翻了一遍，也没有什么，只在一首《Wahlspruch》(格言)的旁边，有钢笔写的四行译文道：

"生命诚宝贵，

爱情价更高；

若为自由故，

二者皆可抛！"

又在第二页上，写着"徐培根"三个字，我疑心这是他的真姓名。

五

前年的今日，我避在客栈里，他们却是走向刑场了；去年的今日，我在炮声中逃在英租界，他们则早已埋在不知哪里的地下了；今年的今日，我才坐在旧寓里，人们都睡觉了，连我的女人和孩子。我又沉重地感到我失掉了很好的朋友，中国失掉了很好的青年，我在悲愤中沉静下去了，不料积习又从沉静中抬起头来，写下了以上那些字。

要写下去，在中国的现在，还是没有写处的。年轻时读向子期《思旧赋》，很怪他为什么只有寥寥的几行，刚开头却又煞了尾。然而，现在我懂得了。

不是年青的为年老的写纪念,而在这三十年中,却使我目睹许多青年的血,层层淤积起来,将我埋得不能呼吸,我只能用这样的笔墨,写几句文章,算是从泥土中挖一个小孔,自己延口残喘,这是怎样的世界呢。夜正长,路也正长,我不如忘却,不说的好吧。但我知道,即使不是我,将来总会有记起他们,再说他们的时候的。……

二月七——八日。

谁的矛盾

萧(George Bernard Shaw)并不在周游世界,是在历览世界上新闻记者们的嘴脸,应世界上新闻记者们的口试,——然而落了第。

他不愿意受欢迎,见新闻记者,却偏要欢迎他,访问他,访问之后,却又都多少讲些俏皮话。

他躲来躲去,却偏要寻来寻去,寻到之后,大做一通文章,却偏要说他自己善于登广告。

他不高兴说话,偏要同他去说话,他不多谈,偏要拉他来多谈,谈得多了,报上又不敢照样登载了,却又怪他多说话。

他说的是真话,偏要说他是在说笑话,对他哈哈地笑,还要怪他自己倒不笑。

他说的是真话,偏要说他是讽刺,对他哈哈地笑,还要怪他自以为聪明。

他本不是讽刺家,偏要说他是讽刺家,而又看不起讽刺家,而又用了无聊的讽刺想来讽刺他一下。

他本不是百科全书,偏要当他百科全书,问长问短,问天问地,听了回答,又鸣不平,好像自己原来比他还明白。

他本是来玩玩的,偏要逼他讲道理,讲了几句,听的又不高兴了,说他是来“宣传赤化”了。

有的看不起他,因为他不是一个马克思主义文学者,然而倘是马克思主义文学者,看不起他的人可就不要看他了。

有的看不起他,因为他不去做工人,然而倘若做工人,就不会到上海,看不起他的人可就看不见他了。

有的又看不起他,因为他不是实行的革命者,然而倘是实行者,就会和牛兰一同关在牢监里,看不起他的人可就不愿提他了。

他有钱，他偏讲社会主义，他偏不去做工，他偏来游历，他偏到上海，他偏讲革命，他偏谈苏联，他偏不给人们舒服……

于是乎可恶。

身子长也可恶，年纪大也可恶，须发白也可恶，不受欢迎也可恶，逃避访问也可恶，连和夫人的感情好也可恶。

然而他走了，这一位被人们公认为“矛盾”的萧。

然而我想，还是熬一下子，姑且将这样的萧，当作现在的世界的文豪罢，唠唠叨叨，鬼鬼祟祟，是打不倒文豪的。而且为给大家可以唠叨起见，也还是有他在着的好。

因为矛盾的萧没落时，或萧的矛盾解决时，也便是社会的矛盾解决的时候，那可不是玩意儿也。

二月十九夜。

看萧和“看萧的人们”记

我是喜欢萧的。这并不是因为看了他的作品或传记，佩服得喜欢起来，仅仅是在什么地方见过一点警句，从什么人听说他往往撕掉绅士们的假面，这就喜欢了他了。还有一层，是因为中国也常有模仿西洋绅士的人物的，而他们却大抵不喜欢萧。被我自己所讨厌的人们所讨厌的人，我有时会觉得他就是好人物。

现在，这萧就要到中国来，但特地搜寻着去看一看的意思倒也并没有。

十六日的午后，内山完造君将改造社的电报给我看，说是去见一见萧怎么样。我就决定说，有这样的要我去见一见，那就见一见罢。

十七日的早晨，萧该已在上海登陆了，但谁也不知道他躲着的处所。这样地过了好半天，好像到底不会看见似的。到了午后，得到蔡先生的信，说萧现就在孙夫人的家里吃午饭，教我赶紧去。

我就跑到孙夫人的家里去。一走进客厅隔壁的一间小小的屋子里，萧就坐在圆桌的上首，和别的五个人在吃饭。因为早就在什么地方见过照相，听说是世界的名人的，所以便电光一般觉得是文豪，而其实是什么标记也没有。但是，雪白的须发，健康的血色，和气的面貌，我想，倘若作为肖像画的模范，倒是很出色的。

午餐像是吃了一半了。是素菜，又简单。白俄的新闻上，曾经猜有无数的侍者，但只有一个厨子在搬菜。

萧吃得并不多,但也许开始的时候,已经很吃了一通了也难说。到中途,他用起筷子来了,很不顺手,总是夹不住。然而令人佩服的是他竟逐渐巧妙,终于紧紧地夹住了一块什么东西,于是得意的遍看着大家的脸,可是谁也没有看见这成功。

在吃饭时候的萧,我毫不觉得他是讽刺家。谈话也平平常常。例如说:朋友最好,可以久远的往还,父母和兄弟都不是自己自由选择的,所以非离开不可之类。

午餐一完,照了三张相。并排一站,我就觉得自己的矮小了。虽然心里想,假如再年青三十年,我得来做伸长身体的体操……。

两点光景,笔会(Pen Club)有欢迎。也趁了摩托车一同去看时,原来是在叫作"世界学院"的大洋房里。走到楼上,早有为文艺的文艺家,民族主义文学家,交际明星,伶界大王等等,大约五十个人在那里了。合起围来,向他质问各色各样的事,好像翻检《大英百科全书》似的。

萧也演说了几句:诸君也是文士,所以这玩艺儿是全都知道的。至于扮演者,则因为是实行的,所以比起自己似的只是写写的人来,还要更明白。此外还有什么可说的呢。总之,今天就如看看动物园里的动物一样,现在已经看见了,这就可以了罢。云云。

大家都哄笑了,大约又以为这是讽刺。

也还有一点梅兰芳博士和别的名人的问答,但在这里,略之。

此后是将赠品送给萧的仪式。这是由有着美男子之誉的邵洵美君拿上去的,是泥土做的戏子的脸谱的小模型,收在一个盒子里。还有一种,听说是演戏用的衣裳,但因为是用纸包好了的,所以没有见。萧很高兴地接受了。据张若谷君后来发表出来的文章,则萧还问了几句话,张君也刺了他一下,可惜萧不听见云。但是,我实在也没有听见。

有人问他菜食主义的理由。这时很有了几个来照照相的人,我想,我这烟卷的烟是不行的,便走到外面的屋子去了。

还有面会新闻记者的约束,三点光景便又回到孙夫人的家里来。早有四五十个人在等候了,但放进的却只有一半。首先是木村毅君和四五个文士,新闻记者是中国的六人,英国的一人,白俄一人,此外还有照相师三四个。

在后园的草地上,以萧为中心,记者们排成半圆阵,替代着世界的周游,开了记者的嘴脸展览会。萧又遇到了各色各样的质问,好像翻检《大英百科全书》似的。

萧似乎并不想多话。但不说,记者们是决不干休的,于是终于说起来了,说得一多,这回是记者那面的笔记的分量,就渐渐地减少了下去。

我想,萧并不是真的讽刺家,因为他就会说得那么多。

试验是大约四点半钟完结的。萧好像已经很疲倦，我就和木村君都回到内山书店里去了。

第二天的新闻，却比萧的话还要出色得远远。在同一的时候，同一的地方，听着同一的话，写了出来的记事，却是各不相同的。似乎英文的解释，也会由于听者的耳朵，而变换花样。例如，关于中国的政府罢，英字新闻的萧，说的是中国人应该挑选自己们所佩服的人，作为统治者；日本字新闻的萧，说的是中国政府有好几个；汉字新闻的萧，说的是凡是好政府，总不会得人民的欢心的。

从这一点看起来，萧就并不是讽刺家，而是一面镜。

但是，在新闻上的对于萧的评论，大体是坏的。人们是个个去听自己所喜欢的，有益的讽刺去的，而同时也给听了自己所讨厌的，有损的讽刺。于是就个个用了讽刺来讽刺道，萧不过是一个讽刺家而已。

在讽刺竞赛这一点上，我以为还是萧这一面伟大。

我对于萧，什么都没有问；萧对于我，也什么都没有问。不料木村君却要我写一篇萧的印象记。别人做的印象记，我是常看的，写得仿佛一见便窥见了那人的真心一般，我实在佩服其观察之敏锐。至于自己，却连相书也没有翻阅过，所以即使遇见了名人罢，倘要我滔滔的来说印象，可就穷矣了。

但是，因为是特地从东京到上海来要我写的，我就只得寄一点这样的东西，算是一个对付。

一九三三年二月二十三夜。

（三月二十五日，许霞译自《改造》四月特辑，更由作者校定。）

《萧伯纳在上海》序

现在的所谓"人"，身体外面总得包上一点东西，绸缎，毡布，纱葛都可以。就是穷到做乞丐，至少也得有一条破裤子；就是被称为野蛮人的，小肚前后也多有了一排草叶子。要是在大庭广众之前自己脱去了，或是被人撕去了，这就叫做不成人样子。

虽然不像样，可是还有人要看，站着看的也有，跟着看的也有，绅士淑女们一齐掩住了眼睛，然而从手指缝里偷瞥几眼的也有，总之是要看看别人的赤条条，却小心着自己的整齐的衣裤。

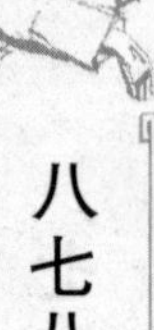

人们的讲话，也大抵包着绸缎以至草叶子的，假如将这撕去了，人们就也爱听，也怕

听。因为爱，所以围拢来，因为怕，就特地给它起了一个对于自己们可以减少力量的名目，称说这类的话的人曰“讽刺家”。

伯纳·萧一到上海，热闹得比泰戈尔还厉害，不必说毕力涅克（Boris Pilniak）和穆杭（Paul Morand）了，我以为原因就在此。

还有一层，是“专制使人们变成冷嘲”，但这是英国的事情，古来只能“道路以目”的人们是不敢的。不过时候也到底不同了，就要听洋讽刺家来“幽默”一回，大家哈哈一下子。

还有一层，我在这里不想提。

但先要堤防自己的衣裤。于是各人的希望就不同起来了。蹩脚愿意他主张拿拐杖，癞子希望他赞成戴帽子，涂了脂粉的想他讽刺黄脸婆，民族主义文学者要靠他来压服了日本的军队。但结果如何呢？结果只要看唠叨的多，就知道不见得十分圆满了。

萧的伟大可又在这地方。英系报，日系报，白俄系报，虽然造了一些谣言，而终于全都攻击起来，就知道他决不为帝国主义所利用。至于有些中国报，那是无须多说的，因为原是洋大人的跟丁。这跟也跟得长久了，只在“不抵抗”或“战略关系”上，这才走在他们军队的前面。

萧在上海不到一整天，而故事竟有这么多，倘是别的文人，恐怕不见得会这样的。这不是一件小事情，所以这一本书，也确是重要的文献。在前三个部门之中，就将文人，政客，军阀，流氓，叭儿的各式各样的相貌，都在一个平面镜里映出来了。说萧是凹凸镜，我也不以为确凿。

余波流到北平，还给大英国的记者一个教训：他不高兴中国人欢迎他。二十日路透电说北平报章多登关于萧的文章，是“足证华人传统的不感觉苦痛性”。胡适博士尤其超脱，说是不加招待，倒是最高尚的欢迎。

“打是不打，不打是打！”

这真是一面大镜子，真是令人们觉得好像一面大镜子的大镜子，从去照或不愿去照里，都装模作样地显出了藏着的原形。在上海的一部分，虽然用笔和舌的还没有北平的外国记者和中国学者的巧妙，但已经有不少的花样。旧传的脸谱本来也有限，虽有未曾收录的，或后来发表的东西，大致恐怕总在这谱里的了。

一九三三年二月二十八日灯下，鲁迅。

由中国女人的脚，推定中国人之非中庸，又由此推定孔夫子有胃病

——“学匪”派考古学之一

古之儒者不作兴谈女人，但有时总喜欢谈到女人。例如“缠足”罢，从明朝到清朝的带些考据气息的著作中，往往有一篇关于这事起源的迟早的文章。为什么要考究这样下等事呢，现在不说他也罢，总而言之，是可以分为两大派的，一派说起源早，一派说起源迟。说早的一派，看他的语气，是赞成缠足的，事情愈古愈好，所以他一定要考出连孟子的母亲，也是小脚妇人的证据来。说迟的一派却相反，他不大恭维缠足，据说，至早，亦不过起于宋朝的末年。

其实，宋末，也可以算得古的了。不过不缠之足，样子却还要古，学者应该“贵古而贱今”，斥缠足者，爱古也。但也有先怀了反对缠足的成见，假造证据的，例如前明才子杨升庵先生，他甚至于替汉朝人做《杂事秘辛》，来证明那时的脚是“底平趾敛”。

于是又有人将这用作缠足起源之古的材料，说既然“趾敛”，可见是缠的了。但这是自甘于低能之谈，这里不加评论。

照我的意见来说，则以上两大派的话，是都错，也都对的。现在是古董出现的多了，我们不但能看见汉唐的图画，也可以看到晋唐古坟里发掘出来的泥人儿。那些东西上所表现的女人的脚上，有圆头履，有方头履，可见是不缠足的。古人比今人聪明，她绝不至于缠小脚而穿大鞋子，里面塞些棉花，使自己走得一步一拐。

但是，汉朝就确已有一种“利屣”，头是尖尖的，平常大约未必穿罢，舞的时候，却非此不可。不但走着爽利，“潭腿”似的踢开去之际，也不至于为裙子所碍，甚至于踢下裙子来。那时太太们固然也未始不舞，但舞的究以倡女为多，所以倡伎就大抵穿着“利屣”，穿得久了，也免不了要“趾敛”的。然而妓女的装束，是闺秀们的大成至圣先师，这在现在还是如此，常穿利屣，即等于现在之穿高跟皮鞋，可以俨然居炎汉“摩登女郎”之列，于是乎虽是名门淑女，脚尖也就不免尖了起来。先是倡伎尖，后是摩登女郎尖，再后是大家闺秀尖，最后才是“小家碧玉”一齐尖。待到这些“碧玉”们成了祖母时，就入于利屣制度统一脚坛的时代了。

当民国初年，“不佞”观光北京的时候，听人说，北京女人看男人是否漂亮（自按：盖即今之所谓“摩登”也）的时候，是从脚起，上看到头的。所以男人的鞋袜，也得留心，脚样更

不消说，当然要弄得齐齐整整，这就是天下之所以有“包脚布”的原因。仓颉造字，我们是知道的，谁造这布的呢，却还没有研究出。但至少是“古已有之”，唐朝张鷟作的《朝野佥载》罢，他说武后朝有一位某男士，将脚裹得窄窄的，人们见了都发笑。可见盛唐之世，就已有了这一种玩意儿，不过还不是很极端，或者还没有很普及。然而好像终于普及了。由宋至清，绵绵不绝，民元革命以后，革了与否，我不知道，因为我是专攻考“古”学的。

然而奇怪得很，不知道怎的（自按：此处似略失学者态度），女士们之对于脚，尖还不够，并且勒令它“小”起来了，最高模范，还竟至于以三寸为度。这么一来，可以不必兼买利屣和方头履两种，从经济的观点来看，是不算坏的，可是从卫生的观点来看，却未免有些“过火”，换一句话，就是“走了极端”了。

我中华民族虽然常常的自命为爱“中庸”，行“中庸”的人民，其实是颇不免于过激的。譬如对于敌人罢，有时是压服不够，还要“除恶务尽”，杀掉不够，还要“食肉寝皮”。但有时候，却又谦虚到“侵略者要进来，让他们进来。也许他们会杀了十万中国人。不要紧，中国人有的是，我们再有人上去”。这真叫人会猜不出是真痴还是假呆。而女人的脚尤其是一个铁证，不小则已，小则必求其三寸，宁可走不成路，摆摆摇摇。慨自辫子肃清以后，缠足本已一同解放的了，老新党的母亲们，鉴于自己在皮鞋里塞棉花之麻烦，一时也确给她的女儿留了天足。然而我们中华民族是究竟有些“极端”的，不多久，老病复发，有些女士们已在别想花样，用一枝细黑柱子将脚跟支起，叫它离开地球。她到底非要她的脚变把戏不可。由过去以测将来，则四朝（假如仍旧有朝代的话）之后，全国女人的脚趾都和小腿成一直线，是可以有八九成把握的。

然则圣人为什么大呼“中庸”呢？曰：这正因为大家并不中庸的缘故。人必有所缺，这才想起他所需。穷教员养不活老婆了，于是觉到女子自食其力说之合理，并且附带地向男女平权论点头；富翁胖到要发哮喘病了，才去打高尔夫球，从此主张运动的紧要。我们平时，是决不记得自己有一个头，或一个肚子，应该加以优待的，然而一旦头痛腹泻，这才记起了他们，并且大有休息要紧，饮食小心的议论。倘有谁听了这些议论之后，便贸贸然决定这议论者为卫生家，可就失之十丈，差以亿里了。

倒相反，他是不卫生家，议论卫生，正是他向来的不卫生的结果的表现。孔子曰，“不得中行而与之，必也狂狷乎，狂者进取，狷者有所不为也！”以孔子交游之广，事实上没法子只好寻狂狷相与，这便是他在理想上之所以哼着“中庸，中庸”的原因。

以上的推定假使没有错，那么，我们就可以进而推定孔子晚年，是生了胃病的了。“割不正不食”，这是他老先生的古板规矩，但“食不厌精，脍不厌细”的条令却有些稀奇。

他并非百万富翁或能收许多版税的文学家，想不至于这么奢侈的，除了只为卫生，意在容易消化之外，别无解法。况且"不撤姜食"，又简直是省不掉暖胃药了。何必如此独厚于胃，念念不忘呢？曰，以其有胃病之故也。

倘说：坐在家里，不大走动的人们很容易生胃病，孔子周游列国，运动王公，该可以不生病证的了。那就是犯了知今而不知古的错误。盖当时花旗白面，尚未输入，土磨麦粉，多含灰沙，所以分量较今面为重；国道尚未修成，泥路甚多凹凸，孔子如果肯走，那是不大要紧的，而不幸他偏有一车两马。胃里带着沉重的面食，坐在车子里走着七高八低的道路，一颠一顿，一掀一坠，胃就被坠得大起来，消化力随之减少，时时作痛；每餐非吃"生姜"不可了。所以那病的名目，该是"胃扩张"；那时候，则是"晚年"，约在周敬王十年以后。

以上的推定，虽然简略，却都是"读书得间"的成功。但若急于近功，妄加猜测，即很容易陷于"多疑"的谬误。例如罢，二月十四日《申报》载南京专电云："中执委会令各级党部及人民团体制'忠孝仁爱信义和平'匾额，悬挂礼堂中央，以资启迪。"看了之后，切不可便推定为各要人讥大家为"忘八"；三月一日《大晚报》载新闻云："孙总理夫人宋庆龄女士自归国寓沪后，关于政治方面，不闻不问，唯对社会团体之组织非常热心。据本报记者所得报告，前日有人由邮政局致宋女士之索诈信□（自按：原缺）件，业经本市当局派驻邮局检查处检查员查获，当将索诈信截留，转辗呈报市府。"看了之后，也切不可便推定虽为总理夫人宋女士的信件，也常在邮局被当局派员所检查。

盖虽"学匪派考古学"，亦当不离于"学"，而以"考古"为限的。

三月四日夜。